TRACY CHEVALIER

DAS GEHEIMNIS DER GLAS-MACHERIN

Roman

Aus dem Englischen
von Claudia Feldmann

ATLANTIK

MIX
Papier | Fördert gute Waldnutzung
FSC® C014496

Die Originalausgabe erschien 2024 unter dem Titel
The Glassmaker bei The Borough Press.

Atlantik ist ein Imprint des
Hoffmann und Campe Verlags, Hamburg.

Ungekürzte Ausgabe 2025

Harvestehuder Weg 42, 20149 Hamburg, produktsicherheit@hoca.de
www.hoffmann-und-campe.de
Umschlaggestaltung: © FAVORITBÜRO, München
Umschlagabbildungen: BAL_536846 (Stadtansicht),
shutterstock_1345982450 (Struktur),
shutterstock_1515801476 (Farbverlauf)
Satz: Dörlemann Satz, Lemförde
Gesetzt aus der Trump Mediäval
Druck und Bindung: GGP Media GmbH, Pößneck
Printed in Germany
ISBN: 978-3-455-02097-7

HOFFMANN UND CAMPE

Ein Unternehmen der
GANSKE VERLAGSGRUPPE

Für Ronna

Eine kurze Erläuterung der Zeit *alla Veneziana*

Die Stadt auf dem Wasser folgt ihrer eigenen Uhr. Venedig und seine Nachbarinseln schienen schon immer in der Zeit stehen geblieben zu sein – und vielleicht sind sie es wirklich. Es ist eine Stadt, die auf Holzpfählen über einer Lagune gebaut und von Kanälen durchzogen ist, und ihre Ästhetik und ein Großteil ihrer prachtvollen Architektur ist seit Jahrhunderten unverändert geblieben. Auch wenn die Boote mittlerweile motorbetrieben sind, scheint die Zeit dort noch immer in einem anderen Tempo zu vergehen als im Rest der Welt.

Einer von Venedigs funkelnden Schätzen ist seit Hunderten von Jahren das Glas von seiner Nachbarinsel Murano. Glas ist eine eigentümliche Substanz, es wird aus Sand hergestellt, der wie durch Zauberei durchscheinend oder sogar durchsichtig wird, wenn man ihn zum Schmelzen bringt. Bis heute herrscht Uneinigkeit darüber, ob Glas ein fester oder ein flüssiger Stoff ist. Lehrer der Naturwissenschaften haben ihren Schülern irrtümlich beigebracht, Glas fließe selbst lange nach dem Erkalten noch – wenn auch mit der Geschwindigkeit eines Gletschers –, und als Beweis dafür angeführt, dass sehr alte Glasscheiben bisweilen am unteren Ende dicker sind als am oberen. Tatsächlich jedoch fließt das Glas nicht äußerst langsam nach unten und sammelt sich an der Kante der Scheibe, sondern das dickere Ende resultiert aus der Art, wie Glasscheiben früher hergestellt wurden. Aber vielleicht wird dieser Mythos immer weitergegeben, weil wir gerne glauben möchten, dass Glas, wie die Insel, auf der es produziert wird, seinen eigenen Naturgesetzen folgt. Genau wie Venedig und Murano hat es sein eigenes Tempo.

Auch Menschen, die Dinge herstellen, haben ein zwiespältiges Verhältnis zur Zeit. Ob Maler, Schriftsteller, Schnitzer, Stricker, Weber oder Glasmacher – schöpferisch Tätige verfallen oft in einen versunkenen Zustand, den heutige Psychologen »Flow« nennen und in dem Stunden vergehen können, ohne dass sie es bemerken.

Leser ebenso.

Es ist erstaunlich schwer festzustellen, wie schnell die Zeit vergeht und ob sie für andere womöglich schneller vergeht als für Sie. Wie sollten Sie das auch wissen, wenn sämtliche Uhren an einem Ort in einem anderen Tempo ticken als anderswo? Oder wenn die Kunsthandwerker in der Stadt auf dem Wasser und auf der Insel des Glases langsamer zu altern scheinen als die im Rest der Welt?

ERSTER TEIL

Kelche, Perlen und Delfine

I

Wenn Sie einen flachen Stein geschickt über das Wasser werfen, wird er viele Male in unterschiedlichen Abständen die Oberfläche berühren.

Ersetzen Sie, mit diesem Bild im Kopf, *Wasser* durch *Zeit*.

Beginnen Sie am Nordufer von Venedig, den Stein in der Hand, den Blick auf die Glasinsel Murano gerichtet, eine halbe Stunde mit der Gondel entfernt. Werfen Sie den Stein noch nicht. Es ist das Jahr 1486, der Höhepunkt der Renaissance, und Venedig genießt seine Stellung als Handelszentrum von Europa und einem Großteil der restlichen Welt. Es scheint, als würde die Stadt auf dem Wasser immer reich und mächtig sein.

Orsola Rosso ist neun Jahre alt. Sie lebt auf Murano, hat aber noch nicht mit Glas gearbeitet …

Der Kanal war nicht so tief, wie Orsola gedacht hatte. Als sie hineinfiel, versetzte ihr die Kälte des Wassers einen Schock, sie schlug wild um sich und sank hinab, bis ihr Fuß den schlammigen Grund berührte. In dem Moment verlor das, was ihr so tief und mächtig erschienen war, plötzlich sein Geheimnis. Sie hörte, wie ihre Mutter aufschrie, aber ihr Bruder Marco lachte, als Orsola hustend und spuckend wieder auftauchte, denn das Wasser reichte ihr nur bis zu den Schultern.

»Du hast mich geschubst!«, schimpfte sie. *»Cretino!«*

»Orsola, *basta!*«, ermahnte sie Laura Rosso. »Die Leute gucken schon.«

Das taten sie. In den Eingängen der Glaswerkstätten entlang der Fondamenta standen lauter Muraneser und lachten über das Mädchen im Kanal.

»Ich hab dich nicht geschubst«, gab Marco zurück. »Du hast nicht aufgepasst und bist reingefallen, *bauca!* Was hab ich bloß für eine dumme Schwester!«

Orsola, ihre Mutter und ihre Brüder kamen von einem Besuch bei ihrer Tante und ihrer Großmutter auf der anderen Seite der Insel zurück. Ihrer Nonna ging es nicht gut, und sie hatte darauf bestanden, sie zu sehen, weil sie überzeugt war, ihr Ende sei nah. Aber sie war munter genug gewesen, um aufzustehen und Orsola ein Säckchen mit Pinienkernen zu geben, das sie vor Kurzem auf dem Markt gekauft hatte, weil sie nicht wollte, dass sie ranzig wurden, falls sie tatsächlich starb. Zia Giovanna hatte nur mit den Augen gerollt, aber Orsola hatte das Säckchen sorgsam entgegengenommen und ihrer Großmutter versprochen, sie werde es Maddalena geben, ihrer Magd. Die Rossos waren gerade am Rio dei Vetrai entlanggegangen – dem Kanal der Glasmacher, der durch den Teil von Murano lief, wo viele der Glaswerkstätten lagen –, als Marco ihr einen kräftigen Stoß versetzt hatte, sodass sie ins Wasser gefallen war. Immerhin hatte sie die Geistesgegenwart besessen, das Säckchen mit den Pinienkernen im Fallen hinter sich zu werfen. Darauf wies die Familie später jedes Mal hin, wenn sie die Geschichte jemandem erzählte: dass die kleine Orsola so klug gewesen war, die kostbaren Pinienkerne nicht zu verschwenden.

Giacomo, schon immer der nettere Bruder und deshalb der weniger interessante, kletterte vorsichtig die algenbedeckten Stufen in der Nähe hinunter, kniete sich in den Schlamm und zog Orsola die glitschigen Stufen hinauf. Keuchend und spuckend landete sie auf der Fondamenta, wo sie von Scham erfüllt liegen blieb. Nur Betrunkene fielen in den Kanal, oder Leute, die sich im Dunkeln verlaufen hatten.

Laura Rosso half ihrer Tochter auf und begann sie mit ihrem Umhängetuch abzutrocknen. »Du bist ganz kalt und schmutzig«, brummte sie. Nachdem sie sich vergewissert hatte, dass die Leute nicht länger zu ihnen herüberstarrten, wies sie mit dem Kopf auf eine Tür in der Nähe. »Du solltest zu den Baroviers gehen und dich an ihrem Schmelzofen aufwärmen.«

»Das geht nicht«, widersprach Giacomo. »Die lassen sie doch niemals rein.«

»Sie werden aber nicht zulassen, dass ein Mädchen sich den Tod holt, selbst wenn es die Tochter eines Konkurrenten ist.« Mit berechnender Miene blickte Laura durch das elegante Gitterfenster in der Tür, dann öffnete sie sie und winkte ihre Tochter herbei. »Keinen Mucks. Halt die Augen offen und erzähl hinterher, was du gesehen hast.«

Orsola zögerte, aber mit ihrer Mutter debattierte man besser nicht. Außerdem war sie nass und fror, und der Ofen war verlockend; sie hörte sein gedämpftes Dröhnen. Vorsichtig schlich sie sich in den Durchgang. Ihre Mutter zog die Tür wieder zu und trennte sie damit von ihrer Familie. Als sie durch das kleine Fenster blickte, sah sie Marcos Grinsen, Giacomos besorgtes Gesicht und Laura, die sie mit einer Handbewegung vorwärts scheuchte.

Orsola folgte dem Gang in einen Hof, der menschenleer war, aber voller Kisten und Karren mit zerbrochenem Glas, Stapeln von Holzscheiten und langen Glasstäben in vielen verschiedenen Farben, die an der Wand lehnten. Der Boden glitzerte von winzigen Glassplittern, als wäre er mit buntem Raureif bedeckt. Der Hof wirkte ziemlich unordentlich. Drum herum lagen mehrere kleine Gebäude: ein Lager für Rohglas sowie Asche, Sand und Kalk, um es herzustellen; ein weiterer Lagerraum, dessen Tür einen Spalt offen stand, sodass sie

Regale voller Schalen, Platten und Teller sehen konnte, Vasen in verschiedenen Größen, Formen und Farben, endlose Reihen von Gläsern und mehrere Kandelaber, ineinander verschlungen wie Tintenfische – und alles wartete darauf, verpackt und nach Amsterdam, Lissabon, London, Hamburg oder Konstantinopel geschickt zu werden, Städte, die ihr Vater manchmal erwähnte. Ein wenig abseits war ein kleiner Laden, in dem Besucher eine Auswahl fertiger Produkte kaufen konnten.

Die Anordnung bei den Baroviers ähnelte der in der Werkstatt von Orsolas Familie, allerdings war die kleiner, und Lorenzo Rosso legte größten Wert auf Ordnung und Sauberkeit. Seine Lehrlinge beschwerten sich, dass sie in den ersten Monaten nur Werkzeuge bereitlegen und Karren hin und her schieben durften und nie mit heißem Glas zu tun hatten. Jede Werkstatt hatte ihren eigenen Stil, gemäß dem Charakter des Maestro. Offenbar gehörte Maestro Giovanni Barovier zu den Unordentlichen.

Dennoch waren die Baroviers die berühmteste Familie der Glaswelt. Aus diesem Durcheinander hatte Giovannis Vater Angelo Barovier zahllose Erfindungen hervorgebracht, darunter auch das *cristallo veneziano* – Klarglas, das die Arbeit auf Murano grundlegend veränderte, als anderen Maestri gestattet wurde, es zu kopieren – und *calcedonio*, ein Glas, das aussah wie der Halbedelstein Chalzedon. Die Baroviers waren auch die Ersten, die Glas zu langen Stäben gezogen hatten, wie sie jetzt alle Glasmacher für die Dekoration ihrer Kelche, Kronleuchter und Teller verwendeten. Angelo war schon vor Jahren gestorben, aber Giovanni führte die sorgsam gehüteten Traditionen fort. Alle Glasfamilien hatten ihre Geheimrezepturen, die sie für sich behielten. Niemand wollte, dass Eindringlinge kamen und ihnen über die Schulter sahen.

Am Eingang zur Werkstatt zögerte Orsola. Sie konnte den Schmelzofen hören und Männerstimmen, die einander bei der Arbeit etwas zuriefen. Warum war sie hier? Bestimmt würde man sie entdecken und hinauswerfen wie eine kaputte Schale. Doch ihre Mutter war sehr entschieden gewesen, und so öffnete sie die Tür einen Spalt und schlüpfte mit einem Knoten im Magen hinein.

Die Werkstatt war voller Männer, die Hefteisen – lange Eisenstäbe – mit Kugeln aus geschmolzenem Glas am Ende in den Ofen schoben und wieder herauszogen, sie drehten, das Glas auf einer flachen Metallplatte hin und her bewegten, es in verschiedene Holzformen drückten und fertige Stücke in den Kühlofen legten, damit sie langsam erkalten konnten. Jungen kümmerten sich um das Feuer, fegten und trugen Eimer mit Wasser hin und her. Alle bewegten sich um den Maestro herum, der an seiner Werkbank saß. Orsola kannte diese eigentümliche Geschäftigkeit, obwohl die Werkstatt der Baroviers größer und lauter war als die von Lorenzo Rosso, mit mehr Gepfeife und Gebrüll. Sorgsam dem Getümmel aus dem Weg gehend, schlich sie näher an den Ofen heran. Doch einer der *garzonetti* bemerkte sie – einer der Jungen, die sich rund um den Schmelzofen nützlich machten, in der Hoffnung, eines Tages *garzone* zu werden, Lehrling des Glasmacherhandwerks. Er fegte den Boden und erstarrte, als er sie sah. Orsola hob den Finger an die Lippen. Sag nichts, flehte sie lautlos. Verrat mich nicht.

Dann entdeckte sie jemanden inmitten all der Männer, der sie den *garzonetto* vergessen ließ: eine Frau, die sich ein wenig abseits hielt, die Hände in die Hüften gestemmt. Alles an ihr wirkte eckig: die Schultern, die Stirn, sogar der Knoten ihres hochgesteckten grauen Haars. Während alles um sie herum in Bewegung war, stand sie nur da und rührte sich nicht.

Das war Maria Barovier, Tochter von Angelo und Schwester von Maestro Giovanni. Orsola wusste von dieser Frau, hatte sie aus der Entfernung gesehen, wie sie die Riva entlangstapfte oder den Campo Santo Stefano überquerte oder in der Heiligen Messe saß, die Augen geschlossen, als schliefe sie, das Kinn kantig wie ein Spaten. Maria Barovier war eine der ganz wenigen Frauen unter den Glasmachern, und sie war berüchtigt für ihre scharfe Zunge. Sie wurde Marietta genannt, aber Orsola fand, diese Koseform passte nicht zu einer so ehrfurchtgebietenden Frau.

Sie betrachtete einen dicken Glasstab, den ihr einer der *garzoni* hinhielt – ein Jüngling mit schmalem Gesicht, der ein oder zwei Jahre älter war als Orsolas Bruder Marco. »Nein. Das Rot muss mehr zu sehen sein, wegen der Ausgewogenheit, sonst wird die Perle vom Weiß und Blau dominiert. Hörst du denn nie zu?« Ihre Stimme klang tief und verärgert. »Wo ist die Holzform? Ich werde es dir noch mal zeigen müssen, und allmählich bin ich es leid.«

Der Junge wirkte so verängstigt wie die meisten neuen *garzoni*, wenn sie sich ihrer Anstellung noch nicht sicher waren. Als er sich von seiner Dienstherrin abwandte, fiel sein Blick auf Orsola. Seine Augen waren sehr dunkel, fast schwarz, und Orsola fühlte sich plötzlich wie gelähmt.

Maria Barovier folgte seinem Blick. Ihr Stirnrunzeln ließ nicht nach, nicht einmal als sie den Algenschleim auf Orsolas Kleid bemerkte. »Raus, Rosso«, herrschte sie sie an. *»Spia.«*

Orsola floh und bekam in ihrer Hast zunächst die Tür nicht auf. Die Männer, ganz mit ihrem Glas beschäftigt, drehten sich nicht einmal um; um das Drama sollten sich Frauen und Lehrlinge kümmern. Knirschend lief sie über die Splitter im Hof zum Tor und floh hinaus auf die Fondamenta dei Vetrai. Obwohl sie nur wenige Augenblicke fort gewesen war, kam es ihr vor, als wären es Stunden gewesen, als hätte sie eine neue Welt betreten und wieder verlassen. Ihre Familie war nicht mehr da. Sie würden zu Hause auf sie warten, und ihre Mutter würde einen ausführlichen Bericht hören wollen, dabei hatte Orsola kaum etwas gesehen. Glasfamilien waren nicht unfreundlich, aber ihre Werkstätten, ihre Arbeit, ihre Geheimnisse wurden nicht geteilt. Ab und zu tranken die Maestri zusammen, spielten Karten und schimpften über Zölle oder Kaufleute vom Rialto auf der anderen Seite der Lagune, die versuchten, sie übers Ohr zu hauen, oder über den launischen Rat der Zehn, der immerzu neue Vorschriften erließ, was sie produzieren durften und was nicht. Aber sie sprachen nie über das Glas, das sie herstellten. Es war typisch für die Muraneser, dass sie zusammenhielten, wenn es um ihre Insel und das gemeinsame Handwerk ging, aber die Arbeit der Konkurrenten hinter deren Rücken kritisierten: unsaubere Technik, abgekupferte oder langweilige Gestaltung. Ihre eigene war stets besser.

Orsola hatte nur ganz kurz am Ofen der Baroviers gestanden und war immer noch nass und fror. Sie lief über die Fondamenta und den Ponte di Mezzo nach Hause. Bruno, ein stämmiger junger Bootsführer, den jeder auf Murano kannte, ruderte den Kanal entlang und kam gerade auf die Brücke zu. Er zeigte mit dem Ruder auf die Algen, die sich über ihr Kleid zogen. »Na, du Schlammzwerg?«, rief er. »Dein Bruder hat mir erzählt, dass du in den Kanal gesprungen bist. Wolltest wohl Meerjungfrau spielen, was? Oder Delfin?«

»Ich bin nicht gesprungen! Er hat mich geschubst.«

Bruno lachte. »Welchem Rosso soll ich denn jetzt glauben?«

Sie warf ihm einen wütenden Blick zu und lief weiter, ohne auf die Bemerkungen der Nachbarn zu achten, wie schmutzig sie war und wie ungeschickt. Als sie beim Haus der Rossos ankam, stieß sie das Eisentor auf, das in den Werkstatthof führte. Auf der einen Seite befanden sich die Lagerräume, auf der anderen der Innenhof und das Wohnhaus der Familie. Am hinteren Ende lag die Werkstatt mit dem Schmelzofen, der Tag und Nacht brannte. Er durfte niemals ausgehen, außer im August, wenn es zu heiß für die Arbeit war und die Glasmacher ihre Sommerpause einlegten. Ein Durchgang neben der Werkstatt führte zu einem kleinen Anleger, wo Boote die fertigen Teile einluden, um sie zu den Kaufleuten nach Venedig zu bringen, oder Sand für die Glasherstellung und Holz für den Ofen anlieferten. Unentwegt kamen Boote mit Brennholz von der *terraferma*, dem Festland, wo es viel mehr Bäume gab als auf den Inseln.

Orsola wäre gerne in die Werkstatt gegangen, um sich am heißen Ofen aufzuwärmen und zu trocknen, aber ihre Mutter erwartete sicher, dass sie sofort vor ihr erschien. Und so bog sie stattdessen in den Innenhof ab und ging zur Küche, wo es ebenfalls einen Ofen gab, wenn auch kleiner, denn zum Kochen musste er nicht so heiß sein wie für das Schmelzen von Glas. Manchmal schob Maddalena, wenn sie eine besonders starke oder schwache Hitze brauchte, Töpfe in die verschiedenen Kammern des Werkstattofens, obwohl Lorenzo es nicht gerne sah, wenn sie in sein Reich eindrang.

In der Küche saß Marco an dem langen Tisch, wo die Familie die Mahlzeiten einnahm, wenn es im Innenhof nicht warm genug war, um draußen zu essen. Er knabberte genüsslich die Pinienkerne ihrer Großmutter, während Laura Rosso Zwiebeln hackte und Maddalena Sardinen für *sarde in saor* briet, das süßsaure Gericht, das sie oft aßen.

»Dein Kleid!«, rief Maddalena aus. »Was hast du bloß angestellt? Zieh es sofort aus!«

Laura blickte von ihren Zwiebeln auf. »Das hat ja nicht lange gedauert. Was hast du gesehen?«

Ihre Neugier, verbunden mit Marcos Unbekümmertheit – er warf jetzt die Pinienkerne in die Luft und fing sie mit dem Mund –, brachte Orsola auf den Gedanken, ob das Ganze geplant gewesen war; ob ihr Bruder sie absichtlich direkt vor der Werkstatt der Baroviers geschubst hatte, damit sie in den Kanal fiel und hineingehen musste.

»Es war viel Betrieb in der Werkstatt, lauter Männer«, begann sie.

»Woran haben sie gearbeitet?«

»Ich weiß nicht.« Sie hatte mehr auf Maria Barovier geachtet als auf den Maestro. »Kelche, glaub ich.« Die meisten Glasmacher fertigten Weingläser an, damit konnte sie also nicht viel falsch machen.

»Du hast nicht mal mitgekriegt, woran sie gearbeitet haben!«, höhnte Marco. »*Bauca!* Du hättest besser mich reingehen lassen, Madre.«

Also war es tatsächlich geplant gewesen. Ein bisschen freute sie sich, dass sie dafür ausgewählt worden war und nicht ihr Bruder.

Maddalena nahm ihm das Säckchen mit den Kernen weg. »Schluss jetzt, sonst sind nicht mehr genug für das *saor* übrig!«

»Maria Barovier war da«, fuhr Orsola fort.

»Marietta?« Laura Rosso ließ das Messer sinken. »Was hat sie gemacht?«

»Sie hat mit einem *garzone* gesprochen. Geschimpft, genauer gesagt, wegen eines Glasstabs.«

»Soso. Hast du den Stab gesehen?«

Orsola nickte.

»Wie dick?«

»Wie Papàs Daumen.«

»Welche Farbe hatte er?«

»Rot, weiß und blau.«

»Seltsame Mischung.«

»Sie hat gesagt, das Rot wäre wichtig, für die Ausgewogenheit.« Orsola stutzte. *»Rosso«*, wiederholte sie. Der Name ihrer Familie. Plötzlich fiel ihr auf, dass Maria Barovier gewusst hatte, dass sie eine Rosso war. Aber sie sagte ihrer Mutter nicht, dass die Glasmacherin sie eine Spionin genannt hatte. »Er war für Perlen gedacht. Sie hat von einer Holzform gesprochen.«

»Perlen! Rot-weiß-blaue Perlen. Und nicht nur aus einem Stab, sondern auch noch geformt«, sagte ihre Mutter nachdenklich. »*Per favore*, zieh das schmutzige Kleid und das Hemd aus und such dir etwas Trockenes. Und kein Wort über diese Perlen, zu niemandem. Ich muss mit deinem Vater sprechen.«

Orsola schlüpfte aus ihren nassen Sachen und warf sie auf den Haufen mit schmutziger Wäsche, der niemals kleiner zu werden schien. Die Männer und Jungen in der Werkstatt schwitzten wegen der Hitze des Ofens so sehr, dass sie jeden Tag ihre Kleider wechseln mussten, und sie und ihre Mutter waren unentwegt dabei, Wasser zu erhitzen, Wäsche in einem Fass mit Lauge umzurühren, die auf der Haut brannte, Hemden, Hosen und Unterwäsche zum Trocknen aufzuhängen oder nasse Laken zum Bleichen auf der Wiese hinter dem Kloster Santa Maria degli Angeli auszubreiten. Laura Rosso hasste das Waschen, und Orsola ahnte, dass ihre Mutter ihr die Aufgabe ganz übertragen würde, sobald sie alt genug war, um es allein zu schaffen.

An dem Abend saß Orsola mit Giacomo in einer Ecke der Küche und ließ eine Murmel hin und her rollen, die Paolo, der Geselle ihres Vaters, für sie gemacht hatte. Marco stocherte im Feuer herum. Lorenzo trank Wein, während Laura einen Flicken auf den Ärmel seines Hemds nähte, wo ein Stück heißes Glas ein Loch hineingebrannt hatte.

»Marietta Barovier macht etwas Neues«, sagte Laura zu ihrem Mann. »Ich habe Gerüchte von den Frauen einiger Maestri gehört. Jetzt weiß ich es. Sie macht Perlen.«

»Perlen?«, erwiderte Lorenzo Rosso. »Das ist nichts, weswegen wir uns sorgen müssten.«

»Es scheinen besondere Perlen zu sein. Aufwendige Perlen, die sich vielleicht gut verkaufen.«

»Aber wir stellen keine Perlen her, also ist es keine Konkurrenz für uns.«

»Vielleicht sollten wir.«

»Vielleicht sollten wir was?«

»Perlen herstellen«, sagte Laura gereizt, als wäre ihr Mann schwer von Begriff.

Er schüttelte den Kopf. »Wir können gut von Gläsern, Krügen und Schalen leben. Wenn wir damit anfangen wollten, müssten wir Stäbe ziehen, und das können meine Männer nicht.« Um einen Stab herzustellen – ob zur Perlenherstellung oder für andere Glasarbeiten –, mussten zwei Männer ein Stück geschmolzenes Glas zwischen sich auseinanderziehen, bis es einen langen, dünnen Zylinder bildete. Dazu brauchte man viel Platz und Fähigkeiten, die andere bereits perfektioniert hatten. Die Rossos kauften Stäbe von anderen Glasmachern, anstatt selbst welche anzufertigen. Außerdem beschränkte Lorenzo das Angebot seiner Werkstatt auf Gläser, Krüge und Schalen, weil er der Ansicht war, es sei besser, Dinge herzustellen, die die Leute immer brauchen würden, statt kunstvolle Kronleuchter und Kerzenständer. Es war eine traditionelle, bodenständige Werkstatt, die immer Aufträge haben, aber niemals reich werden würde.

»Willst du es nicht trotzdem mal durchrechnen?«, beharrte seine Frau. »Die Kosten für den Kauf eines Stabs durch die Anzahl der Perlen teilen, die du daraus herstellen könntest? Und schauen, wie viel sich damit verdienen ließe?«

Lorenzo Rosso warf ihr einen kurzen Blick zu, und Orsola wusste, was er bedeutete: Schluss mit den Fragen.

Einen Monat später präsentierten die Baroviers der Welt die *rosetta*, eine ovale Perle, so groß wie das oberste Daumenglied eines Mannes. Sie war aus roten, weißen und blauen Glasstäben gefertigt, die in eine Sternenform gepresst und dann zu einem langen Zylinder ausgezogen wurden. Dieser wurde, sobald er ausgehärtet war, in kleine Stücke geschnitten und dann an den Enden rundgeschliffen, sodass aus der blauen äußeren Schicht ein Stern mit zwölf weißen Spitzen und roter Mitte erschien. Sie sah aus wie eine gezackte Muschel, originell und faszinierend. Als Laura Rosso zum ersten Mal eine in der Hand hielt, erklärte sie, die Perle sei unglaublich hässlich, wer denn so etwas tragen wolle? Doch Orsola liebte sie; sie waren so überraschend, anders als alles, was bisher auf Murano hergestellt worden war. Nach und nach begannen sich die *rosette* zu verkaufen – anfangs nur in kleinen Mengen, da sie so fremdartig waren, aber nach einer Weile wurden sie vor allem bei afrikanischen Stammeshäuptlingen äußerst beliebt. Der Doge von Venedig gab Maria Barovier sogar die Erlaubnis, sich einen eigenen kleinen Ofen zu bauen, um diese besondere Perle herzustellen, die sie erschaffen hatte. Eine Frau mit einem eigenen Schmelzofen – das hatte es noch nie gegeben. Und es würde vermutlich auch nicht wieder vorkommen, solange sich die Welt nicht bedeutend veränderte.

Orsola begegnete Maria manchmal auf der Fondamenta dei Vetrai oder auf dem Markt am Campo Santo Stefano, wo sie um die Sardinen feilschte, als wäre jeder *soldo* ein *ducato*, obwohl die Baroviers so wohlhabend waren, dass sie sich um den Preis von Fisch keine Gedanken zu machen brauchten. Ab und an sah Orsola sie auch während der abendlichen *passeggiata*, wenn die Muraneser zum geselligen Austausch aus ihren Häusern kamen, allein am Rand des Campo San Bernardo entlangflanieren. Maria Barovier grüßte sie nie, aber manchmal warf sie ihr einen Blick aus den Augenwinkeln zu, als wollte sie sagen: »Du bist Orsola Rosso, und ich weiß, dass du da bist.«

Orsolas Leben war bestimmt von dem niemals kleiner werdenden Wäscheberg, dem Gemüsegarten und dem Putzen, doch sie nutzte jeden Vorwand, um in die Werkstatt zu gehen, gab Nachrichten weiter oder brachte den Arbeitern *biscotti*, die Maddalena gebacken hatte. Dann blieb sie noch ein wenig und sah zu, wie sie Vasen oder Gläser anfertigten oder einmal auch kunstvolle Kelche für einen der Palazzi, die die Venezianer am Canal Grande di Murano besaßen. Murano war nur eine halbe Stunde mit dem Boot von Venedig entfernt, aber die reichen Venezianer nutzten die Insel zur Erholung von dem Prunk und Trubel, in dem sie normalerweise lebten. Sie mischten sich nicht unter die Glasmacher und Fischer und tranken nicht in den Tavernen, sondern veranstalteten ihre eigenen Feste und brachten ihre eigenen Dienstboten und Gondolieri mit. Aber sie schauten sich gerne an, was in den Glaswerkstätten produziert wurde. Der größte Teil der Muraneser Glasarbeiten wurde ins Ausland verschickt, aber ein paar Stücke wurden stets zurückbehalten, um sie an Venezianer und andere Besucher zu verkaufen.

Wenn solche Leute in den kleinen Laden der Rossos kamen, sah Orsola, wie ihre Mutter hastig die Schürze abnahm, sich übers Haar fuhr, ihre perfekt gewölbten Augenbrauen glatt strich und hinübereilte, um ihnen zu zeigen, was Maestro Lorenzo Rosso in letzter Zeit geschaffen hatte. Oft sahen sich die reichen Venezianer nur um und gingen wieder, doch manchmal kauften sie Stücke vom Maestro oder zur allgemeinen Überraschung sogar einen Krug oder Kelch, den Paolo gemacht hatte. Der stille Paolo, kahlköpfig und mit mächtiger Brust und starken Armen, war Lorenzos *servente* – sein wichtigster Mitarbeiter, direkt dem Maestro unterstellt – und ein geschickter Glasmacher. Wenn eines von seinen Stücken im Laden verkauft wurde, sagte Laura Rosso es ihm, und dann lief er rot an und wandte sich mit einem kleinen Lächeln wieder zum Schmelzofen, während die anderen ihn gutmütig aufzogen. Er war ein sanfter Lehrer, brüllte und schimpfte nie, sondern korrigierte nur die Handhaltung, um ein Werkstück richtig zu formen, reichte ein anderes Werkzeug oder deutete mit dem Kopf auf den Schmelzofen, damit das Glas wieder erhitzt wurde.

In der Werkstatt der Rossos arbeiteten mehrere *garzonetti*, die den Ofen mit Holz versorgten, die Böden fegten, Werkzeuge wegräumten und Wasser holten, um den Durst der Arbeiter zu stillen. Wenn sie fünf Jahre durchhielten, wurden sie *garzoni* und absolvierten eine sechsjährige Lehre, um das Handwerk von Lorenzo und Paolo zu lernen. Orsola liebte es zuzuschauen, wie die *garzoni* in einer Art Tanz um ihren Vater herumwirbelten, sich hinknieten und durch das lange Eisenrohr, die sogenannte Glasmacherpfeife, bliesen, um das geschmolzene Glas aufzuwölben, während er die Pfeife drehte, ihm die Pfeife abnahmen, um das Glas erneut im Ofen zu erhitzen, ihm die hölzernen und metallenen Werkzeuge reichten – Paddel oder Pinzetten, Zangen oder Scheren –, wenn er sie brauchte, Blattgold bereitlegten, kleinere, auf die richtige Temperatur erhitzte Glasstücke brachten, damit er sie an das Werkstück, an dem er arbeitete, anfügen konnte, und schließlich das fertige Stück vom Hefteisen abbrachen und zum Kühlofen trugen. Der Maestro war der Mittelpunkt des Tanzes, der Dirigent, der alles leitete. Alles folgte einem bestimmten Rhythmus, und das musste auch so sein, denn sonst gelang das Stück nicht. Abgesehen von gelegentlichen kurzen Anweisungen sagte er kaum etwas. In manchen Werkstätten sangen die Männer, rissen Witze oder erzählten Geschichten über Frauen oder Boote, doch Lorenzo Rosso zog es vor, bei der Arbeit zu schweigen. Seine Arbeiter passten sich dem an; wenn es ihnen nicht gefiel, wechselten sie zu einer lauteren Werkstatt.

Marco und Giacomo hatten ebenfalls als *garzonetti* angefangen, denn ihr Vater weigerte sich, seine Söhne bevorzugt zu behandeln; sie mussten genau wie alle anderen ihre Zeit als Hilfsjungen absolvieren, bevor sie zu *garzoni* aufsteigen und das Handwerk von der Pike auf lernen konnten. Giacomo war ruhig wie sein Vater, tat, was man ihm sagte, und beobachtete jeden Vorgang aufmerksam. Er folgte Paolo auf Schritt und Tritt und war immer derjenige, der zerschelltes Glas rasch auffegte, das fehlende Paddel fand oder mit der Pinzette vorsichtig das Blattgold aufhob, das sein Bruder achtlos mit dem Ärmel von der Arbeitsplatte gewischt hatte. Selbst wenn er mit der Arbeit fertig war, blieb Giacomo in der Werkstatt und fertigte einen *goto* nach dem anderen an, einfache Trinkgläser, die Lehrlinge zu Übungszwecken herstellten.

Marco war anders. Er besaß Talent, mehr als Giacomo, vielleicht sogar mehr als sein Vater, worauf er sich nicht wenig einbildete, aber er war faul. Er machte nie *goti*. Wenn ihn eine neue Technik, Farbe oder Gestaltung interessierte, konnte er wie ein Besessener arbeiten. Wenn er auf Schwierigkeiten stieß, wenn er feststellte, dass die Arbeit komplizierter war als gedacht, wurde er wütend, zerbrach das halb fertige Stück und stürmte aus der Werkstatt. »Die Frau, die ihn mal heiratet, wird es nicht leicht haben«, bemerkte Laura nach einem seiner Wutanfälle, aber sie und ihr Mann schalten ihn nicht, wie sie es bei Orsola taten, wenn sie wütend wurde. Auch Paolo sagte nichts, denn er wusste, dass Marco eines Tages der Maestro sein würde. Giacomo versuchte, ihm die Stirn zu bieten, erntete dafür aber nur blaue Flecken.

Ein außerordentlich schönes Stück gelang Marco jedoch: ein kunstvoll verzierter Kelch aus klarem Fadenglas, dessen Griffe wie die geflügelten Löwen geformt waren, die man auf jeder Flagge in Venedig sah, und dessen Schale beinahe so flach war wie ein Teller. Er brachte Wochen damit zu, ihn zu entwerfen und die Herstellung aller Einzelteile zu üben, bis er sich schließlich an die endgültige Fertigung wagte. Er war so stolz auf das Ergebnis, dass er beschloss, den Kelch nicht an einen Venezianer zu verkaufen, wie er es ursprünglich vorgehabt hatte. Anstatt ihn im Laden zu präsentieren, baute er ein kleines Regal dafür in der Werkstatt. Eines Tages, als niemand da war, versuchte Orsola, ihn mit Wasser zu füllen, aber in die flache Schale ging kaum etwas hinein, und sobald sie den Kelch bewegte, schwappte das bisschen Wasser, das darin war, auf ihr Kleid.

Als Orsola siebzehn war, sah sie ihrer Mutter ähnlicher denn je, von den dunklen Haaren und Augen bis zu den gewölbten Brauen und der leisen Ungeduld in ihren Zügen, als warte sie unablässig darauf, dass etwas geschah.

Und dann geschah tatsächlich etwas.

Eines Tages sollte sie einen Tontopf mit gekochten Aalen zum Warmhalten in den Kühlofen stellen, blieb jedoch in der Tür zur Werkstatt stehen, um den Männern bei der Arbeit zuzusehen. Ihr Vater saß wie immer an der Werkbank, und sein *servente* und die *garzoni* bewegten sich mit ihren Hefteisen und Werkzeugen um ihn herum. Sie bearbeiteten gerade eine längliche Röhre aus Fadenglas, die wahrscheinlich der Griff eines Krugs werden sollte. Paolo zog das Eisen, an dem sie befestigt war, aus dem Ofen und brachte es Lorenzo Rosso, der das orange glühende Stück sanft mit einer Zange bog, mit einem Zirkel die Rundung überprüfte und nickte. »*Perfetto*«, sagte er mit Genugtuung in der Stimme. Ein *garzone* kam mit einem langen Metallhaken, den er um die geschwungene Glasröhre legte. Orsolas Vater schlug leicht gegen das Stück, um es vom Hefteisen zu lösen, und der *garzone* hob es mit dem Haken an, um es in den Kühlofen zu bringen. Aber er hatte den Haken unachtsam darumgelegt und ihn ein wenig zu schwungvoll bewegt, sodass der Glasgriff auf die Werkbank fiel und zersprang. Die Scherben flogen durch die ganze Werkstatt. Eine landete direkt vor Orsolas Füßen. Eine andere indes bohrte sich wie ein glühender Pfeil in den Hals von Lorenzo Rosso.

Der Lehrling erstarrte, den Metallhaken wie eine Waffe in der Hand haltend. Lorenzo griff sich an den Hals, ertastete die Scherbe und zog sie heraus. Es war, als hätte jemand den Korken aus einer Flasche entfernt: Ein Schwall Blut spritzte auf den Fußboden. Lorenzo starrte verwirrt auf die Glasscherbe in seiner Hand. Während ihm das Blut den Hals hinablief, wurde sein Gesicht grau, und er kippte von seinem Hocker.

Orsola ließ den Topf mit den Aalen im gleichen Moment fallen wie der *garzone* seinen Haken, und der Lärm schien ihre Brüder aus ihrer Erstarrung zu reißen. Marco und Giacomo stürzten zu ihrem Vater. Der Lehrling lief hinaus. »Hol den Arzt!«, rief Marco ihm nach. »Hol unsere Mutter!«, befahl er Orsola. »Bring Tücher mit!«

Sofort rannte sie zur Küche, packte ihre Mutter am Arm und stammelte: »Padre ... ein Unfall ... wir brauchen Tücher.«

Laura Rosso musterte das Gesicht ihrer Tochter, als könnte sie darin lesen, was passiert war. »Maddalena, hol den Stapel Laken aus dem Schrank«, befahl sie und lief, gefolgt von Orsola, zur Werkstatt.

Maddalena fing an zu schreien, als sie mit den Laken kam und das Durcheinander aus Scherben, Aalen und der großen roten Lache sah; die Aale schienen förmlich im Blut zu schwimmen. Laura kniete neben ihrem Mann in der Lache und presste ihren Rock auf die Wunde. Orsola starrte auf die nackten Knöchel ihrer Mutter, die voller Blut waren.

»*Basta,* Maddalena!«, rief Laura. »Wirf mir ein Laken zu.«

Maddalena stand wie gelähmt in der Tür, und Orsola musste ihr den Stapel abnehmen und ihrer Mutter ein Laken geben, damit sie es auf Lorenzo Rossos Hals drücken konnte. Das Laken färbte sich sofort rot. »Noch eins«, rief Laura. Orsola reichte ihr ein weiteres Laken, das sie mit viel Mühe gewaschen und in der Sonne gebleicht hatte. Jetzt war ihre ganze Arbeit umsonst gewesen, dachte sie, bekam aber sofort ein schlechtes Gewissen.

Giacomo kniete an der anderen Seite seines Vaters und drückte seine Hand. Paolo hatte die Arme um die beiden *garzonetti* gelegt; der eine hatte die Augen aufgerissen, der andere vergrub das Gesicht an der Seite des Gesellen. Währenddessen tobte Marco durch die Werkstatt. »Wo ist dieser kleine *canagia* von *garzone*?«, schimpfte er. »Ich werde ihm den Bauch aufschlitzen und seiner Mutter die Eingeweide bringen! Wo bleibt der Arzt? Ich wette, er ist nicht mal zu ihm gelaufen.«

Tatsächlich lief der Lehrling nicht zum Arzt, sondern stahl ein Boot und floh damit zur *terraferma*. Er wurde nie wieder gesehen. Und wenn später jemand seinen Namen erwähnte, spuckten die Rossos auf den Boden und verfluchten ihn.

»Madre, sollen wir ... sollen wir den Priester holen?«, fragte Giacomo leise.

Ohne ein Wort ließ Paolo die *garzonetti* los und verschwand. Selbst wenn er zur nächsten Kirche lief – nach San Petro Martire am Zusammenfluss des Rio dei Vetrai und Muranos Canal Grande – und der Priester sofort mit ihm zurückeilte, würde es zu lange dauern. Orsola sah von der Blutlache zum Gesicht ihres Vaters. Er hatte die Augen geschlossen, und seine Haut war bleich wie ein Egerling. Sie wusste, dass es zu spät war, um ihm die Letzte Ölung zu geben.

Laura Rosso war zu demselben Schluss gekommen. Sie tastete nach dem Puls ihres Mannes, dann richtete sie sich auf und ließ das blutige Laken, das sie an seinen Hals gedrückt hatte, sinken. *»Che Dio abia pietà della so anema, e de la nostra«*, sagte sie und bekreuzigte sich.

Maria Barovier kam zu Lorenzo Rossos Beerdigung, ebenso all die anderen Glasmacher von Murano und sogar Gottfried Klingenberg, der venezianische Kaufmann, mit dem er den größten Teil seiner Geschäfte gemacht hatte. Orsolas Vater war ein beliebter Mann gewesen, nicht wegen seines einnehmenden Wesens – er hatte nie viel geredet, war ganz auf seine Familie und seine Arbeit konzentriert –, sondern weil er ehrlich und gerecht gewesen war und seine Arbeit schlicht, aber von guter Qualität.

Er hatte keine Kandelaber oder andere kunstvolle Stücke hergestellt und war so auch niemandem ins Gehege gekommen. Seine Werkstatt war stets sauber, und die Männer, die für ihn arbeiteten, benahmen sich höflich und gesittet – außer Marco, aber man konnte sich seine Söhne nicht aussuchen. Sein plötzlicher Tod erschütterte die Glasmacher, auch diejenigen, die mit Lorenzo Rosso wenig zu tun gehabt hatten. Und so kamen sie zur Trauermesse in die Basilica di Santi Maria e Donato und geleiteten seinen Leichnam zum Boot der Rossos, einem flach gebauten *sandolo*, das ihn über den Kanal zum Friedhof im Nordosten von Murano bringen würde; Marco und Giacomo ruderten, und der Rest der Familie folgte ihnen entlang der Fondamenta. Maria Barovier war auch unter den Hunderten, und diesmal sah sie Orsola an, lange und mit unbewegter Miene, aber nicht unfreundlich.

Einige Wochen später, als Orsola von der Basilika kam, wo sie für ihren Vater gebetet hatte, saß Maria auf dem Campo San Donato auf einer Bank. »Hilf mir hoch, Orsola Rosso«, befahl sie. »Mit der Gicht ist es nicht so leicht.«

Orsola stützte sie am Arm und half ihr beim Aufstehen. Es war das erste und einzige Mal, dass die ältere Frau ihr gegenüber eine Schwäche zeigte.

»Hast du für deinen Vater gebetet?« Maria deutete auf Santi Maria e Donato mit ihrer schönen Backsteinfassade und der doppelten Arkadenreihe. Der Boden im Innern bestand aus prächtigen, jahrhundertealten Mosaiken, die Orsola während der Messe gerne betrachtete. Es war vom Haus der Rossos aus zwar nicht die nächstliegende Kirche, aber dafür die schönste der ganzen Insel.

Orsola nickte und kämpfte gegen die aufsteigenden Tränen. Vor dieser Frau wollte sie nicht weinen.

Eine andere Frau hätte sich bekreuzigt, aber Maria tat es nicht. »Niemand hat verdient, was ihm zugestoßen ist.« Sie musterte Orsola eingehend. »Du bist groß geworden, Orsola Rosso. Eine richtige Frau. Du brauchst ein neues Kleid.«

Das stimmte. Orsolas Brüste waren gewachsen, und ihre Kleider waren dort und an den Armen zu eng geworden. Ihrer Mutter hatte sie nichts gesagt; Laura Rosso musste von einem Tag auf den anderen eine Glaswerkstatt leiten und starrte entweder in die Geschäftsbücher oder sah nach, ob noch genug Holz da war, oder zählte die Glasstäbe und die Kelche und versuchte zusammen mit Marco zu verstehen, wie das alles funktionierte. Orsola war klar, dass ein neues Kleid da warten musste.

»Ich rate zu Braun mit einem Hauch Rot darin«, fuhr Maria Barovier fort. »Das Rot würde gut zu deiner Haut und deinem Haar passen. Beides kann einen kräftigen Ton vertragen.«

Orsola schoss das Blut in die Wangen bei der Vorstellung, dass die Glasmacherin ihre olivenfarbene Haut, die dunklen Lippen und das kastanienbraune Haar bemerkt hatte. Sie nickte mit gesenktem Kopf und eilte davon.

Eine Woche darauf brachte ein Botenjunge ein Paket aus zusammengefaltetem Stoff – feines Leinen, braun mit einem leichten Rotton. Es war keine Nachricht dabei. »Gute Qualität.« Laura Rosso strich über den Stoff. »Vielleicht bezahlt jemand auf diese Weise seine Rechnung. Aber wir brauchen Geld, kein Leinen. Sobald ich weiß, wer es ist, sorge ich dafür, dass er zahlt.«

Orsola räusperte sich. »Das ist für mich.«

»Und von wem?«, fragte ihre Mutter misstrauisch, wie es jede Mutter wäre, wenn ihre unverheiratete Tochter Geschenke bekam.

Orsola zögerte. Es wäre einfacher zu sagen, der Stoff wäre von einem Mann. Das würde niemanden überraschen. Ihre Mutter würde lachen, ihr das Kleid nähen lassen und den Mann fortschicken, falls er noch mal auftauchte. Aber …

»Von Maria Barovier. Es ist ein Geschenk.«

Laura schnaubte. »Wie bitte? Was hat Marietta mit dir zu tun, oder du mit ihr?«

»Nichts. Sie hat mir bloß gesagt, ich brauche ein Kleid.«

Sie rechnete damit, dass ihre Mutter den Stoff sofort zu Maria zurückbringen würde. Doch Laura befühlte das feine Leinen, musterte ihre Tochter von oben bis unten und sagte: »Ich nähe es dir morgen. Du ziehst es an, und dann gehst du zu ihr und bittest sie um Hilfe.«

Orsolas Mund wurde trocken. »Was meinst du damit? Was für Hilfe?«

Laura sah sie lange an. *»Andiamo«*, sagte sie und führte sie durch den Hof zur Werkstatt. »Sieh hin.« Sie stieß die Tür auf.

Orsola war seit dem Tod ihres Vaters nicht mehr in der Werkstatt gewesen. Es war nicht die Angst vor dem Blutfleck – sie und ihre Mutter und Maddalena hatten den Boden so sauber geschrubbt, wie es nur ging, Maddalena weinend, Laura und Orsola mit zusammengepressten Lippen. Dann hatten die *garzonetti* so umgeräumt, dass an der Stelle ein Holzstapel lag, der niemals aufgebraucht werden durfte, damit nicht auch nur eine Spur vom Blut ihres Maestro sichtbar wurde. Aber Lorenzo Rosso war das Zentrum des Tanzes gewesen, den er und seine Arbeiter jeden Tag aufgeführt hatten, und Orsola konnte es nicht ertragen, die Lücke zu sehen, die er hinterlassen hatte, und die zögernden Bewegungen der anderen Männer, die versuchten, die Lücke zu umgehen. Marco war eingesprungen, aber er hatte gerade erst seine *prova* bestanden, die Prüfung, die ihn zu einem *servente* machte. Er hatte noch lange nicht die Erfahrung, die nötig war, um die Werkstatt als Maestro zu leiten. Dennoch musste er es tun. Wenn ein Maestro starb, ging die Werkstatt an seinen ältesten Sohn über. Manchmal sah Orsola, wie überfordert Marco wirkte, ein Mann, der in Verantwortung ertrank. Dann tat er ihr leid, und sie hätte ihm gerne etwas Tröstendes gesagt, aber sie wusste, dass es ihn nur wütend machen würde, wenn man ihn bei einer Schwäche ertappte.

Jetzt sah sie sich in der Werkstatt um. Marco und Paolo waren nicht da. Zwei *garzoni* und ein *garzonetto* spielten *spigoli*, dass die Karten nur so auf den Tisch knallten, und ein weiterer *garzonetto* schlief – etwas, das sie sich in Lorenzo Rossos Gegenwart niemals erlaubt hätten. Nur Giacomo schien zu arbeiten; er sortierte Glasstücke nach Farben, was normalerweise die Aufgabe der *garzonetti* war. Betreten blickte er auf. Normalerweise würde er neues Glas herstellen, würde Sand, Asche und Kalk nach den Formeln der Rossos zusammenmischen, je nachdem welche Farbe gebraucht wurde. Doch offenbar brauchte die Werkstatt kein neues Glas, denn sie produzierte nichts.

»Siehst du?« Laura Rosso ließ ihren Blick durch den Raum schweifen. »Wir sind in Schwierigkeiten, und Marietta Barovier muss uns sagen, was wir tun sollen.« Sie hob einen Brocken klares Glas auf, der nichts auf dem Boden zu suchen hatte, und warf ihn in eine Schubkarre mit Resten.

Orsola lehnte im Türrahmen und betrachtete ihre Mutter aufmerksam. Seit dem Tod ihres Vaters hatte sich ihre Mutter verändert. Nicht nur äußerlich – das Grau in ihrem Haar hatte sich verstärkt, und sie wirkte hagerer denn je. Etwas war in ihrem Innern vor sich gegangen. Laura war immer eine vorbildliche Ehefrau gewesen. Sie stolzierte nicht bei der abendlichen *passeggiata* an den Kanälen entlang, um ihren Pelzmantel vorzuzeigen, wie es einige andere Maestro-Frauen taten, und sie überließ auch nicht den Dienstboten die ganze Arbeit. Sie kümmerte sich um den Haushalt, und sie hatte sich stets für die Werkstatt interessiert und mit ihrem Mann über das Geschäft gesprochen, wenn sie auch nie die Entscheidungen getroffen hatte. Sie konnte lesen und ein wenig rechnen, genug jedenfalls, um bei der Buchhaltung zu helfen. Sie schimpfte und nörgelte nicht, aber sie war entschieden gegenüber Orsola und Maddalena, den Lehrlingen und Gesellen und gegenüber dem Fleischer und den Fischern und den Gemüsehändlern, bei denen sie einkaufte. Ihr Haus war stets sauber, und sie trank nie zu viel Wein. Ihre einzige Schwäche waren *biscotti* und Trockenfrüchte.

In den ersten Tagen war sie wie erstarrt gewesen und hatte nicht geweint, weder bei der Totenmesse noch auf dem Weg zum Friedhof noch an seinem Grab. Orsola wusste, dass ihre Mutter nicht gefühllos war, aber ihr Blick schien auf die fernen Berge der *terraferma* gerichtet, die an klaren Tagen zu sehen waren.

Gegenüber Orsola und Giacomo sagte ihre Mutter mit einem tiefen Seufzer, dass Marco nicht den kühlen Kopf besaß, der nötig war, um an einem Ort wie Murano, wo viele Werkstätten um dieselben Kunden kämpften – Engländer, Franzosen, Deutsche, Niederländer und Türken, die über venezianische Zwischenhändler kauften –, ein Glasgeschäft zu führen. Marco konnte einen Kelch blasen und verzieren, aber er wusste nicht, wie er die Lehrlinge dazu anleiten sollte, Dutzende davon herzustellen, die alle genau gleich aussahen, oder jedenfalls so ähnlich, dass nur ein scharfes Auge die Unterschiede erkennen konnte. Er hatte noch nie mit den Kaufleuten am Rialto zu tun gehabt, die einen gnadenlos ausnahmen, ohne dass man es überhaupt bemerkte. In ihren schwarzen Samtumhängen, mit den perfekt gestutzten Bärten umschmeichelten sie die Maestri mit vielen Worten und so manchem gut gefüllten Kelch. Lorenzo Rosso hatte es geschafft, anständige Bedingungen auszuhandeln, weil er hartnäckig geblieben und weder ihrem Wein noch ihren Schmeicheleien verfallen war. Marco jedoch liebte den Wein, und er liebte Schmeicheleien. Er würde das Familienunternehmen in den Ruin treiben, wenn ihm nicht jemand zur Seite stand, der ihm zur rechten Zeit einen Riegel vorschob und bei Verhandlungen einen kühlen Kopf bewahrte. Orsola wusste, dass ihre Mutter das konnte.

Ein paar Wochen zuvor hatten Laura Rosso und Marco sich von einem *traghetto* – einem der Fährboote, die regelmäßig zwischen Murano und Venedig hin und her fuhren – hinüberbringen lassen, um Gottfried Klingenberg im Fondaco dei Tedeschi aufzusuchen, wo die deutschen Kaufleute wohnten und arbeiteten. Bei ihrer Rückkehr hatte Orsolas Mutter kaum etwas von dem Zusammentreffen berichtet, nur dass es bei der letzten Bestellung von Kelchen und Schalen wie abgesprochen blieb. Und sie hatten die Kelche und Schalen angefertigt, wobei Paolo kommentarlos so viele von Marcos Fehlern wie nur möglich korrigiert hatte. Aber Klingenberg hatte nichts nachbestellt. Und so stand die Werkstatt nun still.

»Frag Marietta Barovier, was wir tun sollen«, wiederholte Laura jetzt.

Orsola nickte.

»Da ist noch etwas«, fügte ihre Mutter hinzu. »Es wird bald nicht mehr zu übersehen sein.« Sie zog ihr Kleid eng um den Bauch, und Orsola starrte überrascht darauf: Es war der einzige Körperteil ihrer Mutter, der gewachsen war, während alles andere vor Trauer geschrumpft zu sein schien. Ihre Mutter tätschelte nicht ihren Bauch, wie andere Frauen es in dieser Situation getan hätten, denn Laura Rosso war ein zurückhaltender Mensch.

»Dann musst du mehr essen, Madre, damit du dieses nicht auch verlierst, so wie die anderen«, sagte Orsola, auf das Praktische konzentriert, um ihren Schreck zu verbergen. Ihre Mutter war zu alt, um noch ein Kind zu bekommen, und obendrein ohne einen Ehemann, der für den Lebensunterhalt sorgte.

»Sag Marietta das mit dem Kind«, wies Laura sie an. »Aber sonst niemandem. Vielleicht stimmt es sie ein wenig milder.«

Bevor Orsola zu Maria Barovier ging, nähte ihre Mutter ihr

ein Kleid aus dem Stoff, den die Glasmacherin Orsola geschenkt hatte. Orsola sollte es viele Jahre lang tragen, selbst als die Mode sich veränderte, und sie bekam oft Komplimente für den zeitlosen Schnitt, den guten Stoff und die Farbe, die die Leute nicht recht einordnen konnten: das Braun der einfachen Leute, vermischt mit dem Rot des Adels.

Als Orsola die Werkstatt der Baroviers zum zweiten Mal betrat, nun eine junge Frau in einem schönen neuen Kleid, nicht mehr ein nasses und schmutziges kleines Mädchen, sah der Innenhof genauso chaotisch aus, wie sie ihn in Erinnerung hatte. Eher schien noch mehr zerbrochenes Glas auf dem Boden herumzuliegen. Der Hof der Rossos würde womöglich bald genauso aussehen. Diesmal klopfte sie an die Tür der Werkstatt, anstatt sich hineinzuschleichen. Der junge Mann, der ihr öffnete, war derselbe, den Maria Barovier damals wegen des Stabs für die *rosetta* zurechtgewiesen hatte. Er war nicht länger ein schmächtiger *garzone*, sondern besaß die starken Arme eines *servente*, und seine Augen waren so dunkel, dass man die Pupillen nicht sehen konnte.

»*Sì?*«

»Ich möchte Signora Maria sprechen. Sag ihr, es ist Orsola Rosso.«

»Sie empfängt niemanden.« Der Geselle wollte die Tür wieder schließen, doch sie griff in den Rahmen, um ihn daran zu hindern. Er sah auf ihre Hand.

»Sag ihr, es ist Orsola Rosso«, wiederholte sie. »Wenn du es ihr nicht sagst, und sie findet später heraus, dass du mich weggeschickt hast, wird sie dich für den Rest deines Lebens *goti* machen lassen.«

Der Geselle starrte sie an, dann verschwand er, um Maria zu holen. Orsola folgte ihm nicht, sondern wartete im Hof. Die Versuchung war groß, sich die verschiedenen Farben der Glasstäbe anzuschauen, durch das Ladenfenster zu spähen, um zu sehen, was sie verkauften, und die Scherben am Boden genauer zu mustern. Aber sie war diesmal nicht als Spionin hier, und so blieb sie, wo sie war, die Arme um den Körper geschlungen.

Maria Barovier ließ sie nicht warten; solche Spielchen zur Demonstration ihrer höheren Stellung hatte sie nicht nötig. Sie kam sogleich heraus. Zu dem Gesellen, der ihr gefolgt war, sagte sie, ohne ihn anzusehen: »Stefano, geh wieder rein und behalte das Blau im Auge.«

Er nickte, warf Orsola noch einen letzten Blick zu und ging zurück in die Werkstatt.

»Komm.« Maria führte Orsola in einen privaten Innenhof, ganz ähnlich dem der Rossos, mit einem kunstvoll verzierten steinernen Brunnen in der Mitte. Drum herum scharrten Hühner im Sand, die empört gackerten, als ihre Herrin sie mit dem Fuß verscheuchte, um sich an die Brunnenmauer lehnen zu können. Es duftete nach dem Basilikum, das in Töpfen in der Sonne stand. Obwohl die Baroviers sehr wohlhabend waren, gaben sie mit ihrem Reichtum nicht an.

Maria Barovier verschränkte die Arme. »Was willst du?«

Orsola erklärte es ihr in kurzen, knappen Worten, beschränkte sich auf die schlichten Fakten, um die Geduld der älteren Frau nicht unnötig zu strapazieren. Maria hörte aufmerksam zu und hob nur die Brauen, als sie von Laura Rossos Schwangerschaft erfuhr.

»Gottfried Klingenberg ist euer Händler am Rialto, nicht wahr?«, fragte sie. »Ich habe ihn bei der Beerdigung deines Vaters gesehen. Sein Kommen war eine große Ehre. Was genau hat er gesagt, als er keine neue Bestellung aufgegeben hat?«

»Er sagte, er sei dankbar, dass wir es geschafft hätten, die Bestellung rechtzeitig zu liefern, und er werde sehen, wie diese Stücke bei den Stammkunden ankämen.«

»›Diese Stücke‹? Waren das seine Worte?«

»*Sì.*«

»Das bedeutet, dass sie anders waren als die früheren. Er vergleicht sie mit denen eures Vaters, und sie sind nicht so gut. Klingenberg kennt sich mit Glas aus. Das Glas der ganzen Welt geht durch Venedig, und das meiste davon hat er gesehen. Ich werde mit ihm sprechen und herausfinden, wo die Fehler liegen. Ich kenne ihn schon sehr lange. Deiner Mutter oder deinem Bruder wird er es vielleicht nicht sagen, aber mir ganz bestimmt. Sobald ihr die Fehler kennt, könnt ihr überlegen, wie ihr sie behebt. Komm in drei Tagen noch mal her.« Damit stieß die ältere Frau sich vom Brunnen ab, ein klares Zeichen, dass das Gespräch beendet war. Sie begleitete Orsola zurück durch den Werkstatthof und bis zur Tür, die nach draußen führte. Als sie sie öffnete, musterte sie Orsola von oben bis unten und nickte leicht, das einzige Zeichen, dass sie das neue Kleid bemerkt hatte und dass es ihr gefiel.

Drei Tage später öffnete ihr Stefano die Werkstatttür und trat beiseite, ohne sie aus den Augen zu lassen; Orsola konnte seinen Blick in ihrem Rücken spüren wie die Spitze eines Stocks.

»Die Kelche sind nicht einheitlich«, verkündete Maria Barovier, als sie wieder am Brunnen standen. Eine Katze lag zusammengerollt neben den Basilikumtöpfen in der Sonne. »Die Füße sind zu dick, die Schalen sind unregelmäßig geformt, und im Glas sind Blasen. Dein Bruder und seine Leute haben die Kontrolle über das Glas verloren. Aus Respekt für deinen Vater hat Klingenberg die Ware trotzdem angenommen, aber er musste sie mit Verlust verkaufen. Eine solche Sentimentalität wird er sich nicht noch einmal erlauben.«

Orsola schwieg. Das alles kam nicht überraschend, aber es schmerzte dennoch. »Und was sollen wir jetzt tun?«, fragte sie schließlich.

»Erweitert euer Sortiment«, schlug Maria vor. »Dein Vater hat sich hauptsächlich auf Gläser, Krüge und Schalen beschränkt, richtig?«

Orsola nickte.

»Wie wäre es mit einer größeren Auswahl an Gläsern? Nicht nur Kelche, sondern auch Alltagsgläser? Hübsche *goti*, die die *garzoni* herstellen können. Teller. Servierplatten. Einfache Dinge, nicht zu stark verziert. Vielleicht liegt so etwas Marco eher. Oder Giacomo, der es bisher nur nie zeigen konnte. Sie müssen sich die Zeit nehmen herauszufinden, was sie selbst gut können, anstatt weiter das nachzuahmen, was euer Vater gemacht hat. Jeder Glasmacher ist anders, so wie jeder Sänger anders klingt und die Pasta jeder Frau anders schmeckt. Paolo, der Geselle eures Vaters, ist ein ausgezeichneter Glasmacher. Er wird ihnen alles zeigen, auch wenn er die Werkstatt am Ende nicht leiten wird, weil er kein Rosso ist. Aber ihr müsst euch schnell etwas überlegen, bevor ihr Klingenbergs Wohlwollen verliert. Wenn es zu lange dauert, bestellt er bei jemand anderem.«

Es war ein vernünftiger Rat, auch wenn ihnen das im Grunde jeder hätte sagen können, und auch Laura und sogar Marco wären irgendwann darauf gekommen.

»Und noch etwas. Perlen!«

»Perlen?« Die Rossos hatten noch nie Perlen hergestellt. Sie waren billig und unspektakulär, und man konnte damit kaum etwas verdienen. Perlen produzierten Arbeiter nur zwischendurch, wenn gerade nichts anderes zu tun war. Nur die *rosetta* der Baroviers war eine recht kostbare Glasperle geworden.

»Perlen, die *du* machen kannst.«

»Ich?« Orsola hatte noch nie mit heißem Glas zu tun gehabt. Sie machte die Wäsche und half Maddalena beim Kochen und Putzen, außerdem arbeitete sie im Garten und passte auf jüngere Cousins und Cousinen auf. Ab und an fasste sie beim Verpacken mit an, aber sie half nicht einmal im Laden aus; das überließ sie ihrer Mutter. Maria Barovier war, soweit sie wusste, die einzige Glasmacher*in*, und sie hatte keine Ahnung, wie es dazu gekommen war. Maria hatte nie geheiratet – vielleicht, weil sie mit Glas arbeitete? Oder arbeitete sie mit Glas, weil sie nicht verheiratet war?

»Perlen füllen die Lücken«, erklärte Maria. »Sie stören nicht. Sie sind unbedeutend, und deshalb können Frauen sie herstellen. Kein Mann wird sich dadurch bedroht fühlen, dass du Perlen herstellst. Aber sie sind mittlerweile gefragt. Perlen werden auf Reisen mitgenommen und zum Handeln verwendet. Der König von Spanien hat Perlen für seine Schiffe bestellt, die von dort aus nach Westen aufbrechen.«

»Nach Westen?« Orsola wusste, dass Schiffe nach Osten fuhren, nach Konstantinopel, Alexandria oder Akkon, oder wenn nach Westen, dann bis Spanien. Aber westlich von Spanien war nichts mehr.

»Sie suchen eine neue Route nach Asien. Meine *rosette* begleiten sie.« Es war nicht zu überhören, dass Maria stolz war auf diesen Triumph.

»Werden Sie mir beibringen, wie man *rosette* macht?«

»Nein, mein Kind. Wenn du meine Tochter wärst, würde ich es tun. Aber die Arbeit der Baroviers bleibt bei den Baroviers. Doch du kannst lernen, andere Perlen zu machen, einfachere. Einfache Perlen lassen sich sehr gut verkaufen. Sie sind nicht die einzige Lösung für die Probleme deiner Familie, aber immerhin eine.«

»Mein Bruder wird das niemals erlauben. Ein Mädchen in der Werkstatt. Das gibt es doch nirgends.« Orsola wurde rot, denn die Baroviers waren ja das beste Gegenbeispiel.

Maria lachte. »Mach sie in der Küche, nicht in der Werkstatt. Marco braucht davon nichts zu erfahren, bis du es wirklich kannst. Wenn du geschickt genug bist, wird er den Wert erkennen. Hast du schon mal Lampenperlen gesehen?«

Orsola schüttelte den Kopf.

»Es gibt zwei Arten, wie man Perlen herstellen kann. Indem

man Glasstäbe zieht, in Stücke zerteilt und poliert – oder mit einer Zinnlampe. Du schmilzt ein Stück Glas in einer Flamme und wickelst es um einen dünnen Metalldorn, dann rollst du es oder formst es mit Werkzeugen. Ich bin nicht gut darin, aber ich habe eine Cousine, die es dir beibringen kann. Geh morgen Abend zu Elena Barovier, hinter San Pietro Martire, und frag sie, ob sie es dir zeigt. Sie hat eine zweite Lampe. Ich bitte sie, sie dir zu leihen, bis du eine eigene hast.«

Was konnten ein paar Perlen gegen die Schulden ausrichten, die Orsolas Familie vielleicht bald haben würde? »*Grazie*, Signora Maria«, sagte sie trotzdem. »Ich werde Ihren Rat befolgen.«

Maria Barovier seufzte. »Ich habe mir immer eine Tochter gewünscht, einen Beistand gegen all die Männer.«

Elena war eine von vielen Baroviers auf Murano, und sie lebte in einem Haus mit lauter Glasmachern und ihren Frauen und Kindern. Elena war mindestens zwanzig Jahre älter als Orsola, und mit ihrer breiten Stirn, dem kantigen Kinn und der schroffen Art erinnerte sie an Maria Barovier. Sie war ebenfalls unverheiratet. Statt ins Kloster zu gehen, hatte sie sich einem ihrer Brüder angeschlossen und sich so in den Haushalt eingefügt, dass sie zwischen den Ehefrauen und Müttern kaum auffiel. Sie war nicht besonders freundlich, als Orsola bei ihr vor der Tür stand, war jedoch offensichtlich von Maria vorgewarnt worden und hatte zu viel Respekt vor ihrer Cousine, um sich ihr zu widersetzen. Die Zinnlampe stand auf dem Tisch, an dem die Familie kurz zuvor zu Abend gegessen hatte. Die Frauen und Kinder, die vorbeikamen, warfen Orsola einen kurzen Blick zu, fragten aber nicht, was eine Rosso am Tisch der Baroviers zu suchen hatte.

»Du hast noch nie mit Glas gearbeitet, richtig?«, fragte Elena ein wenig herablassend.

Orsola schüttelte den Kopf.

»Dann fangen wir ganz von vorne an. Zunächst musst du lernen, eine einfache Perle zu machen, einfarbig, ohne Verzierungen. Als Erstes bauen wir die Lampe auf.« Sie griff nach dem birnenförmigen, etwa eine Elle langen Metallbehälter und klappte den Deckel auf. »Wir tun etwas Talg hinein – das kriegst du beim Fleischer – und bringen ihn zum Schmelzen.« Sie hielt die Lampe kurz über das Feuer, bis sich das Tierfett verflüssigte. Bei dem Gestank nach ranzigem Fett rümpfte Orsola die Nase, und sie kämpfte mit Übelkeit. »Daran gewöhnst du dich«, bemerkte Elena. »Die Arbeit an der Lampe stinkt nun mal.«

Als der Talg geschmolzen war, legte sie einen Metallzylinder mit einem Stoffstreifen so hinein, dass das eine Ende im Talg lag und das andere aus einer Mulde am Rand der Lampe herausschaute. Sie stellte die Lampe auf den Tisch, zündete den Stoffstreifen an und setzte sich davor. Dann nahm sie einen dünnen Metalldorn, ähnlich einem Bratenspieß, in die linke Hand und einen kurzen grünen Glasstab in die rechte. »Wenn ich den Glasstab in die Flamme halte, passiert nichts – sie ist nicht heiß genug. Aber jetzt pass auf …« Sie zeigte unter den Tisch, wo sich ein großer Blasebalg mit einem Schlauch daran befand, dessen Ende durch ein Loch in der Tischplatte hervorkam und auf die Flamme gerichtet war. Elena begann, mit dem Fuß den Blasebalg zu betätigen, und die Luft, die durch den Schlauch kam, nährte die Flamme, die dadurch heller und größer wurde. »Durch die zusätzliche Luft wird die Flamme heiß genug, um das Glas zu schmelzen. Wenn ich den Stab jetzt hineinhalte … Siehst du?« Die Spitze des grünen Glasstabs färbte sich orange und sank herab wie eine welke Blume.

Sie nahm das Glas aus der Flamme und wickelte ein kleines Stück davon um den dünnen Metalldorn, den sie zwischen ihren Fingern hin und her drehte. »Du drehst ihn anderthalbmal in die eine Richtung und dann anderthalbmal in die andere, immer im Wechsel«, erklärte sie. »So wird das Glas gleichmäßig verteilt, damit es symmetrisch ist. Das ist bei Perlen sehr wichtig, wie bei fast allen Sachen aus Glas. Aber du als eine Rosso weißt das sicher.«

Orsola nickte, ohne den Blick von der Perle zu nehmen, die sich scheinbar mühelos an der Spitze von Elenas Stab bildete. Die Perlenmacherin hielt sie erneut in die Flamme, um sie wieder zu erhitzen, dann nahm sie einen schmalen Metallspatel und fuhr damit über das Glas, das sie weiter drehte, sodass es erst zylinderförmig wurde, dann oval und dann wieder rund. »*Canella, ulivetta, paternostro*«, kommentierte sie die jeweilige Veränderung.

Angeberin, dachte Orsola. Trotzdem war sie beeindruckt von der Leichtigkeit, mit der Elena das Glas bearbeitete.

Elena musterte den runden *paternostro*, der unter anderem für Rosenkränze verwendet wurde, und drehte ihn immer wieder hin und her. Als sie schließlich zufrieden war, steckte sie den Dorn mit der Perle nach unten in einen mit Asche gefüllten Metallkasten, so tief, dass die Perle ganz bedeckt war. »Da bleibt sie über Nacht zum Auskühlen.« Sie stand auf. »Jetzt bist du dran.«

Obwohl sie begierig darauf war zu lernen, setzte Orsola sich nur zögernd vor die Lampe. Sie hatte schon lange nichts mehr lernen müssen wie eine Schülerin, und erst recht nicht von einer Lehrerin wie Elena Barovier, die ihr argwöhnisch auf die Finger schaute.

»Such dir eine Farbe aus.« Elena deutete auf das Bündel Glasstäbe, das auf dem Tisch lag.

Orsola griff nach einem blutroten. *Rosso* für eine Rosso.

Doch Elena schüttelte den Kopf. »Zu schwierig für eine Anfängerin. Rotes Glas hasst die Hitze, es verbrennt zu leicht.«

Orsola legte den roten Stab hin und nahm einen grünen.

»Nein, kein Opakglas. Das kühlt zu schnell ab, da musst du dich bei der Bearbeitung zu sehr beeilen. Hier, nimm das.« Sie gab Orsola den langweiligsten Stab – farbloses Klarglas. »Damit geht es leichter.«

Während der nächsten Stunde kämpfte Orsola mit dem Glas, verbrannte es und sich selbst, ließ es fallen und fabrizierte eine misslungene Perle nach der anderen, voller Beulen und Dellen, hässlich und unförmig. Es gelang ihr einfach nicht, den Metalldorn gleichmäßig zu drehen, während sie mit der anderen Hand versuchte, das Glas mit einem Spatel zu formen, und obendrein musste sie die ganze Zeit noch mit dem Fuß den Blasebalg betätigen. Es war, als würde sie mit drei vollkommen unterschiedlich großen und schweren Objekten jonglieren.

»*Mariavergine*«, brummte Elena nach mehreren missglückten Perlen. »Wie kommt Maria nur darauf, dass du dafür geeignet wärst?«

Orsola wurde so rot wie der Glasstab, den sie als Erstes gewählt hatte. Dass Elena es nicht gewohnt war zu unterrichten, machte es nicht einfacher. Sie erklärte wichtige Dinge nicht, setzte Wissen voraus und wurde schnell ungeduldig. Wenn man etwas bereits beherrscht, ist es schwer, sich in jemanden hineinzuversetzen, der es nicht kann. Orsola musste an Maddalena denken – als die kleine Orsola nicht sofort verstanden hatte, wie man Bohnen abzog, hatte Maddalena die Augen verdreht und ihr das Messer wieder weggenommen, und wenn Orsola die eingeweichte Wäsche nicht schnell genug bearbeitete, hatte sie ihre Hände über Orsolas auf den Griff des Stampfers gelegt.

Während Orsola sich abmühte und Elena sie kritisierte und gelegentlich den Dorn ergriff, um ein Unglück zu verhindern, kamen und gingen andere Mitglieder der Familie Barovier, holten Wasser, Zitronen, Brot oder Oliven, jagten hinter einem Ball her oder spielten Fangen. Manche beachteten sie gar nicht, andere schauten Orsola über die Schulter, um zu sehen, was sie da machte. Ein Kind hörte, wie Orsola leise fluchte, als ihr die perfekte Form, in die sie das Glas mühsam gebracht hatte, wieder verrutschte, und rannte lachend in den Innenhof. »*Maledizione!* Das Rosso-Mädchen hat *maledizione* gesagt!«

Schließlich schaffte es Orsola, eine brauchbare *ulivetta spoletta* herzustellen, deren ovale Form asymmetrische Wölbungen eher verzieh als der runde *paternostro*. Elena nickte. »Die ist in Ordnung.« Als Orsola sie neben die, die ihre Lehrerin zu Demonstrationszwecken angefertigt hatte, in den Aschenkasten steckte – die einzige, die gut genug war, um sie zu behalten –, verspürte sie eine Mischung aus Erschöpfung und Stolz. Mit einem Seufzen lehnte sie sich zurück und streckte ihren schmerzenden Rücken.

Elena blies die Lampe aus, dann stellte sie ihr ein Glas Wein hin – ihre erste wirklich freundliche Geste, obwohl es natürlich großzügig von ihr war, der Tochter einer konkurrierenden Familie zu zeigen, wie man Perlen machte, auch wenn es auf Anweisung von jemand anderem geschah.

»Man muss sehr viel üben, bis man das Perlenmachen beherrscht«, bemerkte ihre Lehrerin, nachdem sie ihr Glas in einem Zug geleert hatte. Orsola hatte das bisher nur bei Marco gesehen. Sie dachte, Wein müsste man in kleinen Schlucken trinken.

»Es ist so schwer, weil man drei verschiedene Dinge gleichzeitig tun muss«, beschwerte sich Orsola. »Das Glas drehen und es formen und den Blasebalg treten.«

»Warte ab, bis du eine zweite oder dritte Farbe dazunimmst, um Muster zu erzeugen. Dann weißt du, was wirklich schwer ist!«

Orsola war so darauf konzentriert gewesen, ihre einfache farblose Perle hinzubekommen, dass sie ganz vergessen hatte, wie viel sie noch lernen musste.

»Jede Farbe – und dann wiederum je nachdem, ob sie transparent, durchscheinend oder opak ist – reagiert anders auf Hitze«, fuhr Elena fort, »und du musst lernen, gleichzeitig mit zwei verschiedenen Reaktionen zu arbeiten. Und wenn noch eine dritte oder vierte Farbe dazukommt, musst du wissen, wie du sie hinzufügst, ohne das zu verderben, was du bereits gemacht hast, denn jedes Mal wenn du das Glas erneut in die Flamme hältst, verändert es sich. Und wenn sie heiß sind, sehen alle Farben orange aus, deshalb musst du dir genau merken, was was ist. Aber bis es so weit ist, wird noch viel Zeit vergehen. Erst mal musst du lernen, das geschmolzene Glas am Dorn in den Griff zu bekommen. Habt ihr Honig zu Hause? Flüssigen, keinen festen.«

Orsola nickte.

»Der ist ein bisschen wie geschmolzenes Glas. Nimm einen Klecks davon auf einen Holzstab, dreh ihn hin und her und gib ihn von einem Stab auf einen anderen. So kannst du üben.«

Orsola versuchte sich vorzustellen, wie sie in Anwesenheit ihrer Mutter und ihrer Brüder mit Honig an Stäben spielte. Giacomo fände es vielleicht gut, aber Marco würde sich über sie lustig machen, und Laura Rosso würde den Kopf schütteln und ihr auftragen, sich um die Wäsche zu kümmern.

»Nicht verzweifeln«, sagte Elena, als hätte sie ihre Gedanken gelesen. »Du lernst das schon. Weil du es musst, so, wie ich Maria verstanden habe.«

»Ich tue es, um meiner Familie zu helfen.«

»Tja, und ich tue es, damit ich nicht ins Kloster muss.«

Orsola nickte. Sie hatte auch nicht vor, in ein Kloster zu gehen, wie es so viele alleinstehende Frauen taten. Sie hatte nicht vor, alleinstehend zu sein.

»Was machst du da?«

Marco starrte seine Schwester an, die Honig an einem Holzstab drehte und ihn mit einem zweiten zu formen versuchte. Sie hatte den ganzen Küchentisch bekleckert und hatte im

Hof weitermachen müssen, wo der Honig in der Sonne golden leuchtete. Orsola hatte nicht damit gerechnet, dass einer der Männer aus der Werkstatt kam. Ihre Mutter folgte ihm.

»Ich … spiele.«

Marco schnalzte missbilligend mit der Zunge. »Was bist du nur für ein Nichtsnutz!«

Orsola wurde rot. Ihr Bruder hatte ohnehin schon eine schlechte Meinung von ihr, dabei wollte sie gerade ihn beeindrucken, wollte, dass er sie endlich ernst nahm. Doch das schien eine unmögliche Aufgabe zu sein.

Marco war kein neugieriger Mensch; die eine Frage und ihre schwache Antwort genügten ihm. Offensichtlich war er mit anderen Dingen beschäftigt, denn er hielt seinen Kelch mit den Löwengriffen in der Hand.

»Ich sollte dich begleiten«, sagte Laura Rosso zu ihm.

»Ich brauche meine Mutter nicht, um Geschäfte zu machen.« Marco zog die Tür auf und trat hinaus auf die Calle.

»Wohin will er denn?«, fragte Orsola.

»Zu Klingenberg. Offenbar will der Deutsche seinen Kelch sehen. Marco denkt, er ist ihm so gut gelungen, dass er uns Geld einbringen kann.«

Während Laura hinter ihrem Sohn hereilte, rief Orsola ihm nach: *»Che San Nicolò te tegna 'na man sul cao!«* Obwohl sie ihre Zweifel hatte, ob es ein Segen war, was Marco brauchte.

Sie begann erneut mit einem Klecks Honig, rollte den Stab zwischen Daumen und Zeigefinger hin und her, bemüht, die Bewegung gleichmäßig auszuführen und den Fluss des Honigs zu lenken. Es gab Momente, da hatte sie das Gefühl, sie beherrschte es und der Honig gehorchte ihr. Doch dann lief er wie ein ungezogenes Kind davon und tropfte auf den Teller, den sie wohlweislich bereitgestellt hatte. Eine Stunde später war sie dem Sieg über den Honig kein Stück näher als zuvor.

»Was machst du da?«, hörte sie erneut. Diesmal war es

Giacomo, der fragte, aber seine Stimme klang sanfter als Marcos.

Orsola legte die Holzstäbe auf den Teller, wo der Honig zu einer Pfütze zerfloss. »Ich versuche, mit Glas zu arbeiten.«

»Glas?« Giacomo fuhr mit dem Finger durch den Honig. »Komisch, schmeckt süß.«

»Ich übe mit Honig.«

Ihr Bruder lächelte.

»Lach nicht. Ich ... ich möchte lernen, Perlen zu machen. Gewickelte Perlen, mit einer Lampe. Hast du schon mal gesehen, wie das geht?«

»Ja. Aber es lohnt sich nicht. Man kann in kürzerer Zeit viel mehr machen, indem man Glas zieht und es in Stücke teilt.«

»Die hier sollen aber kunstvoller werden. Mit Verzierungen.« Sie erklärte ihm, was Maria Barovier ihr geraten hatte, dass Elena Barovier angefangen hatte, ihr die Arbeit an der Lampe beizubringen, und was es mit dem Honig auf sich hatte. Giacomo unterbrach sie nicht, sah sie auch nicht skeptisch an und machte keine herablassenden Bemerkungen. Als sie fertig war, schwieg er zunächst.

»Orsola, Perlen werden uns nicht retten«, sagte er schließlich. »Unsere Schulden sind zu groß.« Er senkte den Kopf. »Du weißt, dass Marco nach Venedig gefahren ist, um Klingenberg seinen Kelch zu zeigen? Er denkt, dieser Kelch könnte uns retten.«

»Ja, ich habe gesehen, wie er damit weggegangen ist. Weißt du was? Ich habe mal heimlich versucht, daraus zu trinken, und das Wasser ist überallhin gekleckert.«

»Ich auch!«

Sie lachten.

»Klingenberg ist nicht dumm. Das wird ihm sofort auffallen«, sagte Giacomo. »Er wird Marcos Angebot ablehnen, sie exklusiv für ihn anzufertigen, und unser Bruder wird wutschnaubend zurückkommen.«

»Ein Grund mehr für mich, Perlen zu machen. Es wird keine Konkurrenz für die Werkstatt sein, aber zumindest ein wenig einbringen. Vielleicht genug, um Sachen auf dem Markt zu kaufen oder für unser neues Geschwisterchen.«

Sie schwiegen einen Moment und dachten an das Kind, mit dem ihre Mutter schwanger war. Dann deutete Giacomo auf den Honig. »Und, wie kommst du zurecht?«

»Gar nicht! Er gehorcht mir nicht.«

»Hat Elena Barovier gesagt, wie lange du üben musst?«

»Bestimmt drei Wochen lang.«

»Und der wievielte Tag ist heute?«

Sie lächelte. »Der erste.«

»Dann hör auf Elena und üb weiter. Weißt du, wie lange ich *goti* machen musste? Ein halbes Jahr! Du musst Geduld haben. Das hat Paolo mir beigebracht.«

»Und du musst mir einen Blasebalg bauen.«

Marco kam an dem Abend nicht aus Venedig zurück. Normalerweise hätte sich die Familie deswegen keine Sorgen gemacht, denn er hatte Freunde in der Stadt, die er manchmal besuchte, wenn er dort war. Aber er hatte diese wichtige Besprechung mit Gottfried Klingenberg gehabt. Orsola wusste, wenn sie so verlaufen wäre, wie er es sich gewünscht hatte, wäre er sofort zurückgekommen, um mit seiner Familie auf Murano zu feiern. Vermutlich hatte er sich also irgendeine Taverne gesucht und betrank sich, um seinen Misserfolg zu vergessen. Es wurde immer später, und sie, Giacomo und ihre Mutter saßen am Tisch im Innenhof, sprachen kaum und warteten. Orsola versuchte, bei Kerzenschein Hemden zu flicken, musste ihre Stiche aber immer wieder auftrennen. Giacomo zeichnete Entwürfe, und Laura Rosso saß einfach nur da.

»Ich hätte ihn begleiten sollen«, sagte sie immer wieder und strich den Rock über der Wölbung ihres Bauches glatt. »Klingenberg kennt mich, er hört auf mich. Aber Marco hat gesagt, nein, er ist der Maestro, und es ist seine Aufgabe, dem Kaufmann die Waren zu präsentieren und mit ihm zu verhandeln. Dabei weiß er gar nicht, wie das geht.«

Giacomo hielt mit seiner Zeichenkohle inne. »Madre, du weißt, dass in seinen Kelch kaum Flüssigkeit passt. Und wenn man versucht, daraus zu trinken, läuft sie überall raus.«

»Natürlich weiß ich das. Ich habe es ausprobiert.«

Orsola wechselte einen Blick mit ihrem Bruder und schmunzelte bei der Vorstellung, wie sie alle drei heimlich aus dem Kelch getrunken hatten.

»Sollte er ihn nicht verändern?«, schlug sie vor. »Sodass man ihn benutzen kann?«

»Dafür ist er zu stolz«, erwiderte Giacomo. »Den Kelch zu verändern käme einer Niederlage gleich, also sperrt er sich, bestimmt auch gegenüber Klingenberg.«

Wie konnte es so weit kommen, dass wir von einem jungen Tyrannen beherrscht werden?, fragte sich Orsola. Aber sie kannte die Antwort: Weil ihre Eltern Marco nicht gezügelt, sondern ihm seinen Willen gelassen hatten, sodass er überzeugt war, er sei stets im Recht. Vielleicht hatten sie gedacht, er würde mit der Zeit reifer und ruhiger werden und den Wert der Bescheidenheit erkennen. Doch Lorenzo Rosso war zu früh gestorben, und Marco musste seinen Platz einnehmen, ohne diese wichtige Lektion gelernt zu haben. Nun hatte Klingenberg ihn bei der Besprechung vermutlich beschämt, und das würde er an ihnen auslassen.

Als er am nächsten Nachmittag noch immer nicht zurück war, bat Giacomo Paolo, sich um die Werkstatt zu kümmern, und heuerte Bruno, den Muraneser Bootsführer, an, ihn mit dem *traghetto* nach Venedig zu bringen, damit er seinen Bruder suchen konnte. Die Rossos hatten zwar ein eigenes Boot, fuhren damit jedoch nur innerhalb von Murano oder zu den kleineren Inseln in der Lagune. Giacomo war nicht versessen darauf, sich durch die geschäftigen Kanäle von Venedig zu kämpfen, und erst recht nicht durch den Canal Grande.

»Nimm mich mit«, bat Orsola. »Die Stadt ist groß. Du brauchst Hilfe beim Suchen.«

Nach kurzem Zögern nickte Giacomo. Sie versuchte, ihre Begeisterung nicht zu zeigen, aber sie freute sich riesig, nach Venedig zu fahren. Obwohl es so nah war, war sie erst einige wenige Male dort gewesen, weil ihr Vater fand, sie sei nur unnötiger Ballast, den er durch die Lagune hätte rudern müssen.

Bruno hingegen freute sich, nun zwei zahlende Passagiere zu haben, und machte anzügliche Bemerkungen über Orsola, bis Giacomo sagte, er werde den Rest des Fahrpreises nicht bezahlen, wenn er nicht den Mund hielte. »Dann lasse ich euch in der Serenissima, und ihr könnt zurückschwimmen«, entgegnete Bruno feixend – La Serenissima, so nannten die Bewohner Venedigs ihre Stadt. Doch er hörte auf, Orsolas Kurven zu preisen, und konzentrierte sich aufs Rudern, als die Gondel in der Mitte der Lagune in unruhigeres Wasser kam. Jedes Mal wenn sie an einer Kirche vorbeikamen, bekreuzigte er sich und verkündete laut ihren Namen. »San Michele … San Cristoforo … Santa Maria Assunta.«

Letztere war gut zu erkennen an ihrem hohen, eckigen Campanile. Orsola wurde ein wenig flau, als sie die dicht an dicht stehenden Häuser entlang der Riva und der Kanäle erblickte. Murano sah gar nicht so viel anders aus, aber dort kannte sie jedes Haus, kannte die Menschen, die darin lebten. Die Häuser in Venedig waren ein oder zwei Stockwerke höher, und aus ihren Dächern ragten spitz zulaufende Schornsteine. Als sie in den Kanal einbogen, der zum Canal Grande führte, wurde das helle, weite Licht der Lagune abgelöst von plötzlicher Dunkelheit, und Orsola hatte das Gefühl, von den Hauswänden eingeschlossen zu werden. Überall hingen Wäschestücke wie Flaggen an

Stangen, die aus den Fenstern ragten. Frauen lehnten sich hinaus, klopften Teppiche, kippten Wasser in den Kanal oder schüttelten Laken aus. Sie taten dieselben Dinge, die Orsola auch jeden Tag tat, aber hier wirkten sie fremdartig und faszinierend.

Sobald sie sich zwischen anderen Booten im Kanal befanden, war Bruno wie verwandelt. Hier herrschte viel mehr Verkehr als rund um Murano, und er musste sein Geschick mit dem Ruder unter Beweis stellen, um Zusammenstöße zu vermeiden. Er wurde noch frecher, pfiff derbe Lieder und fluchte viel mehr als in den heimatlichen Gewässern, wo seine Mutter sofort davon erfahren hätte. »*Oe, becco fotuo!*«, rief er aus, als eine Gondel sie schnitt.

Der Gondoliere zog eine Grimasse. »*Puttana di Dio!*«, rief er zurück. »*Ta morti cani!*«

»*In mona a to mare!*«

»*Eh, cazzetto, ocio, mona!*«, rief ein anderer, weil Bruno mehr aufs Fluchen achtete als aufs Rudern. »*Ti xe imatonìo?*« Und dann schien es, als würden sämtliche Bootsführer auf dem Kanal genüsslich fluchen und sogar Beleidigungen singen: »*Buzaròn!*« »*Mona!*« »*Magnamerda!*« »*Visdecasso!*«

»Halte dir die Ohren zu!«, sagte Giacomo zu Orsola, aber sie lachte über die vulgären Ausrufe, von denen sie nur die Hälfte verstand.

Sie passierten den Campo San Canciano, wo die Muraneser gewöhnlich aus den *traghetti* stiegen, um von dort zu Fuß ins Stadtzentrum zu gehen, und folgten dem Kanal weiter, bis er in den Canal Grande mündete. Mit einem Mal wimmelte es nur so von Booten, die scheinbar ohne jede Ordnung in alle Richtungen fuhren. Das Wasser war davon so aufgewühlt, dass die Rossos sich an den Seiten des Bootes festhalten mussten, um nicht in den Kanal zu fallen. Da waren *sandoli*, wie das der Rossos, einfache Flachbodenboote mit einem Ruderer, der einen oder zwei Passagiere oder Waren beförderte; größere *peate* mit zwei Ruderern, die hauptsächlich Waren transportierten; elegante *caorline* mit halbmondförmigem Vorder- und Achtersteven; und viele Gondeln, lang und schmal, mit flachem Boden und einer *felze* in der Mitte, einer kleinen Kabine mit aufklappbaren schwarzen Läden, die die Passagiere vor Sonne und Regen schützte. Sie wurden von einem oder zwei Gondolieri gefahren, die ein blaues, schwarzes oder rotes Wams trugen, aus dessen geschlitzten Ärmeln sich das weiße Hemd hervorbauschte, eine eng anliegende Hose in Rot oder Rot mit weißen oder schwarzen Streifen und eine rote Kappe mit weißen Federn. Sie zogen alle Blicke auf sich, und das wussten sie auch. Orsola versuchte, nicht auf ihre muskulösen Beine und Hintern zu starren, aber es war einfach zu verlockend.

Ebenso eindrucksvoll waren ihre Passagiere, größtenteils adelige Herren mit schwarzen Umhängen und Hüten und Damen mit Perlenketten und Kleidern aus blauem Samt über weißärmeligen Blusen. Eine von ihnen hielt ein weißes Hündchen auf dem Schoß. Sie schienen kein bestimmtes Ziel zu haben, sondern ließen sich umherfahren, um zu sehen und gesehen zu werden. Bisweilen gesellten sich zwei Gondeln zueinander, und die Herrschaften plauderten, während die Gondolieri im gleichen Takt ruderten, sich gegenseitig gutmütig verspotteten und Tratsch austauschten.

Orsola betrachtete sie staunend und voller Neid. Ihr rotbraunes Kleid, das ihr auf Murano so elegant und schmeichelhaft erschienen war, wirkte im Vergleich dazu schäbig. Sie würde niemals echte Perlen tragen; manche der Maestro-Frauen besaßen zwar welche, aber Laura Rosso nicht. Jetzt wünschte Orsola, Brunos einfachere Gondel hätte auch eine *felze,* in der sie sitzen könnte, damit die Sonne ihre Haut nicht bräunte.

Die Fondamente entlang des Kanals waren ebenfalls sehr belebt. Venezianer spazierten dort oder standen in kleinen Grüppchen zusammen und unterhielten sich oder kauften etwas bei den Händlern, die dort ihre Stände aufgebaut hatten. Zum größten Teil waren es Männer in roten oder schwarzen Umhängen, obwohl hier und da auch ein paar Frauen in Begleitung von Dienstboten zu sehen waren, oder Dienstboten allein, die eilig ihre Besorgungen machten. Der Canal Grande war nur eine halbe Stunde mit dem Boot von Murano entfernt, aber er erschien ihr wie eine andere Welt. Auch, weil es so viele Menschen aus fremden Ländern gab.

Giacomos und Orsolas Ziel, der Fondaco dei Tedeschi neben der Rialtobrücke, war ein riesiges vierstöckiges Lagerhaus mit Büro- und Wohnräumen in den oberen Geschossen, das ausschließlich für die deutschen Kaufleute erbaut worden war. Orsolas Vater hatte davon erzählt. Es war schlichter als die Gebäude drum herum. Auffällig waren allein die zum Wasser hin offenen Arkaden im Erdgeschoss, die dem Fondaco als Zugang dienten.

Als sie sich vom Canal Grande näherten, ordnete sich Bruno in die lange Reihe von Booten ein, die ebenfalls darauf zusteuerten. Obwohl er es nicht zum ersten Mal machte, verstummte er und begann zu schwitzen, während er sich bemühte, nicht gegen das Boot vor ihm zu stoßen, das hoch mit Teppichen beladen war. Andere um sie herum trugen Seide, Holz, Weinfässer oder Gewürze; ein Boot war sogar ganz mit Zitronen gefüllt. Während sie darauf warteten, aussteigen zu können, sah Orsola eine *peata* an ihnen vorbeigleiten, die mit Muraneser Holzkisten beladen war, wie die Rossos sie verwendeten. Die Kisten waren beschriftet, aber sie konnte nicht lesen.

»Moretti«, sagte Giacomo, der ihr Interesse bemerkte. »Ihr Händler hat die Glaswaren vermutlich hier begutachtet und mit der Bestellung abgeglichen, und jetzt werden sie an San Marco vorbei zum Hafen gebracht, wo die Kisten auf Schiffe geladen werden, die erst nach Süden und dann nach Osten oder Westen fahren. Genau dasselbe passiert mit unseren Waren.«

Orsola hatte noch nie darüber nachgedacht, wohin das Glas reiste, wenn es Murano verlassen hatte, obwohl sie sich manchmal auszumalen versuchte, wo es schließlich landete: zum Beispiel auf einem gedeckten Tisch in London, wo an jedem Platz ein Rosso-Kelch stand. In ihrer Phantasie sah der Tisch so aus wie eine Muraneser Festtafel, denn sie hatte keine Vorstellung davon, wie es in London war. Und da sie auch noch nie Menschen aus England getroffen hatte, nahm sie an, sie sähen aus wie sie, nur blasser.

Schließlich kamen sie an den Arkaden an, wo die Waren ausgeladen wurden, und Giacomo sprang aus dem Boot, um seiner Schwester die rutschigen Stufen hinaufzuhelfen. Nachdem er mit Bruno verabredet hatte, sich in ein paar Stunden an der Rialtobrücke wieder zu treffen, führte Giacomo sie durch einen der fünf Bögen in den feuchten Innenhof, der ein paar Stunden zuvor von einer leichten *acqua alta* überflutet worden war. Die meisten Gebäude in Venedig und Murano hatten wegen des wiederkehrenden Hochwassers einen *androne*, einen Saal im Erdgeschoss, dem es nicht schadete, wenn das Wasser der Kanäle oder der Lagune eindrang. In der Mitte des Fondaco dei Tedeschi stand ein großer steinerner Brunnen, der mit gemeißelten Rosen verziert war. Die vier umgebenden Wände bestanden aus gemauerten Rundbögen, große im Erdgeschoss und kleinere in den drei Stockwerken darüber.

Orsola war von dem Anblick so überwältigt, dass sie stehen blieb und sich mit einer Hand am Brunnenrand festhielt, weil ihr schwindelig wurde, als sie hochsah. Wäre sie mit Marco hier gewesen, hätte er sie ermahnt, sich zu beeilen und keine Löcher in die Luft zu starren. Doch Giacomo verstand sie und wartete. Überall um sie herum durchquerten Männer den *androne* und liefen die Treppe hinauf zu den Büros der Kaufleute oder schleppten zu zweit Kisten oder große Bündel mit verpackter Ware. Im Innern des Fondaco dei Tedeschi herrschte ein ebensolcher Betrieb wie draußen auf dem Canal Grande.

»*Andiamo*«, sagte Giacomo schließlich. »Wir müssen herausfinden, was mit Marco geschehen ist.«

Sie erklommen die breite Steintreppe zum ersten Stock, wo Gottfried Klingenberg sein Büro hatte. Lorenzo Rosso, sein Vater und auch sein Großvater hatten ihre Waren hauptsächlich über die Klingenbergs exportiert. Wenn eine Generation den Stab an die nächste weitergab, wechselten sie reibungslos von einer Partnerschaft zur nächsten, Kaufmann und Maestro Seite an Seite, was auch immer der Lauf der Zeit mit sich brachte. Lorenzos verfrühter Tod hatte dieses Zusammenspiel durcheinandergebracht.

Gottfried Klingenberg sah von seinem Geschäftsbuch auf, runzelte die Stirn, glättete sie jedoch sofort wieder und begrüßte Giacomo und Orsola. Hochgewachsen, mit dichtem Haar, grau gesprenkeltem Bart und in einen schwarzen Umhang gekleidet, war er etwa im gleichen Alter wie der verstorbene Lorenzo Rosso, verwitwet und Vater einer Tochter. Orsola war ihm bereits begegnet, denn er besuchte die Werkstatt der Rossos gelegentlich, um zuzusehen, wie die Glaswaren hergestellt wurden. Ihr Vater hatte Klingenbergs anhaltendes Interesse sehr geschätzt, denn viele andere Händler sahen Glas einfach nur als Ware an, die verkauft und verschickt werden musste.

»*Buongiorno*, Giacomo«, sagte er und erhob sich. »Und Orsola – eine richtige junge Frau. Sie werden Ihrer Mutter immer ähnlicher.«

Orsola errötete und bemühte sich gleichzeitig, nicht zu lachen. Sein Venezianisch war sehr korrekt, aber das Musikalische der Sprache wurde von seinem deutschen Akzent zunichtegemacht, denn er war sicher in Deutschland aufgewachsen und hatte Venezianisch erst später gelernt. Ihm zuzuhören war, als versuche man, durch die Ruinen eines Gebäudes zu gehen, mit unebenem Boden, verborgenen Löchern und Steinbrocken, über die man stolpern konnte.

Klingenberg deutete auf zwei Sessel aus poliertem Mahagoni, deren Armlehnen in geschnitzten Löwenköpfen mit aufgerissenem Maul und üppiger Mähne endeten und deren Sitze mit Kissen aus türkischen Kelims bedeckt waren. »Mein Schreiber ist gerade unten am Anleger, sonst hätte ich ihn gebeten, ein paar *cicchetti* zu holen«, sagte er, »aber ich kann Ihnen zumindest Wein anbieten.«

Orsola war zu nervös, um etwas zu essen oder den Wein zu kosten, den er ihnen einschenkte. Stattdessen betrachtete sie den Perserteppich auf dem Boden vor ihr mit seinen wirbelnden Mustern in Rot, Blau und Gold.

»Was kann ich für Sie tun?«, fragte der Kaufmann, als er wieder hinter seinem Schreibtisch saß, der ebenfalls aus Mahagoni und mit mehreren sorgsam angeordneten Papierstapeln bedeckt war.

»Wir sind wegen unseres Bruders hier«, erwiderte Giacomo leise, als schäme er sich, von Marco zu sprechen. »Er hatte gestern eine Besprechung mit Ihnen, ist aber nicht nach Hause gekommen.«

Klingenberg drehte sein Weinglas hin und her – es war nicht von den Rossos, wie Orsola bemerkte. »Das ist bedauerlich. Marco war etwas … aufgebracht, als er ging. Wir hatten eine Meinungsverschiedenheit.«

Mehr sagte er nicht dazu, und Giacomo fragte nicht nach. Doch Orsola hielt das Schweigen nicht aus. »Ging es um den Kelch?«, fragte sie. »Wir wissen, dass kaum etwas hineinpasst. Aber er ist sehr schön, und die Griffe mit den venezianischen Löwen sind ausgefallen. Man sieht, dass er Talent hat. Wir dachten, wir könnten Marco dazu bewegen, ihn ein wenig abzuwandeln, sodass er schön und einzigartig bleibt, aber auch zu benutzen ist. Paolo könnte ihm dabei helfen …« Sie plapperte drauflos, und Giacomo und Klingenberg starrten sie verdutzt an. Es ziemte sich nicht, dass eine junge Frau so offen ihre Meinung sagte.

Plötzlich lachte Klingenberg schallend. »Sie sind wirklich genau wie Ihre Mutter, und nicht nur äußerlich. Laura Rosso nimmt ebenfalls kein Blatt vor den Mund. Aber auf den Gedanken bin ich auch schon gekommen, Signorina, und genau das habe ich Marco vorgeschlagen, denn man muss aus einem Kelch doch zumindest trinken können. Aber er wollte nichts davon hören. Tatsächlich hat er mich mit etlichen Schimpfwörtern bedacht, die ich noch nicht kannte. Anscheinend sind die venezianischen Gondolieri nicht die Einzigen, die phantasievoll fluchen. Ich muss öfter nach Murano kommen oder meinen Gondoliere bitten, mich zu unterweisen. Auf jeden Fall weiß ich jetzt, was Muraneser sagen, wenn sie ihrem Händler den Laufpass geben.«

Orsola schnappte erschrocken nach Luft, und Giacomo stammelte eine Entschuldigung. »Keine Sorge«, unterbrach ihn Klingenberg schmunzelnd. »Ich habe es nicht ernst genommen. Der Hitzkopf wird sich schon wieder beruhigen und vernünftig werden. Dafür werden Sie, seine Familie, schon sorgen. Ich nehme an, deshalb sind Sie hier, nicht wahr?«

»Wissen Sie, wohin er gegangen ist?«, fragte Giacomo, bemüht, sich seine Verzweiflung nicht anmerken zu lassen.

»Das hat er nicht gesagt, aber vielleicht weiß jemand von den Männern im Lager etwas. Kommen Sie mit, ich werde sie gleich einmal fragen. Ich muss ohnehin wegen einer Inspektion nach unten.« Er erhob sich. Erst jetzt sah Orsola, dass sein Samtumhang mit Pelz verbrämt war, dabei war es ein warmer Tag. Er klemmte sich eine Mappe unter den Arm und führte sie hinaus. Giacomo leerte hastig sein Weinglas, bevor er ihm folgte, und wieder ging es die Treppe hinunter in den Innenhof. Andere Kaufleute und Lagerarbeiter, die ihnen auf dem Weg dorthin begegneten, traten zurück und nickten oder verneigten sich, je nach ihrem Rang. Offensichtlich genoss Klingenberg großes Ansehen. Das hatte Orsola nicht gewusst; für sie war er immer nur ein Name gewesen und eine Gestalt, die sie ab und an aus der Ferne sah. Ein notwendiges Übel, wie Lorenzo Rosso vielleicht gesagt hätte – der Mittelsmann, der selbst nichts herstellte, sondern nur Käufer und Verkäufer in Verbindung brachte. Er war das Öl, das die Rädchen des Geschäfts am Laufen hielt. Dennoch bewunderte sie ihn, nicht nur wegen des Mahagonis und des Perserteppichs und des Pelzbesatzes und des teuren Weins, sondern weil er offen und ehrlich war, was den Handel und seine Rolle darin betraf, aber dennoch voller Neugier und Bewunderung für das Glas. Die Kelche zum Beispiel, in denen er ihnen den Wein serviert hatte, waren von ausgezeichneter Qualität – besser, musste sie zugeben, als die der Rossos.

»*Perdonate*, Signore«, sagte sie, als sie in den Innenhof traten. »Wer hat die Gläser in Ihrem Büro gemacht?«

Klingenberg sah sie an. »Maestro Seguso. Aber ihn vertrete ich nicht. Ich verwende nie die Waren meiner Kunden, damit sie nicht denken, ich ziehe den einen dem anderen vor.«

Klug von ihm, dachte sie.

Er führte sie zu einer Ecke des Innenhofs, wo zwei Männer mehrere große Kisten geöffnet hatten. Orsola spähte hinein. Drinnen lagen lauter zugebundene Säcke. Klingenberg nahm ein kleines Messer aus einer Tasche seines Umhangs, schnitt einen davon auf, und zum Vorschein kamen rötlich-braune Stöckchen, ungefähr in der Farbe ihres Kleids. Der Kaufmann griff mit der Hand hinein und nickte. »Trocken. Das ist das Wichtigste beim Versand von Gewürzen. Hier, für Sie.« Er gab ihr eins von den Stöckchen. »Zimt aus Alexandria, aber eigentlich kommt er aus südlicheren Ländern Afrikas. Kratzen Sie mal mit dem Fingernagel daran.«

Orsola tat es und hob den Finger an die Nase. Es war ein Stück dünne, eingerollte Rinde, die scharf und süß zugleich roch und nach einem heißen und trockenen Ort. Sie wusste nicht, was sie damit anfangen sollte, aber da es offensichtlich teuer und kostbar war, dankte sie Klingenberg und schob es vorsichtig in ihre Tasche, um immer wieder einmal daran zu schnuppern, bis sich der Duft schließlich verlor.

Er sprach mit den Männern, und sie eilten davon, um wegen Marco Erkundigungen einzuziehen. Während sie warteten, fragte Klingenberg nach dem Befinden ihrer Mutter und wollte wissen, woran Giacomo gerade arbeitete. Er erwähnte weder die ungleichen Kelche noch die schiefen Schalen noch die Tatsache, dass er keine neue Bestellung bei den Rossos aufgegeben hatte. Sein Verhalten war freundlich, professionell und ein wenig distanziert.

Orsola befingerte die Zimtstange in ihrer Tasche und kratzte erneut daran, um den würzigen Duft freizusetzen. Als sich eine Pause im Gespräch ergab, räusperte sie sich. »Handeln Sie auch mit Perlen, Signore?«

Klingenberg sah sie an, diesmal nicht mehr so überrascht, dass sie etwas sagte. »Manchmal. In Ländern, wo kein Glas hergestellt wird, gelten sie als Kuriosität. Dadurch können sie recht wertvoll werden.«

»Maria Barovier hat mir geraten, das Perlenmachen zu lernen, um der Familie zu helfen. Ihre Cousine bringt es mir bei.«

Klingenbergs geschäftsmäßige Miene wurde weicher. »Maria Barovier.« Er wiederholte ihren Namen, als zitiere er ein Gedicht. Ein deutsches Gedicht. »Natürlich. Sie hat mich nach den Geschäften der Rossos gefragt.« Er musterte Orsola mit neuem Respekt. »*Allora*, Signorina Rosso, wenn Sie gelernt haben, zu Maria Baroviers Zufriedenheit Perlen anzufertigen, bringen Sie sie mir, und wir unterhalten uns. Es wird vielleicht eine Weile dauern, aber ich bin ein geduldiger Mensch.«

Sie nickte und warf ihrem Bruder einen Seitenblick zu. Marco wäre furchtbar wütend gewesen, aber Giacomo schüttelte nur mit einem verwirrten Lächeln den Kopf.

Die Männer vom Lager kamen zurück und sprachen mit Klingenberg, der sich daraufhin an die Rossos wandte. »Sie haben Glück. Venedig ist eine volle Stadt, und es gibt viele Orte, wo Ihr Bruder sich aufhalten könnte. Wenn er beispielsweise zum Arsenale gegangen wäre, hätten Sie ihn niemals gefunden. Aber einer der Männer hat ihn gestern Abend in San Polo gesehen, in der Nähe der Frari. Vielleicht ist er dort nicht mehr, aber Sie könnten mit den Tavernen in der Umgebung anfangen.«

Giacomo sah ihn ratlos an.

»Sind Sie zu Fuß?« Klingenberg war immer noch höflich, aber nun hörte man die leise Ungeduld des Geschäftsmanns, der Wichtigeres zu tun hatte.

Orsola und Giacomo nickten. Sie hatten Bruno nur für die Fahrt bis zum Rialto angeheuert.

»Gehen Sie über die Rialtobrücke und am Rand des Marktes entlang, dann wenden Sie sich nach links, sodass der Canal Grande immer auf Ihrer linken Seite bleibt, und gehen mehr oder weniger immer geradeaus, auf den größten Campanile zu, den Sie sehen können. Der gehört zur Frarikirche.«

»*Grazie*, Signore«, sagte Giacomo.

»Wenn Sie Ihren Bruder gefunden haben und er sich von seinen venezianischen Abenteuern erholt hat, sagen Sie ihm, er soll seinen hübschen Kelch wegschließen und sich auf die Sachen konzentrieren, für die die Werkstatt der Rossos steht: Krüge, Schalen und schlichtere Kelche – das, was Ihr Vater gemacht hat. Sein Geselle Paolo wird wissen, wie es geht, denn er ist fast genauso geschickt, wie Ihr Vater es war. Marco muss sich eine Zeit lang von Paolo führen lassen, um das Boot in ruhigeres Fahrwasser zu bekommen, bevor er anfängt, Neues auszuprobieren. Genau das habe ich ihm gestern gesagt, aber er muss es noch einmal hören, von Ihnen und von Ihrer Mutter.«

Giacomo nickte und dankte dem Kaufmann erneut. Klingenberg deutete eine Verneigung an und wandte sich zu den Kisten mit Gewürzen, mit den Gedanken bereits wieder bei seinen Geschäften. Dann drehte er sich noch einmal zu Orsola um. »Richten Sie Signora Barovier Grüße von mir aus«, sagte er mit einem Funkeln in den Augen. »Ich habe großen Respekt vor ihr.«

Der Ponte di Rialto war zu jener Zeit die einzige Brücke über den Canal Grande, und so drängten sich stets viele Menschen darauf. Zwei hölzerne Rampen führten von beiden Ufern zu einem erhöhten Mittelteil, der entfernt werden konnte, wenn ein großes Schiff passieren wollte. Die Brücke war zu beiden Seiten von Ständen gesäumt, sodass sie nicht nur als Übergang von San Marco nach San Polo genutzt wurde, sondern auch zum Einkaufen. Sie knarzte und ächzte und schwankte wie ein Schiff mit vielen Passagieren, und Orsola war nervös, als sie auf ihr gingen. Sie hatte gehört, dass sie einmal unter dem Gewicht zu vieler Leute zusammengebrochen war. Am liebsten hätte sie Giacomos Arm genommen, aber in dem Gedränge waren sie gezwungen, hintereinander zu gehen. Sie spürte nicht nur die Blicke der Männer, sondern auch ihre Hände und musste energisch ihren Ellbogen einsetzen, um sich ihrer Zudringlichkeiten zu erwehren.

»Falls wir getrennt werden, treffen wir uns am Fondaco dei Tedeschi«, rief Giacomo ihr in dem Lärm zu.

Aber sie würde aufpassen, dass sie nicht getrennt wurden – die Vorstellung war zu schrecklich.

Als sie die Brücke überquert hatten, gingen sie am Rand des Marktes entlang, auf dem das Gedränge sogar noch größer zu sein schien. Orsola war an die Märkte auf Murano gewöhnt, und da ging es viel ruhiger zu. Hier schoben sich junge Männer mit Stoffballen, Körben voller Färbemittel, Kerzen, Stapeln geschnitzter Stühle, zusammengerollten Teppichen und Käfigen mit kreischenden Papageien durch die Menge. Sie war versucht, sich an die Seite zu stellen und dem Spektakel zuzuschauen, doch Giacomo kämpfte sich vorwärts, und sie durfte ihn nicht aus den Augen verlieren.

Am Ende des Marktes bogen sie links in eine von Häusern gesäumte Calle ein, die immer schmaler und dunkler wurde. Auf Murano waren die Straßen breiter, und die Häuser hatten nur zwei Stockwerke. Hier ragten sie vier oder fünf Stockwerke in die Höhe, sodass die Sonne nicht mehr bis in die Gassen hinunterdrang. Um sie herum eilten die Menschen hin und her, und Orsola hatte das Gefühl, sie und ihr Bruder durften nicht stehen bleiben, sonst würden sie sofort als das erkannt, was sie waren: überforderte Muraneser.

Sie kamen zu einem Campo, wo es wieder heller war. Von den Fenstern über ihnen hing Wäsche herab, und Frauen riefen einander und ihren Kindern, die unten spielten, etwas zu – mit einem harten Akzent, den Orsola misstönend und reizvoll zugleich fand.

Giacomo blieb stehen. Es gab vier Gassen, die sie nehmen konnten, aber keine davon war direkt gegenüber. Nur wenige Gassen führten lange geradeaus. Venedig war ein chaotisches Knäuel aus Kanälen, Straßen und Plätzen, und es war viel einfacher, sich auf dem Wasser fortzubewegen als zu Fuß. Schließlich wählte er auf gut Glück eine der Gassen, aber sie endete bald darauf vor einer Mauer, die nach Pisse stank, und sie mussten wieder umkehren. Die zweite, die sie ausprobierten, führte sie zurück zum Canal Grande. Schließlich fragten sie einen Priester, der den Platz überquerte, und er deutete auf einen Durchgang, den sie nicht bemerkt hatten.

Auf dem nächsten Campo hielten sie Ausschau nach dem hohen Campanile, von dem Klingenberg gesprochen hatte, doch die Häuser versperrten den Ausblick, und so nahmen sie die Calle, durch die die meisten Leute gingen. Die Gassen waren eng und dunkel, und sie wurden immer wieder von Passanten geschubst, die es eilig hatten und den Weg kannten. Orsola hatte vollkommen die Orientierung verloren und keine Vorstellung, wie sie zum Rialto und zum Fondaco dei Tedeschi zurückfinden sollten, wo ihnen immerhin Klingenberg helfen würde, falls es nötig war. Sie hatte das Gefühl, sie und ihr Bruder wurden immer tiefer in ein Labyrinth gezogen, aus dem sie vielleicht nie wieder herauskommen würden.

Nach einer Weile gelangten sie zu einem riesigen Campo, größer als jeder Platz auf Murano, und Orsola dachte, die Kirche darauf sei die Frari, doch in der Ferne ragte ein größerer Campanile auf, und als Giacomo den Mut aufbrachte zu fragen, stellten sie fest, dass sie sich erst auf dem Campo San Polo befanden. Wieder tauchten sie in das Labyrinth ein, diesmal jedoch geführt durch den Campanile, der immer wieder zu sehen war, und schließlich kamen sie über eine gewölbte Steinbrücke auf den bescheidenen Vorplatz der Frari, die dort festgemacht schien wie ein riesiges Schiff aus Ziegelsteinen. Sie hatte große Bogenfenster und einen Glockenturm, den Campanile, mit einer sechseckigen Turmspitze. Aber davon abgesehen war sie sehr schlicht. Die Basilica di Santi Maria e Donato auf Murano war viel beeindruckender, fand Orsola. Vielleicht befanden sich die Vorzüge der Frari ja im Innern.

Aber sie waren nicht hier, um Kirchen zu besichtigen. »Und wohin jetzt?«, fragte sie.

Giacomos Gesicht war von Sorge gezeichnet. Er hatte Klingenbergs Anweisungen befolgt, und jetzt wusste er offensichtlich nicht weiter. Während sie ihn ansah, verstand Orsola, warum Marco der Maestro sein sollte – abgesehen davon, dass er der ältere der beiden Brüder war – und warum ihr seine Anerkennung so viel mehr bedeutete als die von Giacomo. Der war zwar bereits ein sehr guter Glasmacher, aber er besaß nicht die Charakterstärke, um die notwendigen Entscheidungen zu treffen. Orsola liebte Giacomo, weil er freundlich und sanft war. Er stellte keine großen Ansprüche. Was aber auch bedeutete, dass man keine großen Ansprüche an ihn stellen durfte.

»Sieh mal, der Kanal führt direkt an der Frari entlang«, sagte sie. »Da gibt es bestimmt Tavernen. Lass uns dort anfangen.«

Er folgte ihr zu dem ersten Wirtshaus, in dem lauter Fischer saßen, die bei Orsolas Anblick anerkennende Pfiffe ausstießen. Sie blieb stehen. »Geh du rein.«

Giacomo sah sie ängstlich an. »Was soll ich denn sagen?«

»Sag ihnen, dass du deinen Bruder suchst, der dir ein bisschen ähnlich sieht, aber älter und kleiner ist. Und sag, dass er ein Glasmacher aus Murano ist. Davon gibt es hier bestimmt nicht viele, und vielleicht erinnern sie sich an ihn.«

Orsola musste ihn fast hineinschieben. Während sie wartete, versuchte sie die Blicke der Fischer zu ignorieren, die draußen saßen und tranken.

Doch in der ersten Taverne erinnerte sich niemand an Marco, in der zweiten auch nicht, und ebenso wenig in allen anderen entlang des Kanals. In jeder traf sich ein anderer Beruf: in einer waren die Fleischer, in einer anderen die Gemüsehändler, in wieder einer anderen die Matrosen. Auf Murano tranken die Glasmacher und die Fischer auch in getrennten Wirtshäusern.

Sie versuchten es an einem anderen Kanal, folgten den Wegen, die sich daran entlangzogen oder darauf zuführten. Es wäre besser gewesen, das Boot zu nehmen, obwohl Orsola bezweifelte, dass Bruno sich in diesen kleinen Kanälen auskannte. Die ganze Zeit behielten sie den Campanile der Frari im Blick, der über die Häuser ragte. Während sie ihn langsam umkreisten, begann sie am Sinn ihrer Suche zu zweifeln. Marco konnte irgendwo in diesem Labyrinth aus Kanälen und Gassen sein. Und was sollten sie tun, wenn sie ihn fanden? Würde er sich überhaupt von ihnen nach Hause bringen lassen?

Schließlich kamen sie zu einer ruhigen Taverne, bei der nur ein paar Männer draußen saßen, darunter auch der Wirt. Als Giacomo sein Anliegen vorbrachte, schnaubte der Mann. »Ja, der war gestern Abend hier. Hat die ganze Zeit über den ›Fluss‹ von Glas gefaselt. Hab kein Wort verstanden.« Und sein Tonfall machte klar, dass es da auch nichts zu verstehen gab.

Giacomo und Orsola wechselten einen Blick. Nur wenn er sehr betrunken war, wurde Marco sentimental und schwärmte davon, wie sich das Glas verwandelte, wenn es erhitzt wurde, und dass er seinen »Fluss« in Bahnen lenken musste.

»Wissen Sie, wohin er gegangen ist, Signore?«, fragte sie.

Der Wirt zuckte die Achseln. »Wenn ich jedem Gast folgen wollte, wäre ich bald pleite. Obwohl ich nichts dagegen hätte, dir in eine Gasse zu folgen«, fügte er hinzu, den Blick auf ihre Brüste gerichtet.

Orsola holte Luft, um ihn zurechtzuweisen, doch Giacomo schnitt ihr das Wort ab. »Vielleicht zumindest, in welche Richtung? Oder könnte es sein, dass jemand von Ihren Gästen mit ihm gesprochen hat?«

»*Ich* habe mit ihm gesprochen. Oder vielmehr ihm zugehört.« Der junge Mann, der sich gemeldet hatte, saß auf den weißen Stufen, die zum Kanal neben der Taverne hinunterführten. Er hatte einen dichten, blonden Lockenschopf, breite Wangenknochen, tief liegende, blaugrüne Augen und einen konzentrierten Gesichtsausdruck. »Du musst Giacomo sein«, fügte er hinzu. »Und du Orsola.«

Orsola bemühte sich, das Beben zu ignorieren, das sie durchfuhr, als er ihren Namen sagte. »Marco muss sehr betrunken gewesen sein, wenn er uns erwähnt hat«, erwiderte sie. »Normalerweise tut er das nicht.«

Der junge Mann lachte. »Ja, das war er.«

»Weißt du, wohin er gegangen ist, nachdem du mit ihm gesprochen hast?«, fragte Giacomo.

»Er wollte zum Campo Santa Margherita.« Der junge Mann sah zu Orsola. »Er sagte, er wollte zu den Bordellen dort.«

»Ist das weit?«

»Nein.« Er begann, ihnen den Weg zu beschreiben, und kam dann offensichtlich zum gleichen Schluss wie Klingenberg: Hier waren zwei Muraneser, die sich nicht auskannten. »*Andiamo*, ich zeig's euch.«

Er sprang auf und überquerte eine Brücke, die von der Frari wegführte. Giacomo lief neben ihm, während Orsola ein Stück hinter ihnen blieb. Sie betrachtete ihn genauer. Er war untersetzt, aber muskulös, mit kräftigen Armen und Beinen und einer breiten Brust. Seine braune Hose lag so eng an wie die eines Gondoliere, und sie konnte den Blick nicht von seinem wohlgeformten Hintern wenden.

Mit jemandem, der sie führte, war es ein Kinderspiel, durch Venedig zu gehen. Der junge Mann bog erst rechts ab, dann links, ging an einer weiteren großen Kirche vorbei, über einen Campo und eine Brücke und schließlich zu einem weiteren Campo, der geformt war wie der geschwungene Bug eines Bootes. An beiden Enden stand eine Kirche. In der Mitte befand sich ein gut besuchter Markt mit Produkten von den Feldern von Giudecca, der Insel, die südlich von Venedig in der Lagune lag. Er war viel größer als die Märkte auf Murano. Orsola musterte Körbe voll leuchtender Karotten. »Die schmecken bestimmt nicht besser als die, die wir zu Hause haben«, sagte sie zu ihrem Bruder, um Venedig auf seinen Platz zu verweisen.

Der junge Mann warf ihr einen amüsierten Seitenblick zu. »Murano ist also berühmt für seine Karotten?«

»Komm halt und probier sie, *bufòn*.«

»Orsola!« Giacomo wandte sich dem jungen Mann zu. »Bitte

entschuldige die Unhöflichkeit meiner Schwester. Sie macht sich Sorgen um ihren Bruder. Normalerweise würde sie nicht so reden.«

Der junge Mann grinste. »Ich muss wirklich mal die Karotten von eurer Insel kosten. Und vielleicht noch andere Leckereien – Pfirsiche, Melonen …«

Orsola spürte, wie ihr die Hitze in die Wangen stieg.

»Wie sollen wir … Wo sollen wir …« Giacomo schien nicht zu wissen, wie er seine Frage formulieren sollte.

»Euren Bruder finden? Nun, ich spreche aus Erfahrung – nicht meiner, *ovviamente*, sondern der einiger anderer, gewissermaßen« – er zwinkerte Orsola zu –, »wenn ich sage, dass er seinen Rausch sehr wahrscheinlich in einer der kleinen Gassen zwischen diesem Platz und dem Rio de Santa Margherita ausschlafen wird. Hier zum Beispiel …«

Er führte sie in eine Gasse, die an einem Kanal endete, kehrte wieder zum Campo zurück, versuchte es in der nächsten und immer so weiter.

In einer der Gassen fanden sie Marco schließlich zusammengerollt hinter einem Haufen von verrottetem Gemüse – Ausschuss vom Markt. Er stank nach Wein und Schlimmerem, und Giacomo brauchte eine Weile, um ihn wachzurütteln. Als er schließlich die Augen öffnete, schien er nicht überrascht, seinen Bruder und seine Schwester über sich gebeugt zu sehen. Er richtete sich zum Sitzen auf und deutete mit dem Kopf auf den jungen Mann. »Ah, ich sehe, ihr habt Antonio getroffen«, sagte er. »Ich habe ihm vom Glas erzählt, und er will nach Murano kommen, um dort zu arbeiten, und sein venezianisches Leben hinter sich lassen.« Marco wischte ein matschiges Salatblatt von seinem Ärmel.

»Ach ja?« Giacomo wandte sich zu dem Mann. »Du hast uns gar nicht gesagt, dass du auch mit Glas arbeitest. Aber das darfst du hier nicht.« Zweihundert Jahre zuvor hatte der Doge verfügt, dass alle Glasmacher nach Murano gehen mussten und nur dort arbeiten durften, zum einen um die Stadt vor der Brandgefahr durch die Schmelzöfen zu schützen, zum anderen um die Handwerker im Auge zu behalten und zu verhindern, dass sie die Geheimnisse des Muraneser Glasgewerbes aufs Festland mitnahmen.

»Tue ich auch nicht«, erwiderte Antonio. »Ich bin Fischer und arbeite zusammen mit meinem Vater und meinem Onkel. Aber ich habe vier Brüder, deshalb brauchen sie mich nicht.«

»Aber warum dann Glas?«, wollte Orsola wissen. »Du könntest doch stattdessen Boote bauen oder Seile machen.«

»Ich möchte lieber schöne Dinge schaffen. Ich habe gesehen, was Maestri arbeiten.«

»Glas ist das Beste, was es gibt«, verkündete Marco, der sich schwankend erhob und fast in den Abfallhaufen gefallen wäre. »In jeder Farbe und jeder Form. Zerbrechlich und doch robust. Und man kann alles damit machen, was man will. Wie mit einer Frau.«

Orsola verdrehte die Augen. *»Mamaluco.«*

Antonio lachte. »Anscheinend habe ich einen guten Körper für Glas, kräftig in Armen und Brust. Mein Vater sagt, ich wäre zu stämmig für das Boot. Er möchte uns lieber schlank und drahtig.«

Plötzlich verlor Marco seine Jovialität und blickte sich hektisch um. »Wo ist er? *Wo ist er?*« Er begann, im Abfall zu wühlen.

Orsola wusste, wonach er suchte. »Woher sollen wir das wissen? Wir waren ja nicht hier. Wär nicht schade um das nutzlose Ding«, setzte sie leise hinzu.

»Meinst du den Kelch?«, fragte Antonio. »Mit den Löwengriffen?«

»*Sì, sì!* Wo ist er?«

»Du hattest ihn noch, als du das Wirtshaus verlassen hast. Du hast gesagt, du wolltest ihn im Bordell verkaufen.«

Marco richtete sich auf. »*Mimorti!*« Eilig lief er die Gasse hinauf, und sie folgten ihm zum Campo Santa Margherita. Er beschirmte mit der Hand die Augen gegen die Sonne und sah sich um. Der sonst so stolze Marco wirkte jetzt ziemlich verloren. »Wohin bin ich gegangen?«, fragte er.

Der Fischer sah ihn mit seinen lagunenfarbenen Augen an. »Ich finde ihn für dich, aber dafür musst du mich als deinen Lehrling annehmen.«

»Das geht nicht!«, rief Orsola aus. »Wir nehmen keine Venezianer. Und bevor jemand *garzone* wird, muss er erst mal als *garzonetto* arbeiten, den Ofen befeuern und den Boden fegen. Die Jungen, die bei uns anfangen, sind zehn. Sie machen das fünf Jahre lang, bevor sie das erste Mal Glas anfassen.«

Antonio zuckte lächelnd die Achseln. »Das ist der venezianische Preis fürs Wiederfinden von verlorenen Kelchen.«

»*Va bene*«, sagte Marco. »Dann bring ihn mir.«

»Ich brauche Geld, um ihn zurückzukaufen.«

Marco durchsuchte seine Taschen. »Ich habe keins. Die Huren müssen mich bestohlen haben.«

Kopfschüttelnd machte Antonio sich auf den Weg.

»Marco, bist du verrückt?«, rief Orsola. »Du kannst ihn nicht annehmen! Wir können nicht noch einen *garzone* gebrauchen. Klingenberg hat dir gesagt, was du tun musst, um das Geschäft zu retten. Und davon, einen neuen Lehrling anzunehmen und unsinnige Kelche herzustellen, war nicht die Rede. Was wird Madre sagen?« Doch obwohl sie dagegen wetterte, fand sie die Vorstellung, diesen Venezianer mit seinem hellen Haar und den blaugrünen Augen und dem wohlgeformten Hintern in der Werkstatt, im Hof und an ihrem Tisch zu sehen, sehr verlockend.

»Ich muss den Kelch wiederhaben.«

Sie wandte sich zu Giacomo, doch der zuckte nur die Achseln und widersprach seinem Bruder nicht.

Als Antonio zurückkam, läuteten bereits die Glocken zur

Abendmesse, und die Markthändler bauten ihre Stände ab. Er gab Marco einen Beutel. »Von einem der Löwen ist ein Stückchen abgebrochen, aber das kannst du ja sicher reparieren.«

Marco nahm den Kelch heraus und musterte ihn. »Ja, das kann ich.«

Antonio betrachtete ihn ebenfalls, nicht mit der fanatischen Besessenheit eines Liebenden, wie Marco, sondern wie jemand, der nicht lesen kann und dennoch versucht, die Worte zu entziffern. Orsola hätte den Kelch am liebsten genommen und in den nächsten Kanal geworfen, weil er ihnen so viel Ärger verursacht hatte.

»Wie viel wollten sie dafür haben?«, fragte Marco.

Antonio lächelte spöttisch. »Du hast ihn für einen Fick verkauft, sie haben ihn für den Preis von zwei Ficks zurückgegeben.«

»Er ist hundert Ficks wert!«

»Nicht, wenn man nicht daraus trinken kann, wie sie festgestellt haben. *Comunque*, du schuldest mir zehn *soldi*.«

»Ich habe kein Geld.«

Antonio sah zu Giacomo, der seufzte und ihm eine Münze gab, die er eigentlich nicht entbehren konnte. Der Fischer steckte sie ein, dann führte er sie, ohne dass sie ihn darum bitten mussten, zurück zum Rialto, denn es war offensichtlich, dass sie den Weg allein nicht finden würden.

Orsola trottete missmutig hinter ihren Brüdern her. Antonio ging ihr nicht aus dem Kopf. Sein Selbstbewusstsein ärgerte sie und zog sie zugleich an. Der schob sich durch die vollen Gassen, ohne jemanden anzustoßen, nickte und lächelte allen möglichen Leuten zu und bewegte sich dabei mit einer erstaunlichen Eleganz. So aufrecht würde sie auch gerne durch Venedig gehen. Immerhin kannte sie sich auf Murano aus und konnte dort genauso viele Leute grüßen wie er hier. Wart's ab, bis du auf Murano bist, dann sehen wir, wie du zurechtkommst, dachte sie. Obwohl sie bereits sicher war, dass er gut zurechtkommen würde; er würde alle bezaubern.

Bruno war unterdessen am *traghetto*-Anleger angelangt, der dem Fondaco dei Tedeschi am nächsten lag. Dort warteten die Gondolieri auf die Familien, für die sie arbeiteten, oder auf Passagiere, die nach Dorsoduro, San Marco oder zum Arsenale wollten. Solange sie nichts zu tun hatten, sangen sie und verspotteten die Muraneser Bootsführer, die sich bemühten, mit dem Singen und Fluchen mitzuhalten. Als sie näher kamen, sang Bruno gerade ein anzügliches Lied über eine Muraneser Nonne und ihre Liebhaber.

Als er fertig war, klopfte ihm einer der Gondolieri auf den Rücken. »Kennst du das Sprichwort ›*Muranesi maganzesi*‹? Nun, du hast bewiesen, dass es nicht stimmt. An dir ist nichts Sauertöpfisches, *puteletto de Muran!*«

Bruno strahlte, unberührt von der Herablassung.

Orsola ging noch immer ein Stück hinter den Männern, und die Gondolieri hatten sie bemerkt. »*Oe, che bea cocheta!*«, riefen sie und sandten Küsse in die Luft. Sie wären sicher noch deutlicher geworden, doch sie schloss zu Marco, Giacomo und Antonio auf, und die Gondolieri verstummten, als hielte ihnen jemand den Mund zu.

Nur ein Mund musste nicht zugehalten werden. Inmitten der Venezianer war ein junger afrikanischer Gondoliere, hochgewachsen und schlank, mit kurzem, krausem Haar und großen schwarzen Augen. Er trug ein elegantes rotes Wams und eine Kappe mit einer weißen Feder, und seine eng anliegende Hose hatte ein buntes Karomuster. Orsola bemühte sich, ihn nicht anzustarren, um nicht schon wieder als ahnungsloses Muraneser Mädchen dazustehen. Bei den wenigen anderen Gelegenheiten, da sie in Venedig gewesen war, hatte sie Türken mit ihren Turbanen gesehen und Juden mit ihren Kappen, aber noch nie einen Afrikaner mit tiefschwarzer Haut.

Zu ihrer Überraschung grüßte Antonio ihn mit einem »*Buongiorno*, Domenego«, und der Afrikaner hob als Antwort die Hand.

»Woher kennst du ihn?«, fragte sie bemüht beiläufig, um ihre Neugier zu verbergen.

»Manchmal, wenn mein Vater ohne mich rausfährt und seine Familie ihn nicht braucht, gehen wir in der Lagune auf Entenjagd.«

»Seine Familie ist auch hier?«

»Die Familie, für die er arbeitet«, erklärte Antonio. »Seine eigene Familie ist vermutlich in Afrika.«

Sie nickte und musterte Domenego verstohlen aus dem Augenwinkel. Er lachte und scherzte nicht wie die anderen Gondolieri, sondern wartete still, reglos und aufmerksam. Er bemerkte ihren Blick und sah sie unverwandt an. Verlegen senkte Orsola den Kopf.

»Bruno, *basta*«, rief Marco und brach wie so oft den Bann. Widerstrebend trennte sich Bruno von seinen venezianischen Kollegen und führte sie zu seiner Gondel. *Puteletto de Muran* schien sein neuer Spitzname zu sein, denn das riefen sie ihm begeistert hinterher.

»Wann soll ich nach Murano kommen, damit du dein Versprechen einlösen kannst?«, fragte Antonio Marco.

Orsolas Bruder wirkte gequält. Allmählich ließ die Wirkung des Weins nach, und er begann zu begreifen, dass er eingewilligt hatte, einen Lehrling anzunehmen, der keinerlei Erfahrung mit Glas hatte. »In vier Monaten, nach der Sommerpause«, sagte er schließlich. Im August ist der Ofen aus, da hat es keinen Sinn zu kommen.«

Giacomo und Orsola wechselten einen Blick. Wie es schien, würden sie bald einen neuen *garzone* haben.

»*Va bene. Arrivederci!*«, rief Antonio.

Als Bruno von der Fondamenta ablegte, konnte Orsola es sich

nicht verkneifen, noch einmal hinüberzusehen. Antonio und Domenego lächelten ihr beide zu.

Richtig wütend wurde Marco erst am nächsten Tag. In Venedig war er noch betrunken genug gewesen, um nicht weiter darüber nachzudenken, dass seine Geschwister gekommen waren, um ihn zu holen. Auf dem Weg zurück nach Murano hatte Marco Bruno mit Beschreibungen ergötzt, was er mit den Huren von Santa Margherita gemacht hatte, bis Orsola sich die Ohren zuhielt und zu den Campanili zurückblickte, die in den Himmel über Venedig hinaufragten. Irgendwo in diesem Durcheinander aus dicht gedrängten Häusern, stinkenden Kanälen und geschäftigen Plätzen war ein venezianischer Fischer mit einer Münze der Rossos in der Tasche.

Nachdem Marco sich gewaschen, gegessen und geschlafen hatte, kam er nüchtern und missmutig herunter. Seinen Kelch hielt er am unversehrten Griff in der Hand. Orsola, Giacomo und Laura Rosso saßen in der Küche und aßen. Marco stellte den Kelch vorsichtig auf den Tisch und funkelte seinen Bruder und seine Schwester zornig an. »Wie könnt ihr es wagen, mir nach Venedig hinterherzukommen«, begann er mit leiser Stimme, die rasch lauter wurde, »als ob ich ein kleiner Junge wäre, auf den man aufpassen muss. Ihr habt den Familiennamen beleidigt und die Beziehung zu unserem Händler ruiniert. Wenn die Firma Rosso den Bach runtergeht, ist es eure Schuld!«

»Red keinen Unsinn«, entgegnete Orsola. »Du bist derjenige, der die Beziehung zu Klingenberg abbrechen wollte. Zum Glück ist er klug genug, dich nicht ernst zu nehmen.«

»Wie kommst du dazu, für die Familie zu sprechen? Halt den Mund. Dein Platz ist in der Küche oder im Bett.«

»Marco!« Laura Rosso stand auf, die Augen lodernd vor Zorn. »Sprich nie wieder so mit deiner Schwester oder irgendjemandem von uns. Die Familie kommt immer zuerst!«

Marco wollte etwas erwidern, doch sie war noch nicht fertig. »Du solltest dankbar sein, dass dein Bruder und deine Schwester dich gesucht haben, denn weiß der Himmel, wo du sonst gelandet wärst. Wahrscheinlich tot in einem Kanal.« Sie bekreuzigte sich. »*Allora*, bedank dich bei ihnen!« Sie verschränkte die Arme vor der Brust und starrte ihn an.

»Was? Nein!« Marco verschränkte ebenfalls die Arme und hielt ihrem Blick stand. Fasziniert beobachtete Orsola das Ganze. Endlich bot ihre Mutter ihm die Stirn. Und es war klar, wer gewinnen würde.

Schließlich löste Marco die Arme und senkte den Blick.

»Also?«, sagte Laura.

»*Grazie*«, murmelte er.

»Lauter. Sag: ›Danke, Orsola und Giacomo.‹«

»*Grazie, Orsola e Giacomo.*«

»Ein Bruder beschützt seine Schwester, immer. Und er sagt niemals solche Dinge zu ihr oder über sie. Entschuldige dich bei ihr.«

Mit gesenktem Kopf wandte Marco sich zu Orsola. »*Mi dispiace, sorella.*«

Sie nickte. Aber die Sache gefiel ihr nicht. Ein gedemütigter Marco konnte gefährlicher sein als ein wütender. Zorn verrauchte, aber eine Demütigung konnte sich tief ins Herz fressen und jede Aussicht darauf, dass er sie und ihre Arbeit eines Tages schätzen würde, vernichten.

»Madre, was sollen wir jetzt tun?« Giacomo wandte sich mit Absicht an ihre Mutter und nicht an Marco. »Klingenberg sagt, wir müssen besser in dem werden, was wir herstellen. Wenn uns das gelingt, nimmt er uns vielleicht wieder an. Aber es muss schnell gehen, da die Kunden nicht warten.« Er fügte nicht hinzu, dass Marco törichterweise versprochen hatte, einen weiteren *garzone* anzunehmen.

Laura setzte sich wieder und massierte sich den unteren Rücken. Obwohl die erwartete Niederkunft erst im September war, stand ihr Bauch schon recht weit vor. *Mio Dio*, hoffentlich sind es keine Zwillinge, dachte Orsola. Bald werden wir nicht mehr genug haben, um sie satt zu bekommen.

Ihre Mutter betrachtete ihre Fingernägel. »Es gibt noch eine andere Lösung.«

Ihre Kinder sahen zu, wie sie an dem Schmutz unter einem Nagel pulte.

»Roberto Testa hat mir angeboten, mich zu heiraten. Er würde die Schulden übernehmen und sogar das hier« – sie legte eine Hand auf ihren Bauch – »als seines anerkennen.«

»Testa?«, rief Marco aus. »Was hat der alte Hund hier herumzuschnüffeln?«

Orsola verstand schneller als ihre Brüder. Roberto Testa war Witwer, ohne Kinder und mit einer kleinen Werkstatt. Wenn er nicht von einem seiner Brüder aufgekauft werden wollte, musste er sich mit einer anderen Werkstatt zusammentun. Fressen oder gefressen werden. Und da die Werkstatt der Rossos in Schwierigkeiten war, lag das Angebot nahe.

Ob er verkatert, müde oder einfach zu langsam war, Marco begriff es nicht. »Warum willst du uns wegen dem verlassen?«

»Ich würde euch nicht verlassen. Die beiden Familien würden sich zusammentun.«

Marcos Augen verengten sich. »Aber – zwei Maestri?«

»Erstens bist du noch kein Maestro. Du musst erst die *prova* bestehen. Zweitens verstehst du nicht. Testa wäre der Maestro. Du würdest *servente* bleiben. Er heiratet mich nur, wenn er die Werkstatt übernehmen und auf Testa umbenennen kann.«

»Aber ich habe die Werkstatt der Rossos geerbt! Du kannst sie nicht weggeben!«

»Stimmt. Aber wir sind eine Familie. Und so lautet Testas Angebot.«

»Niemals. Padre wäre entsetzt, dass du auch nur einen Moment darüber nachgedacht hast!«

»Dein Vater wäre entsetzt, dass du Schalen herstellst, die wackeln.«

Marco verzog das Gesicht.

»*Comunque*, ich habe bisher weder Ja noch Nein gesagt. Es ist nur eine Möglichkeit, die Schulden loszuwerden und Essen auf den Tisch zu bringen.«

»Aber was würde dann aus mir? Aus uns?« Marco deutete auf Giacomo.

»Du würdest immer noch arbeiten, genau wie jetzt, aber ohne die Geschäfte zu führen.«

»Du meinst, wir wären seine Gesellen?«, fragte Giacomo. »Was ist mit Paolo?«

»Paolo wird sich in das fügen, was wir beschließen. Aber wie ich schon sagte, ich habe ihm noch keine Antwort gegeben.«

»Möchtest du ihn denn heiraten?«, fragte Orsola.

»Für das Kleine wäre es gut, wenn es einen Vater hätte.« Laura Rosso deutete auf ihren Bauch. »Und eine Sicherheit.«

Orsola nickte. Für eine Mutter war Sicherheit natürlich wichtig. Aber sie konnte sich nicht vorstellen, dass Laura nur wenige Monate nach dem Tod ihres Vaters wieder heiraten würde. Andererseits war ihre Mutter schon immer ein praktisch denkender Mensch gewesen.

»Aber *wir* können dem Kind doch Sicherheit geben«, wandte Marco ein.

Laura richtete ihre dunklen Augen auf ihren ältesten Sohn. »Wenn du diesem Kind Sicherheit geben willst, musst du dich um die Werkstatt kümmern. Tu, was Klingenberg dir geraten hat, und sieh zu, dass deine Schalen nicht wackeln und die Gläser einen dünnen Boden haben.«

»Lass Paolo eine Weile übernehmen«, schlug Giacomo vor. »Padre hat ihn gut ausgebildet, und er hat Erfahrung.«

Marco stand auf und trat ans Fenster.

»Vergiss diesen ausgefallenen Kelch«, fügte Laura hinzu. »Um der Familie willen.«

Fluchend ging Marco hinaus in den Innenhof. Sie warteten und sahen zu, wie er draußen auf und ab lief. Als er schließlich wieder hereinkam, steuerte er direkt auf sein Meisterstück zu und fegte es vom Tisch. Es zerschellte auf dem Boden, dass die Scherben in alle Richtungen flogen. Dann stapfte er wieder hinaus und rief über seine Schulter: »*Andiamo*, Giacomo, das Glas wartet auf uns.«

Giacomo verkniff sich einen Kommentar und folgte ihm.

Orsola holte einen Besen und begann, die Scherben zusammenzufegen. Ihre Mutter, die sonst immer etwas zu tun hatte, blieb sitzen und sah zu.

»Ist alles in Ordnung, Madre?«, fragte Orsola.

»Das Kleine tritt mich kräftig. Es feiert den Sieg.« Laura Rosso lächelte grimmig. »Wir haben doch erreicht, was wir wollten, oder? Ich bin froh, dass das Ding kaputt ist.« Sie deutete mit dem Kopf auf die Überreste des Kelchs.

So sehr sie sich über Marco auch immer wieder ärgerte, es tat Orsola doch leid, dass sein kostbares Stück in Scherben gehen musste. Er hatte seinen Traum zerstört, um sich dem Alltagsgeschäft zu beugen. Sie überlegte, ob sie etwas sagen sollte, sah dann jedoch, dass ihre Mutter sich die Hand an die Wange presste, als hätte sie Schmerzen. Tatsächlich schien sie zu weinen, doch dann entfuhr ihr ein Prusten, und Orsola merkte, dass sie mit dem Lachen kämpfte. »Madre?«, sagte sie verwirrt.

Ihre Mutter lachte so sehr, dass sie den Kopf auf den Tisch legte. Orsola musste schmunzeln, obwohl sie nicht wusste, warum.

Schließlich beruhigte sich Laura wieder. Sie hob den Kopf und wischte sich die Lachtränen aus den Augen. »Dass ihr tatsächlich geglaubt habt, Roberto Testa hätte um meine Hand angehalten! Euch kann man wirklich alles erzählen.«

Orsola lehnte den Besen an die Wand. »Du hast uns angelogen!«

»Für einen guten Zweck. Es hat Marco dazu gebracht, mit etwas mehr Verstand zwischen den Ohren in die Werkstatt zurückzukehren.«

Marco machte sich mit solchem Eifer daran, die Werkstatt der Rossos zu retten, dass er sich kaum noch im Haus aufhielt, abgesehen von einer schnellen Mahlzeit hier und da, und bisweilen sogar nachts arbeitete, denn das Feuer im Schmelzofen brannte Tag und Nacht. Normalerweise nutzten die Lehrlinge die Nachtstunden, um zu üben, doch nun war es Marco, der übte. Er zwang Paolo, immer wieder mit ihm die Herstellung einer Schale durchzugehen, bis er es hinbekam, dass sie nicht mehr wackelte. Dann ging es weiter mit Kelchen, die alle gleich auszusehen hatten, und schließlich waren die Krüge an der Reihe, mit der Schwierigkeit, einen Ausguss hinzubekommen, der beim Einschenken nicht tropfte, und einen Griff, der an der richtigen Stelle saß und die richtige Größe besaß. Als sein Vater ihm all das beigebracht hatte, hatte er nicht richtig aufgepasst, aber nun, da die Werkstatt in Gefahr war, übernahm er die Rolle des Sohnes, der das Familienunternehmen rettete, und er spielte seine Rolle mit Bravour, als stünde er auf einer großen Bühne. Bald war Orsola froh, wenn er nicht zu den Mahlzeiten erschien, denn wenn er da war, sprach er ausführlich und voll Selbstgerechtigkeit darüber, dass ein Maestro die Launenhaftigkeit des Glases beherrschen und es in seine Schranken verweisen müsse, und darüber, wie er die Holzlieferanten in Grund und Boden feilschen und die Konkurrenten ausstechen würde. Eigentlich fand Orsola es durchaus interessant, aber Marco hielt einen Monolog, und sobald der Rest der Familie es wagte, etwas dazu zu sagen, schnitt er ihnen das Wort ab oder schalt sie für ihre Unwissenheit. Es war langweilig und anstrengend, ihm zuzuhören.

Orsola staunte, wie geduldig ihre Mutter blieb. Sie lauschte den Vorträgen ihres Sohnes, ohne die Augen zu verdrehen, ihn aufzuziehen oder »*Basta!*« zu rufen. Vermutlich wollte sie ihm in dieser schwierigen Zeit den Rücken stärken.

Als Nächstes wird unsere Mutter noch wollen, dass er heiratet, dachte Orsola eines Tages, während sie wieder eine dieser nervtötenden Mahlzeiten über sich ergehen ließ. Sie konnte sich kaum vorstellen, wie es jemand mit ihrem Bruder aushalten sollte. Es hieß oft, er sei gutaussehend, aber sie verstand nicht, warum; sein großer Mund mit den schmalen Lippen ließ Sarkasmus und Grausamkeit erahnen. Doch irgendeine Frau würde seine boshaften Bemerkungen wohl geduldig ertragen, wenn sie dafür den Pelzmantel tragen durfte, der ihr als Ehefrau eines Maestro zustand. Und tatsächlich sollte er im August Nicoletta heiraten, ein zartes Mädchen mit großen Augen aus einer Glasmacherfamilie, die die Rossos schon ihr Leben lang kannten. Sie würde den Mund halten und den Pelz wie einen Schutzmantel tragen. Nicoletta war eine miserable Köchin und hatte nicht genug Kraft für die Wäsche, aber nach der Hochzeit fügte sie sich in den Haushalt der Rossos ein, indem sie Marco absolute Ergebenheit erwies, was ihn beflügelte und besänftigte und ihm ein wenig seine harten Kanten nahm.

Während der folgenden Monate konzentrierte sich Orsola auf die Perlen und saß oft an einem kleinen Tisch in einer Ecke der Küche über ihre Lampe gebeugt. Als Laura Rosso im September, kurz nach der Heirat von Marco und Nicoletta, Stella zur Welt brachte, beherrschte Orsola schlichte einfarbige Perlen, die symmetrisch waren und von gleicher Größe. Sie machte viele rote Perlen, wegen des Namens Rosso, aber ihre Lieblingsfarbe war die der Lagune: ein dunkles Grün mit einem Hauch des Himmels, der sich darin spiegelte.

Sobald die kleine Stella da war, blieb jedoch keine Zeit mehr fürs Perlenmachen. Laura Rosso war recht alt, um noch einmal Mutter zu werden, die Geburt hatte sie geschwächt, und sie hatte keine Milch. Orsola musste eine Amme finden und kümmerte sich die meiste Zeit um ihre neue Schwester, während ihre Mutter sich erholte. Sie staunte, wie anstrengend so ein Neugeborenes war: füttern, wickeln, wiegen, schlafen legen. Ständig musste sie mit Stella über den Ponte Longo zum anderen Ufer des Canal Grande laufen, wo eine Fischersfrau wohnte, die gerade selbst ein Kind zur Welt gebracht hatte. Und da Laura Rosso fürs Erste ausfiel und Nicoletta sich noch nicht recht in den neuen Haushalt eingefunden hatte, blieb auch der Berg Wäsche – der mit Stellas Windeln noch anwuchs – an Orsola hängen. Orsola liebte ihre kleine Schwester, aber die Arbeit, die ihre Ankunft mit sich brachte, hielt sie von den Perlen fern, und sie fürchtete, ohne regelmäßiges Üben würde sie alles, was sie in den letzten Monaten gelernt hatte, wieder vergessen, und dann müsste sie noch einmal ganz von vorne anfangen.

Eines Nachmittags im Oktober, als Orsola Stella von der Amme zurückbrachte, nahm sie einen Umweg, um ein wenig an Muranos Canal Grande entlangzuspazieren. Im Vergleich zum venezianischen Canal Grande war er ruhig, aber auch hier gab es ein paar Palazzi zu bewundern und reiche Venezianer, die auf der Insel Urlaub machten. Die Kleine döste gesättigt in ihren Armen. Orsola hatte es nicht eilig zurückzukehren, zu der stinkenden Wäsche und in ein Haus, das unter Nicoletta mehr und mehr in Unordnung geriet. Sie blieb am Wasser stehen, das immer in Bewegung war und in der Herbstsonne glitzerte. Sie nahm eine Perle aus ihrer Rocktasche, die sie vor Stellas Geburt gemacht hatte und nun immer bei sich trug. Sie war von einem durchscheinenden Grün, wie der Kanal, dessen Grund man nicht sehen konnte. Sie arbeitete mit drei verschiedenen Glasarten:

durchsichtig, opak und durchscheinend; Letzteres war weder durchsichtig noch opak – man konnte halb hindurchsehen und nur erahnen, was sich dahinter befand. Orsola gefiel diese Art am besten, weil sie geheimnisvoller war als die anderen.

Sie hielt die Perle hoch, um ihre Farbe mit der des Wassers zu vergleichen.

»Na, bewunderst du deine eigene Arbeit, Orsola Rosso?« Maria Barovier stand plötzlich neben ihr.

Verlegen ließ Orsola die Hand sinken. »Ich ... ich hatte in letzter Zeit nicht viel Gelegenheit zu arbeiten.«

Die Perlenmacherin deutete mit dem Kopf auf Stella, die an der Schulter ihrer Schwester eingeschlafen war. »Die nehmen einen ganz schön in Beschlag, nicht? Zeig mal.« Sie streckte die Hand aus. Widerstrebend gab Orsola ihr die grüne Perle und wartete mit angehaltenem Atem, während die ältere Frau sie musterte.

»Fast«, sagte sie und gab sie Orsola zurück. »Form und Farbe passen gut zusammen, aber sie ist noch nicht ganz symmetrisch.«

Orsola seufzte. »Glas ist so schwer zu beherrschen.«

»Das gefällt mir so daran. Es ist eine unberechenbare Geliebte. Glas folgt seinen eigenen Gesetzen. Du musst noch viel üben, bevor du deine Perlen Signor Klingenberg zeigst. Er darf keinen Grund haben, sie abzulehnen. Im Glasgeschäft gibt es keine Frauen, denn unsere Arbeit muss mehr als perfekt sein, um von Männern akzeptiert zu werden.«

»Aber *Sie* sind doch im Geschäft.«

Maria Barovier zuckte die Achseln. »Ich bin die Ausnahme von der Regel. Und ich fürchte, es wird noch sehr lange dauern, bis Frauen in der Welt des Glases akzeptiert werden. Hunderte von Jahren.« Sie sah ihren Schützling eindringlich an. »Bist du sicher, dass du dein Leben damit zubringen willst, an die Werkstatttür zu klopfen?«

»Vielleicht.«

»Dann stell dir vor, wie du versuchst, davon zu leben. Wie du Perlen für Edelmänner, Gräfinnen, sogar Kaiserinnen machst. Stell dir vor, dass sie dich zurückweisen. Wegen einer Laune, wechselnden Moden, Kriegen, Seuchen, Armut. Wegen Dingen, die du nicht beeinflussen kannst. Wenn du dir all das vorstellst, willst du dann immer noch Perlen machen?«

Orsola blickte auf das wechselhafte, glitzernde Wasser und dachte an den wechselhaften, glitzernden, unvorhersehbaren Weg, der vor ihr lag. »Ja«, sagte sie schließlich. »Das will ich.« Denn schon jetzt liebte sie ihre Lampe, als wäre sie ihr Kind.

Maria nickte. »Dann nimm das hier. Ein Geschenk, um dich bei der Stange zu halten.« Sie griff in ihre Tasche, holte eine glänzende neue *rosetta* heraus und gab sie Orsola. Damit wandte sie sich um und ging grußlos davon.

Orsola betrachtete die ovale Perle, deren Enden so abgeschliffen waren, dass die Schichten aus rotem, weißem und blauem Glas in einem sternenförmigen Muster zu sehen waren, und lächelte. »*Grazie*, Signora Maria!«, rief sie der Perlenmacherin nach.

Als sie Stella auf den anderen Arm nahm, ließ ein lauter Pfiff sie aufblicken. Eine Gondel glitt auf sie zu – ein großer Afrikaner trieb sie kraftvoll voran und ein untersetzter Venezianer mit blonden Locken saß lächelnd auf der vorderen Bank. Die Gondel hielt neben ihr, und Orsola amüsierte sich insgeheim über Antonio, der das Kind auf ihrem Arm überrascht anstarrte. »*Buongiorno*, Orsola«, sagte er, höflicher, als sie erwartet hatte.

»Was machst du hier?« Sie wollte nicht höflich sein, und das mit Stella konnte warten.

»Ich will zu deinem Bruder, damit er sein Versprechen einlöst.«

»Das hat er sicher längst vergessen«, erwiderte sie, aber ihr Herz pochte stärker.

»Oh, ich habe dafür gesorgt, dass er sich erinnert.« Antonio schwieg einen Moment. »Wie ich sehe, warst du nicht untätig.« Er deutete mit dem Kopf auf Stella. »Als du in Venedig warst, habe ich nicht bemerkt, dass du ... Obwohl dein Kleid nicht weit geschnitten war. Ganz im Gegenteil.«

Orsola hob das Bündel leicht an. »Mein Schwesterchen.«

Antonio war sichtlich erleichtert. »*Ah, me ralegro! Allora,* bringst du mich zu deinem Bruder?«

»Er war betrunken, als er das Versprechen gemacht hat, also zählt es nicht. Geh zurück zu deinen Fischen.« Orsola begann die Fondamenta entlangzugehen, wohl wissend, dass er sie eingehend betrachten würde.

»Egal, wir fragen einfach jeden, den wir sehen, wo wir den Bruder von dem hübschen Rosso-Mädchen finden. Die Leute werden schon wissen, wen wir meinen.«

Ohne stehen zu bleiben, rief sie über die Schulter: »Unser Haus liegt an der Mündung des Canal Grande, auf der rechten Seite, kurz hinter der Stelle, wo er in die Lagune übergeht. Ich warte am Anleger auf euch.« Bevor er etwas erwidern konnte, wandte sie sich um und lief auf den Ponte Longo, die einzige Brücke, die über den Canal Grande führte. Sobald sie außer Sichtweite der Gondel war, verlangsamte sie ihren Schritt, um sich zu fassen, während sie nach Hause ging.

Orsola hatte vermutet – und gehofft –, dass Antonio eines Tages nach Murano kommen würde. Nach ihrer ersten Begegnung hatte sie sich immer wieder jede Einzelheit dieses Nachmittags in Venedig ins Gedächtnis gerufen: was er gesagt hatte, was sie gesagt hatte, wie er sie angesehen hatte. Eine Zeit lang hatten diese Erinnerungen das Kribbeln in ihrem Körper wiederbelebt. Doch nach einer Weile waren die Erinnerungen von der ständigen Wiederholung schal geworden. Dann war Nicoletta gekommen und dann Stella, und Orsola hatte zu viel damit zu tun gehabt, sich um sie und ihre Mutter und die Wäsche zu kümmern, um weiter an ihn zu denken. Bis jetzt. Ein Blick auf ihn, und schon war das Kribbeln wieder da.

Aber ihr blieb keine Zeit, weiter darüber nachzudenken. Stella war durch das Laufen wach geworden und begann zu wimmern. Da Orsola ihn nicht mit einem weinenden Kind auf dem Arm wiedersehen wollte, musste sie in der Gasse, die zum Haus der Rossos führte, stehen bleiben und ihre kleine Schwester wiegen und trösten, bis sie sich beruhigte. Als Orsola zu Hause ankam und über den Hof zum Anleger hinter der Werkstatt ging, waren Domenego und Antonio schon zu sehen.

Kurz darauf hielt die Gondel an, Antonio warf ein Kleiderbündel auf den Anleger und gab Domenego eine Münze. »*Grazie*, Menego«, sagte er und kletterte aus dem Boot. »Komm rüber, wenn die Klingenbergs dir einen Tag freigeben, dann gehen wir hier auf Entenjagd.«

»Sie arbeiten für die Klingenbergs?«, fragte Orsola.

Domenego nickte, dann ruderte er davon.

Orsola hatte den afrikanischen Gondoliere nicht gesehen, als er Klingenberg zur Beerdigung ihres Vaters gebracht hatte, aber sie hatte auch nicht darauf geachtet, denn an dem Tag war sie mit anderen Dingen beschäftigt gewesen. Vor lauter Überraschung merkte sie erst nach einer Weile, dass Domenego Antonio zurückgelassen hatte. »Du willst also wirklich hierbleiben?«

Antonio lächelte. »*De certo, bella.* Ich habe deinem Bruder eine Nachricht geschickt, er erwartet mich.«

»Aber du verstehst doch nichts von Glas.«

»Ich werde es lernen.«

»Das ist nicht wie Fischen.«

»Ist mir sehr recht.«

»Und *garzoni* kriegen nicht frei, um auf Entenjagd zu gehen.«

»Das ist ja eine schöne Begrüßung. Man könnte fast meinen, du willst mich hier nicht haben. Bin ich dir denn so zuwider?«

»Nein, ich …« Orsola wusste selbst nicht, warum sie so mürrisch war, aber sie konnte nicht anders. »Marco wird kein einfacher Dienstherr sein.«

»Das war mein Vater auch nicht.« Antonio legte den Kopf schräg. »Was hast du dir vorhin am Kanal angeschaut?«

»Ich habe mir gar nichts angeschaut.«

»Doch, hast du. Du hattest etwas in der Hand. Zeig es mir.«

Orsola holte die grüne Perle aus ihrer Tasche, und als sie sie ihm gab, berührten sich ihre Hände.

Antonio hielt sie ins Licht. »*Meravigliosa!* Wer hat die gemacht?«

»Ich.«

»Du?«

Orsola nickte. »Wenn sie gut genug sind, bringe ich sie Klingenberg, damit er sie verkauft.«

Ein Nachbar, der in einem *sandolo* vorbeifuhr, musterte Antonio und blickte dann mit hochgezogener Augenbraue zu Orsola. Solche Blicke wird es jetzt wohl öfter geben, dachte sie. Sie rückte Stella auf ihrem Arm zurecht. »Dann kommst du wohl besser mal rein.« Sie drehte sich um und ging zum Werkstatthof.

Antonio hob sein Bündel auf. »Bist du sicher, dass das nicht dein Kind ist?«, fragte er, während er ihr folgte. »Es sieht mich nämlich genauso finster an wie du.«

»Bei Leuten, die sie mag, lächelt sie«, erwiderte Orsola schmunzelnd.

»So ist es schon besser.«

»Pff! Du kannst mein Gesicht doch gar nicht sehen.«

»Aber ich sehe, wie deine Wangen sich bewegen.«

»Dann schau weg.«

»Willst du für den Rest unseres Lebens mit mir streiten?«

»Den Atem spare ich mir lieber.«

Doch insgeheim dachte sie: *Sì.*

2

Jetzt springen wir in der Zeit vorwärts. Mit der Zeit *alla Veneziana* ist das möglich.

Wir stehen mit dem flachen Kieselstein am Nordufer von Venedig, vor uns Murano. Legen Sie den Zeigefinger um den Rand des Steins und werfen Sie ihn flach und schwungvoll über die Lagune, sodass er auf die Glasinsel zufliegt und dabei leicht die Wasseroberfläche berührt. Murano ist natürlich zu weit entfernt, als dass der Stein es tatsächlich erreichen könnte, aber hier gelten andere Regeln. Mit einem Satz springt er achtzig Jahre vorwärts.

An einem Tisch in der Ecke der Küche sitzt Orsola Rosso und dreht eine durchscheinende grüne Perle in der Flamme hin und her. Sie blickt auf, und es ist nicht mehr 1494, sondern 1574. Doch für Orsola hat sich nicht viel verändert. An diesem magischen Ort, an dem die Zeit anders verläuft, sind sie und diejenigen, die ihr etwas bedeuten, nicht älter geworden. Sie ist achtzehn Jahre alt.

Was macht schon ein solcher Zeitsprung, solange Orsola diejenigen um sich hat, die sie liebt, diejenigen, die sie braucht, und sogar diejenigen, die sie hasst? Wenn sie sie durch die Jahre begleiten, kann sie zusammen mit dem Stein zu wichtigen Momenten springen, ohne sich Gedanken darüber zu machen, was und wen sie hinter sich zurückgelassen hat.

(Dennoch werden auch in der Zeit *alla Veneziana* Menschen älter und irgendwann von der Vergänglichkeit eingeholt. Einen Augenblick der Stille bitte für Maria Barovier, die an Altersschwäche gestorben ist.)

Venezianer und Muraneser gleiten über das hinweg, was sich in der Zwischenzeit im Rest der Welt ereignet hat. Während dieser achtzig Jahre sind neue Reiche entstanden, neue Kriege wurden geführt und alte Krankheiten kehrten zurück. Dank Vasco da Gama und anderen Abenteurern gibt es neue Handelsrouten, auf denen Venedig nicht mehr vorkommt. Neue Kontinente sind entdeckt worden, werden bereist und erforscht. Eine neue Form des christlichen Glaubens lässt die Katholiken mit den Augen rollen. Seit sechzehn Jahren sitzt eine englische Königin auf dem Thron, und wird noch weitere neunundzwanzig Jahre dort sitzen. Die Malerei floriert: Leonardo, Michelangelo, Carpaccio, Raffael, Giorgione, Tizian.

Und auch das Glas floriert …

Man kann es Orsola nicht verdenken, dass sie annahm, zwischen ihr und dem einstigen Fischer aus Venedig würde sofort ein Funke überspringen. Dass es heimliche Treffen in dunklen Gassen geben würde, bei denen sie sich aneinanderpressten; gestohlene Weinflaschen, die sie an verborgenen Orten auf Murano zusammen leerten; frühmorgendliche Bootsfahrten in der Lagune, wo nur die Fischer und die aufgehende Sonne sie sahen. Diese Phantasien existierten nur in Orsolas Kopf, Träumereien, denen sie sich immer wieder hingab, während sie die Wäsche wusch, ihre kleine Schwester tröstete oder im Garten Unkraut zupfte. Stattdessen herrschte von Anfang an eine gewisse Förmlichkeit, als wichen beide vor der Flamme zurück, die beinahe zwischen ihnen aufgelodert wäre. Vielleicht lag es an dem X auf dem Vertrag, den Marco Antonio am ersten Tag vorlegte, um die Ausbildung förmlich festzuhalten – ein X, das

das Recht auslöschte, mit der Schwester seines Dienstherrn zu flirten.

Antonio bekam ein Zimmer hinter der Werkstatt, das er sich mit einem anderen *garzone* teilen musste, und er nahm die Mahlzeiten zusammen mit der Familie ein, sodass Orsola ihn jeden Tag sah. Anfangs war es kaum zu ertragen, wenn sie sich über ihn beugte, um ihm aufzutun, und dabei seine Schulter berührte, oder wenn sich ihre Blicke über den Tisch hinweg kreuzten und sie errötete.

Zu ihrer Überraschung zog sie niemand wegen des gutaussehenden jungen Mannes mit den goldenen Locken auf oder warnte sie, die Finger von ihm zu lassen. Weder ihre Mutter, die seit Stellas Geburt stiller geworden war, noch ihre zurückhaltende Schwägerin Nicoletta. Nicht einmal Maddalena, die hübsch und rundlich war und offensichtlich selbst Gefallen an Antonio fand; sie schob Orsola resolut beiseite, damit sie seinen Teller mit Leber oder *sarde in saor* oder *bigoli al nero di seppia* füllen konnte, die seine Lippen auf verführerische Weise schwarz färbten.

Antonio schäkerte gehorsam mit Maddalena herum, obwohl er es nie ernst zu meinen schien. Sie ebenso wenig, denn Orsola wusste, dass Maddalena ein Auge auf einen bestimmten Diener geworfen hatte, der regelmäßig eine adelige Familie aus Venedig in ihren Palazzo auf Murano begleitete. Auch Antonio hatte es mitbekommen und neckte sie damit. »Ich kann dir zeigen, was venezianische Männer mögen«, erbot er sich.

»Und ich dir, was Muraneser Frauen von einem Mann erwarten«, gab Maddalena zurück. »Jedenfalls nicht eure verrückten venezianischen Methoden!«

Orsola gegenüber hielt Antonio jedoch respektvollen Abstand, und so fand sie sich in der erniedrigenden Position, dass sie etwas von ihm wollte, er umgekehrt aber nicht. Nach einer etwas schwierigen Phase war sie erleichtert, als er erst mit der

Tochter eines Fischers anbandelte, dann mit der Tochter eines Seilmachers und schließlich – offenbar ernsthafter – mit der Tochter des Fleischers, bei dem die Familie einkaufte. Natürlich war Orsola wütend. Manchmal ertappte sie Antonio dabei, wie er sie voll Bedauern ansah, und dann hätte sie ihn am liebsten geohrfeigt. Und sie hasste die Töchter des Fischers, des Seilmachers und des Fleischers aus tiefster Seele. Orsola lächelte dem Fleischermädchen von Angesicht zu Angesicht zwar freundlich zu, aber sobald sie ihr den Rücken zukehrte, erdolchte sie sie mit Blicken.

Schließlich verblassten ihre Gefühle für Antonio zu einer bloßen Erinnerung, die man sich zuweilen wieder ins Gedächtnis ruft, um noch einmal den wohligen Schmerz zu spüren.

Ohnehin hatte sie genug anderes zu tun: Stella beruhigen, die von Anfang an ein Schreihals war; ihre immer noch schwache Mutter im Auge behalten; zusammen mit Maddalena dafür sorgen, dass alle etwas zu essen und saubere Sachen zum Anziehen hatten; Nicoletta beibringen, wie man einen Haushalt führte, und sich um sie kümmern, als sie, die zart Gebaute, unter der Last ihrer ersten Schwangerschaft litt. Es fühlte sich so an, als wäre sie für alles und jeden zuständig.

Abend für Abend wartete sie darauf, dass Stella einschlief; dass die schmutzige Wäsche in einem Kessel im Hof einweichte; dass die Töpfe geschrubbt und die Böden gefegt waren; dass die saubere Wäsche trocken, geglättet, gefaltet und weggeräumt war; dass die Hühner im Stall eingeschlossen waren; dass die Männer ins Wirtshaus oder zurück in die Werkstatt gegangen waren; und dass Nicoletta und Laura Rosso – die Füße auf einem Schemel, ein Kissen im Rücken – bequem saßen. Wenn all das erledigt war und sie noch die Kraft dazu hatte, holte sie ihre Lampe hervor, setzte sich an den Tisch in der Ecke der Küche, für den Giacomo ihr einen Blasebalg gebaut hatte, und machte Perlen. Es lenkte sie von Antonio ab. Es war ihre Leidenschaft, eine, die viel befriedigender war als die Leidenschaft für einen Mann, weil am Ende etwas Greifbares, Schönes herauskam, etwas, das man anfassen und hin und her drehen und betrachten konnte, etwas mit einer symmetrischen Form und harmonisierenden oder kontrastierenden Farben. Man konnte sie zu einem Rosenkranz auffädeln und damit beten. Oder eine Halskette daraus machen, die man an Festtagen tragen konnte, sodass alle sie sahen. Oder eine, die man in der Tasche mit sich herumtrug, um sie immer wieder zu befühlen wie einen Talisman. Manchmal schenkte Orsola ihre nicht ganz gelungenen Erzeugnisse den Kindern draußen auf der Calle, die damit spielten und handelten, als wären es Münzen. Und insgeheim war sie stolz, dass die Kinder, die keine Hemmungen hatten, etwas als hässlich oder langweilig oder wertlos zu verurteilen, die Perlen zu mögen schienen. Es war ein Anfang.

Gelegentlich nahm sie Unterricht bei Elena Barovier, wenn sie beide die Zeit dafür fanden. Sie arbeiteten zusammen, die Köpfe über ihre Flammen gebeugt, und dann verging die Zeit wie im Flug. Elena brachte ihr bei, wie man die verschiedenen Formen herstellte, und zunächst blieb Orsola bei den einfarbigen Perlen und konzentrierte sich ganz darauf, Form und Symmetrie richtig hinzubekommen. Erst als sie das wirklich beherrschte, als sie eine Perle nach der anderen in derselben Farbe, Größe und Form herstellen konnte, zeigte Elena ihr, wie man sie mit Punkten, Tropfen, Linien und Schnörkeln in anderen Farben verzierte. Sie brachte ihr bei, die Temperatur richtig einzuschätzen, die für die unterschiedlichen Farben und Transparenzen nötig waren, da jede anders auf Hitze reagierte. Sie zeigte ihr, wie sie beim Verzieren ihre Hand ruhig hielt und welche Farben am besten zusammenpassten.

Anfangs verzierte Orsola jede Perle mit so vielen Punkten, Blumen und Linien, dass man kaum noch die Farbe darunter erkennen konnte. Elena schnalzte missbilligend mit der Zunge, als sie ihr eine dieser ausgefallenen Kreationen zeigte: eine schwarze Perle mit fünfblättrigen roten Blumen, umgeben von orangefarbenen und weißen Kreisen und dazwischen blaue Punkte. »Dass ihr jungen Leute aber auch immer übertreiben müsst«, seufzte sie. »Du musst den Wert der Schlichtheit schätzen lernen. Zwei Farben für die Verzierungen, nicht fünf. Punkte oder Blumen, nicht beides. Und lass die Farbe der Perle sichtbar. Du hast sie gemacht, warum verdeckst du sie also? Es ist, als würdest du dich deiner Arbeit schämen und versuchen, sie zu verstecken.«

»Maria Baroviers *rosetta* ist nicht schlicht.«

Beide schwiegen einen Moment bei der Erinnerung an Maria. Orsola legte die Hand auf ihre Rocktasche, in der noch immer die *rosetta* war, die ihre Mentorin ihr geschenkt hatte.

»Doch, ist sie«, erwiderte Elena. »Nur drei Farben, eine gefällige Form und ein ausgewogenes Muster. Kompliziert in der Herstellung, aber nicht fürs Auge. Üb die Formen und die Techniken. Die Kunst kommt später. *Allora*, noch mal von vorn.«

Die Rossos reagierten unterschiedlich auf Orsolas Perlenmacherei. Ihre Mutter sagte nichts dazu; schließlich hatte sie ihre Tochter ja zu Maria Barovier um Rat geschickt, und das war das Ergebnis. Giacomo unterstützte sie, obwohl er sich darüber wunderte, dass Orsola mit Glas arbeiten wollte. Nicoletta stellte sich manchmal neben ihre Schwägerin und sah ihr staunend und voll Bewunderung zu. Als Orsola sich jedoch erbot, ihr zu zeigen, wie man Perlen machte, wich sie erschrocken zurück. »Das könnte ich niemals! Es ist zu gefährlich, ich würde mich verbrennen. Und das ist doch Männersache, oder? Mit Glas zu arbeiten?«

Nicoletta war besessen davon, wer was zu erledigen hatte, obwohl sie selbst so wenig erledigte – oder vielleicht gerade deswegen. Ständig ging sie Orsolas und Maddalenas Aufgaben durch, zählte sie an ihren dünnen Fingern ab wie ein Kind, als müsste sie sich immer wieder von Neuem die Zuständigkeiten jedes Familienmitglieds einprägen. Ebenso bedeutsam war für sie der Status ihres Ehemanns. Obwohl Marco noch nicht offiziell zum Maestro ernannt worden war – erst musste er seine *prova* absolvieren –, bezeichnete Nicoletta ihn stets als *il maestro* und trug ihren Pelzmantel bei der *passeggiata,* sobald es auch nur annähernd kalt genug war, viel früher als die anderen Maestro-Frauen. Sie war so klein, dass der Saum des Mantels über den Boden schleifte.

Doch was Orsola am meisten beschäftigte, war Marcos Reaktion. Sie vermutete, dass er wütend sein würde, weil sie in sein Territorium eindrang, obwohl er selbst sich niemals mit Perlen abgeben würde. Vielleicht verstand er es auch als Kritik, dass seine Schwester es wagte, zur Glasherstellung der Rossos beizutragen, weil er nicht imstande war, mit dem, was er mit seinen Leuten in der Werkstatt produzierte, das Geschäft am Laufen zu halten. Seit dem Tod ihres Vaters hatte er es gerade so geschafft, dass die Familie schuldenfrei blieb, aber gut ging es den Rossos nicht, obwohl das Glas aus Murano angeblich gerade ein goldenes Zeitalter erlebte.

Doch Orsola hätte sich denken können, wie Marco auf ihre Perlen reagierte, denn es war typisch für ihn: Er nahm es kaum zur Kenntnis. Ihre Arbeit an den Perlen gehörte zu den unwichtigen Dingen, um die er sich nicht zu kümmern brauchte. Er sah sich nie an, was sie machte, und fragte auch nicht, wo sie es gelernt hatte und was sie damit bezweckte. Das Einzige, was er bewunderte, war Giacomos Blasebalg, der mit dem Fuß betätigt wurde. Davon abgesehen beschwerte er sich nur über den Geruch des brennenden Talgs. Orsola dachte an Maria Baroviers Bemerkung, dass Männer Frauen, die mit Glas arbeiteten, nicht ernst nahmen, und musste zu ihrem Ärger erkennen, dass sie vor allem Marcos Anerkennung wollte. Solange ihr Bruder sie missachtete, hatte sie das Gefühl, sie sei keine richtige Perlenmacherin. Aber vielleicht erwartete sie zu viel von ihm, denn in seiner Einstellung Frauen gegenüber war ihr Bruder nicht anders als die meisten Männer auf Murano.

Ab und an spürte Orsola, wie Antonio, wenn er ins Haus kam, um ein sauberes Tuch oder ein paar Kerzen zu holen, ihr über die Schulter sah, während sie an ihren Perlen arbeitete. Sie versuchte ihn zu ignorieren, hielt ihre Hände ruhig und konzentrierte sich darauf, die Perle mit dem Spatel gleichmäßig zu formen oder sie mit makellosen Punkten zu verzieren. Einmal schaffte sie es, zwei vollkommen runde rote Perlen zu machen, während er zusah. Als Antonio ihren raschen Seitenblick bemerkte, nickte er. Es war das erste Mal seit Wochen, dass es zu einer Art Verständigung zwischen ihnen kam.

Nicht lange danach begegnete sie ihm am Brunnen im Innenhof, wo er sich mit nacktem Oberkörper Wasser über den Kopf goss, um sich nach der Gluthitze des Schmelzofens abzukühlen und den Schweiß abzuwaschen. Es war einer der seltenen Momente, in denen sie allein waren. Orsola blieb neben ihm stehen und stellte den Eimer mit eingeweichter Wäsche ab, der ihr ganzes Leben einzunehmen drohte, denn bald würde Nicoletta ihr Kind bekommen, und die Arbeit würde noch einmal zunehmen. »Wann kommt Domenego, um mit dir auf Entenjagd zu gehen?«, fragte sie, als er den tropfnassen Kopf hob, und bemühte sich, nicht auf seine nackte Brust zu starren. Wie gerne hätte sie die Hand auf die Wölbungen seiner Muskeln gelegt.

»Nächsten Sonntag nach der Messe. Warum?«

»Ich habe etwas für Klingenberg, das ich ihm mitgeben will.«

»Perlen?«

Orsola nickte. Antonio lächelte – nicht das schäkernde Lächeln, das er bei den Frauen auf dem Markt einsetzte, auch nicht das herablassende Lächeln eines Maestro gegenüber einem Gesellen, sondern ein ehrliches, erfreutes Lächeln. Es war die Anerkennung, wie sie ein Handwerker dem anderen zollt.

»Kein Wort zu Marco«, sagte sie.

»Naturàl.« Antonio griff nach seinem Hemd und trocknete sich damit das Gesicht ab, dann schlüpfte er wieder hinein.

»Antonio …«

»Sì?« Er sah sie an, und plötzlich verspürte sie den Drang, etwas über ihn zu sagen, über sie beide.

Doch dann erschien Maddalena in der Tür, die von der Küche in den Hof führte, und der Moment war vorüber. Orsola schüttelte den Kopf und lachte. »Pass auf, dass du nicht in den Brunnen fällst, wenn du dich in deinem Spiegelbild bewunderst.« Sie schlenderte davon, bevor er etwas erwidern konnte.

Am Sonntag waren ihre Perlen endlich fertig. Einige Tage zuvor war sie damit bei Elena Barovier gewesen, die sie eingehend geprüft und für gut befunden hatte. Die ältere Perlenmacherin riet ihr, die Perlen für Klingenberg nicht einfach nur in einen Stoffbeutel zu tun, sondern sie nach Größe, Farbe und Dekor getrennt aufzuziehen und die Stränge an einer marmorierten Karte zu befestigen, die sie ihr schenkte – ein spezielles venezianisches Papier, das Orsola sich nicht leisten konnte –, damit sie so ansprechend wie möglich präsentiert wurden. Elena gab ihr sogar ein Stück Seidenband, um den Leinenbeutel, den Orsola für die Perlen genäht hatte, zuzubinden. Doch Orsola war skeptisch. »Sollte ihn nicht nur die Qualität der Perlen interessieren?«

»Natürlich, aber du musst dafür sorgen, dass der erste Eindruck ansprechend ist. Auch ein erfahrener Kaufmann wie Klingenberg weiß eine gelungene Präsentation zu schätzen. Schmeckt nicht auch ein Essen besser, wenn es hübsch angerichtet wird?«

Orsola befolgte ihren Rat. Als Antonio ihr während der Messe in Santi Maria e Donato ein Zeichen gab, anschließend zu ihm zu kommen, betastete sie das Päckchen in ihrer Tasche und ging im Kopf noch einmal durch, was sie zu Domenego sagen würde: »Stecken Sie das gut weg, damit es nicht nass wird. Sobald Sie ankommen, geben Sie es Klingenberg. Überreichen Sie es ihm mit beiden Händen und einer Verbeugung. Sagen Sie: ›Das ist von Signorina Rosso, wie versprochen, *con complimenti.*‹ Und falls es Ihnen bei der Jagd versehentlich ins Wasser fällt, bringe ich Sie mit meinen eigenen Händen um. Euch beide.«

Genau so sagte sie es, als sie und Antonio sich an einem Anleger nördlich der Kirche mit dem Gondoliere trafen, abseits der neugierigen Blicke der Kirchgänger. Domenego hörte sich alles mit unbewegter Miene an, während Antonio grinsend neben ihm stand. Als sie fertig war, nahm er das Säckchen mit beiden Händen entgegen, verbeugte sich und sagte: »*De certo*, Signorina Rosso.« Orsola sah ihn scharf an, da sie vermutete, dass er sich mit seiner Förmlichkeit über sie lustig machte, aber sie schwieg, denn sie brauchte ihn.

Am Abend, als Antonio drei Enten für die Familie in den Innenhof legte, löcherte sie ihn mit Fragen nach ihren Perlen. Wo hatte Domenego sie hingetan? Hatte er sich während der Jagd vergewissert, dass sie noch da waren? War er anschließend direkt zu Klingenberg gefahren?

Antonio lachte. »Du wirst es nicht glauben, *bella*, aber wir haben überhaupt nicht über deine Perlen gesprochen. Wir waren mit den Vögeln beschäftigt, die wir für euren Kochtopf gefangen haben.«

»*Bastardo*«, murmelte Orsola.

In der folgenden Woche hielt sie Ausschau nach einem Boten, der ihr die Nachricht brachte, dass Klingenberg sie zu sprechen wünsche, dass er Hunderte – Tausende – von ihren Perlen kaufen wolle. Sie träumte davon, eine eigene Werkstatt zu eröffnen und ihren Cousins und Cousinen, Giacomo, sogar Nicoletta und ihrer Mutter beizubringen, wie man sie herstellte. Es träumt sich leicht, wenn man nichts hört.

Doch als die Tage vergingen, ohne dass eine Nachricht kam, begann sie Gründe zu finden, warum der Kaufmann nicht antwortete. Jetzt ärgerte sie sich über das Seidenband und die marmorierte Karte, die sie zur Befestigung genommen hatte, und wünschte, sie hätte Elena Barovier nie um Rat gefragt. Jemand aus einer konkurrierenden Familie konnte sie schließlich nur sabotieren, so hilfsbereit Elena auch gewirkt hatte. Vielleicht lachte Klingenberg genau in diesem Moment zusammen mit seinen Kollegen über die alberne Verpackung, dass es nur so durch den Innenhof des Fondaco dei Tedeschi schallte. Oder er war krank. Oder Domenego hatte ihm die Perlen gar nicht gegeben, sondern sie verkauft.

Orsola war so angespannt, dass sie alle anfuhr. Stella weinte auf ihrem Arm, Nicoletta ging ihr aus dem Weg, ihre Mutter schimpfte mit ihr, und Maddalena zog sie auf, sie habe wohl ihr *mar rosso*. Giacomo beobachtete sie verwirrt. Eines Tages murmelte Antonio, als er vom Tisch aufstand: »Geduld, Orsola.«

Sie empfand seine Worte wie eine zarte Berührung und brachte immerhin ein kleines Lächeln der Dankbarkeit zustande.

Nach zehn Tagen war sie überzeugt, dass Klingenberg ihre Arbeit für schlecht befunden hatte – fehlerhafte Symmetrie, unglücklich gewählte Kombination aus Farbe und Form – oder einfach langweilig. Andere konnten das besser, warum sollte er also eine neue Perlenmacherin annehmen? Als sie an dem Abend unerwartet etwas freie Zeit hatte, setzte Orsola sich nicht an ihre Lampe, sondern ging mit den anderen zur *passeggiata* und fand einen jungen *garzone* von einer anderen Glasmacherfamilie, mit dem sie sich für eine Weile in einen verlassenen Durchgang zurückzog, um einander mit den Händen zu erforschen. Es lenkte sie zumindest vorübergehend ab.

Ein paar Tage später breitete sie gerade Laken auf den Bleichwiesen hinter dem Kloster von Santa Maria degli Angeli aus, als ein Nachbarsjunge atemlos angelaufen kam. »Der Kaufmann ist da, mit seinem *moro*-Gondoliere!«, rief er, machte kehrt und rannte sofort wieder zurück, ohne auch nur Luft zu holen.

Orsola sah hinunter auf den Korb mit feuchten Laken. Wenn sie sie jetzt nicht ausbreitete, würden sie vielleicht nicht mehr rechtzeitig trocken, und dann würde sie sie noch einmal waschen müssen – eine Plackerei, die sie fast ebenso sehr hasste, wie Stellas schmutzige Windeln zu waschen. Aber wenn sie jetzt nicht ging …

Sie lief zurück nach Hause.

Ihre Mutter stand in einer Ecke der Werkstatt, während Paolo, Giacomo, Antonio und die *garzonetti* aufgereiht waren, als begrüßten sie den Dogen. Klingenberg in seinem schwarzen Umhang stand mit Marco beim Ofen. Auch die Familie hatte seinetwegen offensichtlich alles stehen und liegen lassen. Marco würde ihm den kleinen Laden und das Lager zeigen, und auch den Holzstapel und die Nachttöpfe, wenn er sie zu sehen wünschte.

Der Kaufmann würdigte Orsola kaum eines Blickes, als sie hereinkam und sich neben ihre Mutter stellte. »Die blauen Kerzenhalter, die Sie mir letzten Monat geschickt haben, mit den Delfinen, die sich um den Fuß winden, sind in Prag sehr gut angekommen. Haben Sie einen davon hier?«

Marco gab Antonio ein Zeichen, woraufhin dieser einen aus dem Lager holte und ihn dem Kaufmann mit einer Verbeugung reichte. »Ah, ja.« Klingenberg nahm ihn, hielt ihn hoch und drehte ihn, um ihn auf seine Ebenmäßigkeit zu überprüfen. Dann fuhr er mit dem Daumen über die beiden ineinander verschlungenen Delfine. Üblicherweise waren venezianische Delfine, ob aus Glas, Stein oder Metall, immer rundlich und drall dargestellt. Diese hingegen waren lang und schlank, eher wie Delfine in Wirklichkeit aussahen.

»Ein sehr schönes Stück«, verkündete er. »Und eine ungewöhnliche Kombination von Feuer und Wasser. Kerzen und Delfine. Wer hat sich das ausgedacht?«

Stille breitete sich aus. Antonio sah mit einem leisen Lächeln zu Boden, während Marco sich bemühte, nicht grimmig dreinzuschauen.

»Unser *garzone*«, sagte Laura Rosso schließlich und trat vor. »Antonio Scaramal.« Sie gab ihm ein Zeichen, und er verneigte sich vor Klingenberg. Er wirkte nicht schüchtern oder verlegen, wie es bei anderen vielleicht der Fall gewesen wäre. Das bewunderte Orsola.

»Wie lange sind Sie schon Lehrling bei den Rossos, Antonio?«, fragte Klingenberg.

»Neun Monate, Signore.«

Klingenberg hob seine buschigen Augenbrauen. »Sehr beeindruckend. Sie haben ein gutes Auge, junger Mann.«

In der Tat besaß Antonio ein Geschick im Umgang mit Glas, wie man es bei einem Fischerssohn nicht erwartet hätte. Die meisten *garzoni* brauchten Jahre, bis sie damit anfangen konnten, Glas zu blasen oder irgendetwas zu entwerfen, das über einen einfachen *goto* hinausging. Orsola hatte mitbekommen, wie Marco und Paolo über Antonios erstaunliches Talent gesprochen hatten, überrascht, dass jemand, der nicht mit Glas aufgewachsen war, so schnell solche Fortschritte machte. Er brachte sich sogar selbst das Lesen und Rechnen bei. »Ja, er ist nicht schlecht, aber er hat kein Murano-Blut«, hatte Marco gesagt. »Warum sollte er den Rossos gegenüber also loyal sein?« Das war die ewige Sorge der Maestri in Bezug auf ihre Lehrlinge, obwohl sie selbst einander regelmäßig die guten abwarben. Ungewöhnlich war in diesem Fall nur, dass Antonio aus Venedig stammte. Orsola war insgeheim stolz auf ihn, weil er so schnell lernte und ein gutes Auge und eine ruhige Hand hatte. Aber das würde sie ihm natürlich niemals sagen.

»Aber Sie haben ja auch einen guten Lehrer.« Klingenberg deutete mit dem Kopf auf Marco und milderte so den schmerzhaften Stich, den seine lobenden Worte über Antonio ihrem Bruder versetzt haben mussten. Marco wies ihn nicht darauf hin, dass es hauptsächlich Paolo und Giacomo waren, die Antonio unterrichteten.

»Ich werde fünfzig weitere Paare von diesen Kerzenhaltern bestellen«, fuhr der Kaufmann fort. »Ich beabsichtige, sie in Wien, Paris und Lissabon zu verkaufen. Stellen Sie sie in verschiedenen Farben her – Blau, ja, aber auch in einem dunklen Rot, in weißem Fadenglas, vielleicht auch eine Variante mit Blattgold. Aber die Delfine sollten immer blau oder grün sein. Natürlich würde es mir nicht im Traum einfallen, Ihnen Vorschriften machen zu wollen, aber Sie verstehen, was ich meine, *sì?*«

In dem Moment kam Nicoletta in die Werkstatt, ein Tablett mit einer Weinkaraffe und Gläsern in den zitternden Händen. Sie hatte darauf bestanden, ihrem Gast selbst diese Ehre zu erweisen, obwohl sie kurz vor der Niederkunft stand. Sie trug ihren Pelzmantel, obwohl er ihr immer noch zu lang und es viel zu warm dafür war. Orsola verdrehte die Augen; Antonio bemerkte es und schmunzelte. Dann musste sie einen Satz nach vorn machen, um das Tablett zu retten, da Nicoletta mit dem Absatz im Mantelsaum hängen blieb. Sie schaffte es gerade noch, das Tablett auf der Werkbank abzustellen.

Damit Nicoletta nicht noch mehr Unheil anrichtete, schenkte Orsola den Wein ein und reichte Klingenberg einen Kelch – natürlich einen ihrer besten: aus klarem, farblosem Glas, in wunderbar ausgeglichenen Proportionen, der zarte Stiel aus Fadenglas, der Fuß mit winzigen Kügelchen verziert. Er nickte ihr lächelnd zu. »*Grazie*, Signorina Rosso.« Er hielt ihren Blick einen Moment länger als üblich, aber nicht so lange, dass es jemandem außer ihr aufgefallen wäre. Endlich hatte er sie bemerkt, sandte ihr ein Zeichen. Sie musste eine Möglichkeit finden, ihn allein zu sprechen.

Sie schenkte allen Wein ein, außer Antonio, denn es war nicht üblich, dass ein *garzone* mittrank. Tatsächlich beachtete Klingenberg ihn nicht mehr, nachdem er sein Lob über den Kerzenhalter ausgesprochen hatte, sondern widmete sich voll und ganz Marco, der Geschäfte wegen, und Laura Rosso, der Erinnerungen wegen. Orsolas Mutter schien sich über die Aufmerksamkeit zu freuen; sicher erinnerte es sie an die Zeit, als ihr Mann die Werkstatt geleitet hatte und sie die Frau des Maestro gewesen war. Klingenberg erwies sogar Nicoletta seinen Respekt, die in ihrem albernen Pelzmantel schwitzte, aus dem ihr riesiger Bauch hervorragte. Während sie alle beschäftigt waren, schlüpfte Orsola hinaus und zum Anleger, um Domenego zu sagen, wohin er den Kaufmann bringen sollte, damit sie mit ihm sprechen konnte.

Als sie zurückkam, waren Paolo, Giacomo und Antonio wieder bei der Arbeit. Marco hingegen saß mit Klingenberg am Tisch und versuchte, dem Händler noch ein Glas Wein aufzudrängen, was dieser freundlich, aber entschieden ablehnte. Vermutlich wollte er, wenn es ums Geschäft ging, einen klaren Kopf bewahren und erwartete dies auch von einem Maestro. Unvermittelt erhob er sich. »Ich würde Ihnen gerne ein wenig bei der Arbeit zusehen«, sagte er und wandte sich zu den Männern, die an der Werkbank arbeiteten. Paolo befestigte einen goldenen Griff an einer Karaffe aus Klarglas, und Giacomo und Antonio reichten ihm die Werkzeuge an, die er benötigte, oder brachten den Griff zurück zum Ofen, um ihn erneut zu erhitzen. Erst als Paolo vollkommen zufrieden mit der Karaffe war, stellte Giacomo sie in den Kühlofen.

Marco bot Klingenberg an, ihm die Karaffe in den nächsten Tagen zuzuschicken. »Als Geschenk«, fügte er lächelnd hinzu. Seine Zähne waren vom Wein verfärbt.

»Nicht nötig«, erwiderte der Kaufmann und raffte seinen Umhang. Er nickte den Frauen zu und machte Anstalten, die Werkstatt zu verlassen. In der Tür wandte er sich noch einmal um. »Machen Sie mir nur die Kerzenhalter, so schnell Sie können.«

Orsola lief über den Ponte di Mezzo und die Fondamenta dei Vetrai hinunter bis zur südlichsten Spitze von Murano, wo eine Handvoll Muraneser und venezianischer Bootsführer an der Riva auf Fahrgäste warteten. Die venezianischen Gondolieri benahmen sich hier besser, weil sie sich in fremden Gewässern befanden. Hier war es Bruno, der am lautesten sang und Geschichten erzählte. Orsola versuchte unbemerkt an ihm vorbeizuhuschen, doch er entdeckte sie. »*Oe*, ich hab gehört, du bist jetzt freigebiger mit deiner Gunst. Wann gibst du mir was davon?«

»An dem Tag, wenn du den Dogen über den Canal Grande fährst, *cretino*«, gab sie zurück.

In dem Moment näherte sich Stefano, der Geselle der Baroviers mit den stechenden schwarzen Augen. Orsola nickte ihm zu. Er wurde rot, wie immer, wenn sie sich begegneten, dann wandte er sich an Bruno.

»Bruno, unser Boot ist leck, kannst du für uns eine Kiste zum Rialto bringen?«

»*D'accordo.*« Bruno machte rasch seine Gondel los, wendete und ruderte den Rio dei Vetrai hoch. Die Baroviers ließ man nicht warten.

So konnte Orsola an den *traghetti* vorbei zu einer Stelle weiter westlich laufen, fort von den neugierigen Blicken der Bootsführer, die Marco verraten könnten, dass seine Schwester sich allein mit Klingenberg getroffen hatte.

Wenig später erschien Domenego in der Ferne, breitbeinig am Heck stehend und mit den eigenwilligen Ruderbewegungen der

Gondolieri: Er stieß den Griff seines Ruders schnell und kraftvoll von sich weg, dann drehte er ihn halb herum und führte ihn langsam wieder zurück zu seiner Brust, wobei das Ruderblatt kaum das Wasser zu berühren schien, bevor es dicht über der Oberfläche wieder nach vorn schwebte. Es sah ein bisschen so aus, als würde er Suppe umrühren, aber ungleichmäßig. Man würde nicht meinen, dass man auf diese Weise vom Fleck kam, doch die Gondel glitt schnell und zielstrebig dahin.

Klingenberg saß in der *felze*, um der Sommerhitze zu entkommen. Er wirkte blasser als zuvor bei den Rossos, und er schwitzte. Obwohl seine Miene fast so unbewegt war wie die seines Gondoliere, lag dahinter ein Unbehagen, und plötzlich begriff Orsola: Er war seekrank! Aber wie konnte man in einer Stadt leben, die auf dem Wasser gebaut war, wenn man unter Seekrankheit litt? In Venedig musste man doch ständig das Boot nehmen, wenn man irgendwohin wollte; das war Teil des Lebens dort.

Sie hob die Hand, als die Gondel auf ihrer Höhe an der Fondamenta hielt. »*Grazie*, Signore, dass Sie zu uns nach Murano gekommen sind.«

Klingenberg verzog das Gesicht, als die Gondel durch das Kielwasser eines anderen Bootes ins Schwanken geriet. »Ich wollte mir diesen *garzone* ansehen. Antonio Scaramal. Mit ihm hat Marco eine gute Wahl getroffen.«

Orsola verriet ihm nicht, dass Marco Antonio nur angenommen hatte, um eine Schuld zu begleichen. »Haben Sie meine Perlen bekommen?«, fragte sie stattdessen.

»Ja, habe ich.« Klingenberg schwieg so lange, dass ihr ganz flau im Magen wurde. Sie gefallen ihm nicht, dachte sie. Er mag Antonios Kerzenhalter mit den Delfinen.

Dann sagte er: »*Molto belle*, Orsola. Ihr Vater wäre stolz auf Sie.«

Orsola riss die Augen auf. »Oh! *Grazie*«, rief sie erfreut.

Dann senkte sie verlegen den Kopf. Sie wünschte, ihr Vater oder Marco wären hier gewesen und hätten das Lob gehört.

»Die Formen sind gut, die Größen genau aufeinander abgestimmt, und die Symmetrie ist perfekt. Sie sind natürlich schlicht, aber Schlichtheit ist nichts, wofür man sich schämen muss. Mit der Zeit werden Sie auch aufwendigere Verzierungen hinzufügen. Aber diese werde ich verkaufen. Ich bestelle einhundert Perlen pro Monat für die nächsten drei Monate, zu einem Preis von einem halben *soldo* pro Perle. Und zwar in Rot, Grün, Blau und Weiß.«

Orsola verzog keine Miene. Der Preis war nicht so hoch, wie sie gehofft hatte.

Domenego stampfte leicht mit dem einen Fuß auf, sodass die Gondel schaukelte, und nickte ihr auffordernd zu. Klingenberg tupfte sich mit einem strahlend weißen Taschentuch über Stirn und Oberlippe. Orsola schaute ganz gebannt darauf, denn sie wusste, wie viel Waschen und Bleichen nötig waren, um ein Taschentuch so weiß zu bekommen.

Als sie den Eindruck hatte, dass ihm übel genug war, machte sie ihr Gegenangebot: »Zwei *soldi* pro Perle.«

Klingenberg schloss kurz die Augen. Orsola war geneigt, ihm davon abzuraten, da das die Übelkeit nur verstärkte; jeder Venezianer wusste das, wenn auch vielleicht kein Deutscher, der von der *terraferma* kam. Doch er war ein stolzer Mann, und sie wollte ihm nicht zeigen, dass sie seine Schwäche bemerkt hatte.

»Ein *soldo* pro Perle«, entgegnete der Kaufmann.

»Einverstanden.« Orsola freute sich, denn das war der Preis, der ihr vorgeschwebt hatte. Domenego änderte unauffällig seine Haltung, und die Gondel hörte auf zu schwanken. »*Grazie*, Signore, dass Sie mir diese Gelegenheit gegeben haben.« Sie verstummte.

Klingenberg betrachtete sie aufmerksamer, nun, da das Boot wieder ruhig im Wasser lag. »Was ist, Signorina Rosso?«

»Muss Marco von unserer Absprache erfahren?«

»Sie möchten Ihr eigenes Geschäft, getrennt von dem Ihres Bruders? Sehr vernünftig. Maria Barovier hätte das gefallen. Allerdings ist es schwierig, in Murano – oder auch in Venedig – ein Geheimnis zu bewahren. Ich werde Marco nichts davon sagen, aber er wird es vermutlich trotzdem herausfinden. Falls das zu Unstimmigkeiten führt, müssen Sie das untereinander klären.«

Orsola nickte. Er unterstützte sie, indem er Perlen bestellte, aber weiter würde er nicht gehen. Er würde sich an die Partei halten, mit der sich das meiste Geld verdienen ließ, und das war Marco mit seinen Glaswaren.

Klingenberg sah sie an. »Seien Sie nicht zu streng mit Ihrem Bruder, Signorina. Es ist nicht leicht für ihn, eine Glaswerkstatt zu leiten, jung, wie er ist.« Bevor sie etwas erwidern konnte, fügte er hinzu: »Soll ich auch das Geld für Sie verwahren? Oder was wollen Sie damit machen? Es unter Ihrer Matratze verstecken? Bei mir wäre es sicher.«

»*Grazie*, Signore.«

»Ich freue mich auf weitere Perlen nächsten Monat. Domenego? Nach Hause.«

Als sich die Gondel entfernte, konnte Orsola sich nicht verkneifen, hinterherzurufen: »Halten Sie den Blick immer auf den Horizont gerichtet, Signor Klingenberg! Und nächstes Mal kauen Sie Minzblätter.«

Klingenberg seufzte. »Vielen Dank für den Hinweis, Orsola Rosso. Minze, Ingwer, Blick zum Horizont, Kupfer am Handgelenk … Ihr Venezianer und Muraneser liebt es, einem bodenständigen Deutschen Ratschläge zu erteilen. Aber ich verrate Ihnen was – nichts hilft.«

Es fühlte sich für Orsola anders an, Perlen anzufertigen, die verkauft werden sollten. Vorher war es, als würde sie nur mit dem Glas spielen, wie ein Kind, das Kuchen aus Sand backte statt echten zum Essen. Sie wurde viel kritischer, was ihre Arbeit anging. Sie formte eine scheinbar perfekt gelungene rote Perle und stellte sie sich vor, wie sie Teil einer Halskette wurde, getragen von einer adeligen Dame in einem Pariser Palast, der in ihrer Vorstellung genauso aussah wie der Palazzo da Mula an Muranos Canal Grande. Doch mit dem Wissen, dass diese Perle in die Welt hinausgeschickt werden sollte, damit jemand anders sie kaufte und trug, sah Orsola plötzlich, dass sie an einer Stelle eine winzige Unebenheit hatte oder dass eine Luftblase darin war, und dann schmolz sie sie wieder ein und begann von Neuem. Sie verlor die Leichtigkeit bei ihrer Arbeit, verkrampfte sich, machte Fehler wie eine Anfängerin. Mehrere Tage lang bekam sie nichts so hin, wie es sein sollte.

Dann brachte Nicoletta einen kleinen, gesunden Sohn zur Welt, den sie Marco tauften, genannt Marcolin, und plötzlich war Orsola Tag und Nacht damit beschäftigt, sich um ihre Schwägerin und das Neugeborene zu kümmern. Sie verfluchte sich dafür, dass sie kostbare Tage damit vertan hatte, fehlerhafte Perlen zu machen, weil sie nun überhaupt keine Zeit mehr zum Arbeiten hatte. Sie begann sich zu fragen, ob sie es schaffen würde, Klingenbergs Bestellung zu liefern. Doch dass ihr so wenig Zeit blieb, spornte sie nur noch an, jede Gelegenheit, die sich bot, zum Arbeiten zu nutzen, meistens nachts, wenn die Kinder und Nicoletta schliefen. Während dieser Nachtschichten gelang es Orsola endlich, Perlen herzustellen, die zu verkaufen sie sich nicht schämen musste.

Als die erste Bestellung schließlich fertig war, schickte Orsola sie nicht mit einem der Kurierboote, die zwischen den Inseln hin und her fuhren, sondern brachte sie selbst nach Venedig, heimlich, als alle anderen beschäftigt waren. Sie heuerte nicht Bruno an, der ihr nicht nur mit seinen Anzüglichkeiten zur Last gefallen wäre, sondern gewiss auch ihrer Familie von dem

Ausflug erzählt hätte. Stattdessen ließ sie sich von einer Familie von der benachbarten Insel Burano mitnehmen, die mit ihrem *sandolo* nach Venedig wollte, um dort auf dem Markt ihre Klöppelspitze zu verkaufen. Statt dem Canal Grande zu folgen, fuhren sie durch kleine Seitenkanäle zur Piazza San Marco, und sie saß da und schaute auf die vorbeigleitenden Kirchen und Häuser, auf die Boote, die an den Eingangstoren hielten, beladen mit Weinfässern, Brennholz, Kleiderbündeln oder Mehlsäcken. Hier kam ihr alles normaler vor, nicht so prunkvoll.

Bis sie nach San Marco kamen. Dort war der Prunk schier überwältigend, und Orsola wurde mulmig zumute – als junge Muraneserin allein in dieser großen, von Menschen nur so wimmelnden Stadt. Nur widerstrebend trennte sie sich von der Familie aus Burano, nachdem sie vereinbart hatten, wann und wo sie sich wieder treffen würden. Gegenüber dem Dogenpalast lehnte sie sich an eine der zahllosen Säulen und betrachtete die schwindelerregend prachtvolle Fassade aus rosafarbenem und weißem Backstein und kunstvoll verzierten Bögen. Männer in roten und schwarzen Umhängen eilten mit wichtiger Miene durch die Säulengänge, vermutlich um Nachrichten vom oder für den Dogen zu überbringen. Wie sie es öfter tat, seit sie regelmäßig Perlen anfertigte, suchte Orsola in den Farben und Formen des Gebäudes nach Inspiration, fand jedoch nichts, was sich für die Perlenform eignete. Der Palast war spektakulär, aber zu kantig, um ihn in Glas zu verwandeln.

Dasselbe galt für die Piazza San Marco: ein riesiges Rechteck, umgeben von weiteren übereinandergereihten Bögen, mit einem Campanile am einen Ende und einem gewaltigen Markt, der die Familie mit der Klöppelspitze verschluckte. Das alles war zu groß und zu voll für Orsola. Daher ging sie auf die Basilica di San Marco zu, die neben dem Dogenpalast lag. Das war ein Gebäude nach ihrem Geschmack. Es war rundlicher geformt als der Palast, mit einer großen Kuppel in der Mitte, flankiert von zwei kleineren, und die Fassade bestand aus lauter Rundbögen, verziert mit kunstvollen Reliefs und Mosaiken aus Blattgold, und war mit Marmor verkleidet. Darüber ragten schmale, spitze Türme und Statuen gen Himmel. Obwohl die Kirche so groß und aus schwerem Stein war, schien sie wie auf Wolken zu schweben. Sie erinnerte Orsola an eine Schale mit gelben und weißen Glaskugeln. Sie betrachtete sie lange und fragte sich, ob es eine Möglichkeit gab, dieses Zuckerwerk in einer Perle wiederzugeben.

Mit einem Mal spürte sie ein leichtes Zupfen an dem Lederbeutel, den sie über der Schulter trug. Blitzschnell packte sie eine kleine Hand, die sich in den Beutel geschlichen hatte. Darin befanden sich, in Leinen eingeschlagen, die Perlen für Klingenberg.

»*Ehi! Ti! Ladronetto!*«, rief Orsola. Die Hand gehörte einem Jungen, der ihr kaum bis zum Kinn reichte. Der Möchtegerndieb riss sich los und schlenderte in aller Seelenruhe Richtung Markt, während Orsola aufgebracht hinter ihm herschimpfte.

Sie drückte den Beutel eng an sich, als sie sich wieder in Bewegung setzte zwischen all den Menschen und Waren. Man durfte hier nicht stehen bleiben, sonst wurde man ausgeraubt. Ihr Herz pochte heftig. Während sie einer Gasse folgte, die ungefähr in die Richtung des Rialto führte, schalt sie sich für ihre Unachtsamkeit. Beinahe hätte sie das Ergebnis von einem Monat Arbeit verloren! Sie scheute sich, jemanden zu fragen, ob dies der richtige Weg sei. Sie überließ sich einfach dem stetigen Strom von Leuten, die zielstrebig hier und dort abbogen. Sie trieb in der Menge wie ein Zweig in einem Fluss und bewegte sich vom politischen und religiösen Zentrum der Stadt zu dem des Handels.

Unterwegs sah sie sich mit großen Augen um. Ein Kaufmann, auf dessen Schulter ein Affe hockte. Eine Frau mit einem Diadem aus Saatperlen, die wie Sterne über ihrer kunstvollen

Frisur zu schweben schienen. Ein Mann mit einem rotbraunen Turban und einer makellos weißen Robe. Ein Fischer mit einer Kiste voller Hummer. Ein Mann, der einen Stuhl aus Mahagoni mit Seidenpolstern auf dem Rücken trug. Und die Gerüche … Eine Wolke von Rosenduft, der aus dem Umhang einer Frau hervorwehte. Die verlockende Süße von Safranbrötchen auf einem hochgehaltenen Tablett. Der Gestank der Kanäle, die sie überquerte – nach vergammeltem Gemüse und dem Inhalt der Nachttöpfe. Und die Klänge … Neben Venezianisch hörte sie ein Durcheinander aus Sprachen, die sie nicht kannte. Türkisch? Griechisch? Arabisch? Deutsch? Englisch? Französisch? Vielleicht hörte sie sie alle oder keine davon. Dieses Venedig war aufregend, und Orsola wollte genau da sein, wo sie war, mittendrin; doch zugleich wünschte sie, sie wäre zu Hause, weit weg von all diesem Fremden.

Schließlich spuckte der Menschenstrom sie vor dem Fondaco dei Tedeschi aus, und sie war erleichtert, etwas Bekanntes zu sehen. Mit gestärktem Selbstvertrauen durchquerte sie den Hof und erklomm die breite Treppe, die zu Klingenbergs Räumen führte. Die Kühle im Innern war eine Wohltat nach der Sommerhitze draußen. Doch der Kaufmann war nicht da. Stattdessen saß an seinem Schreibtisch ein junger Mann mit kurzem Kinnbart, der sie über seinen Federkiel und sein Geschäftsbuch hinweg aus haselnussbraunen Augen ansah und sie mit steifem deutschem Akzent darüber informierte, dass Herr Klingenberg unterwegs sei und sie ohne vorherige Absprache gar nicht erst hätte kommen sollen. Sein herablassender Tonfall brachte Orsola auf. Sie musste sich zusammenreißen, um freundlich zu bleiben. Sie hatte ihre Perlen dabei, und die mussten zu Klingenberg. Sie nannte ihren Namen, wies auf die Bestellung von einhundert Perlen hin und holte den Stoffbeutel heraus, um sie ihm zu zeigen, doch er gebot ihr Einhalt.
»Sie sind zu spät.«

»Nur eine Woche.«

»Zehn Tage.«

»Es gab eine Zeit lang keine Glasstäbe, und meine Schwägerin hat ein Kind bekommen, und …« Doch sie sah, dass ihn das nicht interessierte. Orsola bezweifelte, dass er je ein Kind im Arm gehalten hatte.

»Lassen Sie sie hier.« Er deutete vor sich auf den Schreibtisch. »Herr Klingenberg wird sie bei seiner Rückkehr begutachten.«

»Wann wird das sein?«, fragte sie, denn wenn sie wartete, bis der Kaufmann zurückkam, könnte sie vielleicht zusehen, wie er jede einzelne Perle hervorholte, ans Licht hielt und bewunderte.

»In drei Wochen«, antwortete der Schreiber und wandte sich demonstrativ wieder seinem Geschäftsbuch zu.

»In drei Wochen?«, rief Orsola entsetzt. »Aber was ist mit meinem Geld?«

»Wenn Herr Klingenberg mit der Arbeit zufrieden ist, wird er das Geld wie besprochen für Sie verwahren. Und jetzt habe ich zu tun. *Addio.*«

»Aber – soll ich die nächste Bestellung fertig machen oder warten?«

Der junge Mann legte seinen Federkiel hin, zog den Beutel zu sich und begann, das Band zu lösen. »Warten Sie im Vorzimmer.«

Durch den Türrahmen konnte sie eine Bank sehen, doch sie rührte sich nicht.

Der Mann hielt in der Bewegung inne.

»Ich setze mich nicht da draußen hin«, sagte sie. »Vielleicht haben Sie Fragen. Oder Sie versuchen, Perlen zu stehlen.«

Der Mann hob die Augenbrauen. »Es sind *Glas*perlen, Signorina. Keine Edelsteine. Kein Gold. Keine Pfefferkörner.«

Da klar war, dass er nicht weitermachen würde, solange sie nicht gehorchte, ging sie widerstrebend hinaus und setzte sich mit wild pochendem Herzen auf die Bank, wütend auf sich selbst, weil sie sich diesem *sprotìn* gefügt hatte.

Kurz darauf rief er sie wieder hinein. Er hatte die Perlen zurück in den Beutel getan und schrieb etwas auf einen Zettel. »Dieselbe Bestellung für nächsten Monat«, sagte er, ohne aufzusehen.

Klingenberg hatte offenbar Instruktionen hinterlassen, was sie betraf. »Ich brauche einen Teil meines Lohns jetzt, damit ich neue Glasstäbe kaufen kann.«

Er seufzte, gab ihr aber zwanzig *soldi*, und Orsola hielt die Münzen befriedigt in der Hand. Ihr erstes selbst verdientes Geld.

Als sie wieder draußen war, lief sie Richtung Ponte di Rialto, denn sie hatte noch Zeit und einen *soldo* zum Ausgeben. Sie schob sich durch das Gedränge auf der Brücke, versuchte, das Ächzen des Holzes zu ignorieren, und ging zum Fischmarkt, denn mit einem Mal hatte sie großen Hunger. Sie kaufte sich eine Portion gebratene Sardinen in einer Papiertüte, so heiß, dass sie sich die Finger daran verbrannte, setzte sich damit vor eine Mauer auf der Fondamenta und betrachtete das Treiben auf dem Kanal. Überall waren Boote, viele mit Passagieren oder Waren an Bord, einige waren auch leer, abgesehen von den Ruderern, die am Heck oder in der Mitte standen und durch das Getümmel steuerten. Es sah chaotisch aus, aber Orsola wusste, dass es einer Ordnung folgte und dass die Flüche der Gondolieri von Richtungsangaben, Warnungen und Grüßen durchsetzt waren: *»Oe!« »A premando!« »A stagando!« »De longo!«*

Domenego würde immer unter den anderen venezianischen Bootsführern herausstechen. In seine enge schwarz-weiße Hose und das rote Wams gekleidet, ruderte er zwei junge Frauen in seiner Gondel nach Cannaregio; die eine war offensichtlich die Dienerin der anderen. Letztere hatte ein breites Gesicht mit scharf geschnittenen Wangenknochen und großen Augen, die ein wenig zu weit auseinander standen. Sie trug ein blaues

Kleid, das vorne unvorteilhaft gerafft war, um ihre noch flache Brust zu kaschieren. Ihre Frisur hingegen war besser gelungen: ein Turm aus leuchtend blonden Locken, gekrönt von einem elfenbeinernen Kamm.

Trotz all der Boote auf dem Wasser und des endlosen Menschenstroms entdeckte Domenego Orsola auf der Fondamenta. Er nickte ihr zu und bedeutete ihr mit einer Handbewegung, dort zu bleiben, wo sie war. Obwohl er sehr diskret war, wandten sich die beiden jungen Frauen in der Gondel um und starrten sie an, als sie vorbeiglitten.

Orsola lehnte sich lächelnd zurück und genoss die Sonne auf ihrem Gesicht. Sie kannte jemanden in dieser Stadt. Es war nicht wie auf Murano, wo sie jeden kannte. Hier konnte sie die Fremdheit genießen, solange sie zumindest ein vertrautes Gesicht sah.

Eine halbe Stunde später kam er zurück, und sie ging zu ihm, als er an der Fondamenta hielt. »Was machen Sie in Venedig, Signorina?«, fragte er und stand ruhig am Heck, obwohl das Wasser durch die anderen Boote Wellen schlug.

»Ich habe meine Perlen zu Klingenberg gebracht«, erwiderte Orsola stolz.

»Er ist in Augsburg. Seine Mutter ist krank.«

»Che Dio la tegna.« Orsola bekreuzigte sich. Sie kannte niemanden, der sich länger auf der *terraferma* aufhielt. »Wer war die junge Frau, die Sie gefahren haben?«

»Seine Tochter Klara.«

»Sie hat schönes Haar.« Sie verkniff es sich, durch ihr dunkles, ungewaschenes Haar zu fahren, das sie nur kurz gekämmt hatte, bevor sie nach Venedig aufgebrochen war.

Domenego kommentierte ihre Bemerkung nicht; es ziemte sich nicht, über die Familie seines Herrn zu sprechen. Stattdessen wandte er sich dem Geschäftlichen zu. »Haben Sie Ihre Perlen dort gelassen?«

»Ja, bei seinem Schreiber. Er hat eine neue Bestellung aufgegeben. Und ich habe ein bisschen Geld von ihm bekommen.«

»Hat Jonas Ihnen eine Quittung ausgestellt?«

Sie öffnete den Mund und schloss ihn dann wieder.

Etwas in Domenegos Gesichtsausdruck veränderte sich. Nun, da sie ihn ein wenig besser kannte, sah sie die Missbilligung unter seiner unbewegten Miene. »Gehen Sie noch einmal zu ihm und lassen Sie sich eine Quittung geben. Rühren Sie sich nicht vom Fleck, bis Sie sie haben.«

»Aber …«

»Wenn er sich weigert, sagen Sie ihm, Sie werden Klingenberg mitteilen, dass er vergessen hat, Ihnen eine Quittung zu geben. Steigen Sie ein, ich bringe Sie hin.«

Noch nie war sie in so einem eleganten Boot gefahren. Die *felze* der Gondel war schwarz gestrichen wie der Rumpf des Bootes, und die Läden waren hochgeklappt, sodass sie sehen und gesehen werden konnte. Innen war sie mit blauer und gelber Seide ausgeschlagen, und die Kissen waren aus türkischen Kelims gemacht, wie die in Klingenbergs Büro. Domenego war ein sanfterer Ruderer als Bruno; vielleicht musste er das wegen Klingenbergs Seekrankheit auch sein. Und er war schnell – viel zu schnell für ihren Geschmack, denn schon bald waren sie bei den Arkaden des Fondaco dei Tedeschi angekommen.

»*Grazie,* Domenego«, sagte sie, als er ihr beim Aussteigen half.

»Sagen Sie Jonas nicht, dass ich Sie wegen der Quittung zurückgeschickt habe«, erwiderte er. »Er kann mir Ärger machen.«

Sie nickte und warf der Gondel noch einen sehnsuchtsvollen Blick zu.

Domenegos Miene wurde weicher. »Wie kommen Sie nach Murano zurück?«

»Ich treffe mich später mit Leuten bei San Marco.«

»Ich habe bis zum Abend frei. Ich kann Sie dorthin bringen.«

»Oh! *Grazie.*« Orsola strahlte ihn an, und als Domenego sich ein Lächeln gestattete, war sein Gesicht wie verwandelt.

Wenig später kam sie mit der Quittung in der Hand zurück, die Klingenbergs Schreiber ihr widerstrebend ausgestellt hatte und die sie selbst nicht lesen konnte. Domenego wartete am *traghetto*-Anleger, wo Bruno sie und ihre Brüder im vergangenen Jahr abgeholt hatte. Die anderen Bootsführer verstummten, als der Afrikaner ihr in seine Gondel half und geschickt zur Mitte des Canal Grande ruderte.

Orsola war noch nie länger als wenige Augenblicke auf dem Canal Grande gewesen. Als sie unter der Rialtobrücke hindurchfuhren, gab es aus diesem neuen Blickwinkel so viel zu sehen, dass sie gar nicht wusste, wohin sie zuerst schauen sollte – ein Gefühl, das sie in Venedig immer wieder überkam. Die breite Wasserfläche voller Boote. Die Palazzi entlang der Ufer mit ihren leuchtend bunten Fassaden und ihren Reihen von Bogenfenstern und Balkonen, von denen elegant gekleidete Mitglieder venezianischer Adelsfamilien auf das geschäftige Treiben herabsahen, Wein tranken und den neuesten Klatsch austauschten oder die nächste Heirat planten oder darüber sprachen, wie man das Ohr des Dogen oder des Rates der Zehn gewinnen könnte.

Doch am meisten interessierten sie die Boote um sie herum, in denen weitere Adlige unterwegs waren, überwiegend Männer, aber auch Frauen, allein oder zu zweit, plaudernd oder in Gedanken versunken, meist mit offener *felze*, doch gelegentlich – interessanterweise – mit geschlossener. Diese Passagiere schauten sich nicht unverhohlen um, wie sie es tat, die Fremde unter all den Ortsansässigen. Vielleicht waren sie auch nur diskreter. Sie wirkten wie in Positur gesetzt, weil sie wussten, dass man sie beobachtete. Wenn sie Orsola einen Blick zuwarfen, kam sie sich schäbig vor mit ihrem unfrisierten Haar, dem einfachen Kleid aus dem Stoff, den Maria Barovier ihr geschenkt hatte, und ohne jeden Schmuck – noch dazu im Gegensatz zu Domenegos Eleganz und der luxuriösen Ausstattung der Klingenberg'schen Gondel mit ihrem frischen schwarzen Lack, der *forcola* aus schimmerndem Holz, die das Ruder hielt, und der Seidenbespannung der *felze*. Orsola setzte sich aufrechter hin, legte die Hände in den Schoß und hielt ihren Kopf hoch, als säße sie für einen Maler Modell.

Die Passagiere saßen zumeist ganz still da. Den meisten Lärm machten die Gondolieri, die sich munter scherzend etwas zuriefen, während sie geschickt zwischen anderen Booten hindurchsteuerten. Nur gegenüber Domenego verhielten sie sich anders: ein kurzes Innehalten, bevor sie vorbeiruderten, eine betonte Lässigkeit. Deine Haut sieht zwar anders aus als unsere, schienen sie zu sagen, aber das nehmen wir nicht zur Kenntnis. Die Venezianer hielten sich viel auf ihre Weltläufigkeit zugute. Auf den Muraneser Kanälen hätten ihn alle unverhohlen angestarrt.

»Gefällt es Ihnen, als Gondoliere zu arbeiten?«, fragte Orsola.

Domenego zuckte die Achseln, und sie schämte sich für ihre dumme Frage. War es überhaupt möglich, etwas zu mögen, zu dem man gezwungen war?

Aber ihre Neugier war stärker, und so fragte sie weiter: »Wie sind Sie nach Venedig gekommen?«

Der Gondoliere richtete seinen Blick auf einen Punkt in der Ferne, und sein Gesicht wurde starr. Orsola dachte schon, er würde nicht antworten, doch schließlich sagte er: »In einem Schiff. Viele Tage. Ich weiß nicht mehr, wie lange.«

»Erinnern Sie sich noch an zu Hause?«

Er sah sie an. »Natürlich.«

Orsola wurde rot und senkte den Kopf. Sie würde jetzt den Mund halten.

Doch dann sagte er: »Danach fragt mich nie jemand.«

Wonach konnte man ihn denn fragen? »Sie sind so geschickt mit der Gondel. Gibt es Gondeln auch in Afrika?«

Die Starre in Domenegos Gesicht löste sich, und er fing an zu lachen, so stark, dass er aufhörte zu rudern und sie anderen Booten ins Gehege kamen. Die Bootsführer riefen: *»Oe!«*, fluchten nun ernsthaft und versuchten hektisch, ihnen auszuweichen.

»Domenego, *ocio!*«, schrie Orsola.

Domenego packte sein Ruder und brachte sie mit ein paar Bewegungen wieder in die Reihe. *»Scusème, scusème«*, rief er den anderen Bootsführern zu. Dann sagte er zu ihr: »Ihr Venezianer seid lustig. Ihr denkt, überall ist es so wie hier.«

»Ich bin nicht aus Venedig, sondern aus Murano.«

»Wie auch immer ... Ich bin in einem Dorf am Meer aufgewachsen, aber die Boote dort sehen anders aus. Wir haben Segel und nutzen den Wind, dort wird nicht gerudert. Das musste ich erst hier lernen.« Er betrachtete sein Ruder. »Kanäle und Lagunen sind anders als das Meer.«

»Würden Sie dorthin zurückkehren, wenn Sie es könnten?«

»Es wird lange dauern, bis ich mich freikaufen kann. Und wer weiß, was dann sein wird. Ich versuche, nicht darüber nachzudenken.«

Offensichtlich dachte er sehr wohl darüber nach.

Sie waren eine große Kurve gefahren und steuerten jetzt auf die Stelle zu, wo der Canal Grande auf den Giudecca-Kanal traf. Nun mussten sie auf wesentlich größere Boote Rücksicht nehmen, Schiffe aus dem Osten und Westen, die die Waren holten und brachten, für die der venezianische Handel berühmt war. Im Vergleich zu diesen riesigen Gefährten mit ihren Segeln, die größer waren als alle Laken der Rossos zusammen, dem spinnennetzartigen Tauwerk und den sturmerprobten Matrosen, die darin herumkletterten, sahen die venezianischen Gondeln aus wie Spielzeuge. Domenego ruderte mit aller Kraft und mit äußerster Konzentration, um das Schwanken des Bootes zu vermindern.

Als er am Anleger der Piazza San Marco hielt, war das Wasser von den Schiffen aufgewühlt, und Orsola ergriff seine ausgestreckte Hand und ließ sich von ihm sicher ans Ufer führen.

»*Grazie*, Domenego«, sagte sie.

Er nickte. »Was haben Sie jetzt vor?«

»Ich werde mich mal auf dem Markt umsehen.« Mittlerweile schüchterten die vielen Menschen und das Straßengewirr sie nicht mehr so ein.

Domenego deutete nach Osten. »Gehen Sie nicht in diese Richtung.«

»Warum nicht?«

»Es heißt, in einem Kloster an der Riva degli Schiavoni, in der Nähe des Arsenale, ist eine Krankheit ausgebrochen. Gehen Sie nicht weiter als bis San Zaccaria.«

»Was denn für eine Krankheit?«

Domenego zögerte, dann sagte er: *»La peste.«*

Die Pest kam nicht wie eine Welle, die ans Ufer brandet. Sie war eher so wie eines jener Sommergewitter draußen auf See, die man sehen und hören kann, die aber nicht näher kommen. Es kursierten Gerüchte über Tote in einigen *sestieri* von Venedig; dann ebbte das Gerede ab; dann gab es weitere Tote.

Jenen ganzen Herbst hindurch war das Grollen der Pest in der Ferne zu vernehmen, leise, aber stetig. Die Rossos hörten davon, aber es berührte sie nicht, abgesehen davon, dass der Verkehr zwischen den beiden Inseln abnahm. Es fuhren weniger *traghetti* hin und her, aber die Glasmacher schickten ihre Waren weiter hinüber, damit sie begutachtet und verschifft werden konnten. Zum Winter hin verstummten die Nachrichten von den Toten. Wie Orsolas Nonna ihr erklärt hatte – sie sprach aus Erfahrung, denn sie kannte es von früheren Ausbrüchen –, konnte *la peste* in der Kälte nicht überleben. Es schien, als blieben Murano – und Venedig – von Schlimmerem verschont.

Jeden Monat verpackte Orsola ihre Perlen und schickte sie mit einem vertrauenswürdigen Boten zum Fondaco dei Tedeschi, einem der jungen Männer, die Nachrichten und Waren zwischen Murano und der Serenissima hin und her transportierten. Als Klingenberg aus Augsburg zurück war, schickte er ihr jeden Monat eine Quittung und genug *soldi*, um Glasstäbe nachzukaufen, und nach und nach erweiterte er seine Bestellungen und orderte größere Mengen und unterschiedliche Arten von Perlen. »Zehn weiße aus Fadenglas«, schrieb er, oder: »Fünfzig mit Blattgold in verschiedenen Farben«. Orsola musste die Nachrichten Elena Barovier zeigen, damit sie sie ihr vorlas, und die Techniken von ihr lernen, wenn sie nicht allein darauf kam. Sie war damit so beschäftigt, dass sie gar nicht mehr an Antonio und seine Fleischerstochter dachte oder daran, wie Marco reagieren würde, wenn er herausbekam, dass sie Perlen verkaufte.

Als sie ein wenig gespart hatte, beschloss sie, ein Mädchen dafür zu bezahlen, dass sie ihr mit der Wäsche half, damit sie mehr Zeit hatte und sich nicht ständig um schmutzige Windeln kümmern musste. Das erwähnte sie eines Tages gegenüber ihrer Mutter, als sie in der Küche eine Lieferung Holz stapelten, die von der *terraferma* gekommen war. Maddalena, die am Herd stand und *fritole* briet – es war die Zeit des Karnevals, und da waren die in Fett gebackenen Küchlein sehr beliebt –, sog scharf die Luft ein und schnalzte missbilligend mit der Zunge. Laura Rosso jedoch hielt inne, einen Scheit in jeder Hand, und überlegte. »Klingt vernünftig«, sagte sie dann und legte die Scheite auf den Stapel.

»Fremde im Haus, die deine Arbeit machen.« Maddalena schnalzte erneut.

Doch obwohl sie das Vorhaben missbilligte, erzählte sie

Marco nichts davon. Laura schwieg ebenfalls, und überraschenderweise hielt auch Nicoletta den Mund, die ihrem Mann ohne Weiteres hätte verraten können, dass ihre Schwägerin die Perlen mittlerweile verkaufte. Die drei Frauen schienen zu bewundern, was Orsola tat, und so beschwerten sie sich nicht, wenn sie nicht alle Hausarbeiten erledigte und sie das, was liegen blieb, übernehmen mussten, und ebenso wenig, als sie ein Mädchen für die Wäsche einstellte und anfing, auch tagsüber Perlen zu machen. Orsola fand zum ersten Mal die Gelegenheit, längere Zeit am Stück zu arbeiten, und offenbar war Klingenberg von dem Ergebnis angetan, denn nach und nach wurden seine Bestellungen umfangreicher.

Als es im Frühjahr wieder wärmer wurde, meldete sich in Venedig auch die Pest zurück. Orsola erfuhr davon auf dem Markt, wo sie für gewöhnlich alle Neuigkeiten aufschnappte – diesmal am Gemüsestand von Brunos Mutter. Sie befühlte gerade die Artischocken – sie sollten fest sein, aber nicht zu groß –, da beugte sich eine Frau zu Brunos Mutter und flüsterte, so laut, dass es jeder in der Nähe hören konnte: »Zwei Tote in Dorsoduro!«

»Woran sind sie gestorben?«, fragte Brunos Mutter.

»Na, woran wohl! *La peste!*«

Alle in Hörweite bekreuzigten sich.

Eine Woche später waren es fünf Tote, dann fünf weitere in Castello, einem *sestiere,* das nicht einmal an Dorsoduro grenzte. Und dann erfasste die Pest schließlich die ganze Stadt. Die venezianischen *provveditori alla sanità* nahmen ihre Arbeit auf, beauftragen Bürger in jedem der *sestiere,* alle Fälle in ihrer Umgebung zu melden, Erkrankte und Tote zu zählen, Häuser, in denen Pestopfer lebten, zu verrammeln, herauszufinden, mit wem die Infizierten in Kontakt gewesen waren, und diejenigen unter Hausarrest zu stellen. Ganze Straßen und Stadtviertel wurden abgesperrt, die Geschäfte geschlossen, und niemand durfte sie passieren. Es gab eine Sperrstunde, und das Marktrecht wurde eingeschränkt.

Auch die Kirchen schlossen, doch da die Priester fürchteten, Gott strafe sie alle für ihre mangelnde Frömmigkeit, hielten sie so oft wie möglich Prozessionen ab, als Ausgleich für die ausfallenden Messen.

Doch sowohl die Behörden als auch die Bevölkerung nahmen die Bedrohung nicht ernst genug. Immer war da der Gedanke, so schlimm könne es doch gewiss nicht werden. Was sollten ein paar Todesfälle in einem abgelegenen *sestiere* mit dem Rest der Stadt zu tun haben? Wieso sollte das alle betreffen? Menschen starben ständig. Ganze Familien wurden durch Krankheit, Hunger oder Brände ausgelöscht. Warum sollte das hier anders sein?

Aber es war anders. Die Erkrankten litten an hohem Fieber und Durchfall, ihr Körper war übersät von eitergefüllten Beulen, und es gab so gut wie nichts, was man für sie tun konnte. Sieben von zehn Infizierten starben. Und die Seuche verbreitete sich sehr leicht.

Orsola empfand das Wasser, das Murano von Venedig trennte, als Segen; es schützte die Muraneser und gestattete ihnen, ihrer Arbeit nachzugehen. Die Schmelzöfen brannten weiter, und noch immer wurden Kelche, Spiegel, Vasen und Kandelaber hergestellt. Gärten wurden von Unkraut befreit, Wäsche wurde gebleicht, Fisch wurde gefangen und Boote wurden geteert. Kinder spielten auf den Campi, und Frauen kochten Suppe. Mägde fegten. Männer tranken. Kinder wurden gezeugt und geboren. Orsola hörte, was in Venedig geschah, und glaubte nicht, dass ihnen Ähnliches bevorstand: Quarantäne, verriegelte Häuser, gesperrte Straßen, verbrannte Kleider, Zählung durch die Behörden. Auf Murano waren sie sicher.

Östlich von Murano lag die Insel Sant'Erasmo, wo Obst und Gemüse angebaut wurde, und ein kleines Stück nördlich davon Lazzaretto Nuovo mit seinen Lagerhäusern voller Waren aus Damaskus, Konstantinopel, Kairo und Marseille, die darauf warteten, dass die Zeit der Quarantäne ablief. Jeden Tag ankerten neue Schiffe in der Lagune rund um Sant'Erasmo und kleinere Boote an ihrem Ufer. Sie waren für die Familien der Pestopfer gedacht. Orsolas Großmutter erklärte ihnen, wenn jemand erkrankte, wurde er nach Lazzaretto Vecchio gebracht, einer weiteren Insel vor dem Lido, wo ein Pestkrankenhaus eingerichtet worden war. Gleichzeitig wurden die Angehörigen des Kranken für vierzig Tage nach Lazzaretto Nuovo geschickt, um abzuwarten, ob sie ebenfalls erkrankten. Viele fuhren mit ihrem eigenen Boot dorthin und wohnten darin.

»Die Kranken müssen ganz allein nach Lazzaretto Vecchio gehen?«, fragte Orsola ihre Nonna entsetzt.

»Wenn ihnen etwas an ihrer Familie liegt, gehen sie allein, sie wollen sie doch nicht in Gefahr bringen«, erwiderte ihre Nonna. »Aber die meisten sind so krank, dass sie gar nicht merken, was mit ihnen geschieht.« Sie war dabei, Erbsen zu palen, und ihre Hände hielten während dieser düsteren Erklärungen keinen Moment inne. Später sollte Orsola sich daran erinnern, wie ihre alten Daumen die Hülsen aufbrachen und die Erbsen herauslösten, während sie so nüchtern über den Tod sprach.

Es gab eine Stelle, zu der Orsola manchmal ging, um der Familie, der Wäsche und den Perlen für eine Weile zu entkommen: eine Landspitze im Nordosten von Murano, zu der sie gelangte, indem sie die Brücke bei Santi Maria e Donato überquerte und dem Rio di San Matteo bis zum Ende folgte, dort, wo er in die Lagune mündete. Dabei musste sie am Omo Salvadego vorbei, einem lärmenden Wirtshaus, in dem Marco bisweilen trank, aber anschließend konnte sie am verlassenen Ufer sitzen und nach Norden sehen, zu den Bergen auf dem Festland. Selbst im

Sommer waren ihre Spitzen manchmal schneebedeckt, und sie faszinierten Orsola. Sie wollte nicht auf der *terraferma* leben, aber sie war neugierig, wie es dort wohl war, so weit oben, umgeben von so viel Land.

Eines Tages, als sie wieder dort saß, hörte sie Schritte hinter sich. Sie drehte sich um und sah Antonio, der überrascht stehen blieb, als er sie erblickte. Sie schnaubte. »Läufst du mir etwa nach?«

Er lächelte, aber matter als sonst. »Ich komme manchmal hierher, um mir die Berge anzusehen. Und anderes.« Sein Blick ging nach Lazzaretto Nuovo, das von der Stelle aus gerade noch sichtbar war.

Orsola deutete mit dem Kopf auf die Insel. »Jeden Tag liegen dort mehr Boote. Arme Seelen.«

Antonio verzog das Gesicht, und da begriff sie, wonach er Ausschau hielt, und wünschte, sie hätte den Mund gehalten. Sie entschuldigte sich nicht – das hätte es nur schlimmer gemacht –, sondern fragte mit sanfterer Stimme: »Hast du etwas von deiner Familie gehört?«

Antonio blickte weiter auf die kleinen Boote, die rund um Lazzaretto Nuovo ankerten. Bestimmt suchte er nach dem seines Vaters. »Zuletzt vor einem Monat. Menego hat sie getroffen und mir davon erzählt. Da ging es ihnen gut. Aber jetzt wird er wahrscheinlich nicht mehr dorthin rudern.«

»Wo wohnen sie denn?«

»In San Polo, nicht weit von der Frari. Wo wir uns zum ersten Mal begegnet sind.«

Orsola errötete. Also erinnerte er sich noch an die Begegnung. Bisher hatte er sie nie erwähnt.

Da ihr nichts Tröstendes einfiel, was sie hätte sagen können, bekreuzigte sie sich und sah wieder zu den Bergen. »Bist du schon mal dort gewesen? Auf der *terraferma*?«

Antonio setzte sich neben sie und ließ wie sie die Beine über den Rand der Uferbefestigung baumeln. »Einmal. Zur Wildschweinjagd. Ich hatte noch nie Wildschweine gejagt.«

»In den Bergen?«

»Nein. Im Wald, ein Stück landeinwärts.«

»Und wie war es da?«

Wieder lächelte er, fröhlicher diesmal. »Seltsam, wenn man das Meer nicht sehen kann. Ich habe immer nach dem Wasser gesucht.«

»Wie waren die Leute dort?«

»Nicht viel anders als wir.«

»Du meinst, als du.«

Antonio lachte. »Wie lange muss ich auf Murano leben, bis ich ein Muraneser bin?«

»Du wirst nie ein Muraneser sein.«

»Und dafür danke ich Gott jeden Tag.«

Orsola knuffte ihn in den Arm.

»Die Leute auf der *terraferma* sind … schneller«, sagte er. »Wir hier sind vom Rest der Welt abgeschnitten. Bei uns vergeht die Zeit langsamer.«

»Mag sein, aber mir gefällt es hier. Ich will nicht, dass sich etwas verändert.«

»Denkst du nie darüber nach, wohin das Glas geht? Amsterdam. Paris. Sevilla. London. Wie es in diesen Städten ist? Ich stelle mir vor, dass unsere Gläser auf einem elegant gedeckten Tisch in Paris stehen, unter einem Kandelaber aus Murano. Bewundern die Leute das Glas, aus dem sie trinken, und fragen sie sich, wer es wohl gemacht hat?«

Orsola war überrascht, dass sie ganz ähnliche Vorstellungen davon hatten, wie die Dinge, die sie herstellten, gebraucht wurden. »Wahrscheinlich betrinken sie sich einfach nur.« Sie schwieg einen Moment. »Ich stelle mir auch solche Tische vor«, gestand sie ihm. »Und Damen, die daran sitzen und meine Perlen tragen.«

Antonio hielt den Blick auf die Berge gerichtet, aber er lächelte. »Was für welche? Die mit dem Blattgold darin?«

»Woher weißt du das?«

»Ich habe dir mal dabei zugesehen, wie du welche gemacht hast. Du warst so in die Arbeit vertieft, dass du mich nicht bemerkt hast.«

»Welche Farbe hatten sie?«

»Ein dunkles Blaugrün, wie die Lagune, dann Blattgold, dann farbloses Glas.«

Die hatte sie gut hinbekommen. Es wäre ihr nicht recht gewesen, wenn er sie beobachtet hätte, als sie müde und unkonzentriert war.

»Du machst gute Arbeit, Orsola. Menego hat gehört, wie Klingenberg das gesagt hat. Und ich sehe es auch.«

Ihr schoss die Hitze in die Wangen, als stünde sie direkt neben dem Schmelzofen. Ein Kompliment von ihm anzunehmen fiel ihr fast noch schwerer, als sich Kritik anzuhören. Sie suchte fieberhaft nach einer geistreichen oder ironischen Erwiderung, aber ihr fiel nichts ein. »Wie läuft es mit deinem Fleischermädchen?«, fragte sie stattdessen.

»Ganz gut. Fürs Erste.«

Orsola sprang auf. »Also dann. Ich kann nicht den ganzen Tag vertrödeln.« Sie wandte sich zum Gehen, halb in der Hoffnung, er würde ihr folgen, doch er blieb sitzen und schaute weiter übers Wasser zur *terraferma*. »Du weißt, dass du nicht dorthin kannst«, sagte sie. »Abgesehen davon, dass dort die Zeit schneller vergeht, gibt es Gesetze. Wir Glasmacher müssen auf Murano bleiben, um die Geheimnisse der Herstellung zu bewahren. Wenn du es versuchst, schicken sie Leute hinter dir her. Um dich zu töten.«

»Ja, das habe ich gehört.« Doch er löste den Blick nicht von den Bergen.

Wag es ja nicht, dachte sie. Sonst töte *ich* dich.

Wie im vergangenen Sommer schien es so, als würde die Pest in Venedig bleiben und sie verschonen. Ihre Gegenwart war wie eine Fliege, die sich in einem Vorhang verfangen hatte und ein gedämpftes Summen von sich gab, aber nie dahinter hervorkam. Marco leitete die Werkstatt wie gewohnt, aber Klingenberg schickte keine neuen Bestellungen, da sich alles verzögerte – Transport, Bezahlung und Verschiffung. Es gab immer noch genug zu essen, aus dem Garten der Rossos und auf dem Markt von Sant'Erasmo. Es gab weniger Wein, weniger Olivenöl und Fisch nur aus der Lagune, nicht aus dem Meer. Aber sie kamen zurecht. Orsola machte ihre Perlen für Klingenberg und legte sie beiseite, bis die Lage sich wieder verbesserte. Die Zeit verging auf ihre unvorhersehbare Weise.

Dann fand die Fliege aus dem Vorhang heraus und summte durchs Zimmer.

Einer der Boten bekam es als Erster, ein Junge, der sich für unsterblich hielt und die üppige Entlohnung haben wollte, die ein Muraneser ihm versprochen hatte, wenn er seiner Geliebten in der Stadt auf dem Wasser eine Nachricht brachte, obwohl jeglicher Bootsverkehr zwischen den Inseln verboten war. Als die Krankheit ausbrach, war seine Mutter bereits auf dem Markt gewesen und hatte Brunos Mutter angesteckt. Sie starb so schnell, dass nicht einmal mehr Zeit blieb, sie in das Pestkrankenhaus auf Lazzaretto Vecchio zu bringen. Zwei Beamte der Magistratura della Sanità waren für Murano eingesetzt worden, und sie schickten Bruno und den Rest seiner Familie nach Lazzaretto Nuovo. An dem Abend ging Orsola zur Riva di San Matteo, um zu schauen, ob sie Brunos Gondel sehen konnte. Seine Anzüglichkeiten und Flüche waren lästig, aber dennoch ein Teil ihres Lebens, und sie konnte den Gedanken nicht ertragen, dass er dort draußen festsaß. Doch von dort, wo sie stand, waren alle Boote nur schwarze Punkte.

Fast über Nacht schlossen alle Tavernen, und die Märkte

wurden auf die allernötigsten Waren beschränkt. Der Markt auf dem Campo Santo Stefano war gezeichnet durch den Tod von Brunos Mutter und dem einiger ihrer Kundinnen, sodass die Leute nicht zum Plaudern blieben, sondern hastig ihre Einkäufe verstauten und wieder heimwärts eilten.

Bei den Rossos brannte zwar weiterhin der Schmelzofen, doch Marco schickte die *garzonetti* nach Hause. Die Männer arbeiteten weiter, aber die Familie schränkte ihre Kontakte mit anderen ein. Orsola und ihre Mutter brachten die Kinder nicht mehr zum Campo San Bernardo, sondern ließen sie im Innenhof spielen. Die kleine Stella konnte das Eingesperrtsein gar nicht leiden und schaffte es immer wieder zu entkommen. Dann rannte sie so schnell durch die Gassen, dass Orsola ihr kaum folgen konnte. »Die wird noch mal ein Albtraum, wenn sie älter ist«, grummelte Laura Rosso, als Orsola ihre ungebärdige Schwester wieder einmal zappelnd unter dem Arm zurückbrachte.

Sie wiesen Maddalena an, das Haus nur zum Einkaufen zu verlassen, aber sie beharrte darauf, auch ihre Mutter zu besuchen. Paolo ging nicht mehr zu seinen Eltern, sondern schlief in einem Raum hinter der Werkstatt. Auch Antonio und die anderen *garzoni* wurden ermahnt, möglichst wenig hinauszugehen, aber es war schwer, junge Männer im Haus zu halten, wenn draußen Boote und junge Frauen lockten.

Nicoletta war wieder schwanger, das Kind sollte Ende des Sommers kommen, und so blieb sie im Haus und pflegte ihre geschwollenen Füße und die Hautfalten in der Leiste, die schmerzten, nun, da ihr Bauch so groß war. Orsola bemühte sich, geduldig zu sein, aber eines Tages, als ihre Mutter Stella mitgenommen hatte, um im Garten zu arbeiten, bat sie Nicoletta, auf Marcolin aufzupassen, damit sie Perlen machen konnte. Ihre Schwägerin lag auf einer Bank im Innenhof und sah sie mit großen Augen an. »Oh, ich glaube, das kann ich nicht«, sagte sie. Ihr Gesicht war gerötet, und sie fächelte sich mit einem Taschentuch Luft zu. »Mir ist so heiß, und ich bin müde, außerdem kann ich nicht hinter Marcolin herlaufen.«

»Warum kriegst du noch eins, wenn du dich nicht mal um das kümmern kannst, das du schon hast?«

Dann bedauerte sie ihre scharfen Worte, denn Nicoletta zuckte zusammen, als hätte sie sie geschlagen. »Ich … ich versuch's.« Sie streckte die Arme aus. »Marcolin, komm zu Mamma.«

Marcolin kam nicht zu seiner Mutter, sondern lief in eine Ecke des Innenhofs, wo eine Katze einen Nachtfalter jagte.

»Marcolin, nicht!«, rief Orsola, aber es war zu spät, denn er hatte bereits den Schwanz der Katze gepackt. Sie fuhr ihm mit den Krallen durchs Gesicht, und er rannte schreiend zu seiner Tante und vergrub die blutenden Kratzer in ihrem Rock, während Nicoletta hilflos zusah.

»Ich wasche ihm sein armes, kleines Gesicht!«, rief sie, doch Orsola hatte ihn bereits hochgehoben und trug ihn zum Brunnen, um genau das zu tun.

An dem Tag machte sie keine Perlen.

Dann landete die Fliege, die durch den Raum geschwirrt war, mitten auf dem Tisch der Rossos. Die Pest war da.

Antonio hatte sich das Boot ausgeliehen, war in die Lagune hinausgefahren und hatte zwei Eimer voll Sardinen für die Familie mitgebracht. Nun, da die venezianischen Fischer Murano nicht mehr belieferten, war Fisch schwerer zu bekommen. Die Rossos liebten Sardinen, besonders kross gebraten, wie Maddalena sie immer zubereitete. Als sie an dem Nachmittag eine große Platte davon auf den Tisch stellte, griffen sie alle gierig nach den kleinen Fischen. Sie genossen das erste ausgedehnte, sorglose Mahl seit langer Zeit – und beachteten nicht die Fliege im Raum. Hinterher saßen sie wohlig gesättigt um den Tisch.

»*Grazie,* Antonio«, sagte Laura Rosso und leckte sich die Finger ab. »Die waren köstlich. So klein, dass die Gräten auf der Zunge zergehen, so, wie es sein soll.«

Sonst beachtete sie Antonio kaum. Orsola vermutete, sie fand, er hätte die vorübergehende Schwäche der Rossos ausgenutzt, um sich in die Werkstatt einzuschleichen. Vielleicht stimmte das sogar, aber Marco und Giacomo nahmen es ihm offenbar nicht übel, da seine Arbeit gut war. Als er nun mit ihnen am Tisch saß, während sie seinen Fisch aßen, schien Antonio endlich dazuzugehören, mit einem Platz zwischen ihnen und nicht länger als Außenseiter am Rand. Orsola betrachtete ihn, während ihr dies durch den Kopf ging, und er fing ihren Blick auf. Sie lächelten sich zu.

Die Zeit dieser Fleischerstochter ist vorbei, dachte sie.

Da sie abgelenkt war, bemerkte sie nicht, wie Nicoletta zur Seite sackte. »Marco, halt sie fest!« Laura Rossos scharfe Stimme schnitt durch das Geplauder. Nicoletta wäre von der Bank gefallen, hätte Marco sie nicht aufgefangen. Sofort war Laura bei ihr. »*Cara,* ist es das Kind?«, fragte sie. »Hast du Schmerzen?«

Nicoletta kam wieder zu sich und schüttelte erschrocken und beschämt den Kopf. Die beiden roten Flecken auf ihren Wangen erinnerten Orsola an ihr Gewedel mit dem Taschentuch am Tag zuvor, und Angst bohrte sich in ihr Herz.

Laura befühlte Nicolettas Stirn. »Sie glüht.«

Plötzlich war es, als befände sich der ganze Tisch unter Wasser – die Gesichter der Menschen waren wie verschwommen, ihre Bewegungen langsam und unsicher, die Zeit schien stehen bleiben zu wollen. Marco hielt seine Frau ganz vorsichtig, als wollte er sie am liebsten loslassen, wusste jedoch, dass das nicht ging. Die Zuneigung zu seiner Frau war von einem Moment auf den anderen in Entsetzen umgeschlagen. Giacomo und Paolo saßen reglos da, Schulter an Schulter; Paolo hielt den kahlen Kopf gesenkt, als bete er, Giacomo hatte die Arme um sich geschlungen. Antonio betrachtete Nicoletta voll Mitleid. Maddalena stand wie erstarrt da, die leere Fischplatte in den Händen. Orsola verschränkte die Finger im Nacken und presste die Ellbogen zusammen. Die Kinder schliefen zum Glück, erschöpft vom Essen und von der Hitze.

Ihre Mutter holte tief Luft und straffte die Schultern, als übernähme sie auch körperlich die Last der Verantwortung. »Orsola und ich bringen Nicoletta nach oben ins Bett und kümmern uns um sie. Niemand sonst betritt das Zimmer. Marco, du schläfst bei Giacomo. Morgen arbeitet ihr wie immer. Verbrennt alle Kleider, die wir jetzt tragen, im Ofen. Und wir verbrennen im Haus und in der Werkstatt Kräuter und Teer, um die Pest zu vertreiben. Die Nachbarn machen das auch, also wird es nicht auffallen. Denn *niemand darf etwas davon erfahren*. Giacomo, du holst Teer vom Boot.« Dann sah sie jeden Einzelnen der Reihe nach eindringlich an. »Kein Wort, zu niemandem. Sonst bringen sie Nicoletta weg, und uns vielleicht auch.« Nicoletta stöhnte leise. »Wir müssen uns so normal wie nur möglich verhalten, aber möglichst unter uns bleiben. Keine abendliche *passeggiata. Avete capito bene?*«

Alle nickten.

Laura Rosso wandte sich zu Maddalena. »Du kannst zu deiner Mutter zurückgehen, wenn du willst.«

Auf Maddalenas Gesicht flackerte Hoffnung auf, doch sie schien verwirrt. Sie stellte die Platte ab. »Signora, ich kann doch nicht …« Sie brach ab, und es blieb ungesagt, was sie nicht konnte.

Laura musterte sie und entschied dann an ihrer Stelle. »Geh nach Hause zu deiner Mutter. Aber sag ihr nicht, warum. Denk dir etwas aus.«

Maddalena nickte und brach in Tränen aus.

Als Nächstes wandte sich Orsolas Mutter an Antonio. »Für

dich habe ich eine Aufgabe, aber sie ist riskant. Kannst du nach Venedig fahren und Venezianischen Sirup für uns kaufen? Er wird schwer zu bekommen sein, da er sehr gefragt ist. Du wirst vielleicht die ganze Stadt ablaufen müssen.« Venezianischer Sirup war ein Mittel zum Schutz vor der Pest, das aus vielen Ingredienzen bestand, unter anderem aus getrockneter Viper. Die Apotheker bereiteten jedes Jahr eine bestimmte Menge davon zu, und der Sirup musste sechs Jahre ruhen, bevor er verwendet werden konnte. Vermutlich gab es jetzt nur noch jüngere Chargen, die weniger wirksam waren, aber sie durften nichts unversucht lassen.

Antonio war bleich geworden, doch er lächelte tapfer. Orsola hingegen empfand nur Angst um ihn, erst recht als er sagte: »Wenn ich das *sandolo* nehmen kann, mache ich mich sofort auf den Weg.«

Orsolas Herz begann schneller zu schlagen. Verlass mich nicht, dachte sie.

Ihre Mutter sah zu Marco. Endlich eine Entscheidung, die er als Familienoberhaupt treffen konnte. Er wedelte mit der freien Hand, die nicht Nicoletta hielt. »Nur zu.«

Orsola versuchte, Antonios Blick aufzufangen, aber er war in Gedanken schon bei wichtigeren Dingen als ihr – draußen in der Lagune, auf dem Weg zur Serenissima, um das Unmögliche zu vollbringen.

Während der nächsten Woche hatte Orsola so viel zu tun, dass sie kaum Zeit zum Nachdenken, Essen oder Schlafen hatte. Nun, da Maddalena fort war und Nicoletta rund um die Uhr versorgt werden musste, waren sie und ihre Mutter für die Pflege, das Kochen und Putzen und die Kinder zuständig. Orsola übernahm lieber den Haushalt als die Pflege, die darin bestand, Nicoletta dazu zu bekommen, etwas zu essen und zu trinken, ihr die Stirn mit feuchten Tüchern zu kühlen, sie zu waschen, wenn sie Durchfall hatte, und sie zu beruhigen, wenn sie unruhig wurde, was immer häufiger vorkam, je tiefer die Krankheit sich in ihren Körper fraß. In gesundem Zustand war Nicoletta sanftmütig gewesen, doch nun war sie reizbar, geriet leicht in Wut und schlug zuweilen wild um sich, als versuchte sie, die Pest mit Fäusten zu bekämpfen.

Es war so viel zu tun, und alles ohne die Hilfe einer Magd, dass Orsola die Kinder anzuherrschen begann und beim Essen einschlief. Vor allem Stella strapazierte ihre Geduld, denn ihre kleine Schwester liebte es, draußen durch die Straße zu laufen, und rebellierte dagegen, im Innenhof eingesperrt zu sein. Eines Tages riss Orsola der Geduldsfaden, und sie verpasste Stella eine Ohrfeige, nachdem die Kleine alle Blätter von den Basilikumpflanzen gerupft und sie zu einem duftenden Ball geknetet hatte. Giacomo bekam die Szene mit, ging zu seiner schreienden kleinen Schwester und dem verdatterten Marcolin, der offenbar überlegte, ob er ebenfalls anfangen sollte zu heulen, nahm sie hoch, warf Orsola einen vorwurfsvollen Blick zu und brachte die beiden Kleinen zu Nonna und Zia Giovanna. Orsola fühlte sich schrecklich, vor allem als sie ihrer Mutter und Nicoletta sagen musste, dass die Kinder fort waren. Die beiden Frauen sahen Orsola mit entsetzter Miene an. Sie hatten keine Gelegenheit gehabt, sich von ihren Kindern zu verabschieden, die sie vielleicht nie wiedersehen würden. Schließlich seufzte Laura. »Es ist besser für sie«, sagte sie. »Sicherer. Dort werden sie sich nicht anstecken.«

Orsola war erleichtert, denn nun war es nicht mehr ganz so anstrengend, sich um den Haushalt und Nicoletta zu kümmern. Kinder kosteten so viel Zeit und Kraft. Zum ersten Mal verstand sie, warum Maria Barovier keine gewollt hatte. Wie Elena Barovier ihr einmal erzählt hatte, waren die Perlen zu ihren Kindern geworden, die sie überall in die Welt hinausgeschickt hatte.

Orsola ging immer noch zum Markt, in den Garten und zur Messe – die Kirchen in Murano waren noch nicht geschlossen –, und es tat gut, der Enge des Hauses zu entkommen. Sie hielt die Kontakte kurz, tat aber so, als wäre alles in bester Ordnung, um nicht den Verdacht der Magistratsbeamten auf sich zu ziehen.

Als die Tage vergingen und Antonio nicht zurückkam und es Nicoletta immer schlechter ging – an ihren Armen und am Hals bildeten sich schwärzliche Beulen –, verließ Orsola der Mut. Ohne den venezianischen *garzone* und die Kinder und Maddalena war das Haus zu still. Marco, Giacomo und Paolo gingen zwar ihrer Arbeit nach, aber mit ernsten Gesichtern und fast stumm, ohne das übliche Singen und Pfeifen.

Marco besuchte seine Frau einmal am Tag, blieb jedoch im Türrahmen stehen. Nicolettas Atem roch mittlerweile faulig, und obwohl ständig Teer und Wolle verbrannt wurden, stank das Zimmer nach Exkrementen und eitrigen Geschwüren. Orsola und ihre Mutter hatten sich daran gewöhnt, aber Marco wurde blass und atmete durch den Mund.

Nicoletta war weiter fiebrig und unruhig, doch wenn Marco kam, nahm sie all ihre Kräfte zusammen und entschuldigte sich bei ihm. »*Mi dispiace tanto, amore mio*«, flüsterte sie und streckte die Hände nach ihm aus, doch er ergriff sie nicht, sondern sah betreten zu Boden.

»Wie geht es Marcolin?« Sie ließ die Hände zurück auf das Bett sinken und versuchte stattdessen, über ihre gemeinsame Liebe zu ihrem Sohn eine Verbindung herzustellen.

»*Bene, bene*, ihm geht es gut. Ich muss zurück in die Werkstatt.« Damit wandte er sich ab und ging. Er war wütend – wütend auf seine Frau, weil sie krank war, wütend auf Gott, weil er das zuließ, wütend auf sich selbst, weil er schwach war und Angst hatte.

Eines Nachts brauchte es beide Frauen, um Nicoletta festzuhalten, als sie um sich schlug und gegen das Fieber kämpfte.

Schließlich hielt sie erschöpft inne und sank in einen leichten Schlaf, wobei sie ab und an stöhnte. Es war heiß im Zimmer. Im Schein der Kerze beobachtete Orsola den flachen, mühsamen Atem ihrer Schwägerin und die große Kugel ihres Bauches, die aus ihrem gepeinigten Körper hervorragte.

»Sie wird es nicht überleben, oder?«, fragte sie ihre Mutter flüsternd, obwohl es unwahrscheinlich war, dass Nicoletta sie in ihrem fiebrigen Zustand hören konnte.

Laura Rosso runzelte die Stirn. »Sag das nicht. Einige Leute sollen die Pest überstanden haben. Venezianer, habe ich gehört, und wir sind viel stärker als die Venezianer. Wir müssen uns so gut wie nur möglich um sie kümmern. Schließlich trägt sie deinen Neffen unter dem Herzen.«

»Vielleicht wird es ja ein Mädchen.«

»Es wird ein Junge. *Allora*, wo bleibt Antonio? Er ist jetzt schon vier Tage weg. Wir brauchen den Venezianischen Sirup.«

»Wahrscheinlich ist er schwer zu bekommen, genau wie du gesagt hast«, erwiderte Orsola, um ihn zu verteidigen. »Vielleicht besucht er seine Familie.« Ihre Angst, dass er auch erkrankt sein könnte, behielt sie für sich.

»Er schuldet *uns* seine Aufmerksamkeit, nicht seiner Familie, schließlich bilden wir ihn aus.« Normalerweise hätte Laura nicht so scharf gesprochen, aber sie war sichtlich erschöpft.

»Schlaf ein bisschen, Madre«, sagte Orsola. »Nicoletta schläft auch. Ich bleibe hier sitzen.«

Ihre Mutter nickte und legte sich auf eine Strohmatte in der Ecke, die sie abwechselnd benutzten. Sie schlief augenblicklich ein.

Orsola saß in dem trüben Licht und lauschte auf den Atem der beiden Frauen, der eine lang und tief, der andere kurz und flach. Es gab eine Menge Dinge, die sie hätte tun können: Töpfe schrubben, schmutzige Laken waschen, Bohnen auslesen und einweichen. Aber nicht Perlen machen. Davon war sie weit entfernt. Stattdessen schloss sie die Augen und betete darum, dass Antonio nach Hause kam.

Das laute Klopfen am Hoftor kam nicht überraschend, denn Marco erwartete eine Holzlieferung von der *terraferma*. Orsola wandte sich von dem Kessel ab, in dem sie Laken einweichte, und lief zur Werkstatt. »Das Holz ist da!«, rief sie und eilte zurück, um das Tor zur Straße zu öffnen.

Doch dann zögerte sie, denn gewöhnlich brachte ihr Lieferant das Holz mit seiner *peata* zum Anleger an der Rückseite der Werkstatt und rief, wenn er da war. Aber die Pest hatte alles durcheinandergebracht. Bildete sie es sich ein, oder war da eine ominöse Stille hinter dem Tor? Ihr blieb nichts anderes übrig, als es zu öffnen.

Vielleicht hätte Orsola auf den Anblick gefasst sein müssen, aber sie hatte sich nicht gestattet, zu weit vorauszudenken. Sie trat einen Schritt zurück und schlang die Arme um sich. Vor ihr stand ein Pestarzt.

Sie hatte von ihnen gehört, aber noch nie einen gesehen. Er trug einen langen ledernen Umhang, Handschuhe, einen flachen Lederhut und eine schnabelförmige Maske, die zu seinem Schutz mit Kräutern gefüllt war. Kein Teil seines Körpers war unbedeckt. Er sah aus wie ein Wesen aus einer anderen Welt, halb Mensch, halb Vogel – der fleischgewordene Albtraum eines Kindes, und Orsola war froh, dass Stella und Marcolin nicht da waren, denn sie wären gewiss schreiend davongerannt. Müßig fragte sie sich, welcher Maestro wohl die Glaskugeln angefertigt hatte, die seine Augen schützten.

Neben ihm stand der Fleischer, mit dessen Tochter Antonio angebandelt hatte; er war zum Beamten der Magistratura für Murano erklärt worden, beauftragt, die Insel vor der Pest zu schützen. Ein dritter Mann malte bereits ein rotes Kreuz auf ihr Tor, während ein weiterer einen Stapel Holzbretter vor das

Haus warf und eine Handvoll Nägel aus seiner Tasche holte, um die Fenster zu vernageln.

»*Mariavergine.*« Orsola bekreuzigte sich mehrmals, als hätte die Geste dadurch mehr Macht, ihre Familie vor dieser Heimsuchung zu beschützen.

»Signorina Rosso, dürfen wir hereinkommen?«, sagte der Fleischer durchaus freundlich, obwohl es eindeutig nicht als Frage gemeint war.

Orsola nahm ihn kaum wahr, weil sie den Blick nicht von dem Pestarzt lösen konnte. Einen Moment lang stand sie wie angewurzelt da, dann hörte sie, wie hinter ihr jemand nach Luft schnappte. Sie drehte sich um und sah, dass Marco, Giacomo und Paolo aus der Werkstatt gekommen waren und ebenfalls den Pestarzt anstarrten. Hinter ihnen erspähte sie Antonio, der gerade mit zufriedener Miene vom Anleger hinter der Werkstatt kam. Doch als er den Fleischer und den Pestarzt erblickte, blieb er abrupt stehen, und seine Zufriedenheit verwandelte sich in Entsetzen. Orsola bedeutete ihm mit einer Kopfbewegung zu verschwinden, bevor sie die Männer hereinließ.

»Treten Sie zur Seite, Signorina«, sagte der Fleischer.

Orsola gehorchte, während Marco nach vorne kam. Selbst er wirkte eingeschüchtert. Sie wartete nicht ab, was der Fleischer sagen würde; das wusste sie bereits. Stattdessen lief sie zum Lagerraum mit seinen Regalen voller Glaswaren, wo Antonio wartete. »Komm nicht raus!«, flüsterte sie. »Wenn der Fleischer dich sieht, schickt er dich zusammen mit uns nach Lazzaretto Nuovo.«

»Hier.« Antonio gab ihr ein Päckchen. »Ich musste bis zur *terraferma* fahren und mich dort verstecken, deshalb hat es so lange gedauert.«

»*Grazie.* Aber jetzt musst du verschwinden, schnell.« Orsola kämpfte mit den Tränen. »Schleich dich hinten raus und nimm das Boot. Und geh zu meiner Großmutter und meiner Tante und sag ihnen, was passiert ist. Sag ihnen, sie sollen die Kinder bei sich behalten.«

Nach kurzem Zögern nickte Antonio. »*Mi dispiace*, Orsola. Ich tue für dich, was ich kann.« Er ging rückwärts, als könnte er es nicht ertragen, sich von ihr abzuwenden. Doch schließlich drehte er sich um und schlüpfte durch die Werkstatt hinaus zum *sandolo*. Mit einem Kloß im Hals sah sie ihm nach.

Vorne im Hof stritt Marco mit dem Fleischer. »Ihr macht die Schwangerschaft zu schaffen, weiter nichts! Sie ist bald wieder auf den Beinen. Ihr jagt ihr nur einen unnötigen Schreck ein.« Er deutete gereizt auf die Vermummung des Pestarztes.

»Holen Sie sie runter.«

»Sie ist zu erschöpft. Das mute ich meiner Frau nicht zu.«

»Holen Sie sie runter«, wiederholte der Fleischer. »Wir gehen nicht ins Haus, wo der Pesthauch noch schlimmer ist.«

So stritten sie weiter, während Giacomo und Paolo und der Pestarzt schweigend daneben standen. So sehr er sich wehrte, war Marco doch klar, dass er verlieren würde; er schob das Unausweichliche einfach nur noch eine kleine Weile hinaus.

»Wer hat Ihnen erzählt, dass Nicoletta krank ist?«, fragte er. »Wer auch immer es war, er irrt sich.«

»Ihre Magd Maddalena ist heute Morgen gestorben«, sagte der Fleischer.

Orsola schnappte nach Luft.

»Ihre Mutter ist auch krank«, fügte der Fleischer hinzu. »Sie hat uns gesagt, woher ihre Tochter es hatte. Ich muss mit Ihrer Frau sprechen, um herauszufinden, wo sie gewesen ist, damit wir die Leute isolieren können.«

»Sie ist nirgendwo gewesen«, erwiderte Orsola. »Ihre Füße sind so geschwollen, dass sie schon seit Wochen das Haus nicht mehr verlassen hat. Vielleicht hat sie sich bei Maddalena angesteckt, und nicht umgekehrt.«

»Holen Sie sie runter, damit wir sie untersuchen können.«

Der Fleischer sah mitgenommen aus. Verständlicherweise, dachte Orsola. Vielleicht würde er die Aufgabe, zu der er verpflichtet worden war, nicht lebend überstehen.

Sie sah zu Marco. Sein Gesicht war verzerrt, als hätte er heftige Bauchschmerzen. Als er schließlich widerstrebend nickte, ging sie nach oben zum Schlafzimmer.

Nicoletta schlief zum Glück. Laura Rosso stopfte Laken in einen Sack. »Hol ein paar Kerzen, Kräuter und etwas Pech«, befahl sie. »Ich muss überlegen, was ich zu essen mitnehmen soll – obwohl sie ja kaum etwas isst. Aber ich werde etwas brauchen.«

Orsola erstarrte. »Madre? Nein!«

Die Augen ihrer Mutter funkelten in der dämmrigen Kammer. »Denkst du vielleicht, ich lasse sie in dem Zustand allein? Wer wird sich um sie kümmern? Und um meinen Enkel, wenn er da ist?«

»Aber niemand kommt von dort zurück«, flüsterte Orsola, für den Fall, dass Nicoletta doch wach war.

»O doch! O doch«, wiederholte Laura leiser. »*Wir* werden zurückkommen.«

»Aber wir brauchen dich. Was ist mit Stella? Sie braucht ihre Mutter.«

»Ihr kommt schon zurecht. Und Stella hat ja dich.« Laura setzte sich aufs Bett und rüttelte Nicoletta sanft wach. »*Mia cara*, es ist Zeit. Wir müssen gehen, wie ich es dir gesagt habe.«

Nicoletta öffnete die Augen und sah ihre Schwiegermutter an. »Wirklich?«

»*Sì*. Aber keine Angst, ich bleibe bei dir.«

Laura richtete Nicoletta zum Sitzen auf und drehte sie so, dass ihre Beine aus dem Bett schwangen. Sie und Orsola hatten ihr an dem Morgen ein frisches Nachthemd angezogen, als hätten sie geahnt, dass sie präsentabel aussehen musste.

»Warte«, sagte Orsola, nahm einen Kamm und fuhr damit

durch Nicolettas fettiges, zerzaustes Haar. Es änderte nicht viel, aber sie hatte das Gefühl, etwas tun zu müssen.

»*Grazie*, Orsola«, flüsterte Nicoletta. »Du bist immer gut zu mir gewesen.«

Nein, bin ich nicht, dachte Orsola. Sie war schnippisch zu ihrer Schwägerin gewesen, und ihre Zartheit war ihr auf die Nerven gegangen. Nun jedoch wirkte Nicoletta erstaunlich würdevoll, als sie aufstand und mithilfe der beiden anderen Frauen langsam, aber stetig zur Tür ging. Orsola konnte ein Schluchzen nicht unterdrücken, was ihr einen strengen Blick von ihrer Mutter eintrug.

Mit einiger Mühe schafften sie es, Nicoletta die Treppe hinunter und in den Hof zu führen. Beim Anblick des Pestarztes verließ Nicoletta der Mut, sie fing an zu schreien und versuchte taumelnd zu fliehen. Orsola und ihre Mutter brachten sie zu einer Bank, und nach einer Weile gelang es Laura Rosso, sie zu beruhigen. Marco ging nicht zu seiner Frau, sondern blieb am Rand stehen.

Als Nicoletta aufgehört hatte zu schreien, trat der Arzt auf sie zu und prüfte mit seiner behandschuhten Hand ihren Puls. Mit einem langen Stock zog er an ihrem Nachthemd, sodass die verräterischen schwarzen Beulen an ihrem Hals und ihren Armen zu sehen waren. Er nickte dem Fleischer zu und trat zurück.

»Signora Rosso, ich muss wissen, wo Sie gewesen sind und mit wem Sie sich getroffen haben«, erklärte der Fleischer, setzte sich an den Tisch und nahm Feder, Tinte und Papier heraus. »Bei wem waren Sie einkaufen? Mit wem haben Sie während der *passeggiata* gesprochen? Wessen Kinder haben Sie geküsst? Wer saß bei der Messe neben Ihnen?«

Nicoletta sah ihn ratlos an, und jede Frage verwirrte sie mehr. Orsola fragte sich, ob sie überhaupt verstand, was er von ihr wollte. Doch schließlich antwortete sie, langsam und mit langen Pausen, um Atem zu schöpfen, aber klar und deutlich. »Ich bin … seit Wochen … im Haus … Meine Füße … Keine *passeggiata*. Keine Messe. Ich war nur … mit ihnen zusammen.« Sie wies mit einer Handbewegung auf den Hof, doch als sie sich umsah, schien sie zu überlegen. »Mit allen hier und …«

»Wem noch?«

Nein, dachte Orsola. Sag nicht seinen Namen.

»Maddalena«, antwortete Nicoletta.

Erleichtert atmete Orsola aus.

»Sie wird es Ihnen bestätigen«, fügte Nicoletta hinzu. »Die wunderbare Maddalena … Sie hat Sardinen gemacht … Wo ist sie?«

Niemand sah sie an.

»Sonst noch jemand?«, fragte der Fleischer.

Nicolettas eingefallene Wangen waren gerötet, ihre Augen wurden glasig und sie begann zu zittern. »Wo ist Maddalena?«, rief sie. »Wo sind die Kinder?«

»Ja, genau«, sagte der Fleischer. »Wo sind die Kinder?«

»Lassen Sie sie in Ruhe«, mischte sich Laura Rosso ein. »Sie sind in Sicherheit, bei meiner Mutter.«

»Sie müssen vielleicht in Quarantäne. Überhaupt muss die ganze Familie …«

»Darüber würde ich gerne mit Ihnen sprechen«, unterbrach Marco ihn.

Nicoletta zitterte so sehr, dass ihre Zähne klapperten. »Mir ist so kalt«, flüsterte sie. »Ich will meinen Pelzmantel.«

Laura zögerte, denn der Mantel hatte ihr gehört und war ein kostbares Familienstück. Doch dann sagte sie zu ihrer Tochter: »Geh und hol ihn. Sie werden ihn ohnehin verbrennen, wenn wir ihn nicht mitnehmen.«

Orsola lief ins Haus, um den Pelzmantel aus der Zedernholztruhe zu holen, voll Sorge, dass Nicoletta während ihrer Abwesenheit dem Fleischer von Antonio erzählen würde.

Tatsächlich ging Nicoletta, als sie in den Hof zurückkam, gerade die Plätze um den Tisch durch, an dem sie die gebratenen Sardinen gegessen hatten. Bei Antonios Platz hielt sie inne und überlegte, wen sie vergessen hatte. Dann leuchtete ihr Gesicht auf.

»Nicoletta, dein Pelzmantel!« Orsola warf ihn ihrer Schwägerin um die Schultern.

»Oh!« Nicoletta strich über den Pelz und vergrub das Gesicht darin.

Der Fleischer sah sie erwartungsvoll an, doch Nicoletta hatte nur noch Aufmerksamkeit für diesen letzten Luxus, der ihr Trost spendete.

Marco winkte den Fleischer zu sich. Während sie miteinander sprachen, sagte Laura Rosso zu Orsola, was sie einpacken sollte: Brot, Linsen, Pancetta, Mehl, einen kleinen Topf, ein Messer und ein wenig Lauge zum Waschen. »Diese Dinge werdet ihr auch brauchen, wenn sie euch nach Lazzaretto Nuovo bringen«, fügte sie hinzu. »Darüber verhandelt dein Bruder gerade – er versucht den Fleischer zu überreden, dass ihr hierbleiben könnt. Es ist viel besser, hier eingesperrt zu sein, als auf die Insel zu gehen. Falls sie euch dennoch hinschicken, bleib bei deinen Brüdern. Ich habe Geschichten von gelangweilten Matrosen gehört, die sich die vierzig Tage mit etwas Amüsement verkürzen wollten.«

Offenbar hatte Marco mit seinen Verhandlungen Erfolg. Als er zurückkam, nickte er seiner Mutter kurz zu. Sie nahm sein Gesicht in die Hände und küsste ihn auf beide Wangen. »Kümmere dich um das Geschäft«, sagte sie. »Sorg dafür, dass wir auf den Familiennamen stolz sein können.« Dann küsste sie Giacomo. »Pass auf deine Schwestern auf.« Orsola schlang die Arme um ihre Mutter und hielt sie fest, als wollte sie sie nie mehr loslassen. »Pass auf die Kinder auf«, sagte Laura und befreite sich aus der Umarmung ihrer Tochter.

Orsola holte zitternd Luft, dann erinnerte sie sich plötzlich und gab ihr den Venezianischen Sirup. »Antonio hat ihn gebracht«, flüsterte sie.

Laura nickte und steckte ihn in den Sack. Dann ging sie zu Nicoletta, die in fiebriger Benommenheit auf der Bank saß. »*Andiamo, cara.* Wir müssen jetzt gehen.«

Sie half ihr hoch. Nicoletta schlang den Pelzmantel um sich, und obwohl Laura sie stützen musste, durchquerte sie den Hof so würdevoll, wie es unter den traurigen Umständen nur möglich war. Es schien, als hätte sie Marco vergessen, doch als sie beim Tor zur Straße ankam, drehte sie sich um und nickte ihm zu. »*Addio,* Marco.« Dann ging sie.

Orsola sah ihrer Mutter und ihrer Schwägerin nach, wie sie dem Fleischer und dem Pestarzt die Straße zum Rio dei Vetrai hinunter folgten, wo ein Boot warten würde, um sie nach Lazzaretto Vecchio zu bringen. Nicoletta stützte sich schwer auf Laura Rosso, als die kleine Prozession an den Nachbarn vorbeidefilierte, die in ihren Hauseingängen standen und zusahen. Die Leute hatten schnell von freundlich zu misstrauisch gewechselt, von einem Schritt vorwärts zu einem Schritt rückwärts, von hilfreich ausgestreckten Händen zu verschränkten Armen.

Der Mann mit den Brettern und Nägeln schlug Orsola die eigene Tür vor der Nase zu, und man hörte Hämmern erst von vorne, dann vom Anleger hinten, wo ein anderer Mann mit dem Boot gekommen war, um auch diese Tür zu vernageln. Dann herrschte Stille, und sie waren eingesperrt. Orsola, ihre Brüder und Paolo sahen einander an. Vor einer Woche war das Haus voller Menschen gewesen; jetzt waren sie nur noch zu viert.

»Wie bekommen wir etwas zu essen?«, fragte sie. »Wir haben nicht genug Nahrungsmittel für vierzig Tage!«

»Sie haben alle Fenster vernagelt, bis auf eins im ersten

Stock«, erwiderte Marco. »Der Fleischer hat gesagt, wir können einen Eimer am Seil hinunterlassen. Nonna wird uns etwas bringen.«

»Was ist mit dem Ofen?«, fragte Giacomo. »Können wir arbeiten?«

Marco schüttelte den Kopf. »Wir müssen ihn ausbrennen lassen, was wir wegen der Sommerpause ohnehin bald getan hätten. Und wir sollen im Haus bleiben.« Er senkte die Stimme. »Ich habe ihm Geld gegeben, damit wir auch in den Innenhof dürfen, aber wir müssen still sein, damit es niemand merkt.« Er wandte sich zu Giacomo und Paolo. »Wir müssen alles bereitmachen.« Während sie zur Werkstatt zurückgingen, rief er über die Schulter: »Orsola, bring die Sachen, die verbrannt werden müssen, bevor der Ofen ausgeht.«

Sie blieb einen Moment allein im Hof stehen, sah zum blassblauen Himmel auf und lauschte auf die Geräusche von draußen. Wegen der Pest war es stiller als sonst, aber sie konnte dennoch Kinder weinen hören, Frauen, die sich etwas zuriefen, Bootsführer, die vor sich hin pfiffen, und in der Ferne beim Ponte di Mezzo den Stadtschreier, der vermutlich bereits verkündete, dass die Rossos in Quarantäne waren.

Orsola kochte ein Mahl, das sie nicht anrühren konnte, aber die Männer schlangen es hinunter, als hätte ihr Appetit nicht unter den Geschehnissen gelitten. Während sie ihnen beim Essen zusah, fragte sie sich, wo ihre Mutter und Nicoletta jetzt wohl waren. Lazzaretto Vecchio war weit von Murano entfernt, um das östliche Ende von Venedig herum und weiter nach Süden, beim Lido. Mit dem Boot würde es zwei Stunden dauern, dorthin zu kommen. Vielleicht würde Nicoletta nicht einmal die Fahrt überleben.

Die Männer sprachen über Geschäftliches: über die Arbeit, die sie nicht geschafft hatten, und darüber, was sie tun konnten, solange der Ofen aus war. Orsola hielt sich abseits und versuchte, nicht zu weinen.

Ab und an ertönte ein dumpfer Knall, weil jemand einen Stein gegen das Tor warf, und man hörte die Leute *»Demoni!«* und *»Buzaroni!«* rufen. Die Neuigkeit von der Quarantäne der Rossos hatte sich herumgesprochen. Die Männer schien es nicht groß zu kümmern, aber Orsola hielt es irgendwann nicht mehr aus. »Hört auf!«, schrie sie, rannte zum Tor und trommelte mit den Fäusten dagegen. *»Bastardi!«* Sie hörte Kinder aufkreischen und lachend davonlaufen; sie verstanden nicht, dass es ihnen am nächsten Tag genauso ergehen konnte.

»Lass.« Giacomo zog sie zurück ins Haus. »Es nützt ja doch nichts.«

»Wie können Leute, die gestern noch unsere Freunde waren, so etwas sagen? Sie tun so, als hätten wir die Pest absichtlich hierhergebracht! Außerdem war es Maddalena, nicht wir!« Orsola begann zu weinen, sie heulte Rotz und Wasser, und laute Schluchzer wollten sie schier zerreißen.

Giacomo legte den Arm um sie, Paolo fasste sie an der Schulter, und so hielten sie sie, bis sie sich ein wenig beruhigt hatte.

»Arme Maddalena«, murmelte Orsola, als sie wieder Luft bekam.

»Die *arme Maddalena* hat mit einem Diener von einem der venezianischen Palazzi geturtelt«, entgegnete Marco, trank den Rest von seinem Wein und stellte das Glas neben die Karaffe, damit seine Schwester ihm nachschenkte. »Diese *bauca* hat die Pest hierhergebracht und meine Frau vergiftet.«

»Du klingst genau wie die da draußen.« Orsola wies mit einer Kopfbewegung Richtung Straße. »Und lass den Wein, wir haben nicht mehr viel davon.«

Marco nahm die Karaffe und schenkte sich selbst ein. »Wir können Nachschub bekommen. Die Frage ist, wie wir ihn bezahlen sollen. Hast du Geld?«

Sie starrte ihn an. Wusste er von den Perlen, die sie an Klingenberg verkauft hatte? »Natürlich nicht. Wie kommst du darauf?«

»Dass wir hierbleiben durften und nicht nach Lazzaretto Nuovo mussten, war nicht billig. Dieser *bastardo* von Fleischer hat mich bis auf den letzten *soldo* ausgenommen. Wenn man noch dazurechnet, was uns durch die Quarantäne und die Pest im Allgemeinen an Aufträgen entgeht, steht es nicht gut um die Werkstatt.«

Orsola dachte an das Geld, das sich im Laufe der Zeit für sie in Venedig angesammelt hatte, und überlegte, wie sie an es herankommen könnte. Sie konnte keine Nachricht an Klingenberg schicken, weil keine Boote mehr zwischen den Inseln verkehrten. Das Essen würde nur noch für ein paar Tage reichen, und sie brauchten neues Brennholz, Kerzen und Bettzeug, denn man hatte ihnen befohlen, alle Strohmatratzen und benutzten Laken zu verbrennen, weil sich die Pest darin verbergen konnte.

Die Männer saßen noch lange im Innenhof, tranken Wein und spielten Karten. Orsola schlief in dem Zimmer, in dem bis vor wenigen Stunden noch ihre Mutter und Nicoletta gewesen waren. Sie wickelte sich in ein Laken, legte sich auf den harten Boden, starrte hoch zur Decke und dachte an den Tod ihres Vaters und daran, wie schnell sich ihr Leben damals verändert hatte. Mit dieser Seuche war es ähnlich, nur dass kein Ende in Sicht war. Sie hatten Maddalena, Nicoletta und Laura Rosso verloren. Und jeder von den Übriggebliebenen konnte ebenfalls krank werden, auch die Kinder bei Nonna – und ebenso Nonna und Zia Giovanna. Seit Nicoletta erkrankt war, hatte Orsola ihren Körper aufmerksam beobachtet. Fühlte sie sich fiebrig? Hatte sie Durchfall? Taten ihr die Glieder weh? Allein bei dem Gedanken daran hatte sie sich krank gefühlt. Und jetzt lag sie in diesem Zimmer und fragte sich erneut, ob sie Fieber hatte oder ob es nur die Hitze der Sommernacht war.

Während der nächsten Tage wurde sie bei jedem Kopfweh, jedem Ziehen in den Muskeln, jedem Schmerz im Bauch und jeder Rötung auf den Wangen nervös, und sie behandelte ihren Körper, als wäre er eine Vase aus hauchdünnem Glas, die bei der geringsten Erschütterung zerbrechen konnte. Auch die erzwungene Untätigkeit war schwer zu ertragen. Sie konnte weder zum Markt gehen noch nach den Kindern sehen, Wäsche auf den Wiesen bleichen oder sich um Nicoletta kümmern. Es musste nur für vier Personen gekocht werden, und der Speiseplan bot wenig Abwechslung. Orsola kochte aus dem Gemüse, das sie noch hatte, einen Eintopf und hoffte, dass er eine Weile reichen würde. Dann putzte sie das ganze Haus gründlich mit Essig, um die Pest zu bekämpfen, und wusch alle Kleider und Laken, die sie nicht verbrannt hatten. Als sie damit fertig war, gab es kaum noch etwas zu tun.

Den Männern ging es ähnlich. Nachdem das Feuer im Schmelzofen erloschen war und sie die Werkstatt aufgeräumt hatten, war nur noch ein wenig zu polieren und zu schleifen, und auch das war bald erledigt. Giacomo zeichnete ein paar Ideen für Entwürfe, und Paolo sah ihm dabei zu und gab ihm ein paar Anregungen. Davon abgesehen spielten sie im Hof Karten oder würfelten und nahmen statt Geld Glasstücke als Einsatz.

Die einzige Verbindung der Rossos zur Außenwelt war der Korb, der an einem Seil vom Fenster im oberen Stock hing. Von diesem Fenster aus beobachtete Orsola, eng an die Wand gedrückt, damit niemand sie sah und anschwärzte, was draußen auf der Straße vorging. Ab und an schauten Leute auf das verrammelte Haus mit dem roten Kreuz an der Tür zum Hof, doch schon nach wenigen Tagen beachtete es niemand mehr.

Nun, da sie nicht mehr rausgehen durfte, fand sie die Straße unendlich abwechslungsreich und faszinierend: Männer, die Feuerholz, Sand und Asche für die Glasherstellung brachten; Fischer, die ihren Fang auslieferten oder Netze, Taue und Segel einholten; Frauen, die Brot vom Bäcker nach Hause trugen, Gemüse aus ihrem Garten, Mehl vom Müller oder Fleisch vom Fleischer; Kinder, die Fangen spielten oder Botengänge erledigten oder Murmeln schnippten. Wegen der Pest war es in ihrer Straße wie auch auf der ganzen Insel ruhiger als sonst, aber die Menschen gingen trotzdem weiter ihrem Leben nach und trafen einander, was Orsola mit Neid erfüllte. Sie war froh, dass sie Paolo und ihre Brüder um sich hatte, aber schon jetzt sehnte sie sich nach neuen Gesichtern, hatte das Gefühl zu verkümmern wie eine Pflanze, die kein frisches Wasser bekommt.

Als Zia Giovanna am dritten Tag der Quarantäne kam, mit Stella und Marcolin an der Hand, stellte sich Orsola mitten ans Fenster und rief hinunter. Stella stieß einen Schrei aus und hob die Arme, als könnte ihre Schwester bis zu ihr hinunterreichen und sie ins Haus heben. Marcolin hingegen interessierte sich viel mehr für das Fischskelett, das auf der Straße lag, und hockte sich hin, um es genauer zu betrachten. Orsolas Tante blickte sich ängstlich um, als fürchte sie, dass die Nachbarn etwas sagen könnten. Sie blieb nicht lange, aber sie brachte Brot und versprach, das nächste Mal Kerzen, Wein und Essig mitzubringen. Dann zog sie die Kinder mit sich fort; Stella schrie nach ihrer Schwester, Marcolin nach dem Fischskelett, das Zia Giovanna ihm abgenommen und weggeworfen hatte. Als sie fort waren, weinte Orsola erneut bittere Tränen.

An dem Abend, als sie gegessen hatten und die Männer wieder Karten spielten, stand Orsola am Fenster, sah zu, wie der Himmel sich verdunkelte, und fragte sich, was ihre Mutter und Nicoletta wohl gerade machten. Ob sie überhaupt noch lebten? Orsola war klar, dass Nicoletta vermutlich sterben würde, aber ihre Mutter war stark. Sie hatte sich nicht angesteckt, während sie Nicoletta gepflegt hatte, und vielleicht würde es auch auf Lazzaretto Vecchio nicht passieren.

»*Buonasera, bella*«, sagte jemand, und als sie hinunterspähte, entdeckte sie Antonio auf der Straße. Orsola war so froh, ihn zu sehen, dass sie weder eine spöttische Bemerkung machte noch die Gleichgültige spielte. Sie rief seinen Namen, beugte sich vor und streckte die Hand aus, wie Stella es zuvor getan hatte. Sie konnte ihn nicht erreichen, aber sie wollte ihm so nah sein wie möglich.

Antonio lächelte zu ihr hoch. »Ich habe gehört, dass sie dich hiergelassen haben. Ich habe dir etwas mitgebracht.« Er hielt einen Beutel hoch. »Von deiner Tante – das, was du haben wolltest, und noch ein paar andere Sachen. Fisch, Öl, Honig und Erdbeeren.«

Orsola dankte ihm und ließ den Korb hinab.

»Was braucht ihr sonst noch?«, fragte er, während er die Vorräte in den Korb packte.

»Laken und Stroh. Wir mussten fast alles verbrennen.«

Antonio nickte. »Morgen.«

Erleichterung durchflutete sie. Vielleicht würde er ja jeden Tag kommen? Dann würde sie die vierzig Tage wohl überstehen.

»Ist sonst noch jemand krank?«

Er neigte den Kopf. »Hier und da. Nicht alle Teile der Insel sind betroffen. Nicht wie in Venedig. Noch nicht.«

Seine letzten Worte ließen sie innehalten. »Als du den Venezianischen Sirup geholt hast, hast du … Deine Familie … Sind sie …«

Er unterbrach sie. »Ein Bruder hat überlebt. Und eine Nichte.«

»*Mi dispiace tanto*, Antonio.« Orsola bekreuzigte sich.

Er nickte. Schweigend sahen sie sich an. Es gab jetzt so viel Leid überall. Orsola konnte sich nicht vorstellen, ihre ganze Familie zu verlieren.

»Wie geht es euch da drinnen?«, fragte er schließlich. »Was machen deine Brüder und Paolo?«

»Uns geht es so weit ganz gut. Sie spielen viel Karten. Bald haben sie vergessen, wie man Glas macht.«

»Orsola, habt ihr Geld im Haus? Deine Tante hat gesagt, sie kann nicht für die Sachen bezahlen, die ihr braucht.«

Sie schüttelte den Kopf. »Marco hat keins. Du weißt ja, dass wir dieses Jahr wegen der Pest weniger Bestellungen hatten, und Klingenberg hat sich mit dem Bezahlen auch Zeit gelassen.«

»Hast *du* Geld?«

»Das weißt du doch. Aber es ist bei Klingenberg. Da komme ich nicht dran.«

Nachdenklich kaute Antonio auf seiner Unterlippe. »Habt ihr Waren, die ihr eintauschen könntet? Gläser oder Krüge?«

»Ich frage Marco, aber ich glaube, sie haben zuletzt große Vasen gemacht. Dafür wird uns sicher niemand Mehl oder Schinken geben.«

»Ich sollte besser gehen.« Antonio hatte bemerkt, dass Nachbarn aus ihren Fenstern und Türen herüberschauten. Aber er ging nicht.

»Wo wohnst du jetzt?«, fragte sie leise.

»Bei deiner Großmutter im Schuppen. Ich versuche mich möglichst wenig blicken zu lassen. Aber ich komme schon herum, wenn ich vorsichtig bin.«

»Es ist schrecklich, hier eingesperrt zu sein. Ich würde sämtliche Perlen, die ich gemacht habe, hergeben, wenn ich dafür zur Riva di San Matteo gehen und mir die Berge ansehen könnte.«

Antonio warf ihr einen seltsamen Blick zu. »Hast du Perlen da?«

»Ungefähr fünfzig, für eine Bestellung. Warum?«

»Vielleicht würden die Leute die als Bezahlung nehmen.«

Orsola stützte sich auf die Fensterbank und überlegte. Sie hatte nur daran gedacht, die Perlen zu verkaufen – sie gegen Waren einzutauschen, war ihr gar nicht in den Sinn gekommen. Dafür gab es schließlich Münzen: zwei *soldi* für einen Laib Brot, fünf *soldi* für einen Eimer Tintenfische, zwanzig *soldi* für ein Stück Leinen.

Immer mehr Nachbarn beugten sich aus ihren Fenstern. »Ein *soldo* pro Perle«, sagte sie.

Antonio nickte. »*Addio*, Orsola. *A domani*.«

Sie sah ihm nach, als er davonging, und die Frauen aus der Nachbarschaft taten es ihr gleich und bewunderten seine wohlgeformten Beine. Wie die Gezeiten kam er und zog sich wieder zurück.

Am nächsten Abend brachte er Bettzeug, und sie legte zehn ovale Perlen aus weißem, durchscheinendem Glas, verziert mit einer hellblauen Spirale, hinein. Sie sollten als Gegenwert für das, was er bereits gebracht hatte, ausreichen. Antonio spielte in seiner Hand damit. »Die sind sehr schön.« Er sah zu ihr hoch. »Aber ich brauche noch zehn davon. Die Leute wissen, dass deine Tante und ich für die Rossos kaufen, deshalb verlangen sie mehr.«

»Was? Wie können die Leute unser Unglück so ausnutzen!« Vor lauter Zorn brüllte Orsola, damit die Nachbarn hören konnten, was sie davon hielt, von ihnen betrogen zu werden: der Fleischer und der Müller, der Weber und der Weinhändler.

»Orsola, sie haben Angst«, sagte Antonio leise.

»Warum? Sie stecken sich nicht an, wenn sie uns ihre Waren verkaufen!«

»Alle haben Angst – davor, sich selbst anzustecken oder ihre Eltern oder ihre Kinder oder ihre Geschwister zu verlieren.« Er schluckte, und bei dem Gedanken an seine Familie verrauchte ihr Zorn. »Und davor, nichts mehr zu verkaufen. Alle versuchen, so viel wie nur möglich zu verdienen, um etwas für noch schwerere Zeiten zurücklegen zu können.«

»Aber du hast keine Angst.«

»Wie könnte ich vor dir Angst haben? Und ich bin deinem Bruder dankbar, dass er mich angenommen und ausgebildet hat. Da ist das ja wohl das Mindeste, was ich für ihn tun kann.«

Orsola legte noch zehn Perlen in den Korb. »Die werden

nicht lange reichen«, sagte sie, als sie ihn wieder hinunterließ.

»Kannst du nicht neue machen? Hast du genug Glas und Talg?«

Orsola zögerte. Es würde bedeuten, dass sie in Marcos Anwesenheit arbeiten musste. Eigentlich wäre es ihr lieber, er würde nichts davon mitbekommen. Bisher hatte sie es geschafft, das Perlenmachen ihm gegenüber als einen bloßen Zeitvertreib darzustellen. Doch nun blieb ihr wohl keine andere Wahl. Immerhin hatte sie dann etwas zu tun. Sie nickte.

Sie unterhielten sich noch eine Weile, und Antonio berichtete ihr die Neuigkeiten von der Insel. Maddalenas Mutter war nun auch gestorben. Orsolas Großmutter und ihrer Tante und den Kindern ging es gut, abgesehen davon, dass Stella immer wieder auszureißen versuchte und ständig nach ihrer Mutter und ihrer Schwester fragte.

»Mit wem redest du?«, fragte Marco plötzlich hinter ihr. Er trat ans Fenster und sah hinaus – das erste Mal in den drei Tagen ihrer Quarantäne. »Antonio! *Dime!*« Er schob seine Schwester beiseite. Orsola blieb nicht, um sich seine Fragen nach den anderen Glasmachern, der Anzahl der Schiffe rund um Lazzaretto Nuovo und der Pestkranken in Venedig und auf den anderen Inseln anzuhören. Stattdessen ging sie nach unten, um nachzusehen, was sie noch an Glas vorrätig hatte.

Am nächsten Morgen holte sie die Glasstäbe, ihre Lampe und den Talg und machte sich an die Arbeit. Die Männer schliefen noch, da es sonst kaum etwas zu tun gab, aber als das Tierfett heiß wurde und seinen ranzigen Geruch verbreitete, tauchte Giacomo auf. Er rieb sich übers Gesicht und rümpfte die Nase. »Wie hältst du das aus?«

Orsola zuckte die Achseln.

Er schnitt sich eine Scheibe Brot ab und sah zu, wie sie mit dem Fuß den Blasebalg betätigte, bis die Flamme heiß genug war, und dann das Ende eines weißen Glasstabs hineinhielt, um es zu schmelzen. Sie blickte auf. Giacomo wirkte neidisch – nach vier Tagen der Untätigkeit sehnte er sich offensichtlich danach, wieder mit Glas zu arbeiten. Einen Moment lang erwog sie, ihm beizubringen, wie man Perlen machte, aber es gab nur eine Lampe und einen Blasebalg und kaum genug Glasstäbe für sie selbst. Und was, wenn sich herausstellte, dass Giacomo bessere Perlen hinbekam als sie, da er so viel mehr Erfahrung mit Glas hatte als sie? Sie war die Perlenmacherin in der Familie; sie wollte keine Konkurrenz.

Er sah zu, wie sie die Perle durch Drehen und mit dem Spatel in eine ovale Form brachte und dann einen dünnen Stab aus hellblauem Glas schmolz und um die Perle wand, sodass sie genauso aussah wie die, die sie Antonio gegeben hatte. Sie war sich noch nicht sicher, was für Perlen sie anfertigen sollte, um sie gegen Waren einzutauschen. Fürs Erste hielt sie sich an das, was sie konnte.

Sie hatte die fertige Perle gerade zum Abkühlen in einen Kasten mit Asche gelegt und mit der nächsten begonnen, als Marco die Treppe herunterstapfte. »*Mio Dio*, was für ein Gestank! Willst du uns ausräuchern mit diesem …«, er musterte die angefangene Perle, »… Kinderkram?« Im Gegensatz zu seinem Bruder wirkte Marco alles andere als neidisch. Ihn reizte nur ein ausgefallener Kelch oder eine schwere Vase oder eine kunstvolle Karaffe. Lieber schlief er oder spielte Karten, als eine schnöde Perle zu machen.

»So habe ich etwas zu tun«, erwiderte Orsola milde und drehte den Metalldorn anderthalb Mal in die eine Richtung und dann in die andere, wie Elena Barovier es ihr beigebracht hatte.

»Die reinste Glasverschwendung«, brummte Marco, riss sich ein Stück Brot ab und biss hinein.

»Antonio braucht Geld für die Sachen, die er und Zia Giovanna uns gebracht haben, sonst kann er nichts mehr kaufen.«

»Geldgieriger *canagia*«, entgegnete Marco mit vollem Mund. »Er weiß doch, dass wir keins haben.«

Sie hörte auf, den Stab zu drehen, und die Perle verformte sich und kleckste auf den Tisch. »Was soll er denn deiner Meinung nach tun? Wir können froh sein, dass er uns hilft!«

Marco sah sie lange an, noch immer kauend. »Hast du ein Auge auf ihn geworfen, Sorella? Das kannst du vergessen.«

Orsola hob zu einer Erwiderung an, doch Giacomo, der hinter Marco stand, schüttelte den Kopf. »Wenn wir kein Geld haben, können wir vielleicht stattdessen mit Perlen bezahlen, wie sie es in Afrika tun«, erklärte er.

Marco blickte skeptisch drein. »Warum sollte jemand Perlen haben wollen, hier, wo es jede Menge davon gibt?«

»Weil sie gut gearbeitet und sehr schön sind.« Giacomo nahm den Stab mit der neuen blau-weißen Perle aus dem Kasten, tippte die Asche ab und zeigte sie Marco. Der verdrehte die Augen, doch dann überwog das professionelle Interesse die Skepsis, und er musterte sie kritisch. Noch war nicht zu erkennen, welche Farbe sie einmal haben würde, da sie beim Abkühlen von Orange zu Grau wechselte. Aber er konnte die Symmetrie und das Muster darauf sehen. Orsola wartete nervös. Von Antonio und Giacomo hatte sie Komplimente bekommen. Würde Marco sich ihrem Urteil anschließen?

»Wie viel ist so was denn im Austausch wert?«, fragte er schließlich. Anzuerkennen, dass die Perle einen Wert besaß, war offenbar das höchste Kompliment, zu dem er sich gegenüber seiner Schwester durchringen konnte.

»Einen halben *soldo* pro Perle«, sagte Orsola. »Normalerweise einen ganzen, aber die Leute nutzen unsere Lage aus.«

Marcos Augen verengten sich. »Normalerweise? Woher kennst du dich mit dem Preis für Perlen aus?«

Sie rutschte auf ihrem Stuhl hin und her. »Ich verkaufe ab und zu ein paar. Ich stelle sie schon seit einer Weile her. Das weißt du. Du dachtest doch wohl nicht, dass ich sie alle selbst behalte, oder?«

Offenkundig hatte Marco überhaupt nicht darüber nachgedacht. Und das tat er jetzt auch nicht, er sagte nur: »Mach genug davon, dass wir zu essen haben.« Er dankte ihr nicht und lobte sie auch nicht, aber ihr genügte es, dass er eingewilligt hatte.

Orsola fertigte so viele Perlen wie möglich an, damit Antonio sie zum Bezahlen verwenden konnte, aber ihr gingen bald die Glasstäbe aus. Es gab natürlich Glas in der Werkstatt, doch das war für die Verwendung im Ofen gedacht und viel größer, und ihre kleine Lampe konnte es nicht schmelzen. Eines Abends ließ sie die letzten Perlen im Korb zu Antonio hinab. »Das sind alle«, sagte sie. »Weitermachen kann ich erst, wenn ich neue Glasstäbe bekomme, aber dafür brauche ich Geld. Die Glaszieher verkaufen sie uns nicht auf Kredit.«

Antonio hockte vor dem Korb und zählte die Perlen. »Gibt es niemanden, den du fragen könntest?«

Orsola überlegte. »Elena Barovier. Sie würde uns vielleicht helfen.«

Antonio nickte.

Am nächsten Tag pfiff jemand draußen auf der Straße, und sie lief zum Fenster, voller Vorfreude, Antonio zu sehen. Doch es war Stefano, der *servente* der Baroviers, und er hatte ein Bündel Glasstäbe in verschiedenen Farben dabei. Während Orsola den Korb herabließ, blickte Stefano sich um, ob jemand sie beobachtete, doch da war niemand. Den Nachbarn war es zu langweilig geworden. Sie warfen auch keine Steine mehr gegen das Haus, sangen keine schmutzigen Lieder mehr über die Rossos und pinkelten nicht mehr an ihre Tür.

Nachdem er die Glasstäbe mit einem Stück Schnur zusammengebunden hatte, zog sie den Korb wieder hoch. Die Farbauswahl musste Elena Barovier getroffen haben – es waren hauptsächlich Blau- und Grüntöne und Weiß, aber auch ein blutroter, wegen des Namens Rosso. Außerdem hatte sie ein paar von unterschiedlicher Stärke in Gelb dazugetan, eine Farbe, die Orsola nur selten verwendete.

»Richte Elena meinen Dank aus«, rief sie hinunter. »Sag ihr, ich bezahle sie, sobald ich kann.«

Stefano nickte. Obwohl seine Aufgabe erledigt war, schien er nicht gehen zu wollen. Er starrte mit besorgtem Blick zu ihr hoch, sagte jedoch nichts.

»Wie ist es da draußen?«, fragte sie. »Geht es den Baroviers gut?«

»*Sì*.«

»Sind noch andere krank geworden? Oder in Quarantäne gekommen?« Es kam Orsola vor, als säße sie in einem Boot, das davontrieb, und würde ihm ein Tau zuwerfen, damit er es fing und sie zurück ans Ufer zog.

Doch Stefano fing das Tau nicht. Er hob nur die Hand zum Abschied und eilte davon.

Antonio erzählte ihr dann abends, dass fünf weitere Häuser unter Quarantäne gestellt worden waren, bis auf eins alles Häuser von Glasmachern auf der anderen Seite des Rio dei Vetrai. Eins war nicht weit von Laura Rossos Verwandten entfernt.

»Was ist mit meiner Großmutter und meiner Tante? Und den Kindern?«, fragte sie.

»Ihnen geht es gut.«

»Hast du Domenego gesehen? Vielleicht könnte er Klingenberg eine Nachricht zukommen lassen, dass er mir mein Geld schicken soll.«

Antonio schüttelte den Kopf. »Aber ich habe eine Idee. Die

Leute mögen deine Perlen. Die Farbe, die Form, das Muster. Wenn jemand sie in die Hand nimmt, will er sie nicht wieder hergeben. Ich habe der alten Weinhändlerin deine Perlen gegeben, und sie hat eine davon zwischen Daumen und Zeigefinger genommen und immer wieder darübergerieben.«

»Wie bei einem Rosenkranz.«

»*Sì, così*. Dasselbe wiederholte sich bei der Frau vom Bäcker. Als ich sie gefragt habe, warum sie das tut, sagte sie, sie hält sie fest, um die Pest abzuwehren. Du bist nicht krank geworden, und sie denkt, ihr passiert das auch nicht, solange sie deine Perle in der Hand hat.«

Orsola hatte das Gegenteil befürchtet: dass niemand ihre Perlen haben wollte, weil sie aus einem Haus kamen, das unter Quarantäne stand. Und nun wurden ihnen magische Fähigkeiten zugeschrieben. *Ihr* wurden magische Fähigkeiten zugeschrieben.

»Du könntest welche extra dafür machen«, schlug Antonio vor. »Perlen, um die Pest fernzuhalten, in einer besonderen Form oder Farbe. Und sie verkaufen.«

»Ich glaube nicht, dass das funktioniert. Beim Venezianischen Sirup ist das etwas anderes, da sind Zutaten drin, die helfen können – getrocknete Viper und Zimt und Honig. Aber Glas ist einfach nur Glas. Es ist schön, aber es ist kein Heilmittel.«

»Ist Trost nicht auch eine Art Heilmittel?«

Orsola zögerte. »Das hieße, aus der Angst Profit zu schlagen.«

»Aber du brauchst das Geld, um deine Familie über Wasser zu halten. Deine Tante und deine Großmutter haben nichts mehr. Sie haben mich gebeten, dir zu sagen, dass sie deine Hilfe brauchen, damit die Kinder etwas zu essen haben.«

Orsola dachte pragmatisch, was ihre Perlen anging. Es war eine Sache, sie bei einem Fest in einem Palazzo stolz um den Hals zu tragen oder sie für den Karneval auf eine Maske zu nähen. Das war keine Magie, sondern Putz. Aber eine zum Schutz mit sich herumzutragen, hatte etwas von Hexerei. Andererseits war ein wenig Trost im Angesicht der Angst nicht zu verachten. Sie dachte an ihre Mutter, die sich auf dieser schrecklichen Insel, die die Bootsführer wegen des Stöhnens und des Gestanks mieden, um Nicoletta kümmerte. Wenn Laura Rosso eine Perle hätte, die sie in der Hand halten könnte, würde ihr das helfen?

»Also gut«, sagte sie. »Übermorgen habe ich etwas fertig.«

Sie dachte fast die ganze Nacht darüber nach, wie die Perle aussehen sollte, zumal es zum Schlafen ohnehin zu heiß war. Sie wusste, welche Form sie haben würde: *ulivetta spoletta* – in der Mitte rund und zu den Enden hin schmaler werdend, wie eine große Pistazie oder eine Olive. Es fühlte sich natürlich an, eine solche Form zwischen den Fingern zu rollen – symmetrisch, aber mit einem überraschenden Element. Die Oberfläche würde ganz glatt sein, da das bei der Berührung angenehmer war.

Die Entscheidung, welche Farbe sie haben sollte, war schwerer. Sie mochte Rot am liebsten, die Farbe des Lebens. Doch die Farbe des Blutes erinnerte die Leute womöglich zu sehr an Krankheit – Blut im Auswurf oder in den Exkrementen. Blau und Grün waren die Farben des Wassers und damit des Alltags auf Murano. Orsola wollte nicht, dass dies durch die Verbindung mit der Pest verdorben wurde. Sie könnte Weiß nehmen, die Farbe der Reinheit. Doch es zog sie zu dem Gelb, das Elena Barovier ihr mitgegeben hatte. Die Farbe der Hitze, der Feuer, die jetzt überall brannten, um die Seuche zu vertreiben.

Früh am nächsten Morgen begann sie mit der Arbeit und machte zur Übung zunächst ein paar schlichte Perlen aus opakem gelbem Glas, merkte jedoch bald, dass noch eine weitere Farbe nötig war. Ein wenig Schwarz, für die Pest, die fortgejagt werden sollte. Davon hatte Elena Barovier nichts geschickt, aber in einer Ecke der Werkstatt fand sie noch einen dünnen Stab. Sie versuchte, schwarze Punkte auf das Gelb zu setzen, doch das erinnerte zu sehr an die Pestbeulen. Als Nächstes probierte sie es mit Streifen, doch dann sahen sie aus wie Hummeln. Das Schwarz sollte präsent sein, sich aber nicht in den Vordergrund drängen.

Sie machte eine kleine schwarze Perle und überzog sie mit einer Schicht aus durchscheinendem Gelb, aber das Schwarz schien zu stark durch. Eine Schicht aus opakem Gelb wiederum machte es unsichtbar.

Entmutigt lehnte Orsola sich zurück und streckte die schmerzenden Arme. Sie brauchte einen zweiten Blick.

Paolo war der Erste von den Männern, der aufstand. Ruhig und zuverlässig, war er vor allem für die schweißtreibenden Arbeiten in der Werkstatt zuständig. Er trug Eisen mit geschmolzenem Glas am Ende zwischen Ofen und Werkbank hin und her, blies in die Pfeifen, während Marco oder Giacomo das Glas formte, und brachte die fertigen Stücke in den Kühlofen. Er war nicht gerade schöpferisch tätig, aber er war erfahren. Normalerweise hätte Orsola ihn nicht um Rat gefragt, doch als er ihr über die Schulter blickte, schilderte sie ihm ihr Problem.

Paolo schwieg lange, während sie bereits begann, den Tisch aufzuräumen; sie sammelte die Glasstäbe ein und fegte die übrig gebliebenen Reste zusammen. »Die Perlen müssen schön sein und Hoffnung wecken«, sagte er schließlich.

»Sollten sie sich nicht in irgendeiner Weise auf die Pest beziehen?«

Er sah sie nur an, und sein Schweigen zwang sie zum Nachdenken. Was würden die Leute in ihrer Tasche haben wollen, um die Pest fernzuhalten? Nicht etwas, das sie daran erinnerte, sondern etwas Schlichtes und Lebensbejahendes. Sie hatte das

Ganze unnötig kompliziert gemacht, indem sie das Schwarz dazugenommen hatte.

Sie begann von Neuem und machte eine *ulivetta spoletta,* die größer und dicker war als die ersten, denn wenn sie Trost spenden sollte, brauchte sie Gewicht. Diesmal nahm sie durchscheinendes Gelb, denn die Leute konnten nicht weit voraussehen oder wissen, was während der Zeit der Pest geschah, aber sie brauchten das Gefühl, dass ein wenig Licht durch das Glas schien. Im Innern fügte sie einen Wirbel aus opakem Gelb hinzu. Orsola war so zufrieden mit dem Ergebnis, dass sie die erste Perle, als sie am nächsten Morgen abgekühlt war, zum Dank Paolo schenkte. Er lächelte und ging zu Giacomo, um sie ihm zu zeigen.

Antonio war überrascht über die gelben Pestperlen, vielleicht weil er etwas Kunstvolleres erwartet hatte. Aber er begann sie für fünf *soldi* zu verkaufen – den Preis eines Huhns –, und ein paar Tage lang waren sie sehr beliebt, sodass Orsola und ihre Brüder und die Kinder reichlich Hühner kaufen konnten.

Doch dann schlug die Pest auf Murano mit aller Macht zu. Fast alle Häuser wurden unter Quarantäne gestellt und viele Familien zu den Lazzaretti-Inseln geschickt, und da schwand der kurze Glaube an die Zauberkraft der Perlen.

Orsola wusste da bereits, dass sie keine Zauberkraft besaßen, denn fünf Tage nachdem sie Paolo ihre erste gelbe Perle geschenkt hatte, fand Giacomo ihn morgens tot im Bett. Die Krankheit hatte sich über Nacht eingeschlichen und den *servente* geholt. Nie vergaß Orsola den Schrei, den ihr stiller, freundlicher Bruder ausstieß, so laut, dass er ihm die Kehle zerschnitten haben musste. Sie und Marco rannten zu Paolos Zimmer und fanden Giacomo, der sich weinend an den Leichnam seines Lehrers klammerte. »Nicht, Giacomo«, sagte sie leise und versuchte, seine Hände wegzuziehen. »Nicht, sonst wirst du auch noch krank.«

»Ich will krank werden!«, schrie ihr Bruder. »Ich will auch sterben!«

»Nein, glaub mir, das willst du nicht.«

»Doch!«

Marco zog seinen Bruder vom Bett weg. »*Basta!* Wir müssen zusammenhalten, sonst zerfällt die Familie.« Giacomo hielt die Augen fest geschlossen und schluchzte, aber Orsola nickte ihrem älteren Bruder zu. Zum ersten Mal empfand sie Marcos Unbeugsamkeit als Stärke und nicht als Schwäche.

Dann wurden die Tage noch schwerer. Wegen Paolos Tod musste das Haus geöffnet werden, um den Leichnam den Behörden zu übergeben. Der Fleischer kam erneut in seiner Funktion als Beamter der Magistratura. Diesmal verlangte er kein Geld, damit sie zu Hause bleiben konnten, denn mittlerweile waren so viele Menschen auf Lazzaretto Nuovo, dass kein Platz mehr für Neuzugänge war. Aber er bestand darauf, dass die Rossos den Innenhof nicht mehr benutzten, ganz gleich wie viel Geld Marco ihm bot – Geld, das sie ohnehin nicht hatten.

Er ließ die Tür, die vom Haus in den Innenhof führte, mit Brettern vernageln, außerdem verlangte er, dass alle Kleider, die sie trugen, und das Bettzeug, das Antonio ihnen besorgt hatte, verbrannt wurden. Nun besaß Orsola nur noch ein einziges Kleid, das aus dem rotbraunen Stoff, den Maria Barovier ihr geschenkt hatte. Da sie nichts zum Wechseln hatte, konnte sie es nicht waschen, und nun, da sie im stickigen, dunklen Haus eingesperrt waren, begann sie nach Schweiß, Küche und verbranntem Talg zu stinken. Sie konnten auch die Latrinen nicht mehr benutzen, sondern mussten Nachttöpfe nehmen, deren Inhalt sie dann aus dem Fenster auf die Straße kippten. Das ganze Haus stank nach Exkrementen und Angst.

Nun standen nicht mehr nur einzelne Häuser unter Quarantäne, sondern ganze Straßen und Viertel waren abgesperrt.

Die Märkte wurden gänzlich verboten. Boote durften nicht mehr fahren, mit Ausnahme der Fischer. Es fanden keine Messen mehr statt, aber Prozessionen waren erlaubt. Orsola und ihre Brüder sahen eine unter ihrem Fenster vorbeiziehen; ein Priester ging mit einem Kreuz voran, ein zweiter dahinter schwenkte Weihrauch, der nun auch als Schutz gegen die Pest diente. Die Muraneser, die noch nicht eingeschlossen waren, folgten ihnen und sprachen laut Gebete. Einige blickten zu den Rossos hoch und bekreuzigten sich.

Die Beamten der Magistratura und den Pestarzt sah man oft die Straße entlanggehen, allerdings in wechselnder Besetzung, denn auch vor ihnen machte die Seuche nicht halt. Nach einiger Zeit wirkte der Pestarzt mit seinem Schnabel und den Glasaugen auf Orsola nicht mehr Furcht einflößend, sondern nur noch lächerlich.

Die drei Geschwister verbrachten den größten Teil ihrer Zeit in dem Zimmer mit dem offenen Fenster, denn es war der einzige Ort, wo sie natürliches Licht und ein wenig Luft bekamen, auch wenn es die schwülheiße Luft des Sommers war. Nach Paolos Tod hatte ihre Quarantäne von Neuem begonnen, und Marco ritzte Striche in die Wand, um die vierzig Tage zu zählen. Doch die Zeit spielte ihnen Streiche und bewegte sich wie ein zugeschlammter Kanal. Manchmal hatte Orsola das Gefühl, ein Jahr gealtert zu sein, obwohl nur ein Tag vergangen war. Aber es kümmerte sie nicht mehr. Selbst sie zu zählen schien ihr absurd.

Orsolas Brüder taten kaum etwas anderes, als dazusitzen und zu warten, dass die Tage vergingen. Sie spielten nicht mehr Karten und sprachen nicht mehr über die Zukunft und auch nicht über die Gegenwart. Giacomo war vollkommen verstummt. Paolos Tod hatte tiefe Furchen um seine Augen und seinen Mund gemeißelt.

Orsola versuchte, rege zu bleiben. Sie kümmerte sich darum,

dass sie Lebensmittel bekamen, und kochte einmal am Tag. In der übrigen Zeit setzte sie sich unten in die Küche, wo es abgesehen von den Kerzen, die sie anzündete, dunkel war, um Perlen anzufertigen. Nun, da keine Pestperlen mehr gebraucht wurden, konnte sie machen, was sie wollte, vielleicht auch etwas ganz Neues ausprobieren, um die bange Frage zu verdrängen, wen es als Nächstes ereilen würde und ob der Tod schnell und gnädig sein würde oder lang und qualvoll. Sie saß lange da und betrachtete die Glasstäbe, die sie noch hatte, doch in der stickigen Dunkelheit, wo sie die Farben nicht richtig sehen konnte, fiel ihr nichts ein, außerdem lauschte sie unentwegt auf jedes Zwicken im Bauch und jeden Schmerz in ihren Gliedern. Das Denken fiel ihr schwer. Die Hitze der Lampe, an der sie arbeitete, war sie gewohnt, ebenso die des Schmelzofens, die ihr im Winter das Gesicht verbrannte, während ihr Rücken zu Eis erstarrte. Aber die Hitze eines verrammelten Hauses – sogar die Schlüssellöcher waren mit Lumpen verstopft – war unerträglich. Es war, als leide sie am Fieber, obwohl sie keins hatte.

Vor allem jedoch fehlten ihr die Ideen. Ideen brauchten Anregungen, brauchten Neues: neue Menschen, neue Orte, neue Geschichten, neues Essen. Neues Glas. Schließlich kehrte sie zu den Varianten zurück, die sie kannte und fast mit geschlossenen Augen herstellen konnte. Die vertrauten Farben und Formen hatten etwas Tröstliches, und die Arbeit an der Lampe bewirkte, dass sie wenigstens für eine Weile an nichts anderes dachte. Orsola fertigte Perle um Perle – schlicht oder verziert, rund, oval oder zylinderförmig. Sie wusste nicht, ob Antonio sie weiter zum Bezahlen verwenden konnte, nun, da so viele in Quarantäne waren, und ob Klingenberg noch lebte und sie irgendwann für sie verkaufen würde. Aber es war immer noch besser, als einfach herumzusitzen.

Da ihre Brüder nun auch immer im Fensterzimmer waren, konnte Orsola nicht mehr in Ruhe mit Antonio allein sprechen, als er ein paar Tage nach Beginn der zweiten Quarantäne kam, um ihnen Nachschub zu bringen. Als sie ihn erblickte, stellte sie sich wie zuvor ans Fenster, und er lächelte zu ihr hinauf. »Trägst du das Kleid extra für mich?«, scherzte er, doch dann stellte Marco sich neben sie und löcherte ihn mit Fragen. Antonio brachte schlechte Nachrichten: viele krank, viele tot, viele in Quarantäne. Es war schwer, an Lebensmittel heranzukommen, jetzt da die Märkte geschlossen waren.

Während Antonio berichtete, zog Marco das Bettzeug und die Lebensmittel hoch, die Antonio mitgebracht hatte. Orsola holte alles aus dem Korb, dann stellte sie sich wieder neben ihren Bruder. »Ist alles in Ordnung, Orsola?«, fragte Antonio.

Ihr war zum Weinen zumute. Am liebsten wäre sie aus dem Fenster auf die Straße gesprungen und hätte ihm gesagt, dass seine Besuche das Einzige waren, was sie durchhalten ließ – obwohl das nicht ganz stimmte, denn da waren auch noch ihre Perlen. *»Sto bene«*, versicherte sie ihm. *»Grazie di tutto.«* Sie deutete hinter sich auf das Bettzeug und das Brot, den Käse und die Linsen, dann hielt sie ein kleines Säckchen hoch. »Ich habe Perlen. Wollen die Leute sie noch?«

Antonio zögerte. »Lass sie runter«, sagte er dann. »Ich versuche es. Sag mir, was du brauchst.«

Sie hätte ihn gerne um etwas Frisches, Duftendes gebeten, etwas, das sie nicht an ihr Eingeschlossensein erinnerte, sondern an die Gärten und Felder im Norden der Insel. Sie hätte gerne gesagt: »Bring mir Blumen.« Doch sie blieb vernünftig. »Pancetta und Mehl. Und Öl.«

»Pfirsiche«, fügte Giacomo hinzu, der sich auf der anderen Seite neben Marco gestellt hatte. Es war sein erstes Wort seit Tagen. Paolo hatte Pfirsiche geliebt.

Bei dieser Bitte leuchtete Antonios Miene auf, und Orsola wünschte, sie wäre selbst darauf gekommen. Es war eine seltsame Vorstellung, dass da draußen immer noch Pfirsiche wuchsen und reiften, während sie hier drinnen festsaßen und Angst vor dem Tod hatten.

»Wie geht es Marcolin und Stella?«, fragte sie.

»Sie langweilen sich. Stella ist wieder einmal weggelaufen. Ich musste sie suchen. Sie war schon über den Ponte Longo und lief die Fondamenta hinunter.«

Orsola schmunzelte über den Ausbruchsversuch, aber Marco brummte: »Wieso passt Zia Giovanna nicht besser auf?«

Antonio runzelte die Stirn. »Sie tut, was sie kann. Es ist nicht leicht hier draußen.«

Orsola hielt den Atem an. Ein *garzone*, der seinen Maestro zurechtwies. Sie spürte, wie Marco neben ihr der Kamm schwoll.

Antonio wartete nicht auf eine Erwiderung, sondern sagte nur: »Morgen oder übermorgen bringe ich euch, was ich kriegen kann«, nickte ihr zu und ging die Straße hinunter. Die Rossos sahen ihm nach, voller Neid auf die Freiheit, die er genoss.

»*Muso da mona*«, stieß Marco zwischen den Zähnen hervor.

»Nicht«, entgegnete Giacomo. »Wir sind auf ihn angewiesen.«

Zwei Tage später brachte Antonio ihnen Pfirsiche und Fisch. Er hatte es geschafft, mit ein paar Muraneser Fischern hinauszufahren, und genug für sich, die Rossos und die anderen gefangen. Den Rest verwendete er zum Handeln. »Tut mir leid, aber die Perlen will im Moment niemand«, fügte er bedauernd hinzu. »Ich behalte sie und warte ab, ob sich das wieder ändert, aber du musst mir keine mehr geben.«

Errötend legte Orsola die Perlen beiseite, die sie für ihn bereitgehalten hatte. Für eine Weile war es ein berauschendes Gefühl gewesen, dass ihre Perlen wertvoll genug waren, um sie alle zu ernähren.

Dennoch machte sie weiter, aus Gewohnheit und um etwas zu tun zu haben. Auch Giacomo hatte eine Beschäftigung gefunden; er schnitzte aus Holzresten kleine Spielzeuge, die er Antonio für die Kinder mitgab. Nur Marco wusste nichts mit sich anzufangen und ging ihnen auf die Nerven. Er verlangte sogar, dass Orsola ihm das Perlenmachen beibringen sollte, verlor aber rasch die Geduld. »Diese kleinen Glasdinger sind doch nichts weiter als *escrementi di coniglio*«, schimpfte er und schleuderte den Metalldorn mit einer missgeformten Perle daran durch den Raum. »Kaninchenköttel! Ich will mit so viel Glas arbeiten, dass meine Muskeln schmerzen. Ich will, dass die Hitze des Ofens mir das Gesicht verbrennt. Ich will aus einem Klumpen Glas den prächtigsten Kelch machen, nicht solche albernen Köttel!«

Sie verstand. Marco wollte die große Bühne der Werkstatt, mit Feuer und Glas und Männern, die im von ihm vorgegebenen Rhythmus arbeiteten, mit ihm im Zentrum. Er wollte den Glastanz, nicht das mühsame Solo. Wenn sie die Möglichkeit hätte, dachte Orsola, würde sie sicher auch gerne mit einem Hefteisen oder einer Pfeife hantieren und aus einem Glasklumpen eine Vase oder ein zierliches Weinglas oder einen Kandelaber formen. Aber die Arbeit an der Lampe würde genügen müssen. Mit ihren Perlen erschuf sie winzige Welten, was auch befriedigend war. Aber sie würden immer weniger wert sein, und sie würden nie Marcos Bewunderung erlangen. Orsola würde niemals wie Maria Barovier werden, eine anerkannte Glasmacherin. Diese Tür bliebe ihr verschlossen.

Ein Tag war mehr oder weniger wie der andere. Kochen, essen, putzen, Betten beziehen, schwitzen, auf Antonio warten; wenn er kam, ein paar Worte oder einen Blick mit ihm wechseln, dann schlafen und auf den nächsten Tag warten.

Nur ein ungewöhnlicher Besuch durchbrach die Eintönigkeit: Stefano brachte neue Glasstäbe von Elena Barovier. Orsola dankte ihm und zog sie hoch. Während sie das Bündel begutachtete, beugte sich Marco hinaus und fragte, was es Neues gab. Im Gegensatz zu Antonio wusste Stefano, was in den anderen Werkstätten vor sich ging, und obwohl er eher ein stiller Mensch war, quetschte Marco alles aus ihm heraus – nicht nur, wer gestorben und wer in Quarantäne war, sondern auch, wer immer noch Waren verkaufte, was sie herstellten, wer wen kopierte oder ausspionierte. Orsola interessierte das alles wenig; sie wollte lieber wissen, ob es auf dem Markt wieder Pfirsiche gab, ob wieder Boote zwischen Murano und Venedig verkehrten, und ob jemand etwas über diejenigen gehört hatte, die nach Lazzaretto Vecchio geschickt worden waren, insbesondere Nicoletta und Laura Rosso.

Später am Abend, als es ein wenig kühler wurde, schlief Marco als Erster ein, und Giacomo und Orsola saßen am offenen Fenster und genossen, untermalt vom Schnarchen ihres Bruders, die frische Luft. Es kam selten vor, dass sie sich unterhalten konnten, ohne dass Marco mithörte. »Warum hat Marco nicht nach Nicoletta gefragt?«, rätselte sie. »Oder nach Madre? Warum hat er Antonio nicht gefragt, wie es Marcolin geht? Kümmert ihn denn sein eigener Sohn nicht?«

»Doch«, erwiderte Giacomo. »Aber Marco erträgt das Schlimme, indem er versucht, nicht daran zu denken. Das ist einfacher für ihn. Er hat seit jeher die Bürde des Ältesten getragen, und durch Padres viel zu frühen Tod ist sie noch schwerer geworden. Du bist genauso streng in deinen Urteilen wie er.«

»Bin ich nicht!«

Giacomo sagte nichts darauf, und sie versuchte, ihre Empörung zu bändigen.

Eine Weile schwiegen sie und lauschten auf das Schnarchen hinter ihnen.

»Was wirst du ohne Paolo tun?« Es fiel Orsola schwer, seinen Namen auszusprechen.

Giacomo schüttelte den Kopf. Er holte tief Luft und schluckte, als kämpfte er mit der Trauer. »Fast alles, was ich kann, habe ich von ihm gelernt. Vor allem in den Nächten, wenn Marco nicht da war. Da war es leichter, es ging alles ruhiger zu. Paolo war wirklich gut, aber auch sehr still. Nur wenn wir unter uns waren, fing er an zu reden.« Giacomo verstummte. Er sah aus, als wollte er noch etwas sagen, doch dann wandte er sich mit Tränen in den Augen ab.

Eines Tages kam wieder einmal ein Magistratsbeamter vorbei, doch es war nicht mehr der Fleischer, sondern ein Seilmacher. An dem Abend erzählte Antonio ihnen, dass der Fleischer an der Pest erkrankt und nach Lazzaretto Vecchio gebracht worden war. Orsola fragte ihn nicht nach der Tochter des Fleischers.

Etwas an der Art, wie Antonio dort unten auf der Straße stand und zu ihnen hochsah, machte sie stutzig. »Da ist doch noch etwas.«

Er nickte und senkte den Kopf. Schließlich blickte er wieder auf. »Eure Nonna.«

Schon vor einigen Wochen habe sie plötzlich aufgeschrien. Dann sei sie zusammengesackt und ohnmächtig geworden.

Marco und Giacomo schwiegen. Die Pest hatte sie verändert, hatte sie alle betäubt, sodass sie nichts mehr fühlten. Orsola schluckte nur. »Was ist mit den Kindern? Und unserer Tante?«, fragte sie.

»Bisher ist niemand krank. Aber sie stehen unter Quarantäne, deshalb kann ich nicht bei ihnen bleiben.«

»Wo willst du denn hin?«

»Zur Riva di San Matteo. Ich schlafe dort in eurem Boot.«

»Wo du die Berge sehen kannst.«

»Wo ich die Berge sehen kann.«

Antonio kam an den meisten Abenden zu ihnen, und wenn er nicht kam, sorgte sich Orsola, dass man ihn nach Lazzaretto

Vecchio oder Lazzaretto Nuovo geschickt oder eingesperrt hatte, oder dass er tot im *sandolo* der Rossos lag oder zusammen mit Dutzenden anderen in einem der Massengräber verscharrt worden war. Dann trug sie eine lähmende Furcht mit sich herum, bis sie ihn wiedersah. Doch sie sagte ihm nichts von ihrer Sorge. Es war auch so schon schwierig genug für ihn, sich auf der Insel zu bewegen, da viele Straßen und Brücken gesperrt waren und die noch freien Bereiche kontrolliert wurden. Antonio riskierte eine Geldstrafe oder sogar die Verbannung, wenn er erwischt wurde. Aber er beschwerte sich nicht, im Gegenteil, er schien froh zu sein, dass er etwas zu tun hatte und helfen konnte, nicht nur den Rossos, sondern auch anderen. Sie verstand das gut, denn sie war auch lieber tätig, als nur darauf zu warten, dass etwas geschah.

Jedes Mal wenn Antonio ging, sahen die drei Rossos ihm nach und sehnten sich nach dem Tag, wenn sie auch wieder ungehindert die Fondamenta dei Vetrai hinuntergehen konnten, am Campo Santo Stefano Austern essen, im Omo Salvadego etwas trinken, in Santi Maria e Donato ein Gebet sprechen oder die Mosaiken auf dem Boden bewundern, durch die Gärten im Norden schlendern und Kirschen pflücken oder an Rosen schnuppern, auf dem Campo San Bernardo stehen und den neuesten Klatsch austauschen: wer zerstritten war und wer heiraten wollte, wer ein Kind erwartete und wer schon zu viele Kinder hatte, welche Werkstatt besser lief als die der anderen und welche vielleicht schließen musste, wessen Wein sauer geworden war und wer zu viel Käse hatte, mit welchem Mädchen der Lehrling der Rossos sich traf und welches er wirklich liebte. Die kleinen, wichtigen Dinge des Lebens.

Marcos Kerben an der Wand wurden immer mehr, der einzige Beweis für das Vergehen der Zeit in einer Welt, die stillzustehen schien. Niemand wurde krank, und plötzlich war der vierzigste Tag der Quarantäne da. Orsola hatte kaum noch Glasstäbe, deshalb machte sie nur ein paar Perlen und kochte Eintopf aus dem Fisch und den Linsen, die Antonio am Abend zuvor gebracht hatte, dann setzte sie sich zu ihren Brüdern ans Fenster und beobachtete das spärliche Treiben auf der Straße. Es war schwer vorstellbar, dass sie nun bald wieder hinausgehen und sich daruntermischen konnten, dass Marco den Ofen wieder anfeuern und arbeiten durfte, dass die Kinder zurückkommen konnten, dass das Leben weitergehen und die Zeit wieder in Gang kommen konnte, schnell oder langsam.

Am Abend kam der Magistratsbeamte mit zwei weiteren Männern, die die Bretter von den Türen und Fenstern entfernten, während er den Rossos erklärte, an welche Einschränkungen sie sich halten mussten, welche Teile von Murano abgesperrt waren, dass sie keine Boote benutzen und nicht nach Venedig, zu den anderen Inseln oder zur *terraferma* fahren durften. Als er geendet hatte und die drei gegangen waren, alle Türen und Fenster wieder weit offen, trat keiner von ihnen sofort auf die Straße, sondern sie standen auf der Schwelle, wie sie zuvor oben am Fenster gesessen hatten, und sahen hinaus. Überall waren Häuser mit einem roten Kreuz auf der Tür und zugenagelten Fenstern, wie es bis eben auch bei ihnen gewesen war. Es kam Orsola vor, als wäre sie von einem langen Fieber genesen und müsste nach Wochen im Bett mühsam lernen, wieder zu gehen, zu sprechen, zu leben.

Erst als Antonio am Ende der Straße auftauchte, rührte sie sich. Sie lief los, so schnell ihre ungeübten Beine sie trugen, vorbei an Katzen und Exkrementen, an trocknenden Tauen, Karren und Bettlern, all den Zeichen des Lebens, die sie so vermisst hatte, sie lief und lief, bis sie schluchzend in seinen Armen lag, und es war ihr egal, dass Marco und Giacomo und alle in der Straße sie sehen konnten. Alles, was sie wollte, war sein fester, tröstlicher Körper und seine Arme, die sie hielten.

Über Antonios Schulter hinweg bemerkte sie eine Frau, die

sich ihnen näherte. Sie war in Lumpen gekleidet, das Haar verfilzt, die Wangen eingefallen. Es dauerte einen Moment, bis Orsola begriff, dass es ihre Mutter war. Laura Rosso hielt ein Bündel an die Brust gedrückt. Es holte Luft, um Orsola lautstark mitzuteilen, dass sie erneut Tante geworden war.

3

Sie haben den Stein geschickt über die Oberfläche der Lagune geworfen. Ein weiterer Hüpfer, und er landet im Jahr 1631 – dank der Zeit *alla Veneziana*.

Die Pest hat den üblichen Verlauf genommen und fast ein Drittel der Bevölkerung Venedigs getötet. Doch zum Glück geschehen auch noch andere Dinge auf der Welt. Shakespeare zum Beispiel lässt zwei seiner Stücke in Venedig spielen. Kam er je hierher und kaufte eine Glasperle? Galilei erklärt den Menschen, dass sie nicht im Mittelpunkt des Universums stehen. (Was nicht gut ankommt.) Caravaggio wird Meister des Chiaroscuro und bringt jemanden um. In Europa beginnt der Dreißigjährige Krieg. Jenseits des Atlantiks werden erste Landstriche kolonisiert. Die Legende verbreitet sich, dass die Niederländer dem Stamm der Lenape die Insel Manhattan gegen Waren aus der Alten Welt und – ja – auch Glasperlen abgekauft hätten. Es ist verführerisch, sich vorzustellen, es seien Orsola Rossos Perlen gewesen. Doch dem war nicht so. Und die Lenape haben eine andere Vorstellung von Besitz; für sie gehört das Land niemandem, kann also auch nicht ge- oder verkauft werden.

Venedigs Vorherrschaft im Welthandel ist Geschichte, doch die Stadt wird ihre Renaissance-Pracht nie ganz verlieren. Und die Kunsthandwerker von der Insel Murano gelten noch immer als die besten Glasmacher der Welt.

Orsola sitzt am Küchentisch und dreht eine durchscheinende gelbe Perle mit einem Wirbel aus opakem Gelb in der Flamme. Sie blickt auf. Draußen in der Welt sind sechsundfünfzig Jahre vergangen, und eine weitere Pestepidemie neigt sich dem Ende zu, doch sie und diejenigen, die ihr etwas bedeuten, sind nicht älter geworden …

Nicoletta, Maddalena, Nonna, Paolo. Vier Löcher in der Familie Rosso, die gefüllt werden mussten.

Am dringendsten wurde ein Ersatz für Nicoletta benötigt, denn ihr Kind hatte Hunger. Orsola nahm Raffaele – wie seine Großmutter ihn genannt hatte – aus Laura Rossos abgemagerten Armen und ging mit ihm, obwohl ihre Beine sie kaum trugen, sofort zum Campo San Bernardo, um die Amme zu suchen, die auch Stella gestillt hatte. Orsola wusste nicht, ob die Frau noch lebte und selbst gerade ein Kind und überschüssige Milch hatte, aber etwas anderes fiel ihr nicht ein.

Monica Vianello lebte noch, hatte tatsächlich einen Säugling – Rosella – und legte Raffaele, ohne zu zögern, an ihre Brust. Monica war die Tochter eines Fischers, mit wettergegerbtem Gesicht und Händen voller Narben vom Ausnehmen der Fische. Ihre mandelförmigen Augen waren von einem überraschend klaren Blau, und sie trug immer ein blaues Kleid, das ihre Augenfarbe betonte. Entgegen der verbreiteten Annahme, dass eine Amme große Brüste hatte, waren ihre klein und hart, produzierten jedoch reichlich Milch. Bald zog sie ganz zu den Rossos, denn die Pest hatte ihr den Mann und das ältere Kind genommen, und es war einfacher, sie in der Nähe zu haben, als Raffaele immer hin und her zu tragen.

Monica stillte Nicolettas Sohn, aber womit Orsola nicht gerechnet hatte, war, dass die Amme Nicoletta auch in Marcos Bett ersetzte. Als Monica eines Morgens, nur eine Woche nach ihrem Einzug, aus seinem Zimmer kam, hätte Orsola fast den

Stapel Laken fallen gelassen, den sie in den Händen trug. Die Amme warf ihr einen Blick zu, dann ging sie zu ihrem eigenen Zimmer, wo sie die beiden weinenden Kleinen anlegte und sich mit ihnen an das Fenster setzte, das zum Innenhof hinausging. Sie hatte etwas so Kämpferisches an sich, dass Orsola sich nicht zu fragen traute, was sie bei Marco zu suchen gehabt hatte. Die beiden heirateten, sobald sie einen Priester fanden, der noch am Leben war.

Antonio lachte, als Orsola ihm von Monica und Marco erzählte. »In die Angelegenheiten des Maestro mische ich mich nicht ein«, sagte er. »Und ich hoffe, er hält es umgekehrt genauso.«

Giacomo zuckte nur die Achseln, als er davon erfuhr. »Es ist doch eine praktische Lösung. Marco braucht eine Frau und eine Mutter für die Kinder, und sie ist da und hat die Milch.«

Ihrer Mutter sagte Orsola nichts davon, denn sie wusste, wie entsetzt sie sein würde, wenn sie erfuhr, dass Nicoletta so rasch eine Nachfolgerin gefunden hatte. Laura Rosso war nur noch ein Schatten ihrer selbst. Orsola und Monica taten, was sie konnten, um sie aufzupäppeln, aber sie mochte nichts essen. Was sie auf Lazzaretto Vecchio erlebt hatte, hatte sie gezeichnet. Laura sprach nicht über ihr Martyrium, sie sagte nur, Nicolettas Tod sei ein Segen gewesen, weil er ihren Qualen ein Ende bereitet habe. Das Einzige, was sie vorübergehend aus ihrer Finsternis holte, war Raffaele, der immer ihr Lieblingsenkel bleiben würde.

Das nächste Loch in der Familie, das gestopft werden musste, war die arme Maddalena. Dies dauerte länger, denn viele scheuten sich, bei einer Familie zu arbeiten, die unter der Pest gelitten hatte. Eine Weile mussten die Rosso-Frauen allein zurechtkommen – Laura geschwächt und niedergedrückt, Monica mit zwei kleinen Kindern und Orsola, die kaum wusste, wo sie mit der Arbeit anfangen sollte. Wieder blieb keine Zeit für die Perlen – was jedoch insofern nicht schlimm war, als es Monate dauerte, bis die Geschäfte wieder in Gang kamen und Klingenberg neue Bestellungen aufgab.

Schließlich überredete Monica eine Cousine aus ihrer weitläufigen Verwandtschaft, bei den Rossos auszuhelfen. Isabella Vianello war ebenfalls eine Fischerstochter, still, aber tüchtig. Sie und Monica waren vollkommen anders als Maddalena, die weich wie Brot und nah am Wasser gebaut gewesen war und sich jedes Drama innerhalb der Familie zu Herzen genommen hatte. Die beiden Vianello-Cousinen hingegen waren hart wie die Klinge eines Fischmessers, und man legte sich besser nicht mit ihnen an.

Nur wenige Wochen nach ihrem Einzug hatte auch Isabella sich einen der Rosso-Brüder geangelt. Als Giacomo eines Morgens hinter ihr aus seinem Zimmer kam, sah er benommen und ein wenig verwirrt aus, als blende ihn die Sonne, die sich im Wasser spiegelte. Diesmal sprach Orsola mit niemandem darüber, denn bei diesen Fischersfrauen überraschte sie nichts mehr. Und sie wurden gebraucht. Nachdem sie das Ruder übernommen hatten, führten Monica und Isabella den Haushalt viel effizienter, als Maddalena es je getan hatte, auch wenn Isabella nicht so gut kochen konnte. Obwohl sie aus einer Fischerfamilie stammte, schmeckten ihre Sardinen nie so köstlich wie die von Maddalena.

Nonna war zwar unersetzlich, doch sie schien ihren eigenen Körper verlassen zu haben und in dem ihrer jüngeren Tochter weiterzuleben. Zia Giovanna war während der Quarantäne merklich gealtert; die Falten in ihrem Gesicht waren tiefer und ihre Haare grauer als die von Laura Rosso, obwohl sie die Jüngere der beiden Schwestern war. Als Giovanna nach dem Ende ihrer Quarantäne Marcolin und Stella nach Hause brachte, rannte Stella sofort von ihr weg, und sie übergab den Jungen, machte kehrt und ging wortlos davon. Am nächsten Tag besuchte Laura sie, um ihr etwas zu essen zu bringen, kam aber früher zurück als erwartet und erklärte, Giovanna habe nur gesagt, sie sei müde und wolle schlafen. Es ging nicht nur ihr so; für manche Menschen war es fast schwerer, die Quarantäne zu verlassen, als sie zu erdulden. Solange man eingesperrt war, gab es kaum etwas anderes zu tun, als auszuharren und am Leben zu bleiben. Sobald man wieder hinausdurfte, war man zwar frei, musste aber auch Entscheidungen treffen.

Beide Kinder kamen verändert zurück. Sie hatten den Tod von Orsolas Großmutter miterlebt, und die darauffolgende Quarantäne zusammen mit ihrer Tante hatte sie geprägt, wenn auch auf unterschiedliche Weise. Marcolin hatte sich so daran gewöhnt, drinnen zu sein, dass ihm offene Räume Angst einjagten, und so blieb er lieber in der Küche, im Lagerraum oder in der Werkstatt. Er schrie, wenn Orsola ihn zum Markt, ins Boot oder zu einem Campo mitnahm, damit er mit anderen Kindern spielen konnte. Er fürchtete sich vor öffentlichen Plätzen, vor Menschenmengen und vor jedem, der ihm zu nahe kam, und seine dunklen Augen waren ebenso ängstlich, wie die von Nicoletta gewesen waren.

Stella war das genaue Gegenteil: Das Eingesperrtsein hatte ihren Drang nur noch verstärkt, draußen zu sein, am liebsten ohne dass jemand wusste, wo sie war. Die Familie musste die Tür zur Straße verschlossen halten, damit sie nicht hinausschlüpfte und davonlief. Es gelang ihr trotzdem, indem sie wartete, bis jemand kam oder ging, und durch den Türspalt schoss. Einmal fand Giacomo sie hinten am Anleger, wo sie im Boot hockte und mit ihren kleinen Fingern die Knoten im Tau zu lösen versuchte, damit sie sich davontreiben lassen konnte. Schließlich gaben die Rossos auf und ließen Stella frei auf der Insel herumlaufen, obwohl sie noch so jung war; es war einfacher so. Orsola vermutete, dass ihre Schwester immer die Laufbotin der Familie sein würde. Diejenige, die sich auf den Weg machte, nach Venedig oder – schlimmer – zur *terraferma*.

Orsola verbrachte ihre Tage damit, Lebensmittel aufzutreiben, Wäsche zu waschen, sich um Marcolin und Stella zu kümmern, den Garten der Rossos neu zu bestellen und das wenige anzubauen, was der Herbst noch zuließ, ihrer Mutter wieder auf die Beine zu helfen, und wenn all das erledigt war, wenn alles sauber und weggeräumt war und die Kinder und Laura Rosso schliefen und die Vianello-Cousinen ihre Brüder ins Bett gelotst hatten, um sich mit ihnen zu vergnügen – dann konnte sie sich mit Antonio davonstehlen. Manchmal gingen sie zur Riva di San Matteo, wo sie für sich waren und Orsola wenigstens für eine Weile die Last der häuslichen Verpflichtungen abschütteln konnte. Manchmal fuhr Antonio auch mit ihr im *sandolo* hinaus auf die Lagune und ruderte vor Sant'Erasmo und Burano und Torcello herum, wobei er Lazzaretto Nuovo gewissenhaft mied. Nachts waren nur wenige Fischer draußen, und die wussten, was sie taten, und ließen sie in Ruhe.

Nach zwei Monaten des Eingesperrtseins – und der langen Zeit davor, als sie respektvollen Abstand voneinander gewahrt hatten – kannte ihr gegenseitiges Verlangen keine Grenzen. Orsola hätte es nicht für möglich gehalten, dass die Berührung eines anderen sie so erregen könnte. Ihre streichelnden Hände erforschten seine breiten Schultern, die sanften Hügel und Täler an seinen Armen, seine muskulösen Waden und den knackigen Hintern, den sie endlich anfassen durfte, spürte sein festes, köstliches Gewicht. Antonio strich mit seinen Händen über ihre Haut, berührte jede Wölbung, jede Höhlung. Orsola hatte ihrem Körper nie viel Beachtung geschenkt, doch nun, da es jemand anders tat, lernte sie ihn neu kennen: ihre vollen Brüste, ihren glatten Rücken und die weiche Innenseite ihrer Schenkel, über die er mit Fingern und Zunge wanderte.

Als Antonio das erste Mal in sie eindrang, war sie so überrascht von der Mischung aus Schmerz und intensiver Lust – so wunderbar nach diesen schweren Monaten –, dass sie zugleich lachte und weinte. Nachdem die Woge verebbt war, wollte sie es wieder und wieder, sooft sie sich davonstehlen konnten. Manchmal liebten sie sich im Boot und ließen sich vom Wasser schaukeln. Dann wieder, wenn sie für die lustvolle Kraft ihrer Körper einen festen Grund brauchten, fuhren sie zu einer der kleinen unbewohnten Inseln in der Lagune.

Orsola liebte alles, was sie miteinander taten – jede Berührung, jeden Stoß, jedes Necken und Lachen. Doch am meisten liebte sie es, hinterher mit Antonio im Boot zu liegen und in den Nachthimmel mit seinen immer neuen Mustern aus Mond, Sternen und Wolken zu schauen. Dann fühlte sie sich am glücklichsten, losgelöst von Zeit, Familie und Werkstatt, von den Kindern und ihren schmutzigen Windeln und von ihrer Lampe, dem Glas und den Werkzeugen, die allmählich verstaubten.

Während sie sich treiben ließen, sprachen sie über alles Mögliche: über Laura Rosso, die noch immer so geschwächt war, über Zia Giovannas Rückzug von der Familie, Stellas Freiheitsdrang, die Werkstatt und wie sie sich verändert hatte, Monica und Isabella, die den Haushalt übernommen hatten und die beiden Rosso-Brüder gleich mit. Orsola misstraute vor allem Isabella, denn sie konnte sich nicht vorstellen, dass sie und Giacomo auf dieselbe Weise zusammenpassten wie sie und Antonio. Im Gegensatz zu Marco war Giacomo immer schüchtern gewesen im Umgang mit Mädchen. Orsola hätte sich eine sanftmütige Frau für ihn gewünscht, doch Isabella war alles andere als sanftmütig, sondern streng und herrschsüchtig. Orsola konnte es kaum mit ansehen.

Antonio verteidigte die Cousinen. »Fischerfamilien verdienen nicht so viel wie Glasmacherfamilien«, erklärte er ihr, als sie eines Nachts erschöpft von ihren Anstrengungen im Boot lagen. »Sie haben natürlich immer reichlich Fisch zu essen, aber sie könnten sich niemals ein großes Haus leisten oder Dienstboten oder feines Leinen. Monica und Isabella haben eine Gelegenheit für ein besseres Leben gesehen. Wer wollte es ihnen verübeln?«

Orsola lag mit dem Kopf an seiner Schulter und betrachtete sein Profil, das schwach von der Laterne beleuchtet wurde, die sie mitgenommen hatten. »War das für dich genauso, als du uns Rossos getroffen hast? Hast du die Gelegenheit gesehen und sie ergriffen?«

»Natürlich. Mit einem zusätzlichen Bonus.« Er drückte ihren Schenkel.

»Das bin ich also für dich – ein Bonus?«

»*Sì, bella*. Ich bin ein Fischer, der Glück gehabt hat.«

Sie biss ihn in die Schulter.

»*Ahia!* Vielleicht habe ich doch nicht so viel Glück gehabt.« Antonio rieb sich die schmerzende Stelle. »Mach dir keine Sorgen wegen der Mädchen. Deine Brüder sind in guten Händen. Monica und Isabella haben nie Geld gehabt, deshalb wissen sie auch nicht, wie man es ausgibt. Dafür wissen sie, wie man mit wenig Geld auskommt. Und sie sind fix. Nichts gegen Maddalena und Nicoletta« – er hielt inne, während sie sich bekreuzigte –, »aber wird der Haushalt jetzt nicht viel besser geführt?«

»Kann schon sein.« Orsola wusste, dass es so war, wollte es aber nicht ohne Weiteres zugeben, weil es sie ärgerte, dass Antonio sich auf die Seite der Fischerfamilien schlug. Er arbeitete jetzt mit Glas, nicht mehr mit Fisch, deshalb sollte seine Loyalität den Rossos gelten. Aber er war von Anfang an gut mit Monica und Isabella ausgekommen, als sprächen die drei eine Sprache, die den anderen fremd war.

Worüber sie nicht sprachen, war das Heiraten, obwohl das, was sie im Boot und auf den Inseln taten, das Vorspiel dazu war.

Eines Tages bat Monica, während sie die Kinder stillte, um ein Glas Wasser. Als Orsola es ihr brachte, stellte Monica es hin, ohne zu trinken, und bedeutete ihr, sich zu setzen. Orsola war überrascht, denn bisher hatten sie und ihre Schwägerin noch nie zusammengesessen, um zu plaudern. Doch aus Höflichkeit ließ sie sich auf der Bettkante nieder. Es erstaunte sie noch immer zu sehen, wie Monica zwei Kinder gleichzeitig stillte; sie hielt sie wie zwei Päckchen unter dem Arm.

»Weißt du, wie du mit Antonio vorsichtig sein kannst?«, fragte Monica.

Orsola hob die Augenbrauen. »Was meinst du?«

»Na, ihr treibt es doch jede Nacht. Das macht man, wenn man ein Kind haben will. Willst du das?«

Orsola öffnete den Mund, um zu widersprechen, doch Monicas unverwandter, klarer Blick verlangte nach Ehrlichkeit. »Nein, ich will noch kein Kind«, sagte sie leise.

»Weißt du, wie du dann dafür sorgst, dass er rechtzeitig aus dir rausgeht, damit sein Samen nicht in dich reinkommt?«

Orsola schüttelte den Kopf und versuchte, nicht schockiert auszusehen, als Monica ihr genau erklärte, was sie tun musste.

»Machst du das mit Marco auch so?«, fragte sie schließlich, obwohl sie es abstoßend fand, sich ihren Bruder bei so etwas vorzustellen.

»Natürlich nicht. Ich will ja ein Kind von ihm, obwohl das wahrscheinlich nichts wird, solange ich die beiden stille. Wusstest du das alles nicht? Du weißt nicht viel, oder?«

Orsola verspürte den Drang, sich gegen dieses Fischweib zu verteidigen. »Ich verstehe etwas von Glas. Und von Perlen.«

»Perlen?«

»Ja. Ich mache welche.«

»Für Geld?«

Orsola nickte und erzählte ihr von Klingenberg. »Aber sag Marco nichts davon«, fügte sie hinzu, denn sie spürte instinktiv, dass ihre Schwägerin nicht zu der Sorte Frau gehörte, die ihrem Mann alles erzählte. »Er weiß nichts von dem Geld. Ich muss beim Perlenmachen so gut werden, dass er mir nicht vorwerfen kann, ich würde damit Zeit und Glas verschwenden.«

»Klingt vernünftig. Bringst du es Rosella bei, wenn sie alt genug ist?« Monica deutete mit dem Kopf auf ihre Tochter, die in ihrem rechten Arm eingeschlafen war, während Raffaele noch im linken Arm lag und trank.

Das überraschte Orsola, denn sie hatte noch nie weiter über Monicas Kind nachgedacht. Bisher war es nur ein weiteres Wesen, das zu dem ständig wachsenden Wäscheberg beitrug.

»Sie muss alleine zurechtkommen können, für den Fall, dass sie nicht akzeptiert wird.«

»Nicht akzeptiert? Von wem?«

»Von den Rossos.«

»Natürlich wird sie von uns akzeptiert!«

Monicas Mund verzog sich zu einem skeptischen Lächeln. »Wirklich? Wird sie eine Rosso sein? Einen Glasmacher heiraten? Den Pelzmantel einer Maestro-Frau tragen?«

»D'accordo«, sagte Orsola nach kurzem Zögern. »Ich werde Rosella das Perlenmachen beibringen, sobald sie alt genug ist. Aber nur, wenn sie sich geschickt genug anstellt.«

Monica nickte zufrieden.

Die Rausziehmethode, die Monica ihr beschrieben hatte, wäre vielleicht nützlich gewesen, wenn auch glitschig und etwas unbefriedigend, aber es war bereits zu spät. Orsolas *mar rosso* kam nicht mehr, ihr wurde immer wieder unvermittelt übel, und ihre Brüste wurden sehr empfindlich. Sie ging damit zu ihrer Schwägerin, nicht zu Laura Rosso. Was Orsola brauchte, war Monicas direkter, praktischer und vorurteilsfreier Rat, nicht die Missbilligung ihrer Mutter.

Orsola gestand es ihr, als Monica wieder einmal die Kinder

stillte und niemand anders in der Nähe war. »Du hast neulich gesagt, dass du noch kein Kind willst«, sagte Monica und musterte sie aufmerksam, die Hände um Raffaeles und Rosellas Köpfchen gelegt, während sie tranken. »Gilt das immer noch?«

»Ich habe doch keine andere Wahl, oder?«

»Natürlich hast du die. Es gibt Kräuter, die du nehmen kannst, und eine Frau, zu der du gehen kannst, drüben bei den Bleichwiesen.«

Orsola zögerte. Sie hatte Geschichten gehört von solchen Kräutern und solchen Frauen, doch sie waren ihr wie grausame Märchen vorgekommen. Es war eine Sünde, und wenn jemand davon erfuhr, würde sie für immer von der Messe ausgeschlossen, von der Gemeinschaft der Gläubigen, und etwas Schlimmeres war nicht denkbar. Außerdem könnte sie ja ruhig ein Kind von Antonio bekommen; sie waren doch füreinander bestimmt. Aber noch ein Kind würde noch mehr Arbeit bedeuten und würde sie noch weiter von ihren Perlen entfernen. »Ich denke darüber nach«, sagte sie.

Doch am Ende brauchte sie keine Entscheidung zu treffen, ihr Körper tat es für sie. Eines Morgens wachte sie mit Bauchkrämpfen und Blut zwischen den Beinen auf, und das war das erste von vielen Kindern, die sie verlieren würde. Monica steckte sie ins Bett und erzählte Laura Rosso, ihre Tochter habe Schmerzen von ihrem *mar rosso*. Niemand zweifelte das an, nicht mal Antonio, obwohl Orsola es ihm schließlich sagen musste, denn Monica verbat ihr für ein paar Wochen, mit ihm im Boot rauszufahren, damit ihr Körper sich erholen konnte.

Die letzte Lücke in der Familie zu füllen, die von Paolo, dem *servente* des Maestro, dauerte länger, denn die Werkstatt konnte erst wieder ihren normalen Betrieb aufnehmen, wenn Klingenberg neue Bestellungen aufgab. Es gelang Marco, eine Nachricht an den Kaufmann im Fondaco dei Tedeschi zu schicken, um zu fragen, was die Rossos produzieren sollten, und die knappe Antwort lautete: *Wartet*. Aber er und Giacomo und Antonio wollten nicht mehr warten. Da sie keine Aufträge abarbeiten mussten, hatten sie Zeit zu experimentieren und Dinge herzustellen, die Klingenberg vielleicht später verkaufen würde. Sie hatten einige der *garzoni* und *garzonetti* verloren, was bedeutete, dass sie nichts anfertigen konnten, was Gehilfen erforderte. Sie hätten wieder die Kerzenhalter mit den Delfinen am Fuß machen können, die Klingenberg so gefallen und die sich gut verkauft hatten. Doch Marco sagte, er wolle etwas Neues erschaffen.

»Er mochte die Kerzenhalter nie«, sagte Antonio zu Orsola, als sie eines Abends auf der Riva di San Matteo saßen, an die Mauer eines Lagerhauses gelehnt, die Beine miteinander verschränkt. Sie hatten es geschafft, sich davonzustehlen, als es noch hell war, und schauten nun zu, wie die untergehende Sonne die schneebedeckten Berge rosa färbte.

»Warum nicht? Sie sahen gut aus, sie haben sich gut verkauft, und Klingenberg war zufrieden damit.«

»Marco mag die Delfine nicht. Er sagt, Fische haben im Glas nichts zu suchen. Feuer und Wasser vertragen sich nicht.«

Orsola schnaubte. »Unsinn. Viele Glasmacher verwenden Fische in ihren Arbeiten. Ein Maestro hat für einen Palazzo am Canal Grande einen Kandelaber gemacht, dessen Behang fast nur aus Fischen bestand.«

»Die Delfine stammten von mir, und es passte ihm nicht, dass Klingenberg sie gelobt hat.« Er schwieg einen Moment. »Er mag mich nicht.«

»Das ist doch …« Orsola brach ab. Es stimmte. Auch sie spürte seit einer Weile, dass Marco es mitterweile bedauerte, dass er Antonio als Lehrling angenommen hatte, obwohl er sich als wahrer Glücksgriff herausgestellt hatte. Antonio war offen und heiter, Marco hingegen verschlossen, berechnend und voll unvorhersehbarer Schatten. Seit jener ersten impulsiven Umarmung auf der Straße, als die Rossos aus der Quarantäne entlassen worden waren, achteten Antonio und Orsola darauf, ihre Zuneigung nie in Anwesenheit anderer zu zeigen, unter anderem weil sie wussten, dass Marco versuchen würde, sie auseinanderzubringen, wenn er es irgendwie konnte.

»Er arbeitet jetzt an Servierplatten«, sagte Antonio. »Giacomo und ich sollten Früchte als Dekoration machen, wobei Marco mich fast nur noch Feuern und Fegen lässt, als wäre ich ein *garzonetto*! Ich glaube nicht, dass ich das noch die vier Jahre bis zur *prova* aushalte.« Bei der *prova* würde er in allem geprüft, was er über Glas wusste, und wenn er bestand, würde er zum *servente* aufsteigen. Die meisten blieben ihr Leben lang *servente*, nur wenige wurden Maestro wie Marco. Alle nahmen an, dass Antonio schließlich neben Giacomo Paolos Platz als Marcos *servente* einnehmen würde.

»Ich habe etwas für dich gemacht.« Antonio kramte in seiner Tasche, holte eine kleine Glasfigur heraus und legte sie in ihre Hand. Es war ein blaugrüner Delfin, ungefähr halb so lang wie ihr kleiner Finger, mit langem, schlankem Körper und schmalen Flossen, wie die auf den Kerzenhaltern. Seine Schnauze und seine Schwanzflosse waren zu winzigen Ösen gedreht, sodass man ihn an eine Kette oder ein Band hängen konnte. »Ich habe die gleiche Farbe genommen wie du für deine Perlen, die Farbe der Lagune.«

»*Bellissimo!* Er sieht so echt aus. Hast du schon mal Delfine gesehen?«

»Früher, als ich noch mit zum Fischen rausgefahren bin, kamen sie drüben bei Giudecca manchmal in die Lagune. Du kannst ihn dir umhängen, wenn du magst.«

»*Grazie.*« Orsola gab ihm einen Kuss. »Tragen werde ich ihn noch nicht. Ich will nicht, dass Marco ihn sieht. Aber ich behalte ihn in meiner Tasche.« Und das tat sie, zusammen mit Maria Baroviers *rosetta*.

Ein paar Tage später kam Stella in die Küche gestürmt und rief: »*Moro! Moro!*« Monica und Isabella sahen sie verwirrt an, aber Orsola lief sofort durch den Hof und nach hinten zum Anleger. Sie und Antonio hatten so lange nichts von Domenego gehört. Sie hatten befürchtet, er sei tot. Nun stand er da und sprach mit Marco. Sie lächelte und ließ sich nicht anmerken, wie sie erschrak, als sie sein ausgemergeltes Gesicht sah, die mageren Arme und Beine und den gequälten Blick, den sie von ihrer Mutter kannte. Er war offensichtlich sehr krank gewesen, hatte aber überlebt. Antonio stand neben ihm, wie um ihn zu stützen, falls es nötig sein sollte.

Klingenberg war endlich bereit sich anzusehen, was die Werkstatt produzierte. Domenego brachte Marco die Nachricht, dass er in ein, zwei Tagen kommen und ein paar Stücke zur Ansicht mitbringen solle. Orsolas Bruder war ganz aufgeregt. »*Ecco*, also war die Arbeit an den neuen Sachen nicht vergebens!«, sagte er, als hätte jemand das Gegenteil behauptet. Doch sie freute sich für ihn und die Werkstatt. Die Rossos waren so abhängig von dem Kaufmann, dass sie leicht ihre Existenz verlieren konnten, falls er starb oder beschloss, die Familie nicht länger zu vertreten.

Domenego blickte zu ihr, als er sich zum Gehen wandte, und Antonio, der seinem Freund folgte, machte eine unauffällige Kopfbewegung. Orsola nickte, dann schlüpfte sie hinaus und lief am Rio dei Vetrai hinunter zur Riva, wo die *traghetti* nun wieder fuhren und wo sie damals zum ersten Mal mit Klingenberg über ihre Perlen gesprochen hatte.

Die beiden brauchten nicht lange; Antonio hatte ein zweites Ruder ergriffen und half Domenego. Er ruderte nicht so elegant, aber mit mehr Kraft als dieser. Als sie am Ufer ankamen, streckte er die Hand aus, um ihr an Bord zu helfen. »Komm mit, nur zum Vergnügen.«

Sie entfernten sich ein Stück von der direkten Route zwischen Murano und Venedig, die jetzt wieder vielbefahren war, dann setzten sich die beiden Männer hin und ließen die Gondel am Ufer entlang bis zum Canal Serenella treiben, der den westlichen Teil der Insel durchschnitt. Wenn sie gewollt hätten, hätten sie einmal ganz um Murano rudern können. Doch Domenego war froh, ein wenig sitzen zu können. Er sah erschöpft aus. Es musste für ihn sehr anstrengend gewesen sein, von Venedig herüberzurudern.

»Sie sind krank gewesen«, sagte Orsola.

Domenego zuckte die Achseln.

»Waren Sie auf Lazzaretto Vecchio?«

Er schüttelte den Kopf. »*Mori* lassen sie dort nicht hin. Umso besser. Das ist vermutlich der Grund, warum ich überlebt habe.«

»Wo waren Sie denn die ganze Zeit? Hat man Sie im Fondaco dei Tedeschi wohnen lassen?«

Wieder schüttelte er den Kopf. »Als ich krank war, haben die Dienstboten mich rausgeworfen. Ich habe mich drüben beim Arsenale in einem verlassenen Haus versteckt. Die Familie, der es gehörte, war gestorben.«

»Ohne jemanden, der sich um Sie kümmerte?« Orsola war entsetzt, denn sie erinnerte sich gut, wie sehr Nicoletta von ihr und ihrer Mutter abhängig gewesen war, und sie fragte sich, wie jemand so grausam gewesen sein konnte, ihn vor die Tür zu setzen. Andererseits wollte natürlich niemand die Pest im Haus haben. Sie würde es zwar niemals zugeben, aber insgeheim war sie erleichtert gewesen, als sie Nicoletta abgeholt hatten.

»Ich habe es überstanden«, erwiderte Domenego. »Und ich will nicht weiter darüber nachdenken.«

»*Attenzione, bella,* sonst ertrinkst du noch.« Antonio bespritzte sie mit Wasser, offensichtlich um das Thema zu wechseln. Orsola spritzte zurück, dann rangen sie miteinander, während Domenego sich bemühte, die Gondel ruhig zu halten.

»Wie ich sehe, habt ihr endlich Fortschritte gemacht«, sagte er schmunzelnd. »Hat ja auch lange genug gedauert.«

Orsola versuchte, sich von Antonio zu lösen. Es war ihr peinlich, dass Domenego sie durchschaute, zumal er sicher keine Frau hatte, mit der er ringen konnte. Er wirkte so unendlich allein. Sie schaffte es, ihre Hände zu befreien, und legte sie keusch in ihren Schoß.

»Klingenberg möchte eine neue Perlenbestellung aufgeben«, sagte der Gondoliere und richtete damit die zweite Nachricht aus, deretwegen er nach Murano gekommen war. »Die gleichen wie beim letzten Mal, aber falls Sie neue Modelle haben, möchte er die auch sehen.«

Sie dachte zurück an die Zeit der Quarantäne, als sie Perlen gemacht hatte. Abgesehen von den gelben Pestperlen, die sie nie wieder anfertigen wollte, war sie bei den Formen und Farben geblieben, die sie kannte. Die Pest hatte sie aus der Bahn geworfen, und alle anderen auch. Die täglichen Ereignisse, die ihr Leben ausgemacht hatten – der Einkauf auf dem Markt, die abendliche *passeggiata*, die Messe, Familienbesuche –, waren zum Erliegen gekommen, sodass Orsola sich gar nicht mehr erinnern konnte, wann sie diese Dinge zuletzt getan hatte. Manchmal wusste sie nicht einmal mehr, wie alt sie war. Irgendwann schien die Zeit stehen geblieben zu sein. Aber im Nachhinein kam ihr das alles wie eine kurze Episode vor. Jetzt hielt sie sich an konkrete Momente: Antonios Berührung. Ein Lachen mit Monica. Eine seltene Umarmung von Stella. Raffaeles Strahlen, wenn er sie sah. Vielleicht brauchte sie jetzt auch das konkrete Gefühl von Glas zwischen ihren Fingern, um wieder Halt zu finden.

Klingenbergs Bitte brachte Marco völlig durcheinander. Obwohl er so lange darauf gewartet hatte, von dem Kaufmann zu hören, war er nun plötzlich unsicher, was er ihm zeigen sollte.

Die alten Kelche, Krüge und Kerzenhalter, die Klingenberg zuvor schon verkauft hatte und vermutlich auch weiter verkaufen würde? Oder ganz neue Waren – Servierplatten, Karaffen, Wandleuchter –, die zeigten, dass es der Werkstatt nicht an Ideen mangelte? Oder ein bisschen von beidem? Zwei Tage lang lief er durch die Werkstatt, unfähig, sich zu konzentrieren, und fing immer wieder neue Sachen an, obwohl er jede Menge fertige Teile im Lager hatte. Während dieser Zeit hörten die Rosso-Frauen häufig das Geräusch von klirrendem Glas.

Nach einem weiteren Klirren, gefolgt von Flüchen, blickte Laura Rosso, die im Innenhof saß und Kleider flickte, von ihrer Arbeit auf und rief: »Monica!«

Monica kam aus der Küche und wischte sich die Hände an ihrer Schürze ab. Es geschah nur selten, dass ihre Schwiegermutter sie rief, und so stand sie respektvoll vor ihr und wartete auf Anweisungen.

Laura wies mit dem Kopf zur Werkstatt. »*Per favore*, bring deinen Mann zur Vernunft. Wir werden alle noch wahnsinnig.«

Sie sahen sich einen Moment an, dann nickte Monica. Sie nahm die Schürze ab, gab sie Orsola, strich ihr blaues Kleid glatt und ging in die Werkstatt, die sie nur selten betrat; genau wie sein Vater wollte Marco dort keine Frauen haben. Kurz darauf führte sie ihren Mann an der Hand zum Haus und nach oben in ihr Zimmer. Dort blieben sie für den Rest des Tages. Nur am Abend kam Monica kurz heraus, um die beiden Kleinen zu stillen. Raffaele und Rosella aßen mittlerweile schon feste Nahrung, aber vor dem Schlafengehen bekamen sie immer noch Monicas Milch. Isabella brachte ihrer Cousine und ihrem Schwager ein Tablett mit Wein und etwas zu essen hinauf. »Wie frisch Verheiratete«, sagte sie lachend.

Ein Tag und eine Nacht im Bett halfen. Als Marco am nächsten Morgen herunterkam, war er viel ruhiger und wusste, was er Klingenberg zeigen würde. »Nur das Neue«, verkündete er.

»Er hat ein gutes Gedächtnis und weiß, was wir bisher gemacht haben.« Er gab den *garzonetti* den Tag frei, dann packten er und Giacomo die Stücke, die er ausgewählt hatte, vorsichtig ein und heuerten Bruno an, sie zum Fondaco dei Tedeschi zu bringen.

Es kam nur selten vor, dass niemand in der Werkstatt war, und so nutzten Orsola und Antonio die Gelegenheit. Im Gegensatz zu seinem Maestro störte es Antonio nicht, wenn eine Frau sich an der Arbeit mit dem Glas versuchte. Mit dem Ende der Pfeife nahm er einen Klumpen geschmolzenes Glas auf, dann wies er sie an, sich hinzuknien und hindurchzublasen, während er den Stab drehte, sodass sich am Ende eine Glasblase bildete. Dann setzte sie sich an die Werkbank und rollte den Rohling nach seiner Anweisung über die Arbeitsplatte und formte ihn mittels Druck und Zange. Es war ganz anders, als Perlen zu machen – alles war viel größer, und man brauchte andere Muskeln, andere Bewegungen, die Abläufe waren andere. Die Hitze des Schmelzofens verbrannte ihr Gesicht, aber ihr Rücken blieb kalt, sodass sie gleichzeitig schwitzte und fror.

Zu Antonios Erheiterung zerbrach sie mehrere Stücke, aber am Ende gelang es ihr, einen einfachen grünen *goto* zu formen, ein Trinkglas, unten gewölbt, oben schlanker und nur ein wenig schief. Sie stellten es in den Kühlofen, versteckt hinter anderen Stücken, damit Marco es nicht sah, denn es war viel zu plump, als dass es von einem der Männer hätte stammen können.

»Wenn du willst, zeige ich dir, wie man Perlen macht«, erbot sich Orsola, während sie das Glas auffegten, das sie zerbrochen hatte, um diesen einen schiefen *goto* hinzubekommen.

»Sehr gerne.« Antonio sagte es nicht nur aus Höflichkeit, er schien sich für jeden Herstellungsprozess und jede Technik zu interessieren, beherrschte viele davon und war ebenso vertraut mit den großen, kraftvollen Bewegungen wie mit den kleinsten Feinarbeiten. Er entwickelte sich zu einem sehr guten Glasmacher.

Als sie fertig waren und die Spuren ihres Scheitern entfernt hatten, setzten sie sich zusammen an den Anleger hinter der Werkstatt, Schenkel an Schenkel, und ließen die Beine über dem Wasser baumeln. »Was, glaubst du, wird Klingenberg von all den Sachen wählen, die Marco ihm zeigt?«, fragte Orsola.

»Die Platten«, antwortete Antonio. »Ihm werden die Früchte am Rand gefallen. Aber hast du gemerkt, dass Marco nur die Platten mit nach Venedig genommen hat, bei denen die Früchte von Giacomo stammen? Er hat nichts von meinen Sachen mitgenommen. Keinen von den Wandleuchtern.« Antonio hatte Wandleuchter angefertigt, deren Halter aus Fischen bestanden. Sie waren wunderschön und verspielt, und Orsola war sicher, dass Klingenberg sie leicht würde verkaufen können.

»Das muss ein Versehen gewesen sein«, erwiderte sie, obwohl sie selbst leise Zweifel verspürte. »Das hat nichts zu bedeuten.«

Antonio lächelte matt. »Du kennst doch deinen Bruder, Orsola. Er tut nichts aus Versehen. Seit Monaten gibt er mir nur Arbeit, die jeder *garzonetto* erledigen kann. Ich habe das Gefühl, ich gehöre nicht mehr dazu. Und ich glaube …« Er verstummte.

»Was glaubst du?«

»Dass er mich loswerden will.«

»Aber du sollst doch Paolos Platz einnehmen!«

»Bist du sicher?«

»Da bon!«

Er sagte nichts weiter dazu, aber das Gespräch löste eine leise Unruhe in Orsola aus, die sie bei allem begleitete, ob sie Wäsche aufhängte oder Unkraut hackte oder die Hühner fütterte oder hinter Stella herlief oder sich nachts im Boot unter Antonio bewegte. Wenn er fortging, wohin würde er dann gehen? Und was würde dann aus ihr?

Marco und Giacomo kamen triumphierend von Klingenberg zurück. Der Kaufmann war sehr zufrieden mit den neuen Stücken und hatte Obstplatten und Karaffen bestellt. »Er sagt, meine Arbeit ist besser denn je!«, jubelte Marco beim Wein, den sie zur Feier des Tages im Hof tranken. »Wir werden gut zu tun haben. Ich habe so viele Ideen, dass ich nachts kaum ein Auge zukriege. Wobei das nicht nur am Glas liegt.« Er lächelte Monica zu, die ihm nachschenkte.

»Was ist mit Paolos Stelle?«, fragte Laura Rosso. Sie und Giacomo und Orsola bekreuzigten sich. »Wer wird der zweite *servente* neben Giacomo sein?«

»Darum kümmere ich mich bald.«

Orsola sah zu Antonio hinüber, der in der Werkstatttür lehnte. Als er sich umdrehte und im Innern verschwand, versetzte ihr der Anblick des leeren Türrahmens einen Stich.

Eines Nachmittags, als sie die trockenen Laken von der Bleichwiese geholt hatte, kam sie ein wenig später nach Hause, weil sie unterwegs Zia Giovanna getroffen hatte, die ungewöhnlich gesprächig gewesen war. Ihre Familie saß bereits im Innenhof beim Abendessen. »Ratet mal, was Zia Giovanna mir erzählt hat«, rief sie und eilte zu ihrem Platz. »Sie will ins Kloster von Santa Maria degli Angeli eintreten!« Plötzlich stutzte sie, denn es saß ein Gast am Tisch: Stefano aus der Werkstatt der Baroviers. Stefano mit den stechenden schwarzen Augen, der sie gesehen hatte, als sie sich als Kind zum Ofen der Baroviers geschlichen hatte, um sich aufzuwärmen, und der ihr während der Quarantäne Glasstäbe gebracht hatte. Er saß zwischen Antonio und Giacomo und starrte sie an. Giacomo sah unglücklich aus und Antonio so, als wollte er jemanden schlagen.

»Orsola, du kennst Stefano ja«, sagte Marco, ohne auf die Neuigkeit von ihrer Tante einzugehen. »Er wird bei mir als *servente* arbeiten.«

»Was, an Paolos Stelle? Aber …« Ein angedeutetes Kopfschütteln von Antonio ließ sie verstummen. Er hatte recht: Dies war nicht der richtige Moment.

Ihre mangelnde Begeisterung veranlasste Marco zu einer Rechtfertigung. »Stefano weiß, wie man Spiegel macht! Er hatte schon die Idee, die Obstplatten mit einer Spiegelschicht zu überziehen, sodass die Früchte darauf doppelt zu sehen sind. Und er kann auch ein bisschen schleifen. Seine Fähigkeiten ergänzen unsere und ermöglichen es uns, das Angebot der Werkstatt zu erweitern.«

Orsola zügelte ihren Zorn. Stefano hatte in der Tat mehr Erfahrung als Antonio und kam aus einer überaus angesehenen Werkstatt. Es war erstaunlich, dass die Baroviers ihn hatten gehen lassen und dass er den Wunsch verspürte, zu den Rossos zu wechseln. Doch dann bemerkte sie, wie er sie immer noch über den Tisch hinweg anstarrte, und mit einem Mal begriff sie und lief vor Verlegenheit rot an. Marco schien nichts zu merken, und Antonio ebenso wenig, denn er war zwar wütend, hatte aber keinen Grund, eine Verbindung zwischen ihr und diesem neuen Gesellen zu vermuten. Sie würde nichts sagen. Es war besser so; vielleicht würde es dann nicht so weit kommen.

Sie stand auf und begann die Teller abzuräumen, obwohl sie kaum mit dem Essen fertig waren. Laura Rosso runzelte die Stirn, wies sie aber nicht zurecht, und hinter ihrer Missbilligung lag Mitgefühl. Offensichtlich spürte auch sie, was den Männern entging.

An dem Abend fuhr Antonio mit ihr im *sandolo* hinaus, hielt aber nicht in einem ruhigen Abschnitt der Lagune oder bei einer der kleinen Inseln, damit sie beieinanderliegen konnten. Er war zu aufgebracht und ruderte wie von Sinnen, um seinem Zorn Luft zu machen. Er könnte bis zur *terraferma* und zurück rudern, dachte sie, und er wäre immer noch wütend.

»Warum hat er Stefano mir vorgezogen?«, fragte er immer wieder, und jedes Mal versuchte sie, ihm auf eine Weise zu antworten, die seinen Zorn nicht noch mehr anfachte. Weil du aus Venedig stammst. Weil du ein Fischer bist. Weil du besser aussiehst als er. Weil Stefano das Wissen der Baroviers mitbringt. Die Wahrheit jedoch sprach sie nicht aus: dass Stefano erfahrener und ein geschickterer Glasmacher war als Antonio. Eines Tages würde Antonio vielleicht genauso gut sein, aber Stefano hatte ihm viele Jahre voraus; er hatte mit zehn Jahren als *garzonetto* angefangen und bereits die *prova* zum *servente* bestanden, auf die Antonio noch hinarbeitete. Aus rein geschäftlicher Sicht hatte Marco durchaus recht, Stefano vorzuziehen. Es war zwar keine loyale Entscheidung, aber eine, die jeder ehrgeizige Maestro getroffen hätte.

Endlich hörte Antonio auf zu rudern und setzte sich neben sie. Sie waren schon fast bei Mazzorbo, der Insel neben Burano. Sie war klein und bestand fast nur aus Weinfeldern, mit ein paar versprengten Häusern dazwischen. Auf der Riva spielte ein Junge mit einem kleinen schwarzen Hund. Er hielt kurz inne und sah zu ihnen herüber, aber der Hund war interessanter als ein Liebespaar, und nach einem kurzen Winken warf er wieder Stöckchen für ihn.

»Ganz ehrlich, *mia amata*«, sagte Antonio und legte den Arm um sie. »Wenn du nicht wärst, würde ich …«

»Was würdest du?«

Er schüttelte den Kopf. »Wie sieht denn meine Zukunft bei den Rossos aus? Fegen und *goti* machen?«

»Natürlich nicht. Marco lässt dich mehr tun als das.«

»Aber ich muss immer tun, was er sagt. Und ich hasse es, für ihn zu arbeiten.«

Plötzlich ertönte ein Platschen und dann ein Schrei. Sie fuhren herum und sahen, wie der Junge panisch auf eine kleine schwarze Gestalt im Wasser zeigte. Offenbar hatte er den Stock in die Lagune geworfen, und der Hund war hinterhergesprungen.

»*Maledizione!*« Antonio sprang auf und griff nach dem Ruder.

»Können Hunde nicht schwimmen?«

»Nicht alle.« Er ruderte, so schnell er konnte. »Mach dich bereit, damit du ihn rausziehen kannst.«

Orsola mochte Hunde nicht besonders – sie fürchtete sich vor ihrem Bellen und ihren Zähnen –, aber sie wollte auch nicht zusehen, wie einer ertrank. Also kniete sie sich in das *sandolo*, und als sie das kleine Etwas im Wasser erreichten, packte sie es im Nacken und zog es ins Boot. Offenbar war es zu spät, denn der Hund lag triefend da und rührte sich nicht.

»*Maledizione*«, brummte Antonio erneut, und Orsola begann zu weinen, denn dies war ein schreckliches Ende für einen schrecklichen Tag.

Doch dann begann der nasse kleine Körper plötzlich zu husten, und nachdem er eine ganze Fontäne Wasser ausgespuckt hatte, bellte er laut. Die ganze Zeit über hatte der Junge nach ihm gerufen, und als der Hund ihn hörte, richtete er sich auf und wollte sofort wieder ins Wasser springen, um zu seinem Herrchen zu gelangen. Orsola konnte ihn gerade noch festhalten, während Antonio zum Ufer ruderte. Dort angekommen, hoben sie den Hund auf die Befestigung, und er lief davon, blieb allerdings noch einmal stehen, drehte sich um und bellte sie an, als wären sie Feinde. Der Junge folgte dem Hund, ohne sich zu bedanken, obwohl sein Gefährte ohne sie ertrunken wäre.

»So sind die Leute von Mazzorbo«, sagte Orsola. »Wahrscheinlich ertrinkt der Hund jeden Tag um ein Haar.«

Antonio musste lachen. »Nie um einen bissigen Kommentar verlegen. So gefällst du mir, *bella*.«

Er ruderte sie etwas besser gelaunt zurück, und sie sprachen nicht mehr über Marco und Stefano. Doch hinterher fiel ihr auf, dass sie zum ersten Mal hinausgefahren waren, ohne beieinanderzuliegen. Nachts im Bett dachte sie an den kleinen Hund, ertrunken und dann doch nicht ertrunken, tot und dann doch nicht tot, alles in einem kurzen Moment.

Es tat gut, endlich wieder Perlen zu machen. Als Orsola auf dem Tisch in der Küchenecke ihre Lampe aufbaute, sagten die Vianello-Cousinen nichts dazu, beschwerten sich auch nicht über den Geruch, sondern sorgten dafür, dass sie während der Arbeit nicht gestört wurde. Manchmal, wenn sie eins der Kinder tröstete, blickte Monica ihr sogar über die Schulter. Auch die kleine Stella schlüpfte bisweilen herein, um zuzusehen. Doch wenn ihre Schwester sie fragte, ob sie später auch mal Perlen machen wollte, schüttelte sie jedes Mal so energisch den Kopf, dass ihr die Locken gegen die Wangen schlugen.

Es fiel Orsola nicht schwer, wieder die Perlensorten anzufertigen, die Klingenberg bereits kannte: schlichte blaue, grüne oder rote *paternostri* mit klarer Glasur, weiße *ulivette spolette* mit der feinen blauen Spirale drum herum, farblose *canelle* mit grünen Blumen darauf. Schwieriger war es, sich neue Formen und Muster auszudenken. Ihr wollte nichts einfallen, weil sie zu sehr mit Antonio beschäftigt war, und mit Stefano, der im Hintergrund lauerte. Die Stimmung zwischen den beiden war angespannt; Stefano war es sichtlich unangenehm, dass er den Platz eingenommen hatte, den Antonio sich erhofft hatte, und der wiederum versuchte, seinen Konkurrenten mit Missachtung zu strafen. Immer öfter ließ Antonio Mahlzeiten ausfallen, damit er nicht mit Stefano an einem Tisch sitzen musste, und fuhr stattdessen mit dem Boot zum Fischen hinaus, obwohl der Nachmittag dafür nicht die beste Zeit war. Er und Orsola trafen sich nur noch selten nachts, weil sie Perlen machte und er nicht mehr in der Laune dazu war. Stefanos Gegenwart brachte seine dunklen Seiten zum Vorschein: Er verlor seine Liebenswürdigkeit, wurde schweigsam und mürrisch.

Eines Nachmittags erschien Giacomo im Lagerraum, wo Orsola gerade Servierplatten einpackte. Sie blickte auf. Ihr Bruder wirkte müde; mehr noch – er wirkte traurig. Seit der Pest war er nicht mehr derselbe. Selbst die Heirat hatte da nicht geholfen. Im Gegenteil, manchmal schien es, als wäre dadurch alles noch schlimmer geworden. Es gab wenig Zuneigung zwischen ihm und seiner Frau, und Giacomo weigerte sich, mit Isabella zu streiten, wenn sie ihm gegenüber schroff wurde. Nur Monica schaffte es, ihre Cousine mit einem Blick zum Schweigen zu bringen.

»Was ist?«, fragte Orsola so sanft wie möglich.

Giacomo holte tief Luft. »Könntest du Antonio etwas ausrichten?«

»Worum geht es?«

»Um die Werkstatt – unsere Arbeit hat sich verschlechtert.«

»Wie kommt's?«

»Das Zusammenspiel von Marco, Antonio und Stefano – es läuft nicht rund. Vorher ging es besser.«

»Du meinst, mit Paolo?«

In Giacomos Gesicht zuckte etwas. »Gegen Stefano ist nichts zu sagen. Er ist gut, und er passt sich an. Aber Antonio ist unzufrieden.«

»Und was soll ich ihm sagen?«, fragte Orsola, während sie einen langen Streifen Leinen immer wieder um eine weiße ovale Platte wickelte, die am Rand mit gläsernen Kirschen, Aprikosen und Feigen verziert war.

»Dass er versuchen soll, mit Stefano auszukommen.«

»Warum sollte er? Stefano hat ihm den Platz weggenommen.«

»Wenn wir es nicht schaffen, zusammenzuarbeiten, leidet das Glas. Und es kann sein, dass Marco Antonio entlässt, wenn er meint, dass es für die Werkstatt besser ist. Ich verstehe, warum Antonio wütend ist, aber wenn er so weitermacht, steht er womöglich bald ohne Arbeit da. Du solltest ihn warnen.«

»Warum sagst *du* ihm das nicht? Du arbeitest doch mit ihm zusammen.«

»Weil du mehr Einfluss auf Antonio hast als irgendwer sonst.« Giacomo war nicht blind; er wusste, was sich zwischen Orsola und dem Lehrling entwickelt hatte.

Sie seufzte. »Also gut, ich versuch's, sobald ich den richtigen Moment dafür finde.«

Doch dafür blieb keine Zeit mehr. An dem Abend war Orsola zu sehr damit beschäftigt, die Perlen für Klingenberg fertigzustellen, um mit Antonio zu sprechen. Am nächsten Morgen fuhr er nach Venedig, um seinen einzigen überlebenden Bruder zu besuchen, und er würde erst spät am nächsten Abend zurückkommen, denn es war August, und die Männer hatten den Schmelzofen für die Sommerpause ausgehen lassen.

Am frühen Abend rief Marco Orsola in den Innenhof, wo er mit ihrer Mutter saß, während Stefano befangen neben ihm stand. *Mio Dio, no*, dachte Orsola. Noch nicht jetzt. Sie hatte gehofft, noch einmal schwanger zu werden, um das zu verhindern, was sie kommen sah. Doch Antonios Zorn war stärker gewesen als seine Lust, und sie hatten nicht mehr so oft beieinandergelegen. Und an diesem Morgen war ihr *mar rosso* gekommen.

Marco schenkte Wein in vier Gläser. »Komm, Orsola, es gibt etwas zu feiern.« Er reichte ihr ein Glas.

»Was denn?« Sie sah zu ihrer Mutter, die ihrem Blick auswich und ein paar imaginäre Krümel vom Tisch wischte.

»Stefano hat mich um meine Einwilligung gebeten, dich zu heiraten, und ich habe Ja gesagt. *Me ralegro*, Sorella.« Er hob sein Glas und prostete Stefano zu. »Willkommen in der Familie Rosso!«

»Nein.«

Marco hob die Augenbrauen, und Laura Rosso sah warnend zu ihr hinüber. Stefano wirkte peinlich berührt.

»Ich heirate Antonio«, verkündete sie.

»Orsola, du heiratest keinen venezianischen Fischer.« Diese Worte kamen nicht von ihrem Bruder, sondern von ihrer Mutter. Gegen sie anzugehen, war viel schwerer.

Orsola versuchte es dennoch. »Er ist kein Fischer mehr«, wandte sie ein. »Er hat gelernt, mit Glas zu arbeiten, und er ist gut darin. Außerdem haben Marco und Giacomo beide Fischerfrauen geheiratet.«

»Das ist nicht dasselbe. Deine Heirat wird der Werkstatt zugutekommen, denn so bleibt Stefano bei uns.« Ihre Mutter schien sich bei diesen Worten nicht recht wohlzufühlen. Es wäre in jedem Fall besser gewesen, ein so geschäftsorientiertes Argument nicht in Stefanos Gegenwart anzubringen, zumal er die Heirat offensichtlich aus ganz anderen Gründen wollte.

»Was ist mit Antonio?«, fragte Orsola. »Braucht ihr seine Fähigkeiten nicht genauso? Wie könnt ihr ihm das antun, nach allem, was er für uns getan hat? Ohne ihn hätten wir die Quarantäne nicht überlebt!«

»*Wir* tun ihm gar nichts an. *Du* hast ihm Hoffnungen gemacht, obwohl du gar nicht wusstest, ob eine Heirat zwischen euch überhaupt möglich wäre. Schäm dich, dass du dein eigenes Wohl über das der Familie stellst!«

Orsola blickte zu Boden, kämpfte gegen die Wut an, die in ihr aufstieg.

»Orsola, ich werde alles tun, um dich glücklich zu machen.«

Sie blickte auf und sah in Stefanos dunkle Augen, die ihren Blick auffingen. Ihretwegen war er in die Werkstatt der Rossos gekommen, das war jetzt klar. Ihre Mutter hatte recht: Wenn sie Stefano heiratete, würde er hierbleiben. Ihre Heirat würde allen zugutekommen, außer ihr und Antonio.

Orsola war stolz darauf, wie beherrscht sie reagierte. Sie brüllte weder ihren Bruder noch ihre Mutter noch Stefano an. Sie stellte ihr Glas ab, wandte sich um und ging durch die Tür hinaus auf die Straße. Niemand rief sie oder ging ihr nach, um sie zurückzuholen. Sie würden warten, bis sie sich nach einem langen Marsch beruhigt hatte.

Wütend lief Orsola über die Insel. Sie wich den Leuten aus, um nicht reden zu müssen, weil sie nicht wusste, was sie ihnen entgegenschleudern würde. Später schlich sie sich wieder ins Haus und verschwand sofort in ihrem Zimmer. In der Nacht schlief sie schlecht, und am nächsten Morgen brach sie zeitig auf, um im Garten der Familie im Norden der Insel zu arbeiten. Sie blieb so lange, bis sie auch das letzte Unkraut aus der Erde gezupft hatte, um nicht zu Hause sein zu müssen. Dann besuchte sie Zia Giovanna im Kloster und brachte ihr ein wenig von dem Gemüse, das sie geerntet hatte. Ihre Tante freute sich, dass Orsola es nicht eilig zu haben schien und sich bereitwillig den langweiligen Klatsch über die anderen Nonnen und ihre Beschwerden über das Essen anhörte.

Als Zia Giovanna zum Gebet gerufen wurde, ging Orsola schließlich nach Hause. Es war früher Nachmittag, und sie rechnete nicht damit, dass Antonio schon wieder zurück war, aber sie warf trotzdem einen Blick in die Werkstatt. Stefano zeigte Marco und Giacomo gerade eine Schleiftechnik. Die drei bemerkten sie nicht, und sie ging wieder hinaus.

Laura Rosso saß im Hof, und die Kinder spielten zu ihren Füßen, bis auf Stella, die Kieselsteine in den Brunnen warf. Als sie ihre große Schwester erblickte, rannte sie zu ihr und schlang die Arme um ihre Beine. »Heiß«, murmelte Stella und drückte ihr gerötetes Gesicht an Orsolas Schenkel. »Marcolin ist doof. Du bist lieb.«

Orsola legte die Hand auf die Locken ihrer Schwester, und so blieben sie einen Moment lang stehen. Ihre Mutter wollte etwas sagen, doch Orsola schüttelte den Kopf. Sie war nicht bereit zuzuhören.

Nachdem sie sich aus Stellas Umarmung befreit hatte, ging

sie hinein, wo Monica und Isabella die Reste des Mittagessens abräumten. Sie deuteten auf einen Teller, den sie für sie aufgehoben hatten. »Später«, sagte Orsola. »Es ist zu heiß zum Essen.«

Sie blickte sich um. Ausnahmsweise gab es nichts für sie zu tun. Die Wäsche war gewaschen, die Kinder spielten, das Essen war gekocht und die Gartenarbeit erledigt. Sie könnte Perlen machen, obwohl ihr allein bei dem Gedanken, in dieser Hitze Talg zu verbrennen, übel wurde. Sie entschloss sich, ein wenig zu schlafen, obwohl in dem Zimmer, das sie mit Stella teilte, die Hitze stand.

Als Monica zu ihr hereinkam, starrte Orsola an die Decke. Obwohl die Fensterläden geschlossen waren, um die Sonne abzuwehren, fiel ein schmaler Lichtstreifen auf ihre Schwägerin, als die sich auf die Bettkante setzte. »Antonio war hier«, sagte sie.

Orsola richtete sich auf. »Wann?«

»Während du unterwegs warst. Er ist früher zurückgekommen.«

»Weiß er das mit Stefano?«

»Ich habe es ihm gesagt. Jemand musste es tun.«

»Wo ist er?«, fragte sie und wollte aufstehen.

Monica fasste sie am Arm. »*Un momento.* Er will fortgehen.«

»*Fortgehen?*«

»Der *moro* bringt ihn zur *terraferma.*«

»Zur *terraferma*?« Orsola erschauerte. »Das kann er nicht machen! Wer weiß, was ihm da zustößt!«

»Schhh.«

»Ich dachte, er würde nach Venedig zurückgehen.« Und ich dachte, ich würde die Frau eines Fischers werden, hätte sie beinahe hinzugefügt. War das nicht der Grund, weshalb er seinen Bruder besucht hatte – um ihn zu fragen, ob er wieder mit ihm fischen konnte?

»Er konnte seine Sachen nicht holen, während die Männer in

der Werkstatt waren, deshalb hat er mich gebeten, sie zusammen mit etwas zu essen einzupacken und sie ihm zu bringen, bevor er aufbricht.« Monica legte ein Bündel auf das Bett.

Orsola nahm es an sich. »Wo?«

»San Matteo, in einer Stunde.« Monica schwieg einen Moment. »Er rechnet mit mir, aber ich finde, du solltest ihn noch mal sehen.«

»Er wollte fortgehen, ohne sich von mir zu verabschieden?« Orsolas Stimme wurde lauter.

Monica warf ihr einen scharfen Blick zu. »Männer sind unzuverlässig. Es ist besser, sich nicht zu sehr an sie zu binden.«

Sie wollte nur helfen, aber bei ihren Worten verlor Orsola die Fassung und begann zu schluchzen. Monica war keine warmherzige Frau, doch sie nahm ihre Schwägerin in die Arme und hielt sie, bis Orsola auch die letzte Träne geweint hatte.

Als Monica wieder in die Küche hinunterging, setzte Orsola sich hin und dachte nach. Antonio musste entschieden haben fortzugehen, bereits bevor Stefano um ihre Hand angehalten hatte. Sonst hätte er nicht so schnell mit Domenego vereinbaren können, dass dieser ihn zum Festland bringen sollte. Er hatte also einen Plan gehabt. Orsola öffnete das Bündel. Neben Brot, Käse und Wurst befanden sich ein Hemd und ein Wams darin, ein paar Angelhaken, ein Seil, ein Messer und ein Stoß Papiere. Sie blätterte darin. Es waren Zeichnungen von einigen der Stücke, die er gemacht hatte, unter anderem auch von dem kleinen Delfin, den er ihr geschenkt hatte. Dann gab es noch einige beschriebene Seiten, die sie nicht lesen konnte, und sie ärgerte sich, dass sie es nie gelernt hatte. Aber sie hatte eine Vermutung, was es war. Schließlich fand sie, in das Hemd gewickelt, den schiefen grünen *goto,* den sie zusammen mit ihm in der Werkstatt gemacht hatte. Sie betrachtete ihn lange, dann wickelte sie ihn wieder in das Hemd und schlug mit der Faust darauf, bis sie es knirschen hörte.

Die Papiere steckte sie in ihre Tasche, dann schnürte sie das Bündel wieder zusammen. Sie ging nach unten, durch die Küche, wo sie kurz Monicas Schulter drückte, dann lief sie über den Hof zur Tür. Laura Rosso und Stella riefen beide hinter ihr her: »Orsola! Orsola!«, aber sie knallte die Tür hinter sich zu und rannte die Straße hinauf zum Ponte di Mezzo. Kurz darauf hörte sie Stella, die hinter ihr herlief und immer wieder ihren Namen rief, und sie rannte noch schneller, um sie abzuhängen. Ihre Schwester fing an zu weinen, aber obwohl es Orsola das Herz brach, wandte sie sich nicht um.

Über eine Brücke, zwei Brücken, drei Brücken. Am Markt von Santo Stefano, dem Campo San Bernardo und der Basilika von Santi Maria e Donato vorbei. Unterwegs schienen ihr sämtliche Bewohner der Insel zu begegnen, und alle riefen ihr etwas zu. Doch sie weigerte sich, stehen zu bleiben und zu erklären, wohin sie wollte, was vermutlich viele verärgerte. Die Trinker draußen vor dem Omo Salvadego riefen ihr ebenfalls alles Mögliche hinterher, aber Orsola beachtete sie nicht. Vielleicht saß Antonio ja dort drinnen und hob ein Glas auf seine Zukunft. Als sie das letzte Haus umrundet hatte, blieb sie stehen. Er war noch nicht an ihrem Stammplatz. Wie betäubt ließ sie sich gegen die Mauer sinken, erschöpft, schwitzend, durstig und unfähig, einen klaren Gedanken zu fassen.

Er kam nicht von Murano, wie ein Glasmacher, sondern vom Wasser, wie ein Fischer, in Domenegos Gondel – nicht aus einem der Kanäle, sondern aus der Lagune. Zusammen waren sie an der Ostseite der Insel hochgerudert, wo sie kaum jemand sehen würde, und kamen gerade um die Spitze herum. Die *felze* fehlte; vermutlich hatten sie sie wegen des Gewichts abgenommen, denn bis zur *terraferma* war es ein weiter Weg.

Antonio wirkte zugleich erleichtert und beschämt, als er sah, dass sie auf ihn wartete. Selbst als Orsola ihn ins Gesicht schlug. Selbst als sie sagte: »Ich hasse dich, ich bin froh, dass du fortgehst!« Selbst als sie sagte: »Du warst schon immer ein arroganter Venezianer. Hältst dich für was Besseres. Keine Loyalität gegenüber Murano, gegenüber deinem Ofen. Ich könnte dich umbringen! Am liebsten würde ich dir eine Klinge in dein treuloses Herz rammen!« Wild blickte sie sich um, als suchte sie nach einem Messer.

Mit derselben Mischung aus Scham und Erleichterung hörte er ihr zu, dann legte er die Hand an ihre Wange und sagte: »Orsola«, und sie hielt inne und ließ die Stirn gegen seine Brust sinken. Sie kam sich vor wie Stella, der man in einem Wutanfall gut zuredete.

Domenego saß im Heck, den Blick gesenkt, als wollte er sich unsichtbar machen.

»Ich habe eine Stelle angeboten bekommen, die ich bei Marco nie bekäme«, sagte er leise in ihr Haar. »Man hat mir garantiert, dass ich *servente* werde, sobald ich die *prova* bestanden habe, und eines Tages werde ich vielleicht Maestro. Aber dafür muss ich weit fortgehen.« Er schwieg einen Moment. »Hier gibt es nichts für mich.«

Orsola hob den Kopf. »*Ich* bin hier. Hast du das vergessen? Du wolltest fort, ohne dich auch nur von mir zu verabschieden. *Bastardo.*«

Antonio holte tief Luft. »Komm mit mir.«

Sie wich zurück. »Zur *terraferma*? Niemals.« Bei der Vorstellung zog sich ihr Magen zusammen, als wäre sie bei rauer See in einem Boot. Wenn sie mit ihm ginge, würden sie von Murano und Venedig und ihrer Familie getrennt und kämen in eine andere Welt mit ihrem eigenen Zeitmaß. Diese Entscheidung war unmöglich. Orsola verstand nicht, dass Antonio bereit war, dieses Risiko auf sich zu nehmen. »Bleib«, sagte sie. »Heirate mich. Meine Mutter wird dich akzeptieren. Vergiss Marco. Wenn es sein muss, leben wir eben in Venedig. Du kannst wieder als Fischer arbeiten. Ich darf dort zwar keine Perlen machen, aber das würde ich aufgeben. Für dich.«

»Orsola, meine Zukunft liegt dort.« Antonio zeigte zu den Bergen, die darauf warteten, dass er sie überquerte.

»Was ist denn das für eine Zukunft?«, rief sie aus. »An einem Ort, wo du ohne mich aufwachst? Wo du nicht weißt, ob ich jung oder alt bin, lebendig oder tot?« Wo *ich* das nicht weiß, dachte sie.

»Darauf muss ich es ankommen lassen.«

»Hast du keine Angst?«

»Doch. Aber ich freue mich auch auf die Veränderung und all das Neue.«

Wieder ergriff Orsola die Wut. Antonio schien die ihnen vertraute Welt bereits verlassen zu haben. »Dann geh«, sagte sie. »Aber du nimmst keine Rosso-Geheimnisse mit, um sie an die Leute im Norden zu verkaufen!« Sie holte die Papiere aus ihrer Tasche und warf sie ins Wasser, bevor er sie davon abhalten konnte.

Antonio machte Anstalten hinterherzuspringen, ließ es jedoch bleiben, als er sah, dass sich die Tinte sofort auflöste. »Das habe ich wohl verdient.«

»Und das ist nicht alles. Sie werden dich jagen und töten, weil du die besonderen Fähigkeiten von Murano in den Norden bringst – falls die Zeit dich nicht schon vorher tötet. Und wenn es ihnen gelingt, werde ich lachen.« Doch schon während sie die Worte aussprach, wusste sie, dass er ihr nicht glaubte.

Das Feuer in ihr erlosch; es war zu schwer, es am Brennen zu halten. Am liebsten wäre Orsola zu Boden gesunken und hätte den Kopf in ihren Armen verborgen. Stattdessen blieb sie stehen und sah den Mann, der sie im Stich ließ, flehend an.

»Es zerreißt mich, dich zu verlassen«, sagte Antonio mit Tränen in den Augen. Orsola hatte bisher nur einen Mann weinen sehen: Giacomo, als Paolo gestorben war. Die Männer von

Murano weinten nicht. Das muss der Venezianer in ihm sein, dachte sie.

Sie hob die Hand und strich ihm durchs Haar. Antonio antwortete, indem er dasselbe tat. So standen sie da, die Hände im Haar des anderen, und es war der schmerzlichste und innigste Moment ihres Lebens. Bis dahin hatte Orsola nicht gewusst, dass diese beiden Gefühle so eng miteinander verwoben sein konnten.

Hinter ihnen räusperte sich Domenego. »Wir müssen los. Sie werden sich an deine Fersen heften, sobald sie merken, dass du fort bist. Du brauchst einen Tag Vorsprung.«

Später hatte Orsola das Gefühl, dass alles in ihrem Leben auf diesen einen kurzen Augenblick an der Riva di San Matteo, als ihre Hände das Haar des anderen berührt hatten, zugestrebt und dann wieder von dort weggetrieben war, wie die Gezeiten. Nur dass die Gezeiten immer wieder zurückkamen, und er würde nie mehr zurückkommen, denn er war zum Verräter geworden, am Glas von Murano und an ihr. Er würde nach Berlin oder München oder Amsterdam gehen, und sie würde ihm vielleicht niemals verzeihen können.

Orsola stand am Ufer und sah zu, wie das Boot davonglitt. Antonio ruderte noch nicht, sondern blickte in der Dämmerung zu ihr. Sein Gesicht war erst so groß wie ein Teller, dann wie eine Untertasse, dann wie ein Punkt, bis er und Domenego und das Boot schließlich ganz verschwanden. Sie schaute noch lange aufs Wasser hinaus, voller Sehnsucht, ihn noch ein letztes Mal zu sehen. Sie konnte nichts tun, um die Zeit anzuhalten und diesen Mann daran zu hindern, aus ihrem Leben zu entweichen.

Schließlich ging sie von San Matteo nach Hause und sofort in ihr Zimmer, um niemandem zu begegnen. Sie lag in der Dunkelheit und ließ die Tränen heiße Furchen in ihre Schläfen schneiden. Schlaflos wälzte sie sich hin und her und ging im Geist immer wieder die Entscheidungen durch, die sie und Antonio getroffen hatten: er, dass er nicht hier bei ihr blieb, sie, dass sie nicht mit ihm zur *terraferma* ging. Beide starrköpfig und unnachgiebig. Genährt von Zorn, Kränkung und dem Gefühl, hintergangen worden zu sein, war ihr ihre Entscheidung in dem Moment vernünftig erschienen, doch jetzt, nur wenige Stunden später, hätte Orsola alles dafür gegeben, mit ihm in dem Boot zu sein, auf dem Weg in ein neues, ungewisses Leben.

Am nächsten Nachmittag stürmte Marco in den Lagerraum, wo Orsola lustlos den Boden fegte – eine Aufgabe, die Monica ihr aus Mitleid gegeben hatte, um sie zu beschäftigen. Orsola war ihr dankbar dafür; so konnte sie mit dem Besen und ihren Gedanken allein sein, statt im Hof, wo die Kinder spielten und Laura Rosso und Isabella Erbsen palten.

»Wo ist er?«, fragte Marco herrisch. »Seine Sachen sind weg. Du warst gestern den ganzen Tag unterwegs. Jemand hat gesagt, er hätte dich drüben bei San Matteo gesehen. Wo ist er?«

Orsola hörte auf zu fegen und sah ihn aus matten Augen an. Natürlich, jemand beim Omo Salvadego musste sie gesehen und es herumerzählt haben. Sie und Antonio waren nicht diskret genug gewesen.

Was hatte Domenego gesagt? Antonio brauchte einen Tag Vorsprung. *Amore mio*, dachte sie, der Tag ist fast vorbei. Lauf schnell.

»Er ist fort, zur *terraferma*«, antwortete sie, weil Marco ohnehin bald darauf kommen würde.

»Und das hast du zugelassen? Warum hast du es mir nicht sofort gesagt?«

»Du hörst mir ja doch nicht zu. Außerdem ist es deine eigene Schuld, dass er fort ist.«

»Was soll das heißen?«

»Wenn wir hätten heiraten können, wäre er noch hier, in Sicherheit.«

Marco schnaubte. »Du hättest diesen Venezianer doch nie geheiratet. *Comunque*, so gut ist er auch nicht. Wir brauchen ihn nicht. Ich will nur nicht, dass er unsere Rezepturen stiehlt und sie im Norden verkauft.«

Orsola sah wieder die Papiere mit Antonios Handschrift durch die Luft wirbeln und im Wasser landen, und einen Moment lang wünschte sie, sie hätte ihn sie mitnehmen lassen. Wahrscheinlich hatte er sich das meiste davon ohnehin eingeprägt; das Können lag in seinen Augen und Händen, nicht in irgendwelchen Anleitungen.

»Ich informiere die Behörden, dass er fort ist«, sagte Marco und strebte der Tür zur Straße zu. »Sie werden Männer hinter ihm herschicken.« Es lag im Interesse des venezianischen Rates der Zehn, dass die Fähigkeiten und Geheimnisse der Muraneser auf der Insel blieben. Wurden sie in den Norden gebracht, würden sie der Konkurrenz helfen und ihnen Kunden stehlen. Nur wenige Glasmacher, die sich zur *terraferma* aufgemacht hatten, waren zurückgekommen. Es wurden gezielt Gerüchte über ihre Ermordung verbreitet, um den Leuten Angst zu machen, damit sie auf Murano blieben.

Anfangs war die Erinnerung an Antonio und an den Moment auf der Riva di San Matteo so frisch und stark, dass Orsola überzeugt war, sie würde sie niemals vergessen können und das Feuer würde für immer wie ein Fieber in ihr brennen. Immer wieder ließ sie die Abschiedsszene vor ihrem inneren Auge ablaufen, rief sich jede Einzelheit ins Gedächtnis und konnte an nichts anderes denken, während sie fegte oder Laken schrubbte oder Pasta kochte oder mit den Kindern rausging oder in der Messe saß.

Männer waren anders als Frauen, das begann sie in diesen ersten fiebrigen Tagen zu begreifen. Sie empfanden anders, vielleicht weil sie meist diejenigen waren, die fortgingen, und nicht die, die am Ufer zurückblieben. Antonio würde neue Dinge sehen, neue Menschen kennenlernen, sich an einen neuen Lebensrhythmus gewöhnen. Ablenkungen. Keine Zeit, ein Fieber zu nähren. Wohingegen Orsola die Rolle der Zurückgelassenen spielte und an den Kanälen entlangwanderte, die sie so gut kannte, dass sie auch im Dunkeln ihren Weg fand, ohne hineinzufallen. Jedes Gebäude war vertraut, jeder, der ihr begegnete, war ein Bekannter, den sie grüßte. Für sie war nichts neu.

Nach und nach jedoch verblassten die Einzelheiten dieses Abschieds, verwandelten sich von einem tiefen Mitternachtsblau zu einem blassen Morgenhimmel. Eines Tages merkte sie, dass sie nur noch bei jedem zweiten Atemzug an Antonio und an diesen Moment dachte, daran, was er gesagt und wie er ihr Gesicht berührt hatte. Dann nur noch bei jedem dritten Atemzug, dann alle Viertelstunde, dann jede Stunde, wenn die Glocken von Santi Maria e Donato schlugen. Diese Art der Zeitmessung brachte sie zu der Frage, ob die Glocken dort, wo er war, wohl auf dieselbe Art schlugen. Die Vorstellung, dass es anders sein könnte, schmerzte sie.

Für die anderen musste es anstrengend sein, sie um sich zu haben: traurig, mürrisch, immerzu in Gedanken verloren. Sie folgte Antonio im Geist, während er Berge überquerte, durch Wälder ging und Dinge sah, die sie sich kaum vorstellen konnte, weil sie alle so neu und fremd für jemanden waren, der auf dem Wasser aufgewachsen war. Sie dachte an all die Male zurück, als sie im Boot oder auf den unbewohnten Inseln beieinandergelegen und einander Lust bereitet hatten. Vor allem jedoch erinnerte sie sich in allen Einzelheiten an den Moment, als sie nach dem Ende der Quarantäne in seine Arme gelaufen war, und an den Moment, als er sich in San Matteo aus ihren gelöst hatte.

Orsola aß kaum noch etwas, sie hatte keinen Appetit, ganz im Gegensatz zu den Vianello-Cousinen, die beide in ihrer

Schwangerschaft erblühten. Die beiden ließen Orsola nicht mehr an den Herd, da ihre Gleichgültigkeit alles, was sie kochte, fade schmecken ließ. Sie saß in der Messe, ohne zu beten. Sie plauderte nicht mehr mit den Leuten, wenn sie zum Markt ging. Sie blieb lieber allein auf dem Campo San Bernardo, als während der *passeggiata* umherzuflanieren. Sie spielte nicht mehr mit den Kindern und lächelte ihnen nicht einmal mehr zu. Nur Stella ertrug sie, die sich manchmal zu ihr setzte, mit ihren kleinen Händen ihr Bein tätschelte und sonst nichts von ihr wollte.

Bisweilen kam die Erinnerung an Antonios Abschied mit solcher Wucht zurück, als wäre es gerade erst passiert. Doch schließlich ließ das Fieber nach. Unter großen Mühen – sie zwickte sich energisch, wenn ihre Gedanken abschweiften – gelang es Orsola, nur noch an ihn zu denken, wenn sie im Bett lag, die gleichmäßigen Atemzüge ihrer Schwester neben sich, und im Dunkeln die Tränen wegwischte, oder wenn sie nach San Matteo ging, wo er sie verlassen hatte.

Manchmal nahm sie die gelben Perlen mit, die sie zum Schutz gegen die Pest gemacht hatte und die immer wieder auf der Insel auftauchten – die Leute trugen sie weiterhin bei sich, oder sie tauschten sie auf dem Markt gegen Waren ein, oder Kinder spielten damit. Orsola hasste sie wegen ihrer trügerischen Macht und weil sie sie an Antonio erinnerten. Wann immer sie konnte, tauschte sie sie gegen eine ihrer anderen Perlen ein, ging damit nach San Matteo und warf sie vom Ufer in die Lagune. Irgendwann, dachte sie, werden sie alle dort liegen, an einem Ort versammelt, und ihre Macht wird vorbei sein.

Während dieser fiebrigen Wochen sprach ihre Familie nicht über den Glasmacher, der verschwunden war – nicht einmal Marco, der die Nachrichten über die Suche für sich behielt, obwohl es sicher verlockend war, seine Schwester damit zu quälen. Orsola vermutete, dass Monica dafür sorgte, dass er den

Mund hielt. Ebenso erwähnten weder er noch Laura Rosso die Heirat mit Stefano. Sie zeigten Geduld mit ihr, ließen sie trauern, bis sie sich erholt hätte und schließlich selbst zu einer Entscheidung kommen würde. Auch hier vermutete Orsola, dass ihre Schwägerin mit ihrer pragmatischen Art dahinter stand.

Nach einiger Zeit war die Erinnerung an Antonio zu einer Geschichte in ihrem Kopf geschliffen, wie eine Perle, deren raue Enden abgeschmirgelt wurden, damit sie nicht scheuerten. Dieser Vorgang betäubte das Gefühl, aber er machte es erträglich. Von nun an konnte Orsola die Geschichte von ihr und Antonio tragen, ohne sich daran zu schneiden.

Eines Abends, als Orsola in der Küche die Pfannen schrubbte, trat Monica zu ihr. »Lass mich das machen«, sagte sie. »Dann hast du mehr Zeit für deine Perlen.« Sie deutete auf den kleinen Tisch in der Ecke mit der Lampe, den Werkzeugen und den Glasstäben. Seit Antonio fort war, hatte Orsola sie nicht angerührt.

Sie schwieg und ließ weiter Sand in der Pfanne kreisen.

»Musst du nicht eine Bestellung für den Kaufmann fertigstellen?«

Orsola schüttete das Wasser mit dem Sand weg und begann von Neuem. »Ich mache keine Perlen mehr.«

»Warum nicht?«

Orsola antwortete nicht.

Monica sah sie eindringlich an. »Lässt du dir von diesem venezianischen Fischer auch noch die Perlen wegnehmen?«

Orsola wurde rot. »Aber er nimmt sie mir doch nicht …« Sie brach ab. Wahrscheinlich hatte Monica recht.

»Ich möchte, dass Rosella eines Tages das Perlenmachen lernt«, sagte ihre Schwägerin. »Du hast es versprochen. Du darfst deine Fähigkeiten nicht verlernen, bevor du es ihr beigebracht hast.«

Orsola schloss kurz die Augen. Dann öffnete sie sie wieder, ließ von der Pfanne ab, und Monica nahm sofort ihren Platz ein. Sie holte etwas Talg, schmolz ihn in der Zinnlampe und zündete den Docht an. Ihre Mutter, die durch die Küche ging, rümpfte die Nase, sagte aber nichts.

Mit dem Fuß begann sie, den Blasebalg zu treten. Als sie einen beliebigen Glasstab nahm und in die nun hell brennende Flamme hielt, erfüllte sie sofort ein vertrautes Gefühl. Der Ablauf von Schmelzen, Drehen, Formen – ganz gleich, was sonst in ihrem Leben schieflief, ihre Hände und Augen beherrschten immer noch diesen Schöpfungsprozess, und er war immer noch befriedigend und tröstlich.

Allmählich fand Orsola zur Arbeit zurück. Sie litt, aber sie machte wieder Perlen.

Nur ein einziges Mal ließ sie die Erinnerung an Antonio bei ihrer Arbeit zu, indem sie eine Perle für sie beide entwarf: perfekte Kugeln aus durchscheinendem rotem Glas – rot für Rosso – mit kleinen Blattgoldsprenkeln darin, die wie sein Haar schimmerten. Sie fertigte ein Dutzend davon an, zog sie zu einer Kette auf und legte sie um, als sie eine Bestellung persönlich zu Klingenberg brachte. Zu dem Zeitpunkt hatte sie schon seit einigen Monaten wieder Perlen hergestellt, diese aber stets mit einem Boten geschickt – meistens Bruno, wenn sie ihn fand, denn er tat ihr leid, weil er seine Mutter durch die Pest verloren und auf Lazzaretto Nuovo um sein Leben gekämpft hatte. Er schäkerte immer noch mit ihr und machte anzügliche Scherze, aber er tat es halbherzig.

»Du musst heiraten, Bruno«, sagte Orsola einmal zu ihm, als sie ihm eine Perlenbestellung mitgab. »Das wird dich aufmuntern.«

»Dasselbe könnte ich auch von dir sagen«, gab er zurück. »Wie wär's mit uns beiden?«

Diesmal nahm sie ein *traghetto* zum Campo San Canciano und ging den restlichen Weg zum Fondaco dei Tedeschi zu Fuß. Mittlerweile war Orsola nicht mehr so von Ehrfurcht erfüllt, wenn sie nach Venedig kam. Antonio war ein paarmal mit ihr dort gewesen, und mit jemandem durch die Kanäle zu fahren, der die Stadt in- und auswendig kannte, ließ sie weniger geheimnisvoll erscheinen. Außerdem war sie inzwischen alt genug, um sich nicht mehr von den eleganten Venezianern einschüchtern zu lassen, die ihren Reichtum offen zur Schau stellten. Orsola trug ihr Barovier-Kleid und die Kette aus ihren rot-goldenen Perlen, und so kam sie sich nicht allzu ärmlich vor, als sie sich durch die Gassen zum Fondaco dei Tedeschi schlängelte. Eine Maske trug sie jedoch nicht. Es war Ende Dezember, die Zeit der Masken vor dem Beginn des Karnevals, aber die Rossos trugen nie welche. Masken dienten der Frivolität und den Geheimnissen des Adels; Glasmacher hatten für so etwas keine Zeit.

Sie hatte sich bei Klingenberg nicht angekündigt, er zeigte aber keinerlei Überraschung, als sie das Vorzimmer durchquerte, ohne Jonas zu beachten, der in seiner Ecke saß und schrieb, und in der Tür zum Büro des Kaufmanns erschien. Er stand auf und verneigte sich, während sein Schreiber stammelnd hinter ihr auftauchte. »Ah, Signorina Orsola, Sie bringen sicher neue Perlen. Ich freue mich immer, wenn ich eine Lieferung von Ihnen bekomme. Nehmen Sie Platz.« Er deutete auf dieselben Mahagonisessel mit den geschnitzten Löwenköpfen und Kelimkissen, auf denen sie und Giacomo gesessen hatten, als sie auf der Suche nach Marco gewesen waren, an jenem Tag, an dem sie Antonio zum ersten Mal begegnet war. In letzter Zeit schien alles auf Antonio zu verweisen. »Jonas«, rief er, »bringen Sie Signorina Orsola ein Glas Wein. Ich nehme auch eins.«

Jonas verschwand und kam mit zwei Gläsern und einer Karaffe zurück, die, wie Orsola erkannte, aus der Werkstatt der Baroviers stammte.

»*Allora*«, sagte Klingenberg. »Verraten Sie mir, warum Sie gekommen sind.« Er musterte die Perlen an ihrem Hals.

Verunsichert von seinem aufmerksamen Blick – obwohl sie die Perlen genau deshalb angelegt hatte –, probierte Orsola einen Schluck von dem Wein. Er war aromatisch und kräftig und schmeckte wesentlich teurer als der Alltagswein, den die Rossos zu Hause tranken.

»Ich bringe Ihnen Ihre letzte Bestellung.« Sie deutete auf das Päckchen, das sie auf seinen Schreibtisch gelegt hatte.

»*Bene. Grazie.*«

»Mir ist aufgefallen, dass Sie die Menge nicht erhöht haben, seit ich wieder Perlen mache. Früher haben Sie das stets getan.«

Klingenberg lehnte sich zurück. In seinem Haar schimmerte jetzt ein wenig Grau. »Mir gefällt Ihre Arbeit, Orsola. Sie ist von guter Qualität und verlässlich.«

Orsola war sich nicht sicher, ob das als Kompliment gemeint war.

»Aber Sie wissen ja wohl, dass es mittlerweile viele Perlenmacher gibt, nicht nur auf Murano, sondern auch in Venedig.«

Das wusste sie in der Tat, und sie war erstaunt gewesen, als sie erfahren hatte, dass auf Murano noch andernorts Perlen hergestellt wurden, überwiegend von Frauen. Sie hatte nicht damit gerechnet, Konkurrenz zu bekommen. Und die Arbeit an der Lampe war nun auch in Venedig erlaubt. Über dreihundert Jahre lang durfte nur auf Murano mit Glas gearbeitet werden, doch das schien sich zu ändern. Wenn das Perlenmachen in der Serenissima wieder gestattet war, konnten sich Glaswerkstätten dann auch hier niederlassen? Venedig hatte schon seine Maler, seine Werften, seine Druckereien, seine Bücher, seine Papierherstellung und seine Parfüms. Konnte Murano nicht wenigstens sein Glas behalten?

»Verkaufen Sie auch andere Perlen als meine?«, fragte sie wie beiläufig, um ihr Erschrecken zu verbergen.

»Einige«, erwiderte Klingenberg unbestimmt. »Die Nachfrage ist bei Perlen – wie überhaupt bei Muranoglas – nicht mehr so groß wie früher. Sie und Ihre Brüder müssen sich vergegenwärtigen, dass es mittlerweile auch Glasmacher in Prag, Deutschland und Amsterdam gibt. Und deren Arbeiten sind gut. Einige von ihnen haben Lehrmeister aus Murano, die es ihnen beibringen.« Er schwieg einen Moment, ein klares Zeichen, dass er von Antonios Flucht wusste. Offenbar war das Gerücht bis nach Venedig durchgedrungen. Auf Murano hatte sein Verschwinden jedenfalls für großes Gerede gesorgt. Monatelang hatte Orsola auf dem Markt und bei der *passeggiata* schräge Blicke und Getuschel geerntet, als wäre sie schuld daran, dass Antonio fortgegangen war, dabei war sie der einzige Grund, der ihn zum Bleiben hätte veranlassen können.

»Amsterdam macht mir die größten Sorgen«, fuhr Klingenberg fort. »Die Niederländer sind ehrgeizig. Sie schaffen sich eigene Handelsrouten und sorgen dafür, dass Venedig an Bedeutung verliert. Ihnen ist vielleicht aufgefallen, dass weniger Schiffe ein- und ausfahren. Wenn Sie heute in Venedig unterwegs sind, werden Sie merken, dass die Stadt nicht mehr so lebendig ist wie vor einigen Jahren.«

Orsola sah ihn bestürzt an.

»Oh, der Handel läuft nicht schlecht«, versuchte Klingenberg sie zu beruhigen. »Aber ich habe einige Kunden verloren und musste feststellen, dass sie nicht so leicht zu ersetzen sind wie früher. Einige der niederländischen Kunden kaufen jetzt Glas aus Amsterdam. Warum auf Ware aus Murano warten, wenn man fast genauso gute direkt vor der Haustür bekommt, noch dazu ohne Zölle und Transportkosten?«

Orsola fand das alles höchst beunruhigend. »Weiß Marco davon?«

»Bisher betrifft es ihn nicht. Wobei seine Glaswaren sich in den letzten Monaten verändert haben, seit dem … Wechsel in der Werkstatt.«

»Sind sie schlechter geworden?« Orsola erinnerte sich daran, wie er Antonio gelobt hatte.

»Nicht schlechter. Aber ich kann sehen, dass jemand anders am Werk ist. Der Einsatz von Spiegelglas zum Beispiel. Diese verspiegelte Obstplatte ist einfallsreich. Ich habe sogar eine für meine Tochter gekauft. Die ist von Stefano, dem neuen *servente*, nicht? Er hat den Rossos neue Fertigkeiten beschert.«

Orsola schwieg. Sie wollte mit ihm nicht über Stefano reden.

»Wissen Sie, wohin Antonio Scaramal gegangen ist?«

Seine unverblümte Frage verwirrte sie. Auch Klingenberg würde verhindern wollen, dass Glastechniken aus Murano exportiert wurden. »Nein«, antwortete sie. »Er hat es mir nicht gesagt. Ich wusste nicht einmal, dass er fortgehen wollte, bis es so weit war.«

Mühsam schluckte sie den Kloß in ihrer Kehle hinunter, entschlossen, nicht vor diesem weltgewandten deutschen Kaufmann zu weinen, der sie so aufmerksam beobachtete und ihr Leben so genau zu kennen schien.

»Er hat treue Freunde«, sagte er schließlich.

Sie hörte, wie Jonas im Vorzimmer schnaubte.

»*Allora*, Ihre Perlen. Zeigen Sie mir mal die, die Sie tragen.«

Orsola hatte gehofft, dass Klingenberg das sagen würde. Sie nahm die Kette ab und gab sie ihm, noch warm von ihrem Hals. Er rollte einige der Perlen zwischen Daumen und Zeigefinger hin und her, um ihre Ebenmäßigkeit zu prüfen, und hielt sie ans Licht. »Ist das Blattgold?«

»*Sì*. Die Perle ist nicht sonderlich schwer zu machen«, fügte sie hinzu, dann ärgerte sie sich über ihre Bescheidenheit.

Klingenberg lächelte. »Sagen Sie so etwas nie, das drückt den Preis. Wir wollen mal annehmen, dass die Herstellung recht aufwendig war. Signorina Orsola, ich bestelle vierundzwanzig von diesen Perlen. Das wird reichen für zwei Halsketten. Je weniger Sie davon machen, desto seltener sind sie. Wir wollen Europa nicht damit überschwemmen.«

Orosola nickte. »Wenn sie selten sein sollen, sind sie mehr wert. Außerdem ist Gold darin. Also müssen Sie mir mehr dafür zahlen. Ich muss ja das Blattgold dafür kaufen.«

Er lächelte. »Sie lernen dazu, Orsola. *Brava.* Was wäre Ihrer Ansicht nach ein angemessener Preis?«

Sie nannte das Doppelte dessen, was sie zu bekommen erwartete. Klingenberg beugte sich vor, und sie feilschten miteinander, bis sie bei einem Betrag ankamen, mit dem sie nicht so recht glücklich war. Und er ebenfalls nicht. »Sehen Sie«, sagte er, als sie sich geeinigt hatten, »der wahre Wert einer Sache bemisst sich an dem Preis, mit dem beide Seiten nicht ganz zufrieden sind, weil sie meinen, sie müssten mehr bekommen.«

Orsola lächelte spöttisch. »Das klingt nach einer Lektion fürs Leben.«

Sie verabschiedete sich, blieb im Türrahmen jedoch noch einmal stehen. »Sie sagten, Sie erkennen bei einem Stück aus Glas, wer es gemacht hat?«

»In der Regel, ja.«

»Falls Sie …« Orsola hielt inne, weil sie schon wieder einen Kloß im Hals hatte. »Falls Sie je ein Stück von Antonio sehen, sagen Sie es mir?«

Klingenberg runzelte die Stirn. »Signorina Orsola, ich werde meine beste Perlenmacherin nicht in die Arme eines Verräters treiben.« Es war zugleich ein Kompliment und eine Warnung.

Sie schaffte es, an Jonas vorbei und aus dem Fondaco dei Tedeschi herauszukommen, bevor sie den Tränen freien Lauf ließ.

Orsola drückte sich in die Ecke zwischen zwei Häusern und wischte sich übers Gesicht. Niemand beachtete sie. Waren weinende Frauen in Venedig etwas so Normales? Als sie sich wieder gefasst hatte, machte sie sich auf, um zu sehen, was Klingenberg damit gemeint hatte, dass Venedig sich veränderte. Zunächst ging sie am Canal Grande entlang. Auf der Rialtobrücke herrschte dasselbe Gedränge wie immer, obwohl die Stadt so viele Menschen an die Pest verloren hatte. Auch auf dem Kanal wimmelte es von Booten.

Inmitten des Treibens erblickte sie die eine Gondel, die sie erkannte. Domenego steuerte seine Passagiere – Klingenbergs Tochter und ihre Magd, beide maskiert – zwischen den anderen Gondeln hindurch. Orsola bemühte sich, nicht hinüberzusehen und keine Aufmerksamkeit auf sich zu ziehen. Doch als sie das Ende der Fondamenta erreichte, entdeckte Domenego sie. »Orsola!«, rief er. Klara Klingenbergs Kopf fuhr herum, und ihre Maske funkelte, während sie sich suchend umsah.

Hastig bog Orsola in eine Seitengasse ein, fort von dem Gondoliere und dem Canal Grande, während Domenego erneut ihren Namen rief. Das letzte Mal hatte sie ihn vor einem halben Jahr in San Matteo gesehen, als er Antonio zur *terraferma* gebracht hatte. Obwohl es nicht seine Schuld war, dass Antonio fortgegangen war, verband sie ihn mit ihrem Verlassenwerden und wollte ihn nicht sehen.

Sie lief über einen Campo, dann eine weitere Gasse entlang, dann wieder über einen Campo und immer so fort; die Campi reihten sich wie Perlen auf der Schnur der Gassen hintereinander. Orsola hatte keine Ahnung, wo sie sich befand, aber sie verlangsamte nur ihren Schritt und ließ sich treiben. Vielleicht war das die beste Art, Venedig zu erkunden: die Stadt um sich herum entfalten und sich von ihr führen zu lassen, anstatt zu versuchen, sich die Anordnung der Straßen und Plätze zu merken. Als sie mit Antonio in Venedig gewesen war, hatte sie festgestellt, dass man mit dem Boot viel leichter herumkam als zu Fuß. Die Haupteingänge der meisten Gebäude lagen zum Wasser hin, und die Adels- wie auch viele von den Kaufmannsfamilien bewegten sich mit der Gondel von Ort zu Ort. Sie bezweifelte, dass Klingenbergs Tochter je zu Fuß hier entlangging.

Sie kam zum geschäftigen Campo Santo Stefano, an dessen einem Ende eine große Backsteinkirche stand, und folgte dem Menschenstrom durch die Gassen, bis sie schließlich zur Piazza San Marco kam. Sie überquerte sie und folgte der Piazzetta neben dem Dogenpalast bis zur Riva, wo die Schiffe vor Anker lagen. Je näher Orsola dem Kai kam, desto lärmender und chaotischer wurde das Treiben: Taue, wohin man sah, Männer, die etwas brüllten, Kisten, die auf kleinere Boote geladen oder zum Zollhaus gebracht wurden, bewacht von Beamten, die aufpassten, dass nichts unterschlagen wurde, um Zölle zu vermeiden. Weit und breit war keine Frau zu sehen. Auch keine Karnevalsmaske. Dies war ein Ort der Arbeit, nicht des Müßiggangs. Orsola hielt sich am Rand, damit sie nicht auffiel.

Hier also beginnen meine Perlen ihre Reise, dachte sie. Sie wünschte, sie hätte sehen können, wie sie an Bord gebracht wurden und wie das Schiff aufs Meer hinaussegelte.

Jenseits des Kais lag der Giudecca-Kanal, so breit, dass er eher wie eine Lagune wirkte, und aufgewühlt von zahllosen Booten und Schiffen. Dahinter konnte man die Insel San Giorgio Maggiore sehen und rechts davon das langgezogene Ufer der Insel Giudecca, so ruhig im Vergleich mit seinen bunt gestrichenen Häusern, den gedrungenen Brücken, die sich über die Eingänge der Kanäle wölbten, und den winzigen Gestalten, die auf der Riva entlangspazierten. Orsola erblickte Il Redentore, eine gewaltige Kirche, die nach der Pestepidemie erbaut worden war, die Orsolas Nonna, Nicoletta, Paolo und Maddalena dahingerafft hatte. Jedes Jahr im Juli wurde quer über den Kanal von San Marco bis zum Redentore eine spektakuläre Brücke aus lauter miteinander vertäuten Booten gebaut, die Pilger überquerten, um Gott dafür zu danken, dass er Venedig durch die Pest geführt hatte. Orsola war noch nie dabei gewesen, weil sie nicht an diese Zeit erinnert werden wollte, aber sie bekreuzigte sich viermal für diejenigen, die sie verloren hatte.

Es war faszinierend, das Hin und Her auf dem Kai zu beobachten, und sie blieb lange dort stehen, bis ein anerkennender Pfiff die Aufmerksamkeit der Matrosen auf sie lenkte. Sie floh vor ihren Rufen zurück zur Piazzetta San Marco, wo die Leute, die von all diesem Handel profitierten, umherschlenderten, ohne die schwere Arbeit, die ganz in der Nähe verrichtet wurde, zu beachten.

Plötzlich erblickte Orsola Domenego, der mit langen, ausgreifenden Schritten auf sie zugelaufen kam.

»Oh!« Hektisch sah sie sich nach einer Seitengasse um, in die sie flüchten konnte, doch dann begriff sie, wie kindisch das war, und riss sich zusammen. Sie konnte ihm nicht ewig aus dem Weg gehen. »*Buongiorno*, Domenego«, sagte sie. »Wie haben Sie mich gefunden?«

»Ich habe herumgefragt. Hier in Venedig bleibt niemand unbemerkt. Warum sind Sie vor mir weggelaufen?«

Orsola ging nicht auf seine Frage ein. »Wartet Klingenbergs Tochter nicht auf Sie?«

»Signorina Klara hat es nicht eilig. Sie schaut den Akrobaten zu.« Er deutete zum anderen Ende der Piazzetta, wo Männer in eng anliegenden Hosen und mit nacktem Oberkörper sich zu einer menschlichen Pyramide aufgebaut hatten; der Mann, der die Spitze bildete, jonglierte mit brennenden Fackeln.

Orsola hatte Domenego kaum je an Land gesehen; ohne sein Boot wirkte er in der Tracht eines Gondoliere, als wäre er für den Karneval kostümiert.

»Ich habe etwas für Sie«, sagte er. Er nahm ein kleines Päckchen aus der Tasche seines Wamses und reichte es ihr.

Orsola starrte das Päckchen an. Ihre Hände zitterten. Sie hatte Domenego zwar gemieden, aber er war ihre einzige Verbindung zu Antonio. Vorsichtig löste sie das Stück Leinen, das mit einer Schnur zusammengebunden und abgegriffen von den vielen Händen war, die es über Hunderte von Meilen getragen hatten. Im Innern lag ein kleiner Glasdelfin, diesmal in Weiß, ebenso wohlproportioniert wie der blaugrüne in ihrer Tasche und in derselben Größe. Antonio hatte es geschafft, den ersten zu kopieren, ohne ihn oder eine Zeichnung als Vorlage zu haben.

Er lebt, dachte sie erleichtert. Und er denkt an mich. Was für ein Dummkopf Marco war, ein solches Talent zu vertreiben. Und ihn von mir fortzutreiben.

»Wissen Sie, wo er ist?«, fragte sie.

In Domenegos Gesicht zuckte es. »Diese Frage hat man mir schon viele Male gestellt. Nein, ich weiß es nicht.«

»Von wem haben Sie das hier erhalten?« Orsola hielt den Delfin in seinem Leinentuch hoch.

»Es wurde in der Wohnung der Klingenbergs für mich abgegeben. Zum Glück hat Signorina Klara es entgegengenommen und an mich weitergegeben. Wenn es Signor Klingenberg oder Jonas oder jemand anders gewesen wäre, hätten sie es sicher an sich genommen, und dann wäre ich noch einmal befragt worden.«

»Wer hat Sie befragt?«

»Männer von der Gilde.« Wieder dieses Zucken, und er ballte die rechte Hand zur Faust. Als er ihren Blick bemerkte, verbarg er die Hand hinter seinem Rücken. Orsola wurde es ganz eng in der Brust.

»Domenego.«

Er blickte über ihre Schulter zum Ende der Piazzetta. »Ich muss zurück zu Signorina Klara.«

»Menego.« Sie wählte den Kosenamen, den Antonio ihm gegeben hatte, mit Bedacht. »Sehen Sie mich an.«

Widerstrebend wandte er ihr seinen Blick zu.

»Zeigen Sie mir Ihre Hand.«

Domenego hielt sie ihr hin. Der Mittelfinger fehlte.

Orsola schnappte nach Luft. »Wer war das?«

»Männer von der Gilde. Klingenberg hat sie daran gehindert, mir auch noch den Daumen abzuschneiden, sonst könnte ich das Ruder nicht mehr halten. Auch so geht es nicht mehr so gut wie zuvor.« Er schwieg einen Moment. »Sie haben meinen Finger in den Kanal geworfen – als Fischfutter, haben sie gesagt.« Er sprach mit erstickter Stimme.

»Aber Sie konnten ihnen doch nicht sagen, wo Antonio ist, wenn Sie es nicht wissen!«

»Genau. Er war so klug, es mir nicht zu verraten.«

»Haben Sie denen das nicht gesagt?«

»So geht Folter nicht, Orsola.«

»Wenn Antonio es Ihnen verraten hätte, hätten Sie es ihnen sagen und Ihren Finger retten können.«

Domenego schüttelte den Kopf. »Selbst wenn ich es gewusst hätte, hätte ich es ihnen niemals gesagt. Folter verdient keine Antwort.«

Er ging zurück zu der Menge, wo er seine Herrin zurückgelassen hatte. Orsola folgte ihm, den kleinen Delfin in der Hand. Mit dem Daumen strich sie über die glatte Wölbung seines Rückens und die Spitze der Flosse. Viele andere mochten ihn auf dem Weg von Antonio zu ihr berührt haben, aber sie wusste, dass ein Teil von ihm noch da war – seine Fingerabdrücke, sein Schweiß. Es berührte sie in ihrem tiefsten Innern, aber es machte sie auch zornig, dass dieses Stück Glas alles war, was sie von ihm haben konnte.

Klara Klingenberg war nicht zu übersehen. Selbst in der maskierten Menge, die den Akrobaten bei ihren Kunststücken und Sprüngen zusah, stach sie heraus. Sie war größer als die meisten Frauen und trug ein Seidenkleid in zartem Himmelblau. Ihr blondes Haar war geflochten und kunstvoll auf ihrem Kopf zusammengerollt, eine Frisur, die nur von einer Kammerzofe gemacht worden sein konnte, im Gegensatz zu dem unordentlichen Knoten, den Orsola selbst gewunden und festgesteckt hatte. Um den Hals trug sie eine Kette aus echten Perlen. Alles an ihr – das Kleid, die Perlenkette, die Frisur, die juwelenbesetzte Maske, die die obere Hälfte ihres Gesichts bedeckte, die Magd, die neben ihr stand – war finanziert durch die Waren, mit denen ihr Vater handelte, und damit auch durch das Glas der Rossos. Sie konnte diese echten Perlen tragen, weil Orsola Glasperlen herstellte.

Plötzlich ergriff sie ein heftiger Zorn – auf Antonio, der sie verlassen hatte, und darauf, dass ein Händler mehr verdiente als diejenigen, die die Waren herstellten, sodass seine Tochter Seide und echte Perlen tragen konnte und nichts zu tun hatte, außer den Akrobaten zuzusehen –, und sie drängte sich durch die Menge zu der jungen Frau, bevor Domenego sie aufhalten konnte. »Signorina Klingenberg?«

Klara drehte sich um und schob die Maske hoch. Ihre Augen waren sehr groß und dunkelbraun wie die ihres Vaters – was Orsola überraschte, denn sie hatte angenommen, ihre Augen hätten dieselbe Farbe wie das Kleid. Sie hatte eine helle, glatte Haut, ausgeprägte Wangenknochen und Brauen, die geschwungen waren wie die steinernen Kanalbrücken. Nun, da Orsola ihr Gesicht sehen konnte, erkannte sie, dass Klara trotz ihrer Größe erstaunlich jung war. Sie hatte vielleicht schon ihr *mar rosso*, aber ihre Brust war noch die einer Jungfrau. Sie schien sich nicht vor Orsola zu fürchten, sondern sah sie nur verwirrt an.

Ihre Magd – eine energische Person und sogar noch kleiner als Orsola – trat zwischen sie. »Verschwinde, Landei.«

Orsola ärgerte sich, aber es drehten sich bereits Leute um, in der Hoffnung, eine noch bessere Unterhaltung zu bekommen als die der Akrobaten, und sie wollte keine Aufmerksamkeit auf sich ziehen. »Dürfte ich Sie wohl kurz sprechen, bitte.« Sie drehte sich um und schob sich durch die Menge, bis sie eine ruhigere Stelle am Rand der Piazzetta fand. Sie stellte sich mit dem Rücken zum Platz und tat so, als betrachte sie das Schaufenster eines Handschuhmachers, in dem feine Lederhandschuhe in allen erdenklichen Farben ausgestellt waren.

Klara folgte ihr, zusammen mit ihrer Magd. »Woher wissen Sie, wer ich bin?«, fragte sie. Im Gegensatz zu ihrem Vater sprach sie ein akzentfreies Venezianisch.

»Ihr Vater verkauft die Perlen, die ich mache.«

»Solche wie die, die Sie tragen?« Ihr Blick lag auf Orsolas Hals.

»Solche und andere.«

»*Bellissime.*«

»*Grazie*, Signorina. Aber Ihre Perlen sind schöner.« Das waren sie tatsächlich; sie besaßen einen natürlichen Lüster, den auch die besten Glasmacher nicht imitieren konnten. Ihr Weiß nahm das Weiß von Klaras Augen und Zähnen auf – denn nun lächelte sie.

Orsola nutzte ihre gute Stimmung aus. »Schicken Sie Ihre Magd kurz weg«, sagte sie leise.

»*Che?*«

»Schicken Sie sie weg.« Orsola sah zu der Magd.

»Benedetta, geh und hol mir ein paar Zuckermandeln, *per favore.*« Klara gab ihr eine Münze und wies auf einen Verkäufer am anderen Ende der Piazzetta. »Ich warte hier.«

Benedetta bedachte Orsola mit einem misstrauischen Blick.

»Keine Sorge«, sagte Klara. »Domenego ist in der Nähe.«

Die Magd eilte davon. Orsola blieb nicht viel Zeit. »Sie haben kürzlich ein kleines Paket für Ihren Gondoliere entgegengenommen«, begann sie.

»Ja, das war eine Überraschung! Er bekommt sonst nie etwas geschickt. Warum auch? Ich habe mich gefragt, was darin war, aber er wollte es mir nicht sagen.«

»Es war für mich.«

»Für Sie?« Klara Klingenberg hob die geschwungenen Brauen. »Sie kennen Domenego? Was war denn in dem Paket?«

Orsola hätte lügen können, aber sie brauchte Klara. Also holte sie den kleinen Glasdelfin heraus und legte ihn in Klaras Hand.

»Un delfino, che bello«, murmelte die junge Deutsche bewundernd.

Nach kurzem Zögern holte Orsola auch den zweiten Delfin heraus. Klara nahm ihn und hielt beide zusammen hoch. »Wunderschön.« Sie betrachtete sie. »Moment, ich glaube …« Klara legte die als Öse geformte Schnauze des einen an die ebenfalls als Öse geformte Schwanzflosse des anderen, drehte sie, und wie durch Zauberei waren die beiden miteinander verbunden. »Wie bezaubernd!«

In der Tat. Orsola war sich nicht sicher, ob sie je darauf gekommen wäre.

»Wer hat sie Ihnen geschickt?«

Orsola zögerte. Doch sie sah keine andere Möglichkeit. »Ein Mann. Es kann sein, dass er noch mehr schickt.«

Klaras Augen leuchteten. »Ihre große Liebe?«

Es hätte albern klingen können, wie aus einem Roman nachgeplappert, aber Klara war so ernst, dass Orsola nicht mit Zynismus darauf antworten mochte.

»Sì.«

»Warum hat er den Delfin an Domenego geschickt und nicht an Sie?«

»Meine Familie mag ihn nicht. Er dachte wahrscheinlich, dass ich das Päckchen nicht bekommen würde, wenn er es zu mir nach Hause schickt.«

»Ah, *Romeo e Giulietta!*«

»Wer?«

»›Ein Liebespaar, unsternbedroht.‹ Das ist ein englisches Theaterstück.«

»Es kann sein, dass er noch mehr schickt«, wiederholte Orsola. »Und wenn Ihr Vater oder sein Schreiber davon erfährt, könnte Domenego Ärger bekommen. Noch mehr Ärger.« Sie tippte an ihren Mittelfinger, den der Gondoliere eingebüßt hatte.

Klara war ebenso klug wie ihr Vater, aber auf andere Weise. Sie zählte eins und eins zusammen und sagte: »Ihre große Liebe ist der Glasmacher, der geflohen ist. Ich habe gehört, wie mein Vater über ihn gesprochen hat.«

Orsola nickte.

»Wissen Sie, dass er in Prag ist?«

»In Prag? Nein!«

Klara nickte. »Ich habe den Boten, der das Paket gebracht hat, gefragt, woher er kam. Nun – aus Prag.«

»Weiß Ihr Vater davon?«

»Nein, nur ich.« Sie schien sich über ihr Geheimnis zu freuen.

»Verraten Sie es ihm unter keinen Umständen. Und Domenego auch nicht.«

»Warum nicht?«

»Wenn sie glauben, dass er etwas weiß, schneiden sie ihm noch einen Finger ab, um es herauszubekommen.«

Klara Klingenberg sah sie entsetzt an. »Und mein Vater?«

»Er wird es der Gilde sagen, und die schicken dann Männer nach Prag, um ihn zu finden.«

»Aber dann bekommen Sie ihn doch zurück.«

»Nein. Dann töten sie ihn.«

Klara seufzte. »Wie schrecklich. Aber … Padre versucht nur, sein Geschäft zu schützen. Und Ihres.«

Natürlich verteidigt sie ihren Vater, dachte Orsola. Über Klaras Schulter hinweg sah sie Benedetta, die zu ihnen zurückkam. »Er wird noch weitere Delfine schicken, wenn er kann«, sagte sie. »*Per favore*, Signorina, fangen Sie sie ab und geben Sie sie Domenego für mich, ohne dass irgendjemand davon erfährt. Dann kann ihm und Domenego nichts passieren.«

»Ich habe eine bessere Idee. Wenn das nächste Paket kommt, schicke ich eine Nachricht zurück, dass er sie künftig an mich adressieren soll statt an Domenego. Wie heißt Ihr Geliebter?«

Orsola errötete. Den Namen wollte sie der jungen Frau eigentlich nicht geben. Aber ihr blieb nichts anderes übrig, wenn sie ihn vor der Gefahr schützen wollte, in die er sich durch seine romantische Geste brachte. »Antonio Scaramal.«

»*Va bene*. Ich halte Ausschau nach der nächsten Sendung.« Klara gab Orsola die Glasdelfine zurück, und in dem Moment tauchte Benedetta mit einer Tüte Zuckermandeln neben ihr auf. »Nein, ich will keine von Ihren Perlen kaufen«, sagte sie laut. »Ich habe genug Schmuck.« Es war erstaunlich, wie schnell sie von freundlich zu hochmütig wechseln konnte. Für sie war alles offenbar nur ein Spiel.

»Natürlich, Signorina.« Orsola knickste vor ihr. »Tut mir leid, dass ich Sie belästigt habe.«

Benedettas Blick flog zwischen ihr und Klara hin und her, und Orsola fragte sich, ob es ihnen gelungen war, sie zu täuschen.

Monatelang gingen Orsola und Stefano einander aus dem Weg. Bei den Mahlzeiten setzte sie sich so weit wie möglich von ihm weg, und er achtete sorgsam darauf, den Blick zu senken oder ihn auf ihre Schulter zu richten. Offenbar war ihm die ganze Situation genauso peinlich wie ihr. Sie zweifelte nicht daran, dass er Marco um Erlaubnis gebeten hatte, sie zu heiraten, aber er hatte sicher nicht damit gerechnet, dass dies zu Antonios skandalöser Flucht führen und dass Orsola so abweisend reagieren würde.

Sie ging auch Marco aus dem Weg, und er ihr. Monica sorgte dafür, dass er sie in Ruhe ließ, und dann bekamen sie und Isabella kurz hintereinander zwei Jungen – Andrea und Sebastiano. Fortan richtete sich die volle Aufmerksamkeit der Familie auf sie. Andrea kam mit einem verdrehten Fuß zur Welt. Er würde, wenn er einmal laufen konnte, buchstäblich immer hinter den anderen herhinken. Sechs Kinder unter vier Jahren sorgten für eine Menge Arbeit im Haushalt. Noch mehr Wäsche war zu waschen, noch mehr Kinder mussten getröstet werden.

Eines Tages, als Orsola gerade hinter Raffaele herlief, der sich einen Glasstab von ihrem Tisch in der Küche geschnappt hatte und damit in den Innenhof verschwunden war, bemerkte sie, wie Stefano sie vom Werkstatthof aus ansah. Als sie ihrem protestierenden Neffen den Glasstab abnahm, lächelte er und wandte sich um. Ein anderes Mal ertappte sie ihn dabei, wie er sie ansah, während sie den Tisch abräumte. Wieder senkte er den Blick.

Eines Nachmittags begegnete sie ihm auf dem Rückweg von den Bleichwiesen auf dem Ponte di Mezzo. Wortlos nahm er ihr den Korb voll sauberer Laken ab und trug ihn nach Hause. Orsola folgte ihm, zu erschöpft, um sich zu ärgern. Als sie sich bei ihm bedankte, zog er den Kopf ein und eilte zur Werkstatt.

Er hatte wirklich nichts mit Antonio gemein, und vielleicht war es besser so. Stefano war von drahtiger Statur, mit schmalem Gesicht, dunklem Haar und dunklen Augen. Er sprach kaum; seine Bewegungen wirkten abgehackt; alles, was er tat, tat er mit einem gewissen Ungestüm.

Am Namenstag der heiligen Orsola im Oktober – über ein Jahr nachdem er bei Marco um ihre Hand angehalten hatte – kam Stefano zu Orsola in die Küche, als sie kurz allein war, und legte einen kleinen Spiegel auf den Tisch, den er angefertigt hatte. Er war rund, mit einem schmalen, vergoldeten Holzrahmen, der wie ein Kranz geschnitzt war; schlicht und schön. Er trat einen Schritt zurück und deutete darauf. »Oh«, sagte sie. »Ich … ich … *Grazie*, Stefano.« Es war das erste Mal seit Monaten, dass sie seinen Namen aussprach. Sofort kam es ihr wie ein Verrat vor. Aber Antonio ist nicht hier, rief sie sich ins Gedächtnis. Er wird nie wieder hier sein.

»Du kannst ihn dir ins Zimmer hängen«, sagte Stefano, dann eilte er davon, als wären schon diese Worte zu viel gewesen.

An dem Abend klopfte es an ihrer Tür. Als Orsola sie öffnete, stand Stefano da und rieb nervös mit den Händen seine Oberschenkel. Er sah sie nicht an. »Ich wollte mal schauen, wie der Spiegel aussieht. Hast du ihn aufgehängt?«

Sie nickte. Sie hatte es einige Stunden zuvor getan. Er war der hübscheste Gegenstand in ihrem Zimmer, obwohl sie nicht besonders versessen darauf war, sich im Spiegel zu betrachten.

»Kann ich reinkommen?«

Stella schlief schon seit geraumer Zeit nebenan bei Rosella. »Du brauchst ein eigenes Zimmer«, hatte ihre Mutter gemeint. Jetzt wusste Orsola, warum.

Sie sah Stefano lange an. Zögernd erwiderte er ihren Blick. Da trat sie zur Seite und ließ ihn herein.

ZWEITER TEIL

Drei Halsketten

4

Wieder fliegt der Kieselstein übers Wasser. Ein weiter Sprung *alla Veneziana*, von 1633 nach 1755. Der Stein landet mitten im Zeitalter der Aufklärung, als die Gedanken endgültig aus der langen Finsternis der Vergangenheit heraustreten, angeführt von Rousseau, Locke, Voltaire. Wir überspringen einen englischen Bürgerkrieg und allerlei weitere Kriege. In Amerika herrscht eine andere Art Krieg: Die Ureinwohner werden unbarmherzig von ihrem Land vertrieben, mit Waffen und Krankheit.

Kunst: Rembrandt, Vermeer und andere niederländische Maler stehlen den Italienern die Krone, wenngleich Tiepolo in Venedig auf dem Höhepunkt seiner Karriere ist.

Literatur: Der moderne Roman ist geboren. Grund zum Feiern!

In ihrer Werkstatt dreht Orsola Rosso eine durchscheinende rote Perle mit Blattgoldsprenkeln in der Flamme. Sie blickt auf. Es ist einhundertzweiundzwanzig Jahre später. Sie und diejenigen, die ihr etwas bedeuten, sind acht Jahre älter. Sie ist jetzt neunundzwanzig, aber sie weiß nicht, wie alt derjenige ist, der ihr am meisten bedeutet.

Die Stadt auf dem Wasser hat sich verändert. Nicht länger ein Handelszentrum, ist sie nun berühmt für ihre Feste, das Glücksspiel und den Karneval, jene Zeit, wenn sich jeder im

Schutz einer Maske Freiheiten herausnehmen kann. Sie ist, in mehr als einer Hinsicht, der Höhepunkt der Grand Tour, die viele junge Männer – und ein paar junge Frauen – aus Europa unternehmen.

Weniger Handel bedeutet weniger Glas, das verkauft wird. Weniger Arbeit. Schwerere Zeiten für Glasmacher und andere Kunsthandwerker.

Profitieren die Rossos von der neuen Freiheit des Geistes und des Körpers? Ist Orsola »aufgeklärt«, oder wird ihr Leben ausschließlich bestimmt von den ganz alltäglichen Sorgen und Nöten eines Haushalts voller Kinder?

»*Basta!*« Orsola klang immer mehr wie ihre Mutter.

Für einen Moment herrschte Stille. Doch Kinder haben ein kurzes Gedächtnis. Bald prallte der Ball erneut gegen die Mauer von Orsolas Werkstatt, und noch einmal und noch einmal, direkt hinter dem Tisch, an dem sie arbeitete, begleitet von lautem Mitzählen: »*Uno! Due! Tre!*«

Normalerweise schimpfte sie sie nicht aus, weil sie laut waren. Aber wenn sie ausgerechnet da spielten, wo sie arbeitete, konnte sie sich nicht konzentrieren, und dann tropften ihre Perlen immer wieder vom Metalldorn, den sie hin und her drehte. Sie musste eine Bestellung für Klingenberg fertig bekommen, er hatte um ein Gespräch mit ihr gebeten, und sie konnte es sich nicht erlauben, wertvolle Zeit zu verlieren. Die Kinder wussten, dass sie nicht in den Werkstatthof durften. Marco hatte es ihnen verboten, und Monica, Laura Rosso und Orsola hatten sein Verbot gutgeheißen. Doch wenn es mehr Kinder als Erwachsene gab, war es nicht leicht, die Ordnung aufrechtzuerhalten.

Mittlerweile lebten im Haushalt der Rossos acht Kinder im Alter zwischen zwölf Jahren (Stella) bis achtzehn Monaten (Angela). Monica hatte Marco noch eine Tochter geschenkt – Francesca – und zwei weitere Kinder, die jedoch früh gestorben waren. Giacomo und Isabella hatten nach Sebastiano nur noch ein Kind bekommen: ein kleines Mädchen mit blondem Haar, das nicht die geringste Ähnlichkeit mit Giacomo hatte. Drei Monate nach der Geburt war Isabella mit ihr zur *terraferma* geflohen, wo ein blonder Fischer auf sie wartete. Nur Orsola hatte die Erleichterung auf Giacomos Gesicht bemerkt, als er hörte, dass seine Frau ihn verlassen hatte. Und so sehr seine Mutter auch auf ihn einredete, er zeigte keinerlei Interesse daran, sich eine neue Frau zu suchen. Offenbar war ihm die erste bereits zu viel gewesen.

Das jüngste der acht Kinder war das von Orsola und Stefano: Angela, das Geschenk, mit dem sie nicht mehr gerechnet hatte. Viermal war sie schwanger gewesen, bevor ihre Tochter zur Welt gekommen war. Stefano vergötterte Angela, und sie jauchzte und lief zu ihm, sobald sie ihn erblickte. Orsola bemühte sich, nicht eifersüchtig zu sein. Stefano war ein guter Mann und verdiente es, derart hingebungsvoll geliebt zu werden.

Wieder warfen die Kinder den Ball gegen die Mauer und riefen dazu ihre Namen, von der Ältesten bis zur Jüngsten: »Stella! Marcolin! Rosella! Raffaele! Andrea! Sebastiano! Francesca! Angela!«

»Per l'amor di Dio, basta!«, rief Orsola erneut, genervt von dem ständigen Prallen. Sie legte den Dorn, den sie in der Hand hielt, zur Seite und ging zur Tür. »*Andatevene*, allesamt!«

Die Kinder gehorchten und liefen zum Innenhof, um jemand anderen zu stören. Dieses Spiel wiederholte sich fast jeden Tag. Oft arbeitete Orsola mit zusammengebissenen Zähnen trotz des Lärms weiter, manchmal gab sie auf und ließ das Perlenmachen sein, und manchmal schimpfte sie. Sie setzte sich wieder hin und versuchte, sich auf die Arbeit an der Lampe zu konzentrieren, aber sie konnte sich ein Lächeln nicht verkneifen: Die Kinder passten auf sich selbst auf, besser als Orsola dies konnte.

Und sie liebte sie alle, aber ein paar hatte sie besonders ins Herz geschlossen:

Angela natürlich, denn sie war ihre Tochter.

Stella, weil sie ihre Schwester und die Älteste war. Sie schloss sich nur selten den anderen an, sondern verschwand meist zu ihren geheimen Orten auf der Insel, aber manchmal kam sie auch und sah ihrer Schwester beim Perlenmachen zu.

Marcolin, weil er Orsolas ältester Neffe und Nicolettas Sohn war und sich so vor der Welt fürchtete, dass seine Tanten ihn oft trösten und vor allen Gefahren beschützen mussten, die seiner Meinung nach außerhalb des Hauses lauerten.

Rosella, weil sie sich bisweilen Stella anschloss und Orsola ebenfalls bei der Arbeit zusah. Sie war noch zu jung, um Perlen zu machen, aber sie übte bereits mit Honig zwischen zwei Stäben, wie Elena Barovier es Orsola beigebracht hatte. Elena war nicht mehr da; sie hatte die Pest überlebt, nur um dann an einer Geschwulst in ihrer Brust zu sterben.

Und schließlich Raffaele, der Sonnenschein. Er war Laura Rossos Liebling und sah seiner Mutter Nicoletta sehr ähnlich mit seinen mandelförmigen braunen Augen und dem elegant geschwungenen Mund. Auch Marco zog ihn seinen beiden anderen Söhnen vor; er schämte sich für Andreas Hinken und Marcolins Furcht vor der Welt. Raffaele war der geborene Anführer der Kinderbande. Doch im Gegensatz zu den meisten Anführern – und auch seinem Vater – war Raffaele immer guter Dinge und freundlich zu jedem.

Je mehr Kinder da waren, desto mehr Mäuler waren zu füttern und desto mehr Platz wurde in der Küche gebraucht: für die Magd, die kam, um den Abwasch zu machen, das Kindermädchen, das sich um die Kleinsten kümmerte, und die alte Frau, die bei der Wäsche half. Bei den Mahlzeiten waren sie eine große Runde. Schließlich blieb kein Platz mehr für Orsolas Tisch mit ihrer Lampe und dem Blasebalg. Eines Nachmittags, nachdem sie im Hof gegessen hatten, setzte die Magd einen Stapel schmutzigen Geschirrs auf dem Tisch ab und warf dabei ein Bündel Glasstäbe um. Orsola fluchte, als die Stäbe überallhin rollten, und die Magd brach in Tränen aus.

Monica ging hinaus in den Hof, wo Marco, Giacomo und Stefano noch ihren Wein austranken, bevor sie zurück an die Arbeit gingen. »Orsola braucht einen Ort zum Perlenmachen«, sagte sie zu ihrem Mann. »In der Küche ist kein Platz mehr. Ich schlage vor, du überlässt ihr einen Teil des Lagerraums.«

Marco starrte sie an, doch sie hielt seinem Blick stand. »Keine Frauen in der Werkstatt.«

»Orsola wäre dann nicht in der Werkstatt. Sie hätte ihren eigenen Raum im Lager. Da ist reichlich Platz« – sie hob die Hand, als Marco sie zu unterbrechen versuchte –, »du musst nur ein bisschen umräumen und ein paar neue Regale bauen. Das ist nicht weiter schwer.«

Im Lager herrschte ein einziges Durcheinander; Marco hatte nicht die Ordnungsliebe seines Vaters geerbt. Wenn es wieder so aufgeräumt würde wie zu Lorenzo Rossos Zeiten, könnte Orsola sich dort ohne Weiteres einrichten.

»Wir brauchen die Einnahmen von ihren Perlen«, fügte sie hinzu. »Sie sorgt dafür, dass die Kinder etwas zu essen und zum Anziehen haben.« Monica deutete auf die Kinder, die satt und ein wenig träge im Hof spielten, von Stella bis zur kleinen Angela, die hinter ihren Cousins und Cousinen hertapste.

Orsolas Perlen bildeten mittlerweile einen kleinen, aber wichtigen Beitrag zum Einkommen der Rossos. Ein paar Jahre zuvor hatte sie das Geld abgeholt, das Klingenberg vom Verkauf der Perlen für sie aufbewahrt hatte, und es dem überraschten Marco gegeben. Es war eine beachtliche Summe gewesen. Orsola legte Wert darauf, dass ihre Mutter und Monica davon wussten, damit Marco es nicht für irgendeinen Unsinn ausgab, es in einem der Casinos verspielte, die auf Murano eröffnet hatten, oder es im Omo Salvadego ließ. Mit dem Geld konnte er den Schmelzofen umbauen lassen, sodass er besser brannte. Nicht dass er ihr dafür gedankt oder auch nur anerkannt hätte, dass es die *escrementi di coniglio* – die Kaninchenköttel – waren, die das Geld dafür eingebracht hatten. Jetzt sorgten die Perlen dafür, dass die Kinder Schuhe hatten und die Erwachsenen besseren Wein.

Marcos Miene hatte sich verfinstert, doch Monica ließ sich nicht beirren. Schließlich nickte er. »Meinetwegen. Aber so weit wie möglich vom Ofen entfernt«, sagte er. »Ich will den Gestank nicht in der Nase haben.«

Orsola freute sich sehr, quasi eine eigene Werkstatt zu haben – höchst ungewöhnlich für eine Frau –, wo sie ihre Sachen liegen lassen konnte und nicht jeden Abend alles wegräumen musste. Doch die Abgeschiedenheit hatte auch ihre Nachteile. In der Küche hatte sie mitbekommen, wer krank, wer müde und wer wütend war, und wer wann und wohin ging. Sie hatte gesehen, wie Isabella hinter Giacomos Rücken die Augen verdreht hatte, lange bevor sie weggelaufen war. Sie hatte gesehen, wie ihre Mutter Raffaele *biscotti* zusteckte und wie mitleidsvoll Monica ihrem Sohn Andrea nachgeschaut hatte, als er mit seinem lahmen Fuß hinter den anderen herzulaufen versuchte.

Mittlerweile stellte Orsola auch andere Dinge als Perlen her, um sie in dem kleinen Laden zu verkaufen, der zur Werkstatt gehörte. Stella hatte die Idee gehabt. Eines Tages hatte Orsola mit mehreren kleinen Glasdelfinen im Schoß auf der Riva di San Matteo gesessen. Sie wusste nie, wann Antonio wieder einen schicken würde: Manchmal lagen nur ein paar Monate dazwischen, manchmal vergingen Jahre. Den ersten, den Antonio ihr geschenkt hatte, trug sie zusammen mit der *rosetta* von Maria Barovier in ihrer Tasche; sie waren ihre ständigen Begleiter. Die anderen bewahrte sie zu Hause in ihrer Werkstatt auf, wo Stefano und Marco niemals nachschauen würden. Ab und zu jedoch nahm sie sie mit nach San Matteo, um sie herauszuholen, ihr Gewicht zu spüren, sie miteinander zu verbinden und wieder zu lösen und sie leise klimpernd aneinanderstoßen zu lassen. Die Delfine bedeuteten ihr viel, denn sie waren der Beweis, dass Antonio noch immer mit Murano und mit ihr verbunden war. Vielleicht blieb der langsame Fluss des Glases ja in seinem Blut, auch auf der *terraferma*.

»Was ist das?«, fragte plötzlich jemand, und als sie sich umwandte, stand Stella hinter ihr und blickte ihr über die Schulter. Ihre Schwester war sehr geschickt darin, sich lautlos anzuschleichen.

»Delfine«, erwiderte Orsola. »Die hat ein Freund gemacht. Willst du sie sehen?«

Stella hockte sich neben sie. Sie hatte sonnengesträhnte braune Locken, die dunkler wurden, als sie der Kindheit allmählich entwuchs, und dichte Brauen, die fast immer zusammengezogen waren, nicht aus Zorn, sondern weil sie sich so sehr bemühte, die Welt um sie herum zu verstehen.

»Niemand sonst weiß davon«, fügte Orsola hinzu. »Nur du und ich. Es ist unser Geheimnis, *d'accordo?*« Sie drohte ihr nicht, weil Drohungen bei ihrer Schwester nichts nützten. Auch mit Strafen erreichte man nichts. Aber ein Geheimnis konnte sie wahren.

Sie nickte. Zu der Zeit hatte Orsola sechs Delfine, sie waren aneinandergehakt, und Orsola legte die kleine Kette in die Hände ihrer Schwester. Stella brach nicht in Begeisterungsrufe aus wie andere Mädchen und sagte auch nicht, dass sie sie haben wollte, sondern begutachtete sie mit der Aufmerksamkeit eines Gelehrten. Sofort erkannte sie, wie sie miteinander verbunden waren, löste sie und legte sie in eine Reihe, von Weiß bis Dunkelblau. Während die beiden Schwestern sie betrachteten, fielen Orsola kleine Unterschiede zwischen den Delfinen auf: längere Flossen, kürzere Schnauzen, rundlichere Körper. In einem schwebten sogar ein paar Luftblasen. Er muss in Eile gewesen sein, als er ihn gemacht hat, dachte sie.

»Wer ist dieser Freund?«, fragte Stella. »Die hier stammen nicht aus Murano, sonst hätte ich sie in einem der Läden gesehen. Aber sie kommen mir bekannt vor.«

Mittlerweile gab es mehrere Geschäfte auf Murano, die Glaswaren verkauften. Die Kundschaft der Rossos war gewachsen. Es kamen nicht nur Venezianer, die hier ihre Palazzi und Gärten aufsuchten, sondern auch Ausländer. Franzosen, Deutsche, Briten – alle kamen nach Venedig, wegen der Kirchen, der Kunst und der Feste, aber auch wegen des Glücksspiels und um die benachbarten Inseln zu besuchen. Auf Burano kauften sie Spitze, auf Murano Mitbringsel aus Glas für zu Hause: Pferde, Fische und Schäferinnen, Weingläser, Kerzenhalter und Handspiegel. Und sogar ein paar Perlen. Die Familie Rosso bediente diesen neuen Markt, obwohl es bedeutete, dass Stefano kleinere, billigere Spiegel, Giacomo rasch gezogene Figuren und Marco einfache Kerzenhalter anfertigte. Ihr Laden war größer geworden, ihre Waren kleiner. Stella hatte recht: Solche Delfine könnte man hier in einem Laden anbieten, und sie würden vermutlich reißenden Absatz finden. Allerdings waren sie viel besser verarbeitet als die meisten Stücke, die die Rossos den Touristen verkauften und die wahrscheinlich die lange Heimreise nicht heil überstanden. Marco würde den Delfin sofort erkennen und wäre außer sich.

»Sie wurden nicht auf Murano gemacht, sondern anderswo«, sagte Orsola.

Stella lehnte sich zurück und nickte. »Ich weiß. Das sind die gleichen Delfine wie auf den Kerzenhaltern, die Marco früher gemacht hat, aber jetzt nicht mehr leiden kann. Also stammen sie wohl von *il Giuda* Antonio.«

Jede Familie hat ihre Geschichten, die sie am Tisch bei einem Glas Wein erzählt. Die Rossos hatten Lorenzo Rosso mit der heißen Glasscherbe im Hals; Laura Rosso, die Lazzaretto Vecchio überlebt und Raffaele gerettet hatte; Orsola, die es geschafft hatte, dass Maria und Elena Barovier ihr das Perlenmachen beibrachten. Und Antonio, der Judas, der die Glasgeheimnisse der Familie gestohlen und sie mit in den Norden genommen hatte, um sie der Konkurrenz zu verraten. Sogar Stella kannte die Geschichte. Orsolas Rolle dabei wurde geflissentlich verschwiegen, aber immer wenn das Gespräch darauf kam, begann sie den Tisch abzuräumen oder sich um die Kinder zu kümmern, damit sie nicht zuhören musste. Auch Stefano wollte nichts von dem Mann hören, den seine Frau ihm vorzog, deshalb ließ er die kleine Angela von seinem Schoß gleiten und verschwand unter einem Vorwand in die Werkstatt.

»Warum schickt er sie dir?«, fragte Stella.

Orsola überlegte, was sie ihr antworten sollte. Sie entschied sich für die Wahrheit. »Damit ich ihn nicht vergesse.«

»Dann scheint es zu funktionieren.«

»Sì.«

»Die könntest du mit deiner Lampe auch machen«, meinte Stella, während sie das jüngste Erzeugnis betrachtete, leuchtend grün wie die Algen, die in den flachen Bereichen der Lagune wuchsen. »Und sie dann im Laden verkaufen.«

»Keine Delfine«, entgegnete Orsola. »Aber vielleicht etwas anderes.«

»Wie wäre es mit Seepferdchen? Du könntest die gleichen Ösen verwenden, an der Nase und am Schwanz.« Sie begann die Delfine wieder aneinanderzuhaken.

Stellas Vorschlag ließ Orsolas Herz schneller schlagen. Ihr gefiel der Gedanke, etwas herzustellen, das sie nicht über Klingenberg verkaufen würde, sondern im Laden der Rossos.

Zu Hause, in ihrer Werkstatt, experimentierte Orsola stundenlang an ihrer Lampe, um ein Seepferdchen richtig hinzubekommen. Sie bat die Fischer, ihr die zu zeigen, die sich in ihren

Netzen verfangen hatten, und zeichnete die winzigen, zarten Wesen mit ihrer gezackten Mähne, dem schlanken Körper und dem zu einer Spirale aufgerollten Schwanz. Diese Spirale könnte man in eine kleine Öse oben auf dem Kopf einhaken. Es war schwierig hinzubekommen und nicht ganz so elegant wie Antonios Drehtrick, mit dem man die Delfine verbinden konnte, aber einen Monat nach Stellas Vorschlag war das *cavalluccio marino* der Rossos geboren. Zu Marcos Ärger und Orsolas großer Genugtuung erfreute es sich größerer Beliebtheit als alles andere im Laden. Besucher kauften sie für ihre Frauen, Töchter, Geliebten. Orsola entwarf noch weitere Figuren: Schlangen, Tintenfische, Seesterne, Katzen und Hunde. Stets klein und schlicht. Doch Delfine machte sie nie.

Die Glasfiguren waren ein großer Erfolg, aber der Verkauf der Perlen stagnierte. Im Lauf der Jahre hatte Klingenberg seine Bestellungen nach und nach vergrößert, als er zuverlässige Kunden gewann, die die Qualität des Muranoglases dem billigeren, gröberen Glas anderer Werkstätten auf dem Festland vorzogen. Doch jetzt schien der Markt gesättigt; die Bestellzahlen stiegen nicht weiter. Orsola hatte das Gefühl, auf der Stelle zu treten. Glasperlen herzustellen hatte seinen Reiz verloren. Es kam ihr vor wie der Moment in einer Geschichte, an dem scheinbar nichts passiert und alles auf den Auftritt des geheimnisvollen Fremden wartet, damit die Ereignisse wieder Fahrt aufnehmen.

Eines Tages fuhr sie zu Klingenberg, um ihm die neueste Bestellung zu bringen und ihm einen Vorschlag zu unterbreiten. Nachdem sie ihm zur Hochzeit seiner Tochter Klara gratuliert und der Kaufmann sich nach ihrer Tochter Angela erkundigt hatte, wandten sie sich dem Geschäftlichen zu. Orsola gab ihre Perlen Jonas, der sie wegbrachte, ohne sie zu begutachten, denn mittlerweile vertrauten sie ihr.

»Ich möchte Ihnen etwas vorschlagen, Signor Klingenberg«,

sagte sie. »Wie wäre es, wenn ich Halsketten aus meinen Perlen anfertige, anstatt sie einzeln zu verkaufen?« Orsola machte gelegentlich Ketten für die Frauen auf Murano, aber der Kaufmann hatte sie nie danach gefragt.

»Die Käufer wünschen lose Perlen«, erwiderte Klingenberg, ohne ihre Idee auch nur in Erwägung zu ziehen. Als er ihre Enttäuschung sah, fügte er hinzu: »Aber wir haben eine Anfrage für eine neuartige Perle bekommen, von einem Markt, mit dem ich bislang noch nicht zu tun hatte. Vielleicht interessiert Sie das ja.«

Orsola hatte ihn einmal gefragt, wohin ihre Perlen gingen, und er hatte viele Städte aufgezählt: Amsterdam, Paris, London. Damaskus, Aleppo, Konstantinopel. Von diesen Städten hatte sie bereits gewusst; von anderen hatte sie noch nie gehört: Baku, Boston, Lima. Sie selbst war noch nicht einmal auf der *terraferma* gewesen, aber ihre Perlen waren weit gereist.

Und nun: »Westafrika. Die Stammeshäuptlinge tragen sie«, erklärte er. »Glas ist dort selten. Deshalb sind Glasperlen etwas Besonderes, im Gegensatz zu den Perlen aus Ton oder Samen. Rares belebt den Handel und diktiert den Preis. Die Afrikaner wissen nicht, wie Glas hergestellt wird – zumindest noch nicht –, deshalb bezahlen sie teuer für das Privileg, Glasperlen tragen zu können. Und jetzt wollen sie *millefiori*-Perlen.«

Millefiori-Perlen wurden aus verschiedenfarbigen Glasstäben gemacht, die zu einem Muster gebündelt wurden, meist mit einer Farbe in der Mitte und einer anderen für die Blütenblätter. Dann wurden sie zu einem Stab zusammengeschmolzen, und wenn dieser abgekühlt war, wurde er in kleine Scheiben geschnitten. Das Muster darauf sah aus wie winzige Blüten. Diese Scheiben wurden dann dicht an dicht in eine Perle aus undurchsichtigem Glas gedrückt. Das Ergebnis war für Orsolas Geschmack ein wenig zu bunt; sie bevorzugte schlichtere Muster.

»Wie viel sind *millefiori*-Perlen denn wert?«, fragte Orsola.

»Fünf *soldi* pro Perle, wobei sie natürlich in Waren bezahlen, da es in Afrika keine *soldi* gibt.«

»Was für Waren?« Sie war neugierig, was aus Afrika kam.

»Felle von exotischen Tieren. Gold. Sklaven.«

Orsola starrte ihn an. »Sie verkaufen ihre eigenen Leute?«

»Manchmal. Das bringt dem Stamm Reichtum.«

Auch wenn manche Nachbarn ihr auf die Nerven gingen, andere Glaswerkstätten Ideen der Rossos stahlen und manche Perlenmacherinnen, soweit es sie betraf, gerne pleitegehen durften, würde Orsola niemals jemanden auf diese Weise verraten. Muraneser waren oft verfeindet und hassten einander, aber sie hielten trotzdem zusammen.

Und da war Domenego, ein Freund, der auch ein Sklave war.

Sie wollte etwas erwidern, zog es dann aber vor zu schweigen. Klingenberg war gut zu ihr gewesen: Er hatte ihre Perlen gekauft, als sie noch eine unerfahrene Anfängerin gewesen war, hatte sie nach der Pest unterstützt und in Zeiten zu ihr gestanden, als sie weniger produktiv gewesen war – nachdem Antonio fortgegangen war, nach den Fehlgeburten, während ihrer schwierigen Schwangerschaft und der ersten Tage mit dem Kind. Und er würdigte ihre Arbeit auf eine Weise, wie Marco es nie tat. Orsola verdankte ihm eine Menge und wollte ihn nicht kritisieren oder sein Handeln infrage stellen. Aber der Gedanke, dass ihre Perlen in gewisser Weise daran beteiligt waren, jemanden wie Domenego zum Sklaven zu machen, entsetzte sie.

Obwohl sie nichts sagte, war ihr offenbar anzusehen, was ihr durch den Kopf ging. Klingenberg lehnte sich zurück. »Signora Orsola, Sie haben Ihr ganzes Leben auf Murano verbracht, nicht wahr? Sie und Ihre Familie sind noch nie auf der *terraferma* gewesen, habe ich recht?«

Sie zuckte die Achseln. So, wie er es formulierte, klang es wie ein Versäumnis ihrerseits.

»Sie wissen wenig darüber, wie Geschäfte ablaufen. Die betrübliche Wahrheit ist, dass die Welt des Handels auf menschlichem Schweiß beruht, ein großer Teil davon unbezahlt. Nehmen wir zum Beispiel die amerikanischen Kolonien, über die wir so viel hören und die uns neuartige Textilien und den geschätzten Zucker im Überfluss bescheren. Sie sind erfolgreich, weil das Rohmaterial – Baumwolle und Zuckerrohr – von Sklaven angebaut wird. Großbritannien ist durch den Handel mit Sklaven reich geworden. Ebenso die Niederlande, Spanien, Frankreich und Portugal. Ihre Perlen sind ein Teil davon. Sklaverei hält die Welt am Laufen.«

»Und Ihre Gondel hier in Venedig.«

Die Worte waren Orsola herausgerutscht.

Im Vorzimmer verstummte das Kratzen von Jonas' Feder. Zum ersten Mal seit jenem Moment, als sie ihn seekrank erlebt hatte, wirkte Klingenberg nicht mehr so selbstsicher und beherrscht. Obwohl er sich nicht rührte, veränderte sich seine Miene. »Domenego hat bei uns ein gutes Leben«, verteidigte er sich. »Er wird ordentlich behandelt.«

»War es seine Entscheidung, für Sie zu arbeiten?«

»Er kann sich jederzeit freikaufen.«

»Wie viel würde das kosten?«

»Das geht nur ihn und mich etwas an, Signora Orsola. Also, keine Halsketten. Aber ich würde Sie bitten, *millefiori* für mich zu machen. Ich habe bereits mehrere Anfragen, und ich möchte Ihnen als Erste die Gelegenheit geben, bevor ich mich nach jemand anderem umsehe. Schicken Sie mir bis zum Ende des Monats ein Muster, und dann sehen wir, wie Sie damit zurechtkommen.« Klingenberg erhob sich. Er wirkte erschöpft; es war ihm nicht gelungen, das Thema so elegant zu wechseln wie sonst. »Jonas, begleiten Sie Signora Orsola bitte hinaus«, rief er seinem Schreiber zu. An Orsola gewandt fügte er an: »Grüßen Sie Ihre Mutter und Ihre Brüder von mir.« Damit war klar, dass er nicht mehr über Sklaverei oder auch nur Perlen sprechen wollte.

Orsola verspürte leise Befriedigung, weil es ihr gelungen war, die Selbstsicherheit dieses mächtigen Kaufmanns zu erschüttern.

Jonas begleitete sie hinunter zu den Arkaden, obwohl sie schon oft im Fondaco dei Tedeschi gewesen war und den Weg auch allein gefunden hätte. Als sie die breite Marmortreppe hinuntergingen, deren Stufen in der Mitte von Jahrhunderten geschäftiger Schritte abgewetzt waren, sagte Klingenbergs Schreiber leise: »Mit Ihrer unbesonnenen Bemerkung haben Sie sich und Ihrer Familie keinen Gefallen getan. Herr Klingenberg wird es nicht vergessen. Er bekommt immer weniger Anfragen nach Muranoglas, weil Leute wie Ihr früherer Geliebter den Handel in den Norden verlagert haben.«

»Sprechen Sie nicht von ihm!« Orsolas Stimme hallte durch das Treppenhaus. Ein vorbeikommender Schreiber warf ihr einen missbilligenden Blick zu. Acht Jahre waren vergangen; sie hatte einen Ehemann, ein Kind und eine eigene Werkstatt, und meistens schützten diese Dinge sie vor dem Schmerz. Doch manchmal genügte ein beiläufiges Wort, um die Wunde, die sie längst vernarbt glaubte, wieder aufzureißen.

»Einst war Venedig das Handelszentrum der Welt«, fuhr Jonas ungerührt fort. »Und jetzt schauen Sie …« Sie waren am unteren Ende der Treppe angekommen, und er deutete auf den offenen Innenhof vor ihnen. »Was herrschte hier einst für eine Betriebsamkeit!«

Orsola musste Jonas zustimmen. Damals, als sie und Giacomo auf der Suche nach Marco hierhergekommen waren, hatte der Innenhof nur so gewimmelt von hin und her eilenden Schreibern, war übergequollen vor Waren, die umhergetragen und inspiziert wurden. Jetzt dagegen ging es im Fondaco dei Tedeschi geruhsam zu, und auf dem Canal Grande drängten sich nicht mehr Boote aller Arten und Größen, nur ein paar Gondeln glitten gemächlich vorüber.

»Wenn Sie von dem wenigen, was der Markt für Muranoglas noch hergibt, profitieren wollen, sollten Sie Herrn Klingenberg besser nicht kritisieren, indem Sie sich auf die Seite der Afrikaner stellen.«

Bevor sie etwas erwidern konnte, fügte er hinzu: »Glauben Sie wirklich, dass es nur darauf ankommt, für seine Arbeit bezahlt zu werden? Manchmal fühlt man sich auch mit Geld in der Tasche wie ein Sklave.«

Orsola starrte ihn an. Jonas blickte über den Innenhof, sodass sie nur sein Profil sehen konnte, sein bärtiges Kinn, die gerade Nase. Seine Lippen waren ein schmaler Strich, und an der Schläfe unter seiner schwarzen Kappe pochte eine Ader.

»Aber Sie haben eine Wahl«, sagte sie schließlich.

»Nur die, zu verhungern oder zu überleben.«

»Fragen Sie Domenego. Ich vermute, er hätte gerne diese Wahl.«

»Der *moro* hat das bessere Leben. Er ist den ganzen Tag draußen in dieser schönen Stadt auf dem Wasser, während ich hier drinnen sitze und Zahlen aufschreibe.«

»Aber er hat keine Familie.«

»Die habe ich auch nicht.«

»Was ist mit Ihren Angehörigen passiert?«, fragte sie, obwohl sie nicht erpicht darauf war, seine Geschichte zu hören, weil sie dann vielleicht gezwungen wäre, Mitgefühl zu empfinden.

»An der Pest gestorben, alle. Meine Eltern, meine Brüder und meine Schwester.«

»Che Dio li tegna.« Orsola bekreuzigte sich. »Haben Sie eine Frau? Kinder?« Warum ließ sie sich da hineinziehen?

Er schüttelte den Kopf.

»Wenn Sie lieber als Gondoliere arbeiten würden, warum tun Sie es nicht?«

»So einfach ist es nicht, Signora. Warum arbeiten Ihre Brüder mit Glas? Weil die Familie es tut.«

Das stimmte. Orsola konnte sich nicht vorstellen, dass Marco oder Giacomo irgendetwas anderes taten, als Glas zu machen, aber sie hatten nie eine Wahl gehabt.

»Mein Vater war ein Kaufmann wie Herr Klingenberg«, fuhr er fort, »aber er hat meine beiden älteren Brüder in die Firma geholt, und so musste ich mir anderswo Arbeit suchen. Da Herr Klingenberg keine Söhne hat, nahm er mich an.«

»Obwohl Sie lieber auf dem Wasser gewesen wären.« Die Vorstellung, wie dieser blasse Schreiber singend und fluchend eine Gondel durch die Kanäle ruderte, erheiterte Orsola.

Jonas erwiderte nichts.

»Wie viel würde Domenegos Freiheit kosten?«

»Einhundert *zecchini.*«

Orsola schnappte nach Luft. Wenn Domenego nicht die Klingenbergs umherfuhr, nahm er bei den *traghetto*-Anlegern bisweilen für einen *soldo* Passagiere für kurze Fahrten auf. Er würde über vierzigtausend solche Fahrten machen müssen, um diese Summe zusammenzubekommen. Sie würde dafür über zwanzigtausend Perlen machen müssen.

Nachdem sie den Fondaco dei Tedeschi verlassen hatte, ging Orsola zum Anleger beim Rialto, um zu sehen, ob Domenego dort war. Sie hatte sich angewöhnt, ihrem Freund einen Besuch abzustatten, wenn sie sich mit Klingenberg traf. Manchmal, wenn er nicht mit der Familie oder anderen Passagieren unterwegs war, fuhr er mit ihr den Canal Grande entlang. Selbst nach all den Jahren fand Orsola es immer noch aufregend, zwischen den anderen Gondeln hindurchzugleiten, die luxuriösen Palazzi zu bestaunen und zu beobachten, wie die anderen Passagiere einander musterten. Manchmal musterten die Leute auch sie, Orsola, neugierig auf diese einfache Frau, die in einem so prächtigen Boot saß und sich von einem Afrikaner rudern ließ. Auch Domenego schien es zu genießen, seine Geschicklichkeit unter

Beweis zu stellen, indem er die Gondel zwischen den anderen Booten hindurchmanövrierte, ohne mit jemandem zusammenzustoßen. Er brüllte und fluchte auch nicht, sondern rief nur »*A premando*« oder »*A stagando*«, um die anderen zu warnen, dass er nach links oder rechts abbog. Mittlerweile hatte er sich an den Verlust eines Fingers gewöhnt und ruderte so elegant wie eh und je.

Oft fuhren sie Richtung San Marco, vorbei am Palazzo Grimani, am Ca'Rezzonico und am Palazzo Venier. Meist kamen sie nicht bis San Marco, sondern nur bis zu Santa Maria della Salute, die nach dem Ende der Pestepidemie 1630 erbaut worden war. Verziert mit allerlei Statuen und hübschen, überflüssigen Schnörkeln, war die Salute für Orsola viel eher das Wahrzeichen Venedigs als die Basilica di San Marco oder der Dogenpalast. Mächtig und wie triumphierend stand sie am Eingang des Canal Grande, und ihre zwei riesigen Kuppeln und der weiße Kalkstein waren eine Wohltat für das Auge.

Jedes Jahr im November wurde eine Holzbrücke über dem Kanal errichtet, damit die Venezianer darüber zur Salute pilgern und Gott für das Ende der Seuche danken konnten, wie sie es im Juli beim Redentore taten. Orsola war bisher noch bei keinem der beiden Feste gewesen. Aber sie hatte bei der jährlichen Regatta zugeschaut, und einmal war Antonio mit ihr zur Festa della Sensa – Christi Himmelfahrt – hinausgefahren, um zuzusehen, wie der Doge sich mit dem Meer vermählte, indem er vom *Bucintoro*, einem riesigen, prachtvollen Schiff mit einundzwanzig rot-goldenen Rudern an jeder Seite, die sich in perfektem Gleichklang bewegten, einen Ring ins Wasser warf.

Hör auf, in alten Erinnerungen zu schwelgen, ermahnte sie sich. Natürlich war das einer der Gründe, weshalb sie nach Domenego Ausschau hielt: Er war ihre einzige Verbindung zu Antonio. Sie fragte ihn nie, aber wenn sie sich sahen, reichte der Gondoliere ihr entweder schweigend ein Päckchen, oder, was häufiger geschah, er schüttelte den Kopf. Klara Klingenberg hatte ihr Wort gehalten und es geschafft, die Delfine an Domenego weiterzugeben, ohne dass ihr Vater etwas davon mitbekam. Doch Orsola fragte sich besorgt, wie es nun weitergehen würde, denn Klara hatte geheiratet und war in das Haus ihres Mannes in San Polo gezogen. Sie musste mit beiden sprechen.

Orsola nahm an, dass Domenego Klara zu den Orten ruderte, an denen verheiratete Frauen in Venedig ihre Zeit verbrachten: zur Messe, zu Besuchen bei anderen Frauen, zum Juwelier, ins Theater oder wohin auch immer. Orsola kannte sich damit nicht aus. Klaras Welt aus himmelblauen Seidenkleidern war eine vollkommen andere als ihre. Natürlich beneidete sie sie um das Kleid, obwohl sie wusste, dass es ihr, Orsola, nicht stehen würde. Sie trug immer noch das rotbraune Kleid aus dem Stoff von Maria Barovier, obwohl es abgetragen und an einigen Stellen geflickt war und sie es an Brust und Hüfte hatte auslassen müssen, denn das Kind und die Jahre hatten Spuren hinterlassen. Aber sie hätte gerne mal blaue Seide und echte Perlen getragen, nur für einen Abend.

Es war ein nebliger Tag, und am Anleger konnte sie nur wenige Boote sehen. Die anderen Gondolieri kannten Orsola mittlerweile, und da sie eine verheiratete Frau und nicht mehr ganz so jung und knackig war, beachteten sie sie kaum. Außerdem wussten sie, dass sie immer nur mit Domenego fuhr. Einer der Gondolieri erblickte sie und rief ihr zu: »Der *moro* hat die deutsche Signora zur Messe in Santa Maria dei Miracoli gebracht. Ich kann Sie hinbringen, Signora. Kostet nur vier *soldi.*«

Ein anderer Gondoliere rief: »*Ladro!* Für Sie nur zwei *soldi.*«

»Einen *soldo*«, meldete sich eine Stimme aus dem Nebel. »Es ist nicht weit, Signora. Diese Diebe würden Ihnen das Gold des Dogen abknöpfen, um Sie zu Ihrer Mutter zu bringen!«

Orsola zögerte. Wenn Sie schon Geld für einen Gondoliere

bezahlte, hätte sie es lieber Domenego gegeben – obwohl er von ihr keines annehmen würde. Doch bei dem Nebel und der Kälte wollte sie sich nicht bei der Suche nach der Kirche verlaufen. Also rief sie: *»Sì!«*, und als er aus dem Nebel auftauchte, stieg sie unter dem Gespött der anderen Bootsführer in seine Gondel. »Er ist der wahre Dieb!«, rief der erste Gondoliere. »Sie werden schon sehen!«

Er hatte recht – im Handumdrehen waren sie bei den flachen Stufen von Santa Maria dei Miracoli angekommen. Es war ein hoher Preis für eine so kurze Strecke. Das sagte Orsola ihm auch, und sie versuchte, ihn auf sechs *denari* herunterzuhandeln, obwohl sich so etwas nicht gehörte, wenn man sich bereits auf einen Preis geeinigt hatte. Ihm war das natürlich bewusst, und er sah sie nur herablassend an, während er auf seinen *soldo* wartete. Schließlich gab sie ihm das Geld, wobei sie leise *»Ladro fiol d'un can'«* murmelte. Der Gondoliere hörte es und grinste. »*Complimenti*, Signora, Sie sind überaus liebenswürdig!« Pfeifend ruderte er davon.

Da Domenego nicht, wie sie angenommen hatte, bei den Stufen wartete, ging sie hoch zu dem kleinen Campo am Eingang der Kirche. Santa Maria dei Miracoli tauchte aus dem Nebel auf. Es war für venezianische Verhältnisse eine kleine Kirche, ein Rechteck aus gelblichem Marmor mit Tonnengewölbe und einer Kuppel am hinteren Ende, direkt am Rio dei Miracoli gelegen. Das Bauwerk war an allen Seiten von Häusern und Wasser umgeben, und es schien fast wie ein Wunder, dass es überhaupt dort stand, als hätte Gott es höchstpersönlich von oben auf diesen eng bemessenen Platz gesetzt. Dennoch verliehen ihm seine Proportionen und der helle Marmor eine überraschende Eleganz.

Orsola blickte den Kanal hinunter, aber der Nebel war so dicht, dass sie nur eine Gondellänge weit sehen konnte. »Domenego«, rief sie leise, doch es kam keine Antwort. Ihr war gar nicht in den Sinn gekommen, dass er nicht hier sein könnte. Sie zitterte. Es war kalt, und der Nebel gab ihr das Gefühl, von allem abgeschnitten zu sein. Diese beklemmende Wirkung hatte Venedig bisweilen, und wenn man sich nach Licht und Weite sehnte, musste man zum Canal Grande, zur Lagune oder zur Piazza San Marco gehen.

Sie überquerte den Campo und kam zu einer schmalen Gasse, die hinter der Kirche entlangführte. Einige Passanten tauchten aus dem Nebel auf und eilten vorüber. Sie hatten offenbar keine Schwierigkeiten, sich zurechtzufinden. Einige trugen die Masken des Karnevals, aber die meisten waren einfache Leute wie Orsola, die keine Zeit für Vergnügungen hatten. Sie beneidete die selbstsicheren Venezianer. Um sich so gut auszukennen, musste man wohl hier leben.

Als Orsola zum Ende des Gebäudes kam, öffnete sich vor ihr ein weiterer kleiner Campo mit einer Brücke an der Ecke, die über den Kanal führte. Dort entdeckte sie Domenegos Gondel. Normalerweise saß er im Heck, wenn er wartete, aber heute war niemand da. Sie blickte sich um, konnte jedoch so wenig sehen, dass sie ihn nicht einmal bemerkt hätte, wenn er ein paar Armeslängen neben ihr gewesen wäre.

Die Läden der *felze* waren geschlossen. Vielleicht lag er drinnen und schlief. Gerade als sie seinen Namen rufen wollte, wurde einer der Läden geöffnet, und eine Frau kam heraus und kletterte aus der Gondel – die Sorte Frau, deren Kleider zu bunt und zu tief ausgeschnitten waren. Kurz fragte sich Orsola, wie sie und Domenego es hinbekamen, sich miteinander zu vergnügen, ohne dass das Boot kreuz und quer über den Kanal schwankte. Das erforderte einiges Geschick, und es erinnerte sie an ihre Nächte mit Antonio draußen auf der Lagune, im *sandolo* der Rossos.

Die Frau sah sie nicht an, als sie an ihr vorbeiging, sondern eilte über die Brücke Richtung Cannaregio. Kurz darauf stieg

Domenego aus der *felze* und erstarrte, als er Orsola bemerkte. Sichtlich verlegen kletterte er auf seinen üblichen Platz im Heck.

»*Buongiorno,* Domenego«, begrüßte sie ihn und spürte, wie sie errötete.

Er nickte nur und band sich eine rote Schärpe um die Taille. Die Mode der Gondolieri hatte sich verändert, und er trug nicht mehr die enge, gemusterte Hose, das rote Wams und die weiße Feder an der Kappe, sondern eine schlichte, hellbraune Hose, ein weißes Hemd und eine braune Jacke; die einzigen Farbtupfer waren die Schärpe und eine passende rote Kappe.

In Venedig gab es Tausende von Huren, und viele Männer machten von ihren Diensten Gebrauch. Warum überraschte es sie, dass Domenego es ebenfalls tat? Als afrikanischer Sklave würde er vermutlich niemals heiraten, und irgendwie musste er seine Bedürfnisse schließlich stillen.

Da sie ihn nicht noch mehr in Verlegenheit bringen wollte, tat sie, als hätte sie nichts bemerkt. »Kein Päckchen für mich?«, fragte sie und verstieß damit gegen ihre eigene Regel, ihn nicht direkt auf die Delfine anzusprechen.

Domenego schüttelte den Kopf. Orsola verkniff sich einen Seufzer. Es war zwei Jahre her, dass sie den letzten bekommen hatte. War einer unterwegs verloren gegangen? Oder – ihr wurde das Herz schwer – war Antonio irgendwo auf der *terraferma* gestorben? Sie schluckte. »Ist Signora Klara bei der Messe? Ich muss mit ihr sprechen.«

Er nickte.

Orsola konnte die gedämpfte Stimme des Pfarrers hören, der die Gemeinde zum Abendmahl lud. Ihnen blieb noch ein wenig Zeit, bevor Klara Klingenberg aus der Kirche kam. »Domenego, hätten Sie Zeit, zur *terraferma* zu fahren?«

»Wer will denn dorthin?«

»Ich.« Der Wunsch wurde ihr erst in dem Moment bewusst,

als sie ihn aussprach. Klingenbergs beiläufige Bemerkung, wie wenig sie von der Welt kannte, hatte sie verletzt. Ein kurzer Ausflug dorthin würde gewiss keine größeren Gefahren bergen.

»Sie?« Domenego sah sie amüsiert an.

»Was ist daran lustig? Darf ich nicht zur *terraferma*?«

»Natürlich. Haben Sie dort geschäftlich zu tun?«

»Nein, aber ich war noch nie da. Ich muss … ich möchte es mir einmal ansehen.«

»Ich kann Sie nicht hinfahren, *mi dispiace.*«

»Warum nicht?« Orsola wollte nicht sechs Stunden allein mit jemandem in der Gondel zubringen, den sie nicht kannte, oder mit einem Gondoliere wie Bruno, der die ganze Zeit anzügliche Bemerkungen machen würde.

»Ich kann es mir nicht leisten, so lange freizunehmen, ohne bezahlt zu werden.«

»Natürlich bezahle ich Sie! Das versteht sich doch von selbst! Wie viel würde es kosten?«

Er zögerte. »Fünfzehn *soldi.*«

Fünfzehn einfache Perlen oder acht ausgefallenere oder drei *millefiori*. Oder drei Hühner oder sieben Laibe Brot oder fünfzehn Makrelen. Es erschien ihr ein angemessener Preis. »Einverstanden.«

Während sie besprachen, wo sie sich treffen sollten, hörte Orsola Stimmengemurmel im Innern der Kirche. »Die Messe ist zu Ende.«

Domenego sprang auf und löste das Tau. »Ich muss Signora Klara beim Hauptportal abholen. Gehen Sie besser zu Fuß – es wäre ihr wahrscheinlich nicht recht, wenn ich Sie in ihrer Gondel mitnähme.« Er räusperte sich. »Sie werden doch nichts sagen …?« Verlegen deutete er in Richtung Brücke.

»Natürlich nicht. Das geht nur Sie etwas an.«

Er nickte. »Ich bin schließlich auch nur ein Mann.« Damit griff er nach dem Ruder und fuhr los.

»*De certo.*« Orsola drehte sich um und lief zurück über den Campo und durch die Gasse. Als sie den anderen kleinen Campo erreichte, strömten die Gläubigen aus dem Kirchenportal. Einige husteten, als sie die kalte, feuchte Luft einatmeten. Schließlich kam auch Klara Klingenberg heraus, die aufgrund ihrer Größe sofort zu erkennen war. Wieder war sie in Begleitung ihrer Magd Benedetta, wie damals, als sie sich bei den Akrobaten begegnet waren. Als die beiden Frauen im Nebel stehen blieben, trat Orsola auf sie zu. »Signora Klingenberg, ich bin es, Orsola Rosso, die Perlenmacherin. Ich hoffe, Sie erinnern sich an mich.« Sie verwendete Stefanos Nachnamen nicht, da er, im Gegensatz zu Rosso, niemandem etwas sagen würde.

Überrascht blickte Klara sie an. Orsola hatte sie in den vergangenen Jahren nur ein paarmal aus der Ferne gesehen, mit Domenego in der Gondel oder bei einem Spaziergang durch San Marco. Sie wirkte reifer. Ihr Gesicht war schmaler geworden, markanter, und aus ihren Augen sprach Erfahrung.

Schließlich zog Klara die Stirn kraus. »Ah, die Frau mit den Delfinen«, sagte sie dann.

»*Sì*, Signora.«

»Sie sind älter geworden.«

Orsola schluckte, obwohl sie gerade dasselbe gedacht hatte. »Es ist schon eine Weile her, seit wir uns zuletzt gesehen haben«, erwiderte sie milde. »Und Sie sind seit Kurzem verheiratet? *Me rallegro!*«

»Ja, ganz recht … Benedetta, geh und sag Domenego, dass er mich an dem anderen Campo abholen soll«, befahl Klara. »Ich möchte mir die Rückseite von Santa Maria dei Miracoli ansehen. Ist die Kirche nicht ein Juwel? Manchmal glaube ich, das war der Grund, warum ich Federico geheiratet habe: weil er hier zur Messe geht.«

»Aber Signora, Sie werden sich im Nebel verlaufen!«, rief Benedetta aus.

»Unsinn, für wie dumm hältst du mich? Und Signora Rosso wird mich begleiten. Nun geh schon.«

Ihre Magd runzelte die Stirn, aber Klara hatte sich bereits umgewandt und Orsolas Arm genommen. Sie ging die Stufen hinunter und um die Ecke in die kleine Gasse. »Das wird sie natürlich meinem Mann berichten«, sagte sie leise. »Wie sie es immer tut.«

Klara trug ein hellgraues Wollkleid und auf dem Kopf einen *zendale* aus schwarzer Seide, über der Brust gekreuzt und im Rücken gebunden. Ihr Haar war nicht mehr zu Zöpfen geflochten und um den Kopf gewunden, sondern in blonde Locken gelegt, die ihr Gesicht umrahmten. Sie sah beeindruckend aus, edel, doch in ihren Augen lag die Anspannung einer kürzlich verheirateten Frau, die gelernt hatte, was Ehe bedeutete.

»*Ecco*, ich habe etwas für Sie«, sagte sie. »Es ist gerade erst angekommen. Ich hatte noch keine Gelegenheit, es Domenego zu geben.« Klara griff unter ihren schwarzen Spitzenumhang und holte das Leinenpäckchen hervor, nach dem Orsola sich so gesehnt hatte. Sie gab es Orsola, die es in ihre Tasche stecken wollte. »Oh, machen Sie es auf!«, rief Klara. »Ich schaue sie mir so gerne an. Der leuchtend grüne vom letzten Mal hat mir besonders gefallen.«

Orsola löste das Band, klappte den Stoff auseinander und legte den Delfin in ihre Hand. Er war aus klarem Glas mit einem verzwirbelten weißen Faden in der Mitte.

»*Bellissimo!*«, hauchte Klara. »Was für ein Künstler!«

Orsola bemühte sich, keine Miene zu verziehen. Es klang, als wäre die Deutsche ebenfalls in Antonio verliebt. Eilig packte sie den Delfin wieder ein; sie würde ihn sich später genauer ansehen, wenn sie allein war. »Ist das Päckchen im Haus Ihres Vaters angekommen? Hat Signor Klingenberg oder jemand anders es womöglich geöffnet?«, wollte sie wissen.

»Daran habe ich gedacht, als ich in das Haus meines Mannes

gezogen bin. Ich habe eine Nachricht gesandt, wohin die Päckchen künftig geschickt werden sollen.«

Orsola nickte. »*Grazie*, Signora.« Die Vorstellung, dass Klara einen Brief nach Prag schrieb, fühlte sich sehr seltsam an.

Es schien, als ob jedes Mal, wenn sie Antonio zu vergessen begann oder wenn der Gedanke an ihn seine Kraft verlor und verblasste wie ein altes Stück Stoff, ein Delfin kam, um die Farbe aufzufrischen und den Stoff zu stärken. Es erstaunte und verwirrte sie, dass sie immer wieder kamen, aber es freute sie auch. Die Delfine waren mehr als hübsche Spielereien aus Glas, sie waren eine Erinnerung: »Ach ja, da bist du.«

»Sie sind auch verheiratet, *vero?*« Klara deutete auf Orsolas Ehering. »Und – haben Sie Kinder?«

»Eine Tochter.«

»Das verändert doch sicher Ihre Gefühle, was die Delfine angeht, oder nicht?«

»Ich habe nicht aus Liebe geheiratet, Signora, sondern um des Geschäfts willen.«

»Ich ebenso.«

Sie hatten den anderen Campo erreicht. Benedetta stand am Rand und hielt Ausschau nach ihnen. Die beiden Frauen sahen sich einen Moment lang an, dann drückte Klara Klingenberg Orsolas Arm. »*Arrivederci*, Maestra«, sagte sie und verschwand im Nebel.

Sich einen ganzen Tag freizunehmen war bei der großen Familie mit all den Kindern und all der Arbeit nicht leicht. Orsola hätte sagen können, sie müsse mit Klingenberg sprechen, ohne dass jemand Fragen gestellt hätte, aber das würde nur ein, zwei Stunden dauern. Sie könnte noch einen vermeintlichen Besuch bei Verwandten anhängen, doch dann würde ihre Mutter sie nach Neuigkeiten ausfragen. Sie könnte auch ehrlich sein und sagen, dass sie zur *terraferma* wollte, aber Marco und Laura

Rosso würden ihr sicher verbieten, Zeit und Geld für eine solche sinnlose Reise zu verschwenden. Vermutlich würden sie es ohnehin herausbekommen, aber es war einfacher, sich hinterher ihre Vorwürfe anzuhören, als vorher mit ihnen zu streiten.

Sie behalf sich mit der Notlüge, dass sie sich mit Klingenberg und einer Kundin treffen müsse, die überlege, eine ausgefallene Halskette bei ihr in Auftrag zu geben. Sie wählte einen Moment, als ihre Mutter gerade mit Sebastiano schimpfte, weil der eine *fritola di Carnevale* stibitzt hatte, die für Raffaele gedacht war, und erklärte ihr, die Kundin sei sehr wählerisch, deshalb könne es eine Weile dauern. Wie Orsola gehofft hatte, nickte Laura Rosso nur geistesabwesend, in Gedanken noch bei der Bestrafung ihres Enkels.

Sie verließ das Haus früh, damit niemand mitbekam, wie lange sie schon fort war. Domenego holte sie am *traghetto*-Anleger an der Südspitze von Murano ab, die jetzt Colonna genannt wurde, wegen der Säule mit der Statue eines früheren Dogen. Der Gondoliere hatte die *felze* abgenommen, um für die lange Fahrt das Gewicht des Bootes zu verringern, deshalb saß Orsola ungeschützt auf ihrem Platz und schlang ihr Schultertuch um sich. Sobald sie sich niedergelassen hatte, begann er zu rudern. Die Fahrt nach Mestre auf dem Festland würde drei Stunden dauern.

Lange Zeit schwiegen sie. Es war kalt, die Sonne stand noch tief, und auf dem ruhigen Wasser spiegelte sich eine ganze Palette von Farben. Außer ihnen waren nur Fischer unterwegs. Die anderen Gondolieri, die zwischen Venedig und der *terraferma* hin und her fuhren, würden erst in einer Stunde an der Westseite von Cannaregio aufbrechen, wenn es etwas wärmer war. Außer dem leisen Plätschern von Domenegos Ruder und dem gelegentlichen Quaken einer Ente war nichts zu hören. Mit acht Kindern im Haus kam Orsola nur selten in den Genuss solch wohltuender Stille.

Ausnahmsweise war es Domenego, der sie durchbrach. Als sie ihm eines der hartgekochten Eier gab, die sie für sie beide geschält hatte, sagte er: *»Grazie«*, und schob es sich im Ganzen in den Mund. Das eine Wort schien seine Zunge zu lockern, denn nachdem er das Ei gegessen hatte, fügte er hinzu: »Das ist nicht die Route, die ich mit ihm gefahren bin.«

Sie sprachen nie über Antonio, nicht einmal wenn er ihr einen Delfin schickte. Orsola bekam ihren letzten Bissen Ei nur mit Mühe hinunter. Er schien ihr in der Kehle festzustecken. »Ich weiß«, brachte sie schließlich hervor.

»Dieser Weg ist länger, wenn man nach Norden will. Wollen Sie dorthin?«

»Nein.«

»Ich dachte, Sie wollten zu ihm.«

»Was? Nein! Nein. Antonio ist vor acht Jahren fortgegangen, Domenego. Wenn ich zu ihm gewollt hätte, wäre ich damals mitgekommen. Ich weiß nicht mal, ob er noch …« Sie brach ab.

»Warum wollen Sie dann zur *terraferma*?«

Um auf dem Boden zu stehen, der sie in gewisser Weise – über Millionen von Schritten und Steinen und Felder und Schnee und Berge hinweg – mit dem Ort irgendwo im Norden verband, wo er in einer Werkstatt stand und Delfine machte. Doch das würde sie Domenego nicht sagen, weil es albern war.

Sie warf die Eierschalen ins Wasser, und ein Fisch tauchte auf und schnappte versuchsweise danach. »Meine Perlen sind überallhin gereist, sogar nach Afrika. Aber ich war noch nie irgendwo. Ich möchte auch mal irgendwo sein.«

Domenego lächelte. »Und Sie glauben, Mestre ist irgendwo?«

»Es ist allemal besser als hier!«

Darauf erwiderte er nichts, aber sie fand es bald selbst heraus.

»Mio Dio!«, rief sie aus, als Domenego sie an der Riva von Mestre absetzte. »Was ist denn das für ein Gestank?«

Er lachte. Anscheinend fand er sie heute besonders amüsant. »Pferdepisse und Pferdeäpfel. So bewegen die Leute sich an Land vorwärts. Man gewöhnt sich daran.« Er wollte sie nicht begleiten, sondern lieber in seiner Gondel schlafen, um sie zu bewachen und Kraft für den Rückweg zu sammeln. »Trauen Sie den Mestrini nicht«, warnte er sie, bevor er die Augen schloss.

Die Stadt war eine dichte Masse aus Häusern und Straßen, ohne Kanäle, die sie aufbrachen, und ohne Boote und glitzerndes Wasser, die für eine frische Brise sorgten. Stattdessen transportierten Pferde die Waren und Menschen, aber sie waren riesig und Orsola nicht recht geheuer. Außerdem stanken sie. Sie musste die ganze Zeit aufpassen, dass sie nicht in einen der Haufen trat, die sie hinterließen, und den Hufen ausweichen, wenn sie durch die gepflasterten Straßen klapperten. Es war schwierig, dabei noch auf etwas anderes zu achten. Schließlich kam sie zu einem Campo. Sie blieb am Rand stehen und sah sich um. Was war es, das diese Menschen von ihr unterschied? Was hatte es auf sich mit dieser Weltläufigkeit, die ihr laut Klingenberg fehlte? Seine Herablassung ärgerte sie immer noch.

Je länger sie dastand, desto weniger gefiel ihr, was sie sah und hörte und fühlte. Die Mestrini schienen sie anzustarren und über sie zu lachen, und sie benutzten Wörter, die sie nicht verstand. Orsola hatte in Venedig schon viele Sprachen gehört und viele Fremde gesehen, sie hatte sogar im Laden der Rossos mit ihnen zu tun gehabt. Es war nicht so, dass sie mit Fremden nicht umgehen konnte. Aber diese Leute stammten wie sie aus dem Veneto, dennoch behandelten sie sie, als wäre *sie* eine Fremde. Was sie aus ihrer Sicht vermutlich auch war. Es war ein ungewohntes Gefühl und eines, das ihr nicht behagte.

Orsola blieb nicht lange auf dem Campo, sondern ging zurück zum Wasser, dem Element, das ihr vertraut war, zur Silhouette von Venedig, die sie in der Ferne sehen konnte, und zu Domenego und seiner Gondel. Nachdem sie sich vergewissert hatte, dass er noch im Heck lag und schlief und sie nicht im Stich gelassen hatte, machte sie noch ein paar Streifzüge durch die Stadt. Nach einer Weile kehrte sie zurück, setzte sich neben dem Boot ans Ufer und beobachtete das Treiben um sie herum. Fischer brachten ihren Fang an Land. Eine Fähre aus Padua war über einen Kanal gekommen, und die Passagiere stiegen aus und strebten den Gondeln zu, die sie nach Venedig und zu den anderen Inseln bringen würden. Das war eine Szenerie, in der sie sich wohler fühlte: Wasser und Boote. Niemand starrte sie an, lachte über sie oder sagte Dinge, die sie nicht verstand. Viele der Reisenden waren Venezianer, aber es gab auch einige, die von weit her kamen – blasse Engländer, große Deutsche und elegante Franzosen, manche davon schon in Kostüm und Maske, bereit für die Festlichkeiten des Karnevals und seines Zaubers.

Schließlich wachte Domenego auf, reckte sich gähnend und erschrak, als er sie neben der Gondel vorfand. »Orsola, Sie haben gutes Geld dafür bezahlt, dass ich Sie bis nach Mestre bringe«, sagte er und holte sein Messer heraus, um den Apfel zu schälen, den sie ihm mitgebracht hatte. »Warum schauen Sie sich nicht die Stadt an?«

»Das habe ich.«

»Aber nicht lange. Stören Sie die Pferdeäpfel?«

Sie blickte über die Lagune, wo sich in der Ferne die vielen Campanili von Venedig abzeichneten. »Hier auf der *terraferma* gibt es nichts Besonderes.«

Domenego musterte sie. »Sie mögen es nicht, fremd zu sein.«

Er hatte recht. Orsola hasste es, angestarrt zu werden. In Venedig behandelte man sie auch ein wenig wie eine Fremde, aber es gab nicht viel, was Muraneser und Venezianer trennte. Die einen machten sich über die anderen lustig, man schimpfte sich Bettelgänger und Windbeutel, aber gegenüber Außenstehenden, wie zum Beispiel den Mestrini, hielten sie zusammen.

»Ich möchte zurück«, sagte sie.

»Schon? Sind Sie sicher?«

Orsola nickte. Domenego zuckte die Achseln; er hielt sie offensichtlich für töricht.

Als er ihr in die Gondel half, fragte jemand hinter ihnen: »Was kostet die Fahrt nach Cannaregio?«

Sie wandten sich um. Für einen kurzen, verrückten Moment dachte Orsola, es wäre Antonio. So sehr verwirrte sie die *terraferma*.

Natürlich war er es nicht. Dieser Mann war hochgewachsen, und er trug eine weiße Perücke, deren Locken mit einem dunkelblauen Band zusammengefasst waren, darauf einen Dreispitz und unter seinem Umhang eine mit Blumen bestickte Weste. Er hatte klare, leicht hervortretende Augen mit schweren Lidern, volle Lippen und kleine weiße Mausezähne, die zu sehen waren, als er lächelte. »Signora«, sagte er, »es ist so eine lange, kalte Reise nach Venedig, zumal ohne schützende *felze*. Sollen wir die Zeit nicht lieber gemeinsam verbringen, einander wärmen und unterhalten?« Er sprach mit einem theatralischen venezianischen Akzent.

Bevor sie etwas erwidern konnte, ergriff Domenego sein Ruder. »Ich kann nur einen Passagier mitnehmen«, sagte er zu dem Mann. »Für zwei ist es zu weit.« Damit stieß er sich energisch vom Ufer ab.

»Ach, wie schade, Signora«, rief der Mann ihnen nach. »Vielleicht kreuzen sich unsere Wege ja noch einmal!« Er verneigte sich und wandte sich den anderen Gondolieri zu, die auf Passagiere warteten.

»Das war unhöflich«, sagte Orsola, als sie außer Hörweite waren. Ihr war ganz kribbelig nach der unverhofften Begegnung.

Domenego verzog den Mund. »In Venedig gibt es viele Männer wie ihn.«

»Mit Männern kann ich umgehen.«

»*Mi dispiace*, Orsola, aber das können Sie nicht. Nicht mit solchen Männern. Die Männer auf Murano wissen, wer Sie sind. Sie würden Ihnen niemals zu nahe treten. Aber Venezianer wie der da …«, er deutete mit dem Kopf Richtung Ufer, »… kennen keine Grenzen.«

Orsola lehnte sich zurück. Sie würde sich mit Domenego nicht über Männer streiten, schon gar nicht über Männer in bestickten Westen, denn damit hatte er zweifellos mehr Erfahrung als sie. Ab und an kamen solche Männer auch in den Laden, aber sie nahmen sie kaum wahr, als wäre sie eine Bedienstete – was sie in gewisser Weise ja auch war.

Eine Weile schwiegen sie, und es war nur das rhythmische Plätschern von Domenegos Ruder zu hören. Dann blickte er über die Schulter und fluchte leise. Orsola wandte sich um. Eine andere Gondel näherte sich rasch von hinten, von zwei Männern gerudert. Als sie gleichauf waren, riefen die Gondolieri einen Gruß herüber, den Domenego erwiderte, ohne eine Miene zu verziehen. Ihr Passagier war der Mann mit der Weste und den vollen Lippen. Er saß zurückgelehnt auf seinem Sitz und lächelte ihr zu. »*Buongiorno, mia bella signora,* so begegnen wir uns wieder. Ich hoffe, Sie hatten bisher eine angenehme Reise. Fahren Sie auch nach Cannaregio?«

»Murano«, erwiderte sie. Domenego schnalzte missbilligend mit der Zunge. Sie wusste, dass er ihr damit zu verstehen geben wollte, sie solle lügen oder gar nicht antworten. Aber sie mochte nicht lügen. Sie wollte den Kitzel des Abenteuers, denn die *terraferma* hatte ihr nicht gegeben, wonach sie gesucht hatte – auch wenn sie gar nicht wusste, was es war.

»Ah, Sie sind Muraneserin. Natürlich, ich hätte es wissen müssen.«

»Und wieso, Signore?«, fragte Orsola, unwillkürlich von Neugier gepackt.

»Muraneserinnen sind etwas Besonderes.«

»Kennen Sie viele Muraneserinnen?«

Er neigte den Kopf. »Einige. Ich bin gelegentlich im Casino am Canal Grande. Auch im Kloster von Santa Maria degli Angeli gibt es einige bemerkenswerte Nonnen.« Er sagte es, als spräche er über Spiegel oder Kandelaber, die zum Verkauf standen. Offenbar hatte er ihr Stutzen bemerkt. »Kennen Sie es?«

»Meine Tante lebt dort.«

»Ich bin sicher, Ihre Tante ist eine sehr fromme und ehrbare Frau«, erwiderte er glatt.

»Meine Tante würde Sie verspeisen wie eine Olive zu ihrem Wein.«

Domenego schnaubte entsetzt.

Der Mann nahm es mit Humor – er lachte. »Da haben Sie sicher recht. Vielleicht werde ich sie aufsuchen und ihr sagen, wie *piccante* ihre Nichte ist.« Er schenkte sich ein Glas Wein ein, dann beugte er sich vor und reichte es Orsola, ohne zu fragen, ob sie es wollte. Gehorsam nahm sie es und trank. Noch nie hatte sie jemand so genannt – »scharf«.

»Orsola«, murmelte Domenego warnend.

Sie beachtete ihn nicht und nahm noch einen Schluck von dem Wein.

»Sie stammen aus einer Glasmacherfamilie?«, fragte der Mann.

Orsola nickte.

»Und wie ist der Name?«

Domenego versuchte, schneller zu rudern, aber die beiden anderen Gondolieri hielten mühelos mit ihm Schritt.

»Rosso«, sagte sie nach kurzem Zögern. Wenn sie log, würde er es bestimmt merken.

»Dann werde ich die Werkstatt der Rossos aufsuchen«, verkündete er. »Was soll ich kaufen?«

»Einen Spiegel«, antwortete sie prompt. »Der wird bei Ihnen gewiss nicht verstauben.«

Die Gondolieri des Mannes lachten auf.

»Ein Rosso-Spiegel«, sagte er zufrieden. »Den will ich gerne kaufen – wenn er mir schmeichelt. Und wenn *Sie* ihn mir verkaufen.«

»Ich mache Perlen«, stieß sie aus und errötete.

»Ach so? Dann würde ich mir Ihre Perlen sehr gerne anschauen. Vielleicht werde ich eine Halskette bei Ihnen in Auftrag geben. Aber wem soll ich sie schenken?«

»Ihrer Frau?«

»Netter Versuch, Signora. Aber Sie werden sich mehr Mühe geben müssen, um herauszufinden, ob es eine Frau in meinem Leben gibt. Treffen wir uns im Casino, dann werden Sie es vielleicht erfahren!«

Abrupt bog Orsolas Gondel ab. *»Perdonatemi*, Signore, aber wir müssen jetzt nach Murano«, sagte Domenego.

»Unsinn«, erwiderte der Mann. »Sie können fast bis nach Cannaregio fahren, bevor Sie nach Murano abbiegen müssen.«

Domenego antwortete nicht, und mit jedem Ruderschlag entfernten sie sich weiter von der anderen Gondel.

»Sollen wir ihnen folgen, Signore?«, fragte einer der Gondolieri.

Der Mann lehnte sich zurück. »Nein, lassen Sie nur«, sagte er und lächelte Orsola zu. »Signora Rosso hat auf Murano sicher wichtige Dinge zu erledigen, wenn sie es so eilig hat.«

»Ihr Glas!«, rief sie und hielt es ihm hin, aber sie waren schon zu weit auseinander. Es war billig und nicht gut gearbeitet, wie ihr erst jetzt auffiel.

Der Mann winkte ihr zu. »Behalten Sie es. So habe ich noch einen Grund mehr, in Ihre Werkstatt zu kommen.« Er setzte eine Maske auf, die die ganze Zeit über an seinem Handgelenk gebaumelt hatte. *»Addio, bella signora!«*

Die beiden Gondolieri hatten sich zurückgehalten, um neben Domenegos Gondel zu bleiben, doch nun ruderten sie kraftvoll los und waren bald weit voraus. Sie waren allerdings noch lange zu sehen, und Orsola konnte das Lachen der Männer über das Wasser hinweg noch lange hören.

Sie trank den Rest vom Wein, ohne Domenego anzusehen, aber sie spürte seine schweigende Missbilligung. Der Alkohol machte sie müde, und sie rollte sich auf dem Sitz zusammen, um den langen Rückweg zu verschlafen.

Orsola hätte erleichtert sein sollen, dass niemand ihr Fehlen bemerkt hatte. Da sie so früh aufgebrochen und nur kurze Zeit in Mestre gewesen war, kehrte sie bereits am Nachmittag nach Hause zurück. Im Innenhof war niemand – dafür war es zu kalt –, und die Männer arbeiteten alle in der Werkstatt. Als sie eintrat, war Monica in der Küche, und Laura Rosso kam gerade mit der quengeligen, verschlafenen Angela auf dem Arm die Treppe herunter. Orsolas Tochter war immer schlecht gelaunt, wenn sie aufwachte. Als sie ihre Mutter erblickte, streckte sie die Ärmchen aus, wollte unbedingt zu ihr und vergrub das Gesicht an ihrem Hals. Sie und das Feuer wärmten Orsola nach den kalten Stunden auf dem Wasser.

»Haben der Dame deine Perlen gefallen?«, wollte Laura wissen. »Möchte sie eine Halskette haben?«

Orsola dachte an den Mann in der anderen Gondel. »Vielleicht«, erwiderte sie. »Vielleicht auch nicht.« Ihre Mutter räumte das Geschirr vom Mittagessen weg und hörte nur mit halbem Ohr zu. Monica hingegen blickte von dem Fisch auf, den sie schuppte, und musterte ihre Schwägerin misstrauisch.

Später ging Orsola in den Lagerraum, um das Weinglas des Mannes hinter den Rosso-Gläsern zu verstecken. Da fragte plötzlich jemand hinter ihr: »Wo warst du?« Monica lehnte im Türrahmen, die Arme vor der Brust verschränkt.

Orsola wandte sich wieder den Gläsern zu. »Habe ich doch gesagt – Klingenberg hat mich einer Kundin vorgestellt, wegen einer Halskette.« Es war schwer, Monica zu belügen.

»Dann frage ich ihn einfach, wenn er das nächste Mal herkommt. Ich wette, er weiß nichts davon. Wo warst du?«

Da Orsola noch immer zögerte, fügte Monica hinzu: »Du hast hoffentlich keinen Geliebten.« Sie mochte Stefano und schätzte seine schlichte, stille Art mehr als ihre Schwägerin.

»Wie sollte ich das wohl anstellen? Da wüsste doch ganz Murano sofort Bescheid.«

»In Venedig gibt es eine Menge einsame Gassen«, entgegnete Monica. »Isabella hat es ja auch geschafft.« Sie erwähnte ihre Schwester nur selten; Isabellas Flucht war eine Schande für die Familie Vianello. Ihr Blick fiel auf einen staubigen gläsernen Kerzenhalter. Sie nahm ihn aus dem Regal, polierte ihn mit ihrer Schürze und stellte ihn in die Reihe zurück. »Hier läuft alles, wie es soll – das Geschäft, die Kinder, der Haushalt. Wir verdienen gut, alle haben genug zu essen. Wir sind glücklich. Mach das bitte nicht kaputt, indem du uns hintergehst.«

Orsola runzelte die Stirn. Monica schien nichts von den Spannungen innerhalb der Familie mitzubekommen. Giacomo vermisste Isabella sicher nicht, aber er war nicht glücklich. Ihre Mutter zog Raffaele allen vor, und das ärgerte die anderen Kinder. Marco passte es nicht, dass sie mit ihren Perlen so erfolgreich war, und er ergriff jede Gelegenheit, um sie schlechtzumachen. Stella verbrachte immer mehr Zeit außerhalb des Hauses, während Marcolin nicht weiter ging als bis zu ihrer Straße. All das passte nicht zu Monicas Bild von der glücklichen Familie. Aber davon wollte Orsola jetzt nicht anfangen.

»Ich habe keinen Geliebten«, sagte sie. »Ich … ich war auf der *terraferma*. Da war ich noch nie, und ich wollte einfach mal hin.«

»Auf der *terraferma*? Wozu das denn?«

»Ich war neugierig. Ich weiß, dass es da anders ist, und ich wollte wissen, wie es sich anfühlt, mit so viel Land um mich herum.«

»Und wie hat es sich angefühlt?«

Orsola schüttelte den Kopf. »Schrecklich. So viele Pferde! So viele Fremde, die mir das Gefühl gaben, am falschen Ort zu sein. Das Festland hat nichts Beruhigendes, wie die Leute sagen. Ich war die ganze Zeit nervös, während ich an Land war.«

»Wer hat dich dorthin gebracht?«

»Domenego.«

Monica verzog den Mund. »Ah. Dann ist also der *moro* dein Geliebter. Ich hatte mir schon so was gedacht.«

»Nein! Ich war sicher, dass er mich dorthin bringen würde, ohne mich übers Ohr zu hauen. Das ist alles, *te lo giuro*.«

»Warum bist du dann heimlich gefahren?«

»Weil … weil Marco und Madre es mir verboten hätten. Weil Stefano es nicht verstehen würde. Weil ich im Grunde selbst nicht weiß, warum ich dorthin wollte.«

»Du hast dich dort nicht mit einem Geliebten getroffen?«

Orsola schüttelte den Kopf.

»Warum versteckst du das dann?« Monica griff um Orsola herum und zog das Weinglas hervor.

»Ein Mann ist unserer Gondel eine Weile gefolgt, und er hat mir ein Glas Wein gegeben. Domenego hat ihn fortgeschickt«, fügte sie sicherheitshalber hinzu.

»Sah er wenigstens gut aus?«

»In gewisser Weise. Er hatte irgendetwas an sich, ich kann es nicht erklären. Du kannst ihn dir ansehen, wenn er kommt, um sein Glas abzuholen.«

»Er weiß, wo wir wohnen?«

»Er kennt unseren Namen.«

Monica musterte das Glas. »Er kommt bestimmt, um dich wiederzusehen, und nicht, um dieses schäbige Ding abzuholen.« Sie war zwar unter Fischern aufgewachsen, hatte aber lange genug bei den Rossos gelebt, um zu erkennen, dass der Fuß wackelte und Luftblasen im Glas eingeschlossen waren.

Er kam weder am folgenden Tag noch am Tag darauf. Orsola versuchte, ihre Ungeduld zu verbergen, nicht im Laden herumzulungern, in der Hoffnung, ihn abzufangen, sich nicht darum zu scheren, ob er kam oder nicht. Aber sie machte sich Sorgen. Bisher hatte außer Monica niemand von ihrem Ausflug zur *terraferma* erfahren, aber der Mann würde sicher verraten, wie sie sich begegnet waren, und dann würde sie Marco, ihrer Mutter und Stefano alles erklären müssen. Dennoch wünschte sie sich, dass er käme.

Am dritten Tag saß sie an ihrer Lampe und versuchte *millefiori*-Perlen herzustellen, von denen sie hoffte, dass sie Klingenberg und die afrikanischen Stammeshäuptlinge zufriedenstellen würden. Bislang schaffte sie es nur, ein paar von den Blütenscheibchen in eine zylinderförmige Perle zu drücken und sie dann auf der Arbeitsplatte zu rollen. Diese zarten Muster gefielen vielleicht Pariser Damen, aber die Afrikaner wollten viel mehr *millefiori*, dicht an dicht, in diagonalen Reihen rund um die Perle. Wenn sie zu stark drückte, verloren die Blüten ihre Form und sahen aus, als wären sie geschmolzen, oder das Muster wurde ungleichmäßig, wie Soldaten, die aus der Reihe tanzten.

»Habe ich das Vergnügen, die Bekanntschaft mit Signora Rosso zu machen?«, sagte jemand im Hof der Werkstatt. Orsola erkannte die honigsüße Stimme sofort, konnte aber nicht aufspringen, weil sie gerade rote und gelbe *millefiori* in gleichmäßigen diagonalen Reihen auf einen Zylinder aus weißem Opakglas gesetzt hatte. Wenn es ihr gelang, beim Rollen gleichmäßigen Druck auszuüben, bekäme sie vielleicht endlich eine Perle hin, mit der sie zufrieden war.

»*Buongiorno,* Signore«, hörte sie ihre Mutter antworten. »Möchten Sie hereinkommen und sich ansehen, was wir haben? Nur die feinsten Waren für den edlen Herrn.«

»Sehr liebenswürdig von Ihnen, Signora. Ich kenne den guten

Ruf der Rossos und bin gekommen, um Ihre Werke zu bewundern.«

»Ich zeige Ihnen gerne die neuesten Kerzenhalter, die mein Sohn gefertigt hat. Kelche haben wir natürlich auch. Und vielleicht einen Spiegel?«

Bisher keine Gefahr. Ihre Mutter fiel nicht auf seine Schmeicheleien herein.

»Oh, *bellissimo*. Und haben Sie auch Perlen? Ich habe gehört, dass eine Signora Rosso die schönsten Perlen von Murano macht. Das sind doch sicher Sie, Signora?«

Vor Schreck hielt Orsola die *millefiori*-Perle einen winzigen Moment zu lange in die Flamme, und sie verzog sich und fiel herunter.

»Die sind von meiner Tochter, nicht von mir.«

»Ich staune. Sie können doch unmöglich eine Tochter haben, die alt genug ist, um Perlen zu machen!«

Laura Rosso schnaubte gereizt. Sie war früher schön gewesen, aber ihr Gesicht war vernarbt und gezeichnet von ihrer Zeit auf Lazzaretto Vecchio. Sie mit dieser offensichtlichen Lüge daran zu erinnern, war wenig taktvoll.

Er hatte seinen Fehltritt offenbar bemerkt, denn sein Tonfall wurde sachlicher. »Gibt es diese Kerzenhalter nur in klarem Glas?«

»Wir können Sie in jeder Farbe anfertigen, die Sie wünschen. Wie viele möchten Sie in Auftrag geben, und in welcher Farbe?« Auch wenn ihre Mutter verstimmt war, blieb sie verbindlich. Vielleicht konnte sie seine Verlegenheit sogar zu ihren Gunsten nutzen. Verkauf war Verkauf.

Orsola hörte zu, wie sie über die Kerzenhalter sprachen, und als ihre Mutter überzeugt war, dass er ernsthaftes Interesse hatte, entschuldigte sie sich, um Marco zu holen. Sobald sie verschwunden war, schlüpfte Orsola aus ihrer Werkstatt und in den Laden. Der Mann hob die Augenbrauen. »Ah, Signora, welch ein Vergnügen.« Wieder trug er unter seinem schwarzen Umhang eine bestickte Weste, wenn auch eine andere als beim letzten Mal.

»Wir sind uns noch nie begegnet«, sagte sie leise.

»Selbstverständlich nicht«, erwiderte er ebenso leise und lächelte ihr zu. »Sie sind sicher die Signora, die die Perlen macht«, sagte er lauter. »Würden Sie sie mir zeigen?« Er blickte zu dem Tisch, auf dem Schalen mit verschiedenfarbigen Perlen standen. Diese Muster gefielen den Besuchern immer sehr gut, doch nun, da sie sie mit seinen Augen sah, fand sie sie plötzlich simpel und übertrieben bunt, als wären sie für Kinder gedacht.

»Kommen Sie doch nach nebenan in meine Werkstatt«, schlug sie vor. »Ich probiere gerade etwas Neues aus.«

Er folgte ihr. Sein amüsierter Blick wich offener Bewunderung, als er ihre Lampe mit dem Blasebalg sah, die Glasstäbe und die Aschekiste, aus der die Metalldorne herausragten. Orsola zog einen davon heraus, mit einer Perle daran, die längst abgekühlt war. Sie wischte sie an der Schürze ab, die sie zum Schutz trug, und hielt sie hoch. »*Millefiori*. Die habe ich gestern gemacht.« Die Perle war königsblau, mit einem Muster aus gelben und weißen Blüten.

Er nahm den Dorn und betrachtete die Perle mit Kennermiene. »Diese *millefiori* sind exquisit«, sagte er. »So zart, und die Farben – einfach vollkommen.« Er schwieg einen Moment. »Haben Sie mal überlegt, sie zu Rechtecken oder Rauten zu formen? Sie würden wunderbar auf dem Dekolleté einer Frau liegen.«

Der Gedanke war ihr noch nicht gekommen. Wenn jemand außer Klingenberg ihr einen Rat gab, was ihre Arbeit betraf, wehrte Orsola ihn meist ab. Doch dieser Mann kritisierte sie nicht, um sich über sie lustig zu machen oder sich über sie zu stellen. Er schien ernsthaft daran interessiert zu sein, etwas, das ihm gefiel, noch ein wenig zu verbessern.

»Ich könnte es versuchen«, sagte sie.

»Wenn Sie das tun, kaufe ich genug davon für eine Halskette.«

Das war der Auftrag, auf den Orsola gewartet hatte. Sie bemühte sich, ruhig und geschäftsmäßig zu bleiben. »Ich könnte sie für Sie aufziehen. Zwölf große Perlen mit kleinen Perlen als Abstandshalter dazwischen. Sollen sie in dieser Farbe sein?«

Er lächelte. »Signora, die Farbwahl und die Einzelheiten überlasse ich ganz Ihrem Geschmack.«

Sie sahen einander ein wenig länger an, als es sich geziemte, dann kam Marco herein. »Signore, es ist mir eine Ehre, Ihre Bekanntschaft zu machen«, sagte er jovial, denn er konnte durchaus charmant sein, wenn er wollte. »*Prego*, kommen Sie hinüber in die Werkstatt, dann zeige ich Ihnen unsere eigentliche Arbeit. Außerdem ist es beim Ofen wärmer, und es stinkt nicht so.«

Orsola war so an den Talggeruch gewöhnt, dass sie ihn kaum noch wahrnahm. Immerhin hatte Marco die Perlen nicht als Kaninchenköttel bezeichnet.

»Oh, ich mag strenge Gerüche«, erwiderte der Mann. »Tier- und Körpergerüche finde ich unwiderstehlich.« Er zwinkerte ihr zu und folgte ihrem Bruder.

Orsola begleitete sie nicht in die Werkstatt. Ihre Mutter würde auf den Tisch eine der feinen Spitzendecken aus Burano legen und einige von Marcos besten Gläsern und eine Flasche guten Wein stellen, den sie für besondere Kunden aufhoben. Sie würden sich setzen, und Marco würde ihm etwas über das Glas erzählen, während Giacomo, Stefano und die *garzoni* die verschiedenen Herstellungstechniken vorführten, das Glas bliesen und zogen und in allerlei Formen brachten, begleitet von schwungvollem Wirbeln der Hefteisen und kraftvollem Schüren des Feuers. Giacomo würde ein sich aufbäumendes Pferd machen und Marco ein Trinkglas mit zwei Löwen als Griffen.

Währenddessen würde Laura immer wieder Wein nachschenken. Dieses Spiel würde so lange weitergehen, bis ein guter Verkauf zustande kam – wenn nötig bis in die Nacht. Monica und Orsola würden noch mehr Wein bringen, Platten mit gebratenen Sardinen und Austern, Schalen mit Oliven und Teller mit Käse und Aniskeksen. Normalerweise brachte Orsola die Sachen nur rasch herein und verschwand wieder. Ihr gefiel es nicht mitanzusehen, wie Marco immer betrunkener wurde und nicht aufhörte, den Kunden zu bedrängen. Nur Laura konnte ihm mit einem Blick zu verstehen geben, dass er zu weit ging. Dann zog er sich zurück und überließ es seiner Mutter, den Preis auszuhandeln.

Diesmal jedoch war Orsola versucht, dazubleiben und zuzusehen. Als sie und Monica Teller mit getrockneten Früchten und Schalen mit *biscotti* durch den Hof trugen, fragte Monica leise: »Ist er das? Der Mann aus der Gondel?«

»Schhh! Ja.«

»Warte!« Monica lief zurück in die Küche und kam mit einer frischen Schürze und Schälchen mit Pistazien und Oliven zurück. »Falls er etwas Salziges möchte«, erklärte sie. Sie hatte ihr Haar glatt gestrichen, und obwohl sie mit ihrer rauen Haut und den herben Gesichtszügen niemals schön sein würde, funkelten ihre kristallblauen Augen, und sie wirkte strahlend und frisch. Die beiden Frauen sahen sich an und mussten lachen.

Die Männer blickten auf, als sie hereinkamen, noch immer kichernd wie junge Mädchen. Diese Wirkung schien der Besucher auf Frauen zu haben, selbst auf jemanden wie Monica, die bisher nur von ihm gehört hatte. Er lehnte sich auf seinem Stuhl zurück und lächelte, während sie die Teller und Schalen vor ihn hinstellten. Marco und Laura Rosso hingegen versuchten, sich ihren Ärger nicht anmerken zu lassen. Wenn ein Kunde mit den Frauen der Familie schäkerte, mussten sie ihn gewähren lassen, um den Verkauf nicht in Gefahr zu bringen.

»Ah, Pistazien, die mag ich besonders gerne!«, sagte er zu Monica, die ihn neugierig musterte und zum ersten Mal, seit Orsola sie kannte, rot wurde.

Er war jedoch so klug, ihnen nicht zu viel Aufmerksamkeit zu schenken, um ihre Ehemänner nicht gegen sich aufzubringen. Er wandte sich wieder zu Giacomo und Stefano, die gerade einen Kelch anfertigten; Giacomo führte, Stefano half. »Warum drehen Sie die Stange die ganze Zeit?«, wollte er wissen. »Wie nennt man das?« Er deutete auf die Zange, mit der Giacomo das Glas formte. »Verbrennen Sie sich manchmal? Geht der Ofen jemals aus? Werden alle Farben orange, wenn sie heiß sind? Wie lange dauert es, bis das abgekühlt ist?« Er stellte eine Frage nach der anderen, aber nicht, um sich wichtigzumachen, sondern aus Neugier; er war womöglich der neugierigste Mann, den Orsola je kennengelernt hatte. Antonio würde ihn hassen, dachte sie, während sie und Monica das Ganze aus dem Hintergrund verfolgten. Er würde in ihm einen Rivalen sehen.

Als Giacomo und Stefano letzte Hand an den Kelch legten, begann Marco mit den zahlreichen Modellen zu prahlen, die sie anfertigen konnten.

Doch der Mann unterbrach sein Schwadronieren mitten im Satz. »Ich würde mir gerne ansehen, was Sie sonst noch für Gläser haben.« Er sah kurz zu Orsola und fügte mit einem wissenden Lächeln hinzu: »Und Spiegel. Sie können sich ja denken, wie sehr ich Spiegel mag. Ich habe gehört, Ihre sind die besten auf der Insel.« Er erhob sich, ließ sein noch fast volles Weinglas stehen, und gab damit den Rhythmus der Verhandlung vor.

Marco sprang ebenfalls auf. »Stefano kann Ihnen die Spiegel zeigen. Hier entlang, in den Lagerraum.«

Orsola und Monica bekamen nichts von der Verhandlung mit, da sie keinen Grund hatten, ihnen zu folgen. Marco und Laura Rosso – und schließlich auch Stefano, als es um die Spiegel ging – verbrachten noch eine weitere Stunde mit dem Besucher. Zwischen ihren Aufgaben im Haushalt schlichen Orsola und Monica ein paarmal zur Tür des Lagerraums und wurden schließlich mit einem Lächeln und einer tiefen Verbeugung belohnt, als der Mann sich verabschiedete. »Meine Damen, es war mir eine Freude, Sie kennenzulernen.« Er ließ seinen Blick einen Moment auf Orsola ruhen, bevor er sich Laura zuwandte und ihr die Hand küsste. »Ich werde bald zurückkommen, um über den Kandelaber zu sprechen.«

»Sehr gerne, Signore«, erwiderte sie. »Wir erwarten mit Ungeduld Ihre Rückkehr.«

So hatte Orsola ihre Mutter noch nie reden hören. Sein Verhalten färbte offenbar auch auf sie ab.

»Kandelaber?«, rief sie, als er gegangen war. »Er hat einen Kandelaber in Auftrag gegeben?«

»Und vier Dutzend Gläser und einen Spiegel«, erwiderte Marco. »Vielleicht sogar noch mehr!« Er umfasste Monica an den Schultern und küsste sie, ein seltener Ausbruch von Zärtlichkeit.

»Aus der Pflaume lässt sich noch eine Menge Saft herauspressen«, sagte Laura Rosso. Auch sie war geradezu trunken von der Gegenwart des Mannes.

»Wir machen keine Kandelaber!«, protestierte Orsola. »Das ist etwas für größere Werkstätten als unsere.«

Doch sie hörten ihr vor lauter Jubel gar nicht zu. Sogar Monica ließ sich von Marcos Übermut anstecken und lachte, als er sie durch die Luft wirbelte wie eine frischgebackene Braut. »Ich besorge dir den Pelzmantel, den ich dir versprochen habe«, sagte er. »Die Frau eines Maestro sollte einen Pelzmantel tragen. Und wir stellen weitere Bedienstete ein, um deine kleinen Hände zu schonen.« Er küsste ihre Finger mit all den Narben vom Fischausnehmen in ihrem früheren Leben. Monica wirkte verlegen, ließ ihren Mann aber gewähren, da Marco nur selten so glücklich war.

»Ich fertige ihm eine Halskette an«, verkündete Orsola, um bei dem Freudentaumel nicht außen vor zu bleiben.

Marco löste sich kurz von Monica und warf ihr einen Blick zu. »Mach den Augenblick nicht kaputt, Sorella.«

Orsola errötete, und ihr Stolz erlosch. Mit einem Mal schmerzte es sie zuzusehen, wie Marco mit seiner Frau tändelte, während Laura Rosso Giacomo und die *garzoni* herbeirief, um mit einem Glas Wein auf all die schönen Dinge anzustoßen, die die Rossos herstellen würden. Nur Stefano wirkte verhalten. Orsola trat zu ihm. Sie hakte sich nicht bei ihm ein, und er legte nicht den Arm um ihre Taille. Ihre Beziehung war nie besonders herzlich gewesen. Sie setzte sich nie auf seinen Schoß, wie Monica es manchmal bei Marco tat. Nur Angela saß auf dem Schoß ihres Vaters; Stefano und seine Tochter waren sich viel näher als er und Orsola. Sie hatte deshalb oft Schuldgefühle. »Du machst also einen Spiegel für ihn«, sagte sie.

Stefano nickte. »Für den Eingang zum Palazzo seines Gönners, damit er den Sitz seines Hutes überprüfen kann, bevor er ausgeht.« Er wiederholte offensichtlich die Worte des Kunden, denn ihm selbst würde es nie in den Sinn kommen, in den Spiegel zu schauen, bevor er das Haus verließ. »Er schien sehr vertraut mit dir«, fuhr er fort. »Er wusste alles über deine Perlen.«

»Weil ich sie ihm vorher gezeigt habe.«

»Er sagte, er hätte eine Halskette bei dir bestellt. Wann war das?«

»Kurz bevor er sich mit Madre und Marco an den Tisch gesetzt hat.« Orsola versuchte, von dem Thema abzulenken. »Marco hat wieder zu viel getrunken.«

Stefano schnaubte. »Das ging schnell.«

Die Bemerkung hätte sich auf ihren Bruder beziehen können, aber Orsola ließ sich nicht täuschen. Sie war überrascht, Stefano eifersüchtig zu erleben. Sie holte tief Luft. Wenn sie jetzt nichts sagte, würde es in ihm gären und später zu Problemen führen. Sie brauchte ihren Mann auf ihrer Seite. »Stefano«, sagte sie und legte die Hand auf seinen Arm. »Ich mache eine Halskette für ihn, weil er sie bestellt hat, genauso wie er dich gebeten hat, ihm einen Spiegel zu machen. Das ist alles. Es ist ein Geschäft. Gut für uns. Für die Familie Rosso.«

Nach kurzem Zögern nickte Stefano. »Ich werde auch bei dem Kandelaber helfen. Da müssen wir alle mit anfassen.«

Orsola verzog das Gesicht. Der Entwurf und die Herstellung des Kandelabers würde viele Wochen in Anspruch nehmen. In der Zeit würden sie nichts anderes machen können, sodass sie mit Klingenbergs Bestellung in Verzug kämen, außerdem mussten sie große Mengen Material einkaufen. Natürlich wäre es den Aufwand wert, wenn sie etwas Spektakuläres erschufen und der Mann tatsächlich dafür bezahlte. Doch seine Bemerkung zu den Casinos und seine extravagante Art weckten Zweifel in ihr. Was, wenn er Schulden hatte – und sie da mit hineinzog?

Nach dem Besuch des Mannes begann Orsola zu experimentieren, denn sie wollte mehr denn je ein wirklich elegantes Stück erschaffen, das alle beeindruckte, nicht nur ihn. Bei einer Kette aus Glasperlen hing alles von Form, Farbe und Proportion ab: Sie musste Töne wählen, die gut zusammenpassten, und die verschiedenen Elemente in den richtigen Formen und Größen anfertigen. Waren sie zu groß, würde die Kette zu schwer werden und schlecht liegen. Waren sie zu klein, sah man sie nicht. Farben konnten einander neutralisieren, anstatt sich gegenseitig zum Leuchten zu bringen. Orsola spielte damit, die Perlen flachzudrücken, wie der Mann vorgeschlagen hatte, probierte verschiedene Formen und Stärken aus und platzierte die *millefiori* sorgfältig. Sie würde erst dann anfangen, die Perlen in größerer Stückzahl herzustellen, wenn sie zufrieden war. Wenn ihr diese Halskette gelang, würden der Mann und seine Freunde vielleicht noch mehr bestellen. Es war endlich eine Gelegenheit, ihre Arbeit auszuweiten und nicht mehr nur einzelne Perlen anzufertigen, sondern ganze Ketten.

Der Besuch des Mannes hatte alle aufgerüttelt. Marco verbrachte Stunden damit, verschiedene Gläser zu entwerfen, und beriet sich mit Giacomo, welche Form der Kelch haben sollte, wie Stiel und Fuß aussehen und welche Verzierungen angebracht werden sollten. Giacomo formte Schlangen, Fische, Meerjungfrauen, Efeu und Kordeln aus Glas an, bis sie sich schließlich darauf einigten, dass Weinranken mit winzigen purpurnen und grünen Trauben sich den Stiel hinaufschlängeln sollten. Erst nach etlichen Versuchen befanden sie das Modell für gut genug, um es dem Mann zur Ansicht zu schicken. Derweil entwarf Stefano einen Spiegel, dessen Oberfläche kaum merklich nach hinten gewölbt war; das schmeichelte dem Betrachter, weil es ihn schlanker aussehen ließ. Dies war einer der Gründe, warum seine Spiegel so beliebt waren. Mit dem Kandelaber hatten die Männer noch nicht einmal angefangen.

Die Rossos wandten ihre ganze Zeit für diesen Mann auf, obwohl sie ihn kaum kannten. Selbst die sonst so bodenständige Laura Rosso hatte sich von ihm verzaubern lassen. Das beunruhigte Orsola so sehr, dass sie die einzige ihr bekannte Person auf Murano aufsuchte, die ihr vielleicht mehr über ihn sagen konnte.

Orsola besuchte ihre Tante ungefähr einmal im Monat im Kloster; häufiger ging es wegen der Arbeit und der Kinder meist nicht. Die Besuche waren ihr mehr Last als Freude, denn Zia Giovanna war keine umgängliche Frau. Seit sie nach der Pestepidemie in das Kloster eingetreten war, bemühte sie sich weniger denn je darum, Höflichkeiten auszutauschen, die ein Gespräch in Gang hielten. Sie stellte nie Fragen, und da ihr Leben als Nonne so gleichförmig war, fiel Orsola bald nichts mehr ein, was sie ihrerseits fragen konnte, und begann stattdessen, einfach drauflosszuplappern über die Dinge, die ihr gerade in den Sinn kamen, während die Nonne schweigend dasaß und ihre Nichte ansah, ohne ein einziges Mal zu nicken, ihr zuzustimmen oder auch nur zu sagen: »Ich höre dir zu.« Manchmal nahm Orsola Angela mit, wie zu ihrem Schutz, doch Giovannas Erfahrungen mit Stella und Marcolin während der Quarantäne hatten ihr Kinder gründlich verleidet, und so ignorierte sie ihre Großnichte entweder oder herrschte sie an, was Angela beides zum Weinen brachte. Obwohl ihre Besuche für Tante wie Nichte unbefriedigend waren, beschwerte sie sich, wenn Orsola zwischen zwei Besuchen zu viel Zeit verstreichen ließ. »Du vergisst mich«, klagte sie dann. »Ich kann hier verrotten, ohne dass es jemand bemerkt.«

An dem Tag, als Orsola sie besuchte, war es kalt, aber sonnig, deshalb setzten sie sich in den Kräutergarten, der kreisförmig angelegt war, mit zwei schmalen Steinbänken in der Mitte. Orsola hatte schon viele Male dort gesessen. Im Sommer begutachtete sie die Pflanzen und rieb die Blätter von Minze, Eisenkraut, Salbei und Oregano zwischen ihren Fingern, um ihren Duft freizusetzen, bis Zia Giovanna sie anfuhr, sie solle die Kräuter in Ruhe lassen. Jetzt ragten von den Pflanzen nur noch Stummel aus der nackten Erde, außer vom Rosmarin und Lavendel, die ihre Blätter über den Winter behielten.

Orsola stellte ihrer Tante die üblichen Fragen: Aß sie genug, gab es neue Novizinnen, war das Loch im Dach der Kapelle repariert worden? Dann berichtete sie, was es in der Familie Neues gab: Angela sprach in ganzen Sätzen, und ihr Vater liebte sie abgöttisch; Andrea und Sebastiano hatten lesen gelernt; Raffaele konnte jetzt das *sandolo* rudern. Sie vermied es sorgsam, Stella oder Marcolin zu erwähnen. Sie erzählte ihr vom Geschäft und von den Nachbarn, wer geheiratet oder ein Kind bekommen hatte, wer gestorben war, und sie versuchte, den

Inhalt der Predigten des Pfarrers von Santi Maria e Donato wiederzugeben.

Doch sie konnte Zia Giovanni nicht täuschen. Vielleicht war sie ein wenig zu eifrig darauf bedacht zu reden, zu schmeicheln, eine Verbindung zwischen ihnen herzustellen. Mitten in einer Geschichte über Sebastiano, der sich geweigert hatte, ins Bett zu gehen, weil er überzeugt war, dass in seinem Zimmer Fledermäuse hausten, unterbrach ihre Tante sie. »Was willst du?«

»Was meinst du damit, Zia Giovanna? Ich will gar nichts.«

»Natürlich willst du etwas.« Giovanna stocherte mit dem Fingernagel zwischen den Zähnen, musterte eingehend, was sie dort zutage förderte, und schnippte es dann weg. »Lüg nicht, Orsola. Das ist würdelos.«

Orsola riss einen Zweig ledrigen Rosmarin ab und knetete ihn zwischen den Fingern.

»Lass das, sonst ist kein Rosmarin mehr zum Kochen übrig.«

Orsola warf den Zweig weg. »Ich wollte dich nach einem Mann fragen, der schon mal hier im Kloster war.«

Zum ersten Mal seit vielen Wochen und Monaten wirkte Giovanna interessiert. »Ein Mann?«

»Er heißt Giacomo Casanova.«

Zia Giovanna wich zurück, als wäre plötzlich eine Schlange aus dem kahlen Kräuterbeet aufgetaucht. Dann fing sie an zu lachen, ein raues, gurgelndes Geräusch wie Froschquaken. Orsola hatte sie seit der Zeit vor der Pest nicht mehr lachen gehört. Manches Lachen klingt so, dass man sofort einstimmen will, selbst wenn man nicht weiß, was so lustig ist. Dieses Lachen gehörte nicht dazu. Es war nicht einladend; es war wie ein Angriff, auf sie, auf die Familie und vor allem auf den Signore.

Orsola saß da und errötete immer mehr, während sie darauf wartete, dass ihre Tante sich beruhigte. Schließlich hielt Giovanna inne und wischte sich mit dem Ärmel ihrer schweren schwarzen Tracht über die Augen. »Was willst du über ihn wissen?«

»Ist er vertrauenswürdig?« Bei der Frage kam Orsola sich ein wenig albern vor, denn das Lachen schien bereits die Antwort darauf zu sein.

Zia Giovanna schnaubte. »In Bezug auf Frauen oder auf Geld? Bei beidem lautet die Antwort nein.«

»Woher kennst du ihn?«

»Er hat hier oft eine der Novizinnen besucht. Oder genau genommen zwei. Manchmal auch gleichzeitig!« Wieder lachte sie, und Orsola schnappte nach Luft, als sie begriff, was ihre Tante damit meinte. »Oh, er hat uns bestens unterhalten! Warum willst du das wissen? Er besucht *dich* doch hoffentlich nicht, oder, du dummes Mädchen?«

»Nein, natürlich nicht! Er hat nur einiges bei uns in der Werkstatt bestellt.« Sie erwähnte nicht, dass sie eine Halskette für ihn anfertigte und darauf hoffte, dass er weitere Kunden zu ihr bringen würde. Zia Giovanna hatte keinerlei Interesse an ihren Perlen gezeigt, obwohl die Perlen sie während der Pest ernährt hatten.

»*Mariavergine!*« Ihre Tante bekreuzigte sich. »Hat er euch im Vorhinein bezahlt? Nein, natürlich nicht. Dieser Mann trinkt den teuersten Wein und hat seinen Nonnen die kostbarsten Seidenstrümpfe und Lederhandschuhe mitgebracht – so viele, dass sie sie an uns weitergegeben haben!« Zur Überraschung ihrer Nichte hob Giovanna den Saum ihrer Tracht, unter dem zarte weiße Strümpfe zum Vorschein kamen. Ihre Unterschenkel waren so mager, dass die Strümpfe in einem Ring aus Falten um ihre Knöchel lagen. »Sie sind gut an kalten Tagen, obwohl man das bei einem so dünnen Stoff nicht erwarten würde.«

Sie ließ den Saum wieder los. »Er hat hohe Schulden in den Casinos, sowohl hier wie auch in Venedig«, fuhr sie fort. Als sie Orsolas Miene sah, sagte sie barsch: »Was hast du erwartet,

Mädchen? Ein Blick auf ihn genügt, um zu wissen, dass er über seine Verhältnisse lebt. Was hat er bei Marco bestellt?«

»Vier Dutzend Kelche, einen Spiegel und ...« Orsola verstummte, als Giovanna sich erneut bekreuzigte. Nun, da sie es laut ausgesprochen hatte, erkannte sie selbst, wie absurd es war, dass Marco eingewilligt hatte, achtundvierzig Kelche für ihn anzufertigen, ohne auch nur einen *soldo* als Anzahlung zu bekommen. Ganz zu schweigen von dem Kandelaber, den sie vorsichtshalber gar nicht erst erwähnte.

Zia Giovanna schüttelte den Kopf und zupfte ihre Tracht zurecht. »Marco ist ein Narr. Aber er hat es auch mit einem Mann zu tun, der äußerst geschickt darin ist zu bekommen, was er will. Ich rate euch, beschränkt die Bestellung auf ein Dutzend Kelche und übergebt sie persönlich seinem Gönner. Er übernimmt meistens seine Schulden. Wusstest du, dass dieser Casanova nicht einmal adelig ist? Seine Mutter war eine Schauspielerin!« Sie spuckte verächtlich aus. »Wenn die Kelche bezahlt sind, macht ihr noch ein Dutzend und den Spiegel. Aber seht bei jedem Schritt zu, dass ihr euer Geld bekommt, entweder von ihm oder von seinem Gönner.« Orsolas Tante war schon immer genauso klug gewesen wie ihre Schwester – vielleicht sogar klüger, denn im Gegensatz zu Laura hatte sie keine Gefühlsbindung zu den Rossos, die ihr den Verstand vernebeln konnte.

Als Orsola ihrer Mutter erzählte, was ihre Schwester ihnen geraten hatte, schalt Laura Rosso sie, weil sie überhaupt damit zu Zia Giovanna gegangen war. »Sie wird es den anderen Nonnen erzählen, und dann weiß es bald die ganze Insel!«

»Die weiß es ohnehin schon. Marco hat im Omo Salvadego damit geprahlt. Auf dem Markt haben mich drei Leute angehalten und nach dem Kandelaber gefragt.«

»Er ist nun einmal stolz darauf, so eine große Bestellung von so einem Mann zu bekommen.«

»*So ein Mann* – wenn du wüsstest! Seine Mutter ist eine Schauspielerin!« Orsola sprach schon genauso wie Zia Giovanna.

Laura schnalzte nur mit der Zunge.

»Wenn Marco und Giacomo und Stefano die ganze Zeit nur an diesen Dingen arbeiten, statt an dem Auftrag von Klingenberg, und der Signore zahlt nicht, könnte das den Ruin der Werkstatt bedeuten.« Sie wusste, dass ihrer Mutter das klar war, aber sie hatte das Gefühl, es aussprechen zu müssen.

»Wenn du glaubst, dass der Signore nicht zahlt, warum machst du dann eine Halskette für ihn?«

Orsola suchte nach einer Antwort, fand aber keine, weil Laura Rosso recht hatte. Sie wollte nicht aufhören, Perlen für ihn zu machen. Es hatte etwas Berauschendes, für so einen Mann ein schönes Schmuckstück anzufertigen, eine Kette, die sie vielleicht sogar am Hals einer Venezianerin sehen würde, die während der *passeggiata* über die Piazzetta beim Dogenpalast schlenderte. Alle würden sie bewundern und sagen: »Wer hat diese Kette gemacht? Sie ist ein wahres Meisterwerk!« Und vielleicht würden alle Glasarbeiten der Rossos dadurch bekannter werden. Es war nur ein Gedankenspiel, aber sie hielt daran fest, weil es sie dazu brachte, sich mehr Mühe zu geben und erfinderischer zu sein.

»Ich werde mein Geld schon bekommen, so viel ist es ja nicht«, sagte sie. »Aber vier Dutzend Kelche, ein Spiegel, eine Halskette und ein Kandelaber? *Mariavergine!*«

Laura Rosso runzelte die Stirn. »Die Rossos haben noch nie zuvor Kandelaber gemacht, im Gegensatz zu den meisten anderen Glasfamilien hier. Weißt du noch, woran dein Vater gearbeitet hat, als er starb? An einem Kandelaber. Zum ersten Mal. Dann hat ihn ein Stück davon getötet. Danach wollte nie wieder jemand einen Rosso-Kandelaber. Marco will diesen Fluch durchbrechen.«

Orsola starrte sie an. Sie vermied stets, an diesen Tag zu denken. Doch nun blitzten plötzlich Bilder vor ihrem inneren Auge auf: ihr Vater, wie er starr dasaß, die Zange in der Hand, die Glasscherbe, die aus seinem Hals ragte. Dann, als er sie herauszog, all das Blut, das aus ihm herausschoss und sich zu seinen Füßen sammelte, bis er schließlich zur Seite sackte. Dann sah sie vor sich, woran er gearbeitet und was ihn getötet hatte: der halb fertige Arm eines Kandelabers aus durchscheinendem Filigranglas. Erst jetzt, im Rückblick, erkannte sie, was es war.

»Deshalb werde ich ihm nicht sagen, er soll darauf verzichten«, fuhr Laura fort. »Das ist eine Gelegenheit, die wir nicht verstreichen lassen dürfen.«

Orsola widersprach dem nicht, wiederholte aber, was Zia Giovanna vorgeschlagen hatte, dass Marco zunächst nur ein Dutzend Kelche anfertigen und sie persönlich zu dem Signore bringen solle, um sich bezahlen zu lassen, bevor er mit der Bestellung weitermachte. Doch davon wollte ihre Mutter nichts hören. Orsolo beschloss, wenn sie die *millefiori*-Halskette zu ihrer Zufriedenheit fertiggestellt hatte, würde sie nach Venedig hinüberfahren und nicht eher gehen, als bis sie ihr Geld bekommen hatte.

Orsola arbeitete hart und schmolz eine Perle nach der anderen wieder ein, bis sie sie wirklich gelungen fand. Als die Perlen schließlich fertig und auf eine Seidenschnur gezogen waren, ging sie mit der Kette in die Küche, um sie Monica und Rosella zu zeigen. Sie hatte verschiedene Blautöne verwendet, mit weißen Punkten in der Mitte der *millefiori*, damit sie echten Perlen ähnelten, genau wie die kleinen weißen Perlen, die sie zwischen die größeren gesetzt hatte. Die Blüten waren nicht dicht an dicht gesetzt, wie die Afrikaner es vorzogen, sondern gleichmäßig über dunkelblaue, zylinderförmige Perlen verteilt, die sie, dem Rat des Mannes folgend, leicht abgeflacht hatte.

Nun schienen die Blüten wie Sterne um den Hals der Trägerin zu funkeln. Monica und Rosella stießen bewundernde Rufe aus, als sie sie erblickten. Monica wollte sie nicht anprobieren, aber Rosella war ganz begeistert, obwohl die Kette zu tief hing, weil sie noch zu klein war.

Orsola erklärte ihnen gerade, dass sie die Kette persönlich überbringen würde, als Stefano in der Tür erschien. Er lächelte, als er Rosella mit der Kette sah. »*Sei bellissima*«, sagte er zu dem Mädchen. »Möchtest du dich mal anschauen?«

Rosella nickte.

»Warte hier.« Er verschwand und kam kurz darauf mit einem halbhohen Spiegel zurück, den er auf den Tisch stellte und an die Wand lehnte. Der Spiegel selbst war lang und schmal. Der Rahmen bestand nicht, wie üblich, aus vergoldetem Holz, sondern aus einer gewundenen, mit Blüten geschmückten Glasgirlande und einem kleinen gläsernen Blumenstrauß oben in der Mitte. Aus dem unteren Rand wölbten sich zwei Kerzenhalter hervor, damit man sich abends vor dem Ausgehen darin sehen konnte. Das Überraschendste jedoch war die Frau, die in die Mitte des Spiegels geschliffen war – sie war nackt und stand auf einer Wolke, mit langem, wallendem Haar, Brüsten so rund wie Orangen und einem Tuch, das nur gerade eben ihre Scham bedeckte. Der Spiegel entsprach ganz und gar nicht Stefanos sonstigem Stil und war viel aufwendiger gestaltet als alles, was er bisher gemacht hatte, aber Stefano hatte verstanden, dass er einen anderen Geschmack bedienen musste als seinen eigenen. Orsola fragte sich, woher er die Anregung für diese Frau bekommen hatte; ihr selbst ähnelte sie jedenfalls nicht.

Rosella stellte sich davor, hingerissen von ihrem Spiegelbild, der Kette und schließlich auch der nackten Frau, über die sie mit dem Finger strich.

»*Magnifico*, Stefano«, verkündete Monica. »Ist der für den Signore?«

Er nickte. »Gerade fertig geworden. Ich kann ihn zusammen mit deiner Kette hinbringen«, sagte er zu Orsola. Sie sah ihn nur an. »Oder wir könnten zusammen rüberfahren«, fügte er an. »Und auf das Geld warten. Vielleicht haben wir zu zweit mehr Erfolg.«

Orsola wollte protestieren, denn sie genoss ihre einsamen Ausflüge nach Venedig, die ihr ein paar Stunden Freiheit schenkten, in denen sie umherschlendern und die Leute beobachten konnte. Außerdem würde sie in Anbetracht dessen, was für ein Mann ihr Auftraggeber war, ihr Geld vermutlich eher bekommen, wenn sie allein zu ihm ging. Sie hatte sich auf ein bisschen Wein und Galanterie gefreut. Nicht mehr, aber genug, um ihn zu ermuntern, seinen Geldbeutel zu öffnen. Mit Stefano an ihrer Seite wäre das kaum möglich, und vielleicht wollte er genau deshalb mitkommen.

Aber er war ihr Ehemann, und er verlangte so wenig von ihr, dass ihr nichts anderes übrig blieb, als zu nicken und sich ihre Enttäuschung nicht anmerken zu lassen.

Am nächsten Morgen ruderte Bruno sie über die Lagune und durch Nebenkanäle zu dem Palazzo in Castello, wo der Gönner des Signore, Senator Bragadin, lebte. Bruno war mittlerweile verheiratet und hatte drei Kinder, aber das hielt ihn nicht davon ab, anzügliche Liedchen zu pfeifen und mit hübschen Frauen zu schäkern. Er amüsierte sich darüber, dass Orsola und Stefano zusammen nach Venedig fuhren, und noch dazu zum Haus eines Senators. Natürlich wusste er, zu wem sie wollten; ganz Murano wusste es. »Die Gondolieri haben sich ein Lied über euren Signore ausgedacht«, sagte er. »Wollt ihr es hören?« Bevor sie ihn davon abhalten konnten, begann Bruno zu singen:

O Serenissima, behüt' deine Töchter, deine Mütter, deine
Tanten,
Selbst deine Großmütter sind in Gefahr und all ihre Verwandten.
Casanova ist zurück und dirigiert einen Reigen
Mit seinem munt'ren Stab wie ein Maestro die Geigen.

»*Basta!*«, rief Stefano. »Du solltest dich schämen, Bruno.«

Doch er lachte nur. So schnell schämte Bruno sich für gar nichts. Er summte weiter vor sich hin, während er sie zu den Stufen des Portals von Ca' Bragadin steuerte. Es war ein vierstöckiges, zart rosafarbenes Haus, dessen mittlere Fensterreihen von Spitzbögen umrahmt waren. Obwohl nicht so prächtig wie die Palazzi am Canal Grande und in einem ruhigeren, weniger prunkvollen Viertel gelegen, war es dennoch elegant, gepflegt und offenbar frisch verputzt. Auf dem Balkon im ersten Stock saßen zwei Frauen, die Kaffee tranken und auf den Kanal hinausblickten. Ihre lockeren Umhänge ließen darauf schließen, dass sie erst vor Kurzem aufgestanden waren. Sie beachteten die Besucher nicht. Orsola sah zu Stefano. Er hatte sich rasiert, sie hatte ihr Haar gebürstet, und sie trugen die sauberen neuen Kleider, die sonst für die Messe vorgesehen waren, aber im Vergleich zu den Venezianern sahen sie ärmlich aus. Während sie auf Murano ein gewisses Ansehen genossen, waren sie hier nur einfache Handwerker.

Stefano erhob sich in der Gondel, zögerte jedoch auszusteigen, sichtlich eingeschüchtert von der Umgebung. Die Frauen auf dem Balkon kicherten, und obwohl es vermutlich nichts mit ihnen zu tun hatte, schämte sich Orsola für die Scheu ihres Mannes. Antonio hätte den Palazzo voll Selbstvertrauen betreten, dachte sie, schob den Gedanken jedoch sofort beiseite. Sie bemühte sich stets, die beiden nicht miteinander zu vergleichen.

Sie sprang so schwungvoll auf, dass das Boot schaukelte und Stefano zurück auf seinen Platz fiel, während sie die Stufen zum Eingang erklomm. »*Oe*, Orsola!«, rief Bruno. »Bist du deinen Mann so leid, dass du ihn in den Kanal werfen willst? Kein Wunder, dass du nur ein Kind hast!«

Orsola stieß die Luft aus, als hätte er ihr einen Schlag in den Magen verpasst. Erst vorigen Monat hatte sie wieder eine Fehlgeburt erlitten.

Diesmal lachten die Frauen auf dem Balkon eindeutig über sie. Bruno stimmte in ihr Gelächter ein, offensichtlich erfreut, dass er die beiden Edeldamen amüsiert hatte.

Stefano griff nach seinem Spiegel, der in Leinen eingeschlagen und mit Schnur umwickelt war, und reichte das schwere Paket Orsola, bevor er aus dem Boot stieg. Dann wandte er sich zu Bruno, dessen Grinsen erlosch, als er begriff, dass er zu weit gegangen war. »*Vattene!* Wir fahren nicht mit dir zurück. Und bezahlen werden wir dich auch nicht. Du hast meine Frau beleidigt. *Canagia!*« Orsola hatte ihn noch nie so wütend erlebt.

Bruno stammelte: »Das ... das war ein Scherz! Versteht ihr denn keinen Spaß?«

Doch Stefano beachtete ihn nicht weiter, sondern nahm Orsola den Spiegel ab und ging dann gemeinsam mit ihr in den dunklen *androne*, der von der letzten Flut noch nass war. Sie drehte sich um und blickte zu dem hellen Türausschnitt, hinter dem Bruno in seinem *sandolo* stand und schimpfte, sie seien *ladri*, denen man nicht trauen könne.

»Ist alles in Ordnung?«, fragte Stefano besorgt. Orsola legte die Hand auf seinen Arm und drückte ihn, mit einem Mal froh, dass er bei ihr war.

»Ich werde ihn nie wieder anheuern«, sagte sie. »Und ich bete zur Madonna, dass keine von den beiden Frauen da oben jemals diese Halskette trägt.« Sie hielt das Päckchen hoch, in dem sich ihre *millefiori* befanden.

Sie blickten sich in dem *androne* um. Hier wurden in den Palazzi häufig geschäftliche Dinge abgewickelt. An der Wand rechter Hand stapelten sich Weinkisten, mit einem Korb früher Kirschen und einem weiteren mit Sardinen obendrauf. Am hinteren Ende führte eine breite Marmortreppe zum trockenen Teil des Palazzo.

Orsola und Stefano sahen sich ein wenig ratlos an. Sie hatten nicht darüber gesprochen, was sie tun würden, wenn sie angekommen waren. Orsola war noch nie im Innern eines Palazzo gewesen, nicht einmal in einem der bescheideneren auf Murano. Sie hatte angenommen, dass jemand da sein würde, um sie zu begrüßen. »Sollen wir hochgehen?« Sie deutete zur Treppe.

In dem Moment kam jemand eilig die Stufen hinuntergelaufen – wohl ein Dienstbote, obwohl er mit seinem weißen Leinenhemd und der goldbestickten Kniehose kostbarer gekleidet war als sie. Er schnappte sich die beiden Körbe und wollte schon wieder umkehren, da rief Stefano: »Signore!«

Der Diener fuhr herum und beäugte sie im Dämmerlicht. »Was machen Sie hier? Raus!«

»Wir möchten Signor Casanova sprechen.«

Bei der Nennung des Namens musterte der Diener Orsola von oben bis unten und sah dann verwirrt zu Stefano, als frage er sich, warum er sie begleitete.

»Wir kommen von Murano und bringen Sachen, die er bei uns bestellt hat«, erklärte Orsola. »Eine Halskette und einen Spiegel. Sie sind fertig.«

»Lassen Sie sie hier.« Der Diener wies auf die Weinkisten. »Ich bringe Sie später hoch.«

»Sie sind viel zu wertvoll, um sie hier zu lassen«, wandte Stefano ein. »Wir möchten Sie dem Signore persönlich übergeben.«

»Er schläft noch.«

»Wir können warten«, sagte Orsola.

»Dann werden Sie den ganzen Tag warten müssen. Der Signore steht sehr spät auf. Lassen Sie sie hier, da passiert schon nichts.«

»Wir sind gekommen, um uns bezahlen zu lassen«, fügte sie hinzu.

Der Diener lachte. Es erinnerte sie an das Lachen der Frauen auf dem Balkon und an das von Zia Giovanna, als Orsola den Signore zum ersten Mal erwähnt hatte.

In diesem Moment hörten sie Rufe vom Kanal; jemand befahl Bruno, Platz zu machen. Eine Gruppe von Leuten kam die Treppe herunter, angeführt von einem älteren Mann in einem roten Umhang und mit einem Dreispitz auf der üppigen Perücke. Seine gebieterische Ausstrahlung – die aufrechte Haltung, der entschiedene Schritt, den anderen ein Stück voraus, der Blick nach vorn auf die sonnenbeschienene Welt draußen – ließ keinen Zweifel daran, dass es sich um den Hausherrn handelte. Das musste der Gönner sein, dachte Orsola. Während der Diener, mit dem sie gesprochen hatten, zurückwich, trat sie vor und holte Luft, um die Familie Rosso vor dem Ruin zu bewahren, in den ein Kandelaber, ein Spiegel, eine Halskette und vier Dutzend Kelche sie treiben könnten. Und wenn Senator Bragadin auch nur nach rechts geblickt und sie bemerkt hätte, wäre es ihr vielleicht gelungen, ihre Zunge vom Gaumen zu lösen und ihm zu sagen, dass sie gute Arbeit für seinen Schützling geleistet hatten und gern bereit waren, dies fortzuführen und einen Kandelaber anzufertigen, über den ganz Venedig sprechen würde, und dass sie hoffte, diese Halskette werde ihren guten Ruf begründen und ihr weitere Kundschaft bringen – sofern er ihnen das Geld gab, das ihnen zustand. Doch er blickte sich nicht zu ihr und Stefano um, und Orsolas Zunge blieb am Gaumen kleben, während sie zusahen, wie er ins Sonnenlicht hinaustrat und in die Gondel stieg, die auf ihn wartete und ihn zu einer gewiss sehr wichtigen Besprechung mit einem anderen sehr wichtigen Mann bringen würde – vielleicht sogar dem Dogen höchstpersönlich. Die Frauen auf dem Balkon riefen ihm etwas zu, und er lüpfte seinen Hut und winkte ihnen damit zu, bevor er sich in die *felze* setzte.

Nachdem Senator Bragadin fort war, schien der Diener sich wieder an Orsola und Stefano zu erinnern. Er wies mit einer knappen Kopfbewegung zum Ausgang, ohne ein Wort zu sagen.

Sie legten die Halskette und den Spiegel auf die Weinkisten. »Wir gehen, aber über die Straße«, sagte sie zu dem Diener, weil sie Bruno nicht noch einmal begegnen wollte. Sie konnten zu Fuß zum Nordufer gehen und dort ein *traghetto* zurück nach Murano nehmen.

Der Diener führte sie zu einer Tür auf der anderen Seite, hinter der sich ihnen eine vertraute Innenhofszenerie bot: in der Mitte ein quadratischer, mit Löwen verzierter Brunnen, sonnenbeschienene Bänke, auf denen alte Frauen saßen und nähten, eine Frau, die über einen Kessel gebeugt Laken wusch, Kinder, die hin und her liefen und Fangen spielten.

Orsola blieb stehen, weil ihr Domenegos Lektion von vor langer Zeit einfiel. »Wir brauchen eine Quittung für unsere Waren«, erklärte sie, stellte sich breitbeinig hin und verschränkte die Arme.

Der Diener verdrehte die Augen, aber offensichtlich hörte er diesen Satz nicht zum ersten Mal, denn er wirkte nicht überrascht. »*Un momento*«, sagte er und verschwand eilig. Während sie warteten, sahen sie den Kindern und Frauen zu, von denen niemand auch nur das geringste Interesse an ihnen zeigte. Sie hätten ebenso gut ein Paar Gondelruder sein können, die in der Ecke lehnten.

»Glaubst du, wir kriegen je unser Geld?«, fragte Stefano leise.

Orsola zuckte die Achseln. »Ich weiß es nicht. Aber du musst Marco erzählen, wie wir hier behandelt worden sind. Vielleicht kann er Klingenberg überreden, für uns zu verhandeln, zumindest was den Kandelaber angeht.« Gewöhnlich hielt Klingenberg sich aus örtlichen Verkäufen heraus; er handelte nur mit dem Ausland. Aber vielleicht wusste er, wie man mit ihrem unzuverlässigen Kunden umging.

»Dein Bruder hört nicht auf mich.«

Das wusste Orsola. Marco hatte zwar mehr Respekt vor Stefanos Arbeit als vor ihrer, aber er nahm von ihnen beiden keinen Rat an.

Kurz darauf kam der Diener mit einem Blatt Papier, einer Feder und einem Tintenfass zurück und notierte eine knappe Beschreibung des Spiegels und der Halskette. Orsola hatte zwar mittlerweile lesen gelernt, konnte aber nur den Namen Casanova entziffern, der doppelt so groß geschrieben war wie die anderen Worte.

Natürlich kam kein Geld. Dafür kam zwei Monate später Domenego. Einer der *garzonetti* meldete seinen Besuch. Als Orsola durch die Werkstatt ging, befestigte Marco gerade einen der zwölf blütenverzierten Arme des Kandelabers, der mithilfe mehrerer Seile und eines Flaschenzugs in der Luft hing – eine schwierige Operation, denn jeder Fehler konnte dazu führen, dass Teile abbrachen, und das zu reparieren würde Tage dauern. Sie hatten bereits die meisten Arme befestigt, und die Trauben, die daran hingen, schaukelten hin und her, als Marco das heiße Glas an die Kugel in der Mitte drückte.

Orsola hatte den Kandelaber bisher noch nicht im Ganzen gesehen, sondern nur einzelne Teile davon: einen Arm oder eine der Zierblüten oder ein langes, gerolltes Blatt. Nun blieb sie stehen, um das Werk zu betrachten. Der Korpus des Kandelabers bestand aus einer Reihe von geblasenen Elementen in verschiedenen Längen und Stärken, das wichtigste davon die Kugel, von der die Arme nach außen ragten. Darüber befand sich eine zweite, kleinere Kugel, aus der jede Menge Blumen und Blätter hervorsprossen. An jedem Arm und jedem gerollten Blatt hingen Trauben. Das Ganze bestand aus einer Kombination von klarem und durchscheinendem Glas mit Akzenten in Türkis. Eigentlich hätte es seltsam aussehen müssen – türkisblaue Blumen, Blätter und Trauben! Aber es sah ganz und gar nicht seltsam aus, sondern sehr harmonisch. Wenn er wollte, konnte Marco sehr kunstvoll arbeiten.

»*Meraviglioso*«, sagte sie leise, um die Männer in diesem entscheidenden Moment nicht zu stören. Die Arbeit erforderte äußerste Konzentration von Marco, Giacomo und Stefano. Sie hatten fast einen Monat an dem Kandelaber gearbeitet und alles andere stehen und liegen lassen, auch die Bestellung von Klingenberg, die normalerweise Vorrang vor allem anderen hatte. Vor lauter Hitze und Anspannung lief allen der Schweiß über die Stirn. Orsola wäre gerne dageblieben, um zuzusehen, aber Domenego wartete am Anleger, und so riss sie sich los und trat durch die Hintertür.

Der Gondoliere machte ein so ernstes Gesicht, dass Orsola sofort Herzklopfen bekam. Antonio, dachte sie und schlang die Arme um sich. Selbst nach all den Jahren war das ihr erster Gedanke.

Doch es ging nicht um Antonio. »Ich dachte, Sie sollten es besser von mir hören, Orsola, als auf dem Markt«, sagte er. »Ihr Signor Casanova ist verhaftet worden. Er wurde in eine der Bleikammern im Dogenpalast gebracht.«

Aus der Werkstatt ertönte ein mehrstimmiger Schrei. Im ersten Moment dachte Orsola, sie hätten Domenegos Nachricht gehört. Doch sie jubelten, weil nun auch der letzte Arm erfolgreich angebracht und der Kandelaber somit fertig war – nur dass ihn nun niemand bezahlen würde.

5

Der Kieselstein hüpft zweiundvierzig Jahre weiter und landet im Jahr 1797. In dieser Zeit haben zwei große Umwälzungen stattgefunden. Zuerst der Amerikanische Bürgerkrieg, der die Muraneser Glasmacher und den venezianischen Adel nicht weiter kümmert. Dann die Französische Revolution, die weniger leicht zu ignorieren ist. Dafür sorgt nicht zuletzt Napoleon Bonaparte, der aus ihr hervorgeht. Seine Armee marschiert über den europäischen Kontinent, erobert ein Gebiet nach dem anderen, und als sie das Veneto erreicht, schnappt sie sich Venedig, das Kronjuwel. Der venezianische Senat dankt gezwungenermaßen ab, die Senatoren werfen ihre Samtumhänge ab und fliehen aus dem Dogenpalast, und die Stadt auf dem Wasser ist nicht länger eine Republik.

Andernorts haben sich die Künste dem Altertum zugewandt – alles blickt sehnsüchtig auf das alte Griechenland und Rom. Goethe und Schiller haben in Deutschland die Weimarer Klassik begründet. Doch im Hintergrund braut sich bereits die Romantik zusammen. Wordsworth und Coleridge sind sich in England begegnet. William Blake hat seine *Lieder der Unschuld* und die *Lieder der Erfahrung* verfasst und die unvergleichliche Jane Austen mit ihren geistreichen Romanen *Stolz und Vorurteil* sowie *Gefühl und Verstand* begonnen.

Auf der Insel des Glases dreht Orsola Rosso eine blaue *mil-*

lefiori-Perle mit gelben und weißen Blüten in der Flamme. Sie blickt auf. Sie ist jetzt siebenunddreißig. Sie und diejenigen, die ihr etwas bedeuten, sind acht Jahre älter. Ihr Schicksal ist verbunden mit dem der benachbarten Stadt. Und Venedig leidet. Wir werden dieses Leid nur von ferne betrachten und in unserem eigenen Rhythmus durch diese Jahre reisen …

Als Orsola erfuhr, dass Klingenberg sie umgehend zu sprechen wünsche, sprang sie nicht auf und begab sich eilends nach Venedig, obwohl Domenego, um die Nachricht zu überbringen, sogar seine Gondel verlassen und die Küche der Rossos aufgesucht hatte und nun darauf wartete, sie zum Fondaco dei Tedeschi zu bringen. »Ist es denn so dringend?«, fragte sie. »Ich bin sehr beschäftigt.« Das war sie in der Tat, allerdings nicht mit Perlen. Orsola, Monica, Rosella und Stella hatten geerntet – Auberginen und Zucchini, Tomaten und Paprika, Knoblauch, Pflaumen, Birnen und Äpfel – und waren dabei, alles für den Winter einzumachen. Da es den Glaswerkstätten auf Murano immer schlechter ging, waren sie umso mehr auf die Nahrungsmittel angewiesen, die sie selbst anbauten. Jetzt war nicht der rechte Augenblick, um nach Venedig zu fahren.

»Er hat mir nicht gesagt, warum«, erwiderte Domenego. »Aber es geschieht nur selten, dass er jemanden bittet, sofort zu kommen.« Der Gondoliere wirkte müde; das Haar an seinen Schläfen wurde langsam grau. Das lange, hellbraune Wams stand ihm nicht so gut wie das kurze, rote und die Hose mit Rautenmuster, die er getragen hatte, als Orsola und er sich zum ersten Mal begegnet waren. Er sah niedergeschlagen und erschöpft aus – wie alle. Ein paar Monate zuvor hatten die Franzosen die Republik Venedig eingenommen und sie für beendet erklärt, und nun warteten die Rossos, Murano und Venedig darauf, was mit der Stadt geschehen würde. Klingenbergs Bestellungen von Glaswaren und Perlen waren erneut fast versiegt.

Der Kaufmann war nicht erfreut über die lange Verzögerung gewesen, zu der es wegen Casanovas Bestellung gekommen war. Zur Strafe hatte er kaum noch etwas bei den Rossos bestellt. Marco hatte Jahre gebraucht, um Klingenbergs Vertrauen zurückzugewinnen, und dann war Napoleon am Horizont aufgetaucht.

Doch Domenego hatte recht. Klingenberg würde nicht nach ihr schicken, wenn es nicht wichtig wäre. Vielleicht ein neuer Auftrag. Die Rossos konnten einen gebrauchen. Orsola wischte sich den Tomatensaft von den Händen, nahm die fleckige Schürze ab, entschuldigte sich bei den anderen und fuhr nach Venedig.

Der Fondaco dei Tedeschi war still wie ein Grab. Es waren nur noch wenige deutsche Kaufleute da, und die warteten wie der Rest der Stadt darauf, dass Napoleon über ihr Schicksal entschied. Jonas saß im Vorzimmer, wie immer über ein Geschäftsbuch gebeugt, obwohl es nicht mehr viel einzutragen geben konnte, da der Handel seit Napoleons Italienfeldzug nahezu zum Erliegen gekommen war. Vielleicht tat er auch nur so beschäftigt und kritzelte irgendetwas aufs Papier. Sie nickten einander höflich zu. Ein sonderbares Einvernehmen schien zwischen ihnen zu bestehen, nun, da sie einen gemeinsamen Feind hatten – Napoleon und seine Armee. Jonas führte sie hinein und rief: »Orsola Rosso für Sie, Herr Klingenberg.«

»Ah, Signora Orsola, danke, dass Sie gekommen sind.« Klingenberg erhob sich und wartete, bis sie Platz genommen hatte. Sein Büro war noch immer komfortabel, aber es kam ihr nicht mehr so luxuriös vor wie früher. Die Perserteppiche waren abgetreten, der Schreibtisch hatte Schrammen, die Farbe war verblasst. Sein pelzverbrämter Umhang, der in der Ecke hing, war fadenscheinig geworden und entsprach längst nicht mehr der Mode. Alles war hier gealtert, nicht zuletzt Klingenberg selbst. Haar und Bart waren inzwischen silbergrau, und wenn er sich setzte, tat er dies vorsichtig, um seine Knochen zu schonen. Aber er war so gastfreundlich wie eh und je. »Jonas, Malvasier und *bussolai* für unseren Gast!«, rief er. Kurz darauf brachte Jonas ein schwarz gelacktes Tablett herein, auf dem eine Karaffe, zwei Gläser und eine rote Glasschale mit den beliebten venezianischen Butterkringeln standen. Orsola fand sie zu trocken, selbst wenn sie sie in den Wein tunkte. Doch gutwillig nahm sie einen und knabberte daran. Er umwirbt mich, dachte sie. Was will er nur?

Er fragte, wie es ihrer Mutter, ihrer Tochter und ihren Brüdern ging. Doch dann stellte er sein Glas unvermittelt so hart ab, dass Orsola erschrak.

»Wie Sie sicher wissen, warten wir alle darauf, dass General Bonaparte endlich handelt. Es ist völlig unklar, wer Venedig regieren wird.«

»Die Franzosen – oder nicht? Sie haben doch im Mai die Herrschaft übernommen.«

Der Kaufmann wiegte den Kopf. »Manche hoffen, dass die Stadt unabhängig bleibt. Ich selbst glaube nicht daran. Es gibt Spekulationen, dass Napoleon Venedig und das Veneto als Pfand einsetzen wird, wenn er den Krieg mit Österreich beendet.«

Orsola wusste nur wenig über die Franzosen, abgesehen davon, dass sie schon den ganzen Sommer Venedig besetzt hielten. Über die Österreicher wusste sie gar nichts, außer dass sie Deutsch sprachen. »Wären Ihnen die Österreicher als Herrscher nicht lieber, wegen der Sprache?«, fragte sie. »Sie sind Ihnen doch sicher ähnlich.«

Klingenberg lächelte. »Ich bin hier stets willkommen gewesen«, sagte er schließlich. »Ich mag die venezianische Lebensweise. Meine Tochter hat einen Venezianer geheiratet, und meine Enkelsöhne sind Venezianer, obgleich ich Deutsch mit ihnen spreche, damit sie die Sprache nicht verlernen.« Er schwieg einen Moment. »Aber ich glaube nicht, dass Österreicher und Venezianer gut zueinander passen. Sie sind von sehr unterschiedlichem Wesen. Die Venezianer sind Wasser, die Österreicher Erde.«

»Und Napoleon?«

»Napoleon ist Feuer. Er erobert und zieht weiter. Deshalb wollte ich Sie sprechen.«

»Kommt er?«

»Seine Frau Joséphine kommt.«

»Seine Frau?«

»Es ist äußerst wichtig, dass sie einen guten Eindruck von Venedig bekommt. Es wird Bälle für sie geben, eine Oper, eine Regatta. Sie wird im Palazzo Pisani Moretta wohnen. Sie wird mit Geschenken überschüttet werden, dem Besten, was die Stadt zu bieten hat: Stoffe, Gewürze, Gemälde, eine Gondel, die für sie nach Paris gebracht wird. Und Schmuck.« Er warf ihr einen bedeutsamen Blick zu. »Sie hat eine Leidenschaft für Schmuck. Eine Gruppe von Kaufleuten hier im Fondaco dei Tedeschi hat sich zusammengetan, um der Frau des Generals ein Geschenk zu überreichen. Wir möchten, dass Sie ihr eine Halskette anfertigen, eine, wie sie sie nirgendwo sonst zu sehen bekommt und die sie immer an Venedig und seine Glaskünstler erinnern wird.«

Noch eine Halskette. Orsola dachte an die, die sie für Casanova gemacht und für die sie nie Geld bekommen hatte. Klingenberg gegenüber hatte sie die Kette und den Spiegel nicht erwähnt, aber das mit dem Kandelaber wusste er natürlich, denn nachdem Marco vergeblich versucht hatte, ihn selbst zu verkaufen, hatte er widerstrebend den Kaufmann um Hilfe gebeten. Aber Klingenberg war es auch nicht gelungen, einen Käufer zu finden, und nun verstaubte der Kandelaber auf einem Regal im Lagerraum; seine Trauben und Blüten waren schon ganz matt geworden. Viele von den vier Dutzend Kelchen hatten sie ebenfalls nicht verkaufen können, und sie standen wie Soldaten eines vergessenen Bataillons auf den Regalen, eine Mahnung an das Debakel, von dem sich die Rossos nie ganz erholt hatten.

»Wir bezahlen Sie natürlich dafür«, versicherte ihr Klingenberg. »Aber hier geht es um mehr als Geld. Wenn Joséphine die Schönheit und den Geist der Stadt schätzen lernt, wird sie eher geneigt sein, ihren Mann zu ermutigen, uns unsere Unabhängigkeit zurückzugeben. Ihre Halskette könnte dazu beitragen.«

»Dies ist nicht meine Stadt«, erwiderte sie. »Meine Stadt ist Murano.«

Klingenbergs Kiefer mahlten; ihr Kommentar missfiel ihm sichtlich. »Natürlich. Aber was Venedig betrifft, betrifft auch Murano.«

Sie überlegte. Eine Halskette für Joséphine Bonaparte – eine einmalige Gelegenheit, ihr Geschäft zu beleben. Oder ein weiterer Reinfall?

»Wann brauchen Sie sie?«

»Übermorgen.«

»*Mariavergine,* ich kann so etwas nicht in zwei Tagen machen! Nicht, wenn es gut werden soll. Die Perlen brauchen mindestens vierundzwanzig Stunden, um abzukühlen. Und ich brauche Zeit, um zu experimentieren.«

»Dann in drei Tagen. Joséphine trifft morgen hier ein.«

»Hätten Sie mir nicht eher Bescheid geben können?«

»Sie hat uns selbst erst im letzten Moment mitgeteilt, dass sie kommt. Alle überschlagen sich.«

»Wie viel zahlen Sie mir?«

»Konzentrieren Sie sich jetzt nicht auf die Zeit oder das Geld, Signora Orsola. Fragen Sie sich, was Sie innerhalb von drei Tagen anfertigen können, das die Frau des bedeutendsten Mannes von ganz Europa tragen möchte.«

»Wie sieht sie denn aus?«

»Es heißt, sie sei eher anmutig als schön. Gerade Haltung, schlank. Geschmackvoll gekleidet.«

»Das trifft auf nahezu alle reichen Frauen in Europa zu. Ich brauche genauere Angaben. Welche Farbe haben ihr Haar und ihre Augen? Wie ist ihre Haut? Hat sie einen langen oder kurzen Hals? Wie ist ihre Büste geformt?«

Klingenberg sah sie mit großen Augen an. Die letzte Frage war ihm sichtlich unangenehm, und Orsola musste sich ein Lachen verbeißen. »Wenn ich eine außergewöhnliche Halskette machen soll, muss ich wissen, worauf sie ruhen wird«, erklärte sie.

Aus dem Vorzimmer ertönte ein Räuspern.

»Was gibt es, Jonas?«

Der Schreiber erschien im Türrahmen. »Herr Klingenberg, Ihre Tochter könnte das wissen. Frauen achten auf solche Dinge.«

»Dann holen Sie sie her.«

Während sie warteten, unterhielten sie sich über Glas, über die Warenknappheit, die französischen Soldaten, die auf der Piazza San Marco kampierten, und die Gemälde und Skulpturen, auf die Napoleon ein Auge geworfen hatte und die er nach Paris mitnehmen wollte.

»Murano haben sie bisher in Ruhe gelassen«, sagte Orsola.

Klingenberg beugte sich vor. »Wenn Sie etwas besitzen, das Ihnen lieb und wert ist, verstecken Sie es. Die Franzosen werden die Kirchen ausrauben und sie dann verriegeln.« Er schenkte ihr von dem Malvasier nach. Während Orsola an dem süßen Wein nippte, fragte sie sich, ob Klara Klingenberg wieder ein Stoffpäckchen für sie hatte, den Beweis, das Antonio an sie dachte. Klara hatte die ganze Zeit über Wort gehalten und sie Domenego gegeben, damit er sie Orsola brachte.

Siebzehn Jahre waren vergangen, seit sie in San Matteo am Ufer gestanden und zugesehen hatte, wie Antonio von ihr fortruderte. Sein Gesicht war jetzt so weit weg, dass sie es sich kaum vergegenwärtigen konnte, nur sein goldenes Haar sah sie noch und die Augen in der Farbe der Lagune. Sie konnte sich nicht einmal mehr an die Gefühle erinnern, die er in ihr ausgelöst hatte. Er war wie eine der verblassten Narben an ihren Armen von Missgeschicken mit dem Glas: Wenn es geschah, tat es weh, aber nach einer Weile erinnerte sie sich weder an den Vorfall noch an den Schmerz.

Doch jedes Mal wenn ein Glasdelfin kam, einerlei, ob nach sechs Monaten oder sechs Jahren, verspürte Orsola eine jähe Freude. Ob die Zeit raste oder stillstand, ob sie sich ausdehnte oder zusammenzog, Antonios Delfine, das Wissen, dass er immer noch an sie dachte, waren das Fundament, auf dem ihr Leben errichtet war, wie die zahllosen Holzpfähle, die in den Boden der Lagune gerammt worden waren und das Fundament bildeten, das Venedig trug.

Es war lange her, dass Orsola Klara Klingenberg gesehen hatte. Nach zwei Kindern waren ihre Hüften breiter geworden, und ihr Haar war gedunkelt, aber immer noch nach der neuesten Mode frisiert, mit freiem Nacken und Löckchen rund um die Stirn. Sie trug ein silberfarbenes Kleid, nicht neu, aber es schmeichelte ihr.

Ihr Gesicht leuchtete auf, als sie Orsola erblickte. »Signora Rosso, welch ein Vergnügen!«

Ihr Vater stutzte. »Ihr kennt euch?«

»Wir sind uns bereits begegnet.«

»Venedig ist nicht sehr groß«, fügte Orsola hinzu, weil sie nicht wollte, dass der Kaufmann weiter nachfragte und von den Delfinen erfuhr.

Klara wandte sich ihrem Vater zu. »Was gibt es so Wichtiges, dass Jonas quer durch den Rialto gelaufen ist, um mich zu holen? Er ist noch ganz außer Atem!«

Jonas errötete und wollte protestieren, doch Klingenberg

gebot ihm mit einer Handbewegung zu schweigen. »Signora Rosso wüsste gerne, wie Joséphine Bonaparte aussieht«, erklärte er ihr.

Klara wirkte verwirrt. »Warum?«

Orsola sah den Kaufmann fragend an, und er nickte. »Ihr Vater möchte, dass ich eine Halskette für sie anfertige«, sagte sie. »Venedig soll sie verführen, damit sie dafür sorgt, dass wir unsere Freiheit nicht verlieren.«

»Ah!« Klara klatschte begeistert in die Hände, und Orsola musste an ihre erste Begegnung denken, als sie sich sofort bereit erklärt hatte, ihr zu helfen. Nun, da sie wusste, was von ihr erwartet wurde, setzte sie sich. Sie zupfte ihren Seidenrock zurecht, damit er nicht knitterte. Jonas reichte ihr ein Glas Malvasier, und sie trank einen damenhaften Schluck davon, rührte die *bussolai* jedoch nicht an. »*Allora.* Joséphine ist in allen Kaffeehäusern *das* Gesprächsthema. Sie ist groß und schlank, mit langem Hals und wohlgerundeter Büste. Ihr Teint ist hell – wahrscheinlich gepudert –, und sie zeigt ein sehr tiefes Dekolleté. Sie bevorzugt runde Ausschnitte. Ihr Haar ist dunkelbraun, und sie trägt es hochgesteckt mit Löckchen um die Stirn, ganz ähnlich wie ich. Ihre Augen sind ebenfalls dunkel und sehen aus wie glänzende Rosinen. Ihr Mund ist schmal und stets zusammengepresst, weil sie schwarze Zähne hat. Sie zeigt sie niemals, auch wenn sie lächelt oder lacht. Ihre Wangen sind wohlgerundet, ihre Nase ist unauffällig. Sie verwendet Rouge – mehr, als sie sollte, wie man hört. Es heißt, sie ist intelligent, und sie hat einen wachen Blick, allerdings wirkt sie bisweilen ein wenig traurig. Sie trägt oft Weiß und sehr dünne Stoffe. Sie mag echte Perlen – aber welche Frau tut das nicht? Sie hat einen guten Geschmack, was ihre Kleidung angeht, und eine graziöse Haltung.« Klara hielt einen Moment inne. »Ich glaube, sie gehört zu den Frauen, die ihre Kleider und ihren Schmuck tragen, statt sich von ihnen tragen zu lassen.«

Orsola nickte. »Danke, Signora, das hilft mir sehr.«

»Wenn sie Glasperlen tragen soll, würde ich sie nicht in Weiß machen, weil sie schon so viele echte Perlen hat«, fügte Klara hinzu. »Besser etwas ganz anderes.«

»*Millefiori?*«, schlug Klingenberg vor.

»Zu unruhig, nach allem, was ich bisher davon gesehen habe. Und zu ›laut‹ für Joséphine. Sie sind nicht elegant genug.«

»Wie wäre es mit Cornaline d'Aleppo?«, fragte Orsola. »Die roten Perlen mit der grünen oder weißen Mitte.«

Klara neigte den Kopf zur Seite und überlegte. »Ich glaube, die wären wiederum zu schlicht.«

Jonas räusperte sich erneut. »Wir haben doch Musterkarten von Signora Orsolas Perlen. Soll ich sie holen? Dann können Sie sehen, was sie bisher hergestellt hat.«

Klingenberg nickte, und Jonas ging zu einem großen Eichenschrank in der Ecke. Als er ihn aufschloss und die Türen öffnete, wehte ein Duft nach Zimt und Muskatnuss herüber. Orsola lächelte bei dem Gedanken, dass ihre Perlen als so wertvoll erachtet wurden, dass sie zusammen mit exotischen Gewürzen hinter Schloss und Riegel verwahrt wurden.

Jonas brachte mehrere hellbraune Karten, an denen Musterstränge von Orsolas Perlen befestigt waren, mit Nummern versehen. Sie zeigten eine Auswahl von allem, was sie im Lauf der Jahre anzufertigen gelernt hatte: einfache Perlen in verschiedenen Farben und Formen, die *millefiori*, die Klara als unruhig beschrieben hatte, die roten Cornaline d'Aleppo, runde Perlen, die mit Ranken und Blüten verziert waren, und die roten Perlen mit den glänzenden Blattgoldsprenkeln darin, die sie gemacht hatte, nachdem Antonio fortgegangen war. Sie hatte ihre Arbeit noch nie so für das Auge des Käufers dargeboten gesehen. Es war ein eigenartiges Gefühl, als wären die Perlen nicht von ihr, sondern von irgendeiner anderen Perlenmacherin auf Murano.

Klara betrachtete die Musterkarten so sorgfältig, als suche

sie nach einer passenden Spitze für ein Kleid. Als Orsola neben ihr stand, wurden ihr die körperlichen Unterschiede zwischen ihnen beiden noch bewusster: Klara groß, hell und blass, Orsola klein, rundlich und dunkel. Klara trug nicht mehr ihr hellblaues Kleid und Orsola nicht mehr das braune mit dem Hauch von Rot, aber allzu weit hatten sie sich nicht davon entfernt: Klara in silbernem Satin, Orsola in braunem Leinen. Nun, da sie älter waren, verzichteten sie auf die leuchtenden Farben, behielten aber den Grundton bei, wie Moschus und Zeder bei einem Parfüm oder die Kernfarbe bei einer von Orsolas Perlen.

»Ich würde sagen«, überlegte Klara laut, »am besten eine kräftige Farbe, als Kontrast zu Joséphines weißen Kleidern. Rot, Blau oder Grün. Rot ist vielleicht zu leuchtend, aber eine Auswahl von Blau- und Grüntönen, wie bei Ihren Delfinen …« Sie brach ab, und auf ihrem Gesicht flackerte erst Verwirrung, dann Entsetzen auf, bevor sie sich wieder fing.

Ihrem Vater war das nicht entgangen. »Delfine?«

»Seepferdchen«, sagte Orsola hastig und hoffte, Klara würde schnell reagieren. »Ich mache sie für Besucher auf Murano. Signora Klara hat sie gesehen.«

»Ja, natürlich, *cavallucci marini*, nicht *delfini*, wie dumm von mir. Aber diese Farben meine ich«, fügte Klara hinzu, um von ihrem Versprecher abzulenken. »Die Farben des Wassers, um sie an Venedig zu erinnern. Nicht trüber Kanal, sondern glitzerndes Meer.«

»Gold sollte auch dabei sein«, warf Jonas ein. »Sie ist die Frau eines mächtigen Generals. Sie trägt echte Perlen und Diamanten und andere Edelsteine. Das Glas muss nach mehr als Glas aussehen, wenn es da mithalten soll.«

Alle starrten ihn an, und der Schreiber zog verlegen den Kopf ein. Orsola hatte noch nie auf sein Äußeres geachtet, aber jetzt sah sie, dass seine Schuhe auf Hochglanz poliert waren und die schlichten Silberschnallen funkelten; sein kurzer Umhang bestand aus burgunderrotem Samt mit schwarzen Streifen an den Ärmeln; sein kurzer Bart war sorgfältig gestutzt, und er hielt sich sehr aufrecht.

»Ich möchte keine Perlen machen, die aussehen wie Saphire oder Smaragde«, sagte Orsola. »Sonst könnten Sie Joséphine genauso gut Saphire und Smaragde schenken. Es geht doch darum, ihr die einzigartige Schönheit von Muraneser – oder venezianischem – Glas zu zeigen.«

»Das sehe ich genauso«, verkündete Klingenberg. »Ich denke, wir sollten auf Signora Orsolas Urteil und Können vertrauen. Domenego wird Sie jetzt nach Murano zurückbringen und die Halskette in drei Tagen abholen.«

Orsola trank den Rest ihres Weins in einem Zug und hoffte, er würde ihr den Mut verleihen, den sie für diesen Auftrag brauchte.

Klara brach ebenfalls auf, und Jonas begleitete sie, um sie nach Hause zu bringen. Als sie gemeinsam die breite Treppe hinuntergingen, beugte sich Klara zu ihr hinüber. Einen Moment lang dachte Orsola, sie würde ihr einen Glasdelfin geben. Stattdessen sagte sie: »Ich habe noch einen Vorschlag. Machen Sie ihr passende Ohrringe dazu. Das wird ihr gefallen. Das ist jetzt in Mode.«

Zurück auf Murano verriet Orsola niemandem, woran sie arbeitete. Es würde nur Neid hervorrufen, und auch Kritik. Man würde ihr vorwerfen, dass sie sich den Franzosen andiene. Ihrer Familie sagte sie nur, sie mache eine Halskette für eine wichtige Persönlichkeit, ohne den Namen zu nennen.

Sie beschloss, Klaras Rat bezüglich der Farbe nicht zu folgen, sondern die Kette und die Ohrringe in einem dunklen Rot anzufertigen, weil sie dachte, es würde besser zu Joséphines Haut-, Haar- und Augenfarbe passen, und weil für sie die verschiedenen Blau- und Grüntöne mit Antonio verbunden waren und sie nicht wollte, dass sie am Hals und an den Ohren der Frau eines französischen Generals hingen.

Zunächst experimentierte Orsola mit den verschiedenen Formen: dem runden *paternostro*, der zylindrischen *canella*, der ovalen *ulivetta spoletta*. Sie machte große, kleine und abgestufte Größen. Am nächsten Tag, als sie abgekühlt waren, probierte sie, wie sie aufgezogen aussahen, mal mit vielen Perlen, mal mit wenigen, mal mit nur einer. Nichts stellte sie zufrieden; es kam einfach nicht der Moment, wo sich alles zusammenfügte und richtig anfühlte. Der Zeitdruck machte ihr zu schaffen, und sie bekam Angst, dass sie nichts Brauchbares zustande bringen würde, das sie Klingenberg schicken konnte.

Am Nachmittag kam Stella herein, um Orsola bei der Arbeit zuzusehen. Sie war jetzt eine junge Frau mit breitem Gesicht, ernsten, tief liegenden Augen und ungebärdigem braunem Haar. Obwohl sie mittlerweile zwanzig war, besaß sie noch immer die Selbstvergessenheit eines Kindes, schien unberührt von der Welt der Erwachsenen mit ihren Sorgen und Nöten. Das Kinn in die Hand gestützt, musterte sie die vielen Perlen, die Orsola am Abend zuvor gemacht hatte und die auf einem weißen Tuch ausgebreitet waren. Dann verschwand sie und kam kurz darauf mit Rosella zurück. Monicas Tochter war groß geworden und ähnelte ihrer Mutter in keiner Weise. Sie hatte ein zartes, katzenhaftes Gesicht mit spitzem Kinn und kleiner Nase, und die Wimpern, die ihre braunen Augen umrahmten, waren so lang, dass sie sich ineinander verhakten und mit den Fingern gelöst werden mussten. Orsola hatte vor einigen Jahren begonnen, ihr das Perlenmachen beizubringen, doch da sie so wenig Aufträge hatten, schien es ein nutzloses Unterfangen. Aber Rosella war ein Naturtalent und hatte ein gutes Auge.

»Da.« Stella deutete auf den Tisch. »Was meinst du?«

Orsola lehnte sich zurück und schmunzelte bei der Vorstellung, die Gestaltung einer so wichtigen Halskette diesen beiden jungen Frauen zu überlassen. Doch manchmal war ein Blick von außen genau das Richtige. Sie dachte an Paolo, der sie einst darauf aufmerksam machen musste, dass ihre gelben Pestperlen schön waren. Obwohl seither so viel Zeit vergangen war, kam es ihr manchmal so vor, als lägen die vierzig Tage Quarantäne erst eine Woche zurück.

Mit ernster Miene betrachtete Rosella die Perlen. »Für wen ist die Kette?«, fragte sie. »Wie sieht die Frau aus?«

»Blass, mit dunklem Haar«, antwortete Orsola.

»Was für ein Typ ist sie?«, wollte Stella wissen. »Lebendig oder ruhig? Denkt sie viel über sich nach? Will sie, dass alle sie anschauen? Würdest du sie mögen, wenn du mit ihr zu tun hättest?«

Orsola überlegte. Stella war so ein hübsches Geschöpf; am liebsten hätte sie die Kette für sie gemacht – aber ihre Schwester würde so etwas nie tragen. Sie holte tief Luft. »Sie ist für Napoleons Frau.«

Rosellas Augen weiteten sich.

Stellas hingegen wurden ganz schmal. »Für die Frau vom General? *Maledizione!*« Sie nahm einen von Orsolas kleinen Metalldornen, und bevor ihre Schwester oder ihre Nichte sie daran hindern konnten, stach sie sich damit in die Fingerkuppe.

»Stella, was tust du denn da?«, rief Orsola aus.

Ihre Schwester streckte ihren Finger aus, an dem ein Tropfen Blut hing. »Das würde am Hals einer Frau gut aussehen«, sagte sie, während der Tropfen zu Boden fiel. »Ganz besonders an der Frau eines Generals. Blut, das ihr über die Brust rinnt.«

»Sì«, fand auch Rosella. »Die Form und die Farbe passen gut zusammen.«

Orsola wollte protestieren, doch plötzlich hatte sie ein Bild von Joséphine vor sich, wie sie auf einem Ball im Palazzo Pisani Moretta unter einem der Muraneser Kandelaber tanzte, in einem weißen Seidenkleid und mit gepudertem Dekolleté, auf dem eine doppelreihige Kette aus blutroten, zu den Seiten hin kleiner werdenden Tropfen lag, getrennt durch winzige Blattgoldperlen, und an ihren Ohrläppchen hingen ebensolche Tropfen.

Sie nickte. »*Grazie, bellissime ragazze.*« Sie gab ihrer Schwester und ihrer Nichte einen Kuss. Stella verzog das Gesicht; sie mochte keine Küsse und Umarmungen. »Und jetzt geht«, fügte Orsola hinzu. »Ich habe zu tun.«

Später musste Orsola über die Tagträume lachen, die ihr während der Arbeit an dieser magischen Halskette durch den Kopf gegangen waren. Sie hatte sich ausgemalt, sie würde Joséphine vielleicht damit sehen, wie sie in einer Gondel über den Canal Grande glitt, oder wie sie La Fenice betrat, um sich eine Oper anzuschauen, oder wie sie, umgeben von Musikern und Akrobaten, über die Piazza San Marco schlenderte. Die roten Blutstropfen mit den winzigen Goldperlen, die dazwischen aufblitzten, würden von allen um sie herum bewundert werden, und die Welt würde erfahren, dass die Perlenmacherin Orsola Rosso den Schmuck angefertigt hatte. Bald würde sie so viele Aufträge von reichen venezianischen Familien bekommen, dass die Rossos allein von ihrer Arbeit leben konnten und nicht mehr von den Glaswaren der Werkstatt.

Domenego kam, um den Schmuck abzuholen, und sie konnte es sich nicht verkneifen, am Tag darauf selbst nach Venedig zu fahren und alle Orte aufzusuchen, an denen sich Joséphine womöglich aufhielt. Stundenlang lief sie in der Stadt umher, doch nirgends sah sie eine rote Halskette auf einem weißen Dekolleté. Obwohl die ganze Stadt wegen Napoleons Frau in Aufruhr war, konnte Orsola sie nicht finden. Später gestand Jonas ihr, dass Joséphine, als Klingenberg und die anderen deutschen Kaufleute ihr bei ihrem Besuch im Fondaco dei Tedeschi die Schatulle mit der Halskette und den Ohrringen überreicht hatten, nicht einmal einen Blick darauf geworfen hatte. Orsola wusste nicht, ob sie sie überhaupt je getragen hatte.

Nur Domenego verbrachte einige Zeit mit Napoleons Frau, denn als sie ihn am Anleger des Fondaco dei Tedeschi erblickte, verlangte sie, dass der *moro* sie in seiner Gondel zu den Abendessen, Bällen, Opern und Picknicks fahren sollte. Klingenberg lieh ihr nur zu gerne seinen Gondoliere, in der Hoffnung, dass dies der venezianischen Sache helfen würde. Domenego war darüber weniger erfreut. Eine solche Bevorzugung würde bei den anderen Gondolieri für böses Blut sorgen, zumal sie ihn ohnehin nicht leiden konnten. Sie warteten, bis Joséphine die Stadt verlassen hatten, dann verpassten sie ihm ein blaues Auge und zerbrachen die *forcola* seiner Gondel.

Die Halskette rettete Venedig nicht. Später – Joséphine hatte ihren Mann *nicht* von den Vorzügen eines unabhängigen Venedig überzeugt und Napoleon hatte die Stadt an Österreich abgetreten – fragte sich Orsola, ob womöglich alles anders gekommen wäre, wenn sie Klara Klingenbergs Rat gefolgt wäre. Hätte Joséphine sich von Schmuck in der Farbe der venezianischen Lagune statt in der von Blut verführen lassen? Vielleicht war es von einer Halskette etwas zu viel verlangt, das Geschick einer Stadt zu beeinflussen, aber als sie sah, wie Venedig während der langen österreichischen Herrschaft verfiel, hatte sie bisweilen ein schlechtes Gewissen.

Klingenberg und die anderen deutschen Kaufleute bekamen die Geringschätzung sogar noch stärker zu spüren. Sie hatten nicht nur viel Geld für den Schmuck gezahlt, sondern als die Österreicher die Herrschaft übernahmen, wurde der Fondaco dei Tedeschi in ein Zollhaus umgewandelt, und die Deutschen durften nicht länger dort arbeiten und wohnen. »Dafür gibt es wahrlich keinen Grund«, wetterte der Kaufmann, als Orsola ihn in seinem Büro aufsuchte, um sich die letzte Rate ihres Honorars für die Halskette auszahlen zu lassen. »Das Zollhaus neben Santa Maria della Salute ist völlig ausreichend! Das machen die Österreicher nur, um uns eins auszuwischen. Schließlich haben sie die Griechen und Türken und Armenier auch nicht aus ihren Niederlassungen vertrieben. Warum uns?«

Orsola hatte Klingenberg nicht mehr so aufgebracht erlebt, seit sie damals mit ihm über Domenego gesprochen hatte. »Vielleicht gefällt ihnen dieses Gebäude besser«, erwiderte sie. »Der Fondaco dei Turchi ist in einem weniger guten Zustand.« Dies traf auf viele Gebäude in Venedig zu, die zusehends verfielen, seit der Handel stagnierte.

Klingenberg schüttelte so heftig den Kopf, als hätte er Wasser im Ohr. Jonas hinter ihm schüttelte ebenfalls den Kopf, und Orsola beschloss, den Mund zu halten. Wenn ein Mann seinem Zorn Luft machen wollte, war es besser, ihm nicht mit vernünftigen Argumenten zu kommen, sondern abzuwarten, bis er sich wieder beruhigte. Sie war hier, um bezahlt zu werden, nicht um zu trösten.

Er schimpfte noch eine Weile leise vor sich hin, rückte seine Papiere und Stifte zurecht und schob einen gläsernen Briefbeschwerer voll schwebender *millefiori*, den Giacomo ihm geschenkt hatte, vom einen Ende seines Schreibtischs zum anderen.

»Es tut mir leid, Signor Klingenberg«, sagte sie schließlich. »Wohin werden Sie gehen?«

»Irgendwohin – nicht weit weg.« Er schwieg einen Moment. »Obwohl ich vielleicht nach Augsburg zurückgehen sollte.«

Jonas schrak auf. Diese Möglichkeit war offensichtlich bisher nicht in Erwägung gezogen worden. »Herr Kling…« Er verstummte, als der Kaufmann die Hand hob.

Orsola wartete, während Klingenberg einige Münzen aus seiner Schublade nahm, den Restbetrag des *zecchino*, der ihr für die Halskette zustand. Er war ein Ehrenmann, und obwohl er enttäuscht war, dass sein Plan, Napoleon über seine Frau zu beeinflussen, nicht aufgegangen war, zahlte er ihr, was sie vereinbart hatten.

»Ich danke Ihnen, Signora Orsola«, sagte er und gab ihr die Münzen. »Auch wenn die Halskette bei Joséphine nicht die erhoffte Wirkung hatte, können Sie stolz auf sich sein. Das war Ihre beste Arbeit und auf jeden Fall der schönste Glasschmuck, den ich in Venedig je gesehen habe. Maestra.«

Das Honorar für Joséphines Kette brachte die Rossos durch den Winter und Frühling, doch dann begannen die wirklich schweren Zeiten, denn die Stadt und die umgebenden Ländereien wurden mehrfach zwischen den Franzosen und Österreichern hin und her geschoben. Man nahm Venedig den Freihafenstatus und belegte alle Waren, die zur *terraferma* gingen, mit hohen Ausfuhrzöllen, was den bereits geschwächten Handel endgültig in die Knie zwang und damit auch die Warenproduktion.

Als Napoleon bei Waterloo vernichtend geschlagen wurde und die Österreicher endgültig die Herrschaft übernahmen, lag Venedig am Boden, die Bevölkerung war verarmt, und eine Halskette aus blutroten Tropfen für eine künftige Kaiserin erschien wie ein ferner unwirklicher Traum.

So begann die schlimmste Zeit für Venedig, für Murano und für die Familie Rosso, denn ihre Schicksale waren untrennbar miteinander verbunden. Wenn es Venedig schlecht ging, ging es auch dem Glas von Murano schlecht. Diese Zeit dauerte viel länger als die Pest, auch wenn nicht so viele starben. In gewisser Weise war sie schlimmer, denn es schien, als würde diese zermürbende Armut für immer existieren und nicht rasch wieder abflauen wie die Seuche. Es war ein stetes Pochen, kein stechender Schmerz, ein schleichendes Fieber, kein heftiges Delirium mit schweißgetränkten Laken. Der fortwährende dumpfe Schmerz, einen geliebten Menschen über Jahre hinweg zu vermissen, nicht der Schock, ihn von sich fortrudern zu sehen.

Es wäre vielleicht noch zu ertragen gewesen, wenn es nur die Rossos getroffen hätte. Orsola hätte es hinnehmen können, wenn Marcos ungeschickte Führung der Geschäfte daran schuld gewesen wäre. Doch überall um sie herum gaben Glaswerkstätten auf, *garzoni* verließen Murano und brachten ihre Fähigkeiten zur *terraferma*, nun, da niemand sie mehr daran hinderte, und viele Glasmacher waren gezwungen, andere Arbeit anzunehmen: Holz sammeln, gärtnern, fischen, Waren verkaufen. Die Menschen hungerten und magerten ab, die Häuser verfielen, an den Booten blätterte der Lack ab. Es gab weniger Feste und Feiern. Wenn Orsola am Omo Salvadego vorbeiging, war es dort nie so belebt wie früher, sondern es saßen nur ein paar einsame Leute bei einem Glas Wein, an dem sie sich stundenlang festhielten, weil sie sich kein zweites leisten konnten.

Und so war es nicht nur auf Murano. Orsola hatte es stets genossen, nach Venedig zu fahren, durch die Kanäle zu gleiten, das Labyrinth von Gassen zu erkunden und die Piazze, Kirchen und Palazzi zu bewundern. Je älter sie wurde, umso vertrauter wurde ihr die Stadt, obwohl sie sich gelegentlich noch immer verlief und jemanden nach dem Weg fragen musste.

Nun jedoch fand sie die Stadt bedrückend. Wenn die Campi nicht voller betrunkener österreichischer Soldaten in weißen Uniformen waren, waren sie voller Bettler. Es gab weniger Einwohner als zuvor, da viele zur *terraferma* gegangen waren, um sich dort Arbeit zu suchen oder ein Stück Land zu pachten, auf dem sie Obst und Gemüse anbauen konnten. Als der Doge die Stadt an die Franzosen übergeben hatte, war ein Großteil der Adligen geflüchtet, da sie von einem Moment auf den anderen ihre Privilegien in Venedig verloren hatten und einen Ort suchten, wo sie sie wiedererlangen oder zumindest ihre Wunden lecken konnten. Ihre Palazzi standen leer, da kaum jemand so viel Geld besaß, um sie zu kaufen. Ohne jemanden, der darin wohnte und sich darum kümmerte, begannen sie zu verfallen:

das Moos wuchs, der Putz bröckelte, der Lack blätterte unter dem salzigen Seewind.

Doch nicht alle Palazzi verfielen. Einige wurden zu Gasthäusern umgewandelt, andere an die Reisenden vermietet, die auch weiterhin nach Venedig kamen, betört von seiner Tristesse. Orsola ärgerte sich über diese Besucher, die Venedigs melancholischen Verfall begafften und ihn offenbar romantisch fanden. Sie fand es keineswegs romantisch, zwischen vermodernden Fensterläden, bröckelndem Putz und Schutthaufen zu leben, noch dazu mit knurrendem Magen. Die Besucher bestaunten alles und reisten dann zurück in ihre komfortablen Häuser, ohne in dem Elend überleben zu müssen. Dennoch verstand sie, dass die Venezianer sie brauchten, denn die Besucher gaben ihnen einen Grund, ihre Tavernen zu öffnen, ihre Schauspiele auf die Bühne zu bringen, ihre Gondeln neu zu streichen, ihr marmoriertes Papier herzustellen, ihre Masken und ihre Glaskugeln – vielleicht bezahlte ja jemand dafür.

Die Bestellungen, die Klingenberg bei Orsola für die Märkte im Ausland aufgab, schrumpften immer mehr zusammen, und sie fertigte nun hauptsächlich kleine Mitbringsel für den Laden an. Aber wie schlimm es wirklich um sie stand, begriff sie erst, als sie eines Tages aus ihrer Werkstatt in den Hof trat, um Wasser aus dem Brunnen zu holen, und Marco zusammengesunken auf der Bank sitzen sah, eine leere Flasche vor sich auf dem Tisch. Es war zehn Uhr morgens; so früh trank ihr Bruder sonst nie.

»Was soll das werden?«, fragte sie streng.

Marco hob kurz die Hand, antwortete aber nicht.

Stella war über den Waschkessel in der Ecke gebeugt und bewegte die Laken mit einem Holzpaddel. Sie sah zu ihrer älteren Schwester und wies dann mit einer Kopfbewegung zur Werkstatt.

Als Orsola hineinging, verstand sie sofort. Es waren nicht

nur die Rufe und das Pfeifen und Singen der Männer, die fehlten, sondern auch das Fauchen und die Hitze des Schmelzofens. Der Ofen war wie ein hungriges Maul, das elf Monate im Jahr gefüttert werden musste. Jetzt war er kalt und die Werkstatt tot, als hätte ihr Herz aufgehört zu schlagen. Die Rosso-Jungen, die ihren Vätern zu helfen begonnen hatten, waren fort: Andrea und Sebastiano holten kein Holz, um den Ofen zu füttern, und fegten nicht den Boden; Marcolin und Raffaele hantierten nicht mit den Hefteisen, trugen keine fertigen Stücke zum Kühlofen und breiteten kein gemahlenes Glas aus, um damit Kelche einzufärben. Als sie sich umsah, entdeckte sie Stefano und Giacomo hinten an den Werkbänken, wo die kalten Arbeiten durchgeführt wurden: die Böden von Schalen und Vasen glatt feilen, damit sie gerade standen, Kelche mit Verzierungen bemalen, Rahmen für die Spiegel schnitzen. Sie arbeiteten mittlerweile seit Jahren zusammen und verstanden sich gut, waren sich aber nicht so nah, wie Paolo und Giacomo es früher gewesen waren. Sie blickten kurz auf und wandten sich wieder ihrer Arbeit zu. Orsola konnte am gebeugten Rücken ihres Mannes sehen, wie unglücklich er war, und es versetzte ihr einen Stich.

»Wo sind die Jungen?«, fragte sie.

Stefano schnitzte weiter, aber Giacomo hielt inne, den Pinsel mit weißer Farbe in der Hand. »Mit dem Boot draußen.«

»Warum ist der Ofen aus?«

»Es gibt nichts mehr zu tun.«

»Und was wird das?« Orsola deutete auf den Kelch, den Giacomo in der Hand hielt; er war dabei, einen Blütenkranz auf den Rand zu malen.

»Für den Laden. Aber das Lager ist so voll, dass wir gar nicht alles verkaufen könnten, selbst wenn jeden Tag eine Bootsladung Besucher käme.«

»Hat Klingenberg *gar* nichts bestellt?«

»Klingenberg geht zurück nach Augsburg.«

»Was?«

»Er hat es Marco gestern gesagt. Er sagt, das Geschäft lohnt sich nicht mehr. Bei den hohen Zöllen kaufen die Leute lieber Glaswaren aus Prag.«

Bei der Erwähnung von Antonios Stadt zuckte sie zusammen. Stefano beobachtete sie. Konnte er ihre Gedanken lesen? Sie rief sich innerlich zur Ordnung. »Was ist mit meinen Perlen?«

»Du wirst einen anderen Händler finden müssen, der sie für dich verkauft.«

Orsola hatte ihr halbes Leben lang Bestellungen von Klingenberg bekommen; sie hatte es irgendwann für selbstverständlich genommen, dass er ihre Verbindung zur Welt jenseits von Venedig war. Wie sollten ihre Perlen ohne ihn nach Paris, Afrika, Amerika kommen?

Sie trat wieder hinaus in den Hof, um Marco zur Rede zu stellen, doch er war eingeschlafen, und sie wusste, dass alles nur noch schlimmer würde, wenn sie ihn im betrunkenen Zustand weckte. So ging sie zu ihrer Mutter.

Laura Rosso stand am Herd und rührte die Polenta um, damit sie nicht anbrannte. Sie aßen in letzter Zeit oft Polenta, wie viele andere Familien auf Murano auch, nicht nur die armen, die früher als »Gelbgesichter« verspottet worden waren. Jetzt machte sich niemand mehr über sie lustig.

Orsola lehnte sich an den Tisch und verschränkte die Arme. »Madre«, sagte sie, »Marco hat den Ofen ausgehen lassen.«

»Ja, hat er.« Laura rührte weiter. Ihr Haar war mittlerweile vollständig grau.

»Und was machen wir jetzt?«

»Etwas anderes.«

Die Antwort erinnerte Orsola daran, wie Maria Barovier ihr vor langer Zeit geraten hatte, das Perlenmachen zu lernen.

»Was können wir denn anderes machen?«, fragte sie. »Wir haben unser Angebot doch schon um Perlen, Spiegel und kleine

Figuren erweitert. Und Kandelaber.« Sie konnte sich die kleine Spitze nicht verkneifen.

»Ich meinte nicht andere Glaswaren.«

Orsola starrte ihre Mutter von der Seite an. »Was denn dann?«

»Etwas anderes als Glas.«

»Aber … wir sind eine Glasfamilie.«

Laura Rosso erwiderte nichts darauf. Sie nahm den Topf vom Herd, füllte die Polenta auf ein Holzbrett und formte sie mit dem Löffel zu einem langen Rechteck.

»Etwas anderes? Glas für andere Werkstätten ziehen? Glas mahlen? Asche für die Glasherstellung machen? Holz ausliefern?« Bei Letzterem hatte Orsola ihre Zweifel, denn dafür brauchte man ein großes Boot, was sie nicht hatten, und man musste zur *terraferma* fahren.

»Alles, was du vorschlägst, hat mit Glas zu tun. Wenn wir für die Herstellung von Glas arbeiten, können wir genauso gut selbst welches machen.«

»Du meinst also …«

»Muranoglas ist tot, Orsola. Niemand kauft es, wegen der hohen Zölle, die die Österreicher dafür verlangen. Und für die Venezianer ist es nicht lebenswichtig. Wir müssen an die Dinge denken, die jeden Tag gebraucht werden. Fisch. Gemüse. Wäsche. Boote.«

»Willst du etwa, dass Marco und Giacomo und die Jungs Fischer werden?«, fragte Orsola ungläubig, doch ihre Mutter zuckte nur die Achseln.

»Ich wasche jedenfalls nicht für andere Familien«, erklärte sie.

Laura strich die Polenta mit dem Löffel glatt und streute Rosmarin darüber. »Dir wird vielleicht nichts anderes übrig bleiben.«

Es musste eine andere Möglichkeit geben. Orsola fuhr mit einem *traghetto* nach Venedig, um mit Klingenberg zu sprechen. Er war in ein Haus in der Nähe seiner Tochter am Campo San Polo gezogen, den sie und Giacomo damals bei ihrer Suche nach Marco überquert hatten. Sein Haus war zwar kein prächtiger Palazzo, aber die lachsfarbene Fassade mit den Spitzbogenfenstern war dennoch eindrucksvoll.

Ein Diener führte sie durch den *androne* und nach oben zum Büro des Kaufmanns. Es sah nicht viel anders aus als das im Fondaco dei Tedeschi, und auch hier saß Jonas im Vorzimmer an seinem Schreibtisch. Überall im Haus waren bereits Kisten und Truhen gepackt; verhüllte Möbel warteten darauf, mit dem Boot zur *terraferma* und dann mit einem Karren über die Alpen und bis nach Augsburg gebracht zu werden. Doch die Bücher und Teppiche in Klingenbergs Büro waren noch an Ort und Stelle, als klammere sich der Händler bis zum letzten Augenblick an sein altes Leben.

»Signora Orsola, *buongiorno*«, sagte er, erhob sich von seinem Schreibtisch und verneigte sich. Orsola meinte eine gewisse Verlegenheit in seiner Stimme zu hören, vielleicht weil er Marco vor ihr über seine Pläne informiert hatte. »Für Wein ist es noch ein wenig früh, aber möchten Sie einen Kaffee? Oder eine Schokolade? Jonas?«

»*Grazie*, aber weder noch«, erwiderte sie, als Jonas hereinkam. »Ich bin gekommen, um zu fragen, ob es stimmt, dass Sie fortgehen. Aber das hat sich bereits erledigt.«

»Bitte.« Klingenberg wies auf den Mahagonisessel ihm gegenüber. Es erschien ihr unvorstellbar, dass sie nun zum letzten Mal in diesem Sessel sitzen sollte. Er war ein ebenso fester Bestandteil ihres Lebens wie ihre Mutter, ihre Brüder, Monica, Angela, Stella, Domenego.

»Domenego!«, rief sie unwillkürlich aus. Würde sie ihn auch an die *terraferma* verlieren?

»*Perdonatemi?*«

»Was wird aus Ihrem Gondoliere?«

Klingenberg runzelte die Stirn. »Sie sind hergekommen, um mich nach meinem Gondoliere zu fragen?«

»Ich dachte nur … Er geht doch wohl nicht mit Ihnen nach Augsburg?«

»Seine Fähigkeiten würden mir dort wenig nützen. Domenego wird für meine Tochter und ihre Familie arbeiten. Das tut er ohnehin schon hauptsächlich. *Allora*, was verschafft mir die Ehre Ihres Besuchs?«

»Ich möchte Ihnen für Ihre Freundlichkeit in all den Jahren danken. Dafür, dass Sie mir mit meinen Perlen geholfen haben. Ich verdanke Ihnen sehr viel.«

»Das ist sehr liebenswürdig von Ihnen«, erwiderte Klingenberg. »Aber ich hätte Sie nicht vertreten, wenn Ihre Arbeit nicht gut wäre. Sie sind eine ausgezeichnete Perlenmacherin, Signora Orsola. Eine der besten in Venedig – und Murano. Es war mir ein Vergnügen, Ihre Arbeiten zu verkaufen.«

Orsola neigte den Kopf. »*Grazie*, Signore. Aber was soll ich jetzt tun? Meine Mutter sagt, wir müssen vielleicht Fischer werden!«

Klingenberg seufzte. »Ja, es sind schwere Zeiten. Die Österreicher behandeln Venedig nicht gut. Es geschieht weniger aus Bosheit, schuld ist eher das habsburgische Ordnungsdenken. Als Binnenland versteht Österreich nicht, wie ein Hafen funktioniert und wie wichtig freier Handel ist, um die Stadt am Leben zu erhalten. Ich bezweifle, dass Venedig je wieder seine frühere Größe erreichen wird. Allerdings können wir dafür nicht nur die Franzosen und die Österreicher verantwortlich machen. Auch wenn viele von uns es nicht wahrhaben wollten, ist es mit der Stadt langsam, aber stetig bergab gegangen, seit die neuen Handelsrouten entdeckt wurden und das Mittelmeer an Bedeutung verloren hat. Die Serenissima hat sich allzu lange auf den Ruhm ihrer Schönheit und ihres Zaubers verlassen. Und auf die Arbeiten ihrer meisterlichen Kunsthandwerker.«

»Aber hat meine Mutter recht? Werden wir das Glas aufgeben und stattdessen fischen gehen müssen?«

»So weit wird es hoffentlich nicht kommen. Ich gehe davon aus, dass die Österreicher irgendwann Vernunft annehmen und die Zölle abschaffen werden, und dann wird der Handel wieder aufleben. Leider zu spät für mich, aber Sie werden es überstehen.«

»Wie? Wir brauchen Ihren Sachverstand und Ihren Rat.«

»Solange die Dinge sich nicht ändern, konzentrieren Sie sich auf den Markt vor Ort.«

»Welchen Markt? Immer mehr Leute ziehen fort, und die, die bleiben, haben kaum genug zum Leben. Haben Sie die vielen Bettler auf dem Campo San Polo nicht gesehen?«

»Nicht die Venezianer. Ich meine die sogenannten Touristen – ein scheußliches Wort. Jedes Jahr kommen Tausende von Besuchern nach Venedig, um unsere einzigartige Schönheit zu bestaunen, und ihre Taschen sind voller Geld. Auf die sollten die Rossos ihr Angebot ausrichten. Dann brauchen Sie sich keine Gedanken um Zölle oder Kaufleute wie mich als Vermittler zu machen. Sie können direkt an sie verkaufen, wie Sie es ja bereits in ihrem Laden in Murano tun. Sie wollen meinen Rat? Eröffnen Sie ein Geschäft hier in Venedig, in der Nähe der Piazza San Marco, wo alle Besucher hingehen, und bestücken Sie es mit kleinen, bezahlbaren Glaswaren, die sie leicht mit nach Hause nehmen können. Schlichte Gläser, aus denen die Engländer ihren Sherry trinken können, die Franzosen ihren Cognac und die Deutschen ihren Korn. Außerdem hübsche Figuren: Hunde, Pferde, Schäferinnen. Und natürlich Halsketten und Ohrringe aus Perlen.«

Orsola überlegte fieberhaft. Was Klingenberg sagte, klang

vernünftig, aber es war schwer zu ertragen. Die Muraneser waren seit jeher stolz darauf gewesen, dass sie nicht zu Venedig gehörten und allein zurechtkamen. Es war schmerzhaft, sich einzugestehen, dass sie die Stadt brauchten, um zu überleben.

Das behielt sie jedoch für sich, denn Klingenbergs Sympathie galt Venedig, obwohl er Deutscher war. »Am Ende geht es nur ums Verkaufen«, entgegnete sie. »Um Quantität statt um Qualität.« Marco hatte etwas ganz Ähnliches zu ihr gesagt, als es um ihre Perlen im Vergleich zu seinen größeren Stücken ging. Sie waren weniger wert. »Wir sind keine Verkäufer. Wir sind Handwerker.«

»Das stimmt«, erwiderte Klingenberg. »Aber vielleicht werden Sie es dennoch tun müssen, um weiter mit Glas arbeiten zu können.«

Sie unterhielten sich noch eine Weile; beide schienen den Abschied hinauszögern zu wollen. Als es an der Zeit war zu gehen, holte Orsola einen kleinen Lederbeutel aus der Tasche ihres Kleides und gab ihn dem Kaufmann. »Für Sie, Signor Klingenberg, als Dank für alles, was Sie im Lauf der Jahre für meine Familie getan haben.«

Klingenberg hob die Augenbrauen. »Aber das wäre doch nicht nötig gewesen, Signora … Ah!« Staunend blickte er auf den Rosenkranz, den er aus dem Beutel geschüttelt hatte. Orsola hatte einen Tag und eine Nacht damit zugebracht, fünfzig kleine, runde Perlen anzufertigen und aufzuziehen, wobei jeweils zehn durch eine größere Perle getrennt waren, und am Ende hing ein perlenbesetztes Kreuz. Sie leuchteten in demselben dunklen Rot wie die Halskette für Joséphine, um ihn an ihr gemeinsames Meisterstück zu erinnern, auch wenn es seinen Zweck nicht erfüllt hatte. Klingenberg betrachtete den Rosenkranz, dann begann er die Perlen zwischen den Fingern hindurchlaufen zu lassen, wie er es beim Gebet tun würde. »*Bellissimo*«, murmelte er. »Was für ein Schmuckstück, Orsola. Die perfekte Größe, Form und Farbe. Ihr Geschmack ist treffsicher wie immer. *Grazie.*« Er verneigte sich tief.

Als Orsola sich zum Gehen wandte, meinte sie zu sehen, wie er sich über die Augen wischte.

Jonas begleitete sie zur Tür. Er trug den Bart noch immer kurz, das Haar glatt und zurückgebunden, und seine Kleidung war nach wie vor schlicht, aber gepflegt. Er hatte nie die geckenhafte Mode mitgemacht, der so viele venezianische Männer erlegen waren. Er war ihr stets mit einer gewissen Distanziertheit begegnet, und dennoch war sich Orsola sicher, dass er ihr fehlen würde.

»Wohin wollen Sie jetzt, Signora Orsola?«, fragte er.

»Zurück nach Murano, denke ich. Obwohl ich vielleicht noch kurz nach San Marco gehen sollte – Ausschau halten nach einem Ort für ein Geschäft, wie Signor Klingenberg es vorgeschlagen hat. Aber ich weiß nicht, ob die Rossos Verkäufer werden wollen.«

»Seine Idee ist gut, aber wenn Sie lieber weiter mit Glas arbeiten möchten, hätte ich noch einen anderen Vorschlag. Darf ich es Ihnen zeigen?«

Orsola nickte überrascht und folgte ihm über den Campo San Polo zu einem nahe gelegenen Kanal, wo Domenego seine Gondel festgemacht hatte. Der Gondoliere saß im Heck in der Sonne, den Oberkörper vornübergebeugt, und schlief.

»Domenego, bringen Sie uns zum Ghetto Nuovo, *per favore*«, befahl Jonas.

Domenego schrak zusammen und stand auf. Er half Orsola ins Boot. Jonas stieg allein ein und setzte sich ihr gegenüber, mit dem Rücken in Fahrtrichtung. Es war ein eigenartiges Gefühl für sie, mit jemand anderem in dieser Gondel zu fahren, und sie saß steif und sehr aufrecht da. Auch Domenego behandelte sie förmlicher, sagte nichts und hielt den Blick aufs Wasser gerichtet.

Orsola schaute sich um, während sie durch die schmalen Kanäle von San Polo und Santa Croce glitten. Es gab jetzt weniger davon, da die Österreicher viele Kanäle zugeschüttet, Straßen verbreitert und neue Brücken gebaut hatten, damit sie sich leichter zu Fuß durch die Stadt bewegen konnten. Die Venezianer beschwerten sich bitterlich darüber: Wozu über eine auf dem Wasser gebaute Stadt herrschen, wenn man das Wasser nicht mochte?

Doch auch wenn die Österreicher einiges verändert hatten, blieb die grundlegende Struktur der Stadt erhalten. Häuser in Ocker, Hellbraun, Rosa und Gelb mit filigranen Bögen, Balkonen und Löwenskulpturen an den Eingängen ragten über ihnen auf und sperrten das Sonnenlicht aus. Hoch über ihnen hing Wäsche zum Trocknen in der Luft. Überall um sie herum war das unablässige Plätschern, der feuchte, salzige, modrige Geruch und das Glitzern des Wassers, jener tröstliche Hintergrund, vor dem sich das venezianische Leben abspielte.

Orsola nahm an, dass Jonas ihr von seiner Idee erzählen würde, doch er saß nur da und schwieg. »Freuen Sie sich darauf, in Augsburg zu leben?«, fragte sie in einem etwas unbeholfenen Versuch, Konversation zu machen.

Jonas schüttelte den Kopf. »Ich gehe nicht mit Herrn Klingenberg nach Augsburg. Ich bleibe hier«, sagte er in seinem Venezianisch, das noch immer einen deutschen Akzent hatte.

Orsola sah ihn überrascht an. »Wollen Sie für einen anderen Kaufmann arbeiten?«

»Ich werde ein eigenes Geschäft gründen.«

»Davvero?«

Sie hatte nicht so ungläubig klingen wollen, aber sie sah den Anflug von Enttäuschung in seiner Miene, bevor er sie hinter einem gezwungenen Lächeln verbarg. »Ich habe viel von Herrn Klingenberg gelernt, und ich habe Kontakte auf beiden Seiten, zu Käufern wie Verkäufern. Herr Klingenberg hatte ein breitgefächertes Angebot, er hat nicht nur Waren aus Venedig verkauft, sondern fungierte auch als Mittelsmann für den Handel aus dem Fernen Osten.« Jonas schwieg einen Moment. »Vielleicht hat er sich ein wenig übernommen«, fuhr er schließlich fort. Er presste die Lippen zusammen, wie um sich weitere Kritik an seinem Herrn zu verkneifen. »Ich werde mich darauf beschränken, Märkte für hiesige Künstler und Kunsthandwerker zu finden. Einschließlich der Rossos, wenn Sie es mir gestatten.«

Orsola hob überrascht die Augenbrauen. Sie versuchte sich vorzustellen, wie Marco und Jonas miteinander auskommen würden. Die sture, penible Art des Schreibers würde ihrem Bruder bestimmt missfallen. Er besaß nicht die Gewandtheit Klingenbergs, die bei Marco nie ihre Wirkung verfehlt hatte. »Haben Sie meinen Bruder gefragt?«

»Noch nicht.«

»Er hat den Ofen ausgehen lassen, und ich weiß nicht, ob er ihn je wieder in Betrieb nehmen wird.«

»Das wird sich zeigen. Aber es sollte Sie nicht von Ihrer Arbeit abhalten. Sie verwenden eine Lampe, keinen Ofen, richtig?«

Sie nickte.

»Dann können Sie unabhängig von Ihrem Bruder entscheiden, ob Sie weitermachen wollen. Schließlich bestand Ihre Geschäftsbeziehung zu Herrn Klingenberg auch unabhängig von der der Familie. Dennoch gilt mein Angebot für alle Rossos.«

»Was wollen Sie mir zeigen?«

»Perlen.« Jonas nahm eine kleine halbrunde Tasche aus Rohleder heraus, die mit einem geometrischen Muster aus winzigen braunen, weißen und roten Perlen bestickt war.

»Daran hat sich bestimmt jemand die Augen verdorben«, bemerkte Orsola, während sie die bemerkenswert gleichmäßige Arbeit begutachtete.

»Die Tasche ist von Indianern in Amerika angefertigt worden«, erklärte Jonas. »Und zwar mit venezianischen Saatperlen.«

Schon seit einer Weile produzierten Glasmacher in Venedig wie auf Murano diese winzigen Perlen. Sie waren nur so groß wie Sesamsamen oder sogar noch kleiner und wurden aus sehr dünn gezogenen Hohlglasstäben hergestellt, die dann zerschnitten wurden. Sie wurden für Halsketten, Ohrringe und Broschen verwendet, aber auch zur Dekoration von Handtaschen, Gürteln, Kleidern, Schuhen und dergleichen. Obwohl es sich dabei durchaus um Perlen handelte, unterschied sich der Herstellungsprozess so sehr von Orsolas Arbeitsweise, dass sie nie in Erwägung gezogen hatte, sich auf diesem Feld zu versuchen. »Warum zeigen Sie mir das?«, fragte sie.

»Ich suche Leute, die solche Perlen herstellen, um sie nach Nordamerika zu verkaufen«, erwiderte Jonas. »Sie könnten dazugehören.«

Unmittelbar vor den Mauern des Ghetto Nuovo, in dem jahrhundertelang die Juden Venedigs hatten leben müssen, befand sich ein Gewirr von kleinen Gassen mit Häusern, die weniger gepflegt wirkten als die in San Polo und Santa Croce. Darunter gab es auch einige Glasmanufakturen – Orsola konnte das Glas riechen und das Brummen der Schmelzöfen hören. In den Gassen saßen Frauen zu mehreren auf niedrigen Stühlen vor den Hauseingängen, *sessole* auf dem Schoß, flache Holzschalen voller Saatperlen, die aufgefädelt werden mussten. Jede der Frauen hielt einen Fächer aus langen, dünnen Drähten in der Hand, den sie in den bunten Haufen stieß; die andere Hand bewegte sie dagegen, sodass die winzigen Perlen daran hängen blieben. Sobald die Drähte voll waren, schob die Fädlerin die Perlen hinunter auf die langen Leinenschnüre, die am Ende der Drähte befestigt waren. Wenn die Schnüre fertig bestückt waren, wurden sie zu einem dicken Strang gebunden, bereit für den Versand.

Die Fädlerinnen plauderten und sangen bei der Arbeit. Orsola beachteten sie nicht, doch sie musterten aufmerksam Jonas, denn seine feine Kleidung, die helle Haut und die weichen Hände verrieten ihnen, dass er Kaufmann war. Als sie an den Frauen vorbeigingen, ertönten Pfiffe und Gejohle, und ein paar riefen: »Kommen Sie und befühlen Sie meine *perle*, Signore! Wollen Sie nicht schauen, was ich zu bieten habe?«

Jonas wurde rot, doch er ging weiter, ohne sich zu den Frauen umzuwenden, und Orsola folgte ihm. Schließlich kamen sie zu einem kleinen Campo, wo ebenfalls *impiraresse* arbeiteten. Er und Orsola konnten genug Abstand wahren, um ungestört zuzusehen.

»Sehen Sie all die Frauen und Mädchen?«, sagte Jonas. »Es gibt Hunderte von ihnen bei den Manufakturen in Castello und hier in Cannaregio, wo die Saatperlen hergestellt werden, und auch auf Murano. Sie sehen also, es gibt immer noch eine erfolgreiche Form der Glasproduktion. Man kann vom Perlenmachen leben, wenn auch vielleicht nicht von kunstvoller Handarbeit.«

Eine junge *impiraressa*, die eine hellbraune Schürze mit schwarzen Punkten trug, hob den Kopf von ihrer Schale mit gelben Perlen und starrte Orsola mit verächtlicher Miene an. Sie saß sehr aufrecht da, ein Bündel Drähte in der Hand. Schließlich wandte sie den Kopf und spuckte aus. Orsola spürte, wie ihr die Hitze in die Wangen stieg.

Falls Jonas die unschöne Szene bemerkt hatte, so ließ er es sich nicht anmerken. »Im Moment gibt es keinen Markt für die Lampenperlen, die Sie für Herrn Klingenberg gemacht haben«, erklärte er. »Und ebenso wenig für die Arbeiten Ihres Bruders, so bewundernswert sie auch sind. Die Österreicher – und die Böhmen mit ihrer florierenden Glasproduktion – sind viel günstiger als Murano. Aber es gibt einen Markt für Saatperlen. Wenn ich mich als Kaufmann niederlasse, werde ich mir eine Manufaktur suchen, die Saatperlen herstellt. Das könnte die der Rossos sein. Ihre Brüder könnten die Perlen herstellen, und ihre Tochter, ihre Nichten und ihre Mutter könnten sie auffädeln.«

»Saatperlen?« Orsola schnaubte. *»Mio Dio.«* Sie herzustellen war keine Kunst, sondern bloß eine simple Technik. Und die Rossos waren keine Manufaktur, sondern ein Familienbetrieb. »Saatperlen erfordern einen völlig anderen Fertigungsprozess als Lampenperlen«, sagte sie. »Man braucht einen Schmelzofen, sehr viel Platz und mehrere Männer, nicht eine einzelne Frau am Tisch über einer Lampe.«

»Das können Ihre Brüder doch machen.«

»Marco, Glas ziehen? Sie kennen meinen Bruder nicht!«

Jonas schwieg einen Moment, ließ sich aber nicht beirren. »Ihrem Bruder wird nicht viel anderes übrig bleiben. Und es ist keine so schlechte Arbeit.« Er deutete auf die Gruppe.

Wieder sah Orsola zu den Frauen, die die Perlen auffädelten. Das Mädchen mit dem verächtlichen Blick beachtete sie jetzt nicht mehr. Wie sie so in der Sonne dasaßen, vereint gegen die wohlhabende Welt um sie herum, und über etwas lachten, das eine von ihnen gesagt hatte, wirkten sie nicht unglücklich. Aber der angehende Kaufmann ahnte vermutlich nicht, wie anstrengend die Arbeit war, die sie zwölf Stunden am Tag verrichteten, mit schmerzendem Rücken, müden Augen und wunden Fingern von den Drähten, und das alles zu einem Lohn, der gerade mal für ein Suppenhuhn am Sonntag ausreichte.

Dennoch – Orsola stellte sie sich vor, wie Angela, Francesca, Rosella und Stella unter der Aufsicht von Laura Rosso im Innenhof oder auf der Straße vor dem Haus saßen und Perlen auffädelten, und der Gedanke erschien ihr nicht mehr so abwegig. Schließlich ging es darum, das Familienunternehmen zu retten. Nur Stella würde dabei nicht mitmachen – sie konnte noch immer nicht stillsitzen.

»Signora Orsola, mein Angebot steht«, sagte Jonas und holte

Orsola aus ihren Gedanken. »Gehen Sie nach Hause und sprechen Sie mit Ihrer Mutter. Sie ist eine vernünftige Frau. Wenn sie einwilligt, wird sie auch Ihren Bruder überzeugen.«

Laura Rosso war nicht mehr die aktive Beraterin, die sie einst nach dem Tod ihres Mannes gewesen war. Marco fragte sie immer seltener um ihre Meinung, je älter sie wurde und je mehr Erfahrung er hatte. Sie war jetzt vor allem für ihre Enkelkinder und den Garten zuständig, während Monica, Orsola, Rosella und Stella das Kochen und Putzen, die Wäsche und die Einkäufe übernahmen. Sie äußerte nur noch selten ihre Meinung, aber wenn sie es tat, hörte Marco ihr noch immer zu.

Orsola ging zusammen mit Monica zu Laura, die in ihrem Garten hinter dem Kloster von Santa Maria degli Angeli war, wo Zia Giovanna die letzten Jahre ihres Lebens verbracht hatte. Nun ruhte Orsolas Tante auf dem Friedhof von Murano. Laura kniete vor einer Reihe früher Salatköpfe und sammelte die Schnecken ab. Sie richtete sich auf, als sie Orsola und Monica kommen sah. »Ich weiß nicht, warum ich mir überhaupt die Mühe mache«, sagte sie und strich sich eine Strähne ihres grauen Haars hinter das Ohr. »Niemand von euch mag Salat.«

»Doch, ich«, log Orsola. »Nach dem Fisch, mit ein bisschen Öl, Zitrone und Salz.«

Laura Rosso schnaubte. »Satt wird man davon aber nicht. Vielleicht baue ich stattdessen etwas Nahrhafteres an. Zucchini und Auberginen, oder Möhren und Kohl für den Winter.«

»Davon haben wir schon genug«, bemerkte Monica und stellte eine Flasche Wasser auf die Erde. »*Ecco,* wir haben dir ein paar *bussolai* mitgebracht.«

»Ihr zwei wollt doch etwas«, sagte Laura. »Warum würdet ihr sonst hierherkommen, um mir Gebäck zu bringen?« Sie pflückte eine Schnecke ab und warf sie zu der Hecke am Ende des Gartens. Das war die nette Art, sie loszuwerden. Orsola hatte auch schon gesehen, wie sie sie in die umliegenden Gärten warf, wenn sie sich über ihre Nachbarn ärgerte.

Sie lachte leise. Es war unmöglich, irgendetwas vor ihrer Mutter zu verbergen; sie merkte sofort, wenn etwas im Busch war. »Wir müssen mit dir über die Zukunft sprechen.«

Ihre Mutter hielt Ausschau nach weiteren Schnecken. »Welche Zukunft?«

»Die der Rossos.«

»Warum?«

»Warum? Der Ofen ist aus, die *garzoni* und *garzonetti* sind fort, es gibt keine Bestellungen, Klingenberg geht zurück nach Augsburg, Marco ist morgens schon betrunken, und du fragst, warum?«

»Wir sind immer irgendwie zurechtgekommen. Es wird sich schon etwas finden.«

»Es hat sich schon etwas gefunden. Wir müssen die Gelegenheit nur beim Schopfe packen.«

Laura richtete sich erneut auf und sah ihre Tochter abwartend an.

Orsola erklärte ihr die Idee: Die Männer würden Ziehglas herstellen und daraus Perlen machen, die Frauen würden sie zu Bündeln auffädeln, Jonas würde sie verkaufen – und Orsola würde das Ganze leiten.

»Es ist ein guter Plan«, fügte Monica hinzu. »Ein vernünftiger Plan.«

Laura schwieg eine Weile. »Marco wird nicht zulassen, dass seine Schwester über ihm steht«, sagte sie dann. »Er muss die Leitung übernehmen.«

»Aber er hat keine Ahnung von Perlen!«

»Er hat Ahnung vom Geschäft. Und das ist nicht deine Art von Perlen.«

»Ich sehe es genauso wie deine Mutter«, sagte Monica. »Mein Mann muss seine Würde zurückbekommen.«

Die Worte ihrer sonst so schweigsamen Schwägerin verletzten sie. Orsola wollte ihrem Bruder nicht seine Würde zurückgeben, sie wollte ihn dafür bestrafen, dass er das Familienunternehmen in den Ruin getrieben und ihre Arbeit immer als trivial abgetan hatte. »Er wird keine Saatperlen machen wollen«, erwiderte sie störrisch. »Nicht nach all den Kelchen und Vasen und Kandelabern. Perlen sind für ihn Frauenarbeit.«

»Die Kinder brauchen etwas zu essen«, sagte Laura Rosso. »Ich rede mit ihm. Und Monica auch. Das Entscheidende ist, *dass* wir Aufträge bekommen, nicht *was* für Aufträge.«

»Dann sag ich ihm, was Jonas vorgeschlagen hat.«

Monica und Laura wechselten einen Blick. »Nein, das tust du nicht«, erwiderte ihre Mutter. »Du hältst den Mund.«

»Ich werde es ihm schonend beibringen.«

»Du und Marco, ihr werdet euch nie über irgendetwas einig. Ganz gleich, was du sagst, er tut das Gegenteil. Und du genauso! Ihr seid euch viel ähnlicher, als du denkst. Überlass das Monica und mir. Gib uns Zeit, ihn darauf einzustimmen.«

Und so führten Monica und Laura eine Woche lang einen Feldzug, um Marco auf die Idee mit den Saatperlen vorzubereiten. Sie servierten ihm seine Lieblingsspeisen und die besten Weine, obwohl es mehr Geld kostete, als sie hatten. Sie ließen ihn gewähren, wenn er betrunken war, und schonten ihn, wenn er einen Kater hatte. Monica schlief häufiger mit ihm und flüsterte ihm dann die Idee ein, Perlen herzustellen, um die Familie zu retten. Und Orsola musste danebenstehen und sich diesen Zirkus anschauen.

Als die Rossos sich am Ende der Woche zusammensetzten, um über die Möglichkeit zu sprechen, den komplizierten Wechsel von der Glasbläserei zum Perlenmachen zu vollziehen, beeinflussten drei Faktoren die Entscheidung.

Erstens trafen sie sich abends, als Marco getrunken hatte, aber noch fröhlich war und nicht übellaunig oder verkatert.

Zweitens verfügte die Werkstatt über das nötige Fachwissen, wenn es auch in Vergessenheit geraten war. Während Marco und Giacomo darüber debattierten, wie sie es anstellen sollten, Ziehglas für Perlen herzustellen, saß Stefano schweigend daneben. Erst als sie darüber stritten, wie lang das Ziehglas sein sollte, meldete er sich zu Wort. »Einhundert Schritt. Länger als für normale Glasstäbe.«

Orsola sah ihren Mann überrascht an.

»Als Erstes erhitzt man Glas und formt es zu einem *pastone* – einem gleichförmigen Zylinder in einer bestimmten Größe und Stärke. Das macht der Maestro.« Stefano nickte Marco zu. »Dann bohrt man mit der Pinzette ein Loch hinein. Dann wird an beiden Enden ein Hefteisen befestigt, und wir *tiradori*« – er deutete auf Giacomo und sich selbst –, »wir laufen in entgegengesetzte Richtungen, ziehen das Glas zwischen uns aus und legen es dabei auf eine Reihe von Holzbrettern, damit es nicht zu Boden sinkt. Wenn du es gut geformt hast und wir es gut gezogen haben, wird es ein vollkommen runder, dünner Glasstab mit einem Loch in der Mitte.«

»Woher weißt du das?«, fragte Marco.

»Ich habe als *garzone* für die Baroviers Glas gezogen.«

Orsola hatte ganz vergessen, dass Stefano noch ein Leben vor ihr und der Werkstatt der Rossos gehabt hatte. »Und wie macht man daraus dann Saatperlen?«

»Die haben wir nicht gemacht, nur Glasstäbe. Aber ich habe Cousins, die wissen, wie das geht.«

»Ich will aber keine *escrementi di topo* machen. Keine Mäuseköttel. Das ist Frauenarbeit!« Marco kippte seinen Wein hinunter. Allmählich kam er in das gefährliche Stadium. Stella zog die Karaffe diskret außer Reichweite ihres Bruders.

In dem Moment kam wie aufs Stichwort der dritte Faktor in Gestalt von Francesca herbeigelaufen. »Mamma, ich hab Hunger. Ich will Brot!«

»Es gibt kein Brot«, erwiderte Monica. »Nur Polenta.«

Francesca verzog das Gesicht. »Aber ich hab Hunger. Ich hab immer Hunger!«

»Du gibst meiner Tochter nicht noch mehr Polenta, sonst wird sie auch noch so ein Gelbgesicht!«, brüllte Marco und knallte sein Glas auf den Tisch. Er kramte in seinen Taschen. »Ich gebe dir einen *soldo*, geh und kauf Brot.« Doch er fand nicht mal einen *denaro*, und Francesca fing an zu weinen – eher aus Empörung als aus echtem Hunger, vermutete Orsola, denn sie hatte gesehen, dass ihre Nichte beim Abendessen ordentlich zugelangt hatte. Außerdem wusste sie, dass durchaus Brot in der Küche war; Monica würde ihr später etwas davon geben.

Seine Frau sah ihn ruhig an. »Wenn wir Perlen verkaufen würden, müsste ich sie nicht mit Polenta füttern.«

»*Va bene!*«, brüllte Marco. »Dann machen wir eben *escrementi di topo*.« Er sprang auf und stürmte hinaus, zum Omo Salvadego.

Mit diesen Worten wurde aus der Werkstatt der Rossos eine Perlenmanufaktur.

Marco hatte sich geirrt. Saatperlen herzustellen war Männerarbeit. Zunächst mussten sie in der Werkstatt und den Nebengebäuden genug Platz schaffen, um das Glas auf einhundert Schritt ziehen zu können. Marco musste sich darin üben, einen gleichmäßigen *pastone* in der passenden Größe zu formen, der dann erneut erhitzt und durchbohrt wurde, und Stefano brachte Giacomo, Marcolin und Raffaele bei, wie man ihn zu einem langen Stab zog. Einer seiner Cousins zeigte ihnen, wie man den Stab in winzige Zylinder hackte, die Bruchstücke aussiebte und die Löcher mit einer Paste füllte, damit sie beim Erhitzen offen blieben. Dann wurden die Perlen in einer heißen, mit Sand gefüllten Trommel gewälzt, um die Kanten abzuschleifen, und anschließend in Säcken mit Weizenspreu poliert. Erst wenn sie nach Größe sortiert waren, kamen die Frauen ins Spiel.

Als genug Perlen fertig zum Auffädeln waren, setzte Orsola sich mit ihrer Mutter, ihrer Tochter und ihren Nichten im Kreis in den Innenhof, *sessole* auf dem Schoß und Drähte in der Hand, die sie in die Perlenmenge stachen. Doch was bei den Frauen in Cannaregio so einfach ausgesehen hatte, stellte sich als sehr schwierig heraus. Zwar bekamen sie Perlen auf die Drähte, aber nur wenige und langsam. Vom Tempo und Geschick der venezianischen *impiraresse* waren die Rosso-Frauen weit entfernt.

Missmutig fuhr Orsola mit dem *traghetto* nach Venedig und ging noch einmal zu dem kleinen Campo, wo die Könnerinnen saßen und arbeiteten. Als sie sich ihnen näherte, hob das Mädchen mit der gepunkteten Schürze den Kopf und starrte Orsola an. Orsola spürte, wie Ärger in ihr aufstieg. Wie konnte sie sich von diesem jungen Ding, das halb so alt war wie sie, so verunsichern lassen? Sie räusperte sich. »Könnte ich wohl mit Ihnen sprechen, Signora?«, fragte sie eine der älteren Frauen in der Gruppe, die so etwas wie die Vorarbeiterin zu sein schien. Sie hatte dieselbe aufrechte Haltung und denselben unverwandten Blick wie die Jüngere. »Ich habe einen Vorschlag.«

Die Frau sah Orsola scharf an. *»Allora?«*

»Ich bin Orsola Rosso aus Murano. Ich mache Perlen. Lampenperlen. Meine Familie hat mit der Herstellung von Saatperlen begonnen. Wir brauchen jemanden, der zu uns kommt und uns beibringt, wie man sie auffädelt.«

»Bringen Sie uns die Perlen, und wir fädeln sie für Sie auf.«

»Wir wollen es selbst machen. Ich zahle eine *lira* am Tag.«

»Zwei«, entgegnete die Frau sofort.

»Eine *lira* bekommen Sie für Ihre Arbeit hier. Ich zahle dasselbe.«

»Warum sollte eine von uns nach Murano fahren, wenn wir

für eine *lira* hier sitzen bleiben können? Eine *lira* und zehn *soldi.*«

»*Va bene,* ich finde sicher anderswo ein Mädchen, das die Arbeit braucht und nicht so habgierig ist.« Orsola wandte sich zum Gehen.

»Eine *lira* und fünf *soldi,* und Sie zahlen die Überfahrt und geben ihr etwas zu essen.«

Sie drehte sich wieder um. »Einverstanden. Wer übernimmt es?«

»Meine Tochter Luciana. Sie ist schnell.« Die Frau deutete auf das Mädchen mit der gepunkteten Schütze. Die anderen murrten, weil sie auch gerne fünf *soldi* mehr gehabt hätten.

»Komm morgen früh um acht rüber nach Colonna, ich hole dich dort ab«, sagte Orsola.

Luciana runzelte die Stirn, was sie noch finsterer aussehen ließ. »Warum muss ich nach Murano fahren? Kommen Sie doch hierher.«

»Sollen wir etwa mit unseren Perlen hier antanzen?«

»Sie sind doch jetzt auch hier.«

»Wir sind zu fünft. Es muss auf Murano sein.«

Luciana zögerte und sah zu ihrer Mutter. »Da war ich noch nie.«

»Es ist nicht weit. Und Murano ist nicht anders als all die anderen Inseln.« Doch das schien Luciana nicht zu beruhigen, und plötzlich verstand Orsola.

»Du warst noch nie auf dem Wasser, stimmt's?«

»E allora?«, entgegnete Luciana kämpferisch.

Jetzt bemerkte Orsola, dass das Mädchen barfuß war und der Kragen ihres Kleids ausgefranst. Sie war so arm, dass sie keine Schuhe hatte und nicht genug Geld, um auf die Lagune hinauszufahren. Mit einem Mal tat sie ihr leid. *»A domani«*, sagte sie und wandte sich um, bevor Luciana noch etwas erwidern konnte.

Sie hatte keine Ahnung, ob das Mädchen auftauchen würde.

Doch am nächsten Tag stieg Luciana um kurz nach acht sichtlich blass aus dem *traghetto*, eine *sessola* unter dem Arm und einen kleinen Beutel in der Hand. Sie trug wieder ihre gepunktete Schürze und die finstere Miene, doch diesmal hatte sie Schuhe an, alte Stiefel mit Löchern an den Zehen, die zu groß waren und vermutlich einem Bruder gehörten. Ihre ersten Schritte an Land waren ganz wackelig, und von der frechen Selbstsicherheit, die sie in Cannaregio an den Tag gelegt hatte, war nichts mehr geblieben. Unruhig blickte sie sich um, und ihre Miene hellte sich nur wenig auf, als sie Orsola entdeckte.

Als Orsola das Mädchen zur Werkstatt der Rossos führen wollte, hakte sich Luciana zu ihrer Überraschung bei ihr ein, sodass sie nebeneinander gingen, als wären sie verwandt. War das in Cannaregio so üblich? Orsola wollte ihren Arm zurückziehen, um klarzumachen, dass sie ab sofort ihre Dienstherrin war, aber Luciana fühlte sich auf dem fremden Gebiet offensichtlich so unsicher, dass Orsola sie gewähren ließ, während sie die Fondamenta dei Vetrai hinaufgingen. Ein paar Glasmacher öffneten ihre Läden in der Hoffnung, genug Mitbringsel an die Touristen zu verkaufen, um Fisch oder Brot für ihre Familien kaufen zu können. Luciana verlangsamte ihren Schritt vor jedem Schaufenster und bestaunte die bunten Glasfiguren – Gondolieri, springende Fische, sich aufbäumende Pferde –, die sie offenbar mehr interessierten als die geschmackvolleren und teureren Weingläser und Kerzenhalter. Vor einer grünen Meerjungfrau mit orangefarbenem Sonnenschirm blieb sie mit offenem Mund stehen.

Orsola zog das Mädchen weiter. »*Andiamo*, die Arbeit wartet. Wir haben keine Zeit, uns diesen Tand anzuschauen.« Den du dir ohnehin nicht leisten könntest, fügte sie in Gedanken hinzu.

Luciana sah alle, die ihnen entgegenkamen, finster an, und alle sahen ebenso finster zurück. »Was ist denn los mit den

Leuten?«, beschwerte sie sich. »Die sehen mich an, als wäre ich der Leibhaftige!«

»Du hast mich genauso angesehen, als ich auf euren Campo kam.«

»Hab ich nicht.«

»Doch, hast du.«

»Hab ich nicht! Ich bin nicht so unhöflich.«

Orsola stritt nicht weiter mit ihr, denn sie musste an ihren Ausflug nach Mestre denken; damals hatte sie auch gedacht, alle würden sie anstarren.

Laura Rosso und die Mädchen saßen mit *sessole* auf dem Schoß im Innenhof und versuchten, Perlen aufzufädeln. Bei ihrem Anblick fing Luciana an zu lachen, und ihre Nervosität verschwand angesichts der vertrauten Situation. Orsola kam nicht mal dazu, sie vorzustellen, da strebte sie schon auf Angela zu. »Nein, nein, nein, *sempia!* Stell die Füße auf die Querstrebe vom Stuhl, sonst steht die Schale nicht gerade, und dann passiert das.« Sie stupste gegen Angelas *sessola*, die umkippte, und die weißen Perlen verteilten sich kreuz und quer über den Hof. Angela schrie auf und fing zu Orsolas Schande an zu weinen.

»Wenn du die einmal alle aufgehoben und gewaschen hast, passiert dir das nie wieder.« Luciana wandte sich Francesca zu, die sofort die Füße hochzog, sodass die *sessola* sicherer auf ihrem Schoß lag. *»Ben cussì«*, lobte Luciana sie.

»Madre, wieso hat sie das getan?«, schluchzte Angela.

Orsola schüttelte den Kopf. »Sammle die Perlen ein und wasch sie«, befahl sie, peinlich berührt von den Tränen ihrer Tochter. Sie wandte sich zu Luciana und wies auf einen freien Stuhl. »Zeig uns, wie man es richtig macht.«

Luciana füllte ihre *sessola* mit roten Perlen in der Größe von Kaviar, dann nahm sie ein Bündel Drähte, fächerte sie zwischen Daumen, Zeige- und Mittelfinger auf und stieß sie mit kurzen, schnellen Bewegungen in die Perlen, als würde sie eine Möhre schrappen. Nur drei Stöße, dann waren alle Drähte mit Perlen bestückt, und sie schob sie hinunter auf die Schnüre. Nachdem sie die Technik vorgeführt hatte, sah sie bei jeder Fädlerin zu, zupfte den Fächer aus Drähten zurecht, korrigierte den Winkel, mit dem sie in die Perlen stieß, oder wie sie die Schnüre hielt. Nur Laura Rosso ließ sie aus Respekt vor ihrem Alter aus. Als ihre Schnüre voll waren, zeigte Luciana ihnen, wie man sie zu einem Bündel drehte und mit einer roten Schnur zusammenband, womit sie versandbereit waren.

Sie schaute sich nicht um, ging nicht in die Küche, spähte nicht in die Werkstatt oder das Lager oder Orsolas Arbeitsplatz. Obwohl man ihr die Latrine gezeigt hatte, benutzte Luciana sie nicht, und sie schöpfte sich auch kein Wasser aus dem Brunnen, sondern trank nur, als Rosella ihr ein Glas anbot. Sie schien nicht neugierig zu sein, oder sie war nervös, auf jeden Fall blieb sie die ganze Zeit innerhalb des Stuhlkreises. Dort war sie die Anführerin, die Anweisungen gab oder korrigierte, wenn sie nicht gerade summte oder sang. Die Rossos plauderten gewöhnlich eher, als dass sie sangen, aber die Anwesenheit einer Fremden schüchterte sie alle ein, sogar Laura Rosso, die sonst das große Wort führte. Luciana fädelte die Perlen im Takt eines Liedes auf, zu dem sie mit dem Fuß wippte. Nach einer Weile fielen die Mädchen bei den Liedern, die sie kannten, ein – sogar Angela, die sich von ihrem Tränenausbruch erholt hatte und jetzt eifrig alles nachahmte, was Luciana tat, von der aufrechten Haltung mit den Füßen auf der Strebe, über die Art, wie sie die Hand hochhielt, wenn sie die Perlen auf die Schnüre schob, bis hin zum Fußwippen und Singen.

Als Stella mit den Einkäufen vom Markt durch den Hof ging, hob Luciana den Kopf und starrte sie an, wie sie es bei Orsola in Cannaregio getan hatte. Stella blieb stehen und starrte zurück, und so fixierten die beiden jungen Frauen einander, bis Luciana schließlich den Blick senkte.

Gegen zwölf rief Monica Rosella zu sich, und die beiden deckten den Tisch im Hof und trugen Platten mit Fisch, gedünsteten Auberginen, Brot und Käse, eine Schüssel mit Salat und Krüge mit Wein und Wasser hinaus. Luciana beobachtete diese Prozession aufmerksam und zog dann an dem Beutel, den sie mitgebracht hatte.

Orsola begriff. »Was hast du da?«

Luciana holte ein Stück kalte Polenta heraus, das in einen Stoffstreifen gewickelt war; es war gerade groß genug, um den Esser nur noch hungriger zu machen.

Orsola schüttelte den Kopf. »Pack das wieder ein. Du isst mit uns, wie mit deiner Mutter abgesprochen.« Wir haben zwar kaum Arbeit, fügte sie in Gedanken hinzu, aber immer noch mehr zu essen als nur Polenta.

Angela lief los, um den Männern Bescheid zu geben. Marcolin und Raffaele kamen zuerst aus der Werkstatt. Als sie sich beim Brunnen wuschen und Krüge mit Wasser über Kopf und Arme gossen, um sich zu erfrischen, bemerkte Marcolin das neue Gesicht und wandte sich ab – Fremde verunsicherten ihn. Raffaele lachte, während er sein nasses Haar schüttelte wie ein Hund. Er war jetzt achtzehn Jahre alt, groß und drahtig; er hatte dieselben großen braunen Augen und ausgeprägten Wangenknochen wie seine Mutter Nicoletta. In den letzten Monaten hatte er die kräftigen Arme und Schultern eines Glasmachers bekommen. Er blickte zu dem Stuhlkreis, wo Luciana noch immer saß und die Familie beobachtete; sie hatte die Stirn gerunzelt, weil immer mehr neue Leute kamen, denn nun tauchten auch Marco, Giacomo und Stefano mit Angela an der Hand aus der Werkstatt auf. Raffaele hielt mitten in der Bewegung inne, das Haar immer noch tropfnass, und starrte das neue Mädchen an.

Offenbar hatte Luciana seinen Blick gespürt, denn sie wandte sich ihm zu und – ganz untypisch für sie – gleich wieder weg.

Orsola sah es und wusste, was geschehen war; sie hatte es

einst selbst erlebt – als sie das erste Mal Antonio erblickt hatte, und bei der Erinnerung daran verspürte sie ein Ziehen im Magen. Monica sah es und lächelte. Stella sah es und zog die Stirn kraus. Laura Rosso sah es und wirkte alarmiert. »Raffaele, geh und hilf, das Essen aufzutragen«, befahl sie. Das Mädchen war hier, um Perlen aufzufädeln, nicht um ihren Enkel zu umgarnen.

Raffaele wandte sich verwirrt zu seiner Großmutter. Die Jungen halfen nie in der Küche, und das Essen stand bereits auf dem Tisch.

Orsola rief Luciana und forderte sie auf, sich neben sie zu setzen, da das Mädchen keine Anstalten machte, sich zu rühren. Raffaele setzte sich an das andere Ende des Tisches, und Orsola sah, wie er unentwegt zu dem neuen Mädchen blickte. Luciana hingegen konzentrierte sich ganz auf das Essen und nahm sich nach, bevor die anderen ihre erste Portion aufgegessen hatten.

»Wen haben wir denn da?«, fragte Marco, als er satt war. Er lehnte sich auf seinem Stuhl zurück. Offenbar nahm er Luciana erst jetzt zur Kenntnis.

»Sie ist aus Cannaregio«, antwortete Orsola. »Sie hilft uns beim Auffädeln. Wir sind schon schneller geworden.«

»Ich hoffe, du tust was für dein Geld, Mädchen. Wir sind kein Armenhaus, und Diebe wollen wir hier auch nicht haben.«

Luciana hob das Kinn. *»Va' al diavolo, bastardo.«*

Marco beugte sich vor. *»Che cosa?«*

»Madonna mia!«, rief Laura Rosso. »Die ist ja wie eine wilde Katze!«

»Komm mit, Luciana.« Orsola packte das Mädchen am Arm und zog es vom Stuhl. »Ich suche dir ein Paar bessere Schuhe.« Während sie mit ihr zum Haus eilte, fauchte sie: »Sprich nie wieder so mit dem Maestro, sonst bist du deine Arbeit los!« Obwohl sie sich oft über Marco ärgerte, konnte sie nicht zulassen, dass ein Mädchen wie Luciana in diesem Ton mit ihm redete.

»Wer war das am anderen Tischende?«, fragte Luciana, ungerührt von dem Aufruhr, den sie verursacht hatte.

»Wer, der Maestro, den du beleidigt hast? Das war mein Bruder Marco.«

»Nein, der Junge mit dem hellen Haar.«

»Das ist Raffaele. Der Sohn von Marco. Dem Mann, den du gerade beleidigt hast.«

Jede andere hätte geweint, sich entschuldigt, versucht, es wiedergutzumachen. Luciana lachte nur.

Die *impiraressa* brauchte nur ein halbes Jahr, um Raffaele für sich zu gewinnen. Orsola vermutete, dass sie es auch schneller hinbekommen hätte, aber Luciana hatte keine Eile, sie wollte die Zeit bei den Rossos bis zum letzten Augenblick auskosten. So, wie sie sich über das Essen hermachte und Monica abends vor dem Heimweg nach Resten fragte, die sie mitnehmen konnte, musste ihre Familie sehr arm sein. Und die regelmäßigen Mahlzeiten zeigten Wirkung: Das anfänglich fast magere Mädchen erblühte zu einer drallen jungen Frau. Orsola hatte ein altes Paar Schuhe von Stella gefunden, das ihr passte, und als der Rock von Lucianas Kleid eines Tages an einem Nagel hängen blieb und riss, gab Orsola ihr widerstrebend das alte rotbraune Kleid von Maria Barovier, denn sie passte nicht mehr hinein, Stella war zu groß dafür, Rosella zu klein, und Francesca und Angela zu jung. Sie zögerte, etwas wegzugeben, das ihr viel bedeutet hatte, aber es war da, es passte Luciana wie angegossen, und es stand ihr ausgezeichnet, selbst mit der alten gepunkteten Schürze darüber. Wenn sie es trug, starrte Raffaele sie noch mehr an.

Luciana nahm sich, was immer die Rossos nicht mehr brauchten. Im Lagerraum fand sie schiefe *goti* von einstigen Lehrlingen, einen Kerzenhalter, von dem ein Stück abgeplatzt war, und Lampenperlen, mit denen Orsola nicht zufrieden war, die sie aber nicht wieder eingeschmolzen hatte. Sie nahm die Strünke von Roten Beten mit nach Hause, für die Suppe, Fischköpfe für Brühe, Erbsenschoten für Salat, Brotkrusten, ranziges Öl.

Orsola und Laura Rosso schimpften zwar manchmal mit ihr, hinderten sie aber nicht daran, sich zu nehmen, was sie gebrauchen konnte. Es waren schwere Zeiten unter der österreichischen Herrschaft, und die Familien mussten mit dem auskommen, was sie auftreiben konnten. Die Findigkeit, mit der Luciana Schätze aus dem Abfall klaubte, erinnerte sie alle daran, wie viel Glück sie hatten, dass sie genug besaßen, um Dinge wegwerfen zu können. Außerdem machte sie sich bei den Rossos unentbehrlich. Obwohl sie eigentlich nur so lange bleiben sollte, bis die Rosso-Frauen das Auffädeln gelernt hatten, übernahm sie nach einer Weile die Aufsicht über die *impiraresse*, sodass Orsola wieder in ihre Werkstatt zurückkehren konnte, wo Rosella ihrer Tante bei der Anfertigung der Perlen und der Glasfiguren für den Laden half.

Giacomo, Marcolin und Raffaele wechselten ohne große Mühe zur Saatperlenproduktion, zumal Sebastiano und Andrea ihnen dabei zur Hand gingen. Die Arbeit erforderte Kraft und Präzision, aber sie war nicht so anstrengend wie die kunstvollen Kreationen, die die Werkstatt zuvor hergestellt hatte. Den Jungen schien es Freude zu machen, und Stefano und Giacomo waren gutwillig bei der Sache, aber Orsola bemerkte, wie sie manchmal zu ihren Werkbänken hinübersahen, und wusste, dass sie lieber Spiegel und Kelche und sogar Figuren für den Laden angefertigt hätten.

Marco hingegen äußerte offen seine Verachtung für die Saatperlen, denn er hatte rasch das Interesse verloren, sobald es tatsächlich an die Herstellung ging. Er war nur bereit, den *pastone* zu formen, den Glaszylinder am Beginn des Prozesses, und weigerte sich, das Glas zu ziehen, die Stäbe zu zerhacken, die Perlen zu polieren oder zu sortieren, da er diese Arbeiten als eines Maestro unwürdig ansah.

Statt den anderen zu helfen, saß Marco im Innenhof und trank. Selbst Monica konnte ihn nicht daran hindern. Als sie ihn einmal zur Rede stellte, weil er am helllichten Tag betrunken war, holte er aus, um sie zu schlagen, hielt jedoch inne, weil sie einfach dastand und ihn mit ernster Miene fixierte. Von da an trank er im Omo Salvadego.

Orsola konnte ihren Ärger über Marco bei niemandem loswerden, weder bei ihrer Mutter noch bei ihrer Schwester oder ihrer Schwägerin. Jede von ihnen ging auf ihre Weise damit um. Als seine Mutter würde Laura Rosso ihn immer lieben und zu ihm stehen. Stella ignorierte ihren Bruder, wie sie die meisten Menschen ignorierte. Monica befand sich in der schwierigsten Position. Sie war die Einzige, die Einfluss auf ihn nehmen konnte, aber sie wollte es sich auch nicht mit ihm verscherzen. Sie überlegte sich daher gut, welche Kämpfe den Einsatz lohnten. Orsola fragte sich oft, warum sie bei ihm blieb, verstand jedoch ihren Pragmatismus. Bis zur österreichischen Herrschaft war es ihnen gutgegangen, und Monica hatte sich wenig Sorgen um die Zukunft ihrer Kinder machen müssen. Es war ein Aufstieg vom Dasein einer Fischerfamilie.

Orsola war jeden Tag dankbar für ihren Mann, der einfach die Leitung der Saatperlenherstellung übernahm, ohne zu murren oder sich damit zu brüsten. Stefano überwachte die Arbeitsgänge, besprach Mengen und Termine mit Orsola, trat zur Seite, wenn sein Maestro nüchtern war, und übernahm, wenn Marco getrunken hatte.

Jonas hatte ein paar von Klingenbergs Kunden übernommen, pflegte die kleinen Feuer sorgsam, um sie am Brennen zu halten, und expandierte in den Saatperlenmarkt, als die Rossos ihren Arbeitsrhythmus gefunden hatten. Er war nicht so weltgewandt wie Klingenberg, doch Orsola stellte fest, dass sie seine direkte Art vorzog. Mit ihm kam sie leichter zurecht; wenn er etwas sagte, musste sie hinter seinen Worten nicht erst nach einer verborgenen Bedeutung suchen. Mit seiner Hilfe erwachte das Rosso-Glas langsam wieder zum Leben.

Was sie alle wussten, aber niemand laut aussprach, nicht einmal Marco, wenn er betrunken war: Die Rossos hatten eine Wende vollzogen – von Werkstatt zu Manufaktur, von Qualität zu Quantität, von Kunst zu Kommerz. Sie verdienten ihren Lebensunterhalt, aber sie zahlten dafür einen Preis. Manchmal musste Orsola an die Halskette für Joséphine denken und an Klingenbergs Lob, und dann fragte sie sich, wie es wohl weitergegangen wäre, wenn Napoleons Frau in die Zedernholzschatulle geschaut und sich in die Kette verliebt hätte. Dann würde Orsola jetzt vielleicht Halsketten für Kaiserinnen entwerfen, anstatt Bündel winziger Perlen abzuzählen, die dann an andere Künstler verschickt wurden.

Während die Rossos ihr Geschäft wieder aufzubauen begannen, indem sie diesen neuen Pfad beschritten, erholte sich auch Venedig allmählich. Die Österreicher waren endlich zur Vernunft gekommen, hatten die Stadt wieder zu einem Freihafen ernannt und die Exportzölle abgeschafft, sodass diejenigen, die Produkte herstellten, nicht länger dafür bestraft wurden. Und sie sollte sich auch auf andere Weise verändern.

Eines Nachmittags beim Essen meldete Luciana sich überraschenderweise mit einer Neuigkeit zu Wort; sonst sagte sie bei Tisch so gut wie nie etwas. »Die Österreicher wollen eine Brücke bauen.«

Alle sahen sie an. Sie schob sich ungerührt eine Portion Risotto in den Mund und belud ihre Gabel mit der nächsten.

»*Allora?* Die Österreicher haben schon viele Brücken gebaut«, entgegnete Stella, »damit sie nicht mit Booten fahren müssen. Brücken über Kanäle, sogar eine über den Canal Grande.« Stella hasste Luciana, was auf Gegenseitigkeit beruhte, denn beide waren starke Charaktere.

Luciana starrte sie auf ihre typische Weise über den Tisch

hinweg an. »Eine Brücke zur *terraferma.*« Sie aß eine weitere Gabel voll Risotto.

»Zur *terraferma?*«, rief Laura Rosso aus. »Wozu denn das?«

Sie mussten warten, während Luciana in aller Ruhe kaute. Sie genoss es offenbar, dass alle an ihren Lippen hingen. »Für die Eisenbahn«, sagte sie schließlich. »Meine Brüder werden beim Bau helfen. Da verdient man gutes Geld.« Sie sah zu Raffaele.

»Das hat mit uns nichts zu tun«, erklärte Laura, als könnten ihre Worte eine Barrikade zwischen ihrem Enkel und diesem unverfrorenen Mädchen errichten. »Hierher wird die Eisenbahn nie kommen.«

»Vielleicht doch«, wandte Marcolin ein. »In England fahren bereits mehrere Eisenbahnzüge, und die Franzosen und die Deutschen haben auch angefangen, Schienen zu bauen.«

»Ein Boot ist doch völlig ausreichend. Bei einem Boot weiß man, woran man ist.«

»Wenn die Brücke Venedig mit der *terraferma* verbindet, bedeutet das, dass die Insel keine Insel mehr ist?«, fragte Sebastiano.

Stella verdrehte die Augen. »Nein, es bedeutet nur, dass es eine Insel ist, zu der eine Brücke führt.«

Doch Orsola verstand, was ihr Neffe meinte. Venedig wäre nicht länger vom Festland abgeschnitten und die Reise dorthin wäre nicht mehr so mühsam. Ein Zug auf seinem eigenen Schienenweg würde viel mehr Leute nach Venedig bringen, als es die Gondeln von Mestre aus konnten. Wie würde das die Stadt verändern? Würde sie ihre Einzigartigkeit verlieren?

Und dann dachte sie: Es wird nicht mehr so aufwendig sein, nach Prag zu kommen, wenn ich bereit bin, das Risiko auf mich zu nehmen. Hör auf, Orsola, schalt sie sich. Als sie aufblickte, sah sie, dass Stefano sie beobachtete. Sie versuchte ihm zuzulächeln, aber ihr Gesicht gehorchte ihr nicht.

Am nächsten Tag, als Orsola in ihrem Schlafzimmer die Sachen für die Wäsche zusammensuchte, kam ihr Mann herein. Er hatte sich den einen Ärmel am Ofen versengt und brauchte ein neues Hemd. Orsola warf den Wäschehaufen auf den Boden, um ihm eins zu holen, doch ein Klirren ließ sie aufhorchen. Beide blickten auf den Boden, und Orsola erstarrte. Es war der erste Delfin, den Antonio für sie gemacht hatte und den sie immer noch bei sich trug; er war aus der Tasche eines Kleides gefallen.

Stefano bückte sich und hob ihn auf. Während er die blaugrüne Figur musterte, sah Orsola, wie sich auf seinem Gesicht erst Verwirrung und dann Erkennen abzeichnete. Sie wartete darauf, dass er wütend wurde, brüllte, sie vielleicht sogar schlug. Doch er tat nichts davon. Er sah sie nur aus seinen schwarzen Augen an, und sie las den Schmerz darin.

»Ist der von ihm?«, fragte er leise. Er wusste es natürlich, denn Antonios Delfine hatten sich um die Kerzenhalter gewunden, an denen Stefano damals mitgearbeitet hatte. Ein Glasmacher vergaß seine Waren nicht.

»Er hat ihn mir vor langer Zeit geschenkt«, erwiderte Orsola. »Bevor er fortging. Er hat nichts zu bedeuten.«

»Nichts zu bedeuten? Obwohl du ihn immer bei dir trägst? Ich habe das leise Klimpern in deiner Tasche oft genug gehört.«

Das ist Maria Baroviers *rosetta*, wollte sie sagen, doch sie wusste, dass sie es damit nur schlimmer machen würde. Vor allem durfte Stefano nicht erfahren, dass sie in ihrer Werkstatt über ein Dutzend Glasdelfine hatte.

»Wirst du zur *terraferma* gehen, wenn die Brücke fertig ist?«, fragte er.

Orsola stieß einen Seufzer aus, der gereizter klang, als sie beabsichtigt hatte. Stefanos Gesicht zuckte. »Natürlich nicht«, erwiderte sie so sanft wie möglich. »Ich bin mit dir verheiratet. Genügt das nicht?«

Stefano warf den Delfin aufs Bett und nahm sich ein frisches Hemd aus dem Schrank. »Ich habe das Glück, eine Tochter zu haben, die mich liebt«, sagte er. »Das genügt.«

»Stefano …«, setzte sie an, doch er ging, ohne sich noch einmal umzudrehen. Orsola saß lange auf dem Bett. In ihren Augen waren keine Tränen, aber im Innern fühlte es sich so an, als weinte sie. Ihr Mann hatte etwas Besseres verdient.

Von da an war es für Orsola jedes Mal, als würde eine Flamme ihre Finger verbrennen, wenn Angela sich nach dem Essen an ihren Vater schmiegte oder auf dem Weg zur Messe seine Hand hielt.

Als sie Jonas das nächste Mal aufsuchte, um mit ihm über eine Bestellung zu sprechen – in einem wesentlich bescheideneren Büro in Dorsoduro als dem von Klingenberg im Fondaco dei Tedeschi und ohne einen Schreiber, der ihm assistierte –, fragte sie ihn, wann die Rossos wieder damit beginnen konnten, luxuriösere Glaswaren herzustellen. »Geduld, Signora Orsola«, erwiderte er. »Diese Dinge brauchen Zeit.«

»Aber Sie haben doch auch einen Markt für die Saatperlen gefunden.«

»Ja, weil die bei den Indianern in Amerika sehr beliebt sind.«

»Sind Sie sicher, dass es nicht irgendwo einen Markt für Kelche gibt? Auch wenn Venedig verarmt ist, gibt es bestimmt anderswo reiche Leute, die gerne aus schönen Kelchen trinken. Sie müssen sie nur finden. Marco muss etwas anderes machen als Perlen.«

Jonas lehnte sich auf seinem Stuhl zurück. »So einfach ist das nicht. Da sind zum einen die Preise. Kelche aus Prag sind billiger, zum Teil weil hier bis vor Kurzem höhere Zölle angefallen sind. Aber die Böhmen haben einen eigenen Stil entwickelt – schwerer und nicht so stark verziert wie Muraneser Glas. Das scheint recht beliebt zu sein. Und auch die Engländer mit ihren schlichten, farblosen Gläsern sind sehr gefragt. Murano hat mittlerweile starke Konkurrenz. Die Welt da draußen hat Ihre Insel eingeholt, Signorina Orsola.«

Nach der Besprechung mit dem Kaufmann begab sich Orsola nach Cannaregio, um Lucianas Mutter den Lohn zu bringen, da das Mädchen selbst nichts mit dem Geld zu tun haben wollte. Die *impiraressa* saß zusammen mit anderen Frauen auf dem kleinen Campo, und eine jüngere Schwester von Luciana hatte deren Platz an ihrer Seite eingenommen. Als Orsola näher kam, hörte sie sie singen:

Oh, wo ist mein Liebster, wo mag er nur sein?
Ist wohl auf dem Meer, und ich bin hier allein.
Er wirft seine Netze aus, hofft auf guten Fang.
Ich fädle Perlen auf und warte auf ihn bang.
Er setzt die Segel, zieht weiter übers Meer.
Ich sitz bei den Perlen, das Herz wird mir so schwer.

Als sie Orsola erblickten, verstummten sie. Sie gab Lucianas Mutter den Lohn. Die warf einen Blick auf die Münzen, steckte sie in die Tasche und fragte: »Wer ist der Junge mit dem hellen Haar?«

Orsola schaute überrascht, als verstünde sie die Frage nicht.

»Ihr Neffe. Wie heißt er?«

»Raffaele. Warum wollen Sie das wissen?«

»Raffaele Rosso.« Lucianas Mutter rollte die R genüsslich. »Luciana erzählt uns nicht viel von Murano, aber ihn hat sie erwähnt.«

»Was sagt sie denn?« Orsola verschränkte unwillkürlich die Arme.

»Sie macht sich über ihn lustig.«

»Das bedeutet, dass sie ihn mag«, fügte die jüngere Schwester hinzu.

Orsola stieß mit dem Zeigefinger in ihre Richtung. »Sagen Sie ihr, sie soll ihn in Ruhe lassen.« Sie klang in diesem Moment genau wie ihre Mutter.

Die Frauen fingen an zu lachen. Nur Lucianas Mutter lachte nicht. »Das tut sie vielleicht, wenn Sie ihr mehr zahlen.«

Du Schlange, dachte Orsola.

Sie ging auf das Ansinnen der Frau gar nicht ein. Stattdessen kehrte sie nach Murano zurück und sagte Luciana, dass sie nicht mehr gebraucht werde.

Luciana reagierte darauf nur mit einem Achselzucken. Vielleicht hatte sie schon damit gerechnet, denn die Rosso-Frauen hatten das Prinzip des Auffädelns verstanden und brauchten ihre Hilfe nicht mehr. Doch Angela und Francesca protestierten lautstark und schworen, dass sie ihre Schalen und Drähte nicht mehr anrühren würden, wenn Luciana nicht bleiben durfte.

»Keine Widerworte«, herrschte Laura Rosso sie an.

Angela stampfte mit dem Fuß auf, rannte in die Werkstatt und holte Raffaele, der nervös zwischen seiner Tante und seiner Großmutter hin und her sah. »Wollt ihr Luciana wirklich entlassen?«, fragte er.

»Das geht dich nichts an«, erwiderte Orsola. »Das ist Frauenarbeit. Überlass die uns und kümmere dich wieder um deine.«

»Aber ich liebe …«

»Wag es ja nicht, das zu sagen«, unterbrach ihn Laura. »Denk es nicht mal. Du hast von solchen Dingen keine Ahnung. Ich lasse nicht zu, dass mein Enkel sich mit dieser ungehobelten Person aus Cannaregio einlässt.«

Luciana lächelte, als hätte sie die Beleidigung nicht gehört. Sie nahm ihre Schale mit gelben Perlen und leerte sie aus, als wäre es ein Wassereimer. Gelb spritzte in alle Richtungen. Angela und Francesca schrien auf und fingen an zu weinen. Luciana klemmte sich ihre *sessola* unter den Arm, griff nach ihrem

Tuch und dem Beutel mit ihren Drahtnadeln und schlenderte summend über den Hof.

Orsola griff in ihre Tasche. »Hier ist dein Lohn für heute«, rief sie ihr hinterher, entschlossen, das Ganze ein für alle Mal abzuschließen. Doch Luciana beachtete sie nicht, sondern öffnete die Tür und trat hinaus auf die Straße, vorbei an Stella, die gerade mit einem Korb voller Wäsche zurückkam. Orsola musterte die weinenden Mädchen, den verdutzten Raffaele und Laura Rosso, die die Stirn runzelte. »Stella, lauf hinter ihr her und gib ihr die«, sagte sie und hielt ihrer Schwester eine Münze hin.

»Nein!«, rief Raffaele und schnappte sich die Münze. »Das mache ich!«

»Kommt nicht infrage!« Laura versperrte ihrem Enkel den Weg. »Raffaele, *mio caro, di grazia*«, flehte sie und ergriff seinen Arm. »Wir beide haben so viel zusammen durchgemacht. Durch deine Ankunft hast du die schlimmste Zeit meines Lebens, damals auf Lazzaretto Vecchio, erträglicher gemacht. Du hast mir den Lebenswillen zurückgegeben. Nimm mir das jetzt nicht weg.«

Raffaele starrte sie an. »*Mi dispiace*, Nonna, ich war damals ein kleines Kind, ich erinnere mich nicht daran. Das ist dein Leben, nicht meins. Das hier ist mein Leben.« Er riss sich von ihr los, sodass sie ins Taumeln geriet, und lief hinaus auf die Straße. Er sah nicht mehr, wie sie fiel und mit dem Kopf auf dem Boden aufschlug.

Während Orsola und Monica Laura Rosso ins Bett brachten, lief Stella los, um Raffaele zu suchen. Sie kam mit düsterer Miene zurück. »Bruno hat die beiden nach Venedig gebracht«, sagte sie leise zu Orsola. »Er hat gesagt, Raffaele hätte davon gesprochen, beim Bau der Eisenbahnbrücke mitzuarbeiten.«

»Natürlich hat Bruno sie gefahren. *Cretino.*« Obwohl sie und

Stefano ihren Frieden mit Bruno gemacht hatten – im Gegensatz zu einigen Muraneser Familien führten die Rossos nicht über Generationen hinweg Fehden gegen andere –, vermied Orsola es nach wie vor, ihn anzuheuern. »Sag Madre nichts davon. Und Marco auch nicht. Raffaele kommt schon wieder zur Besinnung. Ich fahre morgen rüber und hole ihn zurück.«

»Ich fahre«, sagte Stella. »Dich werden sie nicht sehen wollen, schließlich hast du Luciana weggeschickt.«

Orsola versuchte sich ihre Schwester bei den *impiraresse* auf dem Campo in Cannaregio vorzustellen. Auf ihre Weise war Stella genauso stark wie sie selbst. Vielleicht gelang es ihr ja, Raffaele zu überreden, wieder nach Hause zu kommen.

Sie brach zeitig auf. Laura Rosso fragte sofort beim Aufwachen nach Raffaele, und Orsola musste lügen; sie sagte, er sei losgeschickt worden, um Sand von einer anderen Glaswerkstatt zu borgen. Seine Großmutter setzte sich in den Hof, flickte ein Hemd und wartete.

Stella kam ein paar Stunden später zurück und ging zu Orsola in die Werkstatt; Laura folgte ihr wie ein Hund, der weiß, dass Ärger in der Luft liegt. »Er bleibt in Venedig«, sagte Stella. »Er hat schon Arbeit beim Brückenbau gefunden. Ich musste dorthin und zusehen, wie er schuftet, während die Österreicher Kommandos brüllen. Orsola, er hat nicht die Muskeln, um Steine zu schleppen und Holzpfähle in den Boden zu rammen. Glasmänner haben eine andere Art von Kraft.«

Laura Rosso sackte gegen den Türrahmen.

»Madre!« Orsola sprang auf, ließ die Perle fallen, die sie gerade verzierte, und lief zusammen mit ihrer Schwester zu ihr, um sie aufzufangen. Gemeinsam führten sie sie zurück zu der Bank, auf der sie gesessen hatte, und holten ihr ein Glas Wasser.

»Wusstet ihr«, begann Laura, die Hände so fest um das Glas gepresst, dass ihre Fingerknöchel weiß hervortraten, »dass Nicoletta schon tot war, als Raffaele zur Welt kam? Ich hätte nicht gedacht, dass so etwas möglich ist. Sie lag in den Wehen, war aber von der Pest so geschwächt, dass sie nicht mehr pressen konnte, als es so weit war. Sie versuchte es einmal, aber das hat ihr Herz nicht verkraftet, und sie ist in dem Moment gestorben. Sie wollten sie wegbringen und zu den anderen auf den Haufen werfen, mit dem Kind in ihrem Bauch. Das konnte ich nicht zulassen.«

Monica war aus der Küche gekommen, Marco, Giacomo und Stefano standen in der offenen Werkstatttür, und alle lauschten gebannt.

»Ich habe rasch mein Messer genommen und sie aufgeschnitten«, fuhr Laura fort. »Ich hatte einmal gesehen, wie eine Hebamme das gemacht hat. Es war ein bisschen, wie ein Kaninchen zu häuten, aber ich musste sehr vorsichtig sein, um Raffaele nicht zu verletzen. Ich habe es geschafft und ihn lebend herausgeholt.« Sie hob den Kopf und sah sie alle nacheinander an. »Deshalb ist Raffaele für mich etwas Besonderes, versteht ihr? Weil ich ihn gerettet habe. Lorenzo und Nicoletta konnte ich nicht retten, aber ihn. Und ich will ihn jetzt nicht verlieren. Ich muss nach Venedig und mit ihm reden.«

So viel hatte Laura Rosso noch nie über ihre Zeit auf Lazzaretto Vecchio erzählt.

»Was ist mit Raffaele?«, fragte Marco. »Was ist mit meinem Sohn?«

Am Abend zuvor hatte Orsola eine Ausrede erfunden, warum Raffaele beim Essen fehlte. Nun erklärte sie ihm die Situation mit möglichst ruhiger Stimme, damit ihr Bruder nicht aus der Haut fuhr. Doch sie hatte noch nicht zu Ende gesprochen, da brüllte er schon los. »Diese venezianische *puttana* hat mir von Anfang an nicht gepasst! Wie konntest du sie hierher holen und zulassen, dass sie uns Raffaele wegnimmt? *Bauca!* Was für eine nutzlose Schwester!«

»Hör auf«, sagte Monica. »Es ist nicht Orsolas Schuld. Was

auch immer passiert ist, du musst dich darum kümmern. Fahr mit deiner Mutter nach Venedig und such Raffaele. Und nimm Orsola mit. Sie kennt Lucianas Mutter und kann von der Seite vielleicht etwas erreichen.«

An dem Nachmittag machten sich drei wütende Rossos nach Venedig auf. Laura Rosso bestand darauf, dass Bruno sie umsonst hinüberfuhr, schließlich hatte er Raffaele und Luciana von Murano weggebracht. Orsola und ihre Mutter saßen so weit wie möglich von ihm entfernt, und er war – für seine Verhältnisse – recht gedämpft. Er vermied persönliche Themen, um nicht in die Schusslinie zu geraten, schimpfte dafür über die geplante Eisenbahnbrücke, hauptsächlich aus Zorn und Sorge darüber, dass die Züge die Gondolieri ersetzen würden, die die Touristen vom Festland nach Venedig brachten. Bruno selbst fuhr die Strecke zwar nicht, aber er empörte sich stellvertretend für seine Kollegen. Laura starrte ihn die ganze Zeit finster an.

»*Basta!*«, sagte Orsola schließlich. »Wir wollen nichts über die Brücke hören, wir wollen nur Raffaele zurückhaben.«

»*Va bene*«, erwiderte Bruno. »Aber der Junge sollte mal an uns Bootsführer denken, bevor er anfängt, für den Feind zu arbeiten.«

»*Sta' zitto!*«, herrschte Laura ihn an. Niemand außerhalb der Familie durfte ihren Enkel kritisieren.

Bruno fügte sich und summte nur noch vor sich hin, während er sie über die Lagune nach Westen ruderte, um die Spitze von Cannaregio herum und zur Kirche Santa Maria delle Penitenti, ganz in der Nähe der Stelle, wo die Brücke beginnen würde. Im Wasser lagen zahlreiche schwer mit Baumaterialien beladene *peate*: Holz, Steine, Ziegel, Kalk, Eisen. Trotz ihrer Sorge um Raffaele war Orsola neugierig, wie so eine lange Brücke über die Lagune gebaut werden konnte, schließlich waren es über zwei Meilen bis zur *terraferma*. Sie hatte gesehen, wie Brücken über kleine Kanäle gebaut oder ausgebessert wurden, und nahm an, dass das Prinzip dasselbe war: Man senkte hölzerne Spundwände ins Wasser, legte den Raum dazwischen trocken, rammte Holzpfähle in den Boden, um ein solides Fundament zu erhalten, und baute darauf steinerne Stützpfeiler.

Genauso wurde der Viadukt in der Tat gebaut. Am Ende würde er drei Meter über dem Wasser liegen, neun Meter breit sein und die Lagune mit zweihundertzweiundzwanzig aus Ziegelsteinen gemauerten Bögen überspannen. Im Moment jedoch arbeiteten sie gerade an den ersten Stützpfeilern. Männer kletterten über die Boote, schleppten und hievten Pfähle, riefen sich etwas zu. Die meisten von ihnen waren Venezianer, beaufsichtigt von österreichischen Soldaten in ihren auffälligen weißen Uniformröcken mit den blauen Hosen und den hohen Metallhelmen.

Laura Rosso musterte die Soldaten verächtlich und spuckte aus. »*Patate*«, brummte sie – ein Spottname, den die Österreicher ihrer Liebe zu den Kartoffeln verdankten.

»Die machen sich die Hände nicht schmutzig, was?«, bemerkte Bruno, um sich wieder bei Laura einzuschmeicheln. »Faule *patate.*«

»Die Österreicher interessieren mich nicht«, warf Marco ein. »Wo ist mein Sohn?« Bis jetzt hatte er nur still zugesehen, wie die Männer an diesem doch ganz offensichtlich unmöglichen Vorhaben arbeiteten, Venedig mit der *terraferma* zu verbinden. Doch wie so oft ergriff ihn die Ungeduld.

Bruno entdeckte Raffaele schließlich auf einer *peata*, wo er half, die Holzpfähle auszuladen, die vom Festland herübergebracht worden waren.

»Rudere uns näher heran«, befahl Marco ihm.

Orsola hatte ihren Neffen nie als schmächtig angesehen, aber neben den Männern, mit denen er zusammenarbeitete, wirkte er wie ein Hänfling, und seine Arme und Schultern waren kaum stark genug, um sein Pfahlende anzuheben. Als sie näher kamen, sahen sie die Anstrengung und Erschöpfung auf seinem Gesicht. Und dies war sein erster Tag.

»Raffaele, komm her!«, rief Marco. *»Adesso!«*

»Schhh! Doch nicht so«, zischte Orsola.

»Sag mir nicht, was ich zu tun habe! Er ist mein Sohn, und er wird mir gehorchen.«

Raffaele war gerade dabei, zusammen mit anderen einen Holzpfahl vom einen Ende der *peata* zum anderen zu schleppen, ihn in das nächste Boot zu hieven und von dort zu der Stelle, wo er in den Boden der Lagune gerammt werden sollte. Er sah angespannt und nervös aus. Seine Familie bemerkte er nicht, obwohl sie mittlerweile ganz nah war. Als Marco ein zweites Mal seinen Namen rief, hob Raffaele den Kopf und ließ vor Schreck sein Ende des Holzpfahls los. Es fiel herunter, sodass die *peata* ins Schwanken geriet und die anderen Arbeiter eine Schimpfkanonade losließen.

Marco, der am Bug von Brunos Gondel stand, hatte Mühe, sich aufrecht zu halten, da die Wellen auch sie erreichten. »Komm her, Raffaele! Du wirst zu Hause gebraucht.«

Hätte er es dabei belassen, hätte sein Sohn vielleicht gehorcht. Doch Marco konnte es sich nicht verkneifen, seinem Zorn Luft zu machen. »Wie kommst du dazu, deiner Familie den Rücken zu kehren? Glaubst du im Ernst, du könntest es in diesem *sestiere de merda* zu etwas bringen, indem du diese *lavoro de merda* machst? Dein Leben gehört dem Glas, nicht dem Pfähleschleppen für österreichische *patate!«*

»Du nennst diese Arbeit *merda*, ja?« Einer der Männer von Raffaeles *peata* beugte sich vor und packte den glänzenden *ferro* am Bug von Brunos Gondel, um sie näher heranzuziehen.

»*Ehi*, Finger weg!«, rief Bruno. »Niemand fasst meinen *ferro* an!«

»Ach ja? Sieht aber ganz so aus. Wie wär's mit ein bisschen

Spaß?« Der Arbeiter begann am *ferro* zu ruckeln, sodass die Gondel ins Schaukeln geriet und die Frauen sich an den Seiten festhalten mussten.

Bruno stürzte nach vorne zu Marco in den Bug und packte den Arbeiter. Die drei Männer rangen miteinander, dann lag Marco plötzlich im Wasser, und Bruno versuchte unter dem Gejohle und den Pfiffen der Venezianer, ihn herauszuziehen. Raffaele stand mit blassem Gesicht inmitten des Durcheinanders. Dann lief er plötzlich los und sprang strauchelnd und schwankend von einem Boot zum nächsten, bis er das Ufer erreichte. Er sah sich noch einmal um, als wollte er sich vergewissern, dass ihm niemand gefolgt war, dann rannte er davon. Orsola sah ihm nach, bis das weiße Hemd, das seine Großmutter viele Male geflickt hatte, in Cannaregio verschwunden war.

Bruno hatte es geschafft, Marco wieder in die Gondel zu ziehen, wo er sich hustend und spuckend das Wasser aus den Haaren schüttelte. »*Càncaro!*«, brüllte er den Venezianer an. »Ich schneide dir deinen Schwanz ab und füttere damit meinen Hund, und der wird sich noch beschweren, dass er nicht satt wird, weil das Ding so klein ist. Ich ficke deine Mutter und stopfe ihr die Scheiße unseres Sohns in den Mund. Ich …«

»Bruno, *basta! Basta!*« Orsola hatte ihn schon viele Male fluchen hören, aber noch nie mit solcher Heftigkeit.

Der Venezianer wollte sich auf Bruno stürzen, aber die Rangelei hatte die Aufmerksamkeit der österreichischen Soldaten auf sich gezogen, die die Arbeiten überwachten, und sie kamen jetzt in einem *sandolo* auf sie zu, um für Ordnung zu sorgen. Einer von ihnen brüllte etwas auf Deutsch, und nach einem letzten Austausch von Flüchen mit Bruno wandten die Venezianer sich wieder ihren Holzpfählen zu.

Laura Rosso saß reglos auf ihrem Platz, scheinbar unberührt vom Schwanken des Bootes. »Ist alles in Ordnung, Madre?«, fragte Orsola.

»Bring mich zu ihrer Mutter.«

Orsola dirigierte Bruno durch den Rio de Cannaregio bis zum Ponte delle Guglie, so benannt wegen der steinernen Obelisken, die die Österreicher bei der Erneuerung der Steinbrücke vor einigen Jahren hinzugefügt hatten. Die grimassierenden Menschen- und Löwengesichter, die von dem geschwungenen Bogen herabschauten, passten gut zu ihrer Stimmung. Sie wies Bruno an, sie und Laura Rosso dort aussteigen zu lassen und Marco zu einem Wirtshaus in der Nähe zu bringen, damit er sich beruhigte, bis sie zurückkamen.

Luciana saß wieder mit den anderen Frauen auf dem kleinen Campo und fädelte Perlen auf, genau wie an dem Tag, als Orsola ihr zum ersten Mal begegnet war, nur dass sie jetzt das Kleid von Maria Barovier, Stellas Schuhe und eine Kette aus aussortierten Glasperlen um den Hals trug, die sie aus dem Lager der Rossos stibitzt hatte. Sie blickte auf, als die Rosso-Frauen näher kamen, und ihr Kiefer spannte sich an.

Laura Rosso marschierte auf sie zu, stellte sich vor sie und sah sie abwartend an. Luciana versuchte sie zu ignorieren.

»Steh auf, Mädchen, und lass eine alte Frau gefälligst sitzen«, sagte Laura. »Hat man dir keine Manieren beigebracht?« Sie ließ ihren Blick über die anderen Frauen wandern. Lucianas Mutter richtete sich auf. Laura musterte sie. »Sagen Sie Ihrer Tochter, sie soll sich besser benehmen. Ich will mit Ihnen reden, und das tue ich nicht im Stehen.«

Die beiden Frauen starrten einander an. Schließlich bedeutete die Mutter ihrer Tochter mit einer Kopfbewegung, ihren Stuhl freizugeben, und Luciana stellte ihre *sessola* ab, stand auf und schlenderte zu einer beschatteten Mauer, an die sie sich lehnte, um das weitere Geschehen zu beobachten.

Lucianas Mutter war vermutlich in Orsolas Alter, sah jedoch wesentlich älter aus; ein Zeichen dafür, wie arm die Familie war. Die beiden Frauen fixierten einander noch immer. Dann hörte Orsola zu ihrer Überraschung, wie Laura sagte: »Ich will, dass mein Enkelsohn glücklich ist und dass er seine Familie ab und zu besucht. Weiter nichts.«

»*De certo.*« Lucianas Mutter nickte.

»Aber ich weiß, dass er nicht glücklich wird, wenn er an der Brücke der Österreicher arbeitet. Haben Sie gesehen, was die Männer stemmen müssen? Raffaele ist stark genug für Glas, aber nicht für Holzpfähle. Er ist nicht so stark wie Ihre Söhne.«

»Das stimmt. Ich weiß nicht, was meine Tochter an ihm findet!«

Luciana verzog das Gesicht.

»Deshalb bitte ich Sie, sorgen Sie dafür, dass er Arbeit in einer der Perlenmanufakturen hier findet. Er ist ein guter Glaszieher. Und dass er in Cannaregio bleibt. Das ist wenigstens nicht weit von Murano. Lassen Sie nicht zu, dass Ihre Tochter ihn bis nach Castello schleppt. Behalten Sie ihn hier und im Glasgewerbe, und ich verspreche Ihnen, dass wir Sie in Ruhe lassen.«

Lucianas Mutter überlegte einen Moment. »Und wenn ich für ihn keine Arbeit im Glasgewerbe finde?«

»Dann werden die Männer von Murano kommen und die Manufakturen hier in Brand stecken, und Sie haben alle keine Arbeit mehr.« Mit dieser Drohung erhob Laura Rosso sich unter dem empörten Gemurmel der anderen Frauen.

»Hört, hört! Starke Worte.« Lucianas Mutter lachte leise. »Ihr Kampfgeist gefällt mir. Wollen wir hoffen, dass Ihr Enkel etwas davon geerbt hat. Er kann froh sein, dass er eine Nonna hat, die sich so für ihn einsetzt. *Va bene*, ich werde Arbeit für ihn finden.«

Schweigend kehrten Orsola und Laura Rosso zum Ponte delle Guglie zurück. Auf dem Weg blitzte plötzlich ein weißes Hemd in einem Durchgang auf, und Raffaele schloss sich ihnen an. Er sagte nichts, doch als Laura Rosso stehen blieb, tat er es ihr gleich. Sie musterte ihn von oben bis unten, dann verpasste sie ihm eine schallende Ohrfeige. »Mach mich ja stolz! Und deine Madre, die sieht alles von oben.« Sie deutete zum Himmel.

»Ich weiß. *Grazie,* Nonna.« Raffaele umarmte sie und drückte sie fest an sich. Dann ließ er sie wieder los, nickte seiner Tante kurz zu und verschwand zu Luciana und seiner Zukunft.

Laura sah ihm nach. »Wie viele werden wir noch an diese grässliche Stadt verlieren?« Seufzend wandte sie sich um und lief weiter die Straße entlang.

6

Der Stein fliegt übers Wasser und landet im Jahr 1915, einige Monate nach Beginn des Großen Krieges. Orsola Rosso dreht eine rote Perle in der Form eines Blutstropfens in der Flamme. Sie blickt auf, und einundsiebzig Jahre sind vergangen, seit die Österreicher mit dem Bau jener Brücke begonnen haben. Sie und diejenigen, die ihr etwas bedeuten, sind vier Jahre älter. Orsola ist vierundvierzig.

So viele Veränderungen in so kurzer Zeit. Die Österreicher aus Venedig verjagt. Italien vereint. Die Elektrizität gebändigt. Fließbandfertigung perfektioniert. Verbrennungsmotor erfunden. Automobile allerorten. Erste Flugversuche in Kitty Hawk. Ein Bürgerkrieg in Amerika, Freiheit für Sklaven, aber ihr Leben bleibt hart, Jim-Crow-Gesetze und keine Spur von Wahrheit und Versöhnung. Und ein ermordeter Erzherzog in Sarajewo und die geopolitischen Folgen.

Vergessen wir nicht Dickens, Balzac, Flaubert, Eliot, Tolstoi. Der Roman ist erwachsen geworden. (Virginia Woolf fängt gerade erst an.) Und in der Kunst: die Präraffaeliten, die Impressionisten, nun die Kubisten, der Anbruch der Moderne. Die Welt dreht sich schneller, sogar in Venedig. Mit Ausnahme des Glases und derjenigen, die es machen …

Es war Rosella, die am treffendsten in Worte fasste, was Orsola über die Saatperlen dachte. Eines Tages standen sie und ihre Nichte auf dem Anleger hinter der Werkstatt und warteten auf die *peata*, die kommen sollte, um die neueste Lieferung zu Jonas nach Venedig zu bringen. Rosella zählte die Bündel mit korallenroten und hellbraunen Perlen, die dicht an dicht in den Kisten lagen wie Fische, während Orsola sich durch den Papierkram kämpfte. Sie hatte sich erst spät das Lesen und Schreiben beigebracht, deshalb brauchte sie stets länger dafür.

Rosella war zu einer nachdenklichen jungen Frau herangewachsen, die mit den anderen Perlen auffädelte, wenn es nötig war, sich aber lieber über eine Flamme beugte und Lampenperlen anfertigte. Sie hatte ein gutes Auge und eine ruhige Hand, und die Arbeit mit dem Glas flog ihr nur so zu, was Orsola überraschte, denn Rosella hatte keinen Tropfen Rosso-Blut in sich. Bei Antonio war es genauso gewesen. Offenbar hatte die Beherrschung dieser überaus wankelmütigen Substanz nichts mit dem Blut oder der Muttermilch zu tun. Was Orsola jedoch niemals laut aussprechen würde, denn es würde den fest verwurzelten Glauben der Rossos an ihr angeborenes Geschick im Umgang mit Glas zutiefst erschüttern.

Sie und Rosella machten gelegentlich zusammen Perlen und Glasfiguren. Sie saßen sich an dem Tisch gegenüber, an dem Orsola seit ihren ersten Lektionen bei Elena Barovier arbeitete und den Giacomo so umgebaut hatte, dass eine zweite Lampe installiert werden konnte. Sie verkauften ihre Sachen im Laden der Rossos und ein paar Perlen über Jonas, aber das Geschäft mit den Saatperlen hielt sie oft davon ab, und mittlerweile gab es etliche andere, die ebenfalls an der Lampe arbeiteten und um Kunden buhlten, und einige davon produzierten beeindruckende Stücke. Orsola musste akzeptieren, dass sie zwar erfahrener war, aber nicht länger einzigartig.

Jetzt seufzte Rosella.

»Was ist?«, fragte Orsola. »Fehlen welche?«

»Wie viele Perlen sind in dieser Kiste? Hunderttausende?«

»Millionen.«

»Ja. Wir haben Millionen von Perlen gemacht. Millionen und Abermillionen. Aber keine davon ist etwas Besonderes. Sie sind nicht mal besonders gut.« Rosella nahm ein Bündel und ließ es zwischen ihnen baumeln, dass die Perlen in der Sonne funkelten. »Wenn du sie dir genauer anschaust, siehst du, dass sie schief sind, Macken haben, und die Löcher sind nicht gleich groß. Nicht wie bei handgearbeiteten Perlen. Würdest du deine Arbeitszeit nicht auch lieber an der Lampe verbringen, anstatt diese – wie nennt Padre sie, *escrementi di topo*? – zu zählen?« Sie warf das Bündel zurück in die Kiste.

Orsola hielt im Abgleichen der Zahlen inne. Sie musste sich oft sagen, dass es richtig gewesen war, umzuschwenken und auf Saatperlen zu setzen. Jonas hatte Käufer gefunden, die Rossos hatten die Produktion erhöht und zusätzliche Arbeiter eingestellt, und es ging ihnen wieder besser, wie dem Muranoglas insgesamt. Die Rosso-Perlen brachten Essen auf den Tisch – nicht nur Sardinen und Polenta, sondern Kalbfleisch, Kaffee, Zucker und Wein, der nicht wie Essig schmeckte. Die Kinder hatten wieder volle Wangen und die Erwachsenen ihre gute Laune wiedergefunden. Außer Marco natürlich. Er verabscheute die Richtung, in die sich die Werkstatt der Rossos entwickelt hatte. Perlen waren unter seiner Würde.

»Daraus werden schöne Dinge gemacht«, sagte Orsola. »Taschen, Portemonnaies, Kissen, Lampenschirme, Bordüren.«

»Aber das Schöne ist das Ding, nicht die Perle«, wandte Rosella ein. »Willst du denn nicht, dass deine Perlen wegen ihrer eigenen Schönheit bewundert werden?«

»De certo.«

»Wir brauchen einen Auftrag. Sonst verbringen wir unser Leben damit, Perlen zu produzieren, aus denen andere die schönen Dinge auf dieser Welt herstellen. So wie Luciana, die macht Kränze aus Saatperlen.«

Als einige Monate zuvor in Europa der Große Krieg ausgebrochen war, hatte Luciana schnell reagiert und begonnen, die winzigen Perlen auf Drähte aufzuziehen und daraus Kränze und Sträuße für Gräber anzufertigen. Vor allem französische Familien schienen die kunstvollen Gebilde aus Perlenblüten zu schätzen, denn sie überstanden Regen und Schnee, Wind und Hitze, und die Maiglöckchen, Veilchen und Margeriten sahen beinahe echt aus. Luciana nannte ihr Geschäft »I Fiori di Rosso«, denn sie hatte Raffaele geheiratet und trug jetzt seinen Namen. Orsola missfiel das. Zum einen fand sie, dass »I Fiori di Luciana« besser klang, und zum anderen nutzte die junge *impiraressa* damit schamlos den guten Ruf der Rossos für ihre Zwecke aus. Doch sie konnte nichts dagegen tun. Luciana gehörte nun zur Familie.

Und nicht nur das: Raffaele vergötterte sie. Sie bekamen kurz hintereinander drei Kinder, venezianische Rossos. Raffaele arbeitete als Glaszieher bei einer Perlenfabrik in Cannaregio und schien glücklich zu sein. Seine Fabrik hatte sich der auf Murano neu gegründeten Gesellschaft der Perlenindustrie angeschlossen, einer Kooperative, die Arbeitskräfte, Produktionsmittel und Finanzen bündelte. Was bedeutete, dass der verlorene Sohn vielleicht eines Tages wieder auf Murano arbeiten würde. Orsola bezweifelte jedoch, dass er zu Hause vorbeikommen würde. Solange Luciana bei den Rossos nicht willkommen war, weigerte er sich, seinen Vater oder seine Großmutter zu besuchen. Laura Rosso hatte allen verboten, in ihrer Gegenwart Lucianas Namen zu erwähnen.

Stattdessen fuhren die Familienmitglieder zu ihm. Orsola schaute jedes Mal, wenn sie nach Venedig fuhr, bei ihm in der Fabrik vorbei und besuchte auch ihre Großnichte und ihre beiden Großneffen, die auf dem kleinen Campo herumkrabbelten, wo Luciana und die anderen Frauen nach wie vor saßen, nun aber Perlenblüten machten. Orsola gab sich Mühe, freundlich zu sein; Luciana nicht. »Orsola R-r-rosso«, sagte sie stets und rollte die R, als hätte sie Murmeln im Mund. »Willst du nach den Rosso-Blumen sehen?«

»Ich bin gekommen, um zu sehen, wie es den Kleinen geht.« Orsola ging in die Hocke und küsste ihre Großnichte auf den Kopf, wo ihr Haar mit einem weißen Band zu einem Puschel zusammengebunden war.

»Willst dich wohl überzeugen, dass sie genug zu essen kriegen!« Luciana lächelte spöttisch, dann nahm sie ihren Jüngsten aus der Wiege zu ihren Füßen und zog ihre Brust aus der Bluse, ohne sich mit der Schürze oder einem Tuch zu bedecken, wie andere Frauen es taten, wenn sie in der Öffentlichkeit stillten.

So liefen die Besuche stets ab.

Andere Besuche hingegen waren folgenreicher. Francesca fuhr oft hinüber, um ihre kleine Nichte und ihre Neffen zu sehen, und lernte dabei von ihrer Schwägerin, wie man Perlenblüten machte. Eines Tages kam sie nicht zurück, sondern schickte über Bruno eine Nachricht, dass der Jüngste krank war und sie dort gebraucht wurde. Nach einem Tag wurde Monica misstrauisch, und da sie selbst nicht gerne nach Venedig fuhr, schickte sie Orsola mit einer Salbe für die Brust des Kleinen nach Cannaregio. Wie sich zeigte, war das Kind nicht krank; der Kleine lag in seiner Wiege und schlief, während die anderen Kinder spielten und Francesca bei den Frauen saß, Blumen anfertigte und sang. Als Orsola auftauchte, machte sie eine schuldbewusste Miene. »Ich helfe Luciana nur bei dieser Bestellung aus Frankreich«, beeilte sie sich zu erklären. »Es gibt so viel zu tun, und sie brauchen mich mehr als ihr. Außerdem macht das Blütenbasteln mehr Spaß als das Auffädeln.«

Orsola wollte nicht mit ihrer Nichte streiten, erst recht nicht in Gegenwart von Luciana und den anderen Frauen, die sie alle mit dem gleichen unverwandten Blick anstarrten. Es fühlte sich an, wie gesteinigt zu werden. »Was soll ich deiner Mutter sagen?«, fragte sie nur.

Francesca schluckte, aber als Luciana sie anstieß, wurde ihre Miene stur, und Orsola sah plötzlich Marco in seiner Tochter vor sich.

Daraufhin machte sich Monica widerstrebend selbst auf den Weg nach Venedig, um ihre Tochter zurückzuholen, kehrte jedoch allein zurück. Nach dem Abendessen sah Orsola, wie ihrer Schwägerin Tränen ins Abwaschwasser tropften. Es war das erste Mal, dass sie sie weinen sah.

Drei Monate später heiratete Francesca einen von Lucianas Brüdern. Noch ein Rosso, den sie an die Serenissima verloren.

Rosellas Bemerkung über einen neuen Auftrag ließ Orsola nicht los. Noch eine Halskette? Würde der dritte Versuch endlich glücken und ihr das Ansehen bringen, nach dem sie sich insgeheim noch immer sehnte? Oder war die Kette für Joséphine der Höhepunkt ihres beruflichen Lebens gewesen?

Der Zufall kam ihr in Gestalt einer Schneiderin zu Hilfe, die Domenego zu ihr schickte. Diese Schneiderin fertigte Kleider für die Marchesa Luisa Casati an, eine extravagante Frau, die für ihre üppigen Feste und ihren ausgefallenen Kleidungsstil bekannt war. Orsola hatte von ihr gehört – wie alle in Venedig und auf Murano. Sämtliche Muraneser Glasmacher buhlten um ihre Aufmerksamkeit, seit bei einem ihrer Feste mit Hunderten von Gästen jeder einzelne eine mundgeblasene Glaslaterne geschenkt bekommen hatte. Von dem Auftrag allein hatte eine Werkstatt ein ganzes Jahr leben können. Die Marchesa sorgte auch gerne bei der *passeggiata* auf der Piazzetta San Marco für Aufsehen, indem sie in einem rot-goldenen Umhang von Fortuny am Arm ihres afrikanischen Dieners Garbi paradierte, der mit der einen Hand einen Sonnenschirm aus Pfauenfedern über sie hielt und in der anderen zwei halb betäubte Geparden an diamantenbesetzten Leinen führte. Bisweilen ging die Marchesa um Mitternacht erneut spazieren, dann jedoch nackt unter einem Pelzmantel.

Wenn ihr danach war, heuerte sie Domenego anstelle ihres weißen Gondoliere an, damit er sie in Venedig umherfuhr. Die Abschaffung der Sklaverei in ganz Europa hatte ihn schließlich von seiner Verpflichtung gegenüber der Familie Klingenberg befreit, aber er arbeitete nach wie vor für Klara und ihren Mann, wenngleich seine freie Zeit nun ihm selbst gehörte. Die Marchesa lag auf seidenen Kissen, während Garbi mit den Geparden im Bug stand. Orsola hatte sie zufällig auf dem Canal Grande erblickt; sie hatte sich gewundert, dass Domenego bei dem Spektakel mitmachte. Er versicherte ihr, dass er sehr gut für seine Dienste bezahlt wurde und keine Angst vor den Raubkatzen hatte, doch als die Gondel an ihr vorbeiglitt, hatte sie bemerkt, wie steif und angespannt ihr alter Freund wirkte.

Die Schneiderin, die Domenego zu ihr geschickt hatte, verzweifelte an dem Wunsch der Marchesa Casati nach einem perlenbestickten Kleid. Die Menge an Perlen, die an das Oberteil gestickt werden sollten, würde viel zu schwer und unbequem zu tragen sein, aber die Marchesa wollte nicht auf sie hören und war überzeugt von ihrem Entwurf. Die Schneiderin sagte Orsola, sie fürchte, wenn die Marchesa das fertige Kleid anprobierte, wäre sie entsetzt über das Gewicht und würde sich weigern zu zahlen. Das war schon einmal vorgekommen, bei einem Kragen aus Amethysten. Orsola wurde gebeten, die Schneiderin mit einem Beutel Saatperlen zum Palazzo zu begleiten, damit die Marchesa das Gewicht spüren konnte.

Der Palazzo Venier dei Leoni, wo sie wohnte, war nicht weit vom Ponte dell'Academia entfernt, der zweiten Brücke, die nun den Canal Grande überspannte – eine der letzten Neuerungen, die die Österreicher vorgenommen hatten, bevor sie gegangen waren und Venedig Teil des vereinten Italien geworden war. Der Palazzo bestand aus nur einem Stockwerk. Orsola und die Schneiderin warteten in der gemieteten Gondel am Portal, und sie war froh, als Garbi ohne die Geparden kam, um sie hereinzulassen. »Warten Sie hier«, sagte er und ließ sie im *androne* zurück. Der Marmorboden war mit halb vermoderten Perserteppichen bedeckt, noch nass von der letzten *acqua alta*. Die riesigen Vasen mit Lilien, deren Blütenblätter und leuchtend rote Pollen bereits herabrieselten, konnten den muffigen Geruch nicht überdecken. Um sie herum lagen goldbemalte Überreste alter Gondeln, marmorne Tischplatten und kaputte Stühle aus Mahagoni, auf die sie sich vorsichtig setzten. Aus dem Garten konnten sie Pfauenschreie und das Kreischen von Affen hören und aus dem Innern des Hauses einen Papagei, der »*Merda!*« krächzte.

»Wer legt denn Teppiche in einen *androne*, wenn klar ist, dass er überflutet wird?«, fragte Orsola leise, doch die Schneiderin zuckte nur die Achseln.

Nach einer halben Stunde wollte Orsola wieder gehen. »Nein. Wir bleiben«, sagte die Schneiderin, die Hände geduldig im Schoß gefaltet. »So ist sie nun mal. Deshalb lassen wir sie viermal so viel bezahlen wie die anderen.«

Endlich führte Garbi sie in den überladenen Salon der Marchesa, in dem überall neu installierte elektrische Lampen leuchteten. Die Marchesa Casati war eine große, klapperdürre Frau mit stark gepudertem Gesicht, knallroten Lippen und riesigen Augen. Sie hatte sie mit Kajal umrandet und lange falsche Wimpern angeklebt. Ihr kurzes Haar war orange gefärbt und stand wie ein Heiligenschein um ihren Kopf. Sie trug einen luxuriösen Kimono aus grellen Rot-, Orange- und Pinktönen.

Die Marchesa gab keinerlei Erklärung ab, geschweige denn, dass sie um Entschuldigung dafür bat, dass sie sie hatte warten lassen. Sie bot ihnen Absinth an, doch Orsola lehnte instinktiv ab, obwohl sie nicht wusste, was es war. Fasziniert sah sie zu, wie die Marchesa eine grüne Flüssigkeit in ein Glas füllte, einen geschlitzten Silberlöffel mit einem Stück Würfelzucker darüberlegte und dann Wasser auf den Zucker und in das Glas träufelte, woraufhin die grüne, klare Flüssigkeit milchig-gelb wurde. An ihrem Drink nippend, schlenderte sie durch den Raum und schäkerte mit dem Papagei, der daraufhin *»Puttana!«* krakeelte.

Orsola und die Schneiderin wechselten einen Blick und verbissen sich das Lachen. Im Lauf der Jahre hatte Orsola in Venedig eine Menge Exzentriker kennengelernt; die Stadt schien sie förmlich anzuziehen und alles Theatralische und Absonderliche noch zu verstärken. Die Glasmacher auf Murano bekamen manchmal noch viel ausgefallenere Aufträge, als Hunderte von Laternen anzufertigen, zum Beispiel Karaffen in Form eines Frauentorsos, bei dem der Wein aus den Brustwarzen lief, Kandelaber, deren Arme wie nackte Frauen geformt waren, oder Kerzenhalter, an denen Dämonen mit riesigen Penissen baumelten. Orsola hatte von einem Glasmacher gehört, der sich auf gläserne Phalli spezialisiert hatte. Doch das war reines Geschäft; nichts davon beeinflusste das Verhalten der Glasfamilien, wie sie sich kleideten oder benahmen. Die Frauen auf Murano brachten ihre Augen nicht mit Belladonna zum Glänzen, wie es diese Marchesa offenbar tat. Maestri spazierten nicht mit Geparden an der Leine über die Riva oder hielten sich Pfauen im Hof. Sie aßen Sardinen, keinen Kaviar. Gelegentlich gab Orsola einen Hauch Rouge auf ihre Wangen, wenn sie nach Venedig fuhr, aber niemals würde sie Puder, Kajal und falsche Wimpern tragen, um aus der Menge herauszustechen. Die Marchesa Casati kannte offenbar keine andere Daseinsform, selbst wenn sie allein zu Hause war. Es musste anstrengend sein, so zu leben.

Die Schneiderin räusperte sich. »Wir sind wegen Ihres Kleides gekommen, Signora Marchesa – das mit den Perlen. Dies ist Orsola Rosso, Muranos beste Perlenmacherin.«

Orsola errötete angesichts dieses Lobes von einer Frau, die sie kaum kannte. Aber sie sagte es wohl vor allem, um die Marchesa zu beeindrucken. Und natürlich stimmte es nicht, denn sie machte keine Saatperlen. Sie nickte der Marchesa zu, die sie jedoch gar nicht ansah, sondern verwelkte Blumen aus den Sträußen im Raum zupfte und sie zu Boden fallen ließ, vermutlich damit ein Diener sie aufhob.

»Wir machen uns Gedanken wegen des Gewichts, Marchesa«, erklärte Orsola, »und wollten uns vergewissern, dass es Ihnen nicht zu schwer auf der Brust wird.« Das Kleid selbst war ganz schlicht: bodenlang, eng anliegend und aus schwarzer Seide, aber der Kragen sollte aus schwarzen, silbernen und goldenen zylindrischen Saatperlen bestehen, die von einer breiten, halbrunden Passe über ihre Brust herabhingen wie eine funkelnde Rüstung. Orsola hatte ausgerechnet, wie viele Tausend und Abertausend Perlen dafür nötig waren, und hatte die entsprechende Menge in Beutel gefüllt, die sie der Marchesa nun um den Hals hängten. Sie stand still da und genoss es offensichtlich, dass so viel Aufhebens um sie gemacht wurde.

»Ich liebe das Gewicht auf meiner Brust«, erklärte sie. »Es gibt mir das Gefühl, in Sicherheit zu sein, geliebt zu werden, es ist wie eine Umarmung. Wenn überhaupt, dann noch *mehr* Perlen!«

»Sind Sie sicher, dass Sie sich darin wohlfühlen werden, wenn Sie es auf Ihrem Fest tragen, Signora Marchesa?«, fragte Orsola.

Die Marchesa machte eine wegwerfende Handbewegung, wobei sie etwas von ihrem Absinth verschüttete und um ein Haar die schwarze Seide ruiniert hätte. »Ach, das ist nicht für ein Fest. Feste kann man vergessen, seit Krieg ist. Niemand kommt mehr nach Venedig. Ich werde dorthin gehen müssen, wo der Krieg ist – nach Paris oder Berlin –, wenn ich Leute um mich haben will. Nein, es ist für die *passeggiata*. Und ich will alle Perlen darauf. Alle!«

»Wie Sie wünschen, Marchesa. Ich habe eine Rechnung geschrieben und fädele die Perlen für den Kragen gerne auf, sobald ich dafür bezahlt worden bin.«

Bei dieser unverblümten Erwähnung von Geld erschrak die Schneiderin sichtlich, und die Marchesa seufzte. »Ach je … Muss das sein?«

Orsola blieb hart. Sie ignorierte den flehenden Blick der Schneiderin, die verwelkten Blüten auf dem Boden, den Geruch nach verdorbenen Früchten und ungewaschener Haut und den Papagei, der jetzt *»Becco fotuo!«* krächzte. »Ich fädele die Perlen auf, sobald ich dafür bezahlt worden bin. Vorher nicht. Wenn ich darauf nicht bestehen würde, wäre ich längst bankrottgegangen.«

Die Marchesa blickte Orsola aus ihren großen melancholischen Augen an, dann lächelte sie, was die Traurigkeit nicht vertrieb. »Es gefällt mir, eine Frau zu sehen, die entschieden für Ihr Geschäft eintritt.« Sie kam näher, beugte sich vor und küsste Orsola fest auf den Mund. »Also gut, Glasmacherin, Sie haben meinen Segen. Geben Sie Garbi Ihre Rechnung und sagen Sie ihm, Sie gehen erst, wenn Sie Ihr Geld bekommen haben.«

Orsola war so verdutzt von dem Kuss, dass sie sich nicht rührte. Über ihrem Kimono trug die Marchesa zwei lange Schnüre aus echten Perlen, eine weiße und eine graue. Halsketten.

Orsola holte tief Luft, als wollte sie ein wenig von der Kühnheit der Marchesa einatmen. »Möchten Sie vielleicht, dass ich Ihnen so eine lange Halskette aus Glasperlen anfertige?«, fragte sie. »Etwas Auffälligeres als die echten Perlen – die Farben können Sie sich aussuchen.«

»Schwarze Perlen mit Verzierungen in Rot und Gold«, erwiderte die Marchesa Casati, ohne zu zögern. »*Très à la mode.* Setzen Sie sie mit auf die Rechnung.«

Seit dem Zusammenschluss der italienischen Kleinstaaten zu einem Nationalstaat hatte sich Venedig so weit stabilisiert, dass der Tourismus und die Exporte zugenommen hatten – zumindest bis zum Beginn des Großen Krieges – und die Kunsthandwerker wieder arbeiten konnten. Für die Perlen gab es bereits einen Markt, aber die hochwertigere Glasmacherei wurde fast allein durch Antonio Salviati wiederbelebt, einen Rechtsanwalt, der die Glasmacher auf Murano beauftragte, Steine für die neuen Mosaiken in der Basilica di San Marco anzufertigen. In der Folge brachte er auch die Herstellung von Vasen, Gläsern, Kandelabern und anderen Dingen von Neuem in Gang. Natürlich hatte sich der Geschmack inzwischen verändert, und es gab noch immer die Konkurrenz in anderen Teilen Europas. Aber nach und nach eröffneten viele von den Werkstätten wieder und begannen, die luxuriösen Stücke herzustellen, für die Murano einst berühmt gewesen war.

Die Rossos jedoch blieben bei den Saatperlen, denn mittlerweile war alles darauf abgestimmt: die Schmelzöfen, der Platz für das Glasziehen, das Können der *serventi* und *garzoni*. Jeder arbeitete in seinem speziellen Bereich. Giacomo stellte das Glas nach den Rezepturen der Rossos her und wandelte sie so ab, wie es für Ziehglas notwendig war. Marco machte den *pastone*, den Stefano und Sebastiano dann zu einem feinen Stab auszogen. Andrea ließ die Perlen in einer erhitzten Metalltrommel kreisen, um die Kanten abzurunden, und Marcolin sortierte die Perlen nach Größe und pickte die heraus, die verformt waren oder kein Loch hatten. Obwohl er der Maestro war, hatte Marco keine Lust, die Arbeiten zu beaufsichtigen, und überließ dies meist Stefano mit seiner Erfahrung auf diesem Gebiet.

Eines Morgens setzte sich Marco Orsola gegenüber an den Tisch, wo sie gerade die letzte Perle für die Halskette der Marchesa fertigstellte. Sie nickte steif, denn sie war stets angespannt, wenn er in ihre Nähe kam, während sie an den Perlen saß. Immerhin roch er nach Kaffee, nicht nach Wein. Er spielte mit der Lampe vor ihm, an der Rosella manchmal arbeitete.

»Wofür sind die?«, fragte er und nahm eine der mit Rot und Gold verzierten schwarzen Perlen hoch. »Du benutzt Schwarz doch sonst nicht. Bei dir ist alles Blau, Grün oder Rot.«

Orsola staunte, dass Marco überhaupt wahrgenommen hatte, welche Farben sie am liebsten verwendete. »Die sind für die Marchesa Casati – du weißt schon, für die wir die Saatperlen in Schwarz, Silber und Gold gemacht haben.«

Marco drehte die Perle zwischen den Fingern. »Sie scheint Schwarz zu mögen.«

»Ja. Andere Farben auch, aber Schwarz offenbar ganz besonders.« Orsola musste an sich halten, um ihm die Perle nicht wegzunehmen. Stattdessen konzentrierte sie sich auf die Linie aus Gold, die sie wie eine Ranke auf die ovale schwarze Perle setzte. Anschließend würde sie rote Punkte hinzufügen, die Mohnblüten andeuten sollten. Obwohl sie von ihrem sonstigen Stil abwich, war sie mit der Gestaltung zufrieden und zuversichtlich, dass die Marchesa sie modern genug für ihren Geschmack finden würde.

»Das ist die mit den Leoparden, nicht?«

»Geparden.«

»Sag ihr, ich mache ihr schwarze Kelche mit Geparden, die sich um den Fuß winden.«

Orsola wollte schon protestieren, doch plötzlich sah sie die Kelche vor ihrem inneren Auge, so flach geformt, dass kaum Wein hineinpasste, wie bei dem Kelch, den Marco vor langer Zeit angefertigt hatte, als sie und Antonio sich begegnet waren. Die Marchesa wäre begeistert über ihre Unbrauchbarkeit. Und so könnte Marco wieder zu dem zurückkehren, was er am besten konnte.

Sie hatte aufgehört, die Perle zu drehen; sie schmolz in der Flamme und tropfte auf den Tisch.

»Das fühlt sich bestimmt gut an«, bemerkte Marco.

»Was?«

Er deutete auf ihre Lampe. »Etwas anderes zu machen als Mäuseköttel.«

Sie erwog eine scharfe Entgegnung. Doch er schien es ernst zu meinen, und er war nicht betrunken. »Es ist wunderbar«, sagte sie.

»Das Glas liegt uns im Blut.«

Es war das erste Mal, dass Marco ihre Fähigkeiten anerkannte, und das stimmte sie großmütig. »Ich frage die Marchesa wegen der Gepardenkelche.«

»*Bene.*« Dann musste er natürlich alles kaputtmachen. Er sprang auf und sagte: »*Allora,* viel Spaß mit deinen *escrementi di coniglio.*«

Marco wartete nicht auf eine Antwort der Marchesa Casati. Er begann sofort Entwürfe zu skizzieren und bat Giacomo, schwarzes Glas für ihn zu machen und Blattgold zu besorgen, für die Punkte der Geparden. Er fuhr sogar ein paar Abende zur Piazzetta San Marco, um nach der Marchesa Ausschau zu halten, damit er die Geparden zeichnen konnte, denn er hatte noch nie welche gesehen. Tatsächlich erblickte er sie und ihre Raubkatzen. Er war so hingerissen, dass er Orsola und die Schneiderin überredete zu warten, bis er die Kelche fertig hatte, damit er sie begleiten konnte, wenn sie ihr das Kleid und die Halskette brachten.

Um nach Venedig zu kommen, nahmen sie ein Vaporetto, einen der neuen dampfbetriebenen Wasseromnibusse, die Bootsführer wie Bruno arbeitslos machten und die Gondeln zu reinen

Touristenattraktionen degradierten. Doch Marco bestand darauf, dass sie in einer Gondel beim Palazzo am Canal Grande erscheinen sollten, und Orsola schämte sich in Grund und Boden, als sie sah, dass er Domenego angeheuert hatte, um sie von der Rialtobrücke dorthin zu bringen. Er hatte dem Gondoliere sogar aufgetragen, sein historisches rotes Wams und die eng anliegende schwarz-weiße Hose anzuziehen statt seiner üblichen Uniform aus weißem Hemd und schwarzer Hose. Marco selbst trug einen modernen schwarzen Anzug und einen Fedorahut, den er sich von einem wohlhabenderen Cousin geborgt hatte. Er hatte sich die Haare schneiden lassen und sich mehrere Tage nicht rasiert, sodass ein dunkler Bartschatten seine Wangen umspielte. Orsola sah in ihrem Bruder gewöhnlich nichts anderes als ein Ärgernis, aber selbst sie musste zugeben, dass er gut aussah, wie er dort im Bug stand. Die Schneiderin starrte Marco an, als hätte Neptun höchstpersönlich ihre Gondel beehrt.

Sie kamen am Nachmittag beim Palazzo Venier dei Leoni an, und Marco musste einen Diener bestochen haben, damit er dafür sorgte, dass die Marchesa wach war und mit ihrem Kaffee am Fenster stand, als sie am Portal hielten. Marco nahm den Hut ab und verneigte sich vor ihr. Das schien der Marchesa zu gefallen, denn sie warf ihm einen Luftkuss zu und winkte sie herein.

Diesmal ließ Garbi sie nicht im *androne* warten, sondern führte sie sofort in den Salon seiner Herrin. Die Marchesa trug einen Morgenmantel aus dunkelgrünem Samt und rauchte ein Zigarillo in einer langen Zigarettenspitze aus Onyx. Ihr Haar war nicht mehr Orange, sondern Rotbraun, und sie war nicht so stark geschminkt wie beim letzten Mal – kein Puder, kein Lippenstift, nur Kajal und Wimperntusche, die allerdings aussahen, als stammten sie noch vom vergangenen Abend. Sie stieß einen Freudenschrei aus, als die Schneiderin das Kleid mit seiner schweren Perlenrüstung hochhielt. »Ich probiere es sofort an!«

Sie warf den Morgenmantel ab. Darunter war sie splitternackt. Bevor sie den Blick abwandte, sah Orsola noch, dass ihr Schamhaar in demselben Rotbraun gefärbt war wie ihr Haupthaar.

Marco umklammerte die Schatulle aus Mahagoni, in der sich die Kelche befanden, und starrte mit offenenem Mund die Marchesa an. Eine solche Frau hatte er noch nicht gesehen, und Orsola konnte sich ein Grinsen über seinen dümmlichen Gesichtsausdruck nicht verkneifen.

Wie sich zeigte, hatte die Marchesa ein untrügliches Gespür für Mode: Das Kleid stand ihr phantastisch und verwandelte sie in eine Furcht einflößende Hohepriesterin. Trotz des Gewichts der Perlen und ihres knochigen Körpers gelang es der Marchesa, sie mit Leichtigkeit zu tragen. »Perfekt«, hauchte sie. »Sie haben Wunder vollbracht.« Sie sagte es in den Raum hinein, als hätten sie alle an dem Kleid mitgearbeitet.

»Signora Marchesa.« Orsola verneigte sich, trat vor und entfaltete ein Stück elfenbeinfarbenen Samt. »Ihre Halskette.«

Vielleicht hatte sie den falschen Moment gewählt. Vielleicht brauchte die Marchesa mehr Zeit, sich in ihrer Perlenrüstung zu bewundern. Oder sie war abgelenkt durch den Mann im Raum. Jedenfalls nahm sie Orsolas Kette, sagte: »Sehr schön«, und reichte sie ihrer Zofe, die eine Zedernholztruhe voller Ketten aus Gold, Silber, echten Perlen und allen erdenklichen anderen Farben und Materialien öffnete, sie hineinfallen ließ und den Deckel wieder zuklappte. Die schwarz-rot-goldene Halskette würde sang- und klanglos zwischen all den anderen nie getragenen Ketten verschwinden, und mit ihr die erhofften Folgeaufträge von Freundinnen der Marchesa.

Wenigstens habe ich mein Geld bekommen, dachte Orsola. Aber jetzt ist Schluss mit ausgefallenen Halsketten für reiche Leute. Mir reicht's.

Marco sah mit einer Andeutung von Mitgefühl zu seiner Schwester. Dann wandte er sich an die Marchesa. »Vielleicht möchten Sie zur Feier Ihres neuen Kleides etwas trinken, Signora Marchesa?«

»Ausgezeichnete Idee!« Die Marchesa schien sich nicht darüber zu wundern, dass ein fremder Mann in ihrem Salon stand und ihr etwas zu trinken anbot.

»Ich habe genau die passenden Gläser für Sie. Wenn Sie gestatten.« Marco stellte die Schatulle auf einen Tisch und bedeutete der Zofe, das Durcheinander aus Kleidern, Zigaretten, Vasen mit getrockneten Blumen und einer Schale schimmeliger Orangen beiseite zu räumen. Als genug Platz frei war, faltete er ein Stück goldfarbener indischer Seide auseinander und strich es mit schwungvollen Bewegungen glatt. Von seinen theatralischen Gesten bezaubert, kam die Marchesa näher. Marco nahm die beiden Kelche aus ihrem Nest aus Baumwolle und Samt, stellte sie auf die Seide und trat einen Schritt zurück.

Die Marchesa stieß einen Schrei aus, der alle zusammenzucken ließ. »Genial!«, rief sie und griff so gierig nach einem der Kelche, dass Marco vorsprang, als wollte er sie daran hindern. *»Spettacolare«*, verkündete sie, drehte das Glas hin und her und bewunderte die geschmeidigen Geparden, die Reihe aus mundgeblasenen Kugeln, die den Stiel bildeten, und den Ring aus goldenen Blüten, den Giacomo auf den Rand des Glases gemalt hatte. *»Magnifico.«* Die Marchesa blickte mit glänzenden Augen zu Marco hinab – denn sie war ein gutes Stück größer als er. »Sie und ich müssen auf Ihr Talent anstoßen.«

Ihre Worte stellten klar, dass Orsola und die Schneiderin an der kleinen Feierlichkeit nicht teilhaben würden. Orsola sah zu ihrem Bruder. Nun, da seine Arbeit präsentiert war, wirkte er selbstsicherer. Doch würde er selbstsicher genug sein, um dafür zu sorgen, dass er bezahlt wurde?

»Die Arbeiten meines Bruders sind in ganz Europa sehr gefragt«, sagte sie. »Aber Ihnen wird er einen Sonderpreis berechnen – eintausend *lire* für das Paar.«

Marco starrte sie an. Sie hatten vorher nicht über Preise und den besonderen Marchesa-Aufschlag gesprochen. »Nun ja …«

Die Marchesa unterbrach ihn mit einem Lachen und einer wegwerfenden Handbewegung, die zugleich Einverständnis mit Orsolas Preis und deren Entlassung signalisierte. »Klären Sie das auf dem Weg nach draußen mit Garbi.«

Orsola blickte mit hochgezogenen Augenbrauen zu Marco. *»In bocca al lupo«*, formte sie lautlos mit den Lippen und ging.

Garbi verzog angesichts des absurden Preises für die Kelche keine Miene; er war es gewohnt, dass die Venezianer seiner Herrin zu viel berechneten. Er gab ihr ein Bündel Geldscheine, das sie in ihre Tasche steckte, und führte sie zurück zum Portal. Domenego saß im Heck seiner Gondel und las Zeitung. Er richtete sich auf, als sie kamen, nickte Garbi zu und half Orsola an Bord. »Warten wir nicht auf Ihren Bruder und die Schneiderin?«, fragte er, als Garbi das Tor schloss.

»Sie ist zur anderen Seite hinausgegangen. Und Marco bleibt noch eine Weile. Wir brauchen nicht zu warten. Wenn Sie mich zur Rialtobrücke zurückbringen, nehme ich von dort aus das Vaporetto.«

»Wenn Sie es nicht eilig haben, kann ich Sie auch durch die Seitenkanäle zur Fondamenta Nove bringen. Ich habe Zeit.«

Orsola nickte und setzte sich so, dass sie ihn ansehen konnte. Nun, da Marco nicht dabei war, unterhielten sie sich ungezwungen über den Krieg, der schlecht für den Tourismus war, über das Geschäft mit dem Glas und über die Rossos. Zwar war Domenego alles andere als redselig, aber im Lauf der Jahre hatte er sich Orsola gegenüber ein wenig geöffnet und äußerte gelegentlich seine eigene Meinung. So glaubte er beispielsweise, dass Italien in diesem Krieg nicht neutral bleiben, sondern sich mit Frankreich und England verbünden würde, um gemeinsam gegen die Österreicher zu kämpfen. »Hier wird immer Österreich der wahre Feind sein, nicht Deutschland«, sagte er und manövrierte durch einen schmalen Kanal beim Palazzo Contarini del Bovolo, dessen kunstvolle steinerne Wendeltreppe an der Außenmauer in die Höhe ragte wie eine Hochzeitstorte. »Ganz gleich, welche Abkommen die Italiener mit den Deutschen und Österreichern geschlossen haben, sie wollen die Österreicher für das bestrafen, was sie dem Veneto angetan haben.«

»Woher wissen Sie all das?«

Domenego deutete auf die Zeitung, die neben ihr lag. »Und ich höre meinen Passagieren zu. Die tratschen nicht alle nur darüber, wer mit wem das Bett teilt.«

»Aber – heißt das, wir müssen eine Armee aufstellen?« Orsola dachte an die jungen Männer der Familie Rosso und versuchte sich Marcolin, Raffaele, Sebastiano und Andrea als Soldaten vorzustellen. Unmöglich. Sie waren Glasmacher.

»Wahrscheinlich.« Dann rief Domenego: *»Oe! A premando!«*, und steuerte nach links.

»Sie wissen, dass Signora Klaras Mann Geld verloren hat?«, bemerkte er nach einer Weile.

»Jetzt tratschen Sie aber! Alle wissen, dass er spielt.«

»Diesmal hat er sehr viel verloren.«

Es war ungewöhnlich, dass Domenego über seinen Dienstherrn sprach. Orsola wartete.

»Sie entlassen mich und verkaufen die Gondel. Sie müssen. Außerdem brauchen sie mich nicht mehr. Sie können ein Vaporetto oder ein Bootstaxi nehmen oder zu Fuß gehen. Gondeln sind …« Er machte eine wegwerfende Handbewegung.

Orsola starrte ihn an. »Was werden Sie tun?«

Domenego antwortete nicht; er musste einer entgegenkommenden Gondel ausweichen. Die beiden Gondolieri nickten einander zu, begrüßten sich aber nicht mit einem Scherz, einem Fluch oder einem Lied, wie es die anderen taten. Die vielen Jahre auf den Kanälen Venedigs hatten ihn zu einem vertrauten Anblick gemacht, aber nicht zu einem Freund.

Orsola spürte das Bündel Geldscheine, das die Marchesa ihr gegeben hatte, in ihrer Tasche – genug, um die Familie mehrere Monate zu ernähren. Sollte sie es Domenego geben? »Würden Sie nach Afrika zurückkehren, wenn Sie es könnten?«, fragte sie.

Er ruderte eine Weile schweigend weiter. »Ich bin nicht mehr derselbe wie damals«, sagte er schließlich. »Das alles ist ewig her. Meine Familie gibt es bestimmt längst nicht mehr. Ich weiß nicht, ob mich die Leute dort akzeptieren würden.«

»Natürlich würden sie das!«, erwiderte Orsola, doch sie war sich nicht sicher. Sie beließ es dabei, da ihre Frage Domenego offensichtlich aufwühlte, und sie wollte ihm nicht noch mehr Schmerz bereiten.

»Es geht nicht nur um mich und das Boot«, fuhr er fort. »Signora Klara und ihr Mann werden den Campo San Polo verlassen und in etwas Kleineres ziehen müssen. Er hat das Haus bei einer Wette verloren.«

»Mariavergine.« Orsola bekreuzigte sich. Marco hatte eine Menge Dummheiten begangen – gerade jetzt beging er wieder eine –, aber er würde niemals das Haus der Rossos verspielen.

Ihr Bruder blieb drei Tage fort. Monica schien es nicht zu kümmern. Als Giacomo und Stefano anboten, ihn zu suchen, lehnte sie ab. »Ich will gar nicht wissen, was er treibt. Er kommt schon von allein zurück.«

Als er wieder auftauchte – ohne Hemd und Hut, der Anzug zerrissen, Ringe unter den Augen und noch immer ein wenig betrunken oder berauscht –, verpasste ihm Monica eine Ohrfeige, wie es von ihr erwartet wurde, und er spielte den reuigen Ehemann, wie es von ihm erwartet wurde. Aber bald verhielten sie sich wieder wie immer. Orsola konnte es nicht verstehen.

Wenn Stefano etwas mit einer dekadenten Marchesa angefangen hätte, die dazu neigte, vor wildfremden Männern ihre Kleider fallen zu lassen, wäre sie fuchsteufelswild geworden.

»Marco ist Marco«, erklärte ihr Monica, »und Venedig ist Venedig. Es ist nicht Murano, *grazie a Dio*. Ich erwarte nichts von ihm, wenn er da drüben ist. Aber hier ...«, sie stampfte mit dem Fuß auf, »benimmt er sich.«

Die Marchesa Casati war so hingerissen von ihren schwarzen Gepardenkelchen, dass sie noch weitere bei Marco bestellte, und sie hatte genaue Vorstellungen von den Farben und Tieren: weiße Kelche mit Schwänen, blaue mit Fischen, gelbe mit Papageien und rote mit Schlangen. Sie und Marco hatten aus Spaß versucht, aus den absurd flachen Schalen der Gepardenkelche zu trinken, aber selbst die Marchesa sah ein, dass sie zu unpraktisch waren, deshalb fertigte Marco die Schwanenkelche mit tieferen Schalen. Als er zum Palazzo Venier dei Leoni fuhr, um sie zu übergeben – diesmal in einer mit schwarzem Samt ausgeschlagenen Elfenbeinschatulle –, rechneten Orsola und Monica nicht damit, dass er am gleichen Tag zurückkommen würde. Doch wenige Stunden später tauchte Marco wieder auf, mit intakter Kleidung, die Schatulle in der Hand und nüchtern. Wie sich herausgestellt hatte, war die Marchesa verschwunden. Nach Mailand, Berlin, London – niemand wusste wohin. Eine Ohrfeige von Monica war nicht nötig.

Als sich abzeichnete, dass die Marchesa nicht so bald zurückkommen würde – falls überhaupt –, stellte Marco die Schwanenkelche ins Schaufenster des Ladens, für die wenigen Touristen, die trotz des Krieges noch kamen. Zwei Tage später waren sie verkauft, wenn auch zu einem Bruchteil des Preises, den die Marchesa für die Gepardenkelche gezahlt hatte. Danach machte er die beiden Fischkelche, dann die mit den Schlangen und den Papageien, und auch sie standen kaum im Fenster, da waren sie schon verkauft. Es kamen Bestellungen für weitere

Kelche. Marco hatte endlich sein neues Markenzeichen gefunden. Seine Laune besserte sich; er pfiff bei der Arbeit, berührte Monica, während sie das Essen servierte, und neckte seine Nichten.

Orsola dachte an ihre Halskette, die in der Schatzkiste der Marchesa eingeschlossen war. Sie versuchte nicht, sie noch einmal anzufertigen.

Domenego und die Leute in seiner Gondel, denen er zuhörte, hatten recht: Italien kündigte den Dreibundvertrag, den es mit Deutschland und Österreich-Ungarn geschlossen hatte, trat in den Krieg ein und griff Österreich an. Orsola wusste nicht, was das für Italien im Allgemeinen und für Venedig, Murano und die Rossos im Besonderen bedeutete. Aber sie suchte Jonas auf. Solange Italien neutral geblieben war, hatten die Deutschen unbehelligt in Venedig leben und arbeiten dürfen. Würde sich das jetzt ändern?

Er saß wie immer an seinem Schreibtisch. Doch er wirkte erschöpft. Nachdem Orsola sich gesetzt hatte, erkundigte er sich nach der Familie, auch nach Raffaele, denn obwohl der Kaufmann Raffaeles Perlen nicht verkaufte, verfolgte er die Entwicklung seines Geschäfts. Neben dem Verkauf der Saatperlen ins Ausland hatte Jonas das Interesse an Orsolas und Rosellas handgearbeiteten Perlen wieder angefacht, und er erwog, auch Marcos Tierkelche in sein Angebot aufzunehmen. Schließlich geriet ihr Gespräch ins Stocken, und Orsola fiel es schwer, die Frage zu stellen, die sie hierhergeführt hatte, weil sie Angst vor der Antwort hatte.

»Sie sind hier, um zu erfahren, was ich tun werde, nun, da sich Italien im Krieg befindet«, sagte Jonas und lehnte sich wie sein einstiger Chef in seinem Sessel zurück, wenn auch nicht mit derselben Eleganz. »Alle fragen mich das.« Er hielt inne, die Hände auf dem Tisch, die Fingerkuppen aneinandergelegt. »Ich hatte gehofft«, fuhr er fort, »die Venezianer würden vernünftig genug sein zu begreifen, dass *ich* mich mit niemandem hier im Krieg befinde. Ich bin Geschäftsmann, kein Politiker oder Soldat. Meine Einstellung zum Krieg ist neutral. Ich möchte in Frieden leben und meinen Geschäften nachgehen. Die venezianischen Behörden sehen es genauso, es gibt bislang keine Forderungen, dass die Deutschen die Stadt verlassen müssen oder gar festgenommen werden sollen.«

Orsola schöpfte wieder Hoffnung – bis er weitersprach. »Doch in den wenigen Tagen, seit Italien in den Krieg eingetreten ist, bin ich in den Campos und auf den Straßen beschimpft, bespuckt und bedroht worden. Jeden Morgen müssen meine Dienstboten – diejenigen, die noch nicht gegangen sind – verrottetes Gemüse und Schlimmeres von meiner Haustür entfernen. Und die Situation wird nicht besser werden. Deshalb muss ich Ihnen leider mitteilen, Signora Orsola, dass ich mein Geschäft zum Ende des Monats schließen und nach Deutschland gehen werde.« Jonas saß ganz still da, nachdem er geendet hatte, aber er konnte ein leichtes Zittern seiner Lippen nicht verhindern.

Orsola bekreuzigte sich. »Das tut mir sehr leid, Signore. Auf Murano würde Ihnen so etwas nicht passieren, das versichere ich Ihnen. Sie und Signor Klingenberg haben den Rossos so viele Jahre geholfen, durch all die schweren Zeiten. Ihnen verdanken wir es, dass wir unser Geschäft behalten konnten. Was sollen wir jetzt tun?«

Jonas lächelte. »Haben Sie ein wenig Vertrauen in sich, Orsola. Sie brauchen mich nicht. Um ehrlich zu sein, brauchen Sie mich schon seit einer Weile nicht mehr. Kaufleute sind nicht mehr das, was sie einmal waren, wie auch Venedig nicht mehr das ist, was es einmal war. Damals, als die Stadt vom Handel lebte, waren wir unentbehrlich. Wir waren das Herz, das das Blut durch den Körper der Stadt pumpte. Jetzt ist der Fondaco dei Tedeschi ein Postamt. Dieses prächtige Gebäude, ein Postamt! Nun, auf ihre Weise ist die Post auch ein Handelssystem.« Er rang sich ein Lächeln ab. »Sie sollten sich damit vertraut machen, Orsola – vielleicht werden Sie und Ihr Bruder bald auf diesem Weg Ihre Waren an die Kunden schicken.« Er stand auf, ging zu einem Schrank in der Ecke, nahm einen ganzen Stapel Musterkarten von Orsolas Perlen heraus und legte sie vor sie auf den Schreibtisch. »Das sind Ihre. Ein Zeugnis Ihrer Geschichte. Ich finde, Sie sollten sie haben. Und das hier.« Er zog aus einem Regal ein dickes, in schwarzes Leder gebundenes Buch, das genauso aussah wie die vielen anderen, in die sie ihn im Lauf der Jahre hatte schreiben sehen. »Das Rosso-Buch«, sagte er und reichte es ihr. »Das wird für Sie sogar noch nützlicher sein. Die Einträge gehen zurück bis zum Vater Ihres Vaters. Herr Klingenberg hat sie mir hiergelassen, als er fortgegangen ist. Hinten stehen die Adressen all der Händler, an die Ihre Produkte verkauft worden sind. Ich schlage vor, Sie und Marco schreiben sie an und handeln direkt mit ihnen, ohne Mittelsmann.«

Für Orsola war es, als hielte sie eine Schatztruhe in den Händen. »Sind Sie sicher?«

Jonas nickte. »Sie werden Ihnen für die handgearbeiteten Perlen und Marcos Kelche von Nutzen sein«, sagte er. »Aber nicht für die Saatperlen. Mit Saatperlen ist es komplizierter. Dafür braucht es andere Versandformen, mit denen Sie sich nicht auskennen. Was das angeht, empfehle ich Ihnen, der Gesellschaft der Perlenindustrie beizutreten. Und darf ich Ihnen noch einen Rat geben?»

»Per favore.«

»Als Muraneserin stehen Sie Venedig sehr skeptisch gegenüber. Ich glaube, Sie sollten lernen, die Stadt ein wenig mehr zu schätzen. Wir hier sind nicht alle schlecht. Und die meisten Touristen bleiben lieber in der Serenissima, als Murano zu besuchen. Schon vor Jahren hat Herr Klingenberg Ihnen dazu geraten, in der Nähe von San Marco einen Laden zu eröffnen. Sie haben sich damals anders entschieden und sind meinem Rat gefolgt, in die Produktion von Saatperlen einzusteigen. Doch wenn Sie jetzt einen Laden hätten, würden Sie sicher einen Markt für Ihren Schmuck und Marcos Arbeiten finden. Denken Sie darüber nach, Orsola«, fügte er hinzu, als er ihre skeptische Miene sah. »Kehren Sie Venedig nicht den Rücken zu, weil Sie denken, es schaut auf Sie herab. Ganz im Gegenteil – wir bewundern Sie.«

»Aha«, erwiderte sie, »aber Sie sind kein Venezianer. Sie sind Deutscher.« Sie schwieg einen Moment. »Haben Sie keine Angst davor, auf der *terraferma* zu leben? Dort ist es so ... anders als hier.«

Jonas lächelte erneut. »Dieser Aspekt bereitet mir keine Sorgen. Das wird eher ein Abenteuer.«

Orsola saß über die Flamme gebeugt in ihrer Werkstatt, als Angela hereinstürzte. »Mamma, es ist was mit Nonna!«

Laura Rosso saß reglos im Innenhof, die Fädeldrähte in einer *sessola* mit gelben Perlen. In den Jahren, seit sie Raffaele an Luciana verloren hatte, hatte sie kaum noch gesprochen, und in letzter Zeit war sie auch langsamer geworden. Orsola zählte ihre Bündel Saatperlen bei der wöchentlichen Quote nicht mehr mit, was sie ihr natürlich nicht sagte. Aber sie ließ sie weitermachen, weil sie Laura nicht das Gefühl geben wollte, nutzlos zu sein.

Die Augen ihrer Mutter waren offen, aber sie schienen nichts zu sehen. Orsola kniete sich hin und drückte ihre faltigen, von knotigen Adern durchzogenen Hände. »Madre, was ist mit dir?«

Es schien, als hätte Laura Rosso ihre Tochter nicht gehört. Doch dann sah sie sie schließlich an. »Der Krieg. Die Wahl. Er muss herkommen.«

Orsola seufzte. Sie verstand sehr gut, was die rätselhaften

Worte ihrer Mutter bedeuteten. Dieses Gespräch über die Söhne fand wohl in jeder italienischen Familie statt, nun, da das Land in den Krieg eingetreten war. Sie blickte auf die Familienmitglieder, die sich um sie versammelt hatten: Marco und Giacomo und Stella, die unsicher neben ihrer Mutter standen; Monica und Rosella, die Arme umeinander gelegt in der Küchentür; Angela, die sich an Stefano klammerte. Marcolin, Sebastiano und Andrea standen in der Werkstatttür und wussten nicht, wohin mit ihren Händen. Nur ein junger Mann fehlte.

»Stella, geh und hol ihn«, befahl Orsola.

Ihre Schwester nickte und lief hinaus. Sie würde Bruno bitten, sie mit seinem Motorboot, das er sich anstelle seiner überflüssig gewordenen Gondel angeschafft hatte, nach Venedig zu bringen.

Als Raffaele kam, kniete er sich vor seine Großmutter und nahm ihre Hände, wie Orsola es zuvor getan hatte.

»Du ziehst nicht in den Krieg«, erklärte Laura Rosso.

Raffaele verzog das Gesicht, ein klares Zeichen, dass er daran gedacht hatte, sich freiwillig zu melden. »*Ma no*, Nonna …« Er beendete den Satz nicht.

»Jede Familie muss einen Sohn schicken«, fuhr Laura, die offenbar ihre Stimme wiedergefunden hatte, fort. »Aber du darfst es nicht sein. Du hast drei Kinder zu ernähren. Und habe ich dir auf Lazzaretto Vecchio etwa das Leben gerettet, nur damit du zur Zielscheibe für die österreichischen *patate* wirst?«

Die Familie schwieg. Diese Entscheidung musste in allen italienischen Haushalten getroffen werden, und es gab nie eine einfache Lösung. Wie wählte man aus, welcher Sohn den Österreichern geopfert werden sollte?

Mit seinem verkrüppelten Fuß konnte Andrea kein Soldat werden. Und Marcolin wagte sich kaum auf die Straße vor dem Haus.

Sebastiano räusperte sich. »Ich gehe. *Va bene*, Nonna?«

Giacomo stieß einen unterdrückten Schrei aus.

Dass Sebastiano dies sagte, war im Grunde so vorhersehbar wie die Tatsache, dass Marco sich betrank, Marcolin zusammenzuckte und Angela weinte. Im Vergleich zu seinem Cousin Raffaele schnitt Sebastiano in jeder Hinsicht schlechter ab: Er war weniger stark, weniger gutaussehend, weniger geschickt im Umgang mit Glas, weniger witzig, weniger charmant. Er war einfach er selbst, und dafür konnte er nichts. Das sollte nicht dazu führen, dass die Familie ihn auswählte, um in einem Krieg zu kämpfen, den niemand verstand, doch das Ganze war so unausweichlich, dass er es von sich aus sagte, und niemand widersprach ihm, nicht einmal sein Vater.

Laura Rosso sah ihren am wenigsten geliebten Enkel lange an, dann nickte sie. »*Che Dio ti tegna.*«

Sebastiano nickte ebenfalls und schluckte. Plötzlich wirkte er sehr jung und schutzlos.

Marcolin, Andrea und ihr Vater blickten zu Boden. Allen war klar, dass die beiden Söhne nicht als Soldaten infrage kamen, aber sie hatten sich nicht angeboten, nicht einmal in dem Wissen, dass ihr Angebot abgelehnt worden wäre.

Laura Rosso blickte in die Runde und lächelte, was nur selten vorkam. Sie berührte Raffaeles Wange und strich ihm über das Haar. Dann sank sie gegen die Stuhllehne und schloss zum letzten Mal die Augen.

Der Friedhof von Murano war schon vor langer Zeit von San Matteo nach Santa Maria degli Angeli verlegt worden. Er befand sich jetzt dort, wo Orsola früher die Wäsche zum Trocknen ausgebreitet hatte. Lorenzo Rosso war exhumiert und in eine neue Grabstelle verlegt worden, wo seine Frau nun ebenfalls ihre letzte Ruhe fand.

Nach der Beerdigung versammelten sich Angehörige, Nachbarn und Vertreter sämtlicher Glasfamilien im Haus, um bei

Speisen und Getränken und zahlreichen Anekdoten Laura Rossos zu gedenken. Orsola war gerade dabei, Schalen mit Trockenfrüchten und *bussolai* – dem Lieblingsgebäck ihrer Mutter – auf den Tischen zu verteilen, als eines der Nachbarskinder sie am Ärmel zupfte. Sie spielten draußen auf der Straße, denn selbst bei einem traurigen Anlass können Kinder nicht lange ernst bleiben, und bei der Messe hatten sie schon die ganze Zeit stillsitzen müssen. »Da ist jemand für Sie«, sagte der Junge.

»Wer denn?«

Er zuckte die Achseln. »Die Venezianerin. Sie wartet vor dem Haus.« Bevor sie weiter nachfragen konnte, lief er davon.

Es dauerte eine Weile, bis Orsola auf die Straße trat, weil sie bei jedem Schritt aufgehalten wurde: von einer weinenden Cousine, einem lachenden Nachbarn, einem Maestro, der nicht nur ihre Mutter gekannt hatte, sondern auch ihren Vater, und dem betrunkenen Bruno, der verkündete, Laura Rosso sei die beste Mutter der Welt gewesen.

Luciana lehnte draußen an der Mauer. Sie war von Venedig herübergekommen, um Raffaele zur Messe und zur Beisetzung zu begleiten, hatte sich aber vom Leichenschmaus ferngehalten, weil sie wusste, dass sie dort nicht willkommen war. In der Kirche Santi Maria e Donato hatte sie den Kopf hochgehalten und alle Blicke der Rossos mit ihrem Starren abgeschmettert, aber ihr war klar, dass es hinter geschlossenen Türen anders sein würde. Obwohl Luciana jetzt älter war, Ehefrau, dreifache Mutter und Geschäftsführerin, war sie immer noch alles andere als umgänglich und sehr selbstbewusst.

Orsola verschränkte die Arme. »Was willst du? Jetzt ist kein guter Zeitpunkt. *Ovviamente.*«

Luciana wechselte von einem Bein auf das andere. »Wofür?«

»Für Geschäftliches. Deshalb bist du doch hier, oder nicht?«

Luciana nickte. »Ich will dir einen Vorschlag machen.«

Orsola hätte am liebsten auf dem Absatz kehrtgemacht und

wäre wieder hineingegangen, aber um Raffaeles und seiner Kinder willen blieb sie. Auch wenn es ihr nicht passte, Luciana gehörte zur Familie.

»Wir tun uns zusammen. Raffaele hilft euch mit seinen Fähigkeiten, und ihr gebt mir Rosella und Angela für die Kränze. Wir kümmern uns zusammen um die Perlen, und Marco bringt Raffaele alles bei, was er braucht, um Maestro zu werden. Er macht doch wieder Kelche, oder?«

Luciana war also noch nicht zufrieden mit ihrem Platz in der Welt. Sie war ehrgeizig, sie wollte mehr. Sie wollte den Pelzmantel der Frau eines Maestro tragen.

»Marcolin wird Maestro«, erwiderte Orsola. »Er ist der Älteste und bereits Geselle.«

Luciana warf ihr einen vielsagenden Blick zu, und Orsola fragte sich, woher sie ihre Informationen hatte. Denn Marcolin war nicht versessen darauf, Maestro zu werden. Er war der lustloseste *servente*, den sie je gehabt hatten. Er hatte kein Interesse daran, Marcos kunstvolle Kelche anzufertigen oder die *prova* abzulegen. Seine Stärke lag eher darin, Perlen zu sortieren, als sie herzustellen.

»Jetzt, wo eure Mutter nicht mehr da ist …«

Orsola bekreuzigte sich, und nach kurzem Zögern tat Luciana es ihr gleich.

»Jetzt, wo sie nicht mehr da ist, gibt es keinen Grund mehr, warum wir unsere Geschäfte nicht zusammenlegen sollten. Rosso e Rosso. Ich weiß, dass sie mich nicht mochte, aber sie hätte gewollt, dass die Familie sich wieder vereint. Außerdem braucht ihr ohne euren deutschen Händler jemanden, der die Perlen für euch verkauft. Als Mitglied der Gesellschaft der Perlenindustrie können wir das übernehmen.«

Sie hatte offensichtlich ihre Hausaufgaben gemacht.

»Und ihr würdet hierherziehen?«, fragte Orsola mit einer gewissen Schärfe.

»Warum sollten wir das tun?«

»Weil das Geschäft hier ist. Unser Zuhause. Die Rossos leben seit Hunderten von Jahren hier. Wir werden ganz bestimmt nicht nach Venedig ziehen.«

»Raffaele und Francesca fühlen sich dort sehr wohl. Wohler als hier. Es ist mehr los in Venedig.«

Orsola runzelte die Stirn, und Luciana änderte ihre Taktik. »Niemand muss umziehen. Wir können alle bleiben, wo wir sind. Raffaele kann jeden Tag hierherkommen, und Angela und Rosella können zu mir kommen.«

Orsola sah sie so entsetzt an, dass Luciana lachen musste. »*Ecco*, es ist nur eine Viertelstunde mit dem Vaporetto. Sie müssen nicht zur *terraferma*. Du solltest ein bisschen offener werden, was Venedig angeht.« Sie drückte es zwar anders aus, sagte im Grunde aber dasselbe wie Jonas.

Orsola zog ihr Tuch fester um die Schultern. »Nicht so forsch, junge Dame. Ich lasse mir von niemandem vorschreiben, was ich tun oder lassen soll.«

»Denk einfach darüber nach.« Luciana machte auf dem Absatz kehrt und ging mit schwingendem Rock davon.

Orsola stand da und vermisste ihre Mutter. Laura Rosso hätte eine klare Meinung dazu gehabt.

»Ich würde ihr am liebsten eine verpassen.« Stella stand hinter ihr in der Tür und kaute an ihrem Daumennagel. »Sie wird den Laden übernehmen.«

Sebastiano fiel im Kampf in den Bergen, die die Rossos an klaren Tagen von Murano aus sehen konnten. Orsola wusste nicht, dass er dort war, als sie auf der Riva di San Matteo saß und die Berge betrachtete. Er starb bei einer der Schlachten am Isonzo, nördlich von Triest. Vier Monate vergingen, bis die Rossos von seinem Tod erfuhren. Es gab keinen Leichnam, den sie auf dem Friedhof von Murano beerdigen konnten.

Mittlerweile lief die Firma Rosso e Rosso gut; sie exportierte genauso viele Perlen wie früher über Jonas, musste aber nicht mehr sein Honorar zahlen, sondern nur noch die niedrigere Gebühr der Gesellschaft für die Perlenindustrie. Angela fuhr, manchmal zusammen mit Rosella, jeden Tag zu Luciana und Francesca nach Cannaregio, um Kränze aus Perlen anzufertigen, und wegen der vielen Gefallenen stieg die Nachfrage stetig.

Luciana und Raffaele arbeiteten Giacomo, Marcolin und Andrea in ihre Abläufe ein, und für alle anderen offenen Positionen gab es genug Verwandte von Lucianas Seite. Sie kauften sogar ein Motorboot, um die Arbeiter zwischen Venedig und Murano hin und her fahren zu können.

Es funktionierte, das musste Orsola zugeben. Jeder hatte seinen Platz im Perlengeschäft – außer ihr und Marco.

Eines Abends ging sie zum Omo Salvadego, wo ihr Bruder seinen Wein trank, früh genug, dass er ein wenig angeheitert, aber noch nicht betrunken war. Er saß mit zwei anderen Glasmachern zusammen und lachte über etwas, das einer von ihnen gesagt hatte. Er wirkte sehr gelöst, was sie bei ihm nur selten erlebte. Als Marco sie erblickte, hörte er auf zu lachen, aber er runzelte nicht die Stirn, wie er es in ihrer Gegenwart sonst häufig tat. Die beiden anderen Glasmacher nickten ihr zu, standen auf und entfernten sich, um Bruder und Schwester nicht zu stören. Frauen kamen nur selten in das Wirtshaus, aber sie war alt und erfahren genug, um mit Respekt behandelt zu werden.

Marco bedeutete dem Wirt, ihr ein Glas Wein zu bringen. »Welch seltener Besuch. Was willst du?« Er hob den Zeigefinger. »Lass mich raten – Luciana.«

Bisweilen war er recht scharfsinnig. »*Sì*. Sie ist dabei …« Orsola wusste nicht, wie sie es beschreiben sollte.

»Das Ruder zu übernehmen. Ich weiß.« Marco schwieg einen Moment und leerte sein Glas in einem Zug. »Lass sie.«

Orsola starrte ihn an. Es schien ihm nichts auszumachen, dass Luciana zwei seiner Kinder fortgelockt hatte.

»*Ecco*, sie kennt sich mit Perlen aus, sie ist erfolgreich damit«, fuhr er fort. »Viel erfolgreicher, als wir es je waren. Sie hat eine große Familie ...«, sie waren jetzt zu siebt, da Luciana einige Monate zuvor Zwillinge bekommen hatte, »und sie will ein entsprechend großes Unternehmen haben. Warum auch nicht?«

»Warum nicht? Weil sie keine Rosso ist!«

»Madre war auch keine Rosso, aber sie ist zu einer geworden. Und zu was für einer! Ich habe nichts dagegen, wenn die venezianische Gewittermiene das Perlengeschäft übernehmen will. Dann haben wir beide endlich nichts mehr mit diesen *escrementi di topo* zu tun.«

Sie wartete darauf, dass er noch etwas über die *escrementi di coniglio* hinzufügte, aber er war guter Laune und unterließ es.

Der Wirt brachte den Wein, und Orsola nahm einen Schluck, während sie versuchte, den Gedanken ihres Bruders zu folgen. Sie war es nicht gewohnt, dass er ihr zu einer Veränderung riet; für gewöhnlich war es andersherum. Es stimmte, dass sie und Marco jetzt mehr Zeit hatten, das zu machen, was sie wollten: Orsola ihre Lampenperlen, manchmal mit Rosella zusammen, wenn sie Zeit hatte, und Marco seine Tierkelche, mit Raffaeles Hilfe. Wie Luciana es verlangt hatte, war Marcolin von der Ausbildung zum Maestro zurückgetreten und hatte seinen Platz seinem Bruder überlassen. Er schien erleichtert zu sein, dass er nur noch Perlen sortieren musste.

Raffaele fuhr zwischen Venedig und Murano hin und her, ohne sich je zu beschweren, aber vor einer Weile hatte Orsola ihn dabei überrascht, wie er Giacomos Zimmer musterte.

»Sie wollen hierherziehen«, sagte sie jetzt zu Marco. »Ich spüre es. Sie wollen nicht nur das Geschäft übernehmen, sondern auch das Haus!«

Marco wirkte nicht überrascht. »Das wäre vernünftig. Mit den Kindern ist es in Cannaregio sehr beengt. Hier ist mehr Platz, und sie müssten nicht ständig hin und her fahren.«

Orsola sah ihren Bruder scharf an. »Wieso bist du auf einmal so verständnisvoll? Hat Raffaele dich bearbeitet? Wahrscheinlich habt ihr das alles schon unter euch geregelt, und du hättest es mir erst an dem Tag gesagt, wenn sie einziehen.« Sie hatte sich in ihre Empörung hineingesteigert und knallte das Glas so heftig auf den Tisch, dass der Stiel abbrach.

Er lachte. »Eine wahre Rosso! *Ecco*, Raffaele hat niemanden bearbeitet. Aber ich bin nicht blind.«

Drei Monate später waren Raffaele und Luciana mit ihren Kindern in das Rosso-Haus auf Murano gezogen, und plötzlich gab es dort wieder kleine Kinder, Wäscheberge und viele hungrige Mäuler, sodass Monica den ganzen Tag in der Küche stand, denn Luciana war keine Köchin.

Raffaele bat seinen Onkel, ihm und Luciana sein Zimmer zu überlassen, und natürlich konnte Giacomo es ihnen nicht verwehren. Stella war gezwungen, ihr Zimmer nicht nur mit Rosella zu teilen, sondern auch noch mit einer Großnichte. »Nur bis wir anbauen«, sagte Luciana zu Orsolas Überraschung. Bisher hatte sie nichts von solchen Bauplänen gewusst.

Die Kinder störten Orsola nicht, im Gegenteil, es freute sie, wieder welche um sich zu haben, nachdem ihre Tochter und ihre Nichten und Neffen erwachsen geworden waren. Auch der Lärm und das Durcheinander störten sie nicht. Und die Wäsche übernahm jetzt eine Waschmaschine. Was sie störte, war, dass Luciana die Führung des Haushalts übernahm. Laura Rosso war nicht mehr da, um sie in die Schranken zu verweisen. Marco kümmerte es nicht, solange er sein Glas machen konnte. Monica verdrehte die Augen, wollte aber keinen Streit anfangen. Giacomo sah es vermutlich so wie seine Schwester, aber er hatte sich nach dem Tod seines Sohnes ganz in sich zurückgezogen und behielt seine Gedanken für sich.

Nur Stella beschwerte sich. Eines Tages kam sie wütend in die Werkstatt gestürmt, als Orsola gerade eine Perle in der Flamme drehte. »Diese Luciana hat sich in unserem Haus eingenistet wie eine Wespe in einem Apfel«, schimpfte sie. »Und sie wird uns alle stechen. Aber ich lasse mich von ihr nicht herumkommandieren. Sie ist nicht unsere Mutter, und sie ist nicht meine große Schwester. Ich bin älter als sie!«

»Was hat sie jetzt wieder gemacht?«

»Sie wollte mir erklären, wie man Bettlaken bügelt. Ich halte das nicht mehr aus.«

Orsola schmunzelte. Stella hatte noch nie mit einem Bügeleisen umgehen können. Und sie hatte auch, schon bevor Luciana gekommen war, keinen richtigen Platz im Haushalt gefunden. Sie interessierte sich nicht für Glas oder das Geschäft, mit ihrer brüsken Art vertrieb sie potenzielle Kunden, und sie hasste alles, was mit Kochen, Putzen und Waschen zu tun hatte. Mit ihren dreißig Jahren war sie zu alt zum Heiraten, und Orsola hatte auch nie irgendwelche Gerüchte gehört, dass ihre Schwester mit einem Mann zusammen gesehen worden war. Die wenigen Freunde, die sie hatte, waren etwas eigenartig: eine achtzigjährige Nonne, ein stummer Seilmacher und ein weinseliger Pfarrer. Sie half hier und da aus, verpackte Glaswaren für den Versand oder erledigte Botengänge. Oft verschwand sie den ganzen Tag über, und die Familie hatte längst aufgehört zu fragen, wo sie gewesen war. Nun fand Orsola es heraus.

»Ich werde an der Front helfen«, verkündete Stella. »Ich werde Krankenschwester.«

»Was?« Orsola fiel der Dorn mit der Perle aus der Hand. »Du warst bislang noch nicht mal auf der *terraferma!*«

»Natürlich war ich da.«

»Wann denn?«

»Schon viele Male. Ich war in Mestre und in Marghera. Einmal bin ich mit der Kanalfähre sogar bis nach Padua gefahren. Und ihr habt nicht mal gemerkt, dass ich weg war!«

»Aber das ist gefährlich, und du hast keine Ahnung vom Krieg und vom Kämpfen.«

»Krankenschwestern kämpfen doch nicht, du Dumme. Ich bleibe weit hinter der Front, mir passiert nichts.«

Orsola lehnte sich zurück. »Du liebst die Menschen nicht genug, um sie zu pflegen.« Es war hart, aber die Wahrheit.

Stella schüttelte den Kopf. »Du musst die Menschen nicht lieben, um sie zu pflegen.«

»Woher weißt du das alles?«

»Ich habe ein paar Schwestern – Italienerinnen – kennengelernt, die auf Fronturlaub waren. Sie haben mir davon erzählt und mir gesagt, was ich tun muss, um mitzumachen.«

»Aber …«

»Ich diskutiere mit dir nicht darüber, Orsola. Ich sage dir, was ich vorhabe. Ich bitte dich nicht um Erlaubnis.« Stella schwieg einen Moment. »Ich will etwas Sinnvolles mit meinem Leben anfangen, nicht Windeln waschen, Glas verpacken und mich von einer Wespe herumkommandieren lassen.«

Orsola betrachtete ihre Schwester. Unter all der Kühnheit, unter all der Gleichgültigkeit gegenüber ihrer Familie, dem Glas und Murano war sie eine Frau mit einem Schmerz – einem Schmerz, den sie schon als kleines Kind in sich getragen hatte, seit sie während der Pest fern von ihrer Mutter und ihrer Schwester eingesperrt gewesen war.

Gott sei Dank habe ich meine Perlen, dachte Orsola. Und Angela. Und Stefano. Gott sei Dank habe ich Menschen und Dinge, die mir am Herzen liegen.

»Hast du es Marcolin gesagt?«, fragte sie. Der Einzige, zu dem Stella eine gewisse Bindung zu haben schien, war ihr Neffe, der das Schicksal der Quarantäne mit ihr geteilt hatte.

Stella verzog das Gesicht. »Noch nicht. Aber das hole ich nach. Er wird es verstehen. Das Perlensortieren hat ihm Halt gegeben.«

Das stimmte. Marcolin hatte immer unter dem Druck gelitten, den die Arbeit mit dem Glas mit sich brachte, und unter den Erwartungen seines Vaters, der aus ihm einen Maestro machen wollte. Er arbeitete nicht gerne mit anderen zusammen und zog die tröstliche Monotonie des Perlensortierens vor. Er erspähte sofort die ungleichmäßigen oder angeschlagenen Exemplare und die mit einem zu engen oder fehlenden Loch und konnte den *impiraresse* so säckeweise makellose Perlen zum Auffädeln überreichen. Die Perlen von Rosso e Rosso waren berühmt für ihre Ebenmäßigkeit und hohe Qualität, und das verdankten sie nicht zuletzt Marcolins geübtem Blick.

Auch er hatte nie geheiratet. Im Gegensatz zu Stella blieb er jedoch zu Hause und verließ kaum je die Straße oder gar Murano. Er war nur ein einziges Mal in Venedig gewesen, mit fünfzehn, als Marco darauf bestanden hatte, dass er mit der Familie zum Redentore kommen sollte, dem alljährlichen Fest, mit dem das Ende der Pest gefeiert wurde. Auf halbem Weg über die Brücke aus Booten, die von San Marco über die Lagune zur Redentorekirche auf Giudecca führte, hatte Marcolin Panik bekommen, sich in eines der Boote gesetzt und damit den Pilgern, die hinübergehen wollten, den Weg versperrt. Orsola hatte ein *sandolo* herbeiwinken müssen, damit es ihn zurück ans Ufer brachte; Stella war mitgefahren, um ihn zu beruhigen.

Trotz all ihrer Unterschiede waren sich Marcolin und Stella nahe, verbunden durch die gemeinsamen Erlebnisse während der Quarantäne, obwohl sie, soweit Orsola wusste, nie darüber sprachen. Wenn ihn etwas aus dem Gleichgewicht brachte – Marco, der ihn anbrüllte, seine Nichten und Neffen, die ihn ärgerten, Luciana, die wegen etwas, das er getan oder unterlassen hatte, die Augen verdrehte –, war es Stellas tröstend um seine Schultern gelegter Arm, der ihn beruhigte.

»Was soll er ohne dich tun?«, fragte Orsola.

Stella blies die Backen auf. »Ich kann nicht mein ganzes Leben lang auf ihn aufpassen. Ich hätte schon vor Jahren fortgehen sollen.«

Orsola holte zitternd Luft. Sie versuchte die aufsteigenden Tränen zu unterdrücken. »Was ist bloß mit dieser Familie los? Padre, Madre, Nonna, Nicoletta, Sebastiano – alle tot. Isabella verschwunden, Francesca mit einem Venezianer verheiratet. Raffaele mit der Wespe. Und jetzt gehst du auch noch weg und …« Sie konnte nicht weitersprechen. Und kommst nicht mehr zurück, dachte sie. Du wirst auf der *terraferma*, wo alles anders ist als hier, verloren gehen, und ich werde dich nie wiedersehen. Wie Antonio. »Die Familie Rosso fällt auseinander.«

»Nein, das tut sie nicht, sie verändert sich nur. Das tun Familien nun mal. Und du hast immer noch Angela. Sie wird heiraten und in der Nähe bleiben. Sie liebt Stefano von ganzem Herzen, im Gegensatz zu dir. Und dann ist da *ovviamente* noch Rosella. Mit dem Auffädeln vergeudet sie ihr Talent. Wann macht ihr zwei ein Geschäft auf? Rosso e Rosella.«

Vielleicht musste es mal jemand laut aussprechen. Rosso e Rosella – das weibliche Gegenstück zu Rosso e Rosso.

»Das wird ihrem Verlobten nicht gefallen«, wandte Orsola ein. Rosella war bei der Wahl ihres Zukünftigen sehr wählerisch gewesen, aber nun sollte sie in ein paar Monaten den Sohn einer anderen Glasmacherfamilie heiraten und ausziehen.

Stella schnaubte und machte eine wegwerfende Handbewegung. »Rosella ist genauso zäh wie ihre Mutter. Die wird sich von einem Ehemann nicht abhalten lassen. Und warum sollte er sie daran hindern, wenn es Geld einbringt?«

»Mag sein.« Orsola betrachtete die Glasstäbe, die neben ihr

aufgereiht lagen. Rosella verglich sie immer mit bunten Zuckerstangen.

»Ich habe zwei Vorschläge«, sagte Stella. »Erstens – eröffnet zusammen einen Laden, und zwar in Venedig. Da sind viel mehr Touristen, vor allem in der Gegend um den Rialto und San Marco. Dort könnt ihr eure Perlen und Seepferdchen und alles Mögliche andere verkaufen. Sogar Marcos Kelche, wenn ihr wollt.«

»Das haben Jonas und Signor Klingenberg auch schon gesagt. Und zweitens?«

»Du ziehst mit Stefano aus.«

Orsola wollte protestieren, doch ihre Schwester kam ihr zuvor. »Willst du wirklich mit Luciana unter einem Dach leben, die alle herumkommandiert? Mit ihren Kindern, die keiner bändigen kann? Die Dinge ändern sich, Orsola. Familienmitglieder können auch eigene Wege gehen.«

Nachdem Stella es Orsola gesagt hatte, begann sie umgehend, ihre Abreise zu planen, allerdings informierte sie den Rest der Familie erst am Abend, bevor sie aufbrach. Bei Einbruch der Dämmerung unternahm sie mit Marcolin einen Spaziergang um die Insel, etwas, das er nur mit ihr wagte. Als sie zurückkamen, war sein Gesicht gerötet, und er verschwand sofort im Hinterzimmer, wo er die Perlen sortierte. Zum Essen erschien er nicht. »Ich werde ihm jede Woche schreiben«, flüsterte Stella Orsola zu. »Das habe ich ihm versprochen.« Doch sie wussten beide, dass Briefe kein Ersatz für ihre Gegenwart waren und vielleicht nicht einmal ankommen würden.

Als Stella es den anderen sagte, waren die Reaktionen typisch. Marco brüllte, das käme überhaupt nicht infrage, wobei sein Zorn eher dem Versuch entsprang, seine Autorität unter Beweis zu stellen, als einer aufrichtigen Sorge um seine Schwester. Giacomo zog eine kummervolle Miene, weil wieder ein Familienmitglied verschwand. Monica nickte nur. Es hatte sie seit jeher geärgert, dass Stella kam und ging, wie es ihr gefiel, und nicht im Haushalt half. Stefano schwieg. Raffaele wirkte peinlich berührt, weil seine Tante sich an den Kriegsanstrengungen beteiligte, er jedoch nicht. Luciana war sichtlich erleichtert, dass sie nicht länger mit jemandem unter einem Dach leben musste, der sie nicht leiden konnte und das auch zeigte. Rosella ging zu Stella und umarmte sie, und Stella ließ es zu. Angela weinte, weil sie bei jeder großen Veränderung weinte. Doch außer Marcolin war niemand wirklich traurig, denn Stella hatte sich nie richtig in die Familie gefügt. Vielleicht würde die *terraferma* besser zu ihr passen.

Sie würde den Zug von Venedig nach Triest nehmen – das erste Mitglied der Familie Rosso, das mit der Eisenbahn fuhr. Sie wollte aber nicht, dass Marco oder Giacomo sie mit dem Motorboot zum Bahnhof brachte; sie würde ein Vaporetto nehmen. Doch Orsola konnte die Vorstellung nicht ertragen, dass ihre tapfere und wagemutige Schwester einfach so verschwand; sie wollte wenigstens den ersten Teil der Reise so gestalten, dass er ihr in Erinnerung blieb. Sie schickte eine Nachricht, und am nächsten Morgen tauchte Domenego aus dem dichten Nebel auf, der sich über Nacht gebildet hatte, um Orsola und Stella zum Bahnhof zu rudern. Eine Gondel erschien ihr würdevoller und venezianischer.

Er und Orsola warteten am Anleger hinter der Werkstatt, und während Stella sich von der Familie verabschiedete, beugte er sich vor und gab Orsola einen neuen Delfin, diesmal aus hellgrünem Opakglas. Sie schloss die Hand darum, so fest, dass die scharfen Kanten der Schwanz- und Rückenflosse sich in ihr Fleisch gruben. Er war ein wenig größer als die anderen, aber die Delfine hatten sich im Lauf der Jahre immer wieder ein wenig verändert, wie ihre Perlen auch. Bevor sie dem Gondoliere danken konnte, tauchte Stella auf, gefolgt vom Rest der

Familie. Sie trug einen grünen Filzhut und einen langen grauen Wollmantel, der von der Taille abwärts ausgestellt war und eine doppelte Reihe aus großen schwarzen Knöpfen hatte. Es war das erste Mal überhaupt, dass sie elegant aussah.

Stella reichte Domenego ihre Tasche, dann nahm sie seine Hand und stieg in die Gondel. Sie war jetzt dreißig Jahre alt. Dafür, dass sie im Begriff stand, ein neues Leben zu beginnen, hatte sie nicht viel bei sich. Sie weinte nicht – das überließ sie Angela, die schluchzend zwischen den anderen auf dem Anleger stand –, aber sie sah ernst aus. *»Andiamo, mio Dio«*, murmelte sie. »Ich ertrage keine rührseligen Abschiede.« Sie winkte den Rossos noch einmal zu, während sie und Orsola im Februarnebel davonglitten. Sie schien nach Marcolin Ausschau zu halten, aber er war nicht aus seinem Sortierraum gekommen.

Auf halbem Weg über die Lagune fragte sie: »Was hat Domenego dir gegeben?«

»Domenego? Nichts. Wie kommst du darauf?«

Stella schüttelte den Kopf. »Du bist eine schlechte Lügnerin. Er hat dir etwas gegeben, während ich mich verabschiedet habe. Zeig's mir.«

Orsola holte den grünen Delfin aus ihrer Tasche und gab ihn ihrer Schwester.

Stella betrachtete ihn im trüben Licht. »Die bekommst du immer noch, nach all den Jahren?«

»Sì.«

»Seltsam. Woher kommen sie?«

»Aus Prag«, antwortete Orsola, ohne nachzudenken, und bereute es sofort, als Stella die Augenbrauen hob.

»Hast du nie daran gedacht, dorthin zu gehen?«

»Wozu? Ich weiß doch gar nicht, was mich da erwartet. Außerdem wäre es Stefano gegenüber nicht recht.«

»Stefano, der langweiligste Ehemann der Welt.«

Orsola meinte vom Heck der Gondel ein belustigtes Schnauben zu hören, doch als sie sich umdrehte, war Domenegos Miene so undurchdringlich wie der dichte Nebel um sie her. Venedig war nicht mehr weit, aber noch nicht zu sehen.

»Sag das nicht«, entgegnete Orsola. »Er ist immer gut zu mir gewesen. Besser als ich zu ihm.« Zu ihrem Entsetzen merkte sie, wie ihr die Tränen kamen.

»Ich finde, du solltest tun oder lassen können, was du willst«, meinte Stella.

»*Ecco*, ich bin nicht wie du. Niemand von uns ist so wie du.«

»Nein. Du bist an die Familie und an Murano gekettet.«

»Ich bin der Familie und Murano *treu*. Wie die meisten Menschen dort. Und ich fürchte mich vor dem, was auf der *terraferma* passiert. Du nicht?«

Stella lehnte sich achselzuckend zurück und betrachtete die hohen Gebäude am Ufer von Cannaregio, die aus dem Nebel auftauchten, sandfarben, ocker und rosa, mit ihren Bogenfenstern und Balkonen, stets zum Wasser ausgerichtet – dem allgegenwärtigen Wasser. »Das alles werde ich nicht vermissen«, sagte sie.

O doch, das wirst du, dachte Orsola, die sich noch gut an den Tag erinnerte, als sie in Mestre umhergelaufen war, wo sie ständig den Pferden ausweichen musste und sich nach dem Wasser gesehnt hatte. Das Wasser lag den Muranesern und Venezianern im Blut, selbst so kaltblütigen Menschen wie ihrer Schwester. Und obwohl Orsola keine anderen Städte kannte, hatte sie oft genug gehört, wie die Touristen von Venedigs Schönheit schwärmten, um zu wissen, dass die Stadt Stella fehlen würde – vielleicht nicht sofort, aber nach einer Weile.

Am Bahnhof, als sie neben dem riesigen, zischenden Ungetüm standen, das Stella entführen würde, umarmte Orsola ihre Schwester fest. Sie fürchtete nicht so sehr, dass Stella im Krieg sterben könnte; ihre Schwester konnte gut auf sich aufpassen, und sie würde ja nicht kämpfen wie Sebastiano. Aber sie spürte, dass Stella sich endgültig von Murano und Venedig abwandte. Sobald sie auf dem Festland war, wäre ihre Verbindung zu diesem einzigartigen Ort gekappt. Dennoch bemühte sich Orsola, ihren Kummer nicht zu zeigen, denn Stella war voll aufgeregter Freude und konnte es kaum erwarten, in den Zug zu steigen und ihr neues Leben zu beginnen. Orsola sah zu, wie die Lokomotive Dampfschwaden ausstoßend und immer schneller schnaufend aus dem Bahnhof und über die Brücke fuhr, an deren Bau Raffaele eine Weile mitgearbeitet hatte. Erst dann ließ sie ihren Tränen freien Lauf.

Die Situation in Venedig blieb unverändert. Alles wartete darauf, dass der Krieg endete und die Touristen zurückkämen. Und dann endete er, und sie kamen zurück.

Eines Tages, mehrere Monate nach dem Waffenstillstand, stellten sich Monica und Rosella vor Orsola hin, die eine nervös, die andere aufgeregt. »Wir fahren jetzt mit dir nach Venedig«, verkündete Monica.

»Es ist eine Überraschung«, fügte Rosella hinzu.

Orsola starrte die beiden erstaunt an. Monica fuhr nie nach Venedig. Aber sie verkniff sich ihre Fragen; sie wollte ihnen nicht den Spaß verderben.

Sie nahmen ein Vaporetto bis zur Fondamenta Nove und gingen von da aus Richtung Süden, am Rialto vorbei, über den Campo Sant'Angelo und den Campo Santo Stefano. Dann bogen sie nach Osten ab und schlossen sich einem Strom ausländischer Touristen an, die der Piazza San Marco zustrebten. So weit gingen die drei Frauen jedoch nicht, sondern blieben vor einem kleinen Laden stehen, der zwischen einer Bäckerei und einem Spiegelgeschäft lag.

»Hier könnten wir Rosso e Rosella aufmachen«, erklärte Rosella.

»Aha«, sagte Orsola. »Stella hat dir von ihrer Idee erzählt.«

»*Sì*. Und sie erinnert mich in jedem ihrer Briefe wieder daran. Ich habe die ganze Zeit Ausschau nach einem passenden Laden gehalten. Und dann habe ich den hier entdeckt. Die Lage ist perfekt, hier kommen jede Menge Besucher auf dem Weg von der Accademia zu San Marco vorbei.«

Orsola spähte durch das schmutzige Schaufenster. Der Raum dahinter war dunkel und leer, abgesehen von ein paar zerbrochenen Holzkisten.

»Es war ein Papiergeschäft«, fuhr Rosella fort. »Der Besitzer ist gestorben, und seine Söhne wollten nicht weitermachen. Drinnen ist es trocken, kein modriger Geruch oder so.«

»Du warst schon drinnen?«

»Der Vermieter hat es mir gezeigt. Er kommt gleich mit dem Schlüssel, damit wir uns umschauen können.«

»Es ist dunkel. Wie sollen die Kunden da etwas sehen?«

»Mit Strom.«

Ich bin zu alt für all diese Neuerungen, dachte Orsola. Eisenbahnen und elektrisches Licht, Motorboote und Frauen, die allein zum Arbeiten in ferne Länder ziehen. Wie sie es vermutet hatte, war Stella nach Kriegsende nicht zurückgekommen, sondern nach London gegangen. Immerhin gab es auch ein paar Neuerungen, die ihr gefielen. Orsola verwendete keinen Talg mehr zum Perlenmachen, sondern Gas. Es brannte heißer und gleichmäßiger und stank nicht.

Rosella schien ihre Gedanken lesen zu können. »*Ecco*, wir könnten hier am Fenster sitzen und über der Flamme arbeiten, damit die Leute zusehen können«, schlug sie vor. »Das wird sie hereinlocken.«

»So weit kommt's noch«, entgegnete Orsola scharf. Wie eine *puttana*, die sich anbietet, dachte sie. »Ich arbeite zu Hause.«

Sie sah hilfesuchend zu Monica. Ihre Schwägerin beobachtete misstrauisch die vielen Fremden; es war offensichtlich, dass sie sich hier nicht wohlfühlte. Aber sie würde sicher ihrer

Tochter zur Seite stehen wollen. »Es ist eine gute Lage«, sagte sie. »Nehmt ihn.«

»Was wird Marco davon halten? Schließlich muss er den Mietvertrag unterschreiben.«

»Um ihn kümmere ich mich«, sagte Monica. Wie sie es seit ihrer Hochzeit getan hatte. Orsola hatte nie verstanden, wie ihre Beziehung funktionierte.

»Sobald wir uns eingerichtet haben, wird der Laden sich selbst tragen«, fügte Rosella hinzu. »Padre wird nichts damit zu tun haben. *Allora*, was meinst du, Zia Orsola?«

Orsola wiegte den Kopf. »Es ist ein großer Schritt«, sagte sie dann. »Ein sehr großer Schritt. Du müsstest jeden Tag hierherkommen und wieder zurückfahren. Eine Dreiviertelstunde pro Weg ist eine Menge Zeit, zumal du genauso gut zu Hause bleiben könntest. Was wird dein Mann dazu sagen?«

»Er hat bestimmt nichts dagegen«, erwiderte Rosella ein wenig ungeduldig.

»Sie langweilt sich zu Hause«, sagte Monica.

»Einen Laden in Venedig zu mieten ist kein Zeitvertreib«, schalt Orsola. »Das ist eine ernste Sache. Wir könnten wieder in Schulden geraten.«

Der Besitzer des Spiegelgeschäfts lehnte in seinem Eingang und beobachtete sie. Er hatte diesen berechnenden venezianischen Gesichtsausdruck, hart und düster, weil er den ganzen Tag mit Touristen zu tun hatte. Würden sie und Rosella auch so aussehen, wenn sie sich hier niederließen?

Sie senkte die Stimme, damit er sie nicht länger belauschen konnte. »Ich muss ein bisschen herumlaufen und darüber nachdenken. Wir sehen uns später.«

Orsola ging durch die umliegenden Gassen, musterte die Geschäfte und die Leute, die sie besuchten, blieb vor ein paar Glasläden stehen und bewegte sich allmählich Richtung Piazza San Marco. Um sich herum hörte sie alle möglichen Sprachen:

Französisch, Englisch, Spanisch, Niederländisch, sogar ein wenig Deutsch, nun, da der Krieg vorbei war. Es war seltsam, weit und breit fast die einzige Italienerin zu sein. Sie schauten in die Fenster und kauften alles Mögliche, wofür Venedig bekannt war: Marmorpapier, Kerzen, geschnitzte Skulpturen, Ledertaschen, seidene Taschentücher – und Glas. Orsola sah, wie Touristen gläserne Kerzenhalter aus einem Schaufenster auswählten und Schalen, gläserne Schachspiele und Tierfiguren begutachteten. Rosella hatte zweifellos recht – der Laden konnte ein Erfolg werden. Aber Orsola war nicht sicher, dass Marco einwilligen würde.

Sie kam zur Piazza San Marco und schlenderte auf die andere Seite. Obwohl sie schon so oft hier gewesen war, staunte sie jedes Mal wieder über die eleganten Fassaden, die den Platz umgaben, mit ihren prächtigen Bogenfenstern und Arkaden; dazu am hinteren Ende die Basilika mit ihren schwebenden Kuppeln und der Campanile, der höchste Turm in Venedig, der nach dem Einsturz vor einigen Jahren wieder aufgebaut worden war. Orsola verstand, warum die Besucher nach San Marco strömten – es war einfach unwiderstehlich.

Als sie am Caffè Florian vorbeikam – Venedigs ältestem Kaffeehaus, einer ehrwürdigen Institution, in der Orsola allerdings noch nie gewesen war –, entdeckte sie Klara Klingenberg, die allein an einem Tisch unter den Arkaden saß. Orsola hatte sie seit dem Krieg nicht mehr gesehen und war erschrocken darüber, wie sehr sie gealtert war. Obwohl sie sich noch immer elegant kleidete, wirkte sie ein wenig heruntergekommen, wie ein gut geschnittener Anzug, dessen Revers und Ärmel blankgewetzt waren. Ihr Haar war von grauen Strähnen durchzogen, tiefe Falten hatten sich in ihr Gesicht gegraben, und ihr Hut entsprach nicht mehr der neuesten Mode. Sie blickte wehmütig in ihre Kaffeetasse. Dann hob sie den Kopf, sah die Perlenmacherin und winkte. »Orsola Rosso! Hier drüben!«

Orsola holte tief Luft und ging zu ihrem Tisch. »*Buongiorno*, Signora Klara.«

»Wie schön, Sie zu sehen! Setzen Sie sich und trinken Sie einen Kaffee mit mir.«

»Nein, *grazie*, Signora, lieber nicht.« Ein Kaffee im Florian würde so viel kosten wie zwei Perlen oder ein ganzer Tag Auffädeln. Sie rechnete immer noch in diesen Kategorien.

»Dann eine heiße Schokolade. Die ist einfach himmlisch!« Klara sah Orsola geradezu flehend an. »*Per favore*, tun Sie mir den Gefallen.« Sie klopfte auf den Stuhl neben ihr. »Es gibt nichts Traurigeres, als allein in einem Café zu sitzen. Sie sind natürlich eingeladen«, fügte sie hinzu, obwohl sie aussah, als könnte sie sich solche Extravaganzen nicht mehr leisten.

Orsola wollte protestieren, denn sie mochte sich nicht aushalten lassen. Doch genau in dem Moment kam ein Kellner vorbei, und der verführerische Duft der Schokolade stieg ihr in die Nase. Sie setzte sich. »*Va bene, una cioccolata, grazie.*«

Klara Klingenberg lächelte. »Wir haben uns ewig nicht gesehen, es gibt bestimmt viel zu erzählen.« Sie gab dem Kellner ein Zeichen, dann beugte sie sich zu ihr, als wären sie die besten Freundinnen. »Was gibt es Neues auf Murano? Wussten Sie, dass ich noch nie dort gewesen bin? Nein, das stimmt nicht, ich war mal bei einem Fest in einem Palazzo am Canal Grande. Aber ich habe noch nie die Glasläden besucht. Ich komme mal, und dann zeigen Sie mir alles.«

Das wird nie passieren, dachte Orsola, dann schalt sie sich für ihren Zynismus. »Uns geht es recht gut«, antwortete sie. »Ich mache weiter meine Perlen, mein Bruder Marco fertigt Kelche, die mit Tieren verziert sind und sich gut verkaufen. Vielleicht haben Sie sie schon mal gesehen? Und sein Sohn Raffaele stellt Saatperlen her, auch ein einträgliches Geschäft.«

»Saatperlen? Sie machen Perlen aus Samenkörnern? Warum nicht mehr aus Glas?«

Orsola musste an sich halten, um nicht die Augen zu verdrehen. »Sie sind aus Glas. Sie heißen nur so, weil sie so winzig sind wie Samenkörner. Das sind solche Perlen, wie sie auf Ihre Kleider genäht sind«, fügte sie hinzu und bereute es sofort, denn es sah nicht so aus, als könnte Klara Klingenberg sich noch perlenbestickte Kleider leisten.

Doch Klara lächelte. »Es freut mich, dass es den Rossos so gut geht, auch ohne die Vermittlung durch meinen Vater oder Jonas.«

»Haben Sie etwas von Signor Jonas gehört? Ich habe mich gefragt, ob er zurückkommt, nun, da der Krieg vorbei ist.«

»Nein, er kommt nicht zurück. Er hat mir geschrieben, dass er lieber in Deutschland bleibt, weil er dort so sein kann, wie er ist.«

»Was meinen Sie damit?«

»Wussten Sie nicht, dass seine Familie ursprünglich jüdisch war? Er ist – oder war – ein Marrane. Er gab vor, Christ zu sein, damit er nicht im Ghetto leben musste, hat aber heimlich seinen wahren Glauben praktiziert. Es war eine Art offenes Geheimnis.«

»*Davvero?*« Orsola war schockiert, dass sie etwas so Wesentliches über den Kaufmann der Familie nicht gewusst hatte.

»*Sì.* Offenbar fühlt er sich in Deutschland sicherer und freier, weil dort sehr viele Juden leben.«

Der Kellner kam und brachte die Schokolade in einer kleinen Porzellantasse mit dem Emblem des Cafés, einem Löwen in Blau und Gold. Er stellte sie mit einer kunstvollen Verbeugung vor Orsola hin.

»Probieren Sie.« Klara deutete auf die Tasse. »Ich will Ihre Reaktion sehen.«

Orsola hob die Tasse an die Lippen und trank einen Schluck. Überrascht stellte sie sie wieder ab. »Das«, erklärte sie, »ist das Leckerste, was ich jemals gekostet habe.«

Klara lachte. »Ach, wie schön! Das muntert mich wirklich auf. Sie haben noch nie heiße Schokolade getrunken?«

»Nein.« Orsola trank noch einen Schluck. Er schmeckte ihr genauso gut wie der erste; sogar noch besser, wegen der Vorfreude.

Sie betrachtete eine Weile versonnen das köstliche Getränk, dann lenkte sie ihre Aufmerksamkeit mühsam wieder auf ihre Gefährtin. »Aber warum brauchen Sie Aufmunterung?«

Ein Ausdruck überschattete Klara Klingenbergs Gesicht, den Orsola schon bei vielen italienischen Müttern gesehen hatte, und das war Antwort genug. »Es tut mir so leid, Signora. Das wusste ich nicht«, sagte sie leise, denn offensichtlich hatte auch Klara einen Sohn im Krieg verloren. »Wir teilen Ihren Schmerz. Der Sohn meines Bruders ist bei Gorizia gefallen.«

Klara nickte knapp, und sie saßen eine Weile schweigend mit gesenktem Kopf da. Orsola wagte es angesichts dieser Nachricht nicht, noch einen Schluck zu trinken, und sah zu, wie sich auf ihrer Schokolade eine Haut bildete.

»Was führt Sie nach San Marco?«, fragte Klara schließlich.

»Meine Nichte möchte hier ein Geschäft eröffnen, um unsere Waren zu verkaufen. Wir haben uns gerade eines angesehen.«

Klaras Gesicht leuchtete auf. »Wo denn?«

Orsola beschrieb ihr den Ort. »Aber wir können uns das nicht leisten«, schloss sie. »Mein Bruder wird niemals einwilligen, in Venedig Miete zu zahlen, ganz gleich, was seine Frau sagt. Er wird denken, dass es sich nicht rentiert.«

»Und was denken Sie?«

»Ich glaube, meine Nichte hat recht, genau wie Jonas und Ihr Vater. In Venedig gibt es viel mehr Leute, die Geld für Glas auszugeben bereit sind. Ich halte nichts davon, hier zu arbeiten und mir von den Leuten dabei zusehen zu lassen, wie meine Nichte es gerne hätte. Aber wir würden sicher mehr verkaufen.« Sie schwieg einen Moment. »Doch wir bräuchten erst einmal Geld für die Miete und die Einrichtung. Geld, um Geld zu verdienen.«

Klara Klingenberg schien förmlich zu wachsen, so aufrecht saß sie plötzlich da. »Ich kann Ihnen helfen. Ich leihe Ihnen das Geld, bis das Geschäft läuft.«

»Sie?«

Orsola klang so ungläubig, dass Klara den Kopf einzog wie eine Schildkröte.

»*Mi dispiace*, Signora, ich wollte nicht unhöflich sein«, entschuldigte sich Orsola. »Aber – nun ja …«

»Was ist?«, hakte Klara nach. »Nur zu, was wollten Sie sagen?«

»Es hat sich herumgesprochen, dass Ihr Mann Geld verloren hat.« Orsola erwähnte nicht, dass es mit seiner Spielleidenschaft zusammenhing. »Sie sind vom Campo San Polo weggezogen, und Sie haben Domenego entlassen. Deshalb vermute ich, dass Sie nicht genug haben, um mir etwas zu leihen.«

Klara Klingenberg lehnte sich zurück und lächelte mit funkelnden Augen. »O doch, das habe ich.«

Orsola sah sie verdutzt an.

»Wie Sie wissen, war mein Vater ein klug kalkulierender Geschäftsmann«, begann Klara und drehte ihre leere Tasse zwischen den Fingern. »Und auch was seine Tochter betraf, war er klug kalkulierend. Er mochte meinen Mann nicht, misstraute ihm. Er hat nur in die Heirat eingewilligt, weil es vorteilhaft für ein deutsches Mädchen war, in eine gute venezianische Familie einzuheiraten. Und er hat gesehen, dass ich verrückt nach meinem Mann war, zumindest am Anfang, wie es bei jungen Mädchen nun einmal oft der Fall ist. Wir reden uns so viel schön … Aber Padre hat Geld für mich beiseitegelegt, für den Fall, dass ich es irgendwann brauche, Geld, von dem mein Mann nichts wusste – und noch immer nichts weiß. Hätte er davon gewusst, hätte er es verspielt. Jonas hat es für mich verwahrt. Es befindet sich jetzt bei einem vertrauenswürdigen Mann, einem Geldverleiher im Ghetto. Im Lauf der Jahre habe ich es nur selten angerührt, ab und zu eine Kleinigkeit für die Kinder oder für mich gekauft. Nichts Teures, sonst hätte Federico es mir weggenommen. Er hat meinen ganzen Schmuck verspielt. Sogar meinen Ehering.« Sie hielt ihre Hand hoch, die keinerlei Schmuck zierte. Sie lächelte erneut, und für einen Moment ähnelte sie wieder dem lebenssprühenden Mädchen von damals, bevor das Dasein als Ehefrau und Mutter sie ausgelaugt hatte.

»Das ist ein großzügiges Angebot, Signora«, sagte Orsola. »Wirklich überaus großzügig.« Sie strich ihren Rock glatt und wischte nicht vorhandene Krümel vom Tisch. »Aber ich weiß nicht, ob meine Familie damit einverstanden wäre.«

»Orsola.« Klara beugte sich vor. »Gab es da nicht mal eine Frau, die eine Perle erfunden hat und dann ihren eigenen Ofen bekam? Baronia, Barosia …?«

»Maria Barovier.« Allein ihren Namen auszusprechen, ließ Orsola den Kopf ein wenig höher halten. »Sie hat mir geraten, Perlen zu machen, und ihre Cousine überredet, es mir beizubringen.«

»Was würde Maria Barovier sagen?«

Orsola dachte daran, wie sie Maria Barovier zum ersten Mal gesehen hatte, an dem Tag, als sie in den Kanal gefallen war. Sie hatte selbstbewusst neben dem Schmelzofen gestanden und so ausgesehen, als könnte sie nichts in die Knie zwingen. »Sie würde Ihr Angebot dankend annehmen.« Orsola hielt inne. Sie griff nach der Tasse, trank den Rest Schokolade und stellte die Tasse mit einem entschiedenen Klirren wieder ab. »Und ich nehme es ebenfalls dankend an.«

DRITTER TEIL

Echte Delfine

7

Der Stein, den Sie über die Lagune springen lassen, berührt erneut die Oberfläche, und es ist das Jahr 2019. In ihrer Werkstatt dreht Orsola Rosso eine schwarz-rot-goldene Perle in der Flamme hin und her. Sie blickt auf, und hundert Jahre sind vergangen. Sie und diejenigen, die ihr etwas bedeuten, sind siebzehn Jahre älter. Orsola ist jetzt fünfundsechzig.

Eine, die ihr sehr viel bedeutet hat, ist nicht mehr da: Stella, die in London als Krankenschwester gearbeitet hat. Bei den deutschen Luftangriffen fiel eine Bombe direkt auf ihren Schutzraum. Der Tod ihrer eigensinnigen, freimütigen, geliebten Schwester erinnert Orsola daran, dass man sich nie davon erholt, jemanden zu verlieren; man lernt nur, mit der Leere in seinem Innern zu leben.

Wie soll man ein Jahrhundert zusammenfassen, in dem sich die Welt in einem Maße und in einer Geschwindigkeit verändert hat wie niemals zuvor in der Geschichte? Von Mussolini zu Berlusconi, von Franklin D. Roosevelt zu Obama, von Hitler zu Merkel, von Gandhi zu Martin Luther King, von Amelia Earhart zur Boeing 747. Von Schreibmaschinen zu Computern, vom Lexikon zu Wikipedia, vom Telefon zum Smartphone, vom Spaziergang im Park zum Laufband. Penizillin. Der Zweite Weltkrieg. Hiroshima. Korea, Vietnam, Irak, Afghanistan. Der Kalte Krieg, sein Ende, der Beginn eines neuen kalten Krieges.

Mauern fallen, Mauern werden gebaut. Aus alten Nationen entstehen neue. Frauen tragen Hosen und wählen. Roboter. Verschwörungstheorien.

Im Jahr 2019 hat Venedig 4,8 Millionen Besucher. Jeden Tag fahren riesige Kreuzfahrtschiffe wie schwimmende Wolkenkratzer durch den Giudecca-Kanal und spucken Passagiere aus, die zur Piazza San Marco gehen, um Fotos zu machen und Schlüsselringe mit einer Gondel als Anhänger zu kaufen, und wieder verschwinden. Apropos Gondel: Mittlerweile kostet eine halbe Stunde Fahrt darin achtzig Euro; vierzig von Orsolas Perlen. Der Fondaco dei Tedeschi ist jetzt ein Luxuskaufhaus. Die Einwohnerzahl liegt nur noch knapp über fünfzigtausend; bei Orsolas Geburt waren es doppelt so viele. Eintausend Menschen ziehen jedes Jahr fort.

Neben all diesen Veränderungen erwärmt sich der Planet. Der Meeresspiegel steigt, Venedig sinkt – was uns zu einem ganz bestimmten Augenblick führt, nämlich dem 12. November 2019 um 22.44 Uhr …

Um 22.44 Uhr begann das Wasser durch die Ritzen zwischen den Fliesen in Orsolas Werkstatt einzudringen. Während der letzten Stunde hatten sie und Stefano alle beweglichen Gegenstände nach oben in ihre Wohnung gebracht: ihre Brenner, die Gasflaschen, den Kühlofen, die Werkzeuge zum Schneiden, Rollen und Formen, die zahllosen Glasstäbe in allen erdenklichen Farben, die Schubladen und Kisten mit ihren Arbeiten, die noch nicht bei Rosso e Rosella in San Marco ausgestellt waren oder die sich nicht verkauft hatten und aufbewahrt wurden, bis sich die Moden änderten.

Den Tisch, an dem sie arbeitete, konnten sie nicht in Sicherheit bringen, er war zu groß und zu schwer. Den alten Tisch, an dem Orsola anfangs gearbeitet hatte, mit Lampe und Talg, hatte sie aus Nostalgie behalten; er stand oben als Esstisch in der Küche, auch wenn die Blasebälge auf der Unterseite und die Metalldüsen, die noch immer oben aus der Platte ragten, ein wenig störten.

Für die Nacht war eine *acqua alta* angekündigt worden, aber niemand hatte damit gerechnet, dass das Hochwasser von einem heftigen Sturm begleitet werden würde. Diese unglückselige Kombination und die fehlende Warnung führten dazu, dass die meisten Venezianer und Bewohner der umliegenden Inseln gänzlich unvorbereitet waren.

»Stefano!«, schrie Orsola, als das Wasser die Fliesen anhob. Er war oben in der Wohnung und räumte das, was sie hochgebracht hatten, aus dem Weg.

Er lief hinunter und sah zusammen mit ihr hilflos zu, wie das Wasser unaufhaltsam um ihre Gummistiefel herum stieg. Jeder in Venedig besaß Gummistiefel für *acqua alta*, und einfache Plastiküberzieher wurden sogar an die Touristen verkauft. Überall entlang des Ufers und der Kanäle, in den Straßen und Plätzen wurden Stege aufgebaut, damit die Fußgänger sicher über das Hochwasser laufen konnten. Die Stadt war daran gewöhnt, aber diesmal würde es viel schlimmer werden. Orsola und Stefano hatten alles in Sicherheit gebracht, was nicht niet- und nagelfest war; mehr konnten sie nicht tun.

Dann ging das Licht aus, weil das Wasser die Elektrik kurzgeschlossen hatte. Sie schalteten ihre Taschenlampen ein und lauschten auf das Geheul des Windes draußen. Bei einem ihrer Nachbarn hatte sich ein Fensterladen losgerissen und knallte unentwegt gegen die Hauswand.

»Lass uns raufgehen«, sagte Stefano und zog seine Frau zur Treppe.

In der Wohnung sah sie auf ihr Smartphone; immerhin funktionierte das Netz noch. Sie hatte drei verpasste Anrufe von Marco, Angela und Rosella.

Als Erstes rief sie Rosella an. Angela warf ihrer Mutter oft vor, ihr wäre das Geschäft wichtiger als ihre Tochter – was Orsola stets leugnete, obwohl darin vermutlich ein Körnchen Wahrheit lag. Wie dem auch sei, sie wusste, dass Angela in Sicherheit war, denn Stefano hatte vorhin mit ihr gesprochen. Sie lebte mit ihrem Mann und ihren drei Kindern auf Giudecca, im zweiten Stock eines Mietshauses, hoch über dem Wasser und ohne Werkstatt im Erdgeschoss, um die sie sich sorgen musste. Angela half manchmal im Laden in Venedig aus, aber an diesem Tag war sie schon lange zu Hause gewesen, als das Hochwasser kam. Später, als Orsola im Internet die Videos von den Vaporetti sah, die von den Wellen wie Spielzeugboote in der Badewanne umhergeworfen wurden, war sie heilfroh, dass ihre Tochter rechtzeitig nach Hause gekommen war.

Und was Marco anging, so hatte er Raffaele und Luciana, Monica, Marcolin sowie Andrea und seine Frau bei sich, die helfen konnten, und Giacomo war auch ganz in der Nähe. Er brauchte sie nicht.

Es dauerte eine Weile, bis Rosella dranging. »Orsola«, keuchte sie. »Es ist …« Sie fing an zu weinen.

»Bist du im Laden?«

»*Sì.*«

»Wie hoch steht das Wasser?«

»Bis zu den Knien.«

»*Mio Dio.* Bist du allein?«

»In den Läden nebenan sind auch Leute. Wir versuchen alle, zu … zu …« Rosella brach schluchzend ab.

»Rosella, hör mir zu«, sagte Orsola bemüht ruhig. »Bleib bei den anderen. Hilf ihnen, dann helfen sie dir auch. Kümmert euch umeinander. Und geh nach Hause, sobald du gerettet hast, was zu retten ist. Warte nicht, bis die Straße so hoch unter Wasser steht, dass du nicht mehr wegkommst.«

»In Ordnung.« Rosella holte schniefend Luft. »Ich wünschte,

du wärst hier.« Sie war immer ruhig und selbstbewusst gewesen, wie ihre Mutter. Deshalb war Orsola überrascht, sie so aufgelöst zu erleben. Sie klang wie ein kleines Mädchen, nicht wie eine Frau von sechsundvierzig Jahren.

»Hast du alles, was geht, ins Trockene gebracht?«

»Ja, aber es ging so schnell. So was habe ich noch nie erlebt. Als ich hier ankam, hatte das Wasser schon ein paar von den Tischen umgeworfen. Die Perlen, der Schmuck …«

»Mach dir wegen der Perlen keine Sorgen, die meisten können wir bestimmt retten. Denen kann das Wasser ja nichts anhaben.«

»Orsola, mein Akku ist fast leer. *Merda*, warum habe ich ihn vorhin nicht aufgeladen! Und der Strom ist ausgefallen.«

»Geh zu den anderen.«

Das Gespräch brach ab. Orsola seufzte. Rosella lebte schon seit Langem allein in einer kleinen Wohnung unweit des Ladens; trotz der hohen Lebenshaltungskosten in Venedig weigerte sie sich umzuziehen. Sie war die Erste in der Familie Rosso, die sich hatte scheiden lassen, sobald es in Italien möglich gewesen war, und sie überraschte Orsola immer wieder mit ihren Entscheidungen. Die Welt veränderte sich so schnell.

Sie rief bei Marco an, aber er nahm nicht ab. Wahrscheinlich war er in der Werkstatt und versuchte vergeblich, den Schmelzofen zu retten. Obwohl sie nicht mehr dort wohnte, war sie noch immer besorgt um das Haus und die Werkstatt der Rossos, denn in ihnen lebte die Geschichte ihrer Familie.

Orsola und Stefano waren, ein Jahr nachdem sie den Laden in San Marco eröffnet hatte, in eine Wohnung in der Nähe von Santi Maria e Donato gezogen, mit einem separaten Raum im Erdgeschoss, in dem Orsola arbeiten konnte. Stefano ging nach wie vor jeden Tag in die Werkstatt der Rossos, aber Orsola schaute seltener vorbei. Sie traf sich lieber mit Monica auf dem Markt oder bei der Messe oder in dem Café am Ponte

Longo, wo sie zusahen, wie die Touristen nebenan nach billigen Mitbringseln aus Glas stöberten. Monica war eine geduldige Seele und sehr genügsam, was die meisten Dinge im Leben betraf, doch selbst sie sagte bisweilen: »Ich beneide euch um eure Wohnung. Luciana kommandiert uns immer noch alle herum, als wäre sie die Herrin im Haus. Und die Kinder sind die reinsten Nervensägen. Die gehen nie ins Bett!«

Orsola vermutete, dass Monica die Probleme im Zusammenleben mit Luciana übertrieb, damit ihre Schwägerin es nicht bedauerte, dass sie ausgezogen war. Denn das tat sie manchmal. Die Familie war doch das Allerwichtigste, und sie fragte sich, ob sie ihre im Stich gelassen hatte, obwohl sie nur zehn Fußminuten entfernt war. Aber vielleicht hatte Stella recht gehabt, als sie meinte, vieles würde sich ändern. Angela, Orsolas Tochter, hatte nicht gezögert, nach Giudecca zu ziehen, als ihr Mann dort eine Stelle bei der Mühle bekommen hatte, dabei war sie diejenige, die bei jeder größeren Veränderung innerhalb der Familie in Tränen ausbrach.

Als Orsola Marco endlich per Videocall zu fassen bekam, nachdem der Höhepunkt der Flut überschritten war und der Wasserpegel zu sinken begann, meldete er sich nicht einmal; sie sah nur wirre, dunkle Bilder und hörte, wie ihr Bruder fluchend umherlief und Befehle brüllte.

»Ist das Wasser bis zum Ofen gekommen?«, fragte sie.

»Und zu den Kühlöfen.« Marco drehte sein Smartphone um, damit sie den Schaden sehen konnte.

»Ist Giacomo bei dir?« Wie sie und Stefano war auch Giacomo in eine Wohnung unweit des Rosso-Hauses gezogen.

»*Ovviamente*. Stefano sollte auch hier sein und helfen!«

»Das geht nicht. Hier steht auch alles unter Wasser. Er hat mir geholfen, meine Sachen hochzutragen.«

»Na klar, ihr denkt wieder mal nur an euch, nicht an die Familie. *Tipico*.«

»Red nicht so einen Mist! Du hast jede Menge Hilfe. Wir sind hier nur zu zweit.«

»Und wessen Entscheidung war das?«

»Lucianas! Und deine. Im Haus war nicht genug Platz für uns alle, und du hast ihnen erlaubt, einzuziehen und uns rauszudrängen. Nennst du das an die Familie denken?«

»Bauca.«

»Cretino.«

»Stronza!«

»*Bastardo!* Das bist du schon immer gewesen!«

»Impestada!«

Stefano lehnte mit verschränkten Armen an der Küchenarbeitsfläche und verfolgte den Austausch von Beschimpfungen. Schließlich nahm er seiner Frau das Handy weg und schaltete es aus.

»Ehi!«, rief sie. »Was machst du da?«

Stefano legte das Handy auf die Arbeitsfläche. »Das hat euch beide nicht weitergebracht.«

Es kam selten vor, dass ihr Mann eingriff.

»Marco hat mehr verloren als du«, fuhr er fort. »Deine Brenner haben keinen Schaden genommen, dein Kühlofen ist klein genug, um ihn nach oben zu bringen. In ein paar Tagen kannst du wieder arbeiten. Aber es wird Monate dauern, bis die Werkstatt der Rossos wieder einsatzbereit ist.«

Orsola nickte, dann tat sie etwas Ungewöhnliches: Sie ließ sich von ihrem Mann in den Arm nehmen und trösten.

Stefano sollte recht behalten. Nachdem der Wasserspiegel gesunken war und sie alles abgepumpt und Luftentfeuchter aufgestellt hatten, um die Werkstatt trockenzulegen, und nachdem sie geputzt und die Wände frisch gestrichen hatten, brachten er und Orsola alles wieder nach unten, und nach einer Woche konnte sie wieder anfangen zu arbeiten. Ihr Laden in San Marco eröffnete nach zwei Wochen wieder, auch wenn der muffige Geruch noch nicht gänzlich verschwunden war. Aber es dauerte drei Monate, um einen neuen Schmelz- und Kühlofen in der Werkstatt der Rossos einzubauen.

Das Hochwasser vertrieb auch die Touristen, die nicht erpicht darauf waren, die Stadt auf dem Wasser *unter* Wasser zu erleben, mitsamt dem Stromausfall, den Schließungen und Reisebeschränkungen. Ständig beschwerten sich die Venezianer über die Flut von Touristen, doch im Vergleich zur wahren Flut der *acqua grande*, wie sie genannt wurde, waren sie nur ein Rinnsal.

»Hochwasser in Venedig, Brände in Australien, Dürre in Kalifornien«, zählte Orsolas Enkelin Aurelia auf, als sie ein paar Tage später skypten. »Sieh dir an, was passiert, Nonna. Und alles nur, weil die Menschen von ihren alten Gewohnheiten nicht abrücken wollen!«

»Es hat schon schlimmere Überschwemmungen gegeben als diese, zum Beispiel 1966.«

»Und ihr tragt noch dazu bei«, fuhr Aurelia fort, ohne auf die Bemerkung ihrer Großmutter einzugehen. »Diese ganzen Schmelzöfen, die Tag und Nacht brennen. Ist euch eigentlich klar, wie viel Holz ihr damit verheizt?«

»*Ich* habe keinen Schmelzofen. Ich benutze einen Gasbrenner, und den mache ich nur an, wenn ich ihn brauche.«

Aurelia zuckte nur die Achseln.

Orsola konnte nicht verstehen, dass ihre Tochter und ihre Enkel überhaupt kein Interesse am Glas zeigten. Angela half wegen des Geldes und der Leute im Laden aus, nicht aus Liebe zum Glas. Keines der Enkelkinder hatte vor, später einmal mit Glas zu arbeiten. Dasselbe galt für die meisten Glasfamilien, die noch existierten. Mittlerweile gab es nur noch eine Handvoll Firmen, während es früher über hundert gewesen waren.

»Die Glaswerkstätten können nicht weiter rund um die Uhr

Holz verbrennen«, fuhr Aurelia fort, wiederum ohne auf ihre Großmutter einzugehen. Sie schien auf einen anderen Bildschirm zu schauen, während sie miteinander sprachen, wie es bei Teenagern offenbar üblich war. »Sie müssen sich Öfen teilen, lernen zu kooperieren, sie müssen sie in Schichten nutzen, auch nachts.«

Orsola lachte leise. »Glaubst du, darauf würden sich die Maestri einlassen? Jeder verwendet den Ofen auf seine Weise. Frag Marco. Keiner würde den anderen zutrauen, ihn sauber zu halten. Und niemand will um drei Uhr morgens arbeiten.«

»Nonna, das sind doch bloß Ausreden. Du hörst mir nicht zu. Es muss sich etwas ändern, sonst gibt es ständig Überschwemmungen, und Venedig wird unbewohnbar. Willst du deinen Nachkommen eine unbewohnbare Stadt hinterlassen?«

Orsola fand es schwer zu glauben, dass eine Stadt wie Venedig wirklich versinken könnte. Wir bauen einfach weiter in die Höhe, dachte sie, damit das Wasser uns nichts anhaben kann. Doch manchmal wenn sie in ihrem Laden in San Marco arbeitete, wenn sie sich zwischen den Touristen hindurchschieben musste, die sich in den Vaporetti und Gassen drängten, wenn sie riesige Kreuzfahrtschiffe durch die Lagune gleiten sah, fragte sie sich, ob Venedig nicht schon längst unbewohnbar war. Auch Murano war nicht mehr, was es einmal gewesen war – die einstige Insel der Maestri, die die erlesensten, ausgefallensten und schönsten Glaswaren herstellten und verkauften. Wehmütig dachte sie zurück an die großen, prächtigen Kandelaber, die viele der großen Palazzi entlang des Canal Grande geschmückt hatten. Sie hingen jetzt in Museen oder waren als Kuriositäten in ferne Länder verschickt worden. Der Kandelaber zum Beispiel, den Marco ursprünglich für Giacomo Casanova angefertigt hatte, war für eine lächerliche Summe von einem Trödelhändler gekauft worden und hing jetzt in einem ausgefallenen Belgrader Restaurant, in dem es auch Modepuppen mit

Lampenschirmen auf dem Kopf, riesige, strassbesetzte Insekten, ausgestopfte Affen, Heißluftballons aus Pappmaché und Neonreklamen gab. Eines der Kinder von Luciana und Raffaele hatte ihr ein Foto davon geschickt, ein schräges Deko-Element unter vielen anderen in einem Friedhof des Kitsches. Die jungen Leute fanden es witzig. Orsola hoffte, dass Marco das Foto nicht zu sehen bekommen hatte.

Die Touristen wollten keine Kandelaber und kunstvoll verzierten Kelche. Sie wollten Glasfigürchen und Glasbonbons in Glaspapier und Glasballons und Glaspuzzles – vieles davon in Farben, die nicht zueinanderpassten, geschmacklos designt und lieblos hingepfuscht. Wenn Orsola an den Läden auf der Fondamenta dei Vetrai entlangging, wandte sie bisweilen den Blick ab, damit sie die Scheußlichkeiten nicht sehen musste, die den Touristen als Glaskunst verkauft wurden.

Basta. »Wir haben doch die Fluttore, die sie draußen vor dem Lido bauen«, sagte sie zu ihrer Enkelin. »Wenn die mal fertig sind, kann das Wasser nicht mehr herein.« Das Projekt war vor dreißig Jahren begonnen worden, aber dann in Politik und Korruption versackt. Doch es bot immerhin Hoffnung.

»*Falls* es funktioniert«, entgegnete Aurelia, »und nicht die Salzmarschen und das ganze Ökosystem zerstört, das die Lagune am Leben hält!«

Die Schwarzmalerei ihrer Enkelin war schwer auszuhalten. Und Aurelia hatte Orsola überhaupt nicht gefragt, wie es ihr bei der Überflutung ergangen war und welche Schäden sie zu beklagen hatte. Sie saß zufrieden zu Hause im Trockenen, und das Einzige, was sie interessierte, war, ihrer Großmutter Vorträge zu halten. Laura Rosso hätte sich das niemals gefallen lassen.

Ein Piepen ihres Smartphones erlöste Orsola. »*Mia cara*, ein anderer Anruf, da muss ich drangehen. Wir sehen uns Sonntag beim Abendessen, ja?«

Sie wechselte zu dem anderen Anruf, überrascht über den

Namen, der auf dem Bildschirm angezeigt wurde. »Domenego, *buongiorno!* Wie geht es Ihnen?« Er rief sie nur selten an.

»Ganz gut, *grazie*. Könnten wir uns vielleicht treffen?« Am Telefon war er immer sehr förmlich.

»*Sì, sì*. Und wann?«

»Jetzt, wenn es geht.«

Domenego bat sie nie um etwas, deshalb konnte sie nicht gut ablehnen. »Wo sind Sie?«

»In Dorsoduro.« Er beschrieb ihr, wohin sie kommen sollte. Bei dem Sturm waren so viele Vaporetti beschädigt worden, dass es nur wenige Verbindungen gab; sie würde über eine Stunde brauchen, um dorthin zu gelangen. Aber sie machte sich auf den Weg.

Er stand auf der Fondamenta eines schmalen Kanals gegenüber dem Squero di San Trovaso, einer der letzten beiden Werften in Venedig, die noch Gondeln baute und reparierte. Orsola lächelte, als sie auf ihren alten Freund zuging. Obwohl bereits Mitte sechzig, war er immer noch schlank und sportlich, ohne den Bauch, den so viele ältere Gondolieri bekamen. Sein Haar war grau, aber da er es so kurz geschnitten trug, fiel es kaum auf, zumal wenn er den Strohhut trug, der – zusammen mit der schwarzen Hose und dem blau oder rot gestreiften Hemd – zur aktuellen Uniform der Gondolieri gehörte. Die hatte er an diesem Tag aber nicht an, sondern eine braune Hose, ein weißes Hemd mit Button-Down-Kragen und einen grauen Anorak. Neben ihm stand ein kleiner altmodischer Lederkoffer mit Gurten und ohne die Rollen, deren nervtötendes Rattern überall und ständig auf Venedigs Straßen zu hören war. Orsola starrte darauf, und ihr wurde flau im Magen. Domenego verreiste nie.

Er nickte ihr zu, als sie bei ihm ankam, dann sah er zur Werft hinüber. Der Squero di San Trovaso war ein von Gebäuden umgebener offener Platz direkt am Kanal, auf dem zwei aufgebockte Gondeln standen, die gerade im traditionellen Schwarz lackiert wurden. Die Männer hatten kaum Platz zum Arbeiten, weil sich neben ihnen ein Haufen kreuz und quer übereinandergestapelter Gondeln auftürmte wie das Holz für ein gewaltiges Lagerfeuer. Sie waren durch den Sturm beschädigt – der Rumpf zerbrochen, der Bug abgerissen, die Seiten eingedrückt – und nicht mehr zu reparieren. Was von den Überresten noch zu gebrauchen war, würde für den Bau neuer Gondeln verwendet werden. »*Mio Dio!*« Orsola bekreuzigte sich.

»Eine davon ist meine«, sagte Domenego. »Mein Hut ist auch da drüben.« Er deutete auf ein Holzhaus neben der Werft, an dessen Wand etliche der typischen Strohhüte mit den bunten Bändern hingen. Orsola wusste nicht, was die Hüte dort zu suchen hatten, doch die Touristen, die sich an ihr und Domenego vorbeischoben, fotografierten sie begeistert.

»Oh, Domenego, *mi dispiace*«, sagte sie leise. Ihr Freund hatte sehr lange auf eine eigene Gondel gespart und sie erst vor einem Jahr gekauft. »Haben Sie eine Versicherung?«, fragte sie, obwohl sie die Antwort bereits kannte. Domenego hatte immer von der Hand in den Mund gelebt; eine Versicherung war ein Luxus, den er sich nicht leisten konnte. Eine neue Gondel kostete sechzigtausend Euro, die Wartezeit betrug ein Jahr, und er hatte weder das Geld noch die Zeit.

»Ich habe meine Gondellizenz verkauft, um mir ein Flugticket zu besorgen.«

Damals, als Domenego bei den Klingenbergs als Gondoliere angefangen hatte, gab es in Venedig rund zehntausend Gondolieri, aber die Erfindung des Motors hatte das geändert. Jetzt gab es nur noch vierhundert lizensierte Gondolieri, eine Zahl, die streng kontrolliert wurde. Die Lizenzen wurden meist vom Vater auf den Sohn übergeben, aber wer als Gondoliere arbeiten wollte, musste außerdem eine anspruchsvolle Lehre absolvieren. Heutzutage waren Gondeln nur noch ein kostspieliges Touristenvergnügen, aber zugleich das Symbol für die Stadt schlechthin. Venedig war ohne seine Gondeln nicht vorstellbar, weder für die Einwohner noch für die Touristen. Obwohl es nach wie vor ein traditioneller Beruf war, hatte sich auch hier vieles verändert. Domenego stach nicht mehr so heraus wie früher. Einige Jahre zuvor hatte die Tochter eines Gondoliere eine Lizenz erworben, und mittlerweile gab es fünf offiziell zugelassene weibliche Gondolieri. Dennoch fiel Domenego unter den überwiegend weißen Gondolieri immer noch auf, und Orsola hatte oft gesehen, wie er geduldig mit seinen Passagieren für ein Selfie posierte; allerdings lächelte er nie.

»Sie kehren nach Afrika zurück«, sagte sie, und es war eine Feststellung, keine Frage. »Deshalb haben Sie Ihren Hut da drüben an den Haken gehängt.«

Er nickte. »Nach Ghana. Ich komme aus Ghana.«

Orsola schluckte. Sie hoffte seit Jahren, dass er seinen Geburtsort mal besuchte, aber sie hatte nicht damit gerechnet, dass er es tatsächlich tun würde.

»Haben Sie im Internet etwas über Ihre Heimat gefunden?«

»Ich glaube, ich weiß jetzt, wo mein Dorf liegt. Ich werde einfach hinfahren und schauen, wie es dort ist.«

Orsola warf einen Blick nach unten. Alles, was er besaß, war in diesem kleinen Koffer und in dem Haufen zerstörter schwarzer Boote auf der anderen Seite des Kanals. »Sie wollen jetzt aufbrechen? So plötzlich?«

Er nickte.

Was, wenn ich keine Zeit gehabt hätte?, dachte sie. Wäre er dann einfach verschwunden, ohne Lebewohl zu sagen? »Aber wie wollen Sie … Haben Sie einen Pass?« Natürlich hatte er keine Papiere, nichts, was bewies, wo und wann er geboren war.

»Mit Geld kann man alles kaufen.«

»Werden Sie … werden Sie zurückkommen?«

»Hier gibt es nichts mehr für mich.«

»Aber …« Orsola hatte einen Kloß im Hals, sie konnte nicht weitersprechen.

Domenego löste den Blick von der Werft und sah ihr in die Augen. »Ich wollte mich von Ihnen verabschieden. Sie waren eine gute Freundin.«

»Menego …« Orsola hatte ihre Zweifel, ob sie wirklich eine gute Freundin gewesen war. Für sie war der Gondoliere vor allem eine Verbindung zu Antonio gewesen, jemand, der ihn gut gekannt hatte. Nun riss auch noch dieses letzte Band. Sie hatte Antonio seit über vierzig Jahren nicht mehr gesehen. Der Schmerz war längst vergangen – bis auf einen leisen Druck auf ihrem Herzen, die geisterhafte Spur ihres einstigen Verlangens.

Doch nun verlor sie auch einen Freund. Orsola trat auf Domenego zu und umarmte ihn. Sie spürte sein Zögern; ihre Beziehung war immer förmlicher Art gewesen, ohne Körperkontakt, außer wenn er ihr in die Gondel und wieder hinaus geholfen hatte. Doch nun legte er ebenfalls die Arme um sie und hielt sie fest. Als sie sich schließlich voneinander lösten, glänzten seine Augen feucht.

»Schicken Sie mir eine Nachricht, wenn Sie angekommen sind?«, fragte sie.

Er nickte, aber sie wusste, dass er es nicht tun würde. Er nahm seinen Koffer und ging zum Anleger Zattere, um die Fähre zum Flughafen zu nehmen.

Orsola sah ihm nach, sah den geraden Rücken, das breite Kreuz – die Statur eines Mannes, der ungezählte Stunden gerudert war. Dann lief sie ihm nach. »Domenego!«

Er blieb stehen und drehte sich um. Sie griff in ihre Rocktasche – sie hatte sich nie an Hosen gewöhnt – und nahm Maria Baroviers *rosetta* heraus, die sie immer noch bei sich trug. »Ein kleines Stück Murano zum Mitnehmen«, sagte sie und gab ihm die Perle.

Da lächelte er, ein Lächeln, das er den Touristen nie zeigte.

»*Grazie*, Orsola.« Er steckte sie in seine Jackentasche und wandte sich wieder zur Lagune, um seine Heimreise anzutreten.

»Domenego ist fort«, sagte sie bei einer heißen Schokolade zu Klara Klingenberg. Sie trafen sich nun schon seit Jahren regelmäßig im Caffè Florian, zunächst damit Orsola ihre Investorin über die Entwicklung des Ladens auf dem Laufenden halten konnte, dann – nachdem sie und Rosella Klaras Kredit zurückgezahlt hatten – als Freundinnen; und gelegentlich auch damit Klara Orsola einen gläsernen Delfin geben konnte. Seit ihrem ersten Treffen hier war Orsola süchtig nach der heißen Schokolade, aber es war so teuer geworden, an einem der Tische zu sitzen, dass sie es den anderen Einheimischen gleichtaten und sich hinten am Tresen auf Barhocker setzten, wo die Preise um ein Vielfaches niedriger waren.

»Wie bitte?« Klara stellte ihre Tasse so abrupt hin, dass es laut klirrte. »Wohin denn?«

»Wo er herkommt. Ghana.«

»Aber warum? Er hatte doch seine Gondel. Es ging ihm gut!«

»Die Gondel ist im Sturm zerstört worden, und er fand, es sei an der Zeit.«

»Was will er dort tun?«

»Sein Dorf und seine Verwandten kennenlernen, wenn es noch welche gibt.«

Klara wedelte mit der üppig beringten Hand. »Ja, aber danach. Wovon will er leben? In Afrika gibt es keine Gondeln.«

»Er …« Orsola verstummte. Daran hatte sie gar nicht gedacht. Klara konnte sehr pragmatisch sein, was sie zu einer guten Geschäftsfrau machte. Sie und ihr Mann hatten sich vor einigen Jahren endlich getrennt, obwohl er sich weigerte, in eine Scheidung einzuwilligen, und nachdem sie Rosso e Rosella so erfolgreich zu einem guten Start verholfen hatte, war sie auf die Idee gekommen, auch andere junge Unternehmen zu unterstützen. Sie schien ein Gespür dafür zu haben, was die Touristen in Venedig haben wollten: ausgefallene Eiscremesorten, hochwertige Lederwaren, Notizbücher aus handgeschöpftem Papier, die sie kauften, weil sie schön aussahen, nicht um sie zu benutzen, und jede Menge kunstvolle Masken, seit der Karneval wieder beliebt geworden war. Sie hatte den ersten Glaskünstler lanciert, der diese bunten Ballons und Puzzles herstellte, die Orsola so hasste; mittlerweile machten es alle nach, und man konnte sie überall kaufen. Eine Eisdielenkette, die dank ihrer Hilfe erfolgreich geworden war, hatte sogar eine Eiscremesorte nach ihr benannt: Crema di Klara K., eine Karamellcreme mit einer Schoko-Kirsch-Schicht darin – eine Anspielung auf die Schwarzwälder-Kirsch-Torte aus dem Land ihrer Vorfahren. Klara trug das Haar, das silbergrau geworden war, jetzt kurz, dazu Designerkleidung in Schwarz, Weiß, Grau und Taupe und hatte eine Reihe von Liebhabern, die sie Orsola in allen Einzelheiten beschrieb. Sie war endlich glücklich.

»Domenego ist in einem Alter, wo er sich zur Ruhe setzen kann«, sagte Orsola schließlich. »Ich nehme an, er wird die Füße hochlegen.«

»Ich bezweifle, dass er eine Rente oder Ersparnisse hat. Hast du ihn gefragt?«

»Nein. Aber seine Familie …«

»Die wird es längst nicht mehr geben, das weißt du. Vielleicht sehen wir ihn bald wieder.«

»Warum zahlst *du* ihm nicht eine Rente?«, schlug Orsola vor. »Schließlich bist du ihm etwas schuldig, nach all den Jahren, in denen er ohne Bezahlung für dich und deinen Vater gearbeitet hat. Es gibt ein Wort dafür«, fügte sie hinzu.

Klara rutschte auf ihrem Hocker herum. »Das war mein Vater, nicht ich. Es waren andere Zeiten. Mein Mann hat ihn bezahlt, als er für uns gearbeitet hat. Wir waren eine ehrenhafte Familie. Wir haben unsere Angestellten gut behandelt. Wir haben ihnen geholfen – wenn wir konnten …« Sie verstummte. Orsola wusste, an wen sie dachte: Jonas. Orsola hatte ihre Enkelin gebeten, Nachforschungen anzustellen, und Aurelia hatte seinen Namen auf einer Liste gefunden. Klingenbergs pflichtbewusster Schreiber war während des Zweiten Weltkriegs in einem der Konzentrationslager ermordet worden.

Klara blickte schweigend auf ihre langen Finger, die ihre Kaffeetasse hielten. »Hast du Domenegos Nummer?«, fragte sie schließlich. »Ich rufe ihn an und schaue, was ich tun kann.«

Orsola blieb meist in ihrer Werkstatt auf Murano. Sie hasste es, sich bei der Arbeit zuschauen zu lassen, wie Rosella es im Laden tat. Heutzutage erwarteten die Touristen so etwas, und auf Murano hatten bereits einige Glasmacher ihre Werkstatt für Besucher geöffnet. Die Touristen wurden mit dem Boot von Venedig zu den Vorführräumen gebracht, wo die Gesellen zwischen Zigarettenpausen die sich aufbäumenden Pferde aus Glas anfertigten, die früher ein Teil der *prova* gewesen waren. Es war eine schwierige Aufgabe, denn es musste schnell gehen, und es erforderte großes Geschick, einerseits den kräftigen Körper und andererseits die schmalen Beine sowie die geschwungene Mähne und den Schweif zu formen, ohne dass etwas kaputtging. Man brauchte verschiedene Werkzeuge, um den Kopf und das Gesicht des Pferdes zu gestalten, außerdem mussten die Proportionen stimmen, damit das Pferd auf zwei Hufen und der Schweifspitze stehen konnte. Es war ein beeindruckendes Schauspiel, das bei den Touristen sehr gut ankam. Doch Orsola hatte so viele von diesen Pferden gesehen – Marco, Giacomo, Raffaele und Andrea hatten zu Übungszwecken vor ihrer *prova* Hunderte davon gemacht – und die Gesellen sahen bei ihrer Vorführung so gelangweilt aus, weil sie es buchstäblich im Schlaf konnten, dass sie die Pferde und den damit verbundenen Mangel an Kreativität mittlerweile verabscheute. Es gab so vieles, was sie machen konnten, denn Glas war wunderbar vielseitig. Warum immer auf das Vertraute zurückgreifen? Wahrscheinlich, weil es einfacher war, nicht darüber nachzudenken. Auch Orsola ertappte sich bisweilen dabei, dass sie immer wieder die gleichen Perlen anfertigte, anstatt etwas Neues auszuprobieren. Und es kam umso häufiger vor, je älter und müder sie wurde.

Nach der Vorführung wurden die Touristen in aufwendig gestaltete Showrooms geführt, wo die Verkäufer sie mithilfe der in Mailand oder New York gelernten Techniken dazu überredeten, überteuerte und oft hässliche Glaswaren zu kaufen. Orsola verstand nicht, warum die Glasmacher es für nötig hielten, auf diese Weise Druck auszuüben. Sie schämte sich bei der Vorstellung, was anspruchsvollere Kunden darüber denken würden.

Auch Marco hasste die bezahlten Vorführungen, die Verkaufstechniken und die Glaspferde; er verbot sogar, sie in der Rosso-Werkstatt herzustellen, obwohl sie dadurch gewiss Umsatz einbüßten. Die Konkurrenz aus China hatte die Rossos vor einer Weile aus dem Saatperlengeschäft verdrängt, und nun fertigten sie wieder ausschließlich Glaswaren an. Widerstrebend hatte Marco eingewilligt, die Werkstatt für Besucher zu öffnen, und er beantwortete Fragen, während er arbeitete, aber Lucianas Töchtern, die im Laden arbeiteten, hatte er untersagt, die Leute zu belästigen und ihnen Dinge aufzudrängen. »Lasst sie sich umschauen«, sagte er. »Wenn die Arbeiten gut sind, werden sie sie kaufen.«

Nicht alles aus Glas, was auf Murano hergestellt wurde, war für den schnellen Verkauf bestimmt. Einige Glasmacher sträubten sich gegen diese Ästhetik und verwendeten das Glas für künstlerischere Arbeiten. Raffaele – der jetzt Marcos *servente* war und Maestro werden sollte, wenn sein Vater sich zur Ruhe setzte – entwickelte einen neuen Stil mit schlichten, klaren Linien und sorgfältig ausgewählten Farben. Schon seit einigen Jahren war das Stück, das sich am besten verkaufte, eine kleine durchscheinende blaue Schale mit schmalem gelbem Rand, die Raffaele entworfen hatte. Sie besaß genau die richtige Größe für eine Handvoll Oliven oder Pistazien, war gefällig in ihren Proportionen; das kraftvolle Blau wirkte edel, und der Rand schien zu leuchten. Besucher, die von dem ganzen Kitsch ringsum erschöpft waren, stürzten sich geradezu erleichtert auf diese schlichte Schale.

Der Stolz auf die Geschichte der Insel und ihres Glases war gewachsen, und mittlerweile gab es ein Museum, das die Leistungen alter und neuer Werkstätten anschaulich würdigte. Orsola ging gerne in das Museo del Vetro und bewunderte voller Nostalgie die alten Werkstücke, insbesondere die der Baroviers, zu denen auch Maria Baroviers *rosetta* gehörte sowie ein ultramarinblauer, mit Figuren bemalter Hochzeitsbecher, der ungefähr aus der Zeit stammte, als Orsola geboren war. Auch andere Muraneser Glasfamilien waren vertreten, sogar die Rossos, mit einem von Marcos Kerzenhaltern, um dessen Fuß sich Antonios Delfine wanden. Rosella versuchte, Orsola dazu zu überreden, die Musterkarten, die Jonas ihr zurückgegeben hatte, dem Museum zu schenken. Das würde sie auch eines Tages tun, aber noch war sie nicht bereit, sich von ihrer Geschichte zu trennen. Im Moment hingen sie im Laden an der Wand. Die meisten Leute beachteten sie gar nicht, aber ab und an sah Orsola, wie eine Frau sie aufmerksam betrachtete, und dann dachte sie: Das ist eine Perlenmacherin.

Orsola und Rosella gaben sich große Mühe, damit die Kunden sich gern in dem kleinen Laden in Venedig aufhielten und sich nicht beobachtet oder gedrängt fühlten, etwas zu kaufen. Von der Überschwemmung mal abgesehen, lief Rosso e Rosella gut, doch ein Jahr zuvor hatte gegenüber ein Souvenirgeschäft aufgemacht, in dem es die üblichen Schlüsselanhänger, Handyhüllen, T-Shirts, Plastikmappen und Kühlschrankmagneten gab, alle mit Abbildungen von Gondeln, Santa Maria della Salute, dem Markusdom, dem Dogenpalast oder dem venezianischen Löwen. Außerdem verkauften sie dort Kugeln und Figuren aus Glas, versehen mit einem handgeschriebenen Etikett »Muranoglas«, aber Orsola wusste, dass sie aus China kamen. China war Muranos größter Konkurrent geworden. Die Muraneser Glasmacher versuchten, ihren Markt zu schützen, indem sie ihre Arbeiten mit einem speziellen Werkstempel versahen, aber die meisten venezianischen Verkäufer und die Touristen achteten nicht darauf.

Orsola musste dasitzen und zusehen, wie die Touristen die hochwertigeren, teureren Arbeiten in ihrem Schaufenster betrachteten und sich dann den billigeren Angeboten auf der anderen Straßenseite zuwandten. Es deprimierte sie so sehr, dass sie seltener ins Geschäft kam und den Verkauf Rosella und Angela überließ.

Nun jedoch stand sie wieder im Laden, um während der Zeit des Karnevals auszuhelfen. Seit dem Hochwasser waren drei Monate vergangen, und die Frauen hatten fast alle Spuren beseitigt, bis auf einen Wasserrand dreißig Zentimeter über dem Fußboden, der die Kunden zu faszinieren schien. Aber Überschwemmungen waren immer nur für diejenigen faszinierend, die sie nicht selbst erleben mussten. Zum ersten Mal seit der *acqua grande* waren wieder größere Mengen von Touristen in der Stadt. Alle waren erleichtert, dass sie zumindest für die zwei Wochen des Karnevals in Venedig waren, auch wenn es bedeutete, dass die Gassen voll kostümierter und betrunkener Feiernder waren. Viele von ihnen gingen in das Souvenirgeschäft, um billige Masken zu kaufen, aber ein paar kamen auch zu Rosso e Rosella, um nach Mitbringseln zu schauen oder eine der perlenbesetzten Masken zu erstehen, die Rosella jedes Jahr im Februar für das Fest anfertigte.

Orsola blickte auf, als ein deutsches Paar hereinkam. Meist wusste sie schon, bevor die Leute etwas sagten, woher sie kamen. Sie nickte ihnen zu und bemühte sich, sie nicht anzustarren. Sie trugen keine Karnevalsmasken, sondern weiße Atemschutzmasken, wie man sie aus Krankenhäusern kannte. Der Blick der Frau wirkte verlegen, der des Mannes herausfordernd. Sie blieben nicht lange und kauften auch nichts.

»Was sollte das denn?«, fragte sie Rosella, die an ihrer Werkbank über die Flamme gebeugt war.

Ihre Nichte sah nicht auf, weil sie gerade dabei war, einen kleinen roten Tintenfisch als Schlüsselanhänger zu formen – denn auch sie boten mittlerweile neben ihren Halsketten und Ohrringen ein paar billigere Souvenirs an. Orsola fertigte auch immer noch ihre Seepferdchen an, die sich gut verkauften. »Wahrscheinlich machen sie sich Sorgen wegen diesem Virus in China.«

Orsola schnaubte. »Wie albern! Wie sollte das denn hierherkommen?« Aber ihr Magen krampfte sich zusammen, als sie an die Krankheit dachte, die vor langer Zeit Nonna, Maddalena, Paolo und Nicoletta ins Grab gebracht hatte und über die übrigen Rossos die Quarantäne verhängt hatte. So etwas kann doch jetzt nicht mehr passieren, dachte sie. Wir haben eine moderne Medizin und hohe Hygienestandards, wir bekommen so was nicht. Nicht wir, nicht jetzt.

Wir. Jetzt.

Orsola war wütend, weil sie nicht zu ihrer Familie durfte. Die Wohnung von ihr und Stefano lag mehr als zweihundert Meter vom Haus der Rossos entfernt, und gemäß den Quarantänevorschriften riskierten sie eine Strafe in Höhe von dreitausend Euro (eintausendfünfhundert Perlen), wenn sie diese Grenze überschritten. Sie konnte auch nicht zur *passeggiata* über den

Campo San Bernardo schlendern oder das Grab ihrer Eltern besuchen oder mit Monica im Café am Ponto Longo bei einem Espresso in der Sonne sitzen. Nur kurze Einkäufe im Supermarkt waren erlaubt. Alle anderen Geschäfte waren geschlossen.

Manchmal verabredete sie sich mit ihrer Schwägerin vor dem Supermarkt, um gemeinsam in der Schlange zu warten. Dort unterhielten sie sich – Abstand haltend, wie es verlangt wurde. Monica brachte oft Orsolas Urgroßnichte mit – Luciana war inzwischen Großmutter. Beim ersten Mal war die Kleine, als sie ihre Urgroßtante erblickte, schnurstracks auf sie zugelaufen, und alle Umstehenden hatten erschrocken nach Luft geschnappt und Orsola missbilligend gemustert, als sie es wagte, das Mädchen zu umarmen, anstatt es auf Distanz zu halten. Doch Orsola wusste, dass sie sie um die Berührung beneideten, die jetzt verboten war.

Der Markt durfte in geringerem Umfang weiter stattfinden, aber niemand hielt sich lange auf, niemand blieb zum Plaudern. Ein paar kurze Sätze, Fragen, wie es dem anderen ging, Schilderung von Symptomen, über die man früher nicht weiter nachgedacht hätte: das Kratzen im Hals, der plötzliche Husten, die Glieder- und Kopfschmerzen. Alles konnte ein Hinweis auf das Virus sein.

Orsola hörte das Gerücht, Covid sei möglicherweise durch einen Chinesen nach Italien gekommen, der eine deutsche Autofabrik besucht hatte, und ein Autoteil, das er berührt hatte, sei dann nach Norditalien geliefert worden. Es klang ziemlich weit hergeholt. Doch die Welt war seit Jahrhunderten auf diese Weise verbunden; das wussten die Venezianer besser als alle anderen. Ratten waren mit Handelsschiffen aus der Türkei oder Ländern weiter im Osten gekommen, und die Flöhe in ihrem Fell hatten die Pest gebracht. Die Flöhe wiederum stammten vielleicht von Murmeltieren aus Kirgisistan. Dieses neue Virus jedoch verbreitete sich schneller und auf vielfältigere Weise, weil auch die Welt schneller und auf vielfältigere Weise verbunden war.

Orsola hatte Glück, sie konnte weiterhin in ihrer Werkstatt arbeiten, solange sie genug Glas und Gas hatte. Doch ihre Arbeit litt; es fiel ihr schwer, sich zu konzentrieren. Sie verbrannte Glas, sodass sich Blasen bildeten. Sie ließ Stücke fallen und Perlen nicht lange genug abkühlen, verdarb Verzierungen, weil ihre sonst so ruhigen Hände zitterten und statt Punkten Kleckse und statt Blumen Krakeleien produzierten. Sie schien ihr natürliches Gefühl für Symmetrie verloren zu haben, sodass ihre Perlen schief und ungleichmäßig wurden. Es war fast so schlimm wie damals, als Elena Barovier ihr das Perlenmachen beigebracht hatte. Orsola kam sich wieder vor wie ein Lehrling, der mit Honig und zwei Stäben üben sollte. Und sie fühlte sich uninspiriert, unfähig, irgendetwas Neues zu erschaffen. Selbst die vertrauten Modelle wurden nicht annähernd so gut wie zuvor. Oft fehlten ihr bestimmte Farben, und wehmütig dachte sie an den Regenbogen aus Glasstäben, den sie bestellen würde, wenn sie nur könnte, die zwanzig verschiedenen Blau- und die dreißig verschiedenen Grüntöne. Einige Jahre zuvor waren neue Umweltschutzgesetze erlassen worden, um die Schadstoffe im Rauch der Schmelzöfen zu reduzieren, und seither war die Produktion von Rohglas auf Murano schwieriger geworden. Derzeit gab es nur noch eine Fabrik auf Murano, die Glasstäbe herstellte, und die war wegen des Lockdowns geschlossen.

Wozu überhaupt etwas machen? Der Laden war ebenfalls geschlossen, und niemand wusste, wann wieder Touristen kommen würden. Die Bestellungen aus dem Ausland waren auch versiegt. Nach einer Weile ging Orsola nicht mehr in die Werkstatt, sondern blieb mit Stefano in der Wohnung, las wie eine Besessene die Zeitung, schaute irgendetwas im Fernsehen oder Videos von Leuten, die alberne Sachen machten, um die Welt ein wenig aufzuheitern.

Ohne Abwechslung, ohne andere Orte, Klänge, Menschen war das Leben öde. Ihre Familie und Freunde auf dem Bildschirm ihres Smartphones zu sehen war nicht dasselbe, wie mit ihnen zusammenzusein. Luciana würde lachen, wenn sie es wüsste, aber Orsola vermisste Venedig. Sie vermisste die Anwesenheit von Fremden, die Touristen, die im Laden umherschlenderten, Stücke in die Hand nahmen und wieder hinstellten oder Rosella beim Perlenmachen zusahen. Sie vermisste sogar die arroganten Besserwisser, die die Objekte kritisch beäugten und sich über die Preise beschwerten oder abfällige Bemerkungen über die Stücke machten.

Für eines jedoch war sie dankbar: Stefanos verlässliche Gegenwart. Er sprach nicht viel, aber es war ein vertrautes Schweigen, wenn sie zusammensaßen und fernsahen oder lasen. Orsola war keine große Leserin, da sie es erst als Erwachsene gelernt hatte, aber Stefano arbeitete sich durch eine Biographie über Napoleon, »um zu verstehen, was er uns angetan hat und warum«. Als Nächstes wollte er sich Casanovas Memoiren vornehmen, aber er hatte sich bereits geweigert, ihr die freizügigen Stellen vorzulesen. Orsola fragte sich, ob Casanova die Begegnung mit einer Perlenmacherin auf einer Gondelfahrt von Mestre nach Venedig erwähnt hatte.

Manchmal schmiegte sie sich an Stefano, während er las, und sein gleichmäßiger Atem beruhigte sie.

In der Supermarktschlange erfuhr Orsola auch das mit Giacomo. »Er ist fort«, flüsterte Monica, als sie nach ihm fragte.

»Wie, fort? Wohin?«

Monica blickte sich um. Es war schwierig, über Familiengeheimnisse zu sprechen, wenn man anderthalb Meter Abstand halten musste und alle die Ohren spitzten.

»Er ist kurz vor dem Lockdown nach Mestre gefahren und nicht wieder zurückgekommen.«

Alarmiert starrte Orsola sie an. »Er sitzt auf der *terraferma* fest?«

»Er sitzt nicht fest«, sagte Monica so leise, dass Orsola es kaum hörte. Und was sie hörte, ergab für sie keinen Sinn. Während der familiären Videokonferenzen hatte Giacomo seinen Bildschirmhintergrund auf Südseepalmen umgestellt und darüber Witze gemacht. Orsola hatte angenommen, dass er in seiner Wohnung auf Murano war.

»Aber was macht er dann da?«

Wieder blickte Monica sich um, aber es standen zu viele klatschsüchtige Nachbarinnen herum. Sie holte ihr Handy heraus und tippte stattdessen eine Nachricht.

Er ist bei einem Freund.

Was denn für ein Freund? Und wozu die Geheimnistuerei?

Na, du weißt schon …

Orsola sah Monica an, doch die zuckte nur die Achseln.

»Wie lange weißt du es schon?

Monica beugte sich wieder über ihr Handy.

Hab's mir schon eine Weile gedacht. Isabella hat damals Andeutungen gemacht. Ich wollte nichts sagen, weil ich nicht wusste, ob's stimmt. Ich hab ihn einfach gefragt und er hat's mir gesagt.

Orsola ließ das Leben ihres Bruders vor ihrem inneren Auge Revue passieren, und auf einmal ergab alles einen Sinn. Seine Trauer bei Paolos Tod, die sie dem Verlust seines Lehrers zugeschrieben hatte, nicht dem seines Geliebten. Die fehlende Zuneigung und Leidenschaft zwischen ihm und Isabella und sein

Desinteresse, sich nach ihrem Tod eine neue Frau zu suchen. Sein Unbehagen, wenn die Männer auf Murano sich mal wieder furchtbar machomäßig verhielten. Die Abneigung, in den Omo Salvadego zu gehen. Dass er nie mit anderen Männern über Frauen gesprochen oder ihnen hinterhergepfiffen hatte. Die verstohlenen Seitenblicke, die er manchmal anderen Männern zugeworfen hatte; Orsola hatte sie durchaus bemerkt, sich aber nichts dabei gedacht. Ganz offensichtlich hatte er sich nie wohl in seiner Haut gefühlt und hatte gleichzeitig versucht, es vor ihnen allen zu verbergen.

Was sagt Marco dazu?

Nichts. Er denkt, G steckt in Mestre fest und kommt irgendwann zurück. Vielleicht besser so.

Ja, vielleicht.

Orsola hätte Giacomo am liebsten sofort angerufen, aber sie wartete, bis sie allein in der Werkstatt war. Als er ihren Videoanruf annahm, fragte sie nur: »Warum hast du es mir nicht gesagt?«

Die Angst und Erleichterung, die in seinem Gesicht aufflackerten, brachen ihr fast das Herz. Ihr sanfter Bruder, der immer auf sie aufgepasst und so viel mit ihr zusammen durchgestanden hatte. Sie hatte ihn nie wirklich gekannt. Und jetzt hielt die *terraferma* ihn fest, unterwarf ihn ihren Regeln. Würde er je zurückkommen? Wollte er es überhaupt?

Es fing mit Kopfschmerzen an. Dann Husten. Ein metallischer Geschmack im Mund, dann gar kein Geschmack mehr. Müdigkeit. Fieber. Enge in der Brust. Atembeschwerden. Stärkere Atembeschwerden. Extreme Atembeschwerden. Rettungsboot. Krankenhaus. Künstliche Beatmung.

Als das Rettungsboot aus Venedig kam, legten die Sanitäter – in weißen Ganzkörperanzügen wie Astronauten – Stefano eine Sauerstoffmaske an, und er konnte nichts mehr sagen, selbst wenn er gewollt hätte. Orsola folgte ihnen, als sie ihn nach unten trugen, und sah zu, wie sie ihn draußen auf der Straße auf eine Transportliege schnallten. Nachbarn reckten die Köpfe aus dem Fenster und zogen sie rasch wieder zurück.

Sie schoben Stefano auf der Liege zum Kanal. Orsola durfte ihn nicht begleiten und ihn auch nicht im Krankenhaus besuchen. »Warten Sie!« Sie lief hinter ihnen her. »Ruf mich an«, sagte sie, gab ihm sein Smartphone und drückte seine Hand. Er sah sie an, und der Blick seiner dunklen Augen war genauso durchdringend wie damals bei ihrer ersten Begegnung, als er *garzone* in der Werkstatt der Baroviers gewesen war und Maria Barovier ihn gescholten hatte. Orsola war nie in Stefano verliebt gewesen, und doch liebte sie ihn. Er war all die Jahre an ihrer Seite gewesen, obwohl er von Anfang an gewusst hatte, dass sie lieber Antonio geheiratet hätte. Es musste demütigend gewesen sein, aber er hatte sich nie darüber beklagt. Sie fand keine Worte, um ihm zu sagen, wie dankbar sie war.

Er hob die Hand, und Orsola erwiderte die Geste. Dann brachten sie ihn weg.

Am nächsten Tag leuchtete sein Foto auf ihrem Bildschirm auf, aber es war nicht er, sondern eine erschöpfte Krankenschwester, die sie über sein Handy anrief, um ihr mitzuteilen, dass Stefano gestorben war.

Gottesdienste waren verboten, somit würde es keine Messe für ihn in Santi Maria e Donato geben. Nur die nächsten Verwandten durften bei der Beisetzung auf dem Friedhof anwesend sein. Stefanos Eltern waren schon lange tot, seine Brüder weit weg. Und Angela durfte nicht von Giudecca herüberkommen, um ihren geliebten Vater zu seiner letzten Ruhe zu begleiten. Am

Telefon weinte sie so sehr, dass Orsola insgeheim froh war, dass ihre Tochter nicht dabei sein würde.

Am Abend vor der Beerdigung traf sich die Familie online, um Stefanos zu gedenken, aber Orsola fand es unbefriedigend, weil die Technik immer nur einem zu sprechen gestattete und die Gespräche dadurch steif und holprig wurden. Die Männer – Marco, Giacomo, Raffaele, Marcolin und Andrea – waren bedrückt und trauerten sichtlich um den stillen Mann, an dessen Seite sie so viele Jahre gearbeitet hatten. Die Frauen – Monica, Angela, Rosella, Francesca und sogar Luciana – waren in Gedanken ganz bei Orsola und voller Angst, dass sie auch erkranken könnte, obwohl sie bisher keine Symptome aufwies.

»Du kannst nicht alleine zur Beerdigung gehen«, erklärte Monica.

»Nein, auf keinen Fall«, stimmte Rosella ein.

Angela fing wieder an zu weinen. Sie hatte gerade erst aufgehört.

Orsola gab sich tapferer, als sie war. »Es geht nicht anders. So sind nun mal die Vorschriften. Und falls ich das Virus tatsächlich habe, könntet ihr euch bei mir anstecken. Außerdem wird die Beerdigung nicht lange dauern. Kein Pfarrer, und selbst Blumen sind verboten.« Noch während sie sprach, graute ihr davor.

Am nächsten Tag machte sie sich auf den langen Weg zum Friedhof. Wenigstens hatte sie nun einen Grund, sich weiter als zweihundert Meter von ihrem Haus zu entfernen. Die Straßen lagen gespenstisch verlassen da, abgesehen von ein paar maskierten Gestalten in der Ferne, die mit vollen Einkaufstüten nach Hause eilten. Doch viele Leute beugten sich aus den Fenstern und unterhielten sich mit den Nachbarn ringsum. Sie verstummten, als sie Orsola erblickten, denn sie wussten, wohin sie ging. Alle auf Murano wussten, dass jemand an dem Virus gestorben war, und wer es war, und wer sie war. Hier gab es keine Geheimnisse. »*Mi dispiace,* Orsola«, riefen sie. »*Dio accolga* Stefano.«

Als sie am Friedhofstor ankam, war es verschlossen, und sie musste klingeln und warten, bis der Wärter ihr öffnete. Er nickte ihr zu und ließ sie eintreten, dann verschloss er das Tor wieder und führte sie durch eine Zypressenallee. Nach einer Weile bog er rechts ab, ging zwischen Reihen von Grabsteinen hindurch, dann trat er zur Seite, deutete nach vorn und ließ sie allein weitergehen.

Ein Stück entfernt sah sie den Karren mit dem Sarg; sie hatten ihn vermutlich von einem Boot am nahe gelegenen Kanal hierhergebracht. Daneben warteten vier Bestatter, in weißen Schutzanzügen, wie die Sanitäter. Bei ihnen stand eine schlanke Gestalt in einem eleganten schwarzen Anzug. Orsola musste trotz allem lächeln.

Er hat seinen Armani rausgeholt, dachte sie.

Marco war absurd stolz auf diesen Anzug, den er sich zu seinem sechzigsten Geburtstag gegönnt hatte. Er sah gut aus darin, mit seiner drahtigen Figur und dem silbernen Haar. Er hatte ein hohes Bußgeld riskiert, um zum Friedhof zu kommen, obwohl er kein naher Angehöriger war. Er hatte seine Maske heruntergezogen und schimpfte über den Sarg, den die Bestatter für Stefano gewählt hatten. »Die Griffe sind nicht poliert. Und das Holz ist voller Astlöcher – hier, sehen Sie?«

»Marco.« Orsola nahm ebenfalls die Maske ab. Zum ersten Mal in ihrem Leben ließ sie sich von ihm in die Arme nehmen. Sie legte den Kopf an seine Schulter. Da endlich konnte sie weinen.

Nach der Beisetzung gingen Orsola und Marco zum Grab ihrer Eltern. Sie führte ihn, da sie öfter herkam als er. Bei vielen Gräbern war ein Foto in den Stein eingelassen oder hing in einem Anhänger am Kreuz. Bei dem der Rossos war keines von ihrem Vater – es hatte nie eines von ihm gegeben –, aber es gab eines von ihrer Mutter, einer Laura Rosso in späten Jahren, die still dasaß und mit ernster Miene in die Kamera blickte. Orsola verspürte eine schmerzliche Leere in ihrem Innern. »Madre«, flüsterte sie und berührte das Foto. »Du fehlst mir so!«

Es war lange her, seit sie zuletzt allein mit ihrem Bruder gewesen war. Sie kamen einfach nicht miteinander aus, das wussten und akzeptierten sie. Doch als sie nun am Grab ihrer Eltern standen, fragte Marco, wie die Geschäfte in San Marco vor dem Hochwasser und der Pandemie gelaufen waren. So etwas hatte er sie noch nie gefragt, aber da sie weder Sarkasmus noch Herablassung herausgehört hatte, antwortete sie geradeheraus. »Gut. Nicht so gut wie in den Souvenirläden, aber gut genug.«

»Das hätte Padre gefreut.«

»Meinst du?«

»*De certo*. Er mochte dich immer lieber als mich.«

»Unsinn.«

»Doch.«

Orsola blickte auf den Namen ihres Vaters, der in den Stein gemeißelt war: Lorenzo Rosso, *Maestro del Vetro*. Dann betrachtete sie Laura Rossos unbewegte Miene. »Nun, Madre konnte ich nichts recht machen, das gleicht es dann wieder aus. Bis zum Schluss hatte sie etwas daran auszusetzen, wie ich die Wäsche wusch. Und von meinen Perlen hielt sie auch nichts. Sie mochte dich lieber.«

»Ja, das stimmt«, sagte Marco, aber es war kein Seitenhieb, sondern eine schlichte Feststellung.

Orsola wischte ein wenig totes Laub vom Grab. »Ich wünschte, ich hätte Blumen mitbringen können.«

»Ach, das hätte ich fast vergessen.« Marco griff in seine Tasche und gab ihr einen kleinen Kranz aus bunten Saatperlen, die auf Draht gezogen und zu Blumen und Ranken geformt waren. Orsola hatte solche Kränze nicht mehr gesehen, seit Luciana sie damals für die Gefallenen angefertigt hatte. Sie hätte ihn gerne verabscheut, konnte aber nicht anders, als die Arbeit zu bewundern. Mittlerweile machte Luciana kaum noch welche. Seit die Chinesen die Saatperlen so billig herstellten, hatte sie sich ganz davon abgewandt. Jetzt vermietete sie Ferienwohnungen auf Murano und in Venedig. »Luciana meinte, wir könnten ihn auf Stefanos Sarg legen«, sagte Marco, »aber der Bestatter hat sich geweigert, wegen der Ansteckungsgefahr. *Bastardo!* Wir könnten ihn stattdessen hierhin legen.«

Orsola hätte am liebsten Einspruch erhoben, aber es kam ihr kindisch vor. »Wie geht es Luciana?«, fragte sie und legte den Kranz auf den Grabstein, wie eine kleine Krone auf einem Kopf aus Granit.

»Gut. Du konntest sie nie leiden.«

»Weil sie alles an sich gerissen hat!«

»Das ist deine Sicht. Sie ist Teil der Familie. Du wirst es nicht glauben, aber sie und Raffaele sind immer noch verrückt nacheinander. Ich höre sie jede Nacht.«

»Basta!« Orsola strich über den Grabstein. »Ich muss zurück.«

»Zurück wohin? In eine leere Wohnung? Zu schrecklichen Nachrichten und Telefonaten mit Leuten, die nichts zu sagen haben, weil es nichts Neues zu sagen gibt? Ich bin froh, dass ich mal draußen bin!«

Sie sah ihn an, sah die Falten um seine Augen und die gealterten Hände, die ganz leicht zitterten – doch vermutlich nie, wenn er Glas hielt, denn es war ein Beruf, der die Bewegungskoordination förderte –, und sagte ein Wort, das sie ihrem Bruder gegenüber noch nie gesagt hatte. »*Grazie,* Marco.«

»Wofür?«

»Dafür, dass du gekommen bist, obwohl dir ein Bußgeld droht.«

Er schnaubte. »Niemand hält mich davon ab, zur Beerdigung

meines Schwagers zu gehen. Stefano war ein guter Arbeiter. Seine Spiegel, seine Schleifereien. Er hat uns gezeigt, wie man Ziehglas herstellt.«

»Aber du könntest krank werden. Vielleicht habe ich mich angesteckt und weiß es nicht.«

Wieder schnaubte er. »Scheiß auf Covid. Du bist meine Schwester.«

Das war genauso gut, als hätte er gesagt, sie sei die beste Perlenmacherin von Murano. Sogar besser.

Sie lächelten sich an. *»Cretino«*, sagte sie.

»Bauca!«

Als sie zum Tor zurückgingen, wo der Friedhofswärter mit dem Schlüssel wartete, räusperte er sich. »Hör mal, willst du nicht wieder bei uns wohnen? Monica würde sich freuen.«

Einen Moment lang spürte Orsola die Verlockung, in den Schoß der Familie zurückzukehren – bekocht zu werden, mit Monica zu plaudern, sich an den Kindern zu freuen, die von den schlimmen Nachrichten nichts mitbekamen und ganz im Augenblick lebten. Darüber zu spekulieren, ob Giacomo glücklich war und ob er irgendwann nach Murano zurückkommen oder auf der *terraferma* bleiben würde.

»*Grazie*, Marco«, sagte sie nach einer Weile erneut. »Aber ich habe mich zu sehr an ein ruhiges Leben gewöhnt, ohne das Chaos. Und ohne die ganze Wäsche.«

Er nickte. »Verstehe ich gut. Ich gäbe was darum, auf ein Glas oder zwei in den Omo Salvadego verschwinden zu können. Aber falls du deine Meinung änderst, das Angebot steht.«

Orsola nickte und drückte seinen Arm, der von der Arbeit mit dem Glas immer noch stark war. Morgen würden sie sich gewiss wieder streiten, aber sie würde sich immer daran erinnern, dass sie es heute nicht getan hatten.

Sie ging auf einem Umweg nach Hause, am Kanal entlang. Da keine Boote fahren durften, war das Wasser so ruhig, dass man den Grund sehen konnte und die Fische, die immer da waren, aber sonst vom Schlamm verdeckt wurden, den die Boote aufwirbelten. Orsola spähte hinunter und sah, dass dort unten orangefarbene Korallen wuchsen, von deren Existenz sie nichts geahnt hatte. Die Natur folgte ihren eigenen Wegen, gleichgültig gegenüber dem menschlichen Leid. Was auch mit den Menschen geschah, die Welt würde immer da sein, Ebbe und Flut würden sich abwechseln, die Blumen würden blühen und die Vögel singen. Es war keine besonders originelle Erkenntnis, aber sie fand sie tröstlich. In gewisser Weise folgten auch die Menschen ihrem Weg, aßen und schliefen, arbeiteten und liebten, ganz gleich wie die Umstände waren.

Orsola mochte noch nicht in die leere Wohnung zurückkehren. Deshalb ging sie durch die verlassenen Straßen zum Campo San Donato und an der Basilika vorbei, dann über die Brücke und zur Riva di San Matteo. Auch dies war mehr als zweihundert Meter von zu Hause entfernt, aber in Anbetracht der Umstände nahm sie an, dass niemand sie verraten würde.

Sie kam am geschlossenen Omo Salvadego und an den Überresten der einstigen Kirche von San Matteo vorbei. Rundherum waren in einer ehemaligen Fabrik mehrere kleine Ateliers von Glaskünstlern entstanden. Obwohl es daran erinnerte, dass die Ära, in der Dutzende von familiengeführten Werkstätten die schönsten Glasarbeiten der Welt hergestellt hatten, lange vorbei war, beherbergte dieses alte Gebäude nun wieder Menschen, die Kunst aus Glas erschufen, anstatt leerzustehen und zu verfallen wie so viele andere ehemalige Fabriken auf der Insel. Orsola vermutete, dass sie irgendwann abgerissen und durch Hotels oder Luxusferienwohnungen ersetzt werden würden – sofern Venedig sich von dem doppelten Schlag der Pandemie und der *acqua grande* erholte.

Doch Venedig würde sich gewiss erholen, trotz all der düsteren Prognosen, die sie im Radio oder in der Schlange vor dem Supermarkt hörte. Das hatte es immer getan. Orsola hatte miterlebt, wie die Stadt alle möglichen Schicksalsschläge überstanden hatte: die Entdeckung der Schiffsrouten nach Asien und in die Neue Welt, die aus dem einstigen Handelszentrum Venedig nach und nach einen Tummelplatz für Reisende gemacht hatte; die Pestepidemien; die Eroberung durch Napoleon und die Vernachlässigung durch die Österreicher; die großen Überschwemmungen; die Kreuzfahrtschiffe und die Touristenhorden, die die Einwohner vertrieben; das Meer, das höher und immer höher stieg … Venedig war wendig, es passte sich an, und es verließ sich auf seine Einzigartigkeit, seine zeitlose Schönheit, die immer wieder Bewunderer anzog.

Und die Stadt war *echt*, ein Gefühl, das man bei neueren, saubereren Orten nicht hatte. Raffaele war mit Luciana zu ihrem fünfzehnten Hochzeitstag in Las Vegas gewesen – auf den Wunsch seiner Frau hin, vermutete Orsola – und hatte seiner Tante hinterher erzählt, dass jedes Casino dort nach einem bestimmten Thema gestaltet war, oft nach Orten: Paris, Rom, Ägypten und natürlich Venedig. Er zeigte ihr Fotos von einem nachgebauten Campanile, einem Dogenpalast, einer Rialtobrücke und Kanälen mit gechlortem Wasser, klar und türkisblau wie ein Swimmingpool. Es gab sogar Gondeln, obwohl einige der Gondolieri falsch herum ruderten, sogar die echten, die sie aus Venedig geholt hatten. Als Raffaele einen davon darauf angesprochen hatte, war dieser in typisch venezianische Flüche ausgebrochen. »Und die Leute waren begeistert von diesem Pseudo-Venedig«, sagte Raffaele. »Ich habe gehört, wie ein Amerikaner sagte: ›Wozu den langen Flug nach Italien machen, wenn man all das auch hier in Las Vegas haben kann, und dazu noch das Glücksspiel!‹«

Die Venezianer beschwerten sich darüber, dass ihre Stadt

immer mehr zu einem Freizeitpark wurde, doch Orsola wusste, solange Venedigs Kanäle nach Abwasser stanken, die Zimmer dunkel und feucht waren und die Einwohner schwermütig und sarkastisch, würde es sein wahres Wesen behalten, das so verführerisch war. Eine echte Perle braucht ein Sandkorn, um schön zu werden; Schönheit ist die Narbe an der Lippe, die Lücke zwischen den Schneidezähnen, die schiefe Augenbraue.

Schließlich kam sie zur Riva di San Matteo, dem Ort, an dem sich ihr Leben für immer verändert hatte. Fünfundvierzig Jahre lang – manchmal schien es ihr, als wären es mehrere Hundert gewesen – hatte Orsola an dieser Stelle innegehalten, hatte des Verlustes gedacht, des Weges, den sie nicht gegangen war. Stattdessen hatte sie zugesehen, wie Antonio von ihr fortgerudert war. Da war der Schmerz gewesen, dann die Erinnerung an den Schmerz und schließlich die Erinnerung an die Erinnerung. Viele Jahre lang hatte sie diesen Augenblick mit Antonio wie durch ein Teleskop betrachtet, hatte die Gefühle mit unbeteiligter Neugier erforscht. Ab und an, wenn sie wieder einen Glasdelfin bekam, meldete sich der Schmerz noch einmal zurück, wie bei einem Zahn, der nach der Behandlung noch empfindlich ist.

Sie blickte übers Wasser. Es waren keine Boote zu sehen, weil nicht mal die Fischer hinausfahren durften. Die Lagune breitete sich wie ein gläsernes Tuch bis zu den Bergen aus, nur unterbrochen vom Flughafen, der ebenfalls still dalag, weil keine Maschinen Touristen nach Venedig brachten. An diesem Tag war die Luft so klar, dass der Schnee auf den Bergspitzen aussah wie von einem Kind aufgemalt. Orsola hatte lange nicht mehr darüber nachgedacht, was dahinter war.

Kurz nach Beginn des Lockdowns wurde berichtet, dass nun, da keine Boote mehr fuhren, in der Lagune rund um Venedig Delfine gesichtet worden waren – zum ersten Mal seit vielen

Jahren. Rasch verbreitete sich die Nachricht auf der ganzen Welt, und die Leute sagten staunend: In Venedig gibt es wieder Delfine! Seht nur, was die Natur macht, wenn keine Menschen da sind! Bald jedoch stellte sich heraus, dass es Fake News waren; das Video mit den Delfinen war vor Sardinien aufgenommen worden. Orsola spottete wie viele Einheimische darüber, wie der Rest der Welt sich in seiner sentimentalen Leichtgläubigkeit auf den Arm nehmen ließ, wenn es um Venedig ging. Die Leute wollten es gerne glauben.

Dennoch hielt sie, als sie über die Lagune blickte, Ausschau nach Wellengekräusel, einer Flosse, die durch das glatte Wasser schnitt und die Rückkehr der Delfine anzeigte. Denn auch Orsola wollte es gerne glauben. Wenn die Delfine nicht in die Lagune zurückkehrten, wozu sollte diese Seuche dann gut sein? Manche sagten, Gott hätte das Virus geschickt, um die Menschen dazu zu zwingen, ihr Verhalten zu ändern, es sei eine Art »Neustart« für die Menschheit. Doch selbst wenn es stimmte, bezweifelte Orsola, dass die Menschen sich ändern würden. Sobald es möglich war, würden sie wieder konsumieren, reisen und die Welt als ihre Spielwiese betrachten, so wie sie es mit Venedig seit Jahrhunderten getan hatten. Und sie war ein Teil davon, fertigte Perlen an, die im Grunde niemand brauchte, und lockte mit ihren Souvenirs Touristen nach Murano, die dort nichts verloren hatten. Darüber sollte sie vielleicht einmal genauer nachdenken, jetzt, da sie die Zeit dazu hatte. Aber das Thema war kompliziert und entzog sich ihr, wann immer sie sich ihm näherte. Viel lieber dachte sie daher über Alltägliches nach: ob sie genug Mehl im Haus hatte, oder ob sie sich einen neuen Mantel kaufen sollte.

Wenn sie jedoch über das Thema nachdachte, versuchte sie sich ins Gedächtnis zu rufen, dass Perlen Farbe und Schönheit in die Welt brachten. Und darüber hinaus hatten diese kleinen, harten Dinger eine ganz besondere Eigenschaft: Sie waren von

Dauer, und sie trugen die Geschichte ihrer Besitzer und ihrer Schöpfer in sich.

Es brauchte seine Zeit, bis wieder Normalität einkehrte. Doch schließlich wurde ein Impfstoff gegen Covid entwickelt, die Infektionszahlen sanken, die Reisebeschränkungen wurden aufgehoben, und Orsola und Rosella konnten ihren Laden in San Marco wieder eröffnen. Und so sehr ihr die Touristen auch verhasst waren, Orsola war froh, sie wiederzusehen. Venedig und Murano brauchten die Touristen, um zu überleben. Sie brauchten sie schon seit Jahrhunderten.

Nach und nach gewöhnte sie sich daran, allein in ihrer Wohnung zu leben und unten in ihrer Werkstatt zu arbeiten. Alle – nicht nur ihre Familie, sondern die ganze Gemeinschaft auf Murano – behandelten sie rücksichtsvoll, weil sie nicht recht wussten, wie sie damit umgehen sollten, dass sie Stefano verloren hatte. Manchmal schimpfte im Supermarkt jemand, dass die strengen Maßnahmen gegen das Virus überzogen seien, dass Covid nichts anderes sei als eine normale Grippe. Dann stieß ihn jemand an und deutete auf Orsola, woraufhin eine Flut von Entschuldigungen folgte. Sie konnte es nicht mehr hören.

Doch es gab auch zwei gute Nachrichten. Die erste war, dass die nun endlich fertiggestellten Fluttore bei einer Sturmflut zum ersten Mal zum Einsatz gekommen waren, und es hatte funktioniert. Vielleicht würde der Meeresspiegel weiter steigen, aber zumindest fürs Erste hatten sie einen Schutz gegen die Überschwemmungen, die so viel Elend über die Menschen in Venedig und auf Murano und den anderen Inseln gebracht hatten.

Die zweite gute Nachricht war, dass tatsächlich Delfine nach Venedig zurückkehrten. Ein Jahr nach der ersten gefälschten Meldung wurden während des zweiten Lockdowns zwei Streifendelfine im Giudecca-Kanal gesichtet, in der Nähe der

Mündung des Canal Grande. Und diesmal war die Meldung echt, denn auf den Videos war Santa Maria della Salute im Hintergrund klar zu erkennen. Die Delfine hatten die Orientierung verloren, und eine Rettungsmannschaft führte sie mit mehreren Booten zurück ins offene Meer.

Von da an hielt Orsola jedes Mal, wenn sie bei ihrem abendlichen Spaziergang nach San Matteo ging, Ausschau nach Delfinen.

8

Der Stein hat fast die ganze Lagune überquert, weil Sie ihn mit sehr viel Kraft geworfen haben, und hat über eine Spanne von fünfhundert Jahren an verschiedenen Punkten die Oberfläche berührt. Nun macht er noch einen letzten kleinen Satz, landet und versinkt kurz vor Murano im Wasser. Es ist die Gegenwart. Orsola ist Ende sechzig. Wieder dreht sie eine Perle in der Flamme, eine durchscheinende rote Perle mit Blattgoldsprenkeln darin. Ihre Antonio-Perle. Sie blickt auf und sieht einen Mann …

Er steht an der Kreuzung vor Orsolas Werkstatt und schaut sich um. Ein Tourist, vermutet sie. Doch da ist etwas an der Art, wie er dasteht, breitbeinig wie ein venezianischer Fischer auf den Wellen der Lagune; an seinem lockigen grauen Haar, das einmal golden gewesen sein muss; an der Form seines Gesichts mit den breiten Wangenknochen und den tiefliegenden Augen. Ihr Herz setzt einen Schlag aus, zwei Schläge. Sie muss plötzlich an den kleinen Hund denken, der vor langer Zeit zwischen ihr und Antonio im *sandolo* gelegen hatte, der scheinbar ertrunken und dann doch wieder zum Leben erwacht war.

Wenn all die Jahre Glasdelfine zu mir gekommen sind, denkt Orsola, und echte Delfine nach Venedig zurückgekommen sind, warum sollte er dann nicht auch zu mir zurückkommen? Dieser Gedanke hat sie nie ganz verlassen, obwohl sie weiß, dass es unsinnig ist. Sie will, dass er der kleine Hund ist, der wieder zum Leben erwacht.

Während sie den Mann betrachtet, hört sie auf, die Perle zu drehen, und sie tropft vom Metalldorn. Als sein Blick auf das Schild über ihrer Tür fällt, leuchten seine Augen auf. Orsola bleibt keine Zeit, sich zu fassen, denn schon geht die Tür auf, und er steht in der Werkstatt. Es ist ein kleiner Raum, fast völlig zugestellt mit ihrer Werkbank, den Gasflaschen, den vielfarbigen Glasstäben und einer Vitrine mit Arbeiten, die zum Verkauf stehen, falls sich ein Besucher hierher verirrt. Wie dieser Mann.

Orsola löscht die Flamme und steht auf. Sie widersteht dem Drang, über ihr störrisches Haar zu streichen und den Bauch einzuziehen. Er muss sie nehmen, wie sie ist.

»*Buongiorno*, Signora.« Der Mann scheint fließend Italienisch zu sprechen, aber er hat einen Akzent, den sie nicht einordnen kann. Ein wenig wie Klingenberg. Mitteleuropa.

»Antonio?«, sagt sie leise, weil sie es glauben möchte. Der Mann lächelt, reagiert aber nicht auf den Namen. Und er erkennt sie offensichtlich nicht.

Orsola wird das Herz schwer. »Sie sind …«

»Alessandro. Alessandro Scaramal.«

»Ach.« Er ist Antonios Sohn. Oder … Orsola stutzt. Der Mann ist ungefähr in ihrem Alter. Er kann nicht Antonios Sohn sein, dafür ist er zu alt. Sie schluckt.

»Sie sind Orsola Rosso?«

Orsola nickt. Nun wird sie doch noch gezwungen, sich der Realität zu stellen, die sie all die Jahre verdrängt hat. Antonio ist vor langer Zeit zur *terraferma* gegangen, wo die Zeit anderen Gesetzen gehorcht. Das bedeutet, dass dieser Alessandro ein Ururenkel sein muss. Nein, noch viele »Ur« mehr. Dutzende davon. Und es bedeutet … es bedeutet, dass Antonio vor langer

Zeit gestorben sein muss. Vor Jahrhunderten. Sie hat ihr Leben ohne ihn gelebt.

Zittrig holt sie Luft. »Aber die Delfine«, sagt sie. »Er schickt mir Delfine.«

Alessandro Scaramal sieht sie überrascht an. »Sie sind also wirklich für Sie. Ich war mir nicht sicher.« Er holt einen kleinen graugrünen Delfin aus der Tasche, ähnlich wie die, die Orsola im Lauf der Jahre bekommen hat. Er hat die Farbe der echten Delfine, die während der Pandemie in Venedig aufgetaucht sind. »Es ist bei uns eine Familientradition, ab und zu einen anzufertigen und nach Venedig zu schicken. Das tun wir schon seit Hunderten von Jahren.«

Orsola starrt auf den Delfin. »Warum?«

Alessandro zuckt die Achseln. »Das weiß niemand. Wir haben es von unseren Vätern gesagt bekommen, und die von ihren Vätern und so weiter. Ich mache Urlaub in Venedig, und da dachte ich mir, ich versuche mal herauszubekommen, wohin die Scaramal-Delfine eigentlich gehen. Unter der Adresse in Venedig habe ich eine Signora Klingenberg gefunden, und sie hat mich hierher geschickt. Sie haben also noch mehr davon?«

»Ich habe eine ganze Sammlung.« Orsola sagt ihm nicht, dass sie sich in einer Schublade neben seinem Knie befinden. Jetzt versteht sie, warum sie nicht vollkommen gleich aussehen: Verschiedene Hände haben sie im Lauf der Zeit geformt. »Haben Sie den hier gemacht?« Sie deutet auf den neuesten Delfin.

»Nein«, erwidert Alessandro verlegen. »Mein Vater war wütend, weil ich das Glasgeschäft nicht übernehmen wollte.«

Orsola seufzt. »Meine Tochter wollte es auch nicht. Und meine Enkelkinder ebenfalls nicht.«

»Aber meine Schwester. Der Delfin ist von ihr. Sie ist sehr gut, viel besser, als ich es gewesen wäre.« Alessandro stutzt. »Komisch, ihr zweiter Vorname ist Ursula. Sie heißt wie Sie.

Noch eine Familientradition. Alle Scaramal-Töchter haben diesen zweiten Vornamen.«

Beinahe hätte Orsola geschluchzt.

Alessandro reicht ihr den Delfin. »Bitte, nehmen Sie ihn.« Orsola streckt die Hand aus, und er lässt ihn hineinfallen. Sie presst die Finger darum, spürt, wie die Flossen sich in ihre Haut bohren. In ihr Herz.

»*Ecco*, ich würde gerne mal die anderen Delfine sehen«, sagt Alessandro. »Wenn Sie sie mir zeigen mögen.« Er blickt sich um. »Und Ihre Arbeiten, die würde ich mir auch gerne anschauen. *Per favore.*« Er scheint wirklich interessiert zu sein.

Orsola zögert. In letzter Zeit hat sie die Schublade mit den Delfinen kaum noch geöffnet. Doch sie sagt: »*Sì.* Setzen Sie sich.« Für ihn wird sie es tun.

Danksagung

Die Familie Rosso und ihre Freunde und Nachbarn sind meiner Vorstellung entsprungen. Aber einige Leute in diesem Buch haben wirklich existiert. Maria Barovier hat tatsächlich die berühmte *rosetta*-Perle erfunden; ihre Nachfahren arbeiten bis heute als Glasmacher auf Murano. Casanova gab es natürlich, ebenso Joséphine Bonaparte, die Venedig 1797 besuchte, es jedoch nicht vor den Plünderungen ihres Mannes retten konnte. Und die Marchesa Luisa Casati lebte wirklich einige Jahre im Palazzo Venier dei Leoni, in dem sich heute die Sammlung Peggy Guggenheim befindet. Die Marchesa war genauso exzentrisch, wie ich sie geschildert habe. Die Geparde, ihre Nacktheit, die Hunderte von Glaslaternen – alles wahr.

Domenego ist dem unbekannten, eleganten Gondoliere nachempfunden, den Carpaccio in seinem Gemälde *Wunder der Kreuzreliquie* verewigt hat. Ich wusste nicht, dass es in Venedig Sklaven gegeben hatte, bis ich dieses erstaunliche Gemälde sah. Es hängt in der Accademia in Venedig und verrät eine Menge über das Leben dort im 15. Jahrhundert.

Warum Glas? Vor vielen Jahren kam nach einer Lesung in Mailand ein Leser zu mir und sagte, ich könnte doch mal etwas über venezianische Perlen schreiben, da dies einer der wenigen Bereiche der Glasverarbeitung war, in dem jahrhundertelang auch Frauen aktiv waren. Daraufhin gab er mir einige Broschüren über Glasperlen, die ich zu Hause ins Regal stellte, wo sie verstaubten. Doch offenbar wusste der Leser aus Mailand, Giorgio Teruzzi ist sein Name, besser als ich selbst, wo meine Interessen lagen, denn ich vergaß die Perlen nicht. Jahre später staubte ich die Broschüren ab und fing an zu recherchieren. Ich traf Giorgio sogar bei einer Glaskonferenz in Venedig wieder und konnte ihm von meinen Fortschritten erzählen und ihn mit Fragen löchern. An dieser Stelle möchte ich ihm dafür danken, dass er mich dazu angeregt hat, diesen abseitigen Weg zu gehen.

Es gibt so viele Bücher, Artikel und Online-Quellen über Venedig, dass das Problem bei Recherchen vor allem darin besteht zu entscheiden, was man *nicht* liest. Für alle, die ein wenig eintauchen wollen, empfehle ich nur zwei allgemeine Werke: *Venice* von Jan Morris (1960; dt.: *3mal Venedig.* Piper 1983. Übers.: H. Stiehl und C. Röthlingshöfer) und *A Brief History of Venice* von Elizabeth Horodowich (2009). Wer tiefer eintauchen will, sollte unbedingt *A History of Venice* von John Julius Norwich lesen (1982).

Über Murano gibt es nicht so viele Bücher, aber ein hervorragendes über seine frühe Geschichte ist *La révolte des boules de neige* von Claire Judde de Larivière (2014; engl.: *The Revolt of Snowballs*, 2018). Claire hat mir auch sehr mit Quellen und Antworten auf detaillierte Fragen geholfen.

Von den vielen Büchern über Glasperlen, ob von Murano oder anderswoher, waren folgende für mich am informativsten: *Trade Beads: From Venice to the Gold Coast*, herausgegeben von Giorgio Teruzzi und Anna Alessandrello (2007); *Perle d'Africa, da Venezia al Mondo* von Giorgio Teruzzi (2009); *Glass Beads from Europe* von Sibylle Jargstorf (1995); *Beads of the World* von Peter Francis jr. (1999); *The Worldwide History of Beads* von Lois Sherr Dubin (2009); *Glass Beads: Selections from the Corning Museum of Glass* von Adrienne V. Gennett (2013); *The Glory of Beads* von Nicole Anderson (2017).

Vor allem jedoch waren es Menschen, die mir geholfen haben, Glas zu verstehen und zu schätzen, darunter mehrere Glasmacher auf Murano, deren Werkstätten ich immer wieder besucht habe. Ganz besonders möchte ich Maestro Davide Fuin und seinen *serventi* danken, denen ich Fragen stellen und dabei zusehen durfte, wie sie Glas um Glas anfertigten. Ich hatte das Glück, von Alessia Fuga und später in London von Samantha Sweet und Phil Vallentin beigebracht zu bekommen, wie man Perlen macht. Danke an Laura Sparling für ein erhellendes Gespräch über Transluzenz. Bei London Glassblowing habe ich einen herrlichen und bisweilen Furcht einflößenden Nachmittag damit zugebracht, selbst Glas zu blasen; die Leute dort wissen, was sie tun, und als Beweis habe ich nun eine schiefe Vase und eine dickwandige Schale (die Fehler liegen natürlich allein bei mir!). Ein großes Dankeschön an Maestro Cesare Toffolo, der einen antiken Arbeitstisch mit Lampe und Blasebalg besitzt und mir gezeigt hat, wie er funktioniert. Danke auch an Marisa Convento, die venezianische Spezialistin für Saatperlen. Und an Mauro Stocco, der mir Einblick in die Archive des Museo del Vetro (Glasmuseum) auf Murano gewährt hat – ein wunderbarer Ort, von oben bis unten voller Glas, sehr empfehlenswert. Eine weitere Pilgerstätte des Glases ist das Corning Museum of Glass im Bundesstaat New York; vielen Dank an Kit Wright dafür, dass er mir diesen beeindruckenden Ort nahegebracht hat.

Ein inniger Dank gebührt der Glaskünstlerin Amy West, die mir ihr Atelier, ihr Haus und ihr Herz geöffnet und mich vielen Menschen vorgestellt hat, die ich sonst niemals kennengelernt hätte, und mir sowohl die Arbeit mit Glas erklärt hat als auch das Leben auf Murano. Ohne sie hätte ich nicht so in die Tiefe gehen können, und ich bin ihr überaus dankbar für ihr Wissen, ihre Geduld und ihren großzügigen Geist. Bei meinen Recherchereisen ergeben sich nicht oft echte Freundschaften, aber in Amy habe ich jetzt eine Glasfreundin fürs Leben.

Für ihr umfassendes und vielschichtiges Wissen über Venedig und ihre Bereitschaft, es mit mir zu teilen, möchte ich Michelle Lovric und Catherine Kovesi danken. Und Nan McElroy von Row Venice, die mit mir durch die Kanäle gezogen ist und nicht über meine Ruderfähigkeiten gelacht hat.

Eine Geschichte zu erzählen ist stets ein Balanceakt zwischen Klarheit und Geheimnis. Wenn man so mit der Zeit spielt, wie ich es hier getan habe, kann es etwas wackelig werden. Da sind Lektor*innen Gold wert. Suzie Dorée und Andrea Schulz waren sogar Platin, was dieses Buch angeht. Sie haben nachgehakt, gelobt und sanft, aber nachdrücklich darauf bestanden, dass ich den Text immer wieder überarbeitete, bis es schließlich funktionierte. Andrea und Suzie: Ohne euch wäre dieses Buch ein Desaster geworden – danke für eure Beharrlichkeit. Und danke auch an ihre Kolleginnen Nidhi Pugala, Elizabeth Pham Janowski und Jabin Ali für ihre Hilfe.

Ein großer Dank geht auch an Sabine Schultz und Stella Boschetti beim Verlag Neri Pozza, die meine vielen Fehler im Italienischen korrigiert haben. Und an den venezianischen Historiker Pieralvise Zorzi, der ebenfalls Fehler ausgebügelt, venezianische Brocken eingestreut und mir dabei ein paar saftige venezianische Flüche beigebracht hat! Danke auch an die Korrektorinnen Sarah Bance, Hilary Roberts und Kate Griggs sowie an meine deutsche Übersetzerin Claudia Feldmann und meine französische Übersetzerin Anouk Neuhoff, dafür, dass sie mich liebenswürdig auf Fehler hingewiesen haben; falls jetzt noch welche übrig sind, gehen sie auf meine Kappe.

Meine Agent*innen Jonny Geller und Deborah Schneider: Ich verneige mich vor eurem klügeren Urteil. Ihr haltet mir stets den Rücken frei, und ich bin euch sehr dankbar dafür.

Danke auch an Jonathan Drori und Susan Elderkin, dafür, dass sie eine frühe Fassung gelesen und kommentiert haben, als ich mit meinem Latein am Ende war, überzeugt, dass dieses Spiel mit der Zeit nicht funktionieren würde. Ihr habt mir gezeigt, dass es doch funktioniert und wie ich es hinbekomme. Und Susan hat mich daran erinnert, dass ein gründliches Lektorat immer eine gute Sache ist.

Zu guter Letzt ein Dank aus tiefstem Herzen an meine Freundin Ronna Bloom, der dieses Buch gewidmet ist. Ronna war bei dieser Reise nach Venedig an meiner Seite; gemeinsam haben wir seine Poesie und seine Prosa entdeckt.

Italienisches und venezianisches Glossar

Die meisten Wörter stammen aus dem Italienischen, aber in emotional aufgeladenen Situationen – Flüche, Ausrufe, Segensformeln – habe ich bisweilen Venezianisch (V) verwendet.

a domani – bis morgen
a premando (V) – links (in der Sprache der Gondolieri)
a stagando (V) – rechts (in der Sprache der Gondolieri)
acqua alta – eine außergewöhnlich starke Flut, die Überschwemmungen verursacht
addio – auf Wiedersehen
adesso – jetzt, sofort
ahia! – autsch!
alla Veneziana – auf venezianische Art
allora – also
amore mio – mein Liebster
andatevene! – geht weg!, verschwindet!
andiamo – komm; gehen wir
androne – Bereich im Erdgeschoss eines Hauses, der bei Hochwasser überflutet werden kann
arrivederci – auf Wiedersehen
attenzione – Achtung, Vorsicht
Avete capito bene? – Habt ihr verstanden?
basta – genug, Schluss jetzt

bastardo – Mistkerl
bauca (V) – dumm, dummes Weib / Gör
bea (V) – schön; schöne Frau
becco fotuo (V) – dreckiger Gehörnter
bella – schön; schöne Frau
bellissimo / a / e – wunderschön
ben cussì (V) – gut so
bene – gut
bigoli al nero di seppia – mit Tintenfischtinte gefärbte Pasta
biscotti – Kekse
brava – gut gemacht
bufòn (V) – Dummkopf
buonasera – guten Abend
buongiorno – guten Tag
bussolai (V) – venezianische Kekse
buzaròn / i (V) – Heuchler
calcedonio – Glas, das aussieht wie der Halbedelstein Chalzedon
calle – Gasse, kleine Straße
campanile – frei stehender Glockenturm
campo / i (V) – Platz
canagia (V) – Nichtsnutz
càncaro (V) – Krebs (als Beschimpfung gemeint)
canella / e – zylindrische Perle
caorlina / e – langes, schmales Boot mit aufwärts gebogenem Vorder- und Achtersteven
Carnevale – venezianischer Karneval (früher vom 26. Dezember bis zum Beginn der Fastenzeit; heute während der zwei Wochen vor Aschermittwoch)
caro / a – Lieber, Liebe
cavalluccio / i marino / i – Seepferdchen
cazzetto (V) – kleiner Schwanz, Schwänzchen
che bea cocheta (V) – was für eine Schönheit

che bella / o – wie schön
che (cosa)? – was? wie bitte?
che Dio abia pietà della so anema, e de la nostra (V) – möge Gott sich seiner Seele und unserer erbarmen
che Dio li / lo / la / ti tegna (V) – möge Gott sie (Pl.) / ihn / sie (Sing.) / dich schützen; auch: viel Glück
che San Nicolò te tegna 'na man sul cao (V) – möge der Heilige Nikolaus seine Hand über dich halten
cicchetti – Häppchen
comunque – wie dem auch sei
(con) complimenti – Kompliment; mit den besten Grüßen
così – (genau)so
cretino – Idiot
cristallo veneziano – venezianisches Kristallglas
da bon (V) – natürlich
d'accordo – (also) gut, einverstanden
davvero – wirklich
de certo – gewiss, natürlich
de longo (V) – geradeaus (in der Sprache der Gondolieri)
delfino / i – Delfin
demoni – Teufel
denaro / i – kleine Münze; 12 *denari* = 1 *soldo*
di grazia – bitte
dime (V) – sag (mir)
Dio – Gott
Dio accolga (V) – möge Gott (dich, deine Gebete, deine Seele …) empfangen
ducato – Dukaten; 1 *ducato* = 124 *soldi*
e allora – na und
ecco – schau, siehst du; na bitte
ehi! – he!
escrementi di coniglio – Kaninchenköttel
escrementi di topo – Mäuseköttel

felze – Kabine einer Gondel
ferro – Metallbeschlag am Bug einer Gondel
fiori – Blumen
fondaco – Warenlager
fondamenta / e (V) – Straße entlang eines Kanals
forcola – Rudergabel einer Gondel
fritola / e (V) – Schmalzgebäck
garzone / i – Glasmacherlehrling
garzonetto / i – Aushilfsjunge in einer Glasmacherwerkstatt
il Giuda – Judas, Verräter
gondoliere / i – Führer einer Gondel
goto / i (V) – einfaches Trinkglas
grazie (di tutto) – danke (für alles)
impestada (V) – verdorben, infiziert (von: *peste*)
impiraressa / e – Perlenfädlerin
in mona a to mare (V) – fick deine Mutter
in bocca al lupo – viel Glück (wörtl.: ins Maul des Wolfes)
ladro / i; ladronetto – Dieb; kleiner Dieb
ladro fiol d'un can (V) – Hurensohn von einem Dieb
lavoro – Arbeit
lira / e – offizielle italienische Währung von 1861 bis 2001
madre – Mutter
Madonna mia – Heilige Madonna
maestro / i – Meister
magnamerda (V) – Scheißefresser
magnifico – prachtvoll, wunderschön
maledizione – verflucht
mamaluco (V) – Idiot
mar rosso – Menstruation (wörtl.: rotes Meer)
Mariavergine – Heilige Jungfrau
me ralegro (V) – Glückwunsch
meravigliosa / o – wunderbar
merda – Scheiße

mi dispiace – es tut mir leid
mia amata – meine Liebste
millefiori – Perle mit winzigem Blütenmuster (wörtl.: tausend Blüten)
mimorti! (V) – großer Gott! (wörtl.: meine Toten!)
mio Dio – mein Gott, liebe Güte
molto belle – sehr schön
mona (V) – Fotze
moro/i (V) – Mohr
Muranesi maganzesi (V) – die Muraneser sind sauertöpfisch
muso da mona (V) – Fotzengesicht
naturàl (V) – natürlich
nonna – Großmutter
nuovo (I) /*nove* (V) – neu
ocio! (V) – Vorsicht!; pass auf!
oe – he, Achtung
l'omo salvadego (V) – der wilde Mann, eine beliebte Maske im Karneval
ovviamente – offensichtlich
padre – Vater
palazzo/i – prächtiges Wohnhaus
passeggiata – abendlicher Spaziergang
pastone – Zylinder aus Glas
patate – Kartoffeln
paternostro/i – runde Perle, wie in einem Rosenkranz (*paternostro* = Vaterunser)
peata/e – Lastkahn
per favore – bitte
per l'amor di Dio – um der Liebe Gottes willen
perdonate (mi) – Entschuldigung, verzeihen Sie
perfetto – perfekt
perle – Perlen
peste – die Pest

piazza – öffentlicher Platz
piazzetta – kleiner öffentlicher Platz
piccante – prickelnd, scharf, pikant
ponte – Brücke
prego – bitte
prova – Prüfung, um *servente* oder Maestro zu werden
provveditori alla sanità – Gesundheitsbeauftragte (in Venedig, zur Zeit der Pest)
puteletto de Muran (V) – kleiner Junge aus Murano
puttana – Hure
puttana di Dio – Gotteshure
ragazze – Mädchen (Pl.)
rio (V) – Kanal
riva (V) – Uferstraße (zur Lagune hin)
Romeo e Giulietta – Romeo und Julia
rosetta / e – ovale, rot-weiß-blau gemusterte Perle, ursprünglich von Maria Barovier erschaffen
rosso – rot
sandolo / i (V) – Flachboot
sarde in saor (V) – marinierte Sardinen
scusème (V) – Entschuldigung
sei bellissima – du bist sehr schön
sempia (V) – Dummkopf
(La) Serenissima – die Durchlauchtigste (Beiname Venedigs aus der Zeit der Republik)
servente / i – Glasmachergeselle
sessola / e (V) – flache Holzschalen zum Auffädeln von Saatperlen
sestiere / i (V) – Stadtbezirk in Venedig
sì – ja
signor / e – Herr
signora / e – Frau (in der Anrede), Dame
signorina – Fräulein, junge Frau

soldo/i – niedrigwertige Münze, die bis zur Mitte des 19. Jahrhunderts in Venedig gebräuchlich war
sorella – Schwester
spettacolare – spektakulär
spia – Spionin
spigoli (V) – Kartenspiel, ähnlich wie Poker
sprotìn (V) – kleiner Klugscheißer
sta' zitto – sei still
sto bene – mir geht es gut
stronzo/a (V) – Stück Scheiße, Scheißkerl
ta morti cani (V) – deine toten Verwandten sind Hunde
tanto – so (sehr)
te lo giuro – ich schwöre es (dir)
terraferma – Festland
ti (V) – du
ti xe imatonìo? (V) – bist du besoffen/bescheuert?
tipico – typisch
tiradori (V) – Glaszieher
traghetto/i – Fähre, einfache Gondel
tutto/i – alles, alle; der ganze, die ganzen
ulivetta/e spoletta/e – ovale Perle
un momento – einen Moment; warte
uno! due! tre! – eins! zwei! drei!
va bene – (also) gut, einverstanden, meinetwegen
va' al diavolo – scher dich zum Teufel
vattene! – verschwinde!
vecchio – alt
vero – (nicht) wahr
vetrai – Glasmacher (Pl.)
vetro – Glas
visdecasso (V) – Schwanzgesicht
zecchino/i (V) – hochwertige Münze; 1 *zecchino* = 440 *soldi*

zendale – schwarzer Umhang, der über Kopf und Schultern getragen wird
zia – Tante